勘　误　表

P29　倒 15 行:砍柴用的车子→简陋粗劣的车子

P29　顺 3 行:firewood→shabby and crude

P31　顺 17 行:际夜＜夜＞→际夜＜状＞

P34　顺 7 行:蹬(dēng)→蹬(dèng)

P373　倒 7 行:夕阳的光影→夕阳的返光。
　　　　　　　"景"同"影"→景:日光。

P400　倒 9 行:水边的高大石块→水边突出而大的石块。

P443　倒 7 行:太阳的光影→太阳光

图书在版编目(CIP)数据

唐诗三百首详注·英译·浅析:普及读本/王福林注译. 一南京:东南大学出版社,2015.6
　ISBN 978-7-5641-5817-0

　Ⅰ.①唐… Ⅱ.①王… Ⅲ.①唐诗—诗歌欣赏 Ⅳ.①I207.22

中国版本图书馆 CIP 数据核字(2015)第 124766 号

唐诗三百首详注·英译·浅析(普及读本)

出版发行	东南大学出版社
出 版 人	江建中
社　　址	南京市四牌楼2号(邮编:210096)
网　　址	http://www.seupress.com
责编电话	025-83790510(责编办公/传真)
经　　销	全国各地新华书店
印　　刷	南通印刷总厂有限公司
开　　本	700 mm×1000 mm　1/16
印　　张	28.75
字　　数	830 千字
版 印 次	2015 年 6 月第 1 版第 1 次印刷
书　　号	ISBN 978-7-5641-5817-0
印　　数	1~3000 册
定　　价	55.00 元

* 东大版图书若有印装质量问题,请直接与营销部联系,电话:(025)83791830。

前言

唐诗是中国文学遗产中一颗璀璨的明珠,至今仍存近五万首。唐诗有多个选本,其中,流行最广的就是清朝人孙洙(别号蘅塘退士)选编的《唐诗三百首》。为了帮助对唐诗感兴趣的读者轻松地、彻底地读懂这个选本,我萌生了撰写《唐诗三百首详注·英译·浅析(普及读本)》的愿望。经过五年的艰苦努力,这个愿望终于实现了。

由于唐诗中常有省略和倒装,致使字与字之间的语法关系不十分清楚,给阅读理解造成了困难,我除了逐句逐字进行注解以外,还对每句诗句作了彻底的语法分析,指明了主语、谓语、宾语、定语、状语、补语、联合短语、主谓短语、动宾短语、状中短语、述补短语、方位短语、介词短语、连动短语、兼语短语等。我还指明了倒装结构并补出了被省略的字或词。由于唐诗中常用修辞格,常引用典故,给阅读理解造成很大困难,我指明了诗中用到的每个修辞格,还指明了每个典故的内容以及作者引用它的意图。由于唐诗中每联的上下两句间存在着某种逻辑关系,而且这种逻辑关系反映了作者的写作思路,为此,我指明了句间的逻辑关系。

为了增加学过英语的中国读者阅读《唐诗三百首》的乐趣,也为了外国读者更容易地读懂《唐诗三百首》,我把每首诗都译成了浅近的英语。我的译文贴近原文。

在浅析部分,我不仅概括了每首诗的主题,而且指明了作者的写作思路和遣词意图。由于对仗是欣赏唐诗(尤其律诗)的重要方面,我指明了诗中的工对、宽对和流水对,以便读者欣赏。

总之,我把《唐诗三百首》中妨碍阅读理解的所有障碍都一一扫除了,确保了读者轻松地彻底地读懂每一首诗。我的这个注本是真正的普及读本。

唐代诗人用他们的慧眼从自然环境中、从人们的生活中选取意象表达他们的喜怒哀乐、亲情、友情和爱情,描绘名山大川和田园风光。读读这些倾注了诗人们心血的诗作不仅可以获得美的艺术享受,而且可以陶冶情趣。唐诗构思精巧、层次分明,或寓情于景,或情景交融。细读它们,不仅可以提升读者的审美能力,而且可以开拓读者的写作思路。唐诗文词清丽,表达简洁明了,其中有许多传诵千古的名言警句。记住它们并适当地运用它们,可以明显提高读者的语言表达水平。让我们挤点业余时间读读《唐诗三百首详注·英译·浅析(普及读本)》,共同弘扬祖国的灿烂文化吧!

本书适用于中外文化比较研究者及高校英语专业师生阅读,也适合热爱唐诗的大众读者阅读,还可供中小学语文教师参考。

书中疏漏难免,敬请读者指正。

王福林
2015年6月

目录

卷一　五言古诗

感遇四首录二　张九龄	1
下终南山过斛斯山人宿置酒　李白	3
月下独酌　李白	5
春思　李白	6
望岳　杜甫	7
赠卫八处士　杜甫	8
佳人　杜甫	10
梦李白二首　杜甫	13
送綦毋潜落第还乡　王维	16
送别　王维	18
青溪　王维	19
渭川田家　王维	20
西施咏　王维	21

秋登万山寄张五	孟浩然	23	寄全椒山中道士 韦应物	41
夏日南亭怀辛大	孟浩然	25	长安遇冯著 韦应物	42
宿业师山房待丁大不至	孟浩然	26	夕次盱眙县 韦应物	43
			东郊 韦应物	44
同从弟南斋玩月忆山阴崔少府	王昌龄	27	送杨氏女 韦应物	46
			晨诣超师院读禅经 柳宗元	48
寻西山隐者不遇	丘为	28	溪居 柳宗元	50
春泛若耶溪	綦毋潜	30	**乐府**	
宿王昌龄隐居	常建	32	塞上曲 王昌龄	51
与高适薛据登慈恩寺浮图	岑参	33	塞下曲 王昌龄	52
			关山月 李白	53
贼退示官吏并序	元结	35	子夜吴歌四首录一 李白	54
郡斋雨中与诸文士燕集	韦应物	38	长干行 李白	55
			列女操 孟郊	58
初发扬子寄元大校书	韦应物	40	游子咏 孟郊	59

卷二 七言古诗

登幽州台歌 陈子昂	61	庐山谣寄卢侍御虚舟 李白 74
古意 李颀	62	梦游天姥吟留别 李白 77
送陈章甫 李颀	63	金陵酒肆留别 李白 82
琴歌 李颀	65	宣州谢朓楼饯别校书叔云 李白 83
听董大弹胡笳弄兼寄语房给事 李颀	67	走马川行奉送封大夫出师西征 岑参 85
听安万善吹觱篥歌 李颀	70	轮台歌奉送封大夫出师西征 岑参
夜归鹿门歌 孟浩然	73	87

白雪歌送武判官归京 岑参	90	丹青引赠曹将军霸 杜甫	96
韦讽录事宅观曹将军画马图 杜甫		寄韩谏议注 杜甫	101
	92	古柏行 杜甫	104

卷三 七言古诗

观公孙大娘弟子舞剑器行并序 杜甫		石鼓歌 韩愈	125
	108	渔翁 柳宗元	132
石鱼湖上醉歌并序 元结	113	长恨歌 白居易	133
山石 韩愈	115	琵琶行并序 白居易	147
八月十五日夜赠张功曹 韩愈	117	韩碑 李商隐	157
谒衡岳庙遂宿岳寺题门楼 韩愈	121		

卷四 七言乐府

燕歌行并序 高适	164	行路难三首录一 李白	188
古从军行 李颀	168	将进酒 李白	190
洛阳女儿行 王维	169	兵车行 杜甫	193
老将行 王维	172	丽人行 杜甫	196
桃源行 王维	176	哀江头 杜甫	199
蜀道难 李白	180	哀王孙 杜甫	202
长相思二首 李白	184		

卷五 五言律诗

经鲁祭孔子而叹之 李隆基	206	在狱咏蝉并序 骆宾王	210
望月怀远 张九龄	207	和晋陵陆丞早春游望 杜审言	213
杜少府之任蜀州 王勃	209	杂诗 沈佺期	214

题大庾岭北驿 宋之问	216
次北固山下 王湾	217
破山寺后禅院 常建	218
寄左省杜拾遗 岑参	219
赠孟浩然 李白	220
渡荆门送别 李白	222
送友人 李白	223
听蜀僧濬弹琴 李白	224
夜泊牛渚怀古 李白	225
春望 杜甫	226
月夜 杜甫	227
春宿左省 杜甫	228
至德二载,甫自京金光门出,间道归凤翔。乾元初,从左拾遗移华州掾,与亲故别,因出此门,有悲往事。 杜甫	230
月夜忆舍弟 杜甫	231
天末怀李白 杜甫	232
奉济驿重送严公四韵 杜甫	233
别房太尉墓 杜甫	234
旅夜书怀 杜甫	236
登岳阳楼 杜甫	237
辋川闲居赠裴秀才迪 王维	238
山居秋暝 王维	239
归嵩山作 王维	240
终南山 王维	241
酬张少府 王维	242
过香积寺 王维	244
送梓州李使君 王维	245
汉江临眺 王维	246
终南别业 王维	247
临洞庭上张丞相 孟浩然	248
与诸子登岘山 孟浩然	249
宴梅道士山房 孟浩然	250
岁暮归南山 孟浩然	252
过故人庄 孟浩然	253
秦中寄远上人 孟浩然	254
宿桐庐江寄广陵旧游 孟浩然	255
留别王维 孟浩然	256
早寒有怀 孟浩然	257
秋日登吴公台上寺远眺 刘长卿	258
送李中丞归汉阳别业 刘长卿	260
饯别王十一南游 刘长卿	261
寻南溪常道士 刘长卿	262
新年作 刘长卿	263
送僧归日本 钱起	264
谷口书斋寄杨补阙 钱起	265
淮上喜会梁州故人 韦应物	266
赋得暮雨送李曹 韦应物	267

酬程近秋夜即事见赠　韩翃	268	蝉　李商隐	284
阙题　刘眘虚	270	风雨　李商隐	285
江乡故人偶集客舍　戴叔伦	271	落花　李商隐	286
送李端　卢纶	272	凉思　李商隐	287
喜见外弟又言别　李益	273	北青萝　李商隐	288
云阳馆与韩绅宿别　司空曙	274	送人东游　温庭筠	289
喜外弟卢纶见宿　司空曙	275	灞上秋居　马戴	290
贼平后送人北归　司空曙	276	楚江怀古　马戴	292
蜀先主庙　刘禹锡	277	书边事　张乔	293
没蕃故人　张籍	278	除夜有怀　崔涂	294
草　白居易	279	孤雁　崔涂	295
旅宿　杜牧	280	春宫怨　杜荀鹤	296
秋日赴阙题潼关驿楼　许浑	281	章台夜思　韦庄	297
早秋　许浑	283	寻陆鸿渐不遇　僧皎然	298

卷六　七言律诗

黄鹤楼　崔颢	300	和贾至舍人早朝大明宫之作　王维	
行经华阴　崔颢	301		311
望蓟门　祖咏	302	奉和圣制从蓬莱向兴庆阁道中留春雨	
九日登望仙台呈刘明府　崔曙	304	中春望之作应制　王维	312
送魏万之京　李颀	305	积雨辋川庄作　王维	313
登金陵凤凰台　李白	306	赠郭给事　王维	315
送李少府贬峡中王少府贬长沙　高适		蜀相　杜甫	316
	308	客至　杜甫	317
和贾至舍人早朝大明宫之作　岑参		野望　杜甫	319
	309	闻官军收河南河北　杜甫	320

登高　杜甫	321
登楼　杜甫	322
宿府　杜甫	324
阁夜　杜甫	325
咏怀古迹五首　杜甫	326
江州重别薛六柳八二员外　刘长卿	333
长沙过贾谊宅　刘长卿	334
自夏口至鹦鹉洲望岳阳寄元中丞　刘长卿	336
赠阙下裴舍人　钱起	337
寄李儋元锡　韦应物	338
同题仙游观　韩翃	340
春思　皇甫冉	341
晚次鄂州　卢纶	342
登柳州城楼寄漳汀封连四州刺史　柳宗元	344
西塞山怀古　刘禹锡	345
遣悲怀三首　元稹	346

自河南经乱,关内阻饥,兄弟离散,各在一处。因望月有感,聊书所怀,寄上浮梁大兄,于潜七兄,乌江十五兄,兼示符离及下邽弟妹。　白居易	350
锦瑟　李商隐	352
无题　李商隐	353
隋宫　李商隐	355
无题二首　李商隐	356
筹笔驿　李商隐	359
无题　李商隐	361
春雨　李商隐	362
无题二首　李商隐	363
利州南渡　温庭筠	366
苏武庙　温庭筠	367
宫词　薛逢	369
贫女　秦韬玉	370

乐府

独不见　沈佺期	371

卷七　五言绝句

鹿柴　王维	373
竹里馆　王维	374
送别　王维	374
相思　王维	375
杂诗　王维	376
送崔九　裴迪	376
终南望余雪　祖咏	377
宿建德江　孟浩然	378

春晓　孟浩然	379	行宫　元稹	388
静夜思　李白	379	问刘十九　白居易	389
怨情　李白	380	何满子　张祜	389
八阵图　杜甫	381	登乐游原　李商隐	390
登鹳雀楼　王之涣	381	寻隐者不遇　贾岛	391
送灵澈　刘长卿	382	渡汉江　李频	391
弹琴　刘长卿	383	春怨　金昌绪	392
送上人　刘长卿	384	哥舒歌　西鄙人	393
秋夜寄丘员外　韦应物	384	**乐府**	
听筝　李端	385	长干行二首　崔颢	393
新嫁娘三首录一　王建	386	玉阶怨　李白	395
玉台体　权德舆	386	塞下曲四首　卢纶	395
江雪　柳宗元	387	江南曲　李益	398

卷八　七言绝句

回乡偶书　贺知章	399	逢入京使　岑参	407
桃花溪　张旭	400	江南逢李龟年　杜甫	408
九月九日忆山东兄弟　王维	401	滁州西涧　韦应物	409
芙蓉楼送辛渐二首录一　王昌龄	402	枫桥夜泊　张继	409
闺怨　王昌龄	402	寒食　韩翃	410
春宫怨　王昌龄	403	月夜　刘方平	411
凉州词　王翰	404	春怨二首录一　刘方平	412
送孟浩然之广陵　李白	405	征人怨　柳中庸	412
下江陵　李白	406	宫词　顾况	413

7

夜上受降城闻笛　李益	414	隋宫　李商隐　432
乌衣巷　刘禹锡	415	瑶池　李商隐　433
春词　刘禹锡	416	嫦娥　李商隐　434
宫词　白居易	416	贾生　李商隐　434
赠内人　张祜	417	瑶瑟怨　温庭筠　435
集灵台二首　张祜	418	马嵬坡　郑畋　436
题金陵渡　张祜	420	已凉　韩偓　437
宫中词　朱庆馀	420	金陵图　韦庄　438
近试上张水部　朱庆馀	421	陇西行　陈陶　439
将赴吴兴登乐游原　杜牧	422	寄人　张泌　440
赤壁　杜牧	423	杂诗　无名氏　440
泊秦淮　杜牧	424	**乐府**
寄扬州韩绰判官　杜牧	425	渭城曲　王维　441
遣怀　杜牧	425	秋夜曲　王维　442
秋夕　杜牧	426	长信怨　王昌龄　443
赠别二首　杜牧	427	出塞　王昌龄　444
金谷园　杜牧	428	清平调三首　李白　445
夜雨寄北　李商隐	429	出塞　王之涣　447
寄令狐郎中　李商隐	430	金缕衣　杜秋娘　448
为有　李商隐	431	

卷一　五言古诗
Volume One　Five-Character Pre-Tang Verse

感　遇 四首录二

（一）

Some Thoughts on the Orchid and the Osmanthus Flowers

张九龄　Zhang Jiuling

①兰叶春葳蕤，	In spring the orchid grows lush and green,
②桂华秋皎洁。	In autumn the osmanthus flowers look bright and clean.
③欣欣此生意，	They are so thriving and flourishing,
④自尔为佳节。	That they naturally make beautiful the seasons they are in.
⑤谁知林栖者，	Who knows the hermits in the forest,
⑥闻风坐相悦。	Smelling their fragrance in the breeze love them best.
⑦草木有本心，	The orchid and the osmanthus tree have their natural qualities,
⑧何求美人折。	Never do they expect to be picked by any beauties.

详注：题.感遇:对所见事物发出感慨。张九龄:字子寿,唐朝进士,曾任多个官职,后受奸相李林甫排挤,被贬为荆州长史。

句①兰叶〈主〉春〈状〉葳蕤〈谓〉。兰叶:一种香草。春:在春天。葳蕤(wēi ruí):长得旺盛。这句与下句是并列关系。

句②桂华〈主〉秋〈状〉皎洁〈谓〉。桂华:桂花。秋:在秋天。皎洁:开得明亮而洁白。

句③生意〈主·倒〉此〈状〉欣欣〈谓·倒〉。生意:兰叶和桂花的生机。此:如此。欣欣:旺盛。这句与下句是因果关系。

句④它们〈主·省〉自尔〈状〉为〈谓〉佳节〈宾〉。它们：指兰叶和桂花。自尔：自然地。"尔"是后缀，没有实义。为：构成。佳节：美好季节，指春季和秋季。

句⑤谁〈主〉知〈谓〉林栖者〈宾·兼作下句主语〉。谁知：不料。林栖者：山林中的隐士。这句与下句是主谓关系。

句⑥坐〈倒〉闻风〈介词短语·状〉相悦〈谓〉。坐：因。闻风：闻到风吹来的兰叶和桂花的香味。相悦：喜爱兰草和桂花。"相"是前缀，无实义。介词短语的结构是：坐+闻风（"坐"用作介词）。

句⑦草木〈联合短语·主〉有〈谓〉本心〈宾〉。草：指兰叶。木：指桂花树。本心：自然本性，指散发芳香的本性。联合短语的结构是：草+木（两者并列）。这句与下句是并列关系。

句⑧它们〈主·省〉何〈状〉求美人折〈兼语短语·谓〉。它们：指草木。何：哪是，即"不是"。美人：指林栖者。折：摘取。兼语短语的结构是：求+美人+折。

浅析：这首诗是张九龄被贬到荆州后写的，借兰桂抒发自己的情怀。第一句至第四句赞美了兰、桂的芬芳高洁、无限生机。其中寄寓着作者志洁行芳的品格。第五、六句描写了山林中的隐士对兰、桂的喜爱之情，烘托了兰、桂的魅力。"谁知"二字表达了"出人意料"的意思。这就是说，是别人要欣赏兰、桂，不是兰、桂有意取悦于人。其中寄寓着作者自我完善、不取悦于人的品格。第七、八句是作者的议论，其中寄寓着作者洁身自好、不求人赏的坚贞不屈的品格。

本诗①②句是工对，⑤⑥句是流水对。

（二）

Some Thoughts on the Orange Trees

张九龄　Zhang Jiuling

①江南有丹橘，	The red oranges grow south of the Yangtze River,
②经冬犹绿林。	The orange trees remain green through winter.
③岂伊地气暖？	Is it only because the earth is warm thither?
④自有岁寒心。	No. It's because the trees have the quality to stand cold weather.
⑤可以荐嘉客，	Though the red oranges can be offered to the guests honoured,
⑥奈何阻重深。	But unfortunately they're by many obstacles cornered.
⑦运命唯所遇，	Everything that has happened to the red oranges is destined,
⑧循环不可寻。	And the destiny can't be clearly explained.
⑨徒言树桃李，	Some people only talk about planting the peach and plum trees.
⑩此木岂无阴？	Can't they get shades from the red orange trees?

详注：句①江南〈主〉有〈谓〉丹橘〈宾〉。江南：泛指南方。丹橘：红色的橘子。

句②经冬〈介词短语·状〉林〈主·倒〉犹〈状〉绿〈谓〉。经冬：经历了冬天。林：丹橘林。犹：仍是。这句补充说明上句。

句③岂〈状〉伊〈定〉地气〈主〉暖〈谓〉。岂：仅仅因为。伊：那里，指江南。暖：温暖。这句与下句是问答关系。这句是问，下句是答。

句④自〈主〉有〈谓〉岁寒〈定〉心〈宾〉。自：橘树本身。岁寒心：耐寒的本性。

句⑤它〈主·省〉可以荐〈谓〉嘉客〈宾〉。它:指丹橘。荐:献给。嘉客:贵宾。这句与下句是转折关系。

句⑥奈何〈状〉阻〈主〉重深〈联合短语·谓〉。奈何:无奈。阻:阻力。重深:多而重。联合短语的结构是:重+深(两者并列)。

句⑦所遇〈主·倒〉唯〈谓〉运命〈宾·倒〉。所遇:是所字短语,名词性短语,意即"遭遇",指丹橘的遭遇。唯:只是。运命:命运。这句与下句是递进关系。

句⑧循环〈主〉不可寻〈谓〉。循环:命运时好时坏的规律。寻:探求。

句⑨世人〈主·省〉徒言〈谓〉树桃李〈动宾短语·宾〉。世人:社会上的一些人。徒:只。言:说。树:种植。桃李:桃树和李树。动宾短语的结构是:树+桃李(动词+宾语)。这句与下句是并列关系。

句⑩此木〈主〉岂〈状〉无〈谓〉阴〈宾〉。此木:指丹橘树。岂:难道。无:没有。阴:树阴。

浅析:这首诗是作者被贬到荆州后写的,借丹橘抒发自己的情怀。第一句至第四句赞美了丹橘的耐寒特性,其中寄寓着作者坚贞不屈的节操。第五、六句慨叹了丹橘的进献无门,其中寄寓着作者对怀才不遇、抱负无法施展的哀叹。第七、八句是作者的议论。是作者借丹橘说事,暗指自己,从表面上看表达了作者的宿命论观点,实际上表达了作者对被贬的怨愤,是作者的自我排遣之词。第九、十句也是作者的议论,从表面上看是作者为丹橘树被忽视鸣不平,实际上表达了作者对自己被贬谪的愤慨。

下终南山过斛斯山人宿置酒

Descending From the Zhongnan Mountain, Visiting the Hermit Husi, Staying Overnight and Being Entertained with Wine

李 白　Li Bai

①暮从碧山下,	At dusk from the green Zhongnan Mountain I come down,
②山月随人归。	The moon o'er the mountain follows me all along.
③却顾所来径,	Looking back at the pathway I just passed, where,
④苍苍横翠微。	I see in the boundless dusk the green mountain slants in the air.
⑤相携及田家,	Hand in hand Husi and I come to his farm house,
⑥童稚开荆扉。	A little boy opens the wicker gate for us.
⑦绿竹入幽径,	The green bamboo groves shelter the secluded path winding,
⑧青萝拂行衣。	The hanging green vines touch our clothing.
⑨欢言得所憩,	Gladly I say I get a place for rest,
⑩美酒聊共挥。	Then toasts are proposed one after another between the host Hushi and I, the guest.
⑪长歌吟松风,	Accompanied by the wind from the pine woods we sing aloud,

⑫曲尽河星稀。　　When we finish singing, many of the stars in the Milky Way die out.
⑬我醉君复乐，　　I get drunk and the host, too, is happy and gay,
⑭陶然共忘机。　　So intoxicated that we both forget all the craftiness that in society makes way.

详注：题．终南山：秦岭主要高峰之一，又名南山，在今西安市南。当时李白隐居于此。过：拜访。斛(hú)斯：复姓。山人：隐士。宿：留宿。置酒：备酒。李白：字太白，号青莲居士，是唐朝浪漫主义诗人。

句①我〈主·省〉暮〈状〉从碧山〈介词短语·状〉下〈谓〉。我：指作者。下文中的"我"同此。暮：傍晚。碧山：青绿色的山，指终南山。下：走下来。介词短语的结构是：从 + 碧山（"从"是介词）。这句是下句的时间状语。

句②山月〈主〉随人归〈连动短语·谓〉。山月：山中见到的月亮。随：跟着。人：指作者。归：到斛斯山人的家。这里，作者把月亮拟人化了，是拟人修辞格。连动短语的结构是：随人（方式）+ 归（动作）。

句③我〈主·省〉却顾〈谓〉所来〈定〉径〈宾〉。却顾：回头看。所来：是所字短语，意即"走过的"。径：小路。这句是下句的地点状语。

句④苍苍〈主〉横〈谓〉翠微〈宾〉。苍苍：苍茫的暮色中。横：横卧着。翠微：青翠的山峦。

句⑤我们〈主·省〉相携及田家〈连动短语·谓〉。我们：指作者和斛斯山人。下文中的"我们"同此。相携：手牵着手。"相"是动词前缀，没有实义。及：到了。田家：农家，指斛斯山人的家。连动短语的结构是：相携（方式）+ 及田家（动作）。这句与下句是顺承关系。

句⑥童稚〈主〉开〈谓〉荆扉〈宾〉。童稚(zhì)：幼小儿童。开：打开。荆扉(fēi)：用荆条编成的柴门。

句⑦绿竹〈主〉入〈谓〉幽径〈宾〉。绿竹：绿色的竹子。入：掩蔽着。幽径：僻静的小路。这句与下句是并列关系。

句⑧青萝〈主〉拂〈谓〉行衣〈宾〉。青萝：松萝，是一种藤蔓植物，常从树枝上垂挂下来。拂：碰。行衣：行人的衣服。

句⑨我〈主·省〉欢言〈谓〉得所憩〈动宾短语·宾〉。欢言：高兴地说。得：得到。所憩(qì)：是所字短语，意即"休息的地方"。动宾短语的结构是：得 + 所憩（动词 + 宾语）。这句与下句是顺承关系。

句⑩我们〈主·省〉共〈状·倒〉聊〈状〉挥〈谓〉美酒〈宾·倒〉。共：一道。聊：随意地。挥：一杯又一杯地饮。

句⑪我们〈主·省〉长歌〈谓〉松风〈主·倒〉吟〈谓〉。这句由两个句子构成。"我们长歌"是一句。"松风吟"是一句。前句是后句的时间状语。长歌：高歌。松风：松林中的风。吟：鸣，引申为"响"。

句⑫曲〈主〉尽〈谓〉河星〈主〉稀〈谓〉。这句由两个句子构成。"曲尽"是一句。"河星稀"是一句。前句是后句的时间状语。曲：作者和斛斯山人唱的歌。尽：完。河星：银河中的星星。稀：稀少。这句补充说明上句。

句⑬我〈主〉醉〈谓〉君〈主〉复〈状〉乐〈谓〉。这句由两个句子构成。"我醉"是一句。"君复乐"是一句。两句间是并列关系。醉：喝醉。君：指斛斯山人。复：也。乐：欢乐。

句⑭我们〈主·省〉陶然〈谓〉共〈状〉忘机〈动宾短语·补〉。陶：快乐的样子。"然"是形容词后缀，表示一种状态。共：都。忘机：忘掉一切世俗的奸诈机巧。动宾短语的结构是：忘 + 机（动词 + 宾语）。这句补充说明上句。

浅析：这首诗按先后顺序描写了作者拜访斛斯山人的全过程。第一、二句紧扣题目中的"下终南山"点明了时间。第三、四句描写了终南山傍晚景色。第五、六句紧扣题目中的"过斛斯山人"描写了斛斯山人远迎客人的情景。第七、八句描写了斛斯山人的庭院景色。第九句至第十二句紧扣题目中的"宿置酒"，描写了主人款待客人的情景。最后两句是作者的议论,呈现了作者和友人的清静恬淡的精神风貌。

本诗的③④句是流水对,⑦⑧句是工对。

月下独酌

Drinking Alone Under the Moon

李 白　Li Bai

①花间一壶酒,	Amid the flowers is put a pot of wine,
②独酌无相亲。	Alone I drink it without a friend of mine.
③举杯邀明月,	When I hold up my wine cup to invite the bright moon in the sky,
④对影成三人。	There appear three of us—the moon, my shadow and I.
⑤月既不解饮,	The moon of course knows not drinking,
⑥影徒随我身。	And my shadow follows me in vain.
⑦暂伴月将影,	I keep company with them while here I stay,
⑧行乐须及春。	For I should make merry before spring passes away.
⑨我歌月徘徊,	The moon paces around while I'm singing,
⑩我舞影零乱。	My shadow becomes messy while I'm dancing.
⑪醒时同交欢,	When I'm sober, we three are happy and gay,
⑫醉后各分散。	When I get drunk, each goes his own way.
⑬永结无情游,	I want to make a carefree tour with them forever,
⑭相期邈云汉。	And on the Milky Way we'll get together.

详注:题.独:独自。酌(zhuó):喝酒。

句①花间〈方位短语·主〉摆〈谓·省〉一壶酒〈宾〉。花间:花丛中间。摆:摆着。方位短语的结构是:花+间("间"是方位词)。

句②我〈主·省〉独酌无相亲〈连动短语·谓〉。我:指作者。下文中的"我"同此。无:没有。相亲:亲近的人。"相"是前缀,无实义。连动短语的结构是:独酌(果)+无相亲(因)。这句补充说明上句。

句③我〈主·省〉举杯邀明月〈连动短语·谓〉。举杯:举起酒杯。邀:邀请。连动短语的结构是:举杯(方式)+邀明月(动作)。这句是下句的时间状语。

句④我〈主·省〉对影〈介词短语·状〉成〈谓〉三人〈宾〉。对:加上。影:作者的身影。成:形成。三人:指作者、月亮、作者的身影。介词短语的结构是:对+影("对"是介词)。

句⑤月〈主〉既〈状〉不解〈谓〉饮〈宾〉。既:当然。解:懂。饮:饮酒。这句与下句是递进关系。

句⑥影〈主〉徒〈状〉随〈谓〉我身〈宾〉。影:作者的身影。徒:徒劳地。随:跟随着。我身:作者的身子。

句⑦我〈主·省〉暂〈状〉伴〈谓〉月将影〈联合短语·宾〉。暂:暂且。伴:陪伴着。将:和。联合短语的结构是:月+影(两者并列,"将"是连词)。这句与下句是果因关系。

句⑧行乐〈动宾短语·主〉须及〈谓〉春〈宾〉。行乐:享受快乐。须:应该。及:趁着。春:春天。动宾短语的结构是:行+乐(动词+宾语)。

句⑨我〈主〉歌〈谓〉月〈主〉徘徊〈谓〉。这句由两个句子构成。"我歌"是一句。"月徘徊"是一句。前句是后句的时间状语。歌：唱歌。徘徊：来回走动。这句与下句是并列关系。

句⑩我〈主〉舞〈谓〉影〈主〉零乱〈谓〉。这句由两个句子构成。"我舞"是一句。"影零乱"是一句。前句是后句的时间状语。舞：跳舞。影：作者的身影。零乱：散乱。

句⑪我〈主·省〉醒时〈状〉同〈状〉交欢〈谓〉。醒时：没醉的时候。同：与月亮和身影一道。交欢：互相取乐。这句与下句是并列关系。

句⑫我醉〈主谓短语〉后〈方位短语·状〉各〈主〉分散〈谓〉。各：各自，指作者、月亮和作者的身影。分散：分手，指作者不知月亮和身影在哪儿。主谓短语的结构是：我＋醉（主语＋谓语）。方位短语的结构是：我醉＋后（"后"是方位副词）。

句⑬我们〈主·省〉永〈状〉结〈谓〉无情游〈宾〉。我们：指作者，作者的身影和月亮。永：永远。结：结成。无情游：忘记世俗一切的游伴。这句与下句是递进关系。

句⑭我们〈主·省〉相期〈谓〉邈〈定〉云汉〈补〉。相期：相会。邈云汉：在邈云汉上。邈（miǎo）：遥远的。云汉：银河。

浅析：这首诗描写了作者月下独酌的情景，表达了他怀才不遇的苦闷和豪迈旷达的情怀。第一、二句描写了作者孤寂境况。第三、四句衬托了作者的孤寂境况。作者无知音可邀，只能邀明月和自己的身影，把它们引为知音，聊以自慰。第五、六句进一步凸显了作者的孤寂境况，因为"月不解饮""影徒随身"。第七、八句表达了作者及时行乐的想法，流露了作者怀才不遇的苦闷心情。第九句至第十二句描写了作者及时行乐的情景。他高歌，他起舞，以此驱散心中的苦闷。第十三、十四句表达了作者想远离世俗社会、遨游太空的愿望，彰显了他豪迈旷达的情怀。

本诗⑨⑩句和⑪⑫句都是工对。

春 思

Yearning in Spring

李 白　Li Bai

①燕草如碧丝，　The grasses on the Yan land look like green silk threads,
②秦桑低绿枝。　The mulberry twigs on the Qin land, heavy with green leaves, bend their heads.
③当君怀归日，　The day when you, my husband, think of going home hard,
④是妾断肠时。　Is the time when I, your wife, miss you so much as to break my heart.
⑤春风不相识，　Oh, spring wind, we don't know each other at all,
⑥何事入罗帏？　What do you blow into my bed curtain for?

详注：题．春思：春天的相思之情。

句①燕〈定〉草〈主〉如〈谓〉碧丝〈宾〉。燕：古国名，今北京，天津，河北廊坊、易县一带。是男主人公当兵的地方。草:春草。如:像。碧:青绿色的。"如碧丝"是明喻修辞格。这句与下句是并列关系。

句②秦〈定〉桑〈定〉绿枝〈主·倒〉低〈谓〉。秦:古国名,今陕西甘肃一带。是女主人公所在地。桑:桑树。低:树枝因叶子繁茂而低垂。

句③当君怀归〈主谓短语〉〈介词短语·定〉日〈中心词·作下句的主语〉。君:指男主人公。怀归:想家。日:日子。主谓短语的结构是:君+怀归(主语+谓语)。介词短语的结构是:当+君怀归("当"是介词)。这句与下句是主谓关系。

句④是〈谓〉妾断肠〈主谓短语·定〉时〈中心词·宾〉。妾:古代妇女自称的谦词。断肠:极度悲伤。时:时候。主谓短语的结构是:妾+断肠(主语+谓语)。

句⑤春风〈主〉不相识〈谓〉我〈宾·省〉。相识:认识。"相"是前缀,无实义。我:指女主人公。这句与下句是因果关系。

句⑥你〈主·省〉何事〈状〉入〈谓〉我〈定·省〉罗帏〈宾〉。你:指春风。何事:为什么。入:进入。罗帏:女主人公的床帐。

浅析:这首诗描写了妻子对守边丈夫的思念之情,表达了妻子对丈夫的忠贞。第一、二句紧扣题目中的"春"字,描写了两地的春色。燕地春迟,青草刚刚吐芽。秦地春早,桑叶沉沉,桑枝已低垂。春色撩起了夫妻相互思念之情。于是,有了第三、四句,直写了夫妻相互思念以及妻子的相思之苦。最后两句描写了妻子对春风的指责,因为她只让她的丈夫进入,不让任何别人进入她的床帐,连春风也不让进入。这表明她对丈夫的忠贞。

本诗中①②句是工对,③④句是流水对。

望 岳

Gazing in the Distance at Mount Tai

杜 甫 Du Fu

①岱宗夫如何? Oh, what on earth is Mount Tai like?
②齐鲁青未了。 On the states of Qi and Lu its green ranges out of sight.
③造化钟神秀, The nature gathers on it all its miracle and beauty,
④阴阳割昏晓。 Its southside is bright while its northside is shady.
⑤荡胸生曾云, When layers of clouds emerge on its top they excite my breast,
⑥决眦入归鸟。 Opening my eyes wide enough I see the returning birds in flight.
⑦会当凌绝顶, Someday I will ascend its crest.
⑧一览众山小。 When looking around, I'll find all the other peaks I see are dwarf-like.

详注.题.望:从远处看。岳:高大的山。这里指泰山,在今山东泰安市。杜甫:字子美。因在四川节度使严武幕府中任检校工部员外郎,所以,被称作"杜工部"。因曾在长安城东南汉宣帝的杜陵附近的少陵住过,所以又被称作"杜少陵"。杜甫的诗深刻地反映了当时的现实,被后人誉为"诗史"。

句①岱宗〈主〉夫〈语助词〉如何〈谓〉。岱宗:是泰山的别称。夫(fú):是语助词,用在句中,表示语气上的停顿。如何:怎么样呢。这句与下面五句是问答关系。这句是设问,下面五句是答。五句间都是并列关系。

句②齐鲁〈联合短语·定〉青〈主〉未了〈谓〉。齐:春秋战国时的国名,在泰山北。鲁:春秋战国时的国名,在泰山南。青:翠绿的山色。未了:看不到尽头。联合短语的结构是:齐+鲁(两者并列)。

句③造化〈主〉钟〈谓〉神秀〈宾〉。造化:大自然。钟:汇集。神秀:神奇、秀丽。

句④阴阳〈联合短语·主〉割〈谓〉昏晓〈联合短语·宾〉。阴:山北。阳:山南。割:划分出。昏:阴暗。晓:明亮。联合短语的结构是:阴+阳(两者并列),昏+晓(两者并列)。

句⑤曾云〈主·倒〉生〈状〉荡〈谓〉胸〈宾〉。曾(céng):通"层"。曾云:层层云气。生:生成的时候。荡:激荡。胸:作者的胸怀。

句⑥归鸟〈主·倒〉入〈谓〉决眦〈宾·倒〉。归鸟:归林的鸟。入:进入。决眦(zì):作者睁大的眼睛。

句⑦我〈主·省〉会当凌〈谓〉绝顶〈宾〉。我:指作者。会当:终究会。凌:登上。绝顶:山顶最高处。这句是下句的时间状语。

句⑧我〈主·省〉一览〈谓〉众山〈主〉小〈谓〉。这句由两个句子构成。"我一览"是一句。"众山小"是一句。前句是后句的时间状语。我:指作者。一览:举目一望。众山:视线内的所有山。小:显得矮小。

浅析:这首诗描写了泰山。第一句是设问。第二、三、四、五、六句回答了这一设问。第二句描写了泰山的壮阔。第三句描写了泰山的瑰丽。第四句描写了泰山的高峻。第五句描写了仰望山顶所见。第六句描写了远眺所见。第七句表达了作者望岳后萌生的强烈欲望。第八句是作者想象登泰山后远望所见。这两句流露了作者奋发向上的豪情壮志和远大抱负。

赠卫八处士

To Hermit Wei the Eighth

杜 甫　Du Fu

①人生不相见,	Two persons can't meet for many years,
②动如参与商。	Just as the star Shen appears while the star Shang disappears.
③今夕复何夕,	What a good night on earth is tonight?
④共此灯烛光。	You and I should share the same candle-light.
⑤少壮能几时,	How short is the time for us to be young and strong,
⑥鬓发各已苍。	The hairs on our temples have turned white during a period of time not long.
⑦访旧半为鬼,	Inquiring about our friends I learnt half of them had died,
⑧惊呼热中肠。	I felt so sad that I loudly sighed.
⑨焉知二十载,	It never occurred to me that after twenty years of separation,
⑩重上君子堂。	I can come to your hall again.
⑪昔别君未婚,	You didn't get married when we parted in the past,

⑫儿女忽成行。	You have a row of children so fast.
⑬怡然敬父执，	They gladly greet the old friend of their father,
⑭问我来何方。	And ask me from where I come hither.
⑮问答未及已，	While the dialogue between us is going on,
⑯儿女罗酒浆。	Wine and dishes are being done.
⑰夜雨剪春韭，	In the night rain they cut leek,
⑱新炊间黄粱。	And they cook rice mixed with millet.
⑲主称会面难，	The host says "It's very difficult for us to meet,
⑳一举累十觞。	So at one go we should drink ten cups of wine at least."
㉑十觞亦不醉，	I don't get drunk by the drinking,
㉒感子故意长。	For I'm very much thankful for your deep affection.
㉓明日隔山岳，	Tomorrow we'll again be separated by many a mountain,
㉔世事两茫茫。	Little shall we know to us what will happen.

详注：题．卫八：是姓卫排行第八的人。处士：没有做官的隐士。

句①人生不相见〈主谓短语·作下句主语〉。人生：人活在世上。相见：见面。"相"是前缀，没有实义。主谓短语的结构是：人生＋不相见(主语＋谓语)。这句与下句是主谓关系。

句②如〈谓·倒〉参与商〈联合短语〉动〈倒〉〈主谓短语·宾〉。如：像。参(shēn)，商：都是星的名称。参星在西，商星在东。两星不同时出现在空中。与：和。动：出没。"如参与商动"是明喻修辞格。联合短语的结构是：参＋商(两者并列。"与"是连词)。主谓短语的结构是：参与商＋动(主语＋谓语)。

句③今夕〈主〉复〈谓〉何夕〈宾〉。今夕：今夜。复：又是。何夕：什么样的夜晚。这句与下句是并列关系。

句④你我〈主·省〉共〈谓〉此〈定〉灯烛光〈宾〉。你：指卫八。我：指作者。下文中的"你我"同此。共：一起面对。灯烛光：烛灯光。

句⑤少壮〈主〉能〈谓〉几时〈宾〉。少壮：年轻力壮。能：能有。几时：多长时间。这句与下句是并列关系。

句⑥各〈定·倒〉鬓发〈主〉已苍〈谓〉。各：各人的。指作者和友人的。鬓(bìn)发：鬓角的头发。已：已经。苍：灰白。

句⑦我〈主·省〉访〈谓〉旧〈宾〉半〈主〉为〈谓〉鬼〈宾〉。这句由两个句子构成。"我访旧"是一句。"半为鬼"一句。两句间是并列关系。访：寻访，打听。旧：旧友。半：一半的旧友。为：成为。鬼：死了。这句与下句是因果关系。

句⑧我〈主·省〉惊呼〈谓〉中肠〈主·倒〉热〈谓·倒〉。这句由两个句子构成。"我惊呼"是一句。"中肠热"一句。两句间是果因关系。惊呼：大声叹息。中肠：内心。热：难受。

句⑨我〈主·省〉焉知〈谓〉二十载〈作下句状语〉。焉(yān)：是疑问副词，意即"怎么"。知：知道。载：年。二十载：二十年后。这句是下句的时间状语。

句⑩我〈主·省〉重上〈谓〉君子〈定〉堂〈宾〉。重上：再一次登上。君子：你的。指卫八的。堂：客厅。

句⑪你我〈主·省〉昔〈状〉别〈谓〉君〈主〉未婚〈谓〉。这句由两个句子构成。"你我昔别"是一句。"君未婚"是一句。前句是后句的时间状语。昔：过去，上次。别：离别。君：你，指卫八。未：没有。婚：结婚。这句与下句是并列关系。

句⑫儿女〈主〉忽〈状〉成行〈谓〉。儿女：指卫八的儿女。忽：忽然。成行(háng)：成群。

句⑬他们〈主·省〉怡然〈状〉敬〈谓〉父执〈宾〉。他们：指卫八的儿女们。下文中的"他们"同此。怡(yí)

然：高高兴兴地。"然"是后缀，摆在形容词后，表示状态。敬：对……敬重。父执：父亲的好友。"执"同"挚"。这句与下句是并列关系。

句⑭他们〈主·省〉问〈谓〉[我〈主〉来〈谓〉何方〈状〉]〈小句·宾〉。来何方：从什么地方来。

句⑮问答〈主〉未及〈谓〉已〈宾〉。问答：指卫八处士的儿女与作者之间的对话。未：没有。及：到。已：结束。这句是下句的时间状语。

句⑯儿女〈主〉罗〈谓〉酒浆〈宾〉。儿女：指卫八处士的儿女们。罗：张罗。酒浆：酒菜。

句⑰他们〈主·省〉夜雨〈状〉剪〈谓〉春韭〈宾〉。夜雨：在夜雨中。剪：割。春韭：新长出的韭菜。这句与下句是并列关系。

句⑱新炊〈主〉间〈谓〉黄粱〈宾〉。新炊：刚煮好的饭。间：掺杂着。黄粱：黄小米。有香味，常用以待客。

句⑲主〈主〉称〈谓〉会面难〈主谓短语·宾〉。主：主人，指卫八处士。称：说。会面：主人与作者相见。主谓短语的结构是：会面＋难(主语＋谓语)。这句与下句是因果关系。

句⑳一举〈主〉累〈谓〉十觞〈宾〉。一举：一饮。累(lěi)：连续。十觞(shāng)：十杯。"觞"是古代的酒杯。

句㉑我〈主·省〉饮〈省〉十觞亦不醉〈联合短语·谓〉。亦：也。联合短语的结构是：饮十觞＋亦不醉(两者是转折关系)。这句与下句是果因关系。

句㉒我〈主·省〉感〈谓〉子〈定〉故意长〈主谓短语·宾〉。感：感谢。子：对卫八处士的尊称。故意：老友的情意。长：深厚。主谓短语的结构是：子故意＋长(主语＋谓语)。

句㉓我们〈主·省〉明日〈状〉隔〈谓〉山岳〈宾〉。我们：指卫八处士和作者。明日：明天。隔：相隔。山岳：崇山峻岭。隔山岳：指作者与友人分别。这句与下句是并列关系。

句㉔世事〈主〉两茫茫〈主谓短语·谓〉。世事：社会上的事。两：两人，指卫八处士和作者。茫茫：难知难料。主谓短语的结构是：两＋茫茫(主语＋谓语)。

浅析：这首诗描写了在安史之乱中作者与老友久别重逢的情景。第一、二句慨叹了朋友重逢的艰难。第三、四句描写了作者与友人重逢时的喜悦心情。第五句至第八句慨叹了人生易老，人生无常。第九句至第二十二句描写作者来到友人家并受到亲切而热情的款待。最后两句表达了作者对后会无期的苦恼。

佳　人

A Beauty

杜　甫　Du Fu

①绝代有佳人，	There's a matchless beauty,
②幽居在空谷。	Who lives in seclusion in a deserted valley.
③自云良家子，	She says, "I'm from a family pure and influential,
④零落依草木。	And now I lead a vagrant life in a wild hill.
⑤关中昔丧乱，	A few years ago, an armed rebellion broke out in Guanzhong region, when,
⑥兄弟遭杀戮。	My brothers were slaughtered one by one.

⑦官高何足论,	Even the high-ranking officials of my parents' family are of no avail,
⑧不得收骨肉。	Because the corpses of my brothers couldn't be given a decent burial.
⑨世情恶衰歇,	The ways of the world always cold-shoulder the families that have waned.
⑩万事随转烛。	Everything is as unpredictable as the turning candle-fire in the wind.
⑪夫婿轻薄儿,	My husband is a frivolous rake,
⑫新人美如玉。	He has taken a new wife as beautiful as a piece of jade.
⑬合昏尚知时,	Even the silk-tree flowers know the time right,
⑭鸳鸯不独宿。	And the mandarin ducks never singly sleep at night.
⑮但见新人笑,	He only watches his new wife smiling,
⑯哪闻旧人哭。	He never listens to his first wife weeping."
⑰在山泉水清,	When in the mountain the spring water is clear and clean,
⑱出山泉水浊。	When out of the mountain it becomes muddy and unclean.
⑲侍婢卖珠回,	After her maid comes back from selling pearls in the market,
⑳牵萝补茅屋。	They collect some vines to repair their hut thatched.
㉑摘花不插发,	She picks flowers not to insert them onto her hair,
㉒采柏动盈掬。	She oft plucks a handful of cypresses for wear.
㉓天寒翠袖薄,	The weather becomes cold and her clothes are thin,
㉔日暮倚修竹。	Yet she still leans against the tall bamboos when the sun's setting.

详注:题.佳人:美女。

句①有〈倒〉绝代〈定〉佳人〈动宾短语·作下句主语〉。有:摆在句首,意即"某"。绝代:十分美貌的,当代无人能超过的。动宾短语的结构是:有+绝代佳人(动词+宾语)。这句与下句是主谓关系。

句②幽居〈谓〉在空谷〈介词短语·补〉。幽居:隐居。空谷:空旷的山谷。介词短语的结构是:在+空谷("在"是介词)。

句③自〈主〉云〈谓〉良家子〈宾〉。自:自己。云:称。良家子:清白又有社会地位的人家的子女。这句与下句是主谓关系。

句④我〈主·省〉零落依草木〈连动短语·谓〉。我:指佳人。零落:流落。依草木:住在山林中。连动短语的结构是:零落(因)+依草木(果)。

句⑤关中〈主〉昔〈状〉丧乱〈谓〉。关中:古地区名。所指范围大小不一。指今陕西关中平原。昔:过去。丧乱:遭遇安史之乱。这句是下句的时间状语。

句⑥兄弟〈主〉遭〈谓〉杀戮〈宾〉。遭:遭受到。杀戮(lù):杀害。

句⑦官高〈主谓短语·主〉何足〈状〉论〈谓〉。官高:指佳人的娘家人官职高。何足:不值得。论:提及。何足论:又有什么用处。主谓短语的结构是:官+高(主语+谓语)。这句与下句是果因关系。

句⑧娘家〈主·省〉不得收〈谓〉骨肉〈宾〉。娘家:指佳人的娘家人。不得:不能。收:安葬。骨肉:被杀害的兄弟的尸骨。

句⑨世情〈主〉恶〈谓〉衰歇〈宾〉。世情:世态人情。恶(wù):嫌弃。衰歇:衰败,指佳人的娘家的衰败。这句与下句是并列关系。

句⑩万事〈主〉随〈谓〉转烛〈宾〉。随:跟随。转烛:转动的烛火。随转烛:这里借随转烛(具体)代变幻无常

11

(抽象)，是借代修辞格。

句⑪夫婿〈主〉是〈谓·省〉轻薄儿〈宾〉。夫婿：佳人的丈夫。轻薄儿：轻薄浪荡的公子哥儿。这句与下句是并列关系。

句⑫新人〈主〉美〈谓〉如玉〈介词短语·补〉。新人：丈夫新娶的妻子。美如玉：美得像玉一样。"如玉"是明喻修辞格。介词短语的结构是：如＋玉（"如"是介词）。

句⑬合昏〈主〉尚〈状〉知〈谓〉时〈宾〉。合昏：合欢花，晨开夜合。所以说它"知时"。尚：还。这句与下句是并列关系。

句⑭鸳鸯〈主〉不独宿〈谓〉。鸳鸯：一种水鸟。雌雄始终相伴，同生共死。独：单独。宿：过夜。

句⑮他〈主·省〉但〈状〉见〈谓〉新人笑〈主谓短语·宾〉。他：佳人的丈夫。但：只。见：看着。新人：丈夫新娶的妻子。主谓短语的结构是：新人＋笑（主语＋谓语）。这句与下句是并列关系。

句⑯他〈主·省〉哪闻〈谓〉旧人哭〈主谓短语·宾〉。他：指佳人的丈夫。哪闻：哪会去听。旧人：指佳人。主谓短语的结构是：旧人＋哭（主语＋谓语）。

句⑰在山〈动宾短语·定〉泉水〈主〉清〈谓〉。在山：在山里的。清：清澈。"在山泉水"象征女子坚守节操不改嫁。动宾短语的结构是：在＋山（动词＋宾语）。这句与下句是并列关系。

句⑱出山〈动宾短语·定〉泉水〈主〉浊〈谓〉。出山：流出山的。浊：浑浊。"出山泉水"象征女子不守节操改嫁。动宾短语的结构是：出＋山（动词＋宾语）。

句⑲侍婢〈主〉卖珠回〈连动短语·谓〉。侍婢：女佣人。卖珠：出售珠宝。连动短语的结构是：卖珠＋回（动作先后关系）。这句是下句的时间状语。

句⑳她们〈主·省〉牵萝补茅屋〈连动短语·谓〉。她们：指佳人和女佣人。牵：扯。萝：女萝，是藤蔓植物。连动短语的结构是：牵萝（方式）＋补茅屋（动作）。

句㉑她〈主·省〉摘花不插发〈联合短语·谓〉。她：指佳人。下文中的"她"同此。不插发：不插在头发上。联合短语的结构是：摘花＋不插发（两者是转折关系）。这句与下句是并列关系。

句㉒她〈主·省〉采柏动盈掬〈联合短语·谓〉。采：采摘。柏：柏树枝。动：是副词，意即"往往"。盈：满。掬(jū)：两手捧的一把。联合短语的结构是：采柏＋动盈掬（两者是递进关系）。

句㉓天〈主〉寒〈谓〉翠袖〈主〉薄〈谓〉。这句由两个句子构成。"天寒"是一句。"翠袖薄"是一句。两句间是并列关系。翠袖：翠绿色的衣袖。这里，借翠袖（部分）代衣服（整体），是借代修辞格。这句与下句是转折关系。

句㉔她〈主·省〉日暮〈状〉倚〈谓〉修竹〈宾〉。日暮：黄昏时。倚：靠着。修竹：长长的竹子。

浅析：这首诗描写了一位出身高贵的女子的不幸遭遇，赞美了她坚守节操的高尚品格。第一句至第四句介绍了女主人公的容貌、出身和境况。第五句至第八句是女主人公自述她娘家遭到的不幸，反映了安史之乱给人民带来的深重灾难。第九、十句是女主人公揭露世态炎凉的残酷现实。第十一句至第十六句是女主人公哀叹自己的不幸遭遇。第十三、十四句是女主人公哀叹自己不如合欢花和鸳鸯，衬托了她被抛弃后的内心痛苦。第十七、十八句是女主人公的想法。她愿做在山泉水，暗示了不改嫁的决心，凸显了她坚守节操的高尚品格。第十九句至第二十四句描写了女主人公的生活状况。"补茅屋"表明她生活艰苦。"花不插发"表明她不打扮，不取悦于人。柏树耐寒，所以，"采柏动盈掬"表明她坚贞不屈。"倚修竹"衬托了她的挺拔气节。作者自己经历过安史之乱，又曾因疏救房琯遭到贬谪，漂泊他乡。所以，他在这位女子身上寄托着对自己的身世的感慨和对高尚情操的坚守。

本诗①②句是流水对，⑮⑯句和⑰⑱句都是工对。

梦李白二首

（一）

Dreaming of Li Bai (1)

杜　甫　Du Fu

①死别已吞声，	Thinking that Li Bai might be dead I cry bitter and mad,
②生别常恻恻。	Thinking that he might be alive I feel grieved and sad.
③江南瘴疠地，	The southern area is miasma-ridden all along,
④逐客无消息。	And he, an exile there, hasn't given me any news for long.
⑤故人入我梦，	Li Bai, my old friend, comes into my dream,
⑥明我常相忆。	Which shows day and night I think of him.
⑦恐非平生魂，	The one I see in my dream is, I'm afraid, not his life-time soul,
⑧路远不可测。	For, very far away, whether he's dead or alive, I don't know.
⑨魂来枫林青，	The maple woods are dark green when his soul comes hither,
⑩魂返关塞黑。	The passes are black when his soul returns thither.
⑪君今在罗网，	"You're in exile far away,
⑫何以有羽翼？	How could you get wings to fly here today?"
⑬落月满屋梁，	All over the beams of my house the setting moon sheds its light,
⑭犹疑照颜色。	Yet I still think it shines on his countenance bright.
⑮水深波浪阔，	The rivers and lakes are deep, the waves are high,
⑯无使蛟龙得。	So, Li Bai, please watch out, let not yourself be caught by the flood dragon passing by.

卷一　五言古诗

详注：句①我〈主·省〉为〈省〉死别〈介词短语·状〉已〈状〉吞声〈谓〉。我：指作者。下文中的"我"同此。为：因为。死别：与李白死别。已：已经。吞声：哭不成声，即"痛哭一场"。介词短语的结构是：为＋死别（"为"是介词）。这句与下句是并列关系。

句②我〈主·省〉为〈省〉生别〈介词短语·状〉常〈状〉恻恻〈谓〉。生别：与李白分别。常：常常。恻恻(cè)：悲伤。介词短语的结构是：为＋生别（"为"是介词）。

句③江南〈主〉是〈谓·省〉瘴疠地〈宾〉。江南：泛指南方。指李白下狱地（浔阳）和流放地（夜郎，在今贵州），均属江南。瘴疠(zhàng lì)地：疾病流行地区。内病为瘴，外病为疠。这句与下句是递进关系。

句④逐客〈主·省〉无〈谓〉消息〈宾〉。逐客：被流放的人，指李白。无：没有。

句⑤故人〈主〉入〈谓〉我〈定〉梦〈宾〉。故人：老友，指李白。入：进入。

句⑥此〈主·省〉明〈谓〉[我〈主〉长〈状〉相忆〈谓〉]〈小句·宾〉。此：指"故人入我梦"。明：表明。长：日

13

夜。相忆:思念李白。"相"是前缀,无实义。这句补充说明上句。

句⑦我〈主·省〉恐〈谓〉[故人〈主·省〉非〈谓〉平生〈定〉魂〈宾〉]〈小句·宾〉。恐:恐怕。故人:梦中的李白。非:不是。平生魂:活着的李白的魂。这句与下句是果因关系。

句⑧路〈主〉远〈谓〉我〈主〉不可测〈谓〉。这句由两个句子构成。"路远"是一句。"我不可测"是一句。两句间是因果关系。路远:指作者与李白之间的路途遥远。不可测:不能测知李白是死是活。

句⑨魂〈主〉来〈谓〉枫林〈主〉青〈谓〉。这句由两个句子构成。"魂来"是一句。"枫林青"是一句。前句是后句的时间状语。魂:指作者梦见的李白。枫林:枫树林。江南多枫林。青:青黑色。枫林夜间呈青黑色。这句与下句是并列关系。

句⑩魂〈主〉返〈谓〉关塞〈主〉黑〈谓〉。这句由两个句子构成。"魂返"是一句。"关塞黑"是一句。前句是后句的时间状语。返:回去。关塞:关口要道。黑:关口要道夜间无灯火。

句⑪君〈主〉今〈状〉在〈谓〉罗网〈宾〉。君:指李白。今:如今。在罗网:在法网里,指李白在被放逐的途中。这句与下句是因果关系。

句⑫君〈主·省〉何以〈状〉有〈谓〉羽翼〈宾〉。君:指李白。何以:怎么。羽翼:翅膀。

句⑬落月〈主〉满〈谓〉屋梁〈宾〉。落月:快落下去的月亮的光。这里,借落月(具体)代月光(抽象),是借代修辞格。满:照遍。这句与下句是转折关系。

句⑭我〈主·省〉犹〈状〉疑〈谓〉[月〈主·省〉照〈谓〉颜色〈宾〉]〈小句·宾〉。犹:还,仍。疑:似乎觉得。照:照耀。颜色:指李白的容颜。

句⑮水〈主〉深〈谓〉波浪〈主〉阔〈谓〉。这句由两个句子构成。"水深"是一句。"波浪阔"是一句。两句间是并列关系。这里,借"水深波浪阔"喻当时的政治环境的险恶,是借喻修辞格。这句与下句是因果关系。

句⑯君〈主·省〉无使蛟龙得〈兼语短语·谓〉。君:指李白。无使:不要让。蛟龙:兴风作浪,引发洪水的龙。这里,借蛟龙喻当时的当权小人,是借喻修辞格。得:抓到。

浅析:李白被流放夜郎,途中遇赦。但杜甫并不知道。杜甫对李白十分牵挂,积思成梦。这首诗就是描写杜甫梦见李白的情景,表达了杜甫对李白的真挚情谊。第一、二句描写了作者为李白生死未卜而痛苦不堪。第三、四句表明作者痛苦的原因。第五、六句表明杜甫深切思念李白而积思成梦。第七句至第十四句紧扣题目中的"梦"字,描写了梦境。第七、八句呼应了第一句,表明了作者对李白已死的担忧。第九、十句是作者设想李白来去途中的艰难。第十一、十二句记叙了杜甫在梦中对李白说的话。第十三、十四句描写了作者梦醒后的惆怅心情。最后两句是作者对李白叮嘱,表达了作者对李白险恶处境的忧虑。

本诗⑨⑩句是工对。

(二)

Dreaming of Li Bai (2)

杜 甫　Du Fu

①浮云终日行,	Clouds float here and there all day long,
②游子久不至。	Yet the traveller Li Bai, has been away for long.
③三夜频梦君,	For three nights on end, you come into my dream,
④情亲见君意。	Which shows your affection for me is deep.

⑤告归常局促，	Every time you bid farewell to me in a hurry，
⑥苦道来不易。	Saying again and again "Coming here is not easy．
⑦江湖多风波，	By strong wind and high waves the lakes and the rivers are troubled，
⑧舟楫恐失坠。	So I fear my boat would be tumbled．"
⑨出门搔白首，	Walking out of my door you scratch your white-haired head，
⑩若负平生志。	Which seems to tell me you fail to realize your life-long ambition you have had．
⑪冠盖满京华，	Everywhere in Chang'an high-ranking officials are seen，
⑫斯人独憔悴。	Only Li Bai frustrated and down-trodden has been．
⑬孰云网恢恢，	Who says the net of Heaven has large meshes？
⑭将老身反累。	Li Bai, in his later years, suffer from lashes．
⑮千秋万岁名，	His enjoyment of a high fame for ever and a day，
⑯寂寞身后事。	Will come only after his unknown life passes away．

详注：句①浮云〈主〉终日〈状〉行〈谓〉。浮云：空中飘浮的云。终日：整天。行：飘浮。这句与下句是并列关系。

句②游子〈主〉久〈状〉不至〈谓〉。游子：在外游历的人，这里指李白。久：很长时间。不至：不到来。

句③我〈主·省〉三夜〈状〉频〈状〉梦〈谓〉君〈宾〉。我：指作者。三夜：三个夜晚。频：连续。梦：梦到。君：您，指李白。下文中的"君"同此。"君"是对人的敬称。

句④此〈主·省〉见〈谓·倒〉君〈定·倒〉情亲〈定·倒〉意〈宾〉。此：指"三夜频梦君"。见：显示出。君：您的，指李白的。情亲：亲密的。意：心意。作者把梦到李白看作李白主动进入作者的梦里。这句补充说明上句。

句⑤君〈主·省〉常〈状〉局促〈状〉告归〈谓〉。常：总是。局促：匆忙。告归：告辞。这句与下句是并列关系。

句⑥君〈主·省〉苦〈状〉道〈谓〉来不易〈主谓短语·宾〉。苦：再三地。道：说。来不易：来一趟不容易。主谓短语的结构是：来＋不易(主语＋谓语)。

句⑦江湖〈定〉风波〈主·倒〉多〈谓·倒〉。江湖风波：江湖上的风浪。这里，借江湖风波喻险恶的社会环境，是借喻修辞格。这句与下句是因果关系。

句⑧君〈主·省〉恐〈谓·倒〉舟楫失坠〈主谓短语·宾〉。恐：担心。舟：船。楫(jí)：桨。失坠：船翻人落水。这里，借舟楫失坠喻遭人陷害，是借喻修辞格。主谓短语的结构是：舟楫＋失坠(主语＋谓语)。

句⑨君〈主·省〉出门〈状〉搔〈谓〉白首〈宾〉。出门：出门的时候。搔(sāo)：抓。白首：白头。

句⑩君〈主·省〉若〈状〉负〈谓〉平生〈定〉志〈宾〉。若：好像。负：违背。平生：一生的。志：志向，抱负。这句补充说明上句。

句⑪冠盖〈主〉满〈谓〉京华〈宾〉。冠盖：达官贵人。冠：官帽。盖：车盖。这里借冠盖(标记)代达官贵人，是借代修辞格。满：充满。京华：京城长安。这句与下句是并列关系。

句⑫斯人〈主〉独〈状〉憔悴〈谓〉。斯人：此人，指李白。独：唯独。憔悴(qiáo cuì)：失意困苦。

句⑬孰〈主〉云〈谓〉网恢恢〈主谓短语·宾〉。孰：谁。云：说。网：天网，即天理。恢恢：广大无边。主谓短语的结构是：网＋恢恢(主语＋谓语)。

句⑭君〈主·省〉将老〈谓〉身〈主〉反累〈谓〉。这句由两个句子构成。"君将老"是一句。"身反累"是一句。

前句是后句的时间状语。将老:快老了。身:身体。反:反而。累:连累,牵连,即"含冤受屈"。这句补充说明上句。

句⑮千秋万岁〈定〉名〈中心词〉。这是一个名词句,作下句主语。千秋万岁:千万年。名:指李白作为伟大诗人的盛名。这句与下句是主谓关系。

句⑯是〈谓·省〉寂寞身后〈方位短语·定〉事〈宾〉。寂寞身:指李白在世时的困顿失意。后:死后。方位短语的结构是:寂寞身+后("后"是方位词)。

浅析:这首诗也描写了杜甫梦到李白的情景,表达了作者对李白的浓浓情意。第一、二句描写了作者对李白的思念,他见到天上飘动的浮云就想到李白。第三、四句描写了作者积思成梦。第五句至第十句描写了梦中情景。第五句至第八句记叙了李白说的话。第九、十句记叙了李白的举动。第十一句至第十六句是作者的议论,表达了作者对李白不幸遭遇的愤愤不平。

送綦毋潜落第还乡

Seeing Off Qiwu Qian Who's Going Home After Failing the Palace Graduate Examination

王　维　Wang Wei

①圣代无隐者,	In the times of a wise emperor, any recluses there are not,
②英灵尽来归。	Because all the talents have come out to serve the royal court.
③遂令东山客,	This situation makes Qiwu Qian, my friend,
④不得顾采薇。	His secluded life end.
⑤既至金门远,	Though you have failed the Palace Graduate Examination in Chang'an,
⑥孰云吾道非?	Yet who will say your proposition is wrong?
⑦江淮度寒食,	So you'd better spend the Cold-Food Day at the Yangtze-Huaihe Valley, and then,
⑧京洛缝春衣。	Make spring clothes in Chang'an once again.
⑨置酒长安道,	Today I get wine ready on the Chang'an Road,
⑩同心与我违。	To bid farewell to you, my friend old.
⑪行当浮桂棹,	You'll take a delicate boat to go back to your hometown,
⑫未几拂荆扉。	And you'll knock at the wicker door of your house before long.
⑬远树带行客,	When the trees in the distance keep you out of my sight,
⑭孤城当落晖。	Chang'an stands here alone in the setting-sun light.
⑮吾谋适不用,	It so happened that the chief examiner didn't adopt my recommendation of you.
⑯勿谓知音稀。	Please never think your bosom friends are few.

详注：题.綦(qí)毋(wú)吴潜：王维的好友。落第：没考中。考中称"及第"。王维：字摩诘，唐朝进士，曾任官职。

句①圣代〈主〉无〈谓〉隐者〈宾〉。圣代：圣明时代。无：没有。隐者：隐居的人。这句与下句是果因关系。

句②英灵〈主〉尽〈状〉来归〈谓〉。英灵：杰出人才。尽：都。来归：归顺朝廷，为朝廷效力。

句③这〈主·省〉遂令东山客〈与下句构成兼语短语作谓语〉。这：指第一、二句中的情况。遂：就。令：使，让。东山：在浙江上虞市南。东晋谢安做官前曾隐居东山。所以，称隐士为东山客。这里借东山客喻綦毋潜，是借喻修辞格。兼语短语的结构是：令＋东山客＋不得顾采薇。这句与下句是主谓关系。

句④不得顾采薇。不得顾：顾不上。采：采摘。薇(wēi)：大巢菜。采薇：隐居。周武王灭殷后，殷朝孤竹君的两个儿子伯夷、叔齐反对周武王灭殷，逃到首阳山隐居，采薇为生，以示不食周粟。后人就用采薇指隐居。

句⑤你〈主·省〉既至远〈倒〉金门〈联合短语·谓〉。你：指綦毋潜。下文中的"你"同此。既：已经。至：到京城。远：远离。金门：金马门，是官署门，门旁有铜马，所以称金门。这里，借远金门喻綦毋潜落第，是借喻修辞格。联合短语的结构是：既至＋远金门（两者是转折关系）。这句与下句是转折关系。

句⑥孰〈主〉云〈谓〉吾道非〈宾〉。孰：谁。云：说。吾道非：我的主张不对。这是一个典故。孔子被困陈、蔡，曾对子贡说："吾道非耶？吾何为于此？"这里，作者引用了其中的三个字，意在表明綦毋潜的主张犹如孔子的主张是正确的。只是时机不好，没被人接受。这句是肯定形式的反问句，其意思是否定的，即"没有人说'吾道非'"。

句⑦你〈主·省〉江淮〈状〉度〈谓〉寒食〈宾〉。江淮：在江淮。度：度过。寒食：寒食节。在清明节前两天。寒食节三天，禁火，吃冷食。这句与下句是顺承关系。

句⑧你〈主·省〉京洛〈状〉缝〈谓〉春衣〈宾〉。京洛：在京洛。京：西京长安。洛：东京洛阳。进士考试有时在洛阳举行。缝春衣：指进京后缝制春天的衣服。

句⑨我〈主·省〉置〈谓〉酒〈宾〉长安道〈补〉。我：指作者。置：备。长安道：在长安路上，古人常在城外大路旁备酒送行。这句与下句是果因关系。

句⑩同心〈主〉与我〈介词短语·状〉违〈谓〉。同心：志同道合者，指綦毋潜。我：指作者。违：分别。这里的介词短语的结构是：与＋我（"与"是介词）。

句⑪你〈主·省〉行当〈状〉浮〈谓〉桂棹〈宾〉。行当：将要。浮：乘。桂棹(zhào)：桂木做的桨。这里借桂棹(部分)代船(整体)，是借代修辞格。"桂棹"是船的美称。这句与下句是顺承关系。

句⑫你〈主·省〉未几〈状〉拂〈谓〉荆扉〈宾〉。未几：不久。拂：敲。荆扉(fēi)：柴门，即綦毋潜的家门。

句⑬远〈定〉树〈主〉带〈谓〉行客〈宾〉。远树：远处的树。带：围绕，引申为"遮住"。行客：指綦毋潜。这句与下句是并列关系。

句⑭孤城〈主〉当〈谓〉落晖〈宾〉。孤城：指长安。当：对着。落晖：夕阳的余晖。

句⑮吾谋〈主〉适〈状〉不用〈谓〉。吾：我的，指作者的。谋：计谋，指作者对綦毋潜的推荐。适：偶尔。不用：没有被采用。这句是一个典故。《左传·公文十三年》有："子无谓秦无人，吾谋适不用也。"这里，作者引用这个典故，意在表明綦毋潜落第不是他没有人赏识，而是考官碰巧没采纳作者对他的推荐。这句与下句是因果关系。

句⑯你〈主·省〉勿谓〈谓〉知音稀〈主谓短语·宾〉。勿谓：不要认为。知音：知己朋友。这是一个典故。相传，春秋时期有个俞伯牙，善鼓琴。钟子期善听琴，能从俞伯牙的琴声中听出他的心意。后人就用知音指知己朋友。稀：缺少。主谓短语的结构是：知音＋稀(主语＋谓语)。

浅析：这是一首送别诗，表达了作者对友人的劝慰。第一句至第四句交代了社会背景：朝廷招贤，綦毋潜出山，参加进士考试。第五、六句表达了作者对友人的劝慰。第七、八句的言外之意是鼓励友人明年再来京参加考试。"江淮"表明乘船进京。"度寒食"和"缝春衣"表明春天来京。第九句至第十四句描写了送别的情景。置酒送别体现了作者对綦毋潜的深情厚谊。第十一、十二句表达了作者的良好祝愿,祝友人一路顺风,平安到家。第十三、十四句描写了作者送走友人后所见景色,表达了作者的惜别之情。作者送走友人后,久久地站在原地,望着友人远去,所以见到"远树带行客,孤城当落晖"。最后两句进一步表达了作者对友人的劝慰。"适"的言外之意是:这次没用我对你的推荐,下次就可能用了。所以,你终究会及第的,你不要丧失信心。

本诗③④句是流水对,⑦⑧句是工对。

送 别

Seeing a Friend Off

王 维　Wang Wei

①下马饮君酒,　　When I dismount from my horse, and to drink wine I ask you,
②问君何所之。　　"Where are you going?" is the question I put to you.
③君言不得意,　　You answer, "Things in the officialdom go against my will,
④归卧南山陲。　　So go live near Mount Zhongnan I shall."
⑤但去莫复问,　　I say, "Just go there, I have no more questions for you, my friend,
⑥白云无尽时。　　For the white clouds there come and go without end."

详注: 句①我〈主·省〉下马饮君酒〈连动短语·谓〉。我:指作者。下文中的"我"同此。饮(yǐn):请……喝。君:指友人。下文中的"君"同此。古人送别,常骑马送到城外并备酒送行。连动短语的结构是:下马+饮君酒(动作先后关系)。这句是下句的时间状语。

句②我〈主·省〉问君之〈倒〉何所〈兼语短语·谓〉。问:询问。之:到,往。何所:什么地方。古汉语的疑问句中,疑问代词(何所)作宾语,要移到动词前。兼语短语的结构是:问+君+之何所。

句③君〈主〉言〈谓〉不得意〈宾〉。言:说。不得意:官场不顺心。这句与下句是因果关系。

句④我〈主·省〉归卧〈谓〉南山陲〈宾〉。归卧:归隐。南山:终南山,位于西安市南。唐朝许多名士曾隐居于此。陲(chuí):边。

句⑤君〈主·省〉但〈状〉去〈谓〉我〈主·省〉莫复问〈谓〉。这句由两个句子构成。"君但去"是一句。"我莫复问"是一句。两句间是并列关系。但:只管。莫:不。复:再。这句与下句是果因关系。

句⑥白云〈主〉无〈谓〉尽〈定〉时〈宾〉。白云:指南山边的白云。无:没有。尽:完。时:时候。

浅析: 这是一首送别诗。全诗采用问答形式。"问君何所之"表达了作者对友人的关切。"不得意"表明了友人归隐的原因:对官场不满。最后两句是作者给友人的临别赠言,表达了作者对友人的劝慰和对隐居生活的向往。"无尽时"意味着日日、月月、年年都有如画美景让你悠然自得地欣赏并获得无穷乐趣,其中暗含着"世间的功名富贵总有终了的一天"。

青　溪

The Green Stream

王　维　Wang Wei

①言入黄花川，	When I come to the Yellow Flower Rill,
②每逐青溪水。	Along the Green Stream I oft go.
③随山将万转，	I take many turns with the hill,
④趣途无百里。	Not more than one hundred *li* I follow.
⑤声喧乱石中，	The running water amid the disordered and different-sized stones sounds loud,
⑥色静深松里。	The scenery in the dense and large pine woods is tranquil.
⑦漾漾泛菱荇，	With the ripples, the water caltrops and the banana-plants lightly float about,
⑧澄澄映葭苇。	The reflection of the reeds in the water is clear and still.
⑨我心素已闲，	I have been in carefree mood,
⑩清川澹如此。	And just as my mood the scenery around the Green Stream is quiet and good.
⑪请留盘石上，	I really want to remain on this big stone,
⑫垂钓将已矣！	So as to spend the rest of my life by fishing alone.

详注：题.青溪：河流名，在今陕西沔县东，与黄花川相连。

句①我〈主·省〉言入〈谓〉黄花川〈宾〉。我：指作者。下文中的"我"同此。言：是语助词，用作动词词头，无实义。入：进入。黄花川：河流名，在今陕西凤县东北。这句是下句的时间状语。

句②我〈主·省〉每〈状〉逐〈谓〉青溪水〈宾〉。每：往往。逐：沿着……行走。青溪水：青溪河。

句③我〈主·省〉随山〈介词短语·状〉将〈状〉万转〈谓〉。随：沿着。将：将近。万转：转了一万转。"万"是夸张修辞格，不实指。介词短语的结构是：随＋山（"随"是介词）。这句与下句是并列关系。

句④我〈省〉趣〈主谓短语·定〉途〈主〉无〈谓〉百里〈宾〉。趣：同"趋"，意即"前行"。途：路程。无：没有。百里：古人以三百步为一里。主谓短语的结构是：我＋趋（主语＋谓语）。

句⑤声〈主〉喧〈谓〉乱石中〈方位短语·补〉。声：流水声。喧：响。乱石：在大小不等排列无序的石头中间。方位短语的结构是：乱石＋中（"中"是方位词）。这句与下句是并列关系。

句⑥色〈主〉静〈谓〉深松里〈方位短语·补〉。色：景色。静：悄然无声。深松里：在大而密的松树林里。方位短语的结构是：深松＋里（"里"是方位词）。

句⑦菱荇〈联合短语·主·倒〉漾漾〈状〉泛〈谓〉。菱(líng)：一种水生植物，其果实是菱角。荇(xìng)：一种水草。菱和荇都漂浮在水面上。漾漾(yàng)：轻轻飘动的样子。泛：浮动。这句与下句是并列关系。

句⑧葭苇〈主·倒〉澄澄〈状〉映〈谓〉。葭苇(jiā wěi)：芦苇。澄澄(chéng)：清晰地。映：倒映在水中。

卷一　五言古诗

19

句⑨我〈定〉心〈主〉素〈状〉已闲〈谓〉。心：心境。素：向来，原本。已：已经。闲：清闲安适。这句与下句是递进关系。

句⑩清川〈主〉澹〈谓〉如此〈补〉。清川：指清溪。澹(dàn)：澄静。如此：像我的心境。

句⑪我〈主·省〉请留〈谓〉盘石上〈方位短语·补〉。请留：想留。盘石：大石头。方位短语的结构是：盘石+上（"上"是方位词）。

句⑫我〈主·省〉垂钓将已矣〈连动短语·谓〉。垂钓：钓鱼。将已矣：了却一生。连动短语的结构是：垂钓（方式）+将已矣（动作）。这句是上句的目的状语。

浅析：这是一首山水诗。作者按照他行进时所见依次进行描写。第一、二句交代了青溪与黄花川相连的地理特征。第三、四句交代了游览清溪的概况。第五句至第八句描写了清溪的景色，构成了四幅画面。两静两动，动静相映。第五、七句是动态画面。第六、八句是静态画面。第九、十句表明恬静澄明的自然景色正与作者的宁静安适的心境相吻合。第十一、十二句表达了作者以垂钓终老于清溪的愿望，流露了作者的淡泊情怀。

本诗⑤⑥句和⑦⑧句都是工对。

渭川田家

The Farmers' Life by the Wei River

王　维　Wang Wei

①斜阳照墟落，	The setting sun cast its light on the village, when,
②穷巷牛羊归。	The cattle and the sheep come into the out-of-the-way lane.
③野老念牧童，	Of the shepherd boy an aged farmer is thinking,
④倚杖候荆扉。	So for the boy he is leaning on his walking stick by the wicker gate and waiting.
⑤雉雊麦苗秀，	The pheasants call in the fields and the wheat straws put forth ears green,
⑥蚕眠桑叶稀。	The silkworms sleep and the mulberry leaves are few and far between.
⑦田夫荷锄至，	When the farmers with hoes on their shoulders are on the homeward way,
⑧相见语依依。	They meet and chat, reluctant to go away.
⑨即此羡闲逸，	Admiring the scene I have in my sight,
⑩怅然吟《式微》。	The ancient poem "Wane, wane, why not go home?" I sadly recite.

详注：**题**. 渭川：渭河，黄河最大支流，在陕西省中部。田家：农家。渭川田家：渭河边的农家。

句①斜阳〈主〉照〈谓〉墟落〈宾〉。斜阳：夕阳。照：照着。墟(xū)落：村庄。这句是下句的时间状语。

句②牛羊〈主·倒〉归〈谓〉穷巷〈宾·倒〉。归:回到。穷巷:僻巷。

句③野老〈主〉念〈谓〉牧童〈宾〉。野老:老农。念:惦记着。这句与下句是因果关系。

句④他〈主·省〉倚杖候〈连动短语·谓〉荆扉〈补〉。他:指野老。倚杖:扶着拐杖。候:等候。荆扉:在柴门旁。连动短语的结构是:倚杖(方式)+候(动作)。

句⑤雉〈主·雏〉谓〉麦苗〈主〉秀〈谓〉。这句由两个句子构成。"雉雊"是一句。"麦苗秀"是一句。两句间是并列关系。雉(zhì):野鸡。雊(gòu):野鸡的鸣叫。秀:开花吐穗。这句与下句是并列关系。

句⑥蚕〈主〉眠〈谓〉桑叶〈主〉稀〈谓〉。这句由两个句子构成。"蚕眠"是一句。"桑叶稀"是一句。前句是后句的时间状语。蚕眠:蚕脱皮时不吃不动,好像在睡眠。稀:少。

句⑦田夫〈主〉荷锄至〈连动短语·谓〉。田夫:农夫。荷(hè):扛着。锄:锄头。至:回家。连动短语的结构是:荷锄(方式)+至(动作)。这句是下句的时间状语。

句⑧他们〈主·省〉相见依依〈倒〉语〈谓〉。他们:农夫们。相见:见面。"相"是动词前缀,没有实义。依依:亲密地。语:交谈。连动短语的结构是:相见+依依语(动作先后关系)。

句⑨我〈主·省〉即此羡闲逸〈连动短语·谓〉。我:指作者。即:看到。此:指上文中的情景。美:羡慕。闲逸:安闲自在。连动短语的结构是:即此+羡闲逸(动作先后关系)。这句与下句是因果关系。

句⑩我〈主·省〉怅然〈状〉吟〈谓〉《式微》〈宾〉。我:指作者。怅(chàng)然:闷闷不乐地。吟:吟诵。式微:是《诗经·邶风》中的一篇的篇名。诗中有:"式微式微,胡不归。"这里,作者吟《式微》意在表达他辞官归隐田园的愿望。式:是发语词。微:世事衰落。胡:为什么。

浅析:这是一首田园诗,描绘了一幅幅生意盎然的农家生活画面。第一句描绘了一幅静态的夕照画面。第二句描绘了一幅动态的牛羊晚归画面。第三、四句描绘了一幅恬静的盼归画面。第五句描绘了一幅室外的动态画面。第六句描绘了一幅静态的室内画面。第七、八句描绘了一幅闲逸自乐的农夫晚归画面。"依依"凸显了安逸自在,乐而忘归的情景。最后两句是作者触景生情,表达了作者对安逸、闲适、宁静的归隐生活的向往。

本诗⑤⑥句是工对。

西 施 咏

Song of Xi Shi

王 维　Wang Wei

①艳色天下重,	Beauties have been valued by the people all along,
②西施宁久微。	So how could Xi Shi be lowly for long?
③朝为越溪女,	She's a maid by the Yue Stream in the morning,
④暮作吴宫妃。	She becomes King Wu's imperial concubine in the evening.

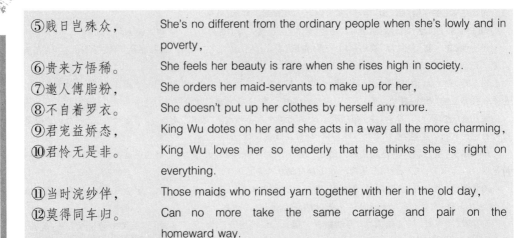

⑤贱日岂殊众，	She's no different from the ordinary people when she's lowly and in poverty,
⑥贵来方悟稀。	She feels her beauty is rare when she rises high in society.
⑦邀人傅脂粉，	She orders her maid-servants to make up for her,
⑧不自着罗衣。	She doesn't put up her clothes by herself any more.
⑨君宠益娇态，	King Wu dotes on her and she acts in a way all the more charming,
⑩君怜无是非。	King Wu loves her so tenderly that he thinks she is right on everything.
⑪当时浣纱伴，	Those maids who rinsed yarn together with her in the old day,
⑫莫得同车归。	Can no more take the same carriage and pair on the homeward way.
⑬持谢邻家女，	By telling this story I advise the maid Dong Shi,
⑭效颦安可希？	How could you expect to get others' appreciation by knitting brows in imitation of Xi Shi?

详注.题.西施:春秋时期越国民间美女。越王勾践被吴国打败。他知道吴王好色,于是施美人计,派范蠡把西施献给吴王夫差。吴王十分宠爱以致荒废朝政。后来,吴国终于被越国消灭。咏:古诗的一种体裁。

句①天下〈主·倒〉重〈谓〉艳色〈宾·倒〉。天下:天下人。重:看着。艳色:美色。这句与下句是因果关系。

句②西施〈主〉宁〈状〉久〈状〉微〈谓〉。宁:岂能。久:长久地。微:处于微贱地位。

句③她〈主·省〉朝〈状〉为〈谓〉越溪女〈宾〉。她:指西施,下文中的"她"同此。朝(zhāo):早晨。为:是。越溪女:若耶溪边的女子。若耶溪在今浙江绍兴市南,溪边有浣纱石。西施常在那里浣纱,所以称浣纱溪。这句与下句是并列关系。

句④她〈主·省〉暮〈状〉作〈谓〉吴宫妃〈宾〉。暮:傍晚。作:成为。吴宫妃:吴王夫差的妃子。

句⑤她〈主·省〉贱日〈状〉岂〈状〉殊〈谓〉众〈宾〉。贱日:在微贱的时候。岂:难道。殊:不同于。众:一般人。这句与下句是转折关系。

句⑥她〈主·省〉贵来〈状〉方〈状〉悟〈谓〉稀〈宾〉。贵来:显贵的时候。方:才。悟:意识到。稀:珍稀、少有,指西施的美色少有。

句⑦她〈主·省〉邀人傅脂粉〈兼语短语·谓〉。邀:唤。人:别人。傅(fù):涂抹。脂粉:胭脂和粉。兼语短语的结构是:邀+人+傅脂粉。这句与下句是并列关系。

句⑧她〈主·省〉不自着〈谓〉罗衣〈宾〉。自着:自己穿。罗衣:丝绸衣服。

句⑨君〈主〉宠〈谓〉她〈主·省〉益〈状〉娇态〈谓〉。这句由两个句子构成。"君宠"是一句,"她益娇态"是一句。两句间是因果关系。君:指吴王夫差。宠:娇纵。益:更加。娇态:做出娇媚的姿态。这句与下句是因果关系。

句⑩君〈主〉怜〈谓〉无是非〈补〉。君:指吴王夫差。怜:喜爱,指喜爱西施。怜无是非:喜爱得不辨是和非。

句⑪当时〈定〉浣纱〈定〉伴〈中心语〉。这是一个名词句,作下句的主语。当时:往日的。浣纱伴:指与西施一道浣纱的女子。这句与下句是主谓关系。

句⑫莫得〈状〉同车归〈连动短语·谓〉。莫得:不能。同车:与西施同坐一辆车。归:回去。连动短语的结构是:同车(方式)+归(动作)。

句⑬我〈主·省〉持之〈省〉谢邻家子〈连动短语·谓〉。我:指作者。持:用。之:指西施的故事。谢:奉劝。邻家子:隔壁的丑女,指东施。古代也称女儿为子。连动短语的结构是:持之(方式)+谢邻家子(动作)。

句⑭你〈主·省〉安可〈状〉希〈谓〉效颦〈动宾短语·宾·倒〉。你:指东施。安可:怎么可以。希:指望。效颦(pín):西施心痛时,就捂着心口,皱着眉,显得更美。东施也学西施的样子,结果显得更丑。效:模仿。颦:皱眉头。这句是上句的宾语。

浅析:这首诗叙写了西施的故事。第一、二句暗示了西施是个美女。第三、四句叙写了西施朝贱暮贵的事实。第五、六句表明质美者终究会脱颖而出。第七句至第十二句描写了西施显贵后生活情景。最后两句是作者的议论,表达了对世人的劝告:没有西施的美貌,单靠模仿西施的皱眉是达不到任何目的的。一个人能否显贵取决于他(她)是否质美,是否真有本领。

本诗③④句是工对,⑪⑫句和⑬⑭句是流水对。

秋登万山寄张五

To Zhang the Fifth After Ascending Mount Wan in Autumn

孟浩然　Meng Haoran

①北山白云里,	Mount Wan is covered by clouds white,
②隐者自怡悦。	With it in sight, I live with content and delight.
③相望试登高,	Looking forward to you, I make an effort to ascend this height,
④心随雁飞灭。	Then my heart follows the wild geese till they fly out of my sight.
⑤愁因薄暮起,	I feel sad when dusk is coming near,
⑥兴是清秋发。	Yet my interest is aroused by the autumn clear.
⑦时见归村人,	From time to time I see villagers home-returning,
⑧沙行渡头歇。	They are walking on the sands, and then taking a rest at the ferry-crossing.
⑨天边树若荠,	The trees far away look like shepherd's purses small and low in height,
⑩江畔洲如月。	The riverside sandbar looks like a crescent moon white.
⑪何当载酒来,	When will you bring a pot of wine here,
⑫共醉重阳节。	So that we can get drunk on the Double Ninth Festival this year.

详注:题.秋:秋天。登:登上。万山:在今湖北襄樊市襄阳区西北。寄:写赠。张五:姓张,排行老五,是作者的友人。孟浩然:曾进京应试落第。终生布衣。年轻时曾隐居鹿门山。

句①北山〈主〉在〈谓·省〉白云里〈方位短语·宾〉。北山:指万山。方位短语的结构是:白云+里("里"是方位词)。

句②隐者〈主〉自〈状〉怡悦〈谓〉。隐者:指作者。自:独自。怡悦:愉悦。这里有一个典故。南朝梁诗人陶

卷一　五言古诗

弘景在《诏问山中何所有赋诗以答》一诗中有："山中何所有？岭上多白云。只可自怡悦，不堪持寄君。"第一句是齐高帝下诏询问，以示关心。其目的是希望陶弘景出山做官。后三句是陶弘景的回答。陶明知齐高帝的用意，却以此回答拒绝了齐高帝的征召。陶弘景的回答表明他甘愿隐居在山里，不愿做官的心迹。这里，作者在第一、二句中化用了其中的两句诗，表达了自己怡然自得的隐逸情怀。这句补充说明上句。

句③我〈主·省〉相望试登高〈连动短语·谓〉。我：指作者。下文中的"我"同此。相望：盼望友人。"相"是动词前缀，无实义。试：试着。登高：登上万山。连动短语的结构是：相望(因)+试登高(果)。这句与下句是顺承关系。

句④心〈主〉随雁〈介词短语·状〉飞灭〈谓〉。心：作者思念友人的心。随：随着。飞灭：飞到看不见的地方。介词短语的结构是：随+雁("随"是介词)。

句⑤愁〈主〉因薄暮〈介词短语·状〉起〈谓〉。愁：作者的愁绪。因：由于。薄暮：黄昏。起：生。介词短语的结构是：因+薄暮("因"是介词)。这句与下句是并列关系。

句⑥是〈倒·状〉清秋〈主·倒〉发〈谓〉兴〈宾·倒〉。是：摆在句首，对主语起强调作用。清秋：清朗的秋色。发：激发。兴：观景的兴致。

句⑦我〈主·省〉时〈状〉见〈谓〉归村〈定〉人〈宾〉。时：不时地。见：看到。归村人：回村子的人。这句与下句是主谓关系。

句⑧他们〈主·省〉沙行渡头歇〈联合短语·谓〉。他们：指回村子的人。沙行：在沙滩上行走。渡头歇：在渡口歇息。联合短语的结构是：沙行+渡头歇(动作先后关系)。

句⑨天边〈定〉树〈主〉若〈谓〉荠〈宾〉。若：像。荠(jì)：荠菜。"若荠"是明喻修辞格。这句与下句是并列关系。

句⑩江畔〈定〉洲〈主〉如〈谓〉月〈宾〉。江畔：江边。洲：沙洲。如：像。月：弯月。"如月"是明喻修辞格。

句⑪你〈主·省〉何当〈状〉载酒来〈连动短语·谓〉。你：指作者的友人张五。何当：什么时候。载：携带。连动短语的结构是：载酒(方式)+来(动作)。

句⑫我们〈主·省〉重阳节〈状·倒〉共〈状〉醉〈谓〉。我们：指作者和友人。重阳节：阴历九月初九。这一天，古人有登高饮菊花酒的习俗。共：一道。醉：喝醉。这句作上句的目的状语。

浅析：这首诗描写了作者秋日登山怀友的情景。第一、二句点明了作者的隐士身份及其悠然自得的心境。第三、四句紧扣题目中的"秋登万山"，描写了登高的原因以及登高所见。"相望"表明了登高的原因：思念朋友。"雁飞灭"表明了秋天。因为秋天到了，北雁要南飞。第五句总结了上文。作者因望友而登高，望而不见，于是心儿随大雁飞到远方。此刻，黄昏降临，仍不见友人踪影，所以，顿生愁绪。第六句开启下文对清秋景色的描写。这些景色无一不牵动着作者对友人的怀想。于是，有了最后两句，表达了作者对友人的深切思念和期盼。

本诗⑤⑥句是工对，⑨⑩句是宽对，⑦⑧句和⑪⑫句是流水对。

夏日南亭怀辛大

Missing Xin the First in the South Pavilion on a Summer Night

孟浩然　Meng Haoran

①山光忽西落，	Suddenly the sun-light on the mountain westward goes down,
②池月渐东上。	Gradually the moon over the pond in the east rises on.
③散发乘夕凉，	I unloose my hair to enjoy the evening breeze,
④开轩卧闲敞。	I open the windows and lie in a spacious place.
⑤荷风送香气，	Carrying the lotus scent the breeze blows by,
⑥竹露滴清响。	With a clear sound, the dewdrops drip from the bamboos nearby.
⑦欲取鸣琴弹，	I'd like to take out a lute and play it,
⑧恨无知音赏。	But I hate no bosom friend is here to appreciate it.
⑨感此怀故人，	Hence I miss you, my old friend,
⑩终宵劳梦想。	So that throughout the night I dream of you without end.

详注：题. 南亭：水边的一座小亭，在作者家的附近。怀：怀念。辛大：姓辛排行老大，是作者的友人。

句①山光〈主〉忽〈状〉西〈状〉落〈谓〉。山光：照在山上的阳光。忽：忽然间。西：向西边。落：下。这句与下句是并列关系。

句②池月〈主〉渐〈状〉东〈状〉上〈谓〉。池月：池边的月亮。渐：渐渐地。东：从东边。上：升起。

句③我〈主·省〉散发乘夕凉〈连动短语·谓〉。我：指作者。下文中的"我"同此。散发：散开头发，古代男子外出时把头发束在头顶，戴上帽子。在家时，可发披散开。乘夕凉：纳晚上的风凉。连动短语的结构是：散发（方式）+乘夕凉（动作）。这句与下句是并列关系。

句④我〈主·省〉开轩卧闲敞〈连动短语·谓〉。开：打开。轩(xuān)：窗户，指南亭的窗户。卧：躺在。闲敞：幽静宽敞处。连动短语的结构是：开轩+卧闲敞（动作先后关系）。

句⑤风〈主·倒〉送〈谓〉荷〈定·倒〉香气〈宾〉。送：吹来。荷：荷花的。这句与下句是并列关系。

句⑥竹〈定〉露〈主〉滴〈谓〉清响〈宾〉。竹露：竹子上的露水。滴：滴下时发出。清响：清脆的声响。

句⑦我〈主·省〉欲取鸣琴弹〈连动短语·谓〉。欲：想。取：拿出。鸣琴：琴能弹出声音，所以称鸣琴。弹：弹奏。连动短语的结构是：欲取鸣琴（动作）+弹（目的）。这句与下句是转折关系。

句⑧我〈主·省〉恨〈谓〉无知音赏〈兼语短语·宾〉。无：没有。赏：欣赏。兼语短语的结构是：无+知音+赏。

句⑨我〈主·省〉感此怀故人〈连动短语·谓〉。感此：有感于此。此：指"恨无知音赏"。怀：想念。故人：老朋友辛大。连动短语的结构是：感此（因）+怀故人（果）。

句⑩我〈主·省〉终宵〈状〉劳〈状〉梦想〈谓〉。宵(xiāo)：夜。终宵：整夜。劳：苦苦地。梦想：梦中思念友人。这句是上句的结果状语。

浅析：这首诗描写了作者夏夜在南亭纳凉怀友的情景。第一、二句描写了夜幕降临。"忽"和"渐"形成鲜明对照。这一快一慢体现出作者描写的细致。第三句至第六句描写了作者纳凉情景。第三、四句衬托了作者闲适舒畅、悠然自得的心境。第五、六句衬托了作者宁静的心境和高洁人品。"香气"和"清响"都是微弱的,作者能闻到、听到。可见他的心境十分宁静。"竹"挺拔而耐寒,"荷"出污泥而不染,衬托了作者的高洁人品。第七、八句映衬了作者的孤独和寂寞。作者因孤独和寂寞而弹琴。"恨无知音赏"流露了作者怀才不遇的苦闷。最后两句描写了作者对友人的苦苦思念,思念老友意味着思念知音,其中隐含着一种壮志未酬的愁苦。

本诗①②句和⑤⑥句都是工对。

宿业师山房待丁大不至

Staying Overnight in the Monk's House and Waiting for Ding the First Who Doesn't show up

孟浩然　Meng Haoran

①夕阳度西岭,	The setting sun goes down behind the west mountain.
②群壑倏已暝。	All the valleys are suddenly enveloped in the night darkness that has fallen.
③松月生夜凉,	The pine woods and the moonlight emit coolness at night,
④风泉满清听。	The breeze and the spring produce sound sweet and light.
⑤樵人归欲尽,	Nearly all the wood-cutters have homeward gone,
⑥烟鸟栖初定。	The birds in the mist have just perched down.
⑦之子期宿来,	To pass the night, by appointment I expect Ding the First to arrive,
⑧孤琴候萝径。	So with a lute in my hand, I wait on the trail with vines hanging alive.

详注. 题. 宿:在……过夜。业:僧人的名字。师:对僧人的尊称。山房:僧人的住处。待:等待。丁大:一个姓丁的人,排行老大。至:到。

句①夕阳〈主〉度〈谓〉西岭〈宾〉。度:越过。西岭:西边的山岭。这句与下句是顺承关系。

句②群〈定〉壑〈主〉倏〈状〉已〈状〉暝〈谓〉。群:所有的。壑(hè):山沟。倏(shū):一瞬间。已:已经。暝(míng):昏暗,指天黑下来。

句③松月〈联合短语·主〉夜〈状·倒〉生〈谓〉凉〈宾〉。松:松林。月:月光,这里借月(具体)代月光(抽象),是借代修辞格。夜:在夜里。生:生出。凉:凉意。联合短语的结构是:松+月(两者并列)。这句与下句是并列关系。

句④风泉〈联合短语·主〉满〈谓〉清听〈宾〉。风:风声。泉:泉水声。这里,借泉(具体)代泉水声(抽象),是借代修辞格。满:发出的全是。清听:清晰悦耳的声音。联合短语的结构是:风+泉(两者并列)。

句⑤樵人〈主〉归〈谓〉欲尽〈补〉。樵(qiáo)人:打柴的人。归:回家。欲:快要。尽:完。归欲尽:回得快走完了。这句与下句是并列关系。

句⑥烟鸟〈主〉栖〈谓〉初定〈补〉。烟鸟:雾霭中的归鸟。栖:栖息。初:刚。定:安定下来。栖初定:刚息定。

句⑦我〈主·省〉期〈倒〉之子来宿〈兼语短语·谓〉。我:指作者。下句中的"我"同此。期:约定。之:此,是指示代词。子:泛指人。之子:此人,指丁大。宿:过夜。兼语短语的结构:期+之子+来宿。"来宿"是连动短语,其结构是:来(动作)+宿(目的)。这句与下句是因果关系。

句⑧我〈主·省〉持〈省〉孤琴候萝径〈连动短语·谓〉。持:拿着。孤:一张。候:等候。萝径:在挂着松萝的小路上。连动短语的结构是:持孤琴(方式)+候萝径(动作)。

浅析:这首诗描写了作者夜宿山房等待友人的情景。第一句至第六句紧扣题目中的"宿业师山房",描写了傍晚时山房附近的清幽景色。这景色为作者等待友人营造出了情深意切的氛围。最后两句紧扣题目中的"待丁大不至",描写了作者等待友人的情景,表达了作者对友人的真挚情意。

同从弟南斋玩月忆山阴崔少府

Enjoying the Moon at the South Study Together With My Cousin and Thinking of Vice-Prefect Cui in Shanyin

王昌龄　Wang Changling

①高卧南斋时,	When in my south study I'm lying,
②开帷月初吐。	Drawing back the curtain, I see the moon just rising.
③清辉澹水木,	On the trees and the water the clear and bright moonlight glitters,
④演漾在窗户。	And before the window and the door it glimmers.
⑤荏苒几盈虚,	The moon wanes and waxes, waxes and wanes,
⑥澄澄变今古。	Under its clear and bright light, the present changes into the past and not a single second remains.
⑦美人清江畔,	Vice-Prefect Cui, at the Qing Jiang riverside,
⑧是夜越吟苦。	With Shaoxing tone chants poems hard tonight.
⑨千里共如何?	Does it make any difference for us to enjoy the moon in two places one thousand *li* apart?
⑩微风吹兰杜。	For the breeze has brought the scent of the orchid and the vanilla to my heart.

详注:题。从弟:堂弟。南斋:南面的书房。玩月:赏月。忆:怀念。山阴:古县名,今浙江绍兴会稽山北。少府:是县尉的别称。王昌龄:字少伯,唐朝进士,曾任官职,曾遭贬。

句①[我〈主·省〉高卧〈谓〉南斋〈补〉]〈小句·定〉时〈中心词〉。这是一个名词句,作下句的时间状语。我:指作者。高卧:高枕而卧,指"舒适地躺着"。南斋:在南面的书房里。斋:书房。时:时候。

句②我〈主·省〉开帷见〈省〉月初吐〈连动短语·谓〉。我:指作者。开:拉开。帷(wéi):窗帘。见:看到。初:刚。吐:升起。"月初吐"是主谓短语,其结构是:月+初吐(主语+谓语)。连动短语的结构是:开帷+见月初吐(动作先后关系)。

句③清辉〈主〉澹〈谓〉水木〈联合短语·补〉。清辉:清幽的月光。澹(dàn):荡漾。水:在水面上。木:在树木上。联合短语的结构是:水+木(两者并列)。这句与下句是递进关系。

句④它〈主·省〉演漾〈谓〉在窗户〈介词短语·补〉。它:指清辉。演漾:晃动。窗:窗子。户:门。介词短语的结构是:在+窗户("在"是介词)。"窗户"是联合短语,其结构是:窗+户(两者并列)。

句⑤月亮〈主·省〉荏苒〈谓〉几盈虚〈补〉。荏苒(rěn rǎn):随时间流逝而变化。几:几度。盈:圆。虚:缺。

句⑥澄澄〈状〉今〈主·倒〉变〈谓〉古〈宾〉。澄澄:在清澈明亮的月光下。今:今天。变:成了。古:古时。这句补充说明上句。

句⑦清江畔〈定·倒〉美人〈中心词〉。这是一个名词句,作下句主语。清江畔:清江边的。清江:在今浙江绍兴附近。畔:边。美人:指崔少府。这里,借美人喻崔少府,是借喻修辞格。古人常用美人喻有道德修养的人。这句与下句是主谓关系。

句⑧是夜〈状〉越吟〈谓〉苦〈补〉。是夜:今夜。越吟:用越调吟诗。这是一个典故。战国时越人庄舄(xì)在楚国做官,富贵不忘故乡。病中他思念故乡时,就用越声咏诗。这里,借越吟(果)代思念故乡(因),是借代修辞格。崔少府在山阴。山阴古属越地。苦:辛苦。

句⑨[我们〈主·省〉千里〈状〉共〈谓〉明月〈宾·省〉]〈小句·主〉如何〈谓〉? 我们:指作者和崔少府。千里:相隔着千里。共:共看。如何:有什么关系。这句与下句是果因关系。

句⑩微风〈主〉吹〈谓〉兰杜〈联合短语·宾〉。吹:吹送来。兰:兰草。杜:杜若。兰和杜都是香草。这里,借兰和杜(具体)代兰杜的香味(抽象),是借代修辞格。又借兰杜喻崔少府的才德,是借喻修辞格。联合短语的结构是:兰+杜(两者并列)。

浅析:这首诗描写了玩月怀友的情景。第一、二句紧扣题目中的"南斋"交代了玩月的地点。第三、四句紧扣题目中的"玩月",描写了迷人的月光。第五、六句也紧扣题目中的"玩月",抒发了玩月时对岁月流逝、世事沧桑的感慨。第七句至第十句紧扣题目中"忆山阴崔少府"。第七、八句是作者想象友人吟诗并思念故乡的情景,反衬了作者对友人的思念。最后两句的言外之意是:虽然我与友人相隔千里,但仍能闻到友人的芬芳。"兰杜"表达了作者对友人的高尚品格和出众才华的赞美。

本诗①②句和⑦⑧句是流水对。

寻西山隐者不遇

Looking for the Hermit in the West Mountain Without Meeting Him

丘　为　Qiu Wei

①绝顶一茅茨，　At the top of the mountain stands a hut thatched,
②直上三十里。　I walk up thirty *li* to reach it.

③扣关无僮仆，	I knock and knock but no boy-servant answers the door,
④窥室唯案几。	Then peering into the room, I see a tea-poy and a stool and no more.
⑤若非巾柴车，	If he doesn't drive his firewood van for a tour.
⑥应是钓秋水。	He must be fishing at the river.
⑦差池不相见，	The opportunity for us to meet is slipping,
⑧黾勉空仰止。	So my effort to climb up and my admiration for him come to nothing.
⑨草色新雨中，	Here I see the fresh grasses in the rain,
⑩松声晚窗里。	And I hear the wind blowing through the window in the even.
⑪及兹契幽绝，	In this quiet and secluded place I stay,
⑫自足荡心耳。	Which is certainly enough to wash all my worldly ideas away.
⑬虽无宾主意，	Though we have no chance to meet,
⑭颇得清净理。	Yet coming here I get the peace of mind indeed.
⑮兴尽方下山，	When my interest is over, I go down the mountain,
⑯何必待之子。	For there's no necessity for me to wait for and see this person.

详注：题.寻：寻访。西山：在何处,不详。不遇：没见着。丘为：唐朝进士,曾任官职。

句①绝顶〈主〉有〈谓·省〉一茅茨〈宾〉。绝顶：西山的最高峰上。茅茨(cí)：茅屋。是隐者的住处。

句②直上〈主〉有〈谓·省〉三十里〈宾〉。直上：从山脚到绝顶。这句补充说明上句。

句③我〈主·省〉扣〈谓〉关〈宾〉无僮仆〈主〉应〈谓·省〉。这句由两个句子构成。"我扣关"是一句。"无僮仆应"是一句。两句间是转折关系。我：指作者。下文中的"我"同此。扣：敲。关：原意是门闩。这里借关(部分)代门(整体)，是借代修辞格。无：没有。僮仆：未成年的仆人。应：应声开门。这句与下句是顺承关系。

句④我〈主·省〉窥室唯见〈省〉案几〈连动短语·谓〉。窥(kuī)：从门缝里看。室：室内。唯：只。案：古代坐具,小凳子。几：小桌子。连动短语的结构是：窥室 + 唯见案几(动作先后关系)。

句⑤他〈主·省〉若非〈连词〉巾〈谓〉柴车〈宾〉。他：指隐者。若非：如果不。巾：用帷幕盖车,引申为"驾"。柴车：砍柴用的车子。巾柴车：驾柴车出游。这句与下句是假设关系。

句⑥他〈主·省〉应是〈状〉钓〈谓〉秋水〈补〉。他：指隐者。应是：就是。钓：钓鱼。秋水：在秋水边。

句⑦我们〈主·省〉差池不相见〈连动短语·谓〉。我们：指作者和隐者。差(chā)池：错误,引申为"彼此错过"。连动短语的结构是：差池(因) + 不相见(果)。这句与下句是因果关系。

句⑧黾勉仰止〈联合短语·主〉空〈谓·倒〉。黾勉(mǐn miǎn)：努力。指作者爬上山的努力。仰止：敬慕,指作者对隐者的仰慕之情。"止"是语气词,表示确定语气,相当于"了"。空：落空。联合短语的结构是：黾勉 + 仰止(两者并列)。

句⑨雨中〈方位短语·定·倒〉草色〈主〉新〈谓〉。草色：草的色泽。新：清新。方位短语的结构是：雨 + 中("中"是方位词)。这句与下句是并列关系。

句⑩晚〈状·倒〉窗里〈方位短语·主·倒〉有〈谓·省〉松声〈宾〉。晚：日落时。松声：松涛声。方位短语的结构是：窗 + 里("里"是方位词)。

句⑪我〈主·省〉及兹契幽绝〈连动短语·谓〉。及：到。兹：此地,指隐者的住处。契(qì)：融入。幽绝：极其幽静的环境。连动短语的结构是：及兹 + 契幽绝(动作先后关系)。

句⑫这〈主·省〉自足〈状〉荡〈谓〉心耳〈联合短语·宾〉。这：指上句内容。自足：自然尽以。荡：涤荡,清洗。心耳：这里借心耳(具体)代俗念(抽象)，是借代修辞格。联合短语的结构是：心 + 耳(两者并列)。这句补充说明上句。

句⑬我〈主·省〉虽〈连词〉无〈谓〉宾主〈联合短语·定〉意〈宾〉。虽:虽然。无:没得到。宾:指作者。主:指隐者。宾主意:作者和隐者之间的情意。无宾主意:没见到隐者。联合短语的结构是:宾+主(两者并列)。这句与下句是转折关系。

句⑭我〈主·省〉颇〈状〉得〈谓〉清净理〈宾〉。颇:很。得:领悟到。清净理:清净的道理。佛教认为远离尘世的烦恼就是清净。

句⑮我〈主·省〉兴尽方下山〈连动短语·谓〉。兴:兴致。尽:完。方:就。这里用了一个典故。晋朝名士王徽之(王羲之的儿子,王献之的哥哥)在雪夜乘船拜访友人戴逵。到了门口,没进去就回来了。人问其故。王说:"吾本乘兴而行,兴尽而返,何必见戴。"作者把这个典故化用在最后两句中,意在表明他拜访隐者就像王徽之拜访戴逵,只是一种对友人的思念而已,属借喻修辞格。这里的连动短语的结构是:兴尽+方下山(动作先后关系)。

句⑯我〈主·省〉何必〈状〉待之子。待:等待。之:此。子:泛指人。之子:此人,指隐者。这句补充说明上句。

浅析:这首诗描写了作者寻访隐者而未遇的情景。第一、二句描写了隐者的住处的位置。"绝顶"表明隐者的住处远离尘世。"直上三十里"表明作者不畏攀登,可见作者对隐者的思念之深。第三、四句紧扣题目中的"不遇"。"扣关无僮仆"表明隐者不在家。"唯案几"表明隐者生活用具十分简陋,可见他的生活很艰苦。第五、六句是作者对隐者行踪的猜测,烘托了隐者清闲的生活情趣。"巾柴车"和"钓秋水"是隐者的日常生活内容。"秋"还点明了作者寻访隐者的季节——秋季。第七、八句表达了作者的失望和惆怅,衬托了他对隐者的思念之情。第九、十句描写了隐者住处的清幽景色。第十一句至第十四句描写了作者在清幽环境中对佛教清净理的感悟。这是作者的意外收获。作者寻访隐者未遇,却另有收获。作者因此感到满足。最后两句表达了作者无可无不可的旷达闲适情怀。

本诗⑤⑥句和⑬⑭句是流水对,⑨⑩句是工对。

春泛若耶溪

Boating on the Ruoye Stream in Spring

綦毋潜　Qiwu Qian

①幽意无断绝,	My interest to search for beautiful scenery is by no means gone,
②此去随所偶。	So this time without any destination I let my boat freely go on.
③晚风吹行舟,	The evening wind blows my boat that is going along,
④花路入溪口。	Along the flowers on both banks it comes to the entrance of the stream thereupon.
⑤际夜转西壑,	When night is nearing, my boat shifts into the valley western,

30

⑥隔山望南斗。	Then I gaze at the Southern Dipper high up over the mountain.
⑦潭烟飞溶溶，	The mist over the stream spreads all over,
⑧林月低向后。	The moon over the trees moves backward and looks lower and lower.
⑨生事且弥漫，	Everything is too uncertain to predict on this land,
⑩愿为持竿叟。	So I'd like to spend the later years of my life here with a fishing rod in my hand.

详注：题.春：春天。泛：乘船漂流。若耶溪：古河流名，在今浙江绍兴市南，是西施曾经浣纱的地方。綦毋潜：字孝通，唐朝进士，曾任官职。

句①幽意〈主〉无〈谓〉断绝〈宾〉。幽意：作者探寻清幽景致的兴致。无：没有。断绝：完结。这句与下句是因果关系。

句②此去〈主〉随〈谓〉所偶〈宾〉。此去：这次乘船漂流。随：听任。所偶：所遇。即到哪儿是哪儿，没有固定的目的地。"所偶"是所字短语，是名词性短语。

句③晚风〈主〉吹〈谓〉行舟〈宾〉。晚风：晚间的风。吹：吹着。行舟：行进中的船。

句④舟〈主·省〉花路〈状〉入〈谓〉溪口〈宾〉。舟：作者乘坐的船。花路：沿着一路鲜花。入：进入。溪口：若耶溪溪口。这句补充说明上句。

句⑤舟〈主·省〉际夜〈夜〉转〈谓〉西壑〈宾〉。舟：作者乘坐的船。际：快到。转：转入。西壑：西边的山谷。这句与下句是顺承关系。

句⑥我〈主·省〉隔山望南斗〈连动短语·谓〉。我：指作者。隔山：隔着若耶山。望：远看。南斗：南斗星，由六颗星组成。连动短语的结构是：隔山(方式) + 望南斗(动作)。

句⑦溶溶〈定·倒〉潭烟〈主〉飞〈谓〉。溶溶：迷漫的。潭：水面上的，指若耶溪上的。烟：水气。飞：飘浮。这句与下句是并列关系。

句⑧林月〈主〉向后〈介词短语·状·倒〉低〈谓〉。林月：树林上空的月亮。低：沉落。介词短语的结构是：向 + 后（"向"是介词）。

句⑨生事〈主〉且〈状〉弥漫〈谓〉。生事：世上的事。且：尚，还。弥漫：渺茫难料。这句与下句是因果关系。

句⑩我〈主·省〉愿为〈谓〉持竿〈动宾短语·定〉叟〈宾〉。我：指作者。愿：愿意。为：做。持竿：拿钓鱼竿的。叟(sǒu)：老人。动宾短语的结构是：持 + 竿(动词 + 宾语)。

浅析：这首诗描写了作者春游若耶溪的情景，流露了作者寄情山水、超然物外的情怀。第一、二句表达了作者放任自适的心境。第三句至第八句描写了若耶溪的秀丽风光。"晚风"表明作者开始泛舟的时间是傍晚，可见作者兴致之高，呼应了第一句。"吹行舟"紧扣"泛"字。"花路"紧扣"春"字。从"晚"到"夜"表明泛舟时间之长。"望南斗"衬托了作者心旷神怡。第七句描写了一幅具有动感的地面上的画面。第八句描写了一幅具有动感的天空中的画面。"月低向后"反衬了船在缓缓向前移动。作者的观察十分细致入微，可见心境十分平静。置身于如此清幽宁静的环境中，作者想到了世事的纷扰难料，于是写出了最后两句，表达了作者远离尘俗而归隐的愿望。

宿王昌龄隐居

Staying Overnight in Wang Changling's Hermitage

常　建　Chang Jian

①清溪深不测，　The limpid stream is too deep to be fathomable,
②隐处唯孤云。　Above the hermitage only a piece of cloud is visible.
③松际露微月，　Between the pine trees is seen a ray of the moonlight clear,
④清光犹为君。　All for you the bright radiance seems to be cast here.
⑤茅亭宿花影，　In the thatched arbour rests the flower shadow,
⑥药院滋苔纹。　In the medicinal herbs courtyard patches of green moss grow.
⑦余亦谢时去，　From this world I, too, like to hold myself aloof,
⑧西山鸾鹤群。　With the phoenixes and the cranes on Mount West I'm going to group.

详注：题．宿：在……过夜。王昌龄隐居：王昌龄曾经隐居过的住所。常建，唐朝进士，曾任小官，仕途不得意。

句①清溪〈主〉深〈谓〉不测〈补〉。清溪：清澈的溪水。深不测：深得不见底。这句与下句是并列关系。

句②隐处〈主〉唯〈谓〉孤云〈宾〉。隐处：王昌龄隐居的地方。唯：只有。孤云：一片云。

句③松际〈方位短语·主〉露〈谓〉微月〈宾〉。松际：松树之间。露：露出。微月：一线月光。这里，借月(具体)代月光(抽象)，是借代修辞格。方位短语的结构是：松＋际("际"是方位词)。

句④清光〈主〉犹〈状〉为君〈介词短语·状〉洒〈谓·省〉。清光：清幽的月光。犹：还，仍。君：你，指王昌龄。洒：洒下。介词短语的结构是：为＋君("为"是介词)。这句补充说明上句。

句⑤茅亭〈状〉花影〈主〉宿〈谓·倒〉。茅亭：在茅草盖的亭子上。花影：花的影子。宿：停留着。这句与下句是并列关系。

句⑥药院〈状〉苔纹〈主〉滋〈谓·倒〉。药院：在种植着草药的院子里。苔纹：青苔。滋：生。

句⑦余〈主〉亦〈状〉谢时去〈连动短语·谓〉。余：我，指作者。亦：也。谢：辞别。时：尘世。去：离去。连动短语的结构是：谢时＋去(动作先后关系)。这句与下句是主谓关系。

句⑧西山群〈倒〉鸾鹤〈与上句中的"谢时去"构成连动短语，作谓语〉。西山：古称樊山，在今湖北鄂州市城区西，长江南岸。群：与……在一起。鸾(luán)鹤：传说中的仙鸟。这里借鸾鹤喻隐士，是借喻修辞。连动短语的结构是：谢时去西山(动作)＋群鸾鹤(目的)。

浅析：这首诗描写了作者夜宿王昌龄隐居地时所见所感，流露出作者对隐逸生活的向往。第一句至第六句描写了王昌龄隐居地的清幽环境。"清溪"和"孤云"象征着王昌龄的高洁人品。第三句至第六句描写了夜晚所见，紧扣了题目中的"宿"字。最后两句直接表达了作者隐居的愿望。"亦"字流露了作者仿效王昌龄的心愿。

本诗⑤⑥句是工对，⑦⑧句是流水对。

与高适薛据登慈恩寺浮图

Ascending the Pagoda in the Temple of Benevolence and Grace Together with Gao Shi and Xue Ju

岑 参　Cen Shen

①塔势如涌出，	The pagoda is like a spring erupting high,
②孤高耸天宫。	Alone it towers into the sky.
③登临出世界，	Ascending it and looking down we seem to be out of the world there,
④蹬道盘虚空。	Because the stairs in it seem to spiral up in the air.
⑤突兀压神州，	It towers so high as if it controls the sacred lands,
⑥峥嵘如鬼工。	It's so magnificent as if it's built by the god's hands.
⑦四角碍白日，	The four angles of the eaves block the sunlight in the high,
⑧七层摩苍穹。	The seventh story of the pagoda reaches into the blue sky.
⑨下窥指高鸟，	Looking down we can point to the birds flying,
⑩俯听闻惊风。	Bending forward we can hear the wind howling.
⑪连山若波涛，	The continuous mountains look like the waves rolling,
⑫奔走似朝东。	They seem to be eastward extending.
⑬青槐夹驰道，	On both sides of the imperial roads the green locust trees line.
⑭宫观何玲珑。	How exquisite those imperial palaces look and how fine.
⑮秋色从西来，	From the west comes the autumn color bright,
⑯苍然满关中。	All over the Central Shaanxi it spreads far and wide.
⑰五陵北原上，	The five mausoleums on the north plain,
⑱万古青濛濛。	For thousands of years have been fresh green.
⑲净理了可悟，	I can completely grasp the Buddhist doctrines,
⑳胜因夙所宗。	For I have always been revering the good causes in the retribution for sins.
㉑誓将挂冠去，	I vow to give up my government post to be converted to Buddhism,
㉒觉道资无穷。	For grasping the Buddhist doctrines is of endless help to my wisdom.

详注：题. 高适：作者好友。薛据：作者好友。登：登上。慈恩寺：在今西安市南。此寺是唐高宗做太子时为他母亲建造的，所以称"慈恩"。浮图：宝塔。慈恩寺内有宝塔，共七层，又称大雁塔。此塔由玄奘和尚修建，专门收藏他从印度带回的佛经和佛像。岑参(cén shēn)：江陵人，唐朝进士，曾任官职。

句①塔势〈主〉如〈谓〉涌出〈宾〉。塔势:大雁塔的雄伟气势。如:像。涌出:从地上涌出一样,即"拔地而起"。"如涌出"是明喻修辞格。

句②它〈主·省〉孤高耸天宫〈联合短语·谓〉。它:指大雁塔。孤:独立。高耸:高高地耸立。天宫:到天上。联合短语的结构是:孤+高耸天宫(两者并列)。这句是补充说明上句。

句③我们〈主·省〉登临〈状〉出〈谓〉世界〈宾〉。我们:指作者、高适和薛据。下文中的"我们"同此。登:登上高塔。临:向下看。出世界:超出人间。这句与下句是果因关系。

句④蹬道〈主〉虚空〈状·倒〉盘〈谓〉。蹬(dēng)道:宝塔内的阶梯。虚空:在空中。盘:盘旋。

句⑤它〈主·省〉突兀〈谓〉压神州〈动宾短语·补〉。它:指大雁塔。突兀(wù):高耸特立。压:压住。神州:中国。动宾短语的结构是:压+神州(动词+宾语)。这句与下句是并列关系。

句⑥峥嵘〈主〉如〈谓〉鬼工〈宾〉。峥嵘(zhēng róng):高峻特出。如:像。鬼工:鬼斧神工所造,非人力所造。"如鬼工"是明喻修辞格。

句⑦四角〈主〉碍〈谓〉白日〈宾〉。四角:塔的四面的檐角。碍:挡住。白日:阳光。这句与下句是并列关系。

句⑧七层〈主〉摩〈谓〉苍穹〈宾〉。七层:七层的塔。摩:挨近。苍穹(qióng):天空。

句⑨我们〈主·省〉下窥指高鸟〈连动短语·谓〉。下窥(kuī):向下看着。指:指点。高鸟:高飞的鸟。连动短语的结构是:下窥(方式)+指高鸟(动作)。这句与下句是并列关系。

句⑩我们〈主·省〉俯听闻惊风〈连动短语·谓〉。俯听:俯着身子听。闻:听到。惊风:呼呼叫的风声。连动短语的结构是:俯听(方式)+闻惊风(动作)。

句⑪连山〈主〉若〈谓〉波涛〈宾〉。连山:连绵不断的山峦。若:像。"若波涛"是明喻修辞格。

句⑫它们〈主·省〉似〈谓〉朝东〈倒〉奔走〈状中短语·宾·倒〉。它们:指连山。似:好像。朝:向。东:东方。奔走:延伸,这里用"奔走"是把"连山"拟人化了,是拟人修辞格。状中短语的结构是:朝东+奔走(状语+动作)。"朝东"是介词短语,其结构是:朝+东("朝"是介词)。这句是补充说明上句。

句⑬青槐〈主〉夹〈谓〉驰道〈宾〉。青槐:绿色的槐树。夹:夹着。驰道:皇帝车驾通行的御道。御道两边种植着槐树。这句与下句是并列关系。

句⑭宫观〈主〉何〈状〉玲珑〈谓〉。宫观(guàn):各座宫殿。何:多么。玲珑(líng lóng):精巧别致。

句⑮秋色〈主〉从西〈介词短语·状〉来〈谓〉。秋色:秋天的色彩。介词短语的结构是:从+西("从"是介词)。这句与下句是主谓关系。

句⑯苍然〈状〉满〈谓〉关中〈宾〉。苍然:灰蒙蒙的一片。满:弥漫,充满。关中:古地名,今陕西关中平原。

句⑰北原上〈方位短语·定·倒〉五陵〈中心词〉。这是一个名词句,作下句主语。五陵:五座陵墓。即汉高祖长陵、汉惠帝安陵、汉景帝阳陵、汉武帝茂陵、汉昭帝平陵。北原:长安北面的平原。方位短语的结构是:北原+上("上"是方位词)。这句与下句是主谓关系。

句⑱万古〈状〉青濛濛〈谓〉。万古:千秋万代。青濛濛:青翠一片。"濛濛"是形容词后缀,表示状态。

句⑲我〈主·省〉了〈状〉可悟〈谓〉净理〈宾·倒〉。我:指作者,下文中的"我"同此。了:完全。可悟:可以领悟。净理:佛教的清净之理。这句与下句是果因关系。

句⑳我〈主·省〉夙〈状〉所宗〈谓〉胜因〈宾·倒〉。夙(sù):向来,一直以来。所宗:是所字短语,意即"崇尚"。胜因:佛教"因果报应"中的善因。

句㉑我〈主·省〉誓将〈状〉挂冠去〈连动短语·谓〉。誓将:发誓要。挂冠:是一个典故。东汉人逢萌曾学经于长安。当时,王莽当政,杀害了他的儿子,逢萌对友人说:"三纲绝矣!不去,祸将及人。"于是,他把冠解下挂在东城门上,离开了长安。作者引用这个典故,意在表明他要辞官归隐。连动短语的结构是:挂冠+去(动作先后关系)。这句与下句是果因关系。

句㉒觉道〈动宾短语·定〉资〈主〉无穷〈谓〉。觉:领悟。道:成佛之道,即佛道。资:帮助。无穷:没有尽头。动宾短语的结构是:觉+道(动词+宾语)。

浅析：这首诗描写了作者与友人登大雁塔时所见所想。第一、二句描写了未登塔时所见,凸显了塔的孤高。第三句至第六句描写了登塔时所见所感,凸显了塔的奇峻不凡。第七、八句描写了登塔后仰视所见。第九、十句描写了登塔后俯视所见所闻。第十一、十二句描写了向东看所见。第十三、十四句描写了向南看所见。第十五、十六句描写了向西看所见。第十七、十八句描写了向北看所见。以上八句(第十一句至第十八句)通过描写广阔辽远的视野中的景色进一步凸显了塔的高峻。最后四句是作者登塔后产生的想法。作者登如此高塔,见天地之大,想人生之短暂,顿悟了佛理,因而产生了辞官归依佛教的想法。

本诗⑦⑧句和⑨⑩句是工对,⑮⑯句和⑰⑱句是流水对。

贼退示官吏 并序

To the Officials After the Retreat of the Invaders

元 结　Yuan Jie

癸卯岁,西原贼入道州,焚烧杀掠,几尽而去。明年,贼又攻永破邵,不犯此州边鄙而退。岂力能制敌欤？盖蒙其伤怜而已。诸使何为忍苦征敛！故作诗一篇以示官吏。

In the first year of Guangde the minority troops from Guangxi captured Daozhou. After burning down the houses, killing the innocent people and plundering almost all their property they left. The next year they seized the neighbouring prefectures Yongzhou and Shaozhou. However they left without invading the border of Daozhou. Is Daozhou powerful enough to suppress them? No. It's all because they very much pitied the people of Daozhou. Why do you, the tax-collectors, so cruelly levy taxes? Therefore, I write this poem to warn you.

①昔年逢太平,	In my early years when the country was in peace and prosperity,
②山林二十年。	For twenty years I lived in the hills woody.
③泉源在庭户,	In my courtyard there was a spring source,
④洞壑当门前。	And a valley with caves lay before my house.
⑤井税有常期,	On fixed dates the taxes on the fields were paid,
⑥日晏犹得眠。	So the people could have a peaceful sleep in the afternoon late.

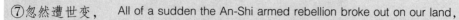

⑦忽然遭世变，	All of a sudden the An-Shi armed rebellion broke out on our land,
⑧数岁亲戎旃。	Therefore I joined the army for several years on end.
⑨今来典斯郡，	Now I'm appointed to govern Daozhou, when,
⑩山夷又纷然。	The minority troops from Guangxi start riots again.
⑪城小贼不屠，	It's not that Daozhou is too small to be worthy to be invaded,
⑫人贫伤可怜。	But that the people here are so poor as to be pitied.
⑬是以陷邻境，	So the invaders captured the neighbouring Yongzhou and Shaozhou and left,
⑭此州独见全。	Only Daozhou remains intact.
⑮使臣将王命，	Now you officials who, by the order of the emperor, come to collect taxes,
⑯岂不如贼焉？	Are worse than the invaders?
⑰今彼征敛者，	In order to get taxes from the people you press them,
⑱迫之如火煎。	It's just like on fire you put them.
⑲谁能绝人命，	Who would deprive the people of their means of livelihood,
⑳以作时世贤？	So as to get the title of "the present-day officials good"?
㉑思欲委符节，	I want to give up my government post,
㉒引竿自刺船。	And leave Daozhou by punting a boat.
㉓将家就鱼麦，	I'll bring my family to a fish-and-wheat land,
㉔归老江湖边。	So that I can live there in seclusion till my life's end.

详注：题．贼：指西原蛮，是广西境内的少数民族西原人。退：退兵。示：告知。官吏：旧时官员的通称。元结：字次山，唐朝进士，曾任道州刺史。

序．癸卯岁：指唐代宗广德元年（公元763年）。西原贼：西原蛮。入：攻入。道州：唐代州名，在今湖南道县西。焚(fén)烧：放火烧房子。杀：杀人。掠：抢财物。几：几乎。尽：光。而：这里的两个"而"都是连词。第一个"而"表示顺承关系，相当于"才"。第二个"而"表示转折关系，相当于"却"。明年：第二年。攻：攻破。永：永州，在今湖南永州市。邵：邵州，在今湖南邵阳市。不犯：不侵犯。此州：指道州。边鄙：边境。退：退兵。岂：难道。力：实力。制：制服。敌：敌人。欤(yú)：是语气词，表示反问语气，相当于"吗"。盖：是连词，承接上文说明原因，相当于"只因为"。蒙：受到。其：是代词，相当于"他们的"，指西原蛮。伤怜：同情。而已：是语气词，表示限止语气，相当于"罢了"。诸：各位。使：指负责某种财务的官员。这里，指税务官。何为：为何。忍苦：残忍地，苦苦地。征敛(liǎn)：收税。故：所以。作：写。以：是连词，表示目的，相当于"以便"。示：告知。

句①我〈主·省〉昔年〈状〉逢〈谓〉太平〈宾〉。我：指作者。下文中的"我"同此。昔年：以前。逢：遇上。太平：太平盛世。这句是下句的时间状语。

句②我〈主·省〉在〈谓·省〉山林〈宾〉二十年〈补〉。在：居住在。

句③泉源〈主〉在〈谓〉庭户〈宾〉。泉源：泉水的源头，泉眼。庭户：庭院里。这句与下句是并列关系。

句④洞壑〈主〉当〈谓〉门前〈方位短语·宾〉。洞：山洞。壑(hè)：山沟。当：对着。方位短语的结构是：门+前（"前"是方位词）。

句⑤井税〈主〉有〈谓〉常期〈宾〉。井税：指唐代实行的按户征收定额赋税的租、庸、调。常期：固定的日期。

这句与下句是因果关系。

句⑥日〈主〉晏〈谓〉百姓〈主·省〉犹得〈谓〉眠〈宾〉。这句由两个句子构成。"日晏"是一句。"百姓犹得眠"是一句。两句间是顺承关系。日：太阳。晏(yàn)：晚，即"下山"。犹：可。得：得到。眠：睡眠。

句⑦世〈主·倒〉忽然〈状〉遭〈谓〉变〈宾〉。世：社会。遭：遇到。变：动荡，指安史之乱。这句与下句是因果关系。

句⑧我〈主·省〉数岁〈状〉亲〈谓〉戎旃〈宾〉。数岁：好几年。亲：亲自参加。戎旃(róng zhān)：军旗。这里借戎旃(标志)代军队，是借代修辞格。

句⑨我〈主·省〉今〈状〉来典斯郡〈连动短语·谓〉。今：如今。典：主管。斯：这个。郡：指道州。连动短语的结构是：来(动作)＋典斯郡(目的)。这句是下句的时间状语。

句⑩山夷〈主〉又〈状〉纷然〈谓〉。山夷：指西原蛮。纷然：闹事，指侵扰永州、邵州等地。

句⑪城〈主〉小〈谓〉贼〈主〉不屠〈谓〉。这句由两个句子构成。"城小"是一句。"贼不屠"是一句。两句间是因果关系。城：道州城。贼：指西原蛮。屠：掠杀。这句与下句是转折关系。

句⑫人〈主·省〉贫〈谓〉伤〈状〉可怜〈补〉。人：指道州的老百姓。贫：贫穷。伤：太。可怜：让人同情。贫伤可怜：贫穷得太让人同情。

句⑬贼〈主·省〉是以〈状〉陷〈谓〉邻境〈宾〉。贼：指西原蛮。是以：因此。陷：攻陷。邻境：邻近的郡，指永州和邵州。这句与下句是因果关系。

句⑭此州〈主·省〉独〈状〉见全〈谓〉。此州：指道州。独：单独。见：被。全：保全下来。

句⑮使臣〈主〉将〈谓〉王命〈宾〉。使臣：皇帝派来的税务官。将：奉。王命：皇帝的命令。

句⑯你们〈主·省〉岂〈状〉不如〈谓〉贼〈宾〉焉〈语气词〉？你们：指使臣们。岂：难道。贼：指西原蛮。焉：表示反问，相当于"吗"。这是一个反问句。否定形式的反问句表示肯定的意思，即"使臣不如贼兵"。这句补充说明上句。

句⑰今〈定〉彼〈定〉征敛者〈中心词〉。这是一个名词句，作下句的主语。今：如今的。彼：那些。征敛(liǎn)者：征税的人。这句与下句是主谓关系。

句⑱迫〈谓〉之〈宾〉如火煎〈介词短语·状〉。迫：逼迫。之：是代词，指老百姓。如火煎：像用火煎熬，是明喻修辞格。介词短语的结构是：如＋火煎("如"是介词)。"火煎"是主谓短语，其结构是：火＋煎(主语＋谓语)。

句⑲谁〈主〉能〈状〉绝〈谓〉人命〈宾〉。绝：断绝。人命：人的生路。

句⑳以作时世贤〈与"能绝人命"构成连动短语，作谓语〉。以：以便。作：成为。时世：当时的。贤：贤臣，指统治者称许的好官。连动短语的结构是：绝人命(动作)＋作时世贤(目的)。这句是上句的目的状语。

句㉑我〈主·省〉思欲〈状〉委〈谓〉符节〈宾〉。思欲：真想。委：抛弃。符节：朝廷派出的官员的凭证，一半留在朝廷，一半由官员自己携带着。委符节：辞官。这句与下句是顺承关系。

句㉒自〈主·倒〉引竿刺船〈连动短语·谓〉。自：自己。引竿：拿着竹竿。刺船：撑船。连动短语的结构是：引竿(方式)＋刺船(动作)。

句㉓我〈主·省〉将家就鱼麦〈连动短语·谓〉。将：携带。家：家人。就：到。鱼麦：有鱼和麦的地方。连动短语的结构是：将家(方式)＋就鱼麦(动作)。

句㉔我〈主·省〉归老〈联合短语·谓〉江湖边〈补〉。归：归隐。老：老死。江湖边：在江湖边。联合短语的结构是：归＋老(两者是递进关系)。这句是上句的目的状语。

浅析：这首诗表达了作者对人民疾苦的同情和对横征暴敛者的谴责。第一句至第六句描写了安史之乱前的太平日子。不仅作者而且所有的人都过着安宁的日子。第七句至第十句描写了动乱局面。以上十句交代了时代背景，一治一乱形成了鲜明对比。第十一句至第十八句把"使臣"与"贼兵"作了对比，凸显了"使臣"比"贼兵"更凶狠。第十九、

卷一 五言古诗

二十句是一句分作两句写,是一个反问句。其意思是否定的,即:没有人会"绝人命,以作时世贤"的。其言外意是:我元结是不会这样做的。第二十一句至第二十四句表明了作者的态度:同情人民,反对横征暴敛。写这首诗时,作者只是一个小小刺史。他无力改变当时的社会现实。所以,他选择弃官,归隐江湖,从而独善其身。可见,作者是一个有良心的官员。

本诗③④句是工对,⑰⑱句和⑲⑳句是流水对。

郡斋雨中与诸文士燕集

Entertaining the Scholars in the Hall of My Prefecture Office When It's Raining Outside

韦应物　Wei Yingwu

①兵卫森画戟,	My prefecture office is heavily guarded by soldiers with weapons,
②燕寝凝清香。	The lounge is filled with delicate fragrance.
③海上风雨至,	When from the sea comes the breeze with a drizzle,
④逍遥池阁凉。	The pavilion and the pool in the prefecture yard become pleasantly cool.
⑤烦疴近消散,	My gloomy mood and minor illness are no more,
⑥嘉宾复满堂。	Furthermore the honored guests crowd the hall.
⑦自惭居处崇,	Being in a high position I feel uneasy and guilty,
⑧未睹斯民康。	Because I haven't made the people here live in health and safety.
⑨理会是非遣,	If one knows the ways of nature he will not trouble about wrongs or rights,
⑩性达形迹忘。	If one is broad-minded he will not be strict with the social rites.
⑪鲜肥属时禁,	Though at present fish and meat are not allowed,
⑫蔬果幸见尝。	Yet it's fortunate that I have fruits and vegetables to be savoured.
⑬俯饮一杯酒,	Bowing my head I drink a cup of wine,
⑭仰聆金玉章。	Raising my head I attentively listen to many verses fine.
⑮神欢体自轻,	Happy and gay my body feels light and easy out and out,
⑯意欲凌风翔。	I simply want to ride the wind to fly about.
⑰吴中盛文史,	The culture of Suzhou prefecture is thriving,
⑱群彦今汪洋。	So today a sea of scholars are here gathering.
⑲方知大藩地,	Now I see why Suzhou is one of the major prefectures,
⑳岂曰财赋强?	Is it only because it offers lots of taxes and levies?

详注：题.郡斋:州府衙门内的休息室。雨中:在下雨的时候。诸:各位。文士:文人。燕集:宴会。此时的作者是苏州刺史。韦应物:长安人,曾任多个官职。

句①**兵卫画戟**〈联合短语·主〉**森**〈谓·倒〉。兵卫:带武器的卫兵。画戟(jǐ):古代兵器之一。森:森严。联合短语的结构是:兵卫+画戟(两者并列)。这句与下句是并列关系。

句②**燕寝**〈主〉**凝**〈谓〉**清香**〈宾〉。燕寝:指衙门内休息室。凝(níng):充满。清香:在室内焚香,所以有一股清香。

句③**海上**〈方位短语·定〉**风雨**〈主〉**至**〈谓〉。海上:从海上来的。苏州近东海。至:到。方位短语的结构是:海+上("上"是方位词)。这句是下句的时间状语。

句④**池阁**〈联合短语·主〉**凉**〈谓〉**逍遥**〈补·倒〉。池:水池。阁:亭子。凉:凉爽。逍遥:自在,引申为"舒适"。凉逍遥:凉爽得令人舒适。联合短语的结构是:池+阁(两者并列)。

句⑤**烦疴**〈联合短语·主〉**近**〈状〉**消散**〈谓〉。烦:烦闷情绪。疴(kē):病。近:接近,几乎。联合短语的结构:烦+疴(两者并列)。这句与下句是并列关系。

句⑥**嘉宾**〈主〉**复**〈状〉**满堂**〈谓〉。嘉宾:指参加宴会的文士。复:又。满堂:济济一堂。

句⑦**自**〈主〉**惭**〈谓〉**居处崇**〈主谓短语·宾〉。自:作者自己。惭:对……感到惭愧。居处崇:身居高位。苏州刺史属于高官。崇:高。主谓短语的结构是:居处+崇(主语+谓语)。这句与下句是果因关系。

句⑧**我**〈主·省〉**未睹**〈谓〉**斯民康**〈主谓短语·宾〉。我:指作者。下文中的"我"同此。未:没有。睹:看到。斯民:这里的人民,指苏州的人民。康:安康。主谓短语的结构是:斯民+康(主语+谓语)。

句⑨**理会**〈主〉**遣**〈谓·倒〉**是非**〈宾〉。理会:领悟事理情理。遣:消除,引申为"不为……烦忧"。是非:纠纷。这句与下句是并列关系。

句⑩**性达**〈主〉**忘**〈谓·倒〉**形迹**〈宾〉。性达:心胸旷达。忘:忘掉。形迹:仪容礼仪。

句⑪**鲜肥**〈主〉**属**〈谓〉**时禁**〈宾〉。鲜肥:鸡鸭鱼肉等。属:属于。时禁:当时正禁止杀生,不得食用鸡鸭鱼肉,称时禁。这句与下句是转折关系。

句⑫**蔬果**〈联合短语·主〉**幸**〈状〉**见尝**〈谓〉。蔬:蔬菜。果:水果。幸:有幸,幸好。见:被。尝:品尝。联合短语的结构是:蔬+果(两者并列)。

句⑬**我**〈主·省〉**俯饮**〈谓〉**一杯酒**〈宾〉。俯饮:低着头喝。这句与下句是并列关系。

句⑭**我**〈主·省〉**仰聆**〈谓〉**金玉章**〈宾〉。仰聆:仰着头听。金玉章:文采华美的诗章。指参加宴会的文士作的诗章,有赞美之意。

句⑮**神**〈主〉**欢**〈谓〉**体**〈主〉**自**〈状〉**轻**〈谓〉。这句由两个句子构成。"神欢"是一句。"体自轻"是一句。两句间是因果关系。神:作者的心神。欢:愉快。体:作者的身体。自:自然。轻:轻松舒适。

句⑯**我**〈主·省〉**意欲**〈状〉**凌风翔**〈连动短语·谓〉。意欲:真想。凌风:乘风。翔:飞翔。连动短语的结构是:凌风(方式)+翔(动作)。这句补充说明上句。

句⑰**吴中**〈定〉**文史**〈主·倒〉**盛**〈谓·倒〉。吴中:指苏州。古代,苏州是战国时吴国都城。文史:文化。盛:兴旺发达。这句与下句是因果关系。

句⑱**群彦**〈主〉**今**〈状〉**汪洋**〈谓〉。群:众多的。彦(yàn):有才学的文人。今:今天。汪洋:汪洋一片。这里,借汪洋喻济济一堂,是借喻修辞格。

句⑲**我**〈主·省〉**方**〈状〉**知**〈谓〉**大藩地**〈宾〉。方:才。知:知道。大藩(fān)地:大州郡,指苏州。这句与下句是主谓关系。

句⑳**它**〈主·省〉**岂**〈状〉**曰**〈谓〉**财赋强**〈主谓短语·宾〉。它:指苏州。岂:难道。曰:只是。财赋:赋税收入。强:多。主谓短语的结构是:财赋+强(主语+谓语)。

浅析：这首诗是作者任苏州刺史时写的,描写了作者宴请苏州文士的情景。第一、二句紧扣题目中的"郡斋"二字,交代了宴请的地点。第三、四句紧扣题目中的"雨中",交代了宴请时的气候条件。第五句至第十六句紧扣题目中的"与诸文士燕集"描写了宴请的情景。第五、六句描写了作者的愉快心情。清凉的气候条件驱散了"烦疴"。"满堂嘉宾"带来了喜悦。第七、八句是作者的自谦之词，凸显了作者为官的正直和对百姓的关切。第九、十句表达了作者的处世态度，凸显了作者的洒脱胸怀。第十一句至第十四句描写了宴会的清雅和热烈气氛。第十五、十六句描写了作者心旷神怡的状态。第十七句至第二十句是作者的议论，流露了作者对苏州文史兴盛的赞美之情。作者高兴地指出：苏州这个大郡之所以大不仅是因为赋税收入多，而且更因为文化繁荣，人才济济。在作者看来，人才比财赋更重要。

　　本诗⑨⑩句和⑬⑭句是宽对，⑲⑳句是流水对。

初发扬子寄元大校书

To Yuan the First, a Librarian When I'm Setting Out from the Yangtze Ferry

韦应物　　Wei Yingwu

①凄凄去亲爱，	In a very sad mood I leave you, my dear pal,
②泛泛入烟雾。	My boat floats on the river mist-covered all.
③归棹洛阳人，	Now to Luoyang by boat, I'm returning,
④残钟广陵树。	I look back at the trees outside of Guangling and hear the sound of the temple bell lingering.
⑤今朝此为别，	After we part this morn with each other here,
⑥何处还相遇？	Where can we meet again, my dear?
⑦世事波上舟，	The worldly affairs are just like the boat on the waves' top,
⑧沿洄安得住？	Whether it goes downstream or upstream how could it stop?

　　详注：题．初发：刚起程。扬子：从扬子江（即长江）渡口。古代，江苏扬州一带的长江称扬子江。近代通称长江为扬子江。寄：写赠。元大：姓元，排行老大。生平不详。校书：校书郎，是官职名，专管校勘书籍。

　　句①我〈主·省〉凄凄〈状〉去〈谓〉亲爱〈宾〉。我：指作者。下文中的"我"同此。凄凄：悲伤地。去：离开。亲爱：亲爱的朋友，指元大。这句与下句是顺承关系。

　　句②我〈主·省〉泛泛〈状〉入〈谓〉烟雾〈宾〉。泛泛：船在水面上飘荡着。入：进入。烟雾：江面上的雾气。

　　句③人〈主·倒〉归棹〈谓〉洛阳〈宾〉。人：指作者。归棹（zhào）：乘船回。归：使……回。棹：船桨。这里借棹（部分）代船（整体），是借代修辞格。这句是下句的时间状语。

　　句④我〈主·省〉望〈省〉广陵树〈倒〉闻〈省〉残钟〈倒〉〈联合短语·谓〉。望：回头远看。广陵树：广陵城外的树木。广陵：古城名，今江苏扬州市。闻：听到。残钟：佛寺晨钟的余响。联合短语的结构是：望广陵树＋闻残钟（两者并列）。

　　句⑤我们〈主·省〉今朝〈状〉此〈状〉为别〈谓〉。我们：指作者和元大。下句中的"我们"同此。今朝：今晨。此:在此地,指广陵。为别:离别。这句是下句的时间状语。

句⑥我〈主·省〉何处〈状〉还〈状〉相遇〈谓〉?何处:在什么地方。还:再。相遇:见面。

句⑦世事〈主〉是〈谓·省〉波上〈方位短语·定〉舟〈宾〉。世事:社会上的事。波上舟:波浪上的船。这里,作者把世事比作波浪上的船,是暗喻修辞格。方位短语的结构是:波+上("上"是方位词)。

句⑧沿洄〈状〉舟〈主·省〉安得〈状〉住〈谓〉。沿:顺流而下。洄:逆流而上。安得:怎能。住:停下来。这句补充说明上句。

浅析:这首诗抒发了作者离别朋友时的依依不舍的心情。第一、二句表达了作者与友人分别时的凄楚心情。"凄凄"和"泛泛"表达了作者悲伤和惆怅的心情。第三、四句描写了作者在舟中回望广陵时的所见所闻。衬托了作者难舍广陵难舍友人的心情。第五、六句哀叹了朋友间别易会难的现实。第七、八句哀叹了世事无常,进退由不得自己,只能随波逐流。

本诗①②句是工对,⑤⑥句是流水对。

寄全椒山中道士

To the Taoist Priest in Mount Shen in Quanjiao

韦应物　Wei Yingwu

①今朝郡斋冷,	My prefecture lounge is a little bit cold this morn,
②忽念山中客。	So I suddenly think of you in Mount Shen.
③涧底束荆薪,	You may be bundling up twigs for firewoods at the dried bed of the brook,
④归来煮白石。	And then white stones you go back to cook.
⑤欲持一瓢酒,	I'd like to carry a gourdful of wine to your place,
⑥远慰风雨夕。	On this rainy and windy night to give you some solace.
⑦落叶满空山,	As the fallen leaves cover every bit of the open mountain place.
⑧何处寻行迹?	Where can I find your trace?

详注.题.寄:写赠。全椒:今安徽全椒县,在安徽省东部,滁河北岸。山:指全椒县西的神山。道士:姓名和生平不详。

句①今朝〈状〉郡斋〈主〉冷〈谓〉。今朝:今晨。郡斋:官署中的休息室。作者当时任滁州刺史。这句与下句是因果关系。

句②我〈主·省〉忽〈状〉念〈谓〉山中客〈宾〉。我:指作者。下文中的"我"同此。忽:忽然。念:想到。山中客:指山中道士。

句③你〈主·省〉涧底〈状〉束〈谓〉荆薪〈宾〉。你:指山中道士。下文中的"你"同此。涧(jiàn):山间流水的山沟。涧底:在干涸的山沟里。束:捆。荆薪:用作柴火的荆条。这句与下句是顺承关系。

句④你〈主·省〉归来煮白石〈连动短语·谓〉。归来:回到住所。煮白石:是一个典故。据传,古代有个仙人煮白石为食,被人称作白石先生。作者引用这个典故意在把山中道士比作白石先生,表明他生活清苦,属借喻修辞格。连动短语的结构是:归来+煮白石(动作先后关系)。

句⑤我〈主·省〉欲持〈谓〉一瓢酒〈宾〉。欲:想。持:拿。一瓢酒:古人有时用瓢盛酒。这句是下句的方式状语。

句⑥风雨夕〈状·倒〉慰〈谓〉远〈宾·倒〉。风雨夕:在风雨交加的夜晚。慰:慰问。远:远方的人,指山中道士。第五、六句是一句分作两句写。"持一瓢酒"与"风雨夕慰远"构成连动短语,其结构是:持一瓢酒(方式)+风雨夕慰远(动作)。

句⑦落叶〈主〉满〈谓〉空山〈宾〉。满:充满。空山:空旷的山里。这句与下句是因果关系。

句⑧我〈主·省〉何处〈状〉寻〈谓〉行迹〈宾〉。何处:到哪里。寻:找。行迹:山中道士的踪迹。

浅析:这首诗是作者在滁州刺史任上写的,表达了他对山中道士的惦念之情。第一、二句表达了作者对山中道士冷暖的惦记。第二句表明作者因"郡斋冷"立刻想到山中道士的冷。第三、四句是作者想象山中道士的孤寂清苦的生活,衬托了他对道士的惦记。第五、六句表达了作者看望山中道士的愿望,进一步衬托了他对道士的惦记。"慰风雨夕"其实就是送酒给山中道士驱除风雨夜带来的寒冷。第七、八句表达了作者的惆怅心情。作者想到道士的行踪飘忽不定,难以寻找而惆怅。作者以一个刺史的身份惦记着一个隐居山林的道士,这其中隐含着他对隐逸生活的向往。

长安遇冯著

Coming Across Feng Zhu in Chang'an

韦应物　Wei Yingwu

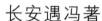

①客从东方来,	From the east the guest is coming,
②衣上灞陵雨。	So his clothes are still stained with the rain of Baling.
③问客何为来,	I ask, "Why do you come to this place?"
④采山因买斧。	He says, "For lumbering to buy an ax."
⑤冥冥花正开,	I say, "Look. The flowers are silently blooming,
⑥飏飏燕新乳。	And the new-born swallows are high and low flying.
⑦昨别今已春,	We parted last year and now spring is again here,
⑧鬓丝生几缕?	How many white hairs on your temples already appear?"

详注:题.冯著:作者的友人,曾任小官职。

句①客〈主〉从东方〈介词短语·状〉来〈谓〉。客:指冯著。下文中的"客"同此。东方:指灞陵。灞陵在今西安市东北。介词短语的结构是:从+东方("从"是介词)。这句与下句是因果关系。

句②衣上〈方位短语·主〉有〈谓·省〉灞陵〈定〉雨〈宾〉。衣上:冯著的衣服上。灞陵雨:灞陵的雨水。方位短语的结构是:衣+上("上"是方位词)。

句③我〈主·省〉问〈谓〉[客〈主〉为〈倒〉何〈状〉来〈谓〉]〈小句·宾〉。我:指作者。问:询问。为何:为什么。来:来长安。这句与下句是问答关系。这句是问,下句是答。

句④客〈主·省〉因〈倒〉采山〈介词短语·状〉来〈省〉买斧〈连动短语·谓〉。因:为了。采山:上山砍树。斧:斧头。介词短语的结构是:因+采山("因"是介词)。连动短语的结构是:来(动作)+买斧(目的)。"采山"是动宾短语,其结构是:采+山(动词+宾语)。

句⑤花〈主·倒〉正〈状〉冥冥〈状·倒〉开〈谓〉。正:正在。冥冥(míng):默默地,悄悄地。开:开放。这句与下句是并列关系。

句⑥新乳〈状中短语·定·倒〉燕〈主〉飏飏〈谓〉。新:刚。乳:孵出。新乳燕:初生的燕子。飏飏(yáng):是"扬"的异字体,意即"翩翩飞翔"。状中短语的结构是:新+乳(状语+动词〈中心词〉)。

句⑦我们〈主·省〉昨〈状〉别〈谓〉今〈主〉已〈状〉春〈谓〉。这句由两个句子构成。"我们昨别"是一句。"今已春"是一句。两句间是并列关系。我们:指作者和冯著。昨:去年。别:分别。今:现在。已:已经。春:到了春天。名词"春"用作动词。这句与下句是并列关系。

句⑧鬓〈主〉生〈谓〉几缕〈定〉丝〈宾·倒〉。鬓(bìn):鬓角,双鬓,指冯著的双鬓。生:生出。几缕(lǚ):几根。丝:蚕丝。蚕丝是白色的。这里借丝喻白发,是借喻修辞格。

浅析:这首诗描写了作者在长安与冯著相遇的情景。第一、二句紧扣题目,描写了两人在长安相遇以及冯著风尘仆仆、行色匆匆的情状。第三、四句是作者与冯著的一问一答。作者的询问表明作者对冯著的关心。冯著的回答表明他因官场失意产生了归隐山林的想法。"采山买斧"暗示冯著想归隐山林。第五、六句表面上看描写了明媚春光,实际上是表达了作者对冯著的劝慰。作者的言外之意是:你看,这春光多明媚啊!你应该尽情欣赏这大好春光,不要因为一时的官场失意而发愁。第七、八句进一步表达了作者对冯著的关心和劝慰。作者的言外之意是:我俩分别才一年,你就老了许多。人生易老啊,你真的不要为官场失意而发愁了。

本诗③④句是流水对,⑤⑥句是工对。

夕次盱眙县

Mooring at Xuyi County at Dusk

韦应物　Wei Yingwu

①落帆逗淮镇,　I let down the sail so as to stay at Xuyi county seat,
②停舫临孤驿。　Then I moor my boat near a solitary posthouse I meet.
③浩浩风起波,　The mighty wind is raising waves white,
④冥冥日沉夕。　The sun has set and dusk has cast down dim light.
⑤人归山郭暗,　The people have come back to the dusk-covered town,

⑥雁下芦洲白。	On the white reed islet the wild geese have flied down.
⑦独夜忆秦关，	Alone at night, I think of my homeland Chang'an,
⑧听钟未眠客。	Sleepless, I listen to the bell sound lingering on.

详注：题．夕：傍晚。次：在旅途中停留。盱眙(xū yí)：县名。在江苏省西部,北临洪泽湖。

句①我〈主·省〉落帆逗淮镇〈连动短语·谓〉。我：指作者。下文中的"我"同此。落帆：落下船帆。逗：停留。淮镇：在淮镇,指盱眙县城。连动短语的结构是：落帆(动作) + 逗淮镇(目的)。这句与下句是顺承关系。

句②我〈主·省〉停舫〈谓〉临孤驿〈介词短语·补〉。舫(fǎng 纺)：船。临：对着。孤：孤零零的。驿：驿站,古代供传递公文的人或来往官员途中歇宿、换马的地方。介词短语的结构是：临 + 孤驿("临"是介词)。

句③浩浩〈定〉风〈主〉起〈谓〉波〈宾〉。浩浩：浩荡的,大的。起：掀起。波：波浪。这句与下句是并列关系。

句④日〈主·倒〉沉〈谓〉夕〈主·倒〉冥冥〈谓〉。这句由两个句子构成。"日沉"是一句。"夕冥冥"是一句。两句间是因果关系。日：太阳。沉：下山。夕：傍晚。冥冥(míng)：昏暗。

句⑤人〈主〉归〈谓〉暗〈定·倒〉山郭〈宾〉。人：人们。归：回到。暗：朦朦胧胧的。山郭：山城。这句与下句是并列关系。

句⑥雁〈主〉下〈谓〉白〈定·倒〉芦洲〈宾〉。下：飞落到。白：白色的。芦洲：开满芦花的沙洲。芦花是白色的。

句⑦我〈主·省〉夜〈状·倒〉独〈状〉忆〈谓〉秦关〈宾〉。夜：在夜里。独：独自。忆：思念。秦关：作者的故乡,陕西西安一带。古代陕西属秦。

句⑧客〈主·倒〉听钟未眠〈连动短语·谓〉。客：作者自称。离开故乡的人称作客。听：听到。钟：钟声。这里借钟(具体)代钟声(抽象),是借代修辞格。未眠：没睡着。连动短语的结构是：听钟(果) + 未眠(因)。这句补充说明上句。

浅析：这首诗描写了作者夜宿盱眙县城的情景和对家乡的思念之情。第一、二句紧扣题目,点明了夜宿的地点。第三句至第六句描写了黄昏时萧瑟的秋景。"芦洲白"表明是秋天。这萧瑟秋景触发了作者对家乡的思念,于是写出了最后两句。

本诗③④句和⑤⑥句都是工对。

东　郊

On the East Outskirts

韦应物　Wei Yingwu

①吏舍跼终年，	All the year round I'm confined to my government office,
②出郊旷清曙。	So coming to the east outskirts in the early morn I feel relaxed and joyous.
③杨柳散和风，	The warm spring breeze is swaying the willows,
④青山澹吾虑。	The green mountain is dispelling my sundry worries.

⑤依丛适自憩，	Alone I take a short rest just by the wood，
⑥缘涧还复去。	Then I walk up and down along the mountain brook.
⑦微雨霭芳原，	On the vast grassland the drizzle is falling，
⑧春鸠鸣何处。	Somewhere the spring turtledoves are singing.
⑨乐幽心屡止，	Several times I get rid of the idea to enjoy the beautiful scenery，
⑩遵事迹犹遽。	Abiding by my official duty I have to glance about in a hurry.
⑪终罢斯结庐，	Someday I will resign from my office and build here a house dwelling，
⑫慕陶直可庶。	Thus I can realize my long-cherished wish to admire and imitate Tao Yuanming.

详注：句①我〈主·省〉终年〈状·倒〉跼〈谓·倒〉吏舍〈宾·倒〉。我：指作者。下文中的"我"同此。终年：一年到头。跼(jú)：束缚在。吏舍：官署，衙门。这句与下句是因果关系。

句②我〈主·省〉清曙〈状·倒〉出郊旷〈连动短语·谓〉。清曙：清晨。出郊：到郊外。旷：感到心旷神怡。连动短语的结构是：出郊＋旷（动作先后关系）。

句③和风〈主·倒〉散〈谓〉杨柳〈宾〉。和风：温暖的春风。散：使……散开，引申为"吹拂"。这句与下句是并列关系。

句④青山〈主〉澹〈谓〉吾虑〈宾〉。澹(dàn)：冲淡。吾虑：我心中的各种忧虑。

句⑤我〈主·省〉依丛适自憩〈连动短语·谓〉。依：傍着。丛：树丛。适：正好。自：独自。憩(qì)：休息。连动短语的结构是：依丛（方式）＋适自憩（动作）。这句与下句是顺承关系。

句⑥我〈主·省〉缘涧〈介词短语·状〉还复去〈联合短语·谓〉。缘：沿着，顺着。涧(jiàn)：两山之间的水流。还：回。复：又。还复去：来来回回。介词短语的结构是：缘＋涧（"缘"是介词）。联合短语的结构是：还＋去（两动词并列。"复"是连词）。

句⑦微雨〈主〉霭〈谓〉芳原〈宾〉。微雨：细雨。霭(ǎi)：迷漫着，是名词用作动词。芳原：芬芳的草地。这句与下句是并列关系。

句⑧春鸠〈主〉何处〈状·倒〉鸣〈谓〉。春鸠(jiū)：春天的斑鸠鸟。何处：在某个地方。鸣：叫。

句⑨我〈主·省〉屡〈状〉止〈谓〉乐幽〈动宾短语·定〉心〈宾〉。屡(lǚ)：几次。止：打消。乐：喜爱。幽：清幽景色。心：念头。动宾短语的结构是：乐＋幽（动词＋宾语）。这句与下句是果因关系。

句⑩我〈主·省〉遵〈谓〉事〈宾〉迹〈主〉犹〈状〉遽〈谓〉。这句由两个句子构成。"我遵事"是一句。"迹犹遽"是一句。两句间是因果关系。遵：遵守。事：官位上的职责。迹：行踪。犹：仍。遽(jù)：匆忙。

句⑪我〈主·省〉终罢斯结庐〈联合短语·谓〉。终：终究。罢：辞官。斯：在此地，指东郊。结庐：建房子。联合短语的结构是：终罢＋斯结庐（两者并列）。

句⑫慕陶〈动宾短语·主〉直〈状〉可庶〈谓〉。慕：仰慕。陶：陶渊明。慕陶：仰慕并仿效陶渊明隐居的愿望。直：就。可：可以。庶：差不多，即"实现"。这句补充说明上句。

浅析：这首诗描写了作者春日郊游的情景，并表达了作者仿效陶渊明辞官归隐的愿望。第一句描写了身不由己的官署生活，流露了作者的郁闷与烦恼。第二句描写了郊游的时间（清晨）。"旷"表明了作者郊游时的喜悦心情。第三句至第八句描写了郊游时所见优美景色，说明了"旷"的原因。"春鸠鸣"衬托了环境的幽静。第九、十句描写了作者因公务缠身,郊游不能尽兴的无可奈何的心情。这种心情导致了作者仿效陶渊明辞官归隐的想法。最后两句表达了作者辞官归隐,追求自由生活的愿望。

送杨氏女

Seeing Off My Daughter Married into the Yang's

韦应物　Wei Yingwu

① 永日方戚戚,　I feel sad all day long,
② 出行复悠悠。　Because you will get married into the Yang's in a far-away town.
③ 女子今有行,　You'll leave home today,
④ 大江溯轻舟。　Then up the great river by boat you'll be on your way.
⑤ 尔辈苦无恃,　Losing your mother in your early years, you two have been leading a hard life,
⑥ 抚念益慈柔。　Therefore, to raise you I'm all the more kind and affectionate all the time.
⑦ 幼为长所育,　You, the elder look after your sister all along,
⑧ 两别泣不休。　So parting with each other today you cry on and on.
⑨ 对此结中肠,　Seeing this I feel sadder and sadder,
⑩ 义往难复留。　But you should get married and I can't keep you any longer.
⑪ 自小阙内训,　Since your childhood you haven't got any teachings from your mother,
⑫ 事姑贻我忧。　So I'm worried that you don't know how to serve your husband's mother.
⑬ 赖兹托令门,　It's fortunate that you'll live in a very good family,
⑭ 任恤庶无尤。　Taken a good care of by them you'll have no complaint probably.
⑮ 贫俭诚所尚,　We have been upholding living in a poor and thrifty way,
⑯ 资从岂待周?　So how could you expect perfect dowry?
⑰ 孝恭遵妇道,　You must abide by the female virtues—be respectful to your husband and filial to his parents.
⑱ 容止顺其猷。　You must conduct yourself according to the family rules.
⑲ 别离在今晨,　This morning I bid farewell to you,

⑳见尔当何秋？　In what year shall I again see you?
㉑居闲始自遣，　A few days earlier I began to conduct self-relief,
㉒临感忽难收。　But at parting I still can't hold back my grief.
㉓归来视幼女，　Back at home I see my younger daughter again,
㉔零泪缘缨流。　My tears run down the ribbon under my chin.

详注：题．送：送别。杨氏女：作者的女儿嫁给杨家，即"嫁给杨家的女儿"。

句①我〈主·省〉永日〈状〉方〈状〉戚戚〈谓〉。我：指作者，下文中的"我"同此。永日：整天。方：都在。戚戚：悲伤。这句与下句是果因关系。

句②你〈主·省〉出行复悠悠〈联合短语·谓〉。你：指出嫁的女儿，下文中的"你"同此。出行：出嫁。复：而且。悠悠：遥远。联合短语的结构是：出行＋悠悠（两者是递进关系。"复"是连词）。

句③女子〈主〉今〈状〉有行〈谓〉。女子：出嫁的女儿。今：今天。有行：离家。"有"是前缀，没有实义。这句与下句是顺承关系。

句④轻舟〈主〉溯〈谓·倒〉大江〈宾·倒〉。轻舟：小船。出嫁女乘坐的船。溯(sù)：逆水而上。

句⑤尔辈〈主〉苦无恃〈连动短语·谓〉。尔辈：你俩，指作者的两个女儿。苦：痛苦。无恃(shì)：没有依靠，指没有母爱。作者早年丧妻。连动短语的结构是：苦(果)＋无恃(因)。这句与下句是因果关系。

句⑥我〈主·省〉念〈倒〉此〈省〉抚益慈柔〈连动短语·谓〉。念：想到。此：指上句内容。抚：抚养。益：更加。慈柔：慈爱温和。连动短语的结构是：念此(因)＋抚益慈柔(果)。

句⑦幼〈主〉为长〈介词短语·状〉所育〈谓〉。幼：小女儿。为：被。长(zhǎng)：大女儿。所育：是所字短语，意即"照看"。介词短语的结构是：为＋长（"为"是介词）。这句与下句是因果关系。

句⑧两〈主〉别泣不休〈连动短语·谓〉。两：姐妹俩。别：分别。泣：哭泣。不休：不止。连动短语的结构是：别(因)＋泣不休(果)。

句⑨我〈主·省〉对此〈介词短语·状〉结〈谓〉中肠〈补〉。对此：面对姐妹俩哭泣不休。结：悲伤凝结。中肠：在肠内。结中肠：极度悲伤。介词短语的结构是：对＋此（"对"是介词）。这句与下句是转折关系。

句⑩你〈主·省〉义往难复留〈连动短语·谓〉。义往：理应去婆家。复：再。留：留在娘家。连动短语的结构是：义往(因)＋难复留(果)。

句⑪你〈主·省〉自小〈介词短语·状〉阙〈谓〉内训〈宾〉。自小：从小。阙(quē)：缺少。内训：母亲的教诲。介词短语的结构是：自＋小（"自"是介词）。这句与下句是因果关系。

句⑫事姑〈动宾短语·主〉贻我忧〈兼语短语·谓〉。事：侍奉。姑：婆婆。贻(yí)：留给，引申为"使"。忧：担忧。动宾短语的结构是：事＋姑（动词＋宾语）。兼语短语的结构是：贻＋我＋忧。

句⑬你〈主·省〉赖〈状〉托〈谓〉兹〈定·倒〉令门〈宾〉。赖：幸好。托：托付，引申为"嫁给"。兹：这个。令门：好人家。

句⑭他们〈主·省〉任恤〈谓〉你〈主·省〉庶〈状〉无〈谓〉尤〈宾〉。这句由两个句子构成。"他们任恤"是一句。"你庶无尤"是一句。两句间是因果关系。他们：指出嫁女的公婆和丈夫。任恤：爱怜。庶：也许可以。无：没有。尤：怨恨。这句补充说明上句。

句⑮贫俭〈主〉是〈谓·省〉[我们〈省〉诚〈状〉所尚〈谓〉]〈小句·宾〉。贫俭：清贫节俭。我们：指作者和他的两个女儿。诚：的确。所尚：是所字短语，意即"崇尚"。这句与下句是因果关系。

句⑯你〈主·省〉岂〈状〉待〈谓〉周〈定〉资从〈宾·倒〉。岂：难道。待：期待。周：完备的。资从：嫁妆。

句⑰你〈主·省〉遵〈谓〉孝恭〈定·倒〉妇道〈宾〉。遵：依从。孝恭：孝顺公婆并对丈夫恭敬。"孝恭"是妇道的内容。妇道：为妇之道。这句与下句是并列关系。

句⑱容止〈主〉顺〈谓〉其〈定〉猷〈宾〉。容止：仪容举止。顺：依照。其：婆家的。猷(yóu)：规矩。

句⑲别离〈主〉在〈谓〉今晨〈宾〉。别离：出嫁女离家与作者离别。今晨：今天早晨。这句与下句是并列关系。

句⑳见〈动宾短语·主〉尔当〈谓〉何秋〈宾〉。见：看到。尔：你。当：在。何秋：哪年哪月。动宾短语的结构是：见+尔（动词+宾语）。

句㉑我〈主·省〉居闲〈状〉始〈谓〉自遣〈宾〉。居闲：平时。始：开始。自遣：自我排遣。这句与下句是转折关系。

句㉒临〈定〉感〈主〉忽〈状〉难收〈谓〉。临：临别的。感：感伤。忽：忽然。难收：难以抑制。

句㉓我〈主·省〉归来视幼女〈连动短语·谓〉。归来：回到家里。视：看到。幼女：小女儿。连动短语的结构是：归来+视幼女（动作先后关系）。这句是下句的时间状语。

句㉔零泪〈主〉缘缨〈介词短语·状〉流〈谓〉。零泪：流下的泪。缘：沿着。缨(yīng)：系在下巴下的帽带子。流：流下。介词短语的结构是：缘+缨（"缘"是介词）。

浅析：这首诗描写了作者送女出嫁的情景。第一句至第四句紧扣题目，叙写了作者含悲送女远嫁。第五、六句补充说明了"永日方戚戚"的原因。作者亦父亦母，含辛茹苦地把女儿抚养长大。所以，他比一般的父亲更难舍。第七、八句叙写了两个女儿分别时的悲痛情景。这情景增加了作者的悲伤程度。第九、十句描写了既难割舍又不能挽留女儿的无可奈何的心情。第十一句至第二十句记述了作者对出嫁女的叮嘱。虽属平常，却饱含着父亲对女儿的深厚感情和牵挂。第二十一、二十二句描写了作者告别女儿时的悲伤心情。最后两句描写了作者送走大女儿后悲痛万分的情状。

晨诣超师院读禅经

Coming to Monk Chao's Temple in the Morning to Read the Buddhist Scriptures

柳宗元　Liu Zongyuan

①汲井漱寒齿，	I draw the cool water from the well to rinse my teeth for a moment,
②清心拂尘服。	Then to purify my heart I wipe the dust off my garment.
③闲持贝叶书，	Holding a copy of the Buddhist scriptures with leisurely air,
④步出东斋读。	I walk out of the east study to read them in the open air.
⑤真源了无取，	People don't get at their real intents,
⑥妄迹世所逐。	So they seek nothing but the illusory events.
⑦遗言冀可冥，	I can hope to understand Buddha's teachings,
⑧缮性何由熟？	But how can I master them for self-cultivations?
⑨道人庭宇静，	It's very quiet in the monk's temple courtyard,
⑩苔色连深竹。	The green moss spreads into the bamboo forest not far apart.

⑪日出雾露余，	Though the sun has risen the dew and mist are there yet,
⑫青松如膏沐。	As if covered by grease, the green pines look all wet.
⑬澹然离言说，	My heart is so calm that I can't express the calmness in words,
⑭悟悦心自足。	I feel content when I fully understand the essence of the Buddha's works.

详注：题.晨：早晨。诣(yì)：到。超师：名字叫超的僧人。师：对僧人的尊称。院：寺院。禅经：佛经。柳宗元：字子厚。唐朝进士。曾任官职。因参与革新失败，被贬为永州司马。十年后，又改调柳州刺史。

句①我〈主·省〉汲寒〈倒〉井漱齿〈连动短语·谓〉。我：指作者。下文中的"我"同此。汲(jí)：从井中取。寒井：冷井水。这里借井代井中水，是借代修辞格。漱(shù)：口含水洗。连动短语的结构是：汲寒井+漱齿(动作先后关系)。这句与下句是并列关系。

句②我〈主·省〉清心拂尘服〈连动短语·谓〉。清心：使内心清净。拂：掸。尘服：有灰尘的衣服。连动短语的结构是：清心(目的)+拂尘服(动作)。

句③我〈主·省〉闲〈状〉持〈谓〉贝叶书〈宾〉。闲：安闲地。持：拿着。贝叶书：佛经。古印度人用贝多罗树(菩提树)叶书写佛经经文，所以，称佛经为贝叶书或贝叶经。这句是下句的方式状语。

句④我〈主·省〉步出东斋读〈连动短语·谓〉。步出：走出。东斋：寺院内东边的书斋。读：读贝叶经。连动短语的结构是：步出东斋+读(动作先后关系)。

句⑤世〈主·省〉了〈状〉无取〈谓〉真源〈宾·倒〉。世：世人。了：全然。无取：不了解。真源：佛经的真正的本意。这句与下句是因果关系。

句⑥妄迹〈主〉世所逐〈主谓短语·谓〉。妄迹：虚幻的事迹。世：世人。所逐：是所字短语，意即"追逐"。主谓短语的结构是：世+所逐(主语+谓语)。

句⑦我〈主·省〉冀可冥〈谓〉遗言〈宾·倒〉。冀：希望。可：能。冥(míng)：领悟。遗言：佛经经文。这句与下句是转折关系。

句⑧我〈主·省〉由〈倒〉何〈状·倒〉熟缮性〈联合短语·谓〉。由何：怎样。熟：精通佛经。缮(shàn)性：修身养性。联合短语的结构是：熟+缮性(两者是递进关系)。

句⑨道人〈定〉庭宇〈主〉静〈谓〉。道人：得道之人，指超师。庭宇：庭院。静：幽静。这句与下句是并列关系。

句⑩苔色〈主〉连〈谓〉深竹〈宾〉。苔色：青苔的颜色。连：连接到。深竹：竹林深处。

句⑪日〈主〉出〈谓〉雾露〈联合短语·主〉余〈谓〉。这句由两个句子构成。"日出"是一句。"雾露余"是一句。两句间是转折关系。日：太阳。出：升起来。雾：雾气。露：露水。余：剩下，即"没有消散"。联合短语的结构是：雾+露(两者并列)。这句与下句是并列关系。

句⑫青松〈主〉如〈谓〉膏沐〈宾〉。如：好像。膏沐：妇女用的润发油。这里用作动词，即"涂上膏沐"。指青松被雾露湿润。"如膏沐"是明喻修辞格。

句⑬我〈主·省〉澹然〈谓〉离言说〈补〉。澹然：宁静。离：离开。言说：言语。离言说：无法用语言表达。澹然离言说：宁静得无法用语言表达。

句⑭我〈主·省〉悟悦〈连动短语·谓〉心〈主〉自〈状〉足〈谓〉。这句由两个句子构成。"我悟悦"是一句。"心自足"是一句。两句间是因果关系。悟：领悟佛经。悦：感到愉悦。心：我的内心。自：自然。足：感到满足。连动短语的结构是：悟(因)+悦(果)。这句补充说明上句。

浅析：作者被贬永州，精神上很痛苦，于是他常去寺院读经以求解脱。这首诗描写了作者读佛经的情景。第一句至第四句描写了作者读经前的举动，衬托了作者潜心信佛的虔诚态度。第五句至第八句叙写了作者读经时的想法。第九句至第十二句描写了超师院的清幽环境。这清幽环境使作者感到愉悦，使作者的心境变得澄静，作者仿佛由此领悟了佛经真谛。最后两句描写了作者领悟佛经真谛后心理上的满足感。在作者看来，读佛经的根本目的是为了驱除各种杂念，使内心达到宁静状态。而注目清幽环境也能达到同样目的，何必要死抠那些经文呢？

溪 居

Living by a Stream

柳宗元　Liu Zongyuan

①久为簪组束，	I've been confined to my official duty for quite a long time.
②幸此南夷谪。	So it's fortunate for me to be banished to the south to lead a carefree life.
③闲依农圃邻，	Leisurely I live near the vegetable plots and the fields,
④偶似山林客。	Once in a while I move about like a hermit in the wooded hills.
⑤晓耕翻露草，	At dawn when I plough the fields I overturn the grasses with dew-drops,
⑥夜榜响溪石。	At night when I row a boat, the waves beat against the streamside rocks.
⑦来往不逢人，	I come and go with no people in sight,
⑧长歌楚天碧。	So in a loud voice I sing songs to the Chu sky blue light.

详注：题．溪居：在溪边居住。溪：冉溪，古河流名。柳宗元把它改为愚溪。在今湖南永州市西南。

句①我〈主·省〉久〈状〉为簪组〈介词短语·状〉束〈谓〉。我：指作者。下文中的"我"同此。久：长久地。为：被。簪(zān)：簪子。古人用来别住头发或纱帽的条状物。组：系官印的丝带。这里，借簪组(标记)代做官，是借代修辞格。束：束缚。介词短语的结构是：为＋簪组（"为"是介词）。这句与下句是因果关系。

句②我〈主·省〉幸〈状〉谪〈谓·倒〉此〈定〉南夷〈补〉。幸：幸亏，有幸。谪(zhé)：贬官。南夷：指永州。作者曾被贬为永州司马。南夷也是古代对南方少数民族的称呼。

句③我〈主·省〉闲〈状〉依农邻〈倒〉圃〈联合短语·谓〉。闲：悠闲地。依：傍着。农：农田。邻：以……为邻。圃(pǔ)：菜地。联合短语的结构是：依农＋邻圃（两个动宾短语并列）。这句与下句是并列关系。

句④我〈主·省〉偶〈状〉似〈谓〉山林客〈宾〉。偶：偶尔。似：像。山林客：山林中的隐士。"似山林客"是明喻修辞格。

句⑤我〈主·省〉晓〈状〉耕〈谓〉露草〈主·倒〉翻〈谓〉。这句由两个句子构成。"我晓耕"是一句。"露草翻"是一句。前句是后句的时间状语。晓：天亮的时候。耕：耕地。露草：带露水的草。翻：倒下。这句与下句是并列关系。

句⑥我〈主·省〉夜〈状〉榜〈谓〉溪石〈主·倒〉响〈谓〉。这句由两个句子构成。"我夜榜"是一句。"溪石响"是一句。前句是后句的时间状语。夜:在夜晚。榜(bàng):划船。溪石:溪边的石块。响:发出声响。划船时激起水浪打击溪边石块发出声响。

句⑦我〈主·省〉来往不逢人〈联合短语·谓〉。来往:来来去去。逢:见。联合短语的结构是:来往+不逢人(两者是转折关系)。这句与下句是因果关系。

句⑧我〈主·省〉碧〈定〉楚天〈状〉长歌〈谓〉。碧楚天:对着碧楚天。碧:浅蓝色的。楚天:永州的天空。永州在春秋战国时属楚。长歌:放声歌唱。

浅析:这首诗描写了作者被贬永州时的生活情景。第一、二句看似旷达之语,实则表达了作者的激愤情绪。第三句至第八句紧扣题目,描写了作者的溪居生活。第七、八句同时表达了作者的孤独感和悲愤情绪。

本诗⑤⑥句是工对。

乐府　Yuefu-Styled Verse

塞　上　曲

A Song of the Frontiers

王昌龄　Wang Changling

①蝉鸣空桑林,	The cicadas sing in the leafless mulberry forest,
②八月萧关道。	Which is a scene on the Xiaoguan Road in lunar August.
③出塞入塞寒,	Cold is the weather inside and outside of the frontiers where,
④处处黄芦草。	The withered reeds are seen here and there.
⑤从来幽并客,	From the ancient times, the frontier guards from You and Bing prefectures,
⑥皆共尘沙老。	Have remained on the battle-fields till their old age approaches.
⑦莫学游侠儿,	You people never imitate the knight-hood,
⑧矜夸紫骝好。	Who boast of their horses good.

详注:题.塞上曲:唐代新乐府辞,属《横吹曲辞》,多写边塞事。

句①蝉〈主〉鸣〈谓〉空桑林〈补〉。鸣:叫。空桑林:在桑叶落尽的桑树林里。

句②八月〈定〉萧关〈定〉道〈中心词〉。这是一个名词句,补充说明上句。萧关道:在萧关道上。萧关:古关塞名,在今宁夏固原市东南。道:道路。

句③出塞入塞〈联合短语·主〉寒〈谓〉。出塞:走出萧关。入塞:走入萧关。寒:寒冷。联合短语的结构是:出塞+入塞(两个动宾短语并列)。这句与下句是因果关系。

句④处处〈主〉是〈谓·省〉黄芦草〈宾〉。黄芦草:枯黄的芦苇。

句⑤从来〈定〉幽并客〈中心词〉。这是一个名词句,作下句的主语。幽并:幽州和并州,是古代行政区。幽州在今河北北部、北京市、天津市及辽宁一带。并州在今山西大部、河北和内蒙古的一部分。客：指来自幽州和并州的士兵，他们大多勇敢善战。这句与下句是主谓关系。

句⑥皆〈状〉共尘沙〈介词短语·状〉老〈谓〉。皆：都。共：与……一道。尘沙：战场。这里，借尘沙（特征）代战场，是借代修辞格。老：衰老。介词短语的结构是：共＋尘沙（"共"是介词）。

句⑦世人〈主·省〉莫学〈谓〉游侠儿〈宾〉。世人：社会上的人。莫：不要。游侠儿：持仗义气而轻生死的人。

句⑧他们〈主·省〉矜夸〈谓〉紫骝好〈主谓短语·宾〉。他们：指游侠儿。矜（jīn）夸：夸耀。紫骝（liú）：泛指骏马。主谓短语的结构是：紫骝＋好（主语＋谓语）。这句补充说明上句。

浅析：这首诗赞美了守边将士的报国献身精神。第一句至第四句描写了边塞地区的秋景。"空桑林"给人以萧瑟感。"八月"就"寒"，就"黄芦草"，给人以苦寒感。这秋景凸显了守边将士的艰苦生活环境。第五、六句高度赞美了"幽并客"的报国献身精神。他们在艰苦环境中"共尘沙老"。第七、八句的言外之意是叮嘱世人不要学游侠儿，只会夸耀自己的骏马，而要学习守边勇士，立志守边御敌，为国效力，其中饱含着对幽并客的赞美之意。

塞 下 曲

A Song of the Frontiers

王昌龄　Wang Changling

①饮马渡秋水，	When the warriors water their horses and cross the Tao River,
②水寒风似刀。	Cutting is the wind and icy is the water.
③平沙日未没，	O'er the vast stretch of sands, the sun has not yet set,
④黯黯见临洮。	A dim view of Lintao they already get.
⑤昔日长城战，	When the past battles were fought at the Great Wall,
⑥咸言意气高。	All say the warriors of the Tang Dynasty showed high morale.
⑦黄尘足今古，	From ancient times to the present, this place has been covered by the yellow dusts everywhere,
⑧白骨乱蓬蒿。	Only amid the wild grasses the white bones of the killed warriors have scattered here and there.

详注：句①将士〈主·省〉饮马渡秋水〈连动短语·谓〉。将士：指守边将士。饮（yìn）：使……喝水。渡：渡过。秋水：秋天的洮（táo）河水。洮河是黄河上游支流，在甘肃西南部。连动短语的结构是：饮马＋渡秋水（动作先后关系）。这句是下句的时间状语。

句②水〈主〉寒〈谓〉风〈主〉似〈谓〉刀〈宾〉。这句由两个句子构成。"水寒"是一句。"风似刀"是一句。两句间是并列关系。似：像。刀：刀割。"似刀"是明喻修辞格。

句③平沙〈状〉日〈主〉未没〈谓〉。平沙：在无边无际的沙漠上。日：太阳。未没：没有落下。这句是下句的时间状语。

句④黯黯〈定〉临洮〈主·倒〉见〈谓〉。黯黯(àn)：影影绰绰，模糊不清。临洮：古地名，在甘肃省岷县，因近洮河而得名。是秦长城的西起点。见：同"现"，意即"呈现"。

句⑤昔日〈状〉将士〈主·省〉长城〈状〉战〈谓〉。昔日：以前。长城：在临洮的长城边。战：战斗。长城战：指唐军与吐蕃在临洮激战，唐军大获全胜一事。这句是下句的时间状语。

句⑥世人〈主·省〉咸〈状〉言〈谓〉意气高〈主谓短语·宾〉。咸：都。言：说。意气：将士的斗志。高：高昂。主谓短语的结构是：意气+高(主语+谓语)。

句⑦黄尘〈主〉足〈谓〉今古〈宾〉。黄尘：战争扬起的尘土。这里，借黄尘代战争，是借代修辞格。足：充满。引申为"连绵不断"。这句与下句是因果关系。

句⑧白骨〈主〉乱〈谓〉蓬蒿〈补〉。白骨：战死的士兵的尸骨。乱：散乱。蓬蒿(hāo)：在野草丛中。

浅析：第一句至第四句描写了边地的恶劣环境。"黯黯"是黄沙迷漫的结果，可见边地的荒凉。"秋"就"风似刀"，可见边地的寒冷。第五、六句是作者远望临洮而联想到历史上的多次战争，表达了对戍边将士的赞扬。第七、八句描写了战争的频仍以及战争的惨烈，流露了作者对朝廷穷兵黩武的反对态度。

关 山 月

The Moon O'er the Passes and the Mountains

李 白　Li Bai

①明月出天山，	From behind Mount Tian rises the moon bright,
②苍茫云海间。	Then it goes through a sea of clouds white.
③长风几万里，	The mighty wind blows by from ten thousand *li* away,
④吹度玉门关。	And passes through the Yumen Pass on its way.
⑤汉下白登道，	The troops of the Han Dynasty once marched down the Baideng Way,
⑥胡窥青海湾。	The tartars once peeped at the Qinghai Bay.
⑦由来征战地，	Since ancient times, here have been battle-fields,
⑧不见有人还。	No men are seen to have gone back home from these places.
⑨戍客望边邑，	From the border town gaze afar the frontier guards,
⑩思归多苦颜。	Who, thinking of their homelands, wear worried looks and feel sad in their hearts.
⑪高楼当此夜，	In the towers this night, their wives,
⑫叹息未应闲。	Must have missed their husbands with constant sighs.

卷一　五言古诗

详注：题．关山月：是乐府旧题，属《鼓角横吹曲》，多写征戍离别之苦。

句①明月〈主〉出〈谓〉天山〈补〉。出：升起。天山：今甘肃境内的祁连山。这句与下句是顺承关系。

句②明月〈主·省〉在〈谓·省〉苍茫〈定〉云海间〈方位短语·宾〉。苍茫：辽阔无边的。云海：像海一样辽阔的云。这里把云比作海，是暗喻修辞格。间：中间。方位短语的结构是：云海+间("间"是方位词)。

句③几万里〈定·倒〉长风〈中心词〉。这是一个名词句，作句主语。几万里：这里用"几万里"是夸张修

53

辞格。长风:浩浩荡荡的大风。这句与下句是主谓关系。

句④吹〈谓〉玉门关〈宾〉。吹度:吹过。玉门关:地名,在今甘肃敦煌市西北戈壁滩上。

句⑤汉〈主〉下〈谓〉白登道〈宾〉。汉:汉高祖。下:走下。白登:白登山,在今山西大同东北。道:道路。汉高祖曾率兵在白登山抗击匈奴侵扰,被困七天。这句与下句是并列关系。

句⑥胡〈主〉窥〈谓〉青海湾〈宾〉。胡:古代对北方和西方各族的泛称,这里指吐蕃。窥(kuī):偷看,指伺机侵犯。青海湾:青海湖一带。

句⑦这里〈主·省〉由来〈状〉是〈谓·省〉征战地〈宾〉。这里:指白登山、青海湖等地。由来:自古以来。征战地:战争的地方。这句是下句的地点状语。

句⑧世人〈主·省〉不见〈谓〉有人还〈主谓短语·宾〉。世人:人们。不见:看不到。还:回家。主谓短语的结构是:有人＋还(主语＋谓语)。

句⑨戍客〈主〉边邑〈状·倒〉望〈谓〉。戍客:守边将士。边邑:在边塞的城镇里。望:望故乡。

句⑩他们〈主·省〉思归多苦颜〈连动短语·谓〉。他们:指守边将士。思归:想回家。多苦颜:愁容满面。连动短语的结构是:思归(因)＋多苦颜(果)。这句补充说明上句。

句⑪高楼〈作下句主语〉当此夜〈介词短语·作下句状语〉。高楼:守边将士的妻子们。这里,借高楼(地点)代妻子(地点中的人),是借代修辞格。当:在。此夜:指守边将士思归的夜晚。介词短语的结构是:当＋此夜("当"是介词)。这句与下句是主谓关系。

句⑫叹息〈谓〉应未闲〈补〉。叹息:唉声叹气。应:应该,表示推测。未闲:不停止。叹息应未闲:叹息个不停。

浅析:这是一首边塞诗。第一句至第四句紧扣"关"、"山"、"月",描写了边塞雄浑壮美的风光,交代了古战场的大环境。第五、六句是作者从眼前景色穿越时空联想到古代汉胡之间的战争。第七、八两句描写了战争给百姓带来的苦难。"由来"表明作者的思绪从古代回到眼下,并起到启下的作用。第九句至第十二句以戍边将士想家和家中妻子思念丈夫为例描写了战争给百姓带来的痛苦,其中隐含着作者对他们的同情和作者的反战态度。

本诗③④句、⑦⑧句和⑪⑫句是流水对,⑤⑥句是工对。

子夜吴歌四首录一

A Folk Song

李　白　Li Bai

①长安一片月,	The bright moon shines on Chang'an, where,
②万户捣衣声。	The sound of beating clothes is heard here and there.
③秋风吹不尽,	What the autumn wind can't blow clean,
④总是玉关情。	Is entirely the clothes-beaters' missing the Yumen Pass where their husbands have long been.
⑤何日平胡虏,	When will the barbarous invaders be put down for aye,
⑥良人罢远征?	So that the husbands can come back home from the frontier garrison far away?

详注：题.子夜吴歌:相传是晋代一位名叫子夜的女子作的,又是吴声民歌,所以叫子夜吴歌。每首四句,"声过哀苦"。后人改为四时行乐之词,称之《子夜四时歌》。李白用此歌曲名写了四首诗,每首诗增加了两句,分写春夏秋冬。这首诗是秋歌。

句①长安〈定〉一片月〈中心词〉。这是一个名词句,作下句的地点状语。

句②万户〈主〉发出〈谓·省〉捣衣声〈宾〉。万户:很多人家。这里的"万"表示虚数,不实指。捣衣:把织好的布放在石头上捶打,使之松软,以便缝制衣服,也为了穿着舒适。唐朝时,士兵的衣服是家里供给的。一到秋凉,妻子们就要为出征丈夫准备冬衣。

句③秋风吹不尽〈作下句主语〉。尽:完。这句与下句是主谓关系。

句④总是〈谓〉玉关情〈宾〉。总是:全是。玉关情:牵挂在玉门关出征的丈夫的情。这里借玉关(地点)代丈夫(地点中的人),是借代修辞格。

句⑤何日〈状〉胡虏〈主·倒〉平〈谓〉。何日:什么时候。胡虏:对敌人的蔑称。平:被消灭,被平定。

句⑥良人〈主〉罢〈谓〉远征〈宾〉。良人:丈夫。罢:结束。远征:到边地打仗。这句是上句的结果状语。

浅析：这首诗通过描写秋夜里妻子捣衣的情景,表达了妻子对丈夫的思念和期盼早日结束战争的愿望。第一、二句描写了秋夜里妻子们捣衣的情景。"万户"表明捣衣人之多,捣衣声响成一片。第三、四句表明了"捣衣"的原因:思妇为出征丈夫捣衣。"秋风"表明是秋夜。"玉关情"表明妻子牵挂着丈夫。"不尽"和"总是"凸显了妻子对丈夫的牵挂之深。第五、六句表达了妻子期盼早日结束战争、让戍边士兵早日回家团聚的愿望。

本诗③④句和⑤⑥句是流水对。

长 干 行

A Love Story at Changganli

李　白　Li Bai

①妾发初覆额,	When my forehead was just covered by my hair,
②折花门前剧。	Before my home gate I picked flowers for fun with naive air.
③郎骑竹马来,	On your hobbyhorse you came humming,
④绕床弄青梅。	And around the well-frame played with plums green.
⑤同居长干里,	Though we were close neighbours,
⑥两小无嫌猜。	We never think of becoming couples.
⑦十四为君妇,	At fourteen I became your bride,
⑧羞颜未尝开。	Being shy, I didn't crack a smile light.
⑨低头向暗壁,	Bowing my head I stood toward the dim wall,
⑩千唤不一回。	And I would not turn round to your call and call.
⑪十五始展眉,	At fifteen I no longer knitted my brows,

⑫愿同尘与灰。	To live and to die together with you was my vows.
⑬常存抱柱信,	I vowed to keep my word for ever,
⑭岂上望夫台。	So I never thought I would ascend the Looking-Forward-to-Husband Tower.
⑮十六君远行,	When I was sixteen you went on business far away,
⑯瞿塘滟滪堆。	The Qutang Gorge with a huge stone was on your way.
⑰五月不可触,	Be careful not to let your boat strike it when spring flood in the 5th moon rises high,
⑱猿声天上哀。	There on both banks the gibbons' wail seems to echo in the sky.
⑲门前迟行迹,	Before leaving home, you paced up and down in front of our house,
⑳一一生绿苔。	Your footprints are now covered by the green moss.
㉑苔深不能扫,	The moss is too thick to be swept away clear,
㉒落叶秋风早。	And the leaves fall because of the early autumn wind this year.
㉓八月蝴蝶黄,	In the 8th moon the butterflies turn yellow once again,
㉔双飞西园草。	They fly in pairs over the grasses in our west garden.
㉕感此伤妾心,	Moved by the scene, I feel sad in my heart,
㉖坐愁红颜老。	Because of sadness my rosy cheeks don't last.
㉗早晚下三巴,	When you're to leave the Three Ba land,
㉘预将书报家。	Be sure to send a letter home beforehand.
㉙相迎不道远,	To meet you I don't mind how far,
㉚直至长风沙。	I'll go until I get to Changfengsha.

详注:题.长干行:是乐府《杂曲歌辞》曲调名,多写男女情爱。长干:长干里,在今江苏南京市。行:是古诗的一种体裁。

句①妾发〈主〉初〈状〉覆〈谓〉额〈宾〉。妾发:诗中女主人公的头发。妾:古代妇女自称的谦词。初:刚刚。覆:遮住。额:额头。这句是下句的时间状语。

句②我〈主·省〉折花门前〈方位短语·状〉剧〈连动短语·谓〉。我:指诗中女主人公。下文中的"我"同此。折:摘。门前:在门前。剧:玩耍。方位短语的结构是:门 + 前("前"是方位词)。连动短语的结构是:折花 + 门前剧(动作先后关系)。

句③郎〈主〉骑竹马来〈连动短语·谓〉。郎:对青少年男子的称呼,这里指女主人公的丈夫。竹马:儿童用一根竹竿当马骑。连动短语的结构是:骑竹马(方式) + 来(动作)。这句与下句是递进关系。

句④郎〈主·省〉绕床弄青梅〈连动短语·谓〉。郎:同上句注。绕:环绕着。床:井上围栏。弄:玩弄。青梅:未成熟的梅子。连动短语的结构是:绕床(方式) + 弄青梅(动作)。

句⑤我们〈主·省〉同住〈谓〉长干里〈补〉。我们:指诗中男女主人公。同住:都住。这句与下句是转折关系。

句⑥两〈主〉小无嫌猜〈连动短语·谓〉。两:两人,指诗中男女主人公。小:幼小。无:没有。嫌猜:疑忌,猜忌。连动短语的结构是:小(因) + 无嫌猜(果)。

句⑦我〈主·省〉十四〈状〉为〈谓〉君〈定〉妇〈宾〉。十四：十四岁时。为：成为。君：妻子对丈夫的称呼，指诗中男主人公。下文中的"君"同此。妇：妻子。这句是下句的时间状语。

句⑧羞颜〈主〉未尝开〈谓〉。羞颜：害羞的面容。未尝开：未曾开颜，即未曾自在地笑过。

句⑨我〈主·省〉低头〈谓〉向暗壁〈介词短语·补〉。向：对着。暗壁：阴暗的墙壁。介词短语的结构是：向+暗壁（"向"是介词）。这句是下句的时间状语。

句⑩君〈主·省〉千〈状〉唤〈谓〉我〈主·省〉不一回〈谓〉。这句由两个句子构成。"君千唤"是一句。"我不一回"是一句。两句间是转折关系。千：很多次。"千"表示虚数，不实指，这里用"千"是夸张修辞格。唤：大声叫女主人公的名字。不一回：不回一次头。

句⑪我〈主·省〉十五〈状〉始〈状〉展眉〈谓〉。十五：十五岁时。始：才。展眉：开笑颜，即不再害羞。这句是下句的时间状语。

句⑫我〈主·省〉愿〈状〉与〈倒〉君〈省〉〈介词短语·状〉同〈谓〉尘灰〈宾〉。愿：愿意。同：一起。同尘灰：像尘灰一样混在一起，即永不分离。介词短语的结构是：与+君（"与"是介词）。

句⑬我〈主·省〉常〈状〉存〈谓〉抱柱〈定〉信〈宾〉。常：始终。存：怀有。抱柱信：是一个典故。春秋战国时鲁国有一个叫尾生的人与女子约会在桥下相会。尾生先到，女子未到。忽然，河水猛涨。尾生仍不愿离开。于是他抱着桥柱等待女子，结果被淹死。这里，女主人公引用这个典故意在把她自己比作尾生，说她坚守诺言，属借喻修辞格。这句与下句是因果关系。

句⑭我〈主·省〉岂〈状〉上〈谓〉望夫台〈宾〉。岂：哪里想到。上：登上。望夫台：望夫石、望夫山。相传，一个女子因思念久出未归的丈夫，天天在高台上盼望。时间久了，竟变成了石头。四川忠州有望夫台，湖北武昌有望夫石，漳水一带有望夫山。这里，女主人公引用这个典故意在表明她自己天天盼着丈夫归来。

句⑮我〈主·省〉十六〈谓〉君〈主〉远行〈谓〉。这句由两个句子构成。"我十六"是一句。"君远行"是一句。前句是后句的时间状语。十六：十六岁时。远行：出远门。这句是下句的时间状语。

句⑯瞿塘〈主〉有〈谓·省〉滟滪堆〈宾〉。瞿(qú)塘：瞿塘峡，是长江三峡之一。滟滪(yàn yù)堆：瞿塘峡口的一块巨大礁石。

句⑰君〈主·省〉五月〈状〉不可触〈谓〉它〈宾·省〉。五月：在五月里。五月江水上涨，滟滪堆淹没在水中，船容易触此礁沉没。触：碰撞。它：指滟滪堆。这句与下句是并列关系。

句⑱猿声〈主〉天上〈方位短语·状〉哀〈谓〉。猿声：猿猴的叫声。天上：在天上。瞿塘峡两岸山势高峻。船在江面上行驶，听到猿猴在山上叫就像在天上叫一样。哀：哀鸣。方位短语的结构是：天+上（"上"是方位词）。

句⑲门前〈方位短语·主〉有〈谓·省〉迟行〈定〉迹〈宾〉。门前：男女主人公的家门前。迟行：丈夫临行前在门前徘徊时留下的。迹：足迹。方位短语的结构是：门+前（"前"是方位词）。

句⑳一一〈主〉生〈谓〉绿苔〈宾〉。一一：每一个足迹上。生：都长出了。绿苔：青苔。这句补充说明上句。

句㉑苔〈主〉深〈谓〉不能扫〈补〉。苔：青苔。深：厚。不能扫：扫不掉。深不能扫：深得扫不掉。这句与下句是并列关系。

句㉒叶〈主·倒〉落〈谓〉秋风〈主〉早〈谓〉。这句由两个句子构成。"叶落"是一句。"秋风早"是一句。两句间是果因关系。叶：树叶。落：落下。早：早早地吹。

句㉓八月〈状〉蝴蝶〈主〉黄〈谓〉。八月：八月里。黄：变成黄色。

句㉔双〈主〉飞〈谓〉西园草〈补〉。双：成双成对的蝴蝶。飞：飞舞。西园草：在西园的草上。这句补充说明上句。

句㉕妾心〈主·倒〉感此伤〈连动短语·谓〉。感：有感于。此：指"双飞西园草"。伤：悲伤。连动短语的结构是：感此（因）+伤（果）。这句与下句是因果关系。

句㉖红颜〈主〉坐愁〈介词短语·状·倒〉老〈谓〉。红颜：指女主人公年轻的容颜。坐：因。愁：愁苦。老：变老。介词短语的结构是：坐+愁（"坐"用作介词）。

句㉗君〈主·省〉早晚〈状〉下〈谓〉三巴〈宾〉。早晚:不管何时。下:离开。三巴:巴郡,巴东,巴西,合称三巴,都在今四川。丈夫在三巴经商。这句是下句的时间状语。

句㉘君〈主·省〉预〈状〉将书〈介词短语·状〉报〈谓〉家〈宾〉。预:预先。将:把。书:信。报:寄到。家:家里。介词短语的结构是:将+书("将"是介词)。

句㉙我〈主·省〉相迎〈状〉不道〈谓〉远〈宾〉。相迎:迎接丈夫你的时候。"相"是前缀,无实义。不道:不怕。远:路途远。

句㉚我〈主·省〉直至〈谓〉长风沙〈宾〉。直至:直到。长风沙:地名。在今安徽安庆市东长风镇西。这句补充说明上句。

浅析:这首诗通过女主人公自述,描写了她与丈夫的爱情故事。全诗充满了女主人公对丈夫的纯真感情。第一句至第四句描写了男女主人公孩提时代青梅竹马的情景。第五、六句描写了两人两小无猜的情景。第七句至第十句描写了女主人公初婚时的情景。第十一、十二句描写了两人感情日深,山盟海誓的情景。第十三句承上,总结了女主人公对往日的回忆。第十四句启下,描写了女主人公对丈夫的思念。第十五句至第十八句描写了男主人公外出经商,旅途艰险,女主人公因而担惊受怕。"哀"衬托了女主人公内心的担忧。第十九句至第二十二句通过"青苔"、"秋风"、"落叶"的描写交代了男主人公外出已有几个月之久,衬托了女主人公思念丈夫的悲凉心境。第二十三、二十四句通过"蝴蝶双飞"的描写衬托了女主人公的孤独感。第二十五、二十六句描写了女主人公因思念丈夫感情备受煎熬的情景。第二十七句至第三十句表达了女主人公盼丈夫早归的急切心情。

列 女 操

Song of a Widow of Chastity

孟 郊　Meng Jiao

①梧桐相待老,	To the end of their lives the male and the female of the Chinese parasol trees depend on each other,
②鸳鸯会双死。	The mandarin ducks would always die together.
③贞妇贵殉夫,	The prized quality of a widow of chastity is to follow her husband even if he is dead and gone,
④舍生亦如此。	So she must do just as the Chinese parasol trees and the mandarin ducks have always done.
⑤波澜誓不起,	I vow to remain still till I come to my narrow cell.
⑥妾心古井水。	For my heart is the water in an old well.

详注：题.列女：烈女,指守贞节、轻视生命的女子。操：琴曲的一种体裁。列女操属乐府《琴曲歌辞》。孟郊：字东野,唐朝进士,曾任官职。

句①梧桐〈主〉相待老〈连动短语·谓〉。梧是雄树。桐是雌树。相待：相伴着。老：变老。连动短语的结构是：相待(方式)+老(动作)。这句与下句是并列关系。

句②鸳鸯〈主〉会双死〈谓〉。鸳鸯：一种水鸟,雌和雄永不分离,同生共死。

句③贞妇〈主〉贵〈谓〉殉夫〈动宾短语·宾〉。贞妇：坚守节操的妇女。贵：以……为可贵。殉(xùn)：为……死。夫：丈夫。殉夫：从丈夫而死。动宾短语的结构是：殉+夫(动词+宾语)。这句与下句是因果关系。

句④贞妇〈主·省〉亦〈状〉如此〈状〉舍〈谓〉生〈宾〉。亦：也。如此：像梧桐和鸳鸯一样。舍生：舍弃生命。动宾短语的结构是：舍+生(动词+宾语)。

句⑤妾〈主·省〉誓〈谓·倒〉不起波澜〈动宾短语·宾·倒〉。妾：古代女子谦称自己。誓：发誓。不起波澜：不动心,即"坚守节操不动摇"。

句⑥妾心〈主〉是〈谓·省〉古井水〈宾〉。妾心：女主人公的心。这里把妾心比作古井水,是暗喻修辞格。这句的言外之意是：女主人公不会因外界任何诱惑而动摇她的忠贞。

浅析：封建礼教要求妇女从一而终,即丈夫死了,妻子就终身不嫁或不独生。这首诗赞美了持这一立场的女主人公对丈夫的忠贞不渝。当然,这一立场是不可取的。第一、二句描写了自然界中的一植物一动物同生共死的情况。第三、四句紧扣题目,表达了女主人公对封建礼教的认同。第五、六句表达了女主人公从一而终的决心,从而赞美了她对丈夫的忠贞不渝。

游 子 咏

Song of the Son Who Is Going to a Far-off Land

孟 郊　Meng Jiao

①慈母手中线,	The threads in the tender mother's hand,
②游子身上衣。	Makes clothes for her son who is going to a far-off land.
③临行密密缝,	Stitch close to stitch she sews before he leaves home-town,
④意恐迟迟归。	Lest his return will be delayed long.
⑤谁言寸草心,	Who says the little grass can in a way,
⑥报得三春晖?	Such warm sunshine of the three months of spring repay?

详注：题.游子：离家远游的人。咏：古诗的一种体裁。

句①慈母手中〈方位短语·定〉线〈中心词〉。这是一个名词句,作下句的主语。慈母：慈祥的母亲。线：缝衣的线。方位短语的结构是：慈母手+中("中"是方位词)。这句与下句是主谓关系。

句②缝〈谓·省〉游子身上〈方位短语·定〉衣〈宾〉。方位短语的结构是：游子身+上("上"是方位词)。

句③游子〈主·省〉临行〈谓〉慈母〈主〉密密〈状〉缝〈谓〉。这句由两个句子构成。"游子临行"是一句,"慈母密密缝"是一句。前句是后句的时间状语。临：将要。行：远行。缝：缝衣。这句与下句是果因关系。

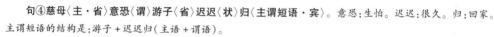

句④慈母〈主·省〉意恐〈谓〉游子〈省〉迟迟〈状〉归〈主谓短语·宾〉。意恐:生怕。迟迟:很久。归:回家。主谓短语的结构是:游子＋迟迟归(主语＋谓语)。

句⑤谁〈主〉言〈谓〉寸草〈定〉心〈宾,兼作下句主语〉。言:说。寸草心:小草的芽心。这里借寸草心喻游子的心,是借喻修辞格。这句与下句是主谓关系。

句⑥报得〈谓〉三春〈定〉晖〈宾〉?报得:报答得了。三春:孟春(农历正月)、仲春(农历二月)、季春(农历三月)。晖:阳光。这里,借三春晖喻母爱,是借喻修辞格。

浅析:这首诗歌颂了世上最伟大最无私的爱——母爱。第一句至第四句用母亲为游子缝衣的细节,热情赞美了母亲对子女的无私奉献。"密密"和"迟迟"写尽了慈母对子女的深笃之爱。慈母生怕游子"迟迟归",衣服不经穿,在外受寒生病,所以"密密缝"。第五、六句是一句,分作两句写,是一个反问句。肯定形式的反问句表示否定的意思。就是说,儿女如同刚长出的小草,是报答不完三春阳光一样的母爱的。这两句赞美了母爱的伟大,体现了作者的一片孝心。

本诗①②句和⑤⑥句是流水对,③④句是工对。

卷二 七言古诗
Volume Two　Seven-Character Pre-Tang Verse

登幽州台歌
On the Youzhou Terrace

陈子昂　Chen Zi'ang

①前不见古人，	Neither do I see the wise monarchs of the past,
②后不见来者。	Nor do I see those of the coming years.
③念天地之悠悠，	Thinking the heaven and the earth forever last,
④独怆然而涕下。	All alone I shed sad tears.

详注：题. 登：登上。幽州台：古迹名，又称燕台，在今河北易县东南。相传是战国时燕昭王的黄金台遗址。燕昭王曾在此招纳贤才。陈子昂：字伯玉，唐朝进士，曾任官职。歌：古诗的一种体裁。

句①前〈状〉我〈主·省〉不见〈谓〉古人〈宾〉。前：向前看，即向古代看。我：指作者。下文中的"我"同此。不见：看不到。古人：指燕昭王那样的明君。这句与下句是并列关系。

句②后〈状〉我〈主·省〉不见〈谓〉来者〈宾〉。后：向后看，即向未来看。来者：指未来出现的像燕昭王那样的明君。

句③我〈主·省〉念〈谓〉天地之悠悠〈宾〉。念：想到。之：是结构助词，相当于"的"。悠悠：无穷无尽。这句与下句是因果关系。

句④我〈主·省〉独〈状〉怆然而涕下〈连动短语·谓〉。独：独自。怆(chuàng)然：悲伤。而：是连词，表示"涕下"是"怆然"的结果。涕：眼泪。连动短语的结构是：怆然(因)+而涕下(果)。

浅析： 作者曾随唐军主将武攸宜出征契丹。武攸宜不懂军事，初战失利，闭城不出。陈子昂几次献策，都被武拒绝，并因此被降为军曹。陈子昂满腹委屈无处诉说，于是登上幽州台抒发悲愤之情。第一、二句表达了作者生不逢时、怀才不遇的悲愤。第三、四句描写了作者独立于苍茫原野，环顾茫茫宇宙，想到人生短暂，知己难遇，不禁伤心落泪的情景,表达了作者孤独无依、壮志难酬的忧伤。

本诗①②句是工对。

古 意

The Frontier Guard

李 颀　Li Qi

①男儿事长征,	He joined the forces of the expedition long,
②少小幽燕客。	So he came to the northern frontier when young.
③赌胜马蹄下,	On the battle-fields when he parades his power and try to be a winner,
④由来轻七尺。	He never takes into consideration his seven-foot stature.
⑤杀人莫敢前,	He fights so desperately that to him no enemy dare to come up,
⑥须如猬毛磔。	His beards and moustaches look like a hedgehog's hair when it flares up.
⑦黄云陇底白云飞,	Over the hilly areas whirl the white clouds and the yellow dust,
⑧未得报恩不能归。	Yet he couldn't go back home before repaying the emperor's favour given to him in the past.
⑨辽东小妇年十五,	A young lady from Liaodong is only fifteen,
⑩惯弹琵琶解歌舞。	Who is accustomed to pluck the pipa and good at singing and dancing.
⑪今为羌笛出塞声,	Today she uses a Qiang flute to play the tune "Out of Frontiers",
⑫使我三军泪如雨。	Which makes all the frontier guards shed rain-like tears.

详注：题.古意:拟古诗。即模仿古诗的风格和艺术形式。李颀:唐朝进士,曾任官职。后辞官归隐。

句①男儿〈主〉**事**〈谓〉**长征**〈宾〉。男儿:男子。事:从事,参与。长征:远征。这句与下句是因果关系。

句②他〈主·省〉**少小**〈状〉**为**〈谓·省〉**幽燕**〈定〉**客**〈宾〉。他:指男儿。下文中的"他"同此。少小:年少的时候。为:成为。幽:幽州,是古九州之一,在今河北北部、北京、天津和辽宁一带。唐朝的幽州古属燕国,所以,称幽燕,是唐朝的边防要地。幽燕客:幽燕的客人,即在幽燕戍边的人。

句③他〈主·省〉**马蹄下**〈方位短语·状·倒〉**赌胜**〈谓〉。马蹄下:在马蹄下,即在战场上。赌胜:逞强。方位短语的结构是:马蹄+下("下"是方位语)。这句是下句的时间状语。

句④他〈主·省〉**由来**〈状〉**轻**〈谓〉**七尺**〈宾〉。由来:从来。轻:轻视。七尺:七尺的身躯,即"生命"。

句⑤他〈主·省〉**杀**〈谓〉**人**〈宾〉**人**〈主·省〉**莫敢前**〈谓〉。这句由两个句子构成。"他杀人"是一句。"人莫敢前"是一句。两句间是因果关系。人:敌人。莫敢:不敢。前:上前。这句与下句是并列关系。

句⑥须〈主〉**如**〈谓〉**猬毛磔**〈主谓短语·宾〉。须:戍边男儿的胡须。如:像。猬:刺猬。磔(zhé):张开。"如猬毛磔"是明喻修辞格。主谓短语的结构是:猬毛+磔(主语+谓语)。

句⑦陇底〈状·倒〉**黄云白云**〈联合短语·主〉**飞**〈谓〉。陇(lǒng)底:山地,指战场上。黄云:扬起的尘土。飞:纷飞。联合短语的结构是:黄云+白云(两者并列)。这句与下句是转折关系。

62

句⑧他〈主·省〉未得报恩不能归〈连动短语·谓〉。未得：没有。报恩：报君恩，指建立战功。归：回家。连动短语的结构是：未得报恩（因）＋不能归（果）。

句⑨辽东〈定〉小妇〈定〉年〈主〉十五〈谓〉。辽东：辽宁东部一带。小妇：少妇。年：年龄。十五：十五岁。这句与下句是主谓关系。

句⑩她〈主·省〉惯弹琵琶解歌舞〈联合短语·谓〉。她：指辽东小妇。惯：习惯于。琵琶：一种乐器。解：精通。联合短语的结构是：惯弹琵琶＋解歌舞（两个动宾短语并列）。

句⑪她〈主·省〉今〈状〉用〈省〉羌笛为〈倒〉出塞声〈连动短语·谓〉。她：指辽东小妇。今：今天。羌(qiāng)笛：羌族人吹的笛，即现在的横笛。为：吹出。出塞声：出塞曲，即出塞作战时吹奏的军乐曲。连动短语的结构是：用羌笛（方式）＋为出塞声（动作）。

句⑫它〈主·省〉使我三军泪如雨〈兼语短语·谓〉。它：指出塞声。我：我方的。三军：三军将士，即全体官兵。泪：流泪。如雨：像下雨。"泪如雨"是明喻修辞格。兼语短语的结构是：使＋我三军＋泪如雨。这句是上句的结果状语。

浅析：这首诗以一个男儿为典型刻画了戍边男儿们的英雄形象。第一、二句描写了男儿从小离家从军的经历。第三、四句描写了戍边男儿的豪侠气概。第五、六句描写了男儿的骠勇。第六句描写了男儿的长相，衬托了他的骠勇。第七句通过征战环境的描写，凸显了征战的艰苦。第八句描写了戍边男儿誓死报国的献身精神。第七句衬托了第八句。第九句至第十二句描写了戍边男儿的思乡之情。"惯弹琵琶"的少妇今天偶吹羌笛。她吹的《出塞声》可能不十分地道。即便不十分地道，也使全军将士"泪如雨"。可见，他们戍边太久，思乡之情太浓，一遇外界点滴刺激就立即迸发出来。思乡之情是人之常情。戍边男儿有思乡之情仍不失为硬汉。

送陈章甫

Seeing Off Chen Zhangfu

李　颀　Li Qi

①四月南风大麦黄， In the 4th moon the barley grows yellow when the south wind blows on,
②枣花未落桐叶长。 The date flowers have not yet fallen and the phoenix tree leaves have grown long.
③青山朝别暮还见， Though the green mountains you left in the morn can be seen by you again at dusk,
④嘶马出门思旧乡。 Yet when your neighing horse is out-doors you still think of going back home fast.
⑤陈侯立身何坦荡， Standing in society, you're broad-minded and never worried,
⑥虬须虎眉仍大颡。 It's just like you have a dragon beard, tiger's brows and a big forehead.

⑦腹中贮书一万卷，	You have learnt by heart ten thousand books you've read,
⑧不肯低头在草莽。	So to the wild grasses you refuse to bow your head.
⑨东门酤酒饮我曹，	At the east gate of Luoyang you oft buy wine and drink with us in delight,
⑩心轻万事如鸿毛。	Because you regard everything as a goose feather light.
⑪醉卧不知白日暮，	You know not the dusk has fallen when you get drunk and lie,
⑫有时空望孤云高。	You sometimes gaze in vain at a piece of lonely cloud high up in the sky.
⑬长河浪头连天黑，	The waves of the Yellow River surge so high as to blacken the sky,
⑭津吏停舟渡不得。	The operator has to close the ferry so that the passengers have no boat to cross the river by.
⑮郑国游人未及家，	You, a traveller from the Zheng, can't go back to your home-land,
⑯洛阳行子空叹息。	I, a traveller in Luoyang, can do nothing to help you but sigh where I stand.
⑰闻道故林相识多，	You have many acquaintances in your home-town, others say,
⑱罢官昨日今如何？	Dismissed from your office yesterday, how will they treat you today?

详注：题．送：送别。陈章甫：唐朝进士，曾任官职，是作者的友人。

句①四月〈状〉南风〈主〉吹〈谓〉省〉大麦〈主〉黄〈谓〉。这句由两个句子构成。"四月南风吹"是一句。"大麦黄"是一句。两句间是并列关系。四月：在四月里。这句与下句是并列关系。

句②枣花〈主〉未落〈谓〉桐叶〈主〉长〈谓〉。这句由两个句子构成。"枣花未落"是一句。"桐叶长"是一句。两句间是并列关系。枣花：枣树花。未落：没有凋落。桐叶：泡桐树叶。长：变长。

句③你〈主·省〉暮〈状〉还〈状〉见〈谓〉朝别〈状中短语·定·倒〉青山〈宾·倒〉。你：指陈章甫。下文中的"你"同此。暮：在黄昏。还：又。见：看到。朝：早晨。别：告别。青山：指陈章甫家乡的青山。状中短语的结构是：朝+别（状语+动词〈中心词〉）。这句与下句是转折关系。

句④嘶马〈主〉出门〈谓〉你〈主·省〉思〈谓〉旧乡〈宾〉。这句由两个句子构成。"嘶马出门"是一句。"你思旧乡"是一句。前句是后句的时间状语。嘶马：鸣叫的马。思：思念。旧乡：故乡。

句⑤陈侯〈定〉立身〈主〉何〈状〉坦荡〈谓〉。陈侯：指陈章甫。"侯"是尊称。立身：处世。何：多么。坦荡：心胸开阔，泰然自得。

句⑥你〈主·省〉有〈谓·省〉虬须虎眉仍大颡〈联合短语·宾〉。虬（qiú）须：卷曲的胡子。虎眉：眉毛像老虎的眉。仍：又有。大颡（sǎng）：大脑门。联合短语的结构是：虬须+虎眉+仍大颡（三者并列）。这句补充说明上句。

句⑦腹中〈方位短语·主〉贮〈谓〉一万卷〈定·倒〉书〈宾〉。腹中：脑子里，指陈章甫的脑子里。贮：藏有，即"熟记着"。一万卷书：一万卷书的内容。方位短语的结构是：腹+中（"中"是方位词）。这句与下句是因果关系。

句⑧你〈主·省〉不肯低头〈谓〉在草莽〈介词短语·补〉。在草莽：在草野之中，即"没有官位"。介词短语的结构是：在+草莽（"在"是介词）。

句⑨你〈主·省〉东门〈状〉酤酒饮我曹〈连动短语·谓〉。东门：指洛阳城的东门。酤（gū）酒：买酒。饮：请……饮。我曹：我辈，即"我们"。连动短语的结构是：酤酒+饮我曹（动作先后关系）。这句与下句是果因关系。

句⑩心〈主〉轻〈谓〉万事〈宾〉如鸿毛〈补〉。心：指陈章甫的心。轻：看轻。如：像。鸿毛：大雁的羽毛。轻万事如鸿毛：把万事看得轻如鸿毛。"如鸿毛"是明喻修辞格。

句⑪你〈主·省〉醉卧〈连动短语·状〉不知〈谓〉白日暮〈主谓短语·宾〉。醉卧：因喝醉而睡觉的时候。白日：白天。暮：到了傍晚。连动短语的结构是：醉（因）+卧（动作）。主谓短语的结构是：白日+暮（主语+谓语）。这句与下句是并列关系。

句⑫你〈主·省〉有时〈状〉空〈状〉望〈谓〉高〈定·倒〉孤云〈宾〉。空：徒劳地。望：仰望。高：高空中的。孤云：一片云。

句⑬长河〈定〉浪头〈主〉黑〈谓·倒〉连天〈补〉。长河：黄河。黑连天：黑得遮住了天。这句与下句是因果关系。

句⑭津吏〈主〉停〈谓〉舟〈宾〉人〈主·省〉渡〈谓〉不得〈补〉。这句由两个句子构成。"津吏停舟"是一句。"人渡不得"是一句。两句间是因果关系。津吏：管渡口的小官。人：要渡河的人。渡：渡河。不得：不能。

句⑮郑国游人〈主〉未及〈谓〉家〈宾〉。郑国：古国名，国都是新郑。郑国游人：指陈章甫。陈曾在新郑住过。未及家：到不了家。这句与下句是并列关系。

句⑯洛阳行子〈主〉空〈状〉叹息〈谓〉。洛阳行子：指作者。当时，作者正客游洛阳。空：徒劳地。叹息：唉声叹气。

句⑰我〈主·省〉闻道〈谓〉故林〈定〉相识多〈主谓短语·宾〉。我：指作者。闻道：听说。故林：故乡的。相识：熟人，指陈章甫的熟人。主谓短语的结构是：故林相识+多（主语+谓语）。

句⑱你〈主·省〉昨日〈状·倒〉罢官〈谓〉他们〈主·省〉今〈状〉如何〈谓〉。这句由两个句子构成。"你昨日罢官"是一句。"他们今如何"是一句。两句间是并列关系。昨日：指刚刚过去的日子。罢官：被罢官。他们：指陈章甫家乡的相识。今：如今。如何：对你陈章甫会怎么样。这句补充说明上句。

浅析：这是一首送别诗。陈章甫被罢官后回故乡，作者在洛阳为他送行，写了这首诗。这首诗刻画了陈章甫的形象，表达了作者对他的关心。第一、二句描写了送别的时间和环境。第三、四句描写了陈章甫回故乡时的情景。他一心想见到家乡青山，归心似箭。第五、六句描写了陈章甫的君子品格恰如他的外貌特征。第七、八句描写了陈章甫的才学和壮志。第九、十句描写了陈章甫热情待人，胸怀旷达。第十一、十二句描写了陈章甫的洒脱和清高。"孤云"衬托了他的孤傲。第十三句至第十六句描写了渡口送别时遇到的阻碍，影射了当时社会环境的险恶和陈章甫仕途的坎坷。同时也描写了作者爱莫能助的心情。第十七、十八句表达了作者对友人的关心和对世态炎凉的感叹。

琴 歌

Listening to a Master Playing the Zither

李 颀　Li Qi

①主人有酒欢今夕，　The host has mellow wine, so we can spend a joyful night together,
②请奏鸣琴广陵客。　Also he has invited a master to play the zither.
③月照城头乌半飞，　The bright moonlight shines on the city wall from which the crows scatter,

④霜凄万木风入衣。 The frost has coldened all the trees and into people's clothes blows the wind bitter.

⑤铜炉华烛烛增辉， The copper incense burner beside the colorfully-decorated candle adds brilliance to the candle-light,

⑥初弹渌水后楚妃。 In this surroundings the master plays the tune Chufei after the tune Lushui, melodious at their height.

⑦一声已动物皆静， As soon as he starts playing, everything around quiet down,

⑧四座无言星欲稀。 The audience around quietly listen to the playing till the approaching of dawn.

⑨清淮奉使千余里， From more than one thousand *li* away I come on order to this clear Huai River,

⑩敢告云山从此始。 But after listening to the tunes I have a new idea to go and live in the mountains forever.

详注：题．琴歌：描写听人弹琴的诗。歌：古诗的一种体裁。

句①主人〈主〉有〈谓〉酒〈宾〉我们〈主·省〉今夕〈状·倒〉欢〈谓〉。这句由两个句子构成。"主人有酒"是一句。"我们今夕欢"是一句。两句间是因果关系。主人：指作者的朋友。我们：指作者和作者的朋友。今夕：今夜。欢：欢乐。这句与下句是递进关系。

句②他〈主·省〉请广陵客〈倒〉奏鸣琴〈兼语短语·谓〉。他：指主人，即作者的朋友。广陵客：古琴曲中有《广陵散》。三国时魏国人嵇康临刑前弹了此曲。此曲因他死而失传。后人就借广陵客代琴师，是借代修辞格。奏：弹奏。鸣琴：弹出声音的琴，所以称鸣琴，兼语短语的结构是：请+广陵客+奏鸣琴。

句③月〈主〉照〈谓〉城头〈宾〉乌〈主〉半飞〈谓〉。这句由两个句子构成。"月照城头"是一句。"乌半飞"是一句。两句间是因果关系。月：月亮。照：照着。城头：城墙上。乌：乌鸦。半飞：飞散。这句与下句是并列关系。

句④霜〈主〉凄〈谓〉万木〈宾〉风〈主〉入〈谓〉衣〈宾〉。这句由两个句子构成。"霜凄万木"是一句。"风入衣"是一句。两句间是并列关系。凄：使……寒冷。万木：各种树木，这里用"万"是夸张修辞格。入：吹进。衣：衣服。

句⑤铜炉〈主〉对〈谓·省〉华烛〈宾〉烛〈主〉增〈谓〉辉〈宾〉。这句由两个句子构成。"铜炉对华烛"是一句。"烛增辉"是一句。两句间是因果关系。铜炉：铜制熏香炉。对：对着。华烛：绘有花纹的烛。增：增加。辉：光辉。这句是下句的地点状语。

句⑥他〈主·省〉初弹渌水后弹〈省〉楚妃〈连动短语·谓〉。他：指广陵客。初：先。渌水：古琴曲名。楚妃：古琴曲名。连动短语的结构是：初弹渌水+后弹楚妃（动作先后关系）。

句⑦一声〈主〉已动〈谓〉物〈主〉皆〈状〉静〈谓〉。这句由两个句子构成。"一声已动"是一句。"物皆静"是一句。两句间是顺承关系。一声：一声琴声。已动：已被弹出。物：万物。皆：都。静：静息下来。这句与下句是顺承关系。

句⑧四座〈主〉无言〈谓〉星〈主〉欲稀〈谓〉。这句由两个句子构成。"四座无言"是一句。"星欲稀"是一句。两句间是并列关系。四座：四座的人。这里借四座（地点）代四座的人（地点中的人），是借代修辞格。无言：不说话。星：天上的星星。欲：快要。稀：稀少。星欲稀：天快亮了。

句⑨我〈主·省〉奉使〈谓〉千余里〈定〉清淮〈补·倒〉。我：指作者。奉使：奉命出使。千余里：来到千余里以外的。清淮:清清的淮水边。这句与下句是转折关系。

句⑩[我〈主·省〉敢告〈谓〉云山〈宾〉]〈小句·主〉从此〈状〉始〈谓〉。我:指作者。敢:冒昧地。告:报告,告知。云山:云雾缭绕的高山。敢告云山:指有隐居山林的念头。从此:从听琴开始。此:听琴曲。作者听琴曲而萌发归隐山林的念头,可见琴曲感人至深。

浅析:朋友设宴款待作者。席间,有琴师弹琴。这首诗描写了听琴师弹琴的情景。第一、二句描写了听琴的场合(酒席上)。第三、四句通过描写室外的秋夜的凄清景色交代了听琴的时间(秋夜)。第五句通过描写室内景色,渲染了饮酒听琴的欢快气氛。第六、七、八句描写了主客听琴的情景,凸显了琴声的美妙动人。第九、十句描写了琴声的感人至深。琴声如此美妙以致震撼了作者的心灵,淡泊了作者的心志,引发了作者辞官归隐山林的念头。

本诗⑦⑧句是宽对。

听董大弹胡笳弄兼寄语房给事

Listening to Dong the First Playing the Tunes of the Reed Pipe on the Zither and Presenting This Poem to Prime Minister Fang Guan

李 颀　Li Qi

①蔡女昔造胡笳声, Cai Wenji once wrote a melody for reed pipes,
②一弹一十有八拍。 It consists of eighteen paragraphs.
③胡人落泪沾边草, Listening to it, the Huns' tears wetted the grasses on the border land,
④汉使断肠对归客。 And the envoy of the Han Dynasty was heart-broken in the presence of Car Wenji who was returning to homeland.
⑤古戍苍苍烽火寒, It made the ancient garrison posts desolate and the beacons cold grow,
⑥大荒阴沉飞雪白。 It made the wilds gloomy with the flying white snow.
⑦先拂商弦后角羽, When Dong the first plucks strings on the zither,
⑧四郊秋叶惊摵摵。 Its sound is like the autumn leaves on the outskirts of Chang'an that with fright rustle down helter-skelter.
⑨董夫子,通神明, Mr. Dong, a zither master, whose zither sound can reach the gods on high,
⑩深松窃听来妖精。 So that even the spirits in the deep pine woods come to eavesdrop nearby.
⑪言迟更速皆应手, He's proficient in slow playing as well as in fast playing,
⑫将往复旋如有情。 As he plies his plectrum to and fro the zither seems to produce deep feeling.

⑬空山百鸟散还合，	The zither sound is like the birds in the empty hills scattering and then gathering,
⑭万里浮云阴且晴。	And like the ten-thousand-*li* clouds that are dark and then turn clear and fine.
⑮嘶酸雏雁失群夜，	And like the sad cry of a young wild goose that has left the flock at night,
⑯断绝胡儿恋母声。	And also like the sobs of Cai's two sons who're loath to see their mother go out of sight.
⑰川为静其波，	Hearing it, the rivers stop their waves rolling,
⑱鸟亦罢其鸣。	And the birds stop their chirping.
⑲乌孙部落家乡远，	And the queen of the Wusun Tribe hates her hometown is too far away,
⑳逻娑沙尘哀怨生。	And the princess Wencheng in dusty Tibet grieves away.
㉑幽音变调忽飘洒，	Suddenly the murmuring zither sound changes into howling,
㉒长风吹林雨堕瓦。	As if into woods strong wind is blowing and against the tiles on the roof raindrops are pattering.
㉓迸泉飒飒飞木末，	The sound is like the erupting fountain falling down on the tops of trees rustling,
㉔野鹿呦呦走堂下。	And it's also like a wild deer walking past the hall crying.
㉕长安城连东掖垣，	The imperial palace links up with the east government office,
㉖凤凰池对青琐门。	The phoenix pool faces the gate of the imperial palace.
㉗高才脱略名与利，	Fang Guan, a talent, is indifferent to fame and fortune,
㉘日夕望君抱琴至。	So day and night he expects you, Mr. Dong, to carry your zither to his mansion.

详注：题．董大：董庭兰，唐朝著名音乐家，善弹琴，是唐朝宰相房琯的门客。弄：音乐中的一种曲调。董大翻改胡笳曲入琴曲，称胡笳弄。兼：同时。寄语：写赠。房给事：指房琯，给事是官职名。

句①蔡女〈主〉昔〈状〉造〈谓〉胡笳声〈宾〉。蔡女：东汉文学家蔡邕的女儿蔡琰(yǎn)，字文姬。她精通音律，博学多才，曾嫁给河东卫仲道。夫亡后被匈奴左贤王掳去，在胡十二年生二子。后曹操用重金把蔡琰赎回，改嫁给董祀。文姬回汉前，作《胡笳十八拍》，抒发了别子的痛苦。昔：从前。造：创作。胡笳：古代管乐器，汉时流行于塞北和西域一带。胡笳声：指蔡琰写的《胡笳十八拍》。这句与下句是主谓关系。

句②一弹〈谓〉一十有八拍〈宾〉。一弹：弹起来有。一十有八：十八。这里的"有"是连词，用在整数和余数之间，可不译出。拍：段。

句③胡人〈定〉泪〈主·倒〉落沾边草〈连动短语·谓〉。胡人：指匈奴人。落：流下。沾：沾湿。边草：边塞地的野草。连动短语的结构是：落＋沾边草(动作先后关系)。这句与下面三句是并列关系。

句④汉使〈主〉对归客〈介词短语·状·倒〉断肠〈谓〉。汉使：曹操派去赎回文姬的使臣。对：在……面前。归客：回汉朝的客人，指蔡文姬。断肠：悲痛之极。介词短语的结构是：对＋归客("对"是介词)。

句⑤古戍〈主〉苍苍〈谓〉烽火〈主〉寒〈谓〉。这句由两个句子构成,"古戍苍苍"是一句。"烽火寒"是一句。两句间是并列关系。古戍:古代军队防守地的哨所。苍苍:苍凉。烽火:古代报警的烟火。寒:寒凉。

句⑥大荒〈主〉阴沉〈谓〉飞雪〈主〉白〈谓〉。这句由两个句子构成。"大荒阴沉"是一句。"飞雪白"是一句。两句间是并列关系。大荒:无边际的荒野。阴沉:阴暗。

句⑦他〈主·省〉先拂商弦后拂〈省〉角羽〈连动短语·谓〉。他:指董大。拂:弹拨。商弦:古琴有五弦,宫、商、角、徵、羽。一弦一音。还有七弦琴,加变徵、变宫两弦。先拂商弦后拂角羽:是弹琴的动作,指弹琴。连动短语的结构是:先拂商弦+后拂角羽(动作先后关系)。这句是下句的时间状语。

句⑧四郊〈定〉秋叶〈主〉惊槭槭〈连动短语·谓〉。四郊:长安城四周的。秋叶:秋天的树叶。惊:吃惊。槭槭(shè):树叶凋落声。惊槭槭:惊于秋风匆匆落下的声音。这里借惊槭槭喻琴声,是借喻修辞格。连动短语的结构是:惊(因)+槭槭(果)。

句⑨董夫子〈主〉通〈谓〉神明〈宾〉。董夫子:指董大。"夫子"是古代对男子的敬称。"夫子"后用逗号表示停顿。通神明:通达神灵,指他的琴声能感召神灵。这里极言他的弹琴技艺高超。

句⑩深松〈定〉妖精〈主·倒〉来窃听〈连动短语·谓·倒〉。深松:大松林中的。妖精:鬼神。窃听:偷听琴声。连动短语的结构是:来(动作)+窃听(目的)。这句是上句的结果状语。

句⑪言迟更速〈联合短语·主〉皆〈状〉应手〈谓〉。言迟:迟缓,引申为"慢弹"。"言"是语助词,可不译出。更速:更换速度,引申为"快弹"。皆:都。应手:得心应手,即熟练。联合短语的结构是:言迟+更速(两者并列)。这句与下句是并列关系。

句⑫将往复旋〈联合短语·主〉如〈谓〉有情〈宾〉。将往:将要拨过去。复:却又。旋:拨回来。将往复旋:指手指来来回回的动作。如:好像。有情:充满了丰富的感情。联合短语的结构是:将往+复旋(两者是转折关系)。

句⑬空山〈定〉百鸟〈主〉散还合〈连动短语·谓〉。散:飞散。还:又。合:飞到一起。连动短语的结构是:散+还合(动作先后关系)。这句与下面三句是并列关系。

句⑭万里〈定〉浮云〈主〉阴且晴〈谓〉。浮云:飘浮着的云。阴:变阴暗,即"云聚合起来"。且:又。晴:晴朗,即"云散开"。

句⑮雏雁〈主·倒〉夜〈状·倒〉失群嘶酸〈连动短语·谓〉。雏(chú)雁:幼小的雁。夜:在夜里。失群:离开雁群。嘶酸:酸嘶,意即"悲鸣"。连动短语的结构是:失群(因)+嘶酸(果)。

句⑯胡儿〈主〉断绝〈谓·倒〉恋母〈动宾短语·定〉声〈宾〉。胡儿:蔡文姬在匈奴生的两子。断绝:呜呜咽咽快要中断。恋母:依恋母亲的。声:哭声。动宾短语的结构是:恋+母(动词+宾语)。

句⑰川〈主〉为〈谓·省〉之〈介词短语·状〉静〈谓〉其〈定〉波〈宾〉。川:河流。为:为了。之:指琴声。静:使……平静下来,是使动用法。其:河流的。波:波浪。介词短语的结构是:为+之("为"是介词)。这句与下面三句是并列关系。

句⑱鸟〈主〉亦〈状〉为之〈介词短语·状·省〉罢〈谓〉其〈定〉鸣〈宾〉。亦:也。为之:同上句注。罢:停止。其:鸟的。鸣:鸣叫。

句⑲乌孙部落〈主〉怨〈谓·省〉家乡远〈主谓短语·宾〉。乌孙:是古代西域的国名,由乌孙部落建,在今新疆与吉尔吉斯斯坦交界处。汉武帝时,江都王刘建为了和亲曾把女儿细君嫁给乌孙国王昆莫。这里借乌孙部落(细君所在地)代细君,是借代修辞格。怨:抱怨。昆莫年老,语言又不通,细君十分愁苦,所以抱怨。主谓短语的结构是:家乡+远(主语+谓语)。

句⑳逻娑〈主〉沙尘〈状〉生〈谓·倒〉哀怨〈宾〉。逻娑(luó suō):古代吐蕃首府,即今拉萨市。这里借逻娑(文成公主所在地)代文成公主,是借代修辞格。唐太宗曾把文成公主嫁给松赞干布。沙尘:面对沙尘。生:产生。哀怨:怨恨。

句㉑幽音〈主〉忽〈状〉变调飘洒〈连动短语·谓〉。幽音:幽咽的声音。忽:忽然。飘洒:风飘雨洒。变调:变换调门。连动短语的结构是:变调(因)+飘洒(果)。

句㉒长风〈主〉吹〈谓〉林〈宾〉雨〈主〉堕〈谓〉瓦〈宾〉。这句由两个句子构成。"长风吹林"是一句。"雨堕瓦"是一句。两句间是并列关系。长风:大风。林:树林。堕:落到。瓦:屋顶上的瓦上。这句与下面两句是并列关系,共同补充说明上句。

句㉓迸泉〈主〉飒飒〈状〉飞〈谓〉木末〈宾〉。迸(bèng)泉:喷泉。飒飒(sà):泉水喷射的声音。飞:飞落到。木末:树梢上。

句㉔野鹿〈主〉呦呦〈状〉走〈谓〉堂下〈方位短语·宾〉。呦呦(yōu):鹿的鸣叫声。走:走过。堂下:厅堂前。方位短语的结构是:堂+下("下"是方位词)。

句㉕长安城〈主〉连〈谓〉东掖垣〈宾〉。长安城:皇宫。这里,借长安城(整体)代皇宫(部分),是借代修辞格。连:连接着。东掖垣(yè yuán):指寝朝门下省。唐朝有门下和中书两省,都是中央最高政务机构。门下省在皇宫东面,称东掖垣。中书省在皇宫西面,称西掖垣。房琯任给事中,属门下省。垣:墙。这句与下句是并列关系。

句㉖凤凰池〈主〉对〈谓〉青琐门〈宾〉。凤凰池:又称凤池,是中书省院内的水池。因中书省接近皇宫和皇上,故称。这里借凤凰池(所属)代中书省,是借代修辞格。对:面对着。青琐门:宫门。宫门上刻着连环纹,涂着青漆,称"青琐"。这里借青琐(标志)代宫门,是借代修辞格。

句㉗高才〈主〉脱略〈谓〉名与利〈联合短语·宾〉。高才:指房琯。脱略:超脱。与:和。联合短语的结构是:名+利(两者并列,"与"是连词)。这句与下句是因果关系。

句㉘他〈主·省〉日夕〈状〉望〈谓〉君抱琴至〈主谓短语·宾〉。他:指房琯。日夕:日夜。望:盼望。君:你,指童大。抱:拿着。至:到,即"到房琯家中"。主谓短语的结构是:君+抱琴至(主语+谓语)。"抱琴至"是连动短语,其结构是:抱琴(方式)+至(动作)。

浅析:这首诗描写了童大的高超琴艺,流露了作者对房琯的奉承之意。第一、二句介绍了胡笳曲的由来。第三、四句描写了胡笳曲感人至深的效果。第五、六句用几个视觉形象描写了胡笳曲产生的神奇效果。第七句交代了童大在琴上弹胡笳曲。第八句用听觉形象想象了童大的琴声。第九、十句烘托了琴声的魅力。第十一、十二句介绍了童大的高超的弹琴技艺。第十三、十四句用视觉形象比喻琴声。第十五、十六句用听觉形象比喻琴声。第十七、十八句描写了河流和鸟儿对琴声的反应,衬托了琴声的神妙。第十九、二十句想象了历史上两个人物听到琴声后会顿生思乡之愁,衬托了琴声的神妙。第二十一至二十四句用听觉形象比喻了琴声的神妙。第二十五、二十六句点明了房琯的供职地点,衬托了他身份和地位的显赫。第二十七、二十八句赞扬了房琯的淡泊名利,又表明了他对童大琴技的赏识,其中流露了作者对房琯的奉承之意。

本诗㉕㉖句是工对。

听安万善吹觱篥歌

Song of Listening to An Wanshan Playing the Bili Pipe

李 颀　Li Qi

①南山截竹为觱篥,　Of the bamboo cut from the South Mountain a bili pipe is made by hand,

②此乐本自龟兹出。　This instrument is first invented in Qiuci land.

③流传汉地曲转奇，	When it is spreaded to the district of the Han people, it produces sound all the more sweeter,
④凉州胡人为我吹。	Furthermore it's played for me by An Wanshan from Liangzhou, a music master.
⑤傍邻闻者多叹息，	Hearing the bili pipe sound, the listeners around all utter sighs,
⑥远客思乡皆泪垂。	And the guests from distant lands begin to miss their homes so much that tears run down from their eyes.
⑦世人解听不解赏，	The common people only listen to but not appreciate the sound,
⑧长飚风中自来往。	Like a strong wind the beautiful bili tunes waft around.
⑨枯桑老柏寒飕飗，	It sounds like the withered mulberry and the old cypress trembling with cold,
⑩九雏鸣凤乱啾啾。	And also like the chirping of nine new-born chicks of a phoenix old.
⑪龙吟虎啸一时发，	It sounds like a dragon's groaning mixed with a tiger's roaring,
⑫万籁百泉相与秋。	And also like all the nature's sounds making autumn together with many a spring.
⑬忽然更作渔阳掺，	All of a sudden the sound changes into "Yu Yang Can",
⑭黄云萧条白日暗。	Which makes me feel the yellow clouds look gloomy and the sun dun.
⑮变调如闻杨柳春，	When the pipe produces a modulation, I feel as if I see willow twigs in spring,
⑯上林繁花照眼新。	And also as if I see the bright-colored flowers in the imperial garden.
⑰岁夜高堂列明烛，	On New Year's eve in the hall lighted by candles in line,
⑱美酒一杯声一曲。	I listen to a pipe tune over a cup of wine.

详注：**题**. 安万善：是凉州胡人，觱篥(bì lì)：古代簧管乐器，以竹为管，上开八孔，管口插有芦制的哨子。这种乐器汉代时从龟兹传入。歌：是古诗的一种体裁。

句①有人〈主·省〉南山〈状〉截竹为觱篥〈连动短语·谓〉。南山：从南山上。南山泛指有竹的山岭，不指终南山。截：砍。为：做成。连动短语的结构是：截竹 + 为觱篥 (动作先后关系)。

句②此乐〈主〉本〈状〉出〈谓·倒〉自龟兹〈介词短语·补〉。此乐：这种乐器，指觱篥。本：原本。出：出产。自：从。龟兹(qiū cí)：古代西域国名，在今新疆库车县一带。介词短语的结构是：自 + 龟兹 ("自"是介词)。这句补充说明了上句。

句③此乐〈主·省〉流传〈谓〉汉地〈补〉曲〈主〉转〈谓〉奇〈宾〉。这句由两个小句子构成。"此乐流传汉地"是一句。"曲转奇"是一句。前句是后句的时间状语。此乐：这种乐器，指觱篥。汉地：汉人居住地。曲：曲调。转：变得。奇：奇妙动听。这句与下句是递进关系。

句④凉州〈定〉胡人〈主〉为我〈介词短语·状〉吹〈谓〉。凉州：唐代州名，在今甘肃武威市。胡人：指安万善。吹：吹觱篥。介词短语的结构是：为 + 我 ("为"是介词)。

句⑤傍邻〈定〉闻者〈主〉多〈状〉叹息〈谓〉。傍邻：四座的。闻者：听众。多：都。叹息：唉声叹气。这句与下句是并列关系。

句⑥远客〈主〉思乡皆泪垂〈连动短语·谓〉。远客:远离家乡的人。思乡:思念家乡。皆:都。泪垂:落泪。连动短语的结构是:思乡(因) + 皆泪垂(果)。

句⑦世人〈主〉解听不解赏〈联合短语·谓〉。世人:社会上的人。解:知道。听:听觱篥声。解赏:不懂得欣赏。联合短语的结构是:解听 + 不解赏(两者是转折关系)。

句⑧长飙〈主〉风中〈方位短语·状〉自〈状〉来往〈谓〉。长飙(biāo):暴风。这里借听觉形象长飙喻觱篥声,是借喻修辞格。风中:在风中。自:自由地。来往:回荡。方位短语的结构是:风 + 中("中"是方位词)。这句与下面四句是并列关系。

句⑨枯桑老柏〈联合短语·主〉寒飕飗〈谓〉。枯桑:枯萎的桑树。老柏:衰老的柏树。寒飕飗(sōu liú):发出寒飕飗的声音。飕飗:形容风声。这里作者用听觉形象比喻觱篥声,属借喻修辞格。

句⑩九〈定〉雏凤〈主〉乱啾啾〈状·倒〉鸣〈谓〉。九:这里的"九"表示虚数,不实指,意即"许多"。雏(chú):幼小的。凤:凤凰。乱啾啾(jiū):杂乱细碎的鸣叫声。"啾啾"是象声词。鸣:叫。这里作者用听觉形象比喻觱篥声,属借喻修辞格。

句⑪龙吟虎啸〈联合短语·主〉一时〈状〉发〈谓〉。龙吟:龙的叫声。虎啸:虎的叫声。一时:同时。发:发出。联合短语的结构是:龙吟 + 虎啸(两者并列)。这里作者用听觉形象比喻觱篥声,属借喻修辞格。

句⑫万籁百泉〈联合短语·主〉相与〈状〉秋〈谓〉。万籁(lài):指各种声音。"籁"是从孔穴中发出的声音。百泉:许多泉水。"百"表示虚数,不实指。相与:共同。秋:发出萧瑟的秋声,是名词用作动词。联合短语的结构是:万籁 + 百泉(两者并列)。这里作者用听觉形象比喻觱篥声,属借喻修辞格。

句⑬觱篥声〈主·省〉忽然〈状〉更作〈谓〉渔阳掺〈宾〉。更作:又吹出。渔阳掺(càn):古代鼓曲名,声调悲壮。这里作者借悲壮的渔阳掺比喻觱篥声,属借喻修辞格。这句是下句的时间状语。

句⑭黄云〈主〉萧条〈谓〉白日〈主〉暗〈谓〉。这句由两个句子构成。"黄云萧条"是一句。"白日暗"是一句。两句间是并列关系。黄云:昏暗的云。萧条:灰暗。白日:太阳。暗:暗淡。

句⑮闻〈倒〉变调〈动宾短语·主〉如〈谓〉见〈省〉杨柳春〈动宾短语·宾〉。闻:听到。变调:变化的曲调。如:好像。见:看到。春:呈现出春色,是名词用作动词。两个动宾短语的结构是:闻 + 变调(动词 + 宾语)。见 + 杨柳春(动词 + 宾语)。"杨柳春"是主谓短语,其结构是:杨柳 + 春(主语 + 谓语)。这句与下句是并列关系。

句⑯上林〈定〉繁花〈主〉照〈谓〉眼〈宾〉新〈补〉。上林:上林苑,是皇家花园。繁花:各种盛开的花。照眼新:鲜艳夺目。

句⑰岁夜〈状〉高堂〈主〉列〈谓〉明烛〈宾〉。岁夜:除夕之夜。高堂:大厅里。列:排列着。明烛:明亮的蜡烛。这句是下句的地点状语。

句⑱我〈主·省〉饮〈省〉一杯〈定·倒〉美酒〈宾〉听〈省〉一声〈定·倒〉曲〈宾〉〈联合短语·谓〉。我:指作者。一声曲:觱篥吹出的曲。联合短语的结构是:饮一杯美酒 + 听一声曲(两个动宾短语并列)。动宾短语的结构是:饮 + 一杯美酒(动词 + 宾语)。听 + 一声曲(动词 + 宾语)。

浅析:这首诗生动地描写了觱篥声的优美动听。第一、二句介绍了觱篥的来历。第三、四句介绍了觱篥的革新,同时介绍了吹奏者是胡人安万善。第五、六句描写了觱篥声的动听感人。第七句是过渡句。其言外之意是:只有作者能欣赏觱篥声的妙趣。这就为下文描写觱篥声作了铺垫。第八句至第十二句通过多种听觉形象生动地描写了觱篥声的美妙动人,烘托了演奏者高超技艺。第十三、十四句通过描写作者听觱篥声后的心理感受凸显了觱篥声的悲壮凄凉。第十五、十六句通过描写作者听觱篥声后心理感受凸显了觱篥声的轻快悠扬。第十三、十四句与第十五、十六句形成鲜明对照,凸显了演奏者高超技艺。第十七、十八句补充交代了听觱篥演奏的时间和地点,表明了作者沉浸在对美妙的觱篥声的欣赏中,并呼应了第七句。

夜归鹿门歌

Song of Returning to Lumen at Night

孟浩然　Meng Haoran

①山寺钟鸣昼已昏,	When the temple bell in the mountain rings, dusk has fallen,
②鱼梁渡头争渡喧。	Scrambling for getting into the ferry at Yuliang, the passengers are bustling.
③人随沙岸向江村,	Along the sandy bank, toward the riverside village, some villagers are walking,
④余亦乘舟归鹿门。	While I, too, take this boat and go back to Lumen.
⑤鹿门月照开烟树,	The bright moon o'er Lumen dispels the mist and the trees are seen clear,
⑥忽到庞公栖隐处。	Suddenly before my eyes the Pang De's hermitage does appear.
⑦岩扉松径长寂寥,	The rock door and the trail among the pine trees have been in solitude for long,
⑧唯有幽人自来去。	Because only I, a hermit, come and go along.

详注:题.归:回。鹿门:鹿门山,在今湖北襄樊市襄城区东南,是作者的隐居地。歌:诗的一种体裁。

句①山寺〈定〉钟〈主〉鸣〈谓〉昼〈主〉已昏〈谓〉。这句由两个句子构成。"山寺钟鸣"是一句。"昼已昏"是一句。前句是后句的时间状语。山寺:山中的佛寺。鸣:响。昼:白天。昏:黄昏。这句是下句的时间状语。

句②鱼梁渡头〈状〉人〈主·省〉争渡喧〈连动短语·谓〉。鱼梁渡头:在鱼梁渡口。鱼梁:鱼梁州,在今湖北襄樊市,离鹿门山很近。人:乘船的人。争渡:争着渡河。喧:喧哗。连动短语的结构是:争渡(因)+喧(果)。

句③人〈主〉随沙岸〈介词短语·状〉向〈谓〉江村〈宾〉。人:回家的人。随:顺着,沿着。向:走向。江村:江边的村庄。介词短语的结构是:随+沙岸("随"是介词)。这句与下句是并列关系。

句④余〈主〉亦〈状〉乘舟归鹿门〈连动短语·谓〉。余:我,指作者。亦:也。乘舟:乘船。归:回。连动短语的结构是:乘舟(动作)+归鹿门(目的)。

句⑤月〈主·倒〉照〈谓〉鹿门〈宾〉烟树〈主·倒〉开〈谓〉。这句由两个句子构成。"月照鹿门"是一句。"烟树开"是一句。两句间是因果关系。烟树:被烟雾笼罩的树木。开:变得清晰。这句与下句是并列关系。

句⑥我〈主·省〉忽〈状〉到〈谓〉庞公栖隐〈主谓短语·定〉处〈宾〉。我:指作者。忽:不知不觉。到:到达。庞公:庞德公,东汉隐士,曾隐居鹿门山。栖隐:隐居。处:地方。这里,借庞公栖隐处喻作者的隐居地,是借喻修辞格。主谓短语的结构是:庞公+栖隐(主语+谓语)。

句⑦岩扉松径〈联合短语·主〉长〈状〉寂寥〈谓〉。岩扉:岩穴洞口作门。松径:两边长着松树的小路。长:长久地。寂寥:冷落寂静。联合短语的结构是:岩扉+松径(两者并列)。这句与下句是果因关系。

句⑧唯有幽人〈主〉自〈状〉来去〈谓〉。唯有:只有。幽人:隐士,指作者自己。自:独自。

浅析：这首诗描写了作者傍晚回隐居地鹿门山的情景。第一、二句描写了作者在渔梁渡口所见所闻。"争"和"喧"写出了渡口的喧闹烦扰。"钟鸣"衬托了鹿门山的幽静。第三、四句描写了两种归途。众人去的是江村，作者去的却是鹿门山。鹿门山是个幽静的去处，没有尘世的喧闹烦扰。作者的归途衬托出作者远离尘世、超然物外的高逸情怀。第五、六句描写了鹿门山的清幽夜景，衬托了作者的宁静心境。第七、八句描写了作者隐居地的清静，衬托了作者与世无争、与人无争、避世独处的高逸情怀。

庐山谣寄卢侍御虚舟

Song of Mount Lu to Lu Xuzhou, a High-Ranking Official

李　白　Li Bai

①我本楚狂人，	By nature I'm a mad man like Jie Yu from Chu,
②凤歌笑孔丘。	By singing the phoenix song I laugh at Confucius, a fool.
③手持绿玉杖，	Carrying in my hand a cane of green jade,
④朝别黄鹤楼。	I leave the Yellow Crane Tower at daybreak.
⑤五岳寻仙不辞远，	Making light of long distance I look for the immortals in the Five Sacred Mountains,
⑥一生好入名山游。	For in all my life I'm fond of sight-seeing the famous mountains.
⑦庐山秀出南斗傍，	The beautiful Mount Lu towers aloft beside the Southern Dipper bright,
⑧屏风九叠云锦张。	The Nine-Creased Screen looks like a cloud-pattern brocade spreading wide.
⑨影落明湖青黛光，	The reflection of Mount Lu in the clear lake beams dark blue light,
⑩金阙前开二峰长。	Just before the Golden Gate two peaks pierce into the sky.
⑪银河倒挂三石梁，	On the Three Stone Beam hangs upside down the waterfall high,
⑫香炉瀑布遥相望。	Just opposite it in the distance the waterfall on the Incense Burner Peak lie.
⑬迥崖沓嶂凌苍苍。	And the steep cliffs and overlapping peaks rise up into the sky.
⑭翠影红霞映朝日，	The verdant mountains reflect the rosy clouds at sunrise,
⑮鸟飞不到吴天长。	Boundless is the Wu sky, across which no bird flies.
⑯登高壮观天地间，	Ascending a height a magnificent view between the heaven and the earth appears before my eyes,
⑰大江茫茫去不返。	The mighty Yangtze River forever eastward flows on.

⑱黄云万里动风色，	The wind stirs the yellow clouds that are thousands of miles long，
⑲白波九道流雪山。	And in the nine tributaries the hill-like waves of snow run.
⑳好为庐山谣，	Of Mount Lu I like to sing，
㉑兴因庐山发。	What arouses my poetic interest is nothing but its beautiful scene.
㉒闲窥石镜清我心，	When quietly I gaze at the Stone Mirror my heart becomes clear and clean，
㉓谢公行处苍苔没。	The Mr. Xie's footprints have been covered by the moss green.
㉔早服还丹无世情，	I must take a cinnabar as early as possible so that I can be free from the worldly feeling，
㉕琴心三叠道初成。	And calm my mind and achieve initial success in Daoism learning.
㉖遥见仙人彩云里，	Thus I can see from afar the immortals in the rosy clouds，
㉗手把芙蓉朝玉京。	Lotus in their hands they pay homage to the ancestor of the gods.
㉘先期汗漫九垓上，	I have made an appointment in advance with the immortal Han Man to meet in the ninth heaven，
㉙愿接卢敖游太清。	And I'm willing to ask you, Mr. Lu Ao together with us to roam in the empyrean.

详注：题.庐山：又称匡庐，在今江西九江市。谣：没有乐器伴奏的歌。庐山谣：一首描写庐山的歌谣。寄：写赠。卢侍御：卢虚舟，他任殿中侍御史，所以称卢侍御。

句①我〈主〉本〈状〉是〈谓·省〉楚狂人〈宾〉。我：指作者，下文中的"我"同此。本：原本。楚狂人：是春秋时楚国隐士接舆。他看到楚国政治混乱，于是装作狂人避世。这里，作者把自己比作楚狂人接舆，是暗喻修辞格。

句②我〈主·省〉歌凤〈倒〉笑孔丘〈连动短语·谓〉。歌凤：唱着凤凰歌。笑：嘲笑。孔丘：孔子，名丘。笑孔丘：嘲笑孔子热衷政治。作者在这两句中引用了同一个典故。据《论语·微子篇》记载：楚狂接舆曾唱着歌走过孔子身边。歌词中有："风兮风兮，何德之衰！"作者引用这个典故意在表明他是个佯狂不仕的高士，属借喻修辞格。连动短语的结构是：歌凤(方式) + 笑孔丘(动作)。这句补充说明上句。

句③我〈主·省〉手持〈谓〉绿玉杖〈宾〉。手持：手拿着。绿玉杖：传说仙人用此手杖。这里绿玉杖喻李白用的手杖，是借喻修辞格。这句是下句的方式状语。

句④我〈主·省〉朝〈状〉别〈谓〉黄鹤楼〈宾〉。朝：早晨。别：告别。黄鹤楼：在今湖北武昌市蛇山西端山巅。相传，仙人王子安曾乘黄鹤经过这里，因而得黄鹤楼名。

句⑤我〈主·省〉五岳〈状〉寻仙〈状〉不辞〈谓〉远〈宾〉。五岳：在五岳中。五岳：我国的五座大山，即：东岳泰山(山东境内)，西岳华山(陕西境内)，南岳衡山(湖南境内)，北岳恒山(河北境内)，中岳嵩山(河南境内)。这里借五岳(特定)代各地名山(普通)，是借代修辞格。寻仙：寻找仙人仙境的时候。不辞：不怕。远：路途遥远。这句与下句是果因关系。

句⑥我〈主·省〉一生〈状〉好〈谓〉入名山游〈连动短语·宾〉。一生：一辈子。好：喜欢。入：进入。游：游览。连动短语的结构是：入名山(动作) + 游(目的)。

句⑦庐山〈主〉秀〈状〉出〈谓〉南斗傍〈方位短语·补〉。秀：以秀美的姿态。出：耸立。南斗傍：在南斗傍。南斗：南斗星。古天文家把庐山划分在南斗星的范围内。方位短语的结构是：南斗 + 傍("傍"是方位词)。

句⑧九叠〈定·倒〉屏风〈主〉如〈谓·省〉云锦张〈主谓短语·宾〉。九叠：山势起伏如九叠状。屏风：指五老峰东北的屏风叠。如：像。云锦：我国传统工艺美术丝织品，锦纹瑰丽，犹如彩云。张：铺开着。"如云锦张"是明喻修辞格。主谓短语的结构是：云锦+张（主语+谓语）。这句与下面七句（⑧—⑮）并列，共同说明第七句。

句⑨影〈主〉落明湖泛〈省〉青黛光〈联合短语·谓〉。影：指庐山山影。落：落到。明湖：指鄱阳湖。泛：显现出。青黛光：青黑的颜色。联合短语的结构是：落明湖+泛青黛光(两者是并列关系)。

句⑩金阙前〈方位短语·主〉开〈谓〉二长〈定·倒〉峰〈宾〉。金阙(què)：石门，在庐山西南部。开：耸立着。二长峰：二高峰，即香炉峰和双剑峰。方位短语的结构是：金阙+前("前"是方位词)。

句⑪银河〈主〉倒挂〈谓〉三石梁〈补〉。银河：瀑布，指三叠泉。这里作者把三叠泉比作银河，是借喻修辞格。三石梁：在三石梁上。三石梁是庐山景点之一。

句⑫香炉〈定〉瀑布〈主〉遥〈状〉相望〈谓〉它〈宾·省〉。香炉：香炉峰上的。遥：远远地。相望：相对。它：指三叠泉。

句⑬迴崖沓嶂〈联合短语·主〉凌〈谓〉苍苍〈补〉。迴崖(jiǒng yá)：高大的崖石。沓嶂(tà zhàng)：重叠的山峰。凌(líng)：耸立。苍苍：在苍茫的天空中。联合短语的结构是：迴崖+沓嶂(两者并列)。

句⑭翠影〈主〉映〈谓〉朝日〈定〉红霞〈宾·倒〉。翠影：青翠的山色。映：辉映着。朝日：早晨太阳的。红霞：红色的霞光。

句⑮鸟〈主〉飞不到〈谓〉长〈定·倒〉吴天〈宾〉。长：辽阔的。吴天：庐山一带的天空。庐山一带在三国时属吴国。

句⑯我〈主·省〉登高见〈省〉天地间〈定·倒〉壮观〈连动短语·谓〉。壮观：壮观的景色。连动短语的结构是：登高+见天地间壮观(动作先后关系)。

句⑰茫茫〈定·倒〉大江〈主〉去不还〈联合短语·谓〉。茫茫：浩浩荡荡的。大江：长江。不还：不回。联合短语的结构是：去+不还(两者是递进关系)。这句与下面两句并列，共同说明第十六句。

句⑱风色〈主·倒〉动〈谓·倒〉万里〈定·倒〉黄云〈宾·倒〉。风色：风的迹象。动：吹动。万里：无边无际的。这里用"万"是夸张修辞格。黄云：昏暗的云。

句⑲九道〈定·倒〉白波〈主〉流〈谓〉雪山〈宾〉。九道：九条江流。相传长江流到九江分成九条，九江因此得名。白波：白色浪花。流：流动着。雪山：雪山般的浪花。这里借雪山喻浪花，既是借喻修辞格，又是夸张修辞格。

句⑳我〈主·省〉好〈谓〉为庐山谣〈动宾短语·宾〉。好(hào)：喜欢。为：写。庐山谣：描写庐山的歌谣。动宾短语的结构是：为+庐山谣(动词+宾语)。

句㉑兴〈主〉因庐山〈介词短语·状〉发〈谓〉。兴(xìng)：作者写庐山谣的兴致。因：由于，因为。发：产生，兴起。介词短语的结构是：因+庐山("因"是介词)。这句补充说明上句。

句㉒我〈主·省〉闲窥〈谓〉石镜〈宾〉我心〈主·倒〉清〈谓〉。这句由两个句子构成。"我闲窥石镜"是一句。"我心清"是一句。前句是后句的时间状语。闲：静静地。窥(kuī)：探看。石镜：庐山东面的悬崖上有一圆石如镜。清：清澈明净。这句与下句是并列关系。

句㉓苍苔〈主·倒〉没〈谓〉谢公〈定·倒〉行处〈宾·倒〉。苍苔：青苔。没：遮盖了。谢公：南朝诗人谢灵运。他曾游览过庐山。行处：足迹。

句㉔我〈主·省〉早服还丹无世情〈连动短语·谓〉。早：要早早地。服：吃，吞。还丹：道家炼成的丹药。先把丹砂烧制成水银，再把水银还原成丹药，所以称"还丹"。无世情：断绝世俗之情。连动短语的结构是：早服还丹(动作)+无世情(目的)。这句与下句是递进关系。

句㉕琴心〈主〉三叠〈谓〉道〈主〉初〈状〉成〈谓〉。这句由两个句子构成。"琴心三叠"是一句。"道初成"是一句。两句间是并列关系。琴心三叠：是道家修炼术语，指修炼到心宁神静的境界。道：道行。初：步初。成：成功。

句㉖我〈主·省〉遥见〈谓〉[仙人〈主〉在〈谓·省〉彩云里〈宾〉]〈小句·宾〉。遥见：从远处看到。仙人：

神仙。

　　句㉗他们〈主·省〉手把芙蓉朝玉京〈连动短语·谓〉。他们:指仙人们。手把:手拿着。芙蓉:荷花。朝:朝拜。玉京:道家第一尊神元始天尊住的地方。连动短语的结构是:手把芙蓉(方式)+朝玉京(动作)。这句补充说明上句。

　　句㉘我〈主·省〉先期〈谓〉汗漫〈宾〉九垓上〈补〉。先期:预先约好。汗漫:仙人名。九垓(gāi)上:在九天之上。这句与下句是递进关系。

　　句㉙我〈主·省〉愿接卢敖游太清〈连动短语·谓〉。愿:愿意。接:接待,引申为"邀请"。卢敖:秦人,有山水之癖。秦始皇召他为博士,派他去求仙,去而不回。曾隐居于庐山。这里借卢敖喻卢虚舟,是借喻修辞格。太清:道家认为天有三清:玉清、上清、太清。太清是天空的最高处。连动短语的结构是:愿接卢敖(动作)+游太清(目的)。

　　浅析:作者曾入永王李璘幕府。后李璘与唐肃宗争位,兵败。作者受到牵连,被流放夜郎。后遇大赦。遇赦后,他重游庐山,写了这首诗。这首诗细致生动地描写了庐山秀美壮丽的景色,同时表达了作者在遭到沉重打击后弃绝人事学道求仙的愿望。第一、二句的言外之意:我生来就像楚狂人接舆一样是不愿过问政治,不愿参与政治的。此前卷入政治只是误入歧途。所以,这两句表达了对往日卷入政治的追悔。第三句至第六句表明作者重新回到寄情山水,学道求仙的生活状态。第七句对庐山作了概括介绍。第八句至第十九句细致生动地描写了庐山秀美壮丽的风光。第二十、二十一句是过渡句,表明对庐山风光的描写结束,下文转入别的情境的描写。这样的过渡很自然。第二十二句描写了作者游览庐山时的宁静心境。第二十三句表达了作者对人生短暂,盛事难再的感慨。第二十四句至第二十七句表达了作者学道成仙,从而能见到"仙人彩云里,手把芙蓉朝玉京"景象的愿望。第二十八、二十九句表达了作者对当时的恶劣社会现实的厌弃和对自由光明的执著追求。

　　本诗⑱⑲句是工对。

梦游天姥吟留别

Song of the Trip in a Dream to the Tianmu Mountain in Farewell to My Friends

李　白　Li Bai

①海客谈瀛洲,	Speaking of the fairy isle Yinzhou,
②烟涛微茫信难求。	The seafarers say it's really hard to find it because of the surging waves and the thick mist.
③越人语天姥,	Speaking of the Tianmu Mountain,
④云霓明灭或可睹。	The Yue people say it's sometimes visible because the rosy clouds flicker fleet.
⑤天姥连天向天横,	The Tianmu Mountain soars high up in the sky,

⑥势拔五岳掩赤城。	Surpassing the Five Sacred Mountains and sheltering Mount Red Town.
⑦天台四万八千丈，	Mount Tiantai, about five hundred thousand feet high,
⑧对此欲倒东南倾。	Which, standing near the Tianmu Mountain, seem to kneel southeastward down.
⑨我欲因之梦吴越，	All because of these I dream of travelling in Wu and Yue one night,
⑩一夜飞渡镜湖月。	And I fly past the Mirror Lake under the moon-light.
⑪湖月照我影，	My shadow is illuminated by the moonbeam,
⑫送我至剡溪。	Until I come to Shan Stream.
⑬谢公宿处今尚在，	Where Mr. Xie's dwelling place is still seen,
⑭渌水荡漾清猿啼。	And the gibbons wail and the rippling water is green.
⑮脚著谢公屐，	Wearing Mr. Xie's wooden clogs,
⑯身登青云梯。	I climb up the steep path reaching the blue clouds.
⑰半壁见海日，	Halfway up the mountain I see from the sea the sun rising high,
⑱空中闻天鸡。	And hear the heavenly cock crowing in the sky.
⑲千岩万壑路不定，	Amid the rocks in the valleys the winding path turns and turns along,
⑳迷花倚石忽已暝。	When I'm attracted by the flowers and lean on a rock, suddenly night comes on.
㉑熊咆龙吟殷岩泉，	Bears are growling, dragons groaning and the springs on the rocks thundering,
㉒栗深林兮惊层巅。	The mixed sounds shake the deep forests and frighten the peaks overlapping.
㉓云青青兮欲雨，	The clouds are dark, which looks like rain,
㉔水澹澹兮生烟。	The mist rises from the water calm and plane.
㉕列缺霹雳，	When lightnings flash and thunders rumble,
㉖丘峦崩摧。	The mountain peaks crumble.
㉗洞天石扉，	The stone gate of the immortal cavern,
㉘訇然中开。	With a loud bang splits open in the middle.
㉙青冥浩荡不见底，	Before my eyes appears boundless blue sky,
㉚日月照耀金银台。	The sun and the moon shines on the gold and silver terraces high.
㉛霓为衣兮风为马，	Riding on the wind and wearing the secondary rainbows,
㉜云之君兮纷纷而来下。	One after another come down the gods of the clouds.
㉝虎鼓瑟兮鸾回车，	With tigers plucking zithers and phoenixes drawing vehicles,
㉞仙之人兮列如麻。	Like hemp line up the innumerable immortals.

㉟忽魂悸以魄动，	Suddenly my heart and soul give a start in my dream,
㊱怳惊起而长嗟。	I utter a long sigh after I'm startled out of my sleep.
㊲惟觉时之枕席，	Then I only find my pillow on the mat lies,
㊳失向来之烟霞。	All the beautiful scenes disappear before my eyes.
㊴世间行乐亦如此，	Alas, the pleasures of the human world are enjoyed just in this same way.
㊵古来万事东流水。	Because all things are like the east-flowing water from the ancient times to the present day.
㊶别君去兮何时还？	Now I part with you, my friends, not knowing when to come back again,
㊷且放白鹿青岩间。	Because I'll graze a white deer in the blue mountains,
㊸须行即骑访名山，	And whenever I want to, I'll ride it to visit famous mountains.
㊹安能摧眉折腰事权贵，	I can't bear to lower my brows and bow to the in-power high-ranking officials.
㊺使我不得开心颜！	Which will get away from me all my smiles.

详注：**题**．梦游天姥吟留别：留下这首描写梦游天姥山的诗向朋友告别。梦游：在梦中游览。天姥(mǔ)：天姥山，在今浙江新昌县东南，连接天台山。吟：诗体名。留别：留诗向朋友告别。

句①海客〈主〉谈〈谓〉瀛洲〈宾〉。海客：在海上航行过的人。谈：说起。瀛(yíng)洲：仙山名。相传东海中有蓬莱、方丈、瀛洲三座仙山。这句是下句的时间状语。

句②烟涛〈主〉微茫〈谓〉它〈主·省〉信〈状〉难求〈谓〉。这句由两个句子构成。"烟涛微茫"是一句。"它信难求"是一句。两句间是因果关系。烟涛：烟雾笼罩的波涛。微茫：隐隐约约，模糊不清。它：指瀛洲。信：确实。难求：难以找到。

句③越人〈主〉语〈谓〉天姥〈宾〉。越人：浙江一带的人。古代浙江属越国。语：谈论。天姥：天姥山。这句是下句的时间状语。

句④云霓〈主〉明灭〈谓〉它〈主·省〉或〈状〉可睹〈谓〉。这句由两个句子构成。"云霓明灭"是一句。"它或可睹"是一句。两句间是因果关系。云霓(ní)：云雾，云霞。明灭：时明时暗。它：指天姥山。或：有时。可睹：可以看到。

句⑤天姥〈主〉连天向天横〈连动短语·谓〉。连天：高耸入天。向天：对着天。横：横卧。连动短语的结构是：连天(方式)＋向天横(动作)。"向天"是介词短语。其结构是：向＋天("向"是介词)。

句⑥势〈主〉拔五岳掩赤城〈联合短语·谓〉。势：天姥山的山势。拔：超过。五岳：五座大山，即东岳泰山、西岳华山、南岳衡山、北岳恒山、中岳嵩山。掩：遮蔽。赤城：赤城山，在今浙江天台县北，是天台山南门。联合短语的结构是：拔五岳＋掩赤城(两个动宾短语并列)。这句补充说明上句。

句⑦四万八千丈〈定·倒〉天台〈中心词〉。这是一个名词句，作下句主语。四万八千丈：是夸张修辞格。天台山实际上只有一万八千丈。天台：天台山，在今浙江东北部。这句与下句是主谓关系。

句⑧对此〈介词短语·状〉欲〈状〉东南〈状〉倾倒〈谓〉。对：面对着。此：指天姥山。欲：要。东南：向东南。欲东南倾倒：指天台山比天姥山矮了一大截。介词短语的结构是：对＋此("对"是介词)。

句⑨我〈主·省〉因之〈介词短语·状·倒〉欲〈状〉梦〈谓〉吴越〈宾〉。我：指作者，下文中的"我"同此。因：由于。之：是代词，指越人说的话。欲：想。梦：梦游。吴越：实际上指的越国，春秋时吴越两国相邻。介词短语的结构是:因+之("因"是介词)。这句与下句是递进关系。

句⑩一夜〈状〉月〈状〉我〈主·省〉飞渡〈谓〉镜湖〈宾〉。一夜:一夜间。月:在月光下。飞渡:飞着渡过。镜湖:又名鉴湖,在今浙江绍兴市西。

句⑪湖月〈主〉照〈谓〉我〈定〉影〈宾〉。湖月:镜湖上空的月亮。照:照着。我影:我的身影。这句与下句是递进关系。

句⑫它〈主·省〉送〈谓〉我〈宾〉至剡溪〈介词短语·补〉。它:指月。至:到。剡(shàn)溪:是曹娥江的上游,在今浙江嵊州市。介词短语的结构是:至+剡溪("至"是介词)。

句⑬谢公〈定〉宿处〈主〉今〈状〉尚〈状〉在〈谓〉。谢公:南朝宋诗人谢灵运。宿处:住宿过的地方。今:如今。尚:还。在:存在。这句与下句是并列关系。

句⑭渌水〈主〉荡漾〈谓〉猿〈定〉啼〈主〉清〈谓·倒〉。这句由两个句子构成。"渌水荡漾"是一句。"猿啼清"是一句。两句间是并列关系。渌(lù)水:清水。荡漾:起伏波动。猿啼:猿的叫声。清:凄清。

句⑮我〈定·省〉脚〈主〉著〈谓〉谢公屐〈宾〉。著:穿着。谢公屐(jī):谢灵运为爬山特制的木鞋。鞋底有活动的木齿。上山时把前齿去掉,下山时把后齿去掉,以保持脚的平衡。这句是下句的方式状语。

句⑯身〈主〉登〈谓〉青云梯〈宾〉。身:用作自称之词,即"我"。登:登上。青云梯:上青云的梯子。这里借青云梯喻陡峭的山路,是借喻修辞格。

句⑰我〈主·省〉半壁〈状〉见〈谓〉海日〈宾〉。半壁:在半山腰。壁:陡峭的山崖。见:看到。海日:从海上升起的太阳。这句与下句是并列关系。

句⑱我〈主·省〉空中〈状〉闻〈谓〉天鸡〈宾〉。空中:在高山上,像在空中。闻:听到。天鸡:天鸡的鸣叫声。这里借天鸡(具体)代天鸡的鸣叫声(抽象),是借代修辞格。据《玄中记》记载:"东南有桃都山,上有大树,名曰桃都,枝相去三千里,上有天鸡。日初出,照此木,天鸡即鸣,天下鸡皆随之。"

句⑲千岩万壑〈联合短语·状〉路〈主〉不定〈谓〉。千岩万壑:在千岩万壑中。岩:岩石。壑(hè):山沟。这里"千"和"万"是夸张修辞格。路:山路。不定:弯弯曲曲。联合短语的结构是:千岩+万壑(两者并列)。这句与下句是并列关系。

句⑳我〈主·省〉迷花倚石〈连动短语·谓〉天色〈主·省〉忽〈状〉已暝〈谓〉。这句由两个句子构成。"我迷花倚石"是一句。"天色忽已暝"是一句。前句是后句的时间状语。迷花:被花迷往。倚:靠着。暝(míng):昏暗,指天黑下来。连动短语的结构是:迷花(因)+倚石(果)。

句㉑熊〈主〉咆〈谓〉龙〈主〉吟〈谓〉岩泉〈主〉殷〈谓〉。这句由三个句子构成。"熊咆"是一句。"龙吟"是一句。"岩泉殷"是一句。三句间是并列关系。咆:咆哮。吟:叫,鸣。岩泉:在岩石上奔流的泉水。殷(yǐn):象声词,形容雷声。意即"隆隆作响"。

句㉒它们〈主·省〉栗深林兮惊层巅〈联合短语·谓〉。它们:指上句内容。栗(lì):使……发抖。是使动用法。深林:茂密的树林。兮(xī):语气词,表示停顿或舒缓语气,相当于"啊"。下文中的"兮"同此。惊:使……惊恐。是使动用法。层巅:层层叠叠的山峰。联合短语的结构是:栗深林+惊层巅(两个动宾短语并列)。这句补充说明上句。

句㉓云青青兮〈主谓短语·主〉欲雨〈谓〉。青青:黑沉沉。欲:将要。雨:下雨,是名词用作动词。主谓短语的结构是:云+青青(主语+谓语)。这句与下句是并列关系。

句㉔水澹澹兮〈主谓短语·主〉生〈谓〉烟〈宾〉。澹澹(dàn):平静不动。生:冒出。烟:水雾。主谓短语的结构是:水+澹澹(主语+谓语)。

句㉕列缺霹雳〈联合短语·作下句的时间状语〉。列缺:闪电。霹雳(pī lì):巨雷。列缺霹雳:列缺霹雳时。联合短语的结构是:列缺+霹雳(两者并列)。

句㉖丘峦〈主〉崩摧〈谓〉。丘峦:山峰。崩摧:倒塌。

句㉗洞天〈定〉石扉〈中心词〉。这是一个名词句,作下句主语。洞天:道家称神仙的住所为洞天。石扉(fēi):石门。这句与下句是主谓关系。

句㉘訇然〈状〉中〈状〉开〈谓〉。訇(hōng)然：轰隆一声。"然"是后缀。中：从中间。开：裂开。

句㉙青冥〈主〉浩荡〈谓〉不见底〈补〉。青冥(míng)：青天。浩荡：广阔。不见底：看不到边。浩荡不见底：广阔得看不到边。这句与下句是并列关系。

句㉚日月〈联合短语·主〉照耀〈谓〉金银台〈宾〉。金银台：齐威王、齐宣王、燕昭王都曾派人入海寻找蓬莱、方丈、瀛洲三座仙山。人们看到这三座仙山上有黄金白银造的宫阙，"未至望之如云"，所以用金银台指神仙的居所。联合短语的结构是：日＋月（两者并列）。

句㉛霓〈主〉为〈谓〉衣〈宾〉兮〈语气词〉风〈主〉为〈谓〉马〈宾〉。这句由两个句子构成。"霓为衣兮"是一句。"风为马"是一句。两句间是并列关系。霓：虹的一种，又称副虹。为：作。衣：衣服。这句是下句的方式状语。

句㉜云之君〈主〉兮〈语气词〉纷纷而〈状〉下〈倒〉来〈谓〉。云之君：云神。"之"是结构助词，放在定语和中心词之间，相当于"的"。君：主宰。纷纷：接二连三地。而：是连词，连接状语和动词，表示方式，相当于"地"。

句㉝虎〈主〉鼓〈谓〉瑟〈宾〉兮〈语气词〉鸾〈主〉回〈谓〉车〈宾〉。这句由两个句子构成。"虎鼓瑟兮"是一句。"鸾回车"是一句。两句间是并列关系。鼓：敲击。瑟(sè)：一种弦乐器。鸾(luán)：传说中的一种神鸟。回：拉。这句是下句的方式状语。

句㉞仙之人〈主〉兮〈语气词〉列〈谓〉如麻〈补〉。仙之人：仙人。"之"是结构助词，放在定语和中心词之间，相当于"的"。列：排列。如：像。列如麻：排列得像麻一样，是明喻修辞格。

句㉟我〈主·省〉忽〈状〉魂悸以魄动〈联合短语·谓〉。忽：忽然。悸(jì)：因惊惧而心跳。魂、魄：旧时称人的精神灵气。以：是连词，表递进关系，相当于"而且"。联合短语的结构是：魂悸＋魄动（两者是递进关系），"魂悸"和"魄动"都是主谓短语，其结构是：魂＋悸（主语＋谓语），魄＋动（主语＋谓语）。这句与下句是顺承关系。

句㊱我〈主·省〉恍惊起而长嗟〈连动短语·谓〉。恍(huǎng)：是"恍"的异体字，意即"猛然"。惊：惊醒。而：是连词，表示顺承关系。长嗟(jiē)：长叹。连动短语的结构是：恍惊＋长嗟（动作先后关系）。

句㊲我〈主·省〉惟〈状〉见〈谓·省〉觉时之〈定〉枕席〈联合短语·宾〉。惟：只。见：看到。觉时：醒时。之：是结构助词，相当于"的"。枕：枕头。席：席子。联合短语的结构是：枕＋席（两者并列）。这句与下句是并列关系。

句㊳我〈主·省〉失〈谓〉向来之〈定〉烟霞〈宾〉。失：失掉。向来：刚才的，指梦中见到的。之：是结构助词，用在定语和中心词之间，相当于"的"。烟霞：梦中见到的奇幻景象。

句㊴世间〈定〉行乐〈主〉亦〈状〉如〈谓〉此〈宾〉。世间：人世间的。行乐：欢乐。亦：也。如：像。此：指梦游天姥山。这句与下句是并列关系。

句㊵古来〈定〉万事〈主〉是〈谓·省〉东流〈定〉水〈宾〉。古来：自古以来的。东流水：向东流去的水。这里，作者把万事比作东流水，是暗喻修辞格。

句㊶我〈主·省〉别君去兮何时还〈联合短语·谓〉。别：告别。君：各位朋友。去：离开。何时还：不知什么时候回来。联合短语的结构是：别君去＋何时还（两者是递进关系）。这句与下两句是果因关系。

句㊷我〈主·省〉且〈状〉放〈谓〉白鹿〈宾〉青崖间〈方位短语·补〉。且：将要。放：放牧。白鹿：神仙骑的神兽。青崖：青山。这里借崖（部分）代山（整体），是借代修辞格。方位短语的结构是：青崖＋间（"间"是方位词）。

句㊸我〈主·省〉须行〈状〉即〈状〉骑访名山〈连动短语·谓〉。须行：想出去的时候。即：就。骑：骑着白鹿。访：探访。名山：著名的山。连动短语的结构是：骑（方式）＋访名山（动作）。

句㊹我〈主·省〉安能〈状〉摧眉折腰事权贵〈连动短语·谓〉。安能：怎么能。摧眉：低着眉头。折腰：弯着腰。事：侍奉。权贵：有权势的统治者。连动短语的结构是：摧眉（方式）＋折腰（方式）＋事权贵（动作）。

句㊺这〈主·省〉使我不得开心颜〈兼语短语·谓〉。这：指上句的"摧眉折腰事权贵"。不得：无法。开心颜：心情愉快，面带笑容。兼语短语的结构是：使＋我＋不得开心颜。这句补充说明上句。

卷二　七言古诗

浅析：天宝三年，作者受杨国忠等权贵的谗毁排挤，被唐玄宗"赐金放归"。天宝四年，作者由山东南游吴越，准备去他所神往的天姥山一游。这首诗是他游吴越前留赠朋友的。这首诗以丰富的想象和极力夸张的手法生动细致地描写了梦游天姥山的情景。第一句至第四句介绍了人们对瀛洲和天姥山的印象，并以瀛洲衬托天姥山，给天姥山蒙上了一层神秘的色彩。第五句至第八句是越人对天姥山的描述。其中，以夸大的天台山的高度衬托了天姥山的磅礴气势和参天高度。以上八句（①-⑧）表明了作者梦游天姥山的缘由。是越人对天姥山的描述使作者心驰神往。第九句至第十四句描写了梦游途中的情景。第十五句至第十八句描写了梦中登山情景，凸显了天姥山的高峻。第十九、二十句描写了作者迷路的情景。第二十一句至第二十八句描写了迷路后所见所闻。第二十九句至第三十四句描写了作者见到的天界景象。第三十五句至第三十八句描写了作者被惊醒的情景。以上三十句（⑨-㊳）描写了作者梦游天姥山的经过。第三十九、四十句是作者对梦境的感慨。第四十一句紧扣题目中的"留别"，表明了作者写这首诗的目的。第四十二句至第四十五句表达了作者对当时现实的厌弃，彰显了作者绝不向权贵低头的傲岸性格和豪迈气概。

本诗多处用"兮"，可被看作是离骚体乐府诗。全诗杂用四言、五言、六言、七言、九言，造成了奔放气势，体现了作者诗歌的浪漫主义的艺术特色。

金陵酒肆留别

Parting with Friends at a Jinling Tavern

李　白　Li Bai

①风吹柳花满店香，　The spring breeze scatters the willow catkins and the scent of wine fills the tavern,

②吴姬压酒劝客尝。　Madam Wu presses out and asks the guests to savour the newly-brewed wine.

③金陵子弟来相送，　The young friends of mine in Jinling come to see me off,

④欲行不行各尽觞。　They drink up their cups of wine and I mine.

⑤请君试问东流水，　My dear friends, would you please ask the east-flowing waters of the Yangtze River,

⑥别意与之谁短长？　They or the friendly feelings at our parting, which are longer?

详注：题. 金陵：今江苏南京市。酒肆：酒店。留别：留下这首诗向朋友告别。

句①风〈主〉吹〈谓〉柳花〈宾〉满店〈主〉香〈谓〉。这句由两个句子构成。"风吹柳花"是一句。"满店香"是一句。两句间是并列关系。风：春风。柳花：柳絮。满店：满酒店。香：酒香。这句与下句是并列关系。

句②吴姬〈主〉压酒劝客尝〈连动短语·谓〉。吴姬(jī)：姓吴的女子，是酒店的雇员或老板。姬：古代对女子的美称。压酒：压酒糟取出酒汁。客：到酒店的客人。尝：品尝。连动短语的结构是：压酒＋劝客尝（动作先后关系)。

　　句③金陵〈定〉弟子〈主〉来相送〈连动短语·谓〉。弟子:年轻人。相送:为作者送行。"相"是动词前缀,无实义。连动短语的结构是:来(动作)+相送(目的)。

　　句④欲行不行〈联合短语·主〉各〈状〉尽〈谓〉觞〈宾〉。欲行:要走的人,指作者。不行:不走的人,指送行的人。各:各自,都。尽:喝完。觞(shāng):酒杯。这里借觞代觞中酒,是借代修辞格。联合短语的结构是:欲行+不行(两者并列)。这句补充说明上句。

　　句⑤我〈主·省〉请君试问〈兼语短语·谓〉东流水〈宾〉。我:指作者。君:你们,指送行的年轻人。试问:问问看。东流水:向东流的长江水。兼语短语的结构是:请+君+试问。这句与下句是主谓关系。是一句分作两句写。

　　句⑥别意与之〈联合短语〉谁〈同位语短语·主〉短长〈谓〉。别意:作者和送行人的离别情意。与:和。之:是代词,指东流水。谁:哪一个。谁短长:哪个长哪个短。同位语短语的结构是:别意与之+谁(联合短语+代词)。联合短语的结构是:别意+与之(两者并列)。"与"是连词)。

　　浅析:作者即将离开金陵去广陵(今扬州),朋友送别。在饯别的酒宴上,作者写了这首诗,描写了宴别情景。第一、二句描写了金陵的风物之美。阳春三月,风吹柳絮纷飞,酒香扑鼻,一位美丽端庄的女子端出新酿的美酒笑盈盈地劝各位来宾品尝。这是一幅多么美丽的画面!第三、四句描写了金陵朋友的醇厚情谊。第五、六句是作者的议论。作者的言外之意是:离别的情意比东流的长江水更长。

　　本诗⑤⑥句是流水对。

宣州谢朓楼饯别校书叔云

Giving a Farewell Dinner to Uncle Yun, a Book Collator, on Xie Tiao Tower in Xuanzhou

李　白　Li Bai

①弃我去者,昨日之日不可留,　What left me is yesterday, which can't be retained at all,
②乱我心者,今日之日多烦忧。　What troubles me is today, which fills me with gall.
③长风万里送秋雁,　In the strong wind that blows for thousands of *li* the autumn wild geese fly by,
④对此可以酣高楼。　Facing the scene we can get drunk on this tower high.
⑤蓬莱文章建安骨,　Your writings have the vigorous style of Jian'An-Period authors, while,
⑥中间小谢又清发。　Mine are fresh and chaste, which are of Junior Xie's style.
⑦俱怀逸兴壮思飞,　Both of us cherish carefree mood and our lofty ideas fly,

⑧欲上青天览明月。　We simply want to seize the bright moon in the sky.
⑨抽刀断水水更流，　I draw my sword to cut the running water and still it flows,
⑩举杯销愁愁更愁。　I drink wine to drown my sorrow and still it grows.
⑪人生在世不称意，　Since I'm not getting along well in the mundane affairs,
⑫明朝散发弄扁舟。　I might as well paddle a small boat tomorrow with loosened hairs.

详注：题.宣州：今安徽宣城市。谢朓(tiǎo)楼：又称北楼或谢公楼。南朝齐诗人谢朓任宣城太守时建的楼。饯(jiàn)别：摆酒食送别。校书：官职名，是校书郎的简称。叔云：李白族叔李云。李云曾任秘书省校书郎。

句①弃我去者,昨日之日〈同位短语·主〉不可留〈谓〉。弃：抛弃。我：指作者,下文中的"我"同此。去：逝去,走掉。弃我去者：是名词性者字结构。"者"字后的逗号表示语气上的停顿。昨日之日：泛指过去了的时光。之：是结构助词,用在定语和中心词之间,相当于"的"。不可留：无法留住。同位短语的结构是：弃我去者+昨日之日（名词词组+名词词组）。"弃我去"是连动短语,其结构是：弃我+去（动作先后关系）。这句与下句是并列关系。

句②乱我心者,今日之日〈同位短语·主〉多〈谓〉烦忧〈宾〉。乱：扰乱。我心：我的心境。乱我心者：是名词性者字结构。"者"字后的逗号表示语气上的停顿。今日之日：泛指眼下的时光。"之"：同上句注。多：有许多。烦忧：令人烦恼的事。同位短语的结构是：乱我心者+今日之日（名词词组+名词词组）。"乱我心"是动宾短语,其结构是：乱+我心（动词+宾语）。

句③万里〈定·倒〉长风〈主〉送〈谓〉秋雁〈宾〉。万里：吹过万里的。这里用"万"是夸张修辞格。长风：大风。送：吹送。秋雁：秋天的大雁。这句与下句是并列关系。

句④对此〈介词短语·状〉我们〈主·省〉可以酣〈谓〉高楼〈补〉。对此：面对着"长风万里送秋雁"的景色。我们：指作者和叔云,下文中的"我们"同此。酣：畅饮美酒。高楼：在高楼上,指谢朓楼上。介词短语的结构是：对+此（"对"是介词）。

句⑤蓬莱〈定〉文章〈主〉有〈谓·省〉建安骨〈宾〉。蓬莱：海上仙山蓬莱山。唐人借蓬山代秘书省,作者又借秘书省（李云供职处）代李云,是借代修辞格。建安骨：建安风骨。建安是汉献帝刘协的年号。建安时期,曹操、曹丕、曹植、孔融、王粲等一批作家的文学作品的风格刚劲有力,慷慨激昂,被人称作"建安风骨"。这句与下句是并列关系。

句⑥中间〈定〉小谢〈主〉又〈状〉清发〈谓〉。中间：从建安到唐朝之间。小谢：谢朓,这里指谢朓的诗。这里借小谢（作者名）代小谢的诗（作者的作品）,是借代修辞格。又借小谢的诗喻李白的诗,是借喻修辞格。古人称谢灵运为大谢,称谢朓为小谢。又：也。清发：清新隽(juàn)永。

句⑦我们〈主·省〉俱〈状〉怀〈谓〉逸兴〈宾〉壮思〈主〉飞〈谓〉。这句由两个句子构成。"我们俱怀逸兴"是一句。"壮思飞"是一句。两句间是因果关系。俱：都。怀：怀有。逸兴：豪放的兴致。壮思：壮志。飞：飞扬。这句与下句是递进关系。

句⑧我们〈主·省〉欲〈状〉上青天览明月〈连动短语·谓〉。欲：想。览：同"揽",意即"摘取"。连动短语的结构是：上青天（动作）+览明月（目的）。

句⑨我〈主·省〉抽刀断水〈连动短语·谓〉水〈主〉更〈状〉流〈谓〉。这句由两个句子构成。"我抽刀断水"是一句。"水更流"是一句。前句是后句的时间状语。我：指作者,下文中的"我"同此。抽刀：抽出刀。断水：截断水流。更：照样。连动短语的结构是：抽刀+断水（动作先后关系）。这句与下句是并列关系。

句⑩我〈主·省〉举杯销愁〈连动短语·谓〉愁〈主〉更〈状〉愁〈谓〉。这句由两个句子构成。"我举杯销愁"是一句。"愁更愁"是一句。前句是后句的时间状语。举杯：饮酒。销：消。更：加。连动短语的结构是：举杯（动作）+销愁（目的）。

句⑪[人〈主〉生〈谓〉在世〈补〉]〈小句·主〉不称意〈谓〉。人：指作者。生：活。在世：在人间。不称

(chèn)意:不顺心。这句与下句是因果关系。

句⑫我〈主·省〉明朝〈状〉散发弄扁舟〈连动短语·谓〉。明朝:明天。散发:披散着头发。古人平时都束发。因此,散发表示闲适,自由自在。弄:划。扁舟:小船。连动短语的结构是:散发(方式)+弄扁舟(动作)。

浅析:这首诗描写了作者在宣州谢朓楼饯别族叔李云的情景,彰显了作者豪放不羁的胸怀。第一、二句表达了作者饯别李云时的郁闷心境。第三、四句通过写景交代了饯别的时间和地点。"送秋雁"表明了时间(秋天)。"酣高楼"表明了地点(谢朓楼)。第五、六句是作者乘着酒兴极力赞美了李云和自己的文学才华。第七、八句表达了作者的(包括李云的)远大抱负。第八句进一步说明了第七句。第九、十句表达了作者怀才不遇的忧愤和苦闷,呼应了"多烦忧"。酒虽能一时消愁,但不能持久。一旦酒醒,作者仍忧愁满怀。"水更流"和"愁更愁"强调了愁思不绝。第十一、十二句表达了作者打算浪迹江湖的念头,以求从"烦忧"中解脱出来。全诗写愁,却写得慷慨激昂,热情奔放,彰显了作者豪放不羁的胸怀。

本诗⑨⑩句是工对。

走马川行奉送封大夫出师西征

Song of the Zouma River for Seeing Off Senior Official Feng on His Expedition to the West

岑参　Cen Shen

①君不见走马川,雪海边, Do you not see the Zouma River runs near Xuehai, where,
②平沙莽莽黄入天。 The desert is boundless and the yellow sands fly up to the sky there.
③轮台九月风夜吼, In the ninth moon at Luntai, when a strong wind howls at night,
④一川碎石大如斗, Though all the broken stones by the Zouma River are dipper-sized,
⑤随风满地石乱走。 Yet they tumble with the wind in disorderly flight.
⑥匈奴草黄马正肥, The grasses in the Huns' area have turned yellow and the Huns' horses are growing fat and stout,
⑦金山西见烟尘飞, West of the Jinshan Mountain the smoke of the beacon fires are seen and the dust raised by the horses are flying about.
⑧汉家大将西出师。 So General Feng commands the troops westward to wipe the invaders out.
⑨将军金甲夜不脱, As all the warriors do, generals, too, spend the whole night with their iron armours on,

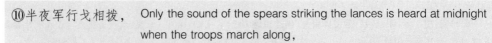

⑩半夜军行戈相拨，	Only the sound of the spears striking the lances is heard at midnight when the troops march along，
⑪风头如刀面如割。	And the men's faces are cut by the knife-like wind biting.
⑫马毛带雪汗气蒸，	The sweat on the snow-covered mane turns into steam rising，
⑬五花连钱旋作冰，	And the steam on the horses soon turns into ice again，
⑭幕中草檄砚水凝。	In the general's tent ink freezes when someone drafts the official denunciation before a campaign.
⑮虏骑闻之应胆慑，	On knowing this, the enemy cavalrymen should be terrified，
⑯料知短兵不敢接，	I'm sure they dare not take on us with sword-to-sword fight，
⑰车师西门伫献捷。	So I'm awaiting the news of victory at the west gate of Cheshi with delight.

详注：题．走马川行：一首描写走马川的诗。走马川：古河流名，在今新疆米泉市附近。行：是古诗的一种体裁。奉送：送行。"奉"表示对对方的尊重。封大夫：唐朝大将封常清，曾任北庭都护。岑参在他的幕府中任职。出师：出兵。西征：到西边去征战。

句①君〈主〉不见〈谓〉[走马川〈主〉在〈谓〉雪海边〈方位短语〉]〈小句·宾〉。君不见：是乐府诗中常用语。雪海：地名，在今新疆境内。常年积雪，十分苦寒。边：附近。"川"字后的逗号表示语气上的停顿。方位短语的结构是：雪海+边（"边"是方位词）。

句②平沙〈主〉莽莽〈谓〉黄〈主〉入〈谓〉天〈宾〉。这句由两个句子构成。"平沙莽莽"是一句。"黄入天"是一句。两句间是并列关系。平沙：沙漠。莽莽：茫茫，即"无边无际"。黄：扬起的黄沙。入天：连着天。这句补充说明上句。

句③轮台〈状〉九月〈状〉风〈主〉夜〈状〉吼〈谓〉。轮台：古城镇名，在今新疆轮台县东南。九月：九月里。夜：在夜里。吼：怒吼，呼呼直叫。这句是下面两句的时间状语。

句④一川〈定〉碎石〈主〉大〈谓〉如斗〈补〉。一川：全川，指走马川。大如斗：大得像斗。斗是一种方形量器。"如斗"是明喻修辞格。

句⑤石〈主·倒〉随风〈介词短语·状〉满地〈状〉乱走〈谓〉。石：石块，指走马川的所有石块。随：跟着。满地：到处。乱走：乱滚动。介词短语的结构是：随+风（"随"是介词）。

句⑥匈奴〈定〉草〈主〉黄〈谓〉马〈主〉正〈状〉肥〈谓〉。这句由两个句子构成。"匈奴草黄"是一句。"马正肥"是一句。两句间是因果关系。匈奴草：匈奴所在地区的草。匈奴：古代北方少数民族。黄：秋草呈黄色。马：匈奴的军马。正：刚刚。肥：肥壮。

句⑦金山西〈方位短语·主〉见〈谓〉烟尘飞〈主谓短语·宾〉。金山：阿尔泰山，在新疆北部。蒙古语称金山。见：同"现"，即"出现"。烟：烽烟。尘：尘土。飞：飞扬。烟尘飞：战争，指匈奴叛乱。这里借烟尘飞（结果）代战争（原因），是借代修辞格。方位短语的结构是：金山+西（"西"是方位词）。主谓短语的结构是：烟尘+飞（主语+谓语）。⑥⑦两句与下句是因果关系。

句⑧汉家大将〈主〉西〈状〉出师〈谓〉。汉家大将：唐军大将，指封常清。唐人常用汉指唐。西：向西边。出师：出兵。

句⑨将军〈主〉夜〈状〉不脱〈谓〉金甲〈宾·倒〉。将军：指封常清等。夜：在夜间。金甲：铠甲。这句与下面五句是并列关系。

句⑩半夜〈状〉军〈主·倒〉行〈谓〉戈〈主〉相拨〈谓〉。这句由两个句子构成。"半夜军行"是一句。"戈相拨"是一句。前句是后句的时间状语。军：军队。行：行进。戈：古代长柄武器。相拨：互相撞击。

句⑪风头〈主〉如〈谓〉刀〈宾〉面〈主〉如〈谓〉割〈宾〉。这句由两个句子构成。"风头如刀"是一句。"面如割"是一句。两句间是因果关系。面:将士们的脸。割:刀割一样地疼。"如刀"和"如割"都是明喻修辞格。

句⑫马毛〈主〉带〈谓〉雪〈宾〉汗气〈主〉蒸〈谓〉。这句由两个句子构成。"马毛带雪"是一句。"汗气蒸"是一句。两句间是因果关系。带:带着。汗气:马出汗,融化了雪,冒出水气。蒸:冒。

句⑬五花连钱〈联合短语·主〉旋〈状〉作〈谓〉冰〈宾〉。五花:五花马身上的毛。古人为了装饰,把马鬃剪成三瓣,称三花,剪成五瓣,称五花。连钱:连钱马身上的毛。该马毛如铜钱状相连。旋:很快。作:结。联合短语的结构是:五花+连钱(两者并列)。

句⑭人〈主·省〉幕中〈状〉草〈谓〉檄〈宾〉砚水〈主〉凝〈谓〉。这句由两个句子构成。"我幕中草檄"是一句。"砚水凝"是一句。前句是后句的时间状语。人:指草拟檄文者。幕中:在幕府中。草:草拟。檄(xí):声讨叛军的檄文。砚水:砚中的水。凝:结冰。

句⑮虏骑〈主〉闻之应胆慑〈连动短语·谓〉。虏骑(jì):敌军骑兵。闻:听到。之:是代词,指唐军西征这件事。应:应该。胆慑(shè):胆寒,害怕。连动短语的结构是:闻+应胆慑(动作先后关系)。

句⑯我〈主·省〉料知〈谓〉短兵不敢接〈主谓短语·宾〉。我:指作者。料知:料定。短兵:刀剑一类的短兵器。指拿着刀剑的匈奴兵。这里,借短兵(标记)代匈奴兵,是借代修辞格。接:迎战唐军,即与唐军交锋。主谓短语的结构是:短兵+不敢接(主语+谓语)。⑮⑯两句与下句是因果关系。

句⑰我〈主·省〉车师〈定〉西门〈状〉伫〈谓〉献捷〈动宾短语·宾〉。我:指作者。车师:西域古国名,在今新疆吉木萨尔、奇台一带,是唐朝北庭都护府所在地。车师西门:在车师西门。伫(zhù):站着等候。献:献上。捷:捷报。伫献捷:站着等候唐军胜利的消息。动宾短语的结构是:献+捷(动词+宾语)。

浅析:唐军大将封常清出师西征,作者写了这首诗送行祝捷。第一句至第五句描写了走马川的险恶环境。第六、七、八句点明了唐军出师西征及其原因。第九句至第十四句想象了行军途中的艰苦,衬托出出征将士不畏艰险、勇往直前的高昂士气。第九句表明将军与士兵同甘共苦。第十句表明夜间行军的纪律严明,禁止士兵说话。第十一句至第十四句描写了严寒的天气。第十五句至第十七句表达了作者对唐军必胜的信心,同时预祝唐军凯旋而归。

轮台歌奉送封大夫出师西征

Song of Luntai for Seeing Off Senior Official Feng on His Expedition to the West

岑 参　Cen Shen

①轮台城头夜吹角,　At night the bugles are blown on Luntai town wall,
②轮台城北旄头落。　Up in the sky to the north of Luntai the Pleiades are about to fall.
③羽书昨夜过渠黎,　Past Quli last night the feathered dispatches were sent,
④单于已在金山西。　Because the chieftain of the Huns has come to the west of the Jinshan Mount.

⑤戍楼西望烟尘黑，	Gazing westward from the watch-tower I see the dark beacon fires and the black dust raised by the Huns' horses,
⑥汉军屯在轮台北。	North of Luntai are stationed the royal forces.
⑦上将拥旄西出征，	General Feng carries a commander's tally to lead the troops on the westward expedition,
⑧平明吹笛大军行。	At dawn the troops set out as soon as the fifes are blown.
⑨四边伐鼓雪海涌，	The drums are beaten in all directions and Xuehai seem to ripple,
⑩三军大呼阴山动。	The whole troops shout and the Yinshan Mountain seems to tremble.
⑪虏塞兵气连云屯，	Over the Huns' forts the murderous atmosphere rises to the clouds high,
⑫战场白骨缠草根。	So on the battle-fields amid the grass roots the white bones of the killed men lie.
⑬剑河风急云片阔，	Over the Jian River blows a strong wind in which fly the clouds of huge flakes,
⑭沙口石冻马蹄脱。	On the frozen stones at Shakou come off the horse-roofs.
⑮亚相勤王甘苦辛，	Senior Official Feng is ready to bear all the hardships to serve the emperor,
⑯誓将报主靖边尘。	Because he has sworn to pacify the external encroachments upon the border to repay the emperor.
⑰古来青史谁不见，	We all know the heroes in the history books of yore,
⑱今见功名胜古人。	But I see the heroic deeds of Senior Official Feng excel those of the ancient heroes all.

详注： 题。轮台：见上首诗句③注。歌：是古诗的一种体裁。汉魏以下的乐府诗常题名为歌或行。奉：是敬语，表示对对方的尊重。送：送行。封大夫：唐朝大将封常清，北庭都护，驻军轮台。出师：出兵。西征：到西边去征战。

句①轮台城头〈状〉士兵〈主·省〉夜〈状〉吹〈谓〉角〈宾〉。轮台城头：在轮台城城墙上。夜：在夜间。吹：吹响。角：号角。这句与下句是并列关系。

句②轮台城北〈定〉旄头〈主〉落〈谓〉。轮台城北：在轮台城北上空。旄(máo)头：星名，即昴星。古人认为昴星象征胡人。落：落下。"旄头落"预示胡兵必败。

句③羽书〈主〉昨夜〈状〉过〈谓〉渠黎〈宾〉。羽书：古代军中紧急文书，插有羽毛，以示紧急。过：送过。渠黎：地名，在今新疆轮台东南。这句与下句是果因关系。

句④单于〈主〉已〈状〉在〈谓〉金山西〈方位短语·宾〉。单于(chán yú)：匈奴首领。已：已经。金山：阿尔泰山，在新疆北部。蒙古语称金山。方位短语的结构是：金山+西("西"是方位词)。

句⑤我〈主·省〉戍楼〈状〉西〈状〉望〈谓〉黑〈定〉烟尘〈联合短语·宾〉。我：指作者。戍楼：从哨楼上。西：向西。望：远看。烟：烽烟(报警的烟火)。尘：扬起的尘土。联合短语的结构是：烟+尘(两者并列)。这句与下句是并列关系。

句⑥汉军〈主〉屯〈谓〉在轮台北〈介词短语·补〉。汉军：唐朝军队。唐朝人常用汉指唐。屯：驻扎。介词短语的结构是：在＋轮台北（"在"是介词）。"轮台北"是方位短语，其结构是：轮台＋北（"北"是方位词）。

句⑦上将〈主〉拥旄西出征〈连动短语·谓〉。上将：指唐朝大将封常清。拥：持。旄(máo)：大将军的凭证。西：向西。出征：出兵。连动短语的结构是：拥旄（方式）＋西出征（动作）。

句⑧平明〈状〉士兵〈主·省〉吹〈谓〉笛〈宾〉大军〈主〉行〈谓〉。这句由两个句子构成。"平明士兵吹笛"是一句，"大军行"是一句。两句间是顺承关系。平明：天亮时。吹笛：古时，军队出发须吹奏军乐以壮声威。唐军乐中有笛。行：出发。这句补充说明上句。

句⑨四边〈主〉伐〈谓〉鼓〈宾〉雪海〈主〉涌〈谓〉。这句由两个句子构成。"四边伐鼓"是一句，"雪海涌"是一句。两句间是因果关系。四边：四边的士兵。这里，借四边（地点）代四边的士兵（地点中的人），是借代修辞格。伐：敲击。雪海：同上篇①注。涌：涌动。这句与下句是并列关系。

句⑩三军〈主〉大呼〈谓〉阴山〈主〉动〈谓〉。这句由两个句子构成。"三军大呼"是一句，"阴山动"是一句。两句间是因果关系。三军：大军，指封常清指挥的军队。大呼：齐声呐喊。阴山：在今内蒙古中部、河北西北部。动：震动。

句⑪虏塞〈定〉兵气〈主〉屯〈谓〉连云〈动宾短语·补〉。虏塞：敌营。兵气：杀气。屯连云：聚积到了云霄，即"冲天"。屯：聚积。连云：连接着云。动宾短语的结构是：连＋云（动词＋宾语）。这句与下句是因果关系。

句⑫战场〈定〉白骨〈主〉缠〈谓〉草根〈宾〉。战场：战场上的。白骨：战死者的尸骨。缠：牵绊着。

句⑬剑河〈定〉风〈主〉急〈谓〉云片〈主〉阔〈谓〉。这句由两个句子构成。"剑河风急"是一句，"云片阔"是一句。两句间是并列关系。剑河：古河流名，在今俄罗斯叶塞尼河汇安加拉河处以上河段。急：紧。云片：云块。阔：大。这句与下句是并列关系。

句⑭沙口〈定〉石〈主〉冻〈谓〉马蹄〈主〉脱〈谓〉。这句由两个句子构成。"沙口石冻"是一句，"马蹄脱"是一句。两句间是因果关系。沙口：地名。冻：冻结。脱：脱落。

句⑮亚相〈主〉勤王甘苦辛〈连动短语·谓〉。亚相：指封常清，时任御使大夫，位仅次宰相。勤王：为皇上效力。甘：情愿。苦辛：是辛苦的倒装。连动短语的结构是：勤王（目的）＋甘苦辛（动作）。这句与下句是果因关系。

句⑯他〈主·省〉誓将报主靖边尘〈连动短语·谓〉。他：指封常清。誓：发誓。报主：报答皇上。靖(jìng)：平定。边尘：边境的尘土。这里借尘（特征）代战争，是借代修辞格。连动短语的结构是：誓将报主（目的）＋靖边尘（动作）。

句⑰谁〈主·倒〉不见〈谓·倒〉古来〈定〉青史〈宾〉。这是一个特指问形式的反问句。其形式是否定的，意思是肯定的。谁不见：谁都见过。古来：自古以来的。青史：青史留名者。古代以竹简记事，竹简是青色的，所以称"青史"。这句与下句是转折关系。

句⑱我〈主·省〉今〈状〉见〈谓〉[功名〈主〉胜〈谓〉古人〈宾〉]〈小句·宾〉。我：指作者。今：如今。见：看到。功名：封常清的功绩和名声。胜：超过。古人：古人的功名。

浅析：唐朝大将封常清率师西征，作者写了这首诗送行祝捷。第一、二句交代了胡汉大战在即。"夜吹角"表明唐军即将开赴前线。"旄头落"预示胡军必败。第三、四句交代了胡汉大战的缘由——边境告急，单于进犯。第五、六句描写了两军对阵。"烟尘黑"表明胡军气焰嚣张，来势汹汹。"屯"表明唐朝大军实力强大，严阵以待。第七句至第十句描写了唐军的威武雄壮，士气高昂，预示唐军必将战无不胜。第十一、十二句预想了战争的惨烈。第十三、十四句预想了战场上的恶劣环境。作者写第十一句至第十四句是为了烘托唐军将士不畏严寒、顽强战斗的勇武精神。第十五、十六句颂扬了封常清的忠心报国精神。第十七、十八句是作者的议论，颂扬了封常清的丰功伟绩，其中包含了作者祝愿封常清凯旋。

本诗⑬⑭句是宽对。

白雪歌送武判官归京

Song of the White Snow in Farewell to Officer Wu on His Return to Chang'an

岑 参 Cen Shen

①北风卷地白草折，	The white grasses break when the north wind violently sweeps the ground,
②胡天八月即飞雪。	In the 8th moon in the Huns' sky the snowflakes begin to fly around.
③忽如一夜春风来，	As if the spring wind suddenly blows overnight,
④千树万树梨花开。	Covering thousands of pear trees with the flowers white.
⑤散入珠帘湿罗幕，	The snow-flakes fly into the bead-curtains and wet the silk screen,
⑥狐裘不暖锦衾薄。	So that the fox-fur gown is no longer warm and the brocade quilts feels thin.
⑦将军角弓不得控，	The generals can't draw their horn-tipped bows with their hands stiff with cold,
⑧都护铁衣冷难著。	The officers can't put on the iron mails which are bitterly cold.
⑨瀚海阑干百丈冰，	On the vast desert very tall icicles everywhere crisscross,
⑩愁云惨淡万里凝。	In the sky freeze ten-thousand-*li* gloomy clouds.
⑪中军置酒饮归客，	In the headquarters I give a farewell dinner to Officer Wu, a homebound guest,
⑫胡琴琵琶与羌笛。	We drink wine, accompanied by the huqin, pipa and the flute of the west.
⑬纷纷暮雪下辕门，	At dusk heavy snow falls outside the tents,
⑭风掣红旗冻不翻。	The wind can't flutter the frozen red flags.
⑮轮台东门送君去，	At the east gate of Luntai we say good-bye,
⑯去时雪满天山路。	When you're leaving, the snow has covered the path on the Tianshan Mountain high.
⑰山回路转不见君，	The path turns together with the mountain and I stand there till you're out of my sight,
⑱雪上空留马行处。	Only the hoof-prints are left behind on the snow white.

详注：题.白雪歌：一首描写白雪的诗。歌：古代诗歌的一种体裁。汉魏以下的乐府诗常题名为"歌"或"行"。武判官：姓武的判官。判官：官职名，是唐代节度使、观察使等的幕僚。归：回。京：京城长安。

句①北风〈主〉卷〈谓〉地〈宾〉白草〈主〉折〈谓〉。这句由两个句子构成。"北风卷地"是一句。"白草折"是一句。前句是后句的时间状语。卷：猛烈地吹。白草：西北边地的一种草，入秋变白。折：断。这句与下句是并列关系。

句②胡天〈主〉八月〈状〉即〈状〉飞雪〈谓〉。胡天：指西北边地。胡：是古代汉族对西北部少数民族的统称。八月：在八月。即：就。

句③这〈主·省〉忽〈状〉如〈谓〉[一夜〈状〉春风〈主〉来〈谓〉]〈小句·宾〉。这：指上句内容。忽：忽然。如：好像。一夜：在一夜之间。来：吹起。这句与下句是因果关系。

句④千树万树〈定〉梨花〈主〉开〈谓〉。开：开放。这里借梨花喻树上积雪，是借喻修辞格。

句⑤雪〈主·省〉散入珠帘湿罗幕〈联合短语·谓〉。散入：飘进。珠帘：带有珠子的帘子。湿：打湿。罗幕：丝织帐幕。联合短语的结构是：散入珠帘 + 湿罗幕(两者是递进关系)。这句与下句是因果关系。

句⑥狐裘〈主〉不暖〈谓〉锦衾〈主〉薄〈谓〉。这句由两个句子构成。"狐裘不暖"是一句。"锦衾薄"是一句。两句间是并列关系。狐裘：狐皮袍子。锦衾(qīn)：锦缎被子。薄：显得单薄，不暖和。

句⑦将军〈主〉不得控〈谓·倒〉角弓〈宾〉。不得控：拉不开，因为手冻僵了。角弓：用兽角装饰的硬弓。这句与下句是并列关系。

句⑧都护〈定〉铁衣〈主〉冷〈谓〉难著〈补〉。都护：镇守边疆的长官。铁衣：盔甲。冷难著：冷得难以穿上。

句⑨瀚海〈主〉阑干〈谓〉百丈〈定·倒〉冰〈宾〉。瀚海：大沙漠上。阑干：纵横交错着。百丈冰：百丈长的冰柱。"百丈"是夸张修辞格。这句与下句是并列关系。

句⑩万里〈主〉凝〈谓〉惨淡〈定·倒〉愁云〈宾·倒〉。万里：万里天空中。凝：凝结着。惨淡：昏暗的。愁云：阴云。

句⑪我〈主·省〉中军〈状〉置酒饮归客〈连动短语·谓〉。我：指作者，下文中的"我"同此。中军：在中军大帐里，指主帅住的营帐。置酒：摆酒席。饮：使……饮酒，即"请……饮酒"。归客：回京的客人，指武判官。连动短语的结构是：置酒(动作) + 饮归客(目的)。这句是下句的时间状语。

句⑫胡琴琵琶与羌笛〈联合短语·主〉齐奏〈谓·省〉。羌(qiāng)笛：少数民族用的笛子。古人有奏乐助饮酒的做法。联合短语的结构是：胡琴 + 琵琶 + 羌笛(三者并列)。

句⑬暮雪〈主·倒〉纷纷〈状〉下〈谓〉辕门〈补〉。暮雪：傍晚时下的雪。纷纷：多而密地。辕(yuán)门：在军营门外。这句与下句是并列关系。

句⑭风〈主〉掣不翻〈谓〉冻〈定〉红旗〈宾·倒〉。掣(chè)不翻：吹不动。冻：冻住的。

句⑮我〈主·省〉轮台东门〈状〉送君去〈兼语短语·谓〉。轮台东门：在轮台东门外。轮台：古城镇名，在今新疆轮台县东南。君：指武判官。去：回京。兼语短语的结构是：送 + 君 + 去。

句⑯去时〈状〉雪〈主〉满〈谓〉天山〈定〉路〈宾〉。去时：武判官回京的时候。满：盖着。天山：在今新疆境内。这句补充说明上句。

句⑰山〈主〉回〈谓〉路〈主〉转〈谓〉我〈主·省〉不见〈谓〉君〈宾〉。这句由三个句子构成。"山回"是一句。"路转"是一句。"我不见君"是一句。前两句间是并列关系。前两句与第三句间是因果关系。回：曲折。转：弯弯曲曲。君：指武判官。这句与下句是并列关系。

句⑱雪上〈方位短语·主〉空留〈谓〉马行〈主谓短语·定〉处〈宾〉。空留：只留下。马行处：马蹄的印迹。方位短语的结构是：雪 + 上("上"是方位词)。主谓短语的结构是：马 + 行(主语 + 谓语)。

浅析：这是一首咏雪兼送别的诗。第一句至第四句描写了边地的壮观雪景。第五句至第十句描写了大雪带来的奇寒。第十一、十二句描写了作者为武判官饯行的情景。第十三、十四句描写了作者和武判官出营门后所见景象。"暮"字表明饯行时间之长，直到傍晚,可见情意深厚。以上十四句(第一句至第十四句)着力描写了边地早雪奇寒的景色,并以此为衬托,抒发了作者送行时的悲凉感。第十五句至第十八句描写了作者送别友人的情景,表达了作者对友人的深情厚谊。作者在风雪中站立很久,目送着友人直到看不见他。可见,作者心中充满了对友人的恋恋不舍之情。

韦讽录事宅观曹将军画马图

Viewing the Picture of the Nine Horses by General Cao Ba in Official Wei Feng's House

杜 甫 Du Fu

①国初已来画鞍马,	Since the first years of the Tang Dynasty, among the many people at the horse painting,
②神妙独数江都王。	Only Li Xu, the prince at Jiangdu, has been regarded as the most outstanding.
③将军得名三十载,	Now General Cao Ba has been famous for 30 years,
④人间又见真乘黄。	During which, under his painting brush have again appeared really god-like horses without peers.
⑤曾貌先帝照夜白,	He once painted the late emperor's horse named "Brighten Night",
⑥龙池十日飞霹雳。	Which was like the living dragon in the dragon pool of the palace that for ten days with thunderbolt takes a flight.
⑦内府殿红玛瑙盘,	From the royal treasury the pitch-red agate plate,
⑧婕妤传诏才人索。	The female official conveyed the emperor's order for the female official of lower rank to take.
⑨盘赐将军拜舞归,	When it was given to Cao Ba, he expressed his thanks in the way somewhat like dancing,
⑩轻纨细绮相追飞。	Soon after, those who wanted to get paintings from Cao Ba gave him pieces of fine silk fabrics by running.
⑪贵戚权门得笔迹,	Once the relatives of the monarch and the influential officials got his paintings,
⑫始觉屏障生光辉。	They would think their screens bright with radiance.
⑬昔日太宗拳毛䯄,	In the past Emperor Tang Taizong had a "Twist Hair" steed,
⑭近时郭家狮子花。	Of late Guo Ziyi has a "Lion Flower" steed.

⑮今之新图有二马,	The two horses are also in this newly-painted picture of nine horses I'm viewing,
⑯复令识者久叹嗟。	They make me who know them sigh long again.
⑰此皆战骑一敌万,	They're battle steeds that one can fight against one thousand without doubt,
⑱缟素漠漠开风沙。	On this white silk, in the sand and wind they seem to run about.
⑲其余七匹亦殊绝,	The rest seven horses in the picture also superbly stand there,
⑳迥若寒空动烟雪。	Viewed from a distance they look like smoke or snow floating in the cold air.
㉑霜蹄蹴踏长楸间,	On the road lined by the catalpas their frosted hooves tread,
㉒马官厮养森成列。	The grooms in service in long line stand.
㉓可怜九马争神骏,	The nine lovely horses compete to show charm and grace,
㉔顾视清高气深稳。	Each looks dignified and proud but with a discreet and self-possessed face.
㉕借问苦心爱者谁,	Please tell me who love horses sincere,
㉖后有韦讽前支遁。	Oh, the famous monk Zhi Dun of yore and Wei Feng who is here.
㉗忆昔巡幸新丰宫,	I recall Emperor Tang Xuanzong toured the Xinfeng Palace in the days gone by,
㉘翠华拂天来向东。	Going eastward the flags of the honor guard were held high.
㉙腾骧磊落三万匹,	All the thirty thousand horses that hopped and ran full of grace and vigor,
㉚皆与此图筋骨同。	Are of the same muscles and bones as the nine horses in this picture.
㉛自从献宝朝河宗,	Since Emperor Tang Xuanzong died,
㉜无复射蛟江水中。	The grand occasion to shoot a flood-dragon has no longer been in sight.
㉝君不见,金粟堆前松柏里,	Don't you see in the woods of pines and cypresses before the tomb of Tang Xuanzong,
㉞龙媒去尽鸟呼风。	The fine steeds are gone, only birds cry sadly alone.

详注:题. 韦讽:时任阆州录事参军,家有曹霸画的九马图。宅:家里。观:观看。曹将军:曹霸,曹操后裔。唐朝著名画家,善画马,官至左武卫将军。

句①国初已来〈状〉众人〈主·省〉画〈谓〉鞍马〈宾〉。国初:指唐朝开国之初。已来:以来。鞍马:马类图画。

句②神妙〈主〉独数〈谓〉江都王〈宾〉。神妙:画马画得出神入化的人。独数(shǔ):只有。江都王:李绪,唐太宗李世民的侄子,以画马著称。这句是补充说明上句。

句③将军〈主〉得名〈谓〉三十载〈补〉。将军:曹霸。得名:成名,出名。载:年。这句是下句的时间状语。

句④人间〈主〉又〈状〉见〈谓〉真〈定〉乘黄〈宾〉。见:出现。乘黄:神马。

句⑤他〈主·省〉曾〈状〉貌〈谓〉先帝〈定〉照夜白〈宾〉。他:指曹霸将军。曾:曾经。貌:画。这里是名词用作动词。先帝:指已去世的唐玄宗李隆基。照夜白:马的名字,是李隆基的坐骑。

句⑥龙池〈主〉十日〈状〉飞〈谓〉霹雳〈宾〉。龙池:龙池里,指唐朝兴庆宫内的兴庆池。据说池中有黄龙。飞:响。霹雳(pī lì):巨雷声。这里把曹霸画的马比作兴庆池内的真龙,随巨雷声腾飞,是暗喻修辞格。这句补充说明上句。

句⑦内府〈定〉殷红〈定〉玛瑙盘〈中心词〉。这是一个名词句,作下句中"索"的宾语。内府:皇宫府库里的。殷(yān)红:黑红色的。玛瑙(mǎ nǎo):一种矿物,可用来做贵重的装饰品。玛瑙盘:玛瑙做的盘。

句⑧婕妤〈主〉传〈谓〉诏〈宾〉才人〈主〉索〈谓〉。这句由两个句子构成。"婕妤传诏"是一句。"才人索"是一句。两句间是顺承关系。婕妤(jié yú):宫中女官名。传诏:传达皇帝的命令。才人:宫中女官名。婕妤是正三品,才人是正四品。索:取。即把玛瑙盘从府库中取出。

句⑨盘〈主〉赐〈谓〉将军〈主〉拜舞归〈连动短语·谓〉。这句由两个句子构成。"盘赐"是一句。"将军拜舞归"是一句。两句间是顺承关系。盘:玛瑙盘。赐:被赐给曹霸。将军:指曹霸。拜舞:臣子谢皇上恩赐的一种礼仪。归:回家。连动短语的结构是:拜舞+归(动作先后关系)。这句与下句是顺承关系。

句⑩轻纨细绮〈联合短语·主〉飞〈倒〉相追〈连动短语·谓〉。轻纨(wán):很细的丝织品。细绮(qǐ):有花纹的丝织品。这里轻纨细绮指质地精良的绘画用品。飞:紧紧地,一个接一个地。相追:追曹霸,目的是求曹霸绘画。"相"是动词前缀,无实义。连动短语的结构是:飞(方式)+相追(动作)。联合短语的结构是:轻纨+细绮(两者并列)。

句⑪贵戚权门〈联合短语·主〉得〈谓〉笔迹〈宾〉。贵戚:皇帝的内外亲戚。权门:有权势的人。得:获得。笔迹:曹霸的绘画。联合短语的结构是:贵戚+权门(两者并列)。这句是下句的条件状语。

句⑫他们〈主·省〉始觉〈谓〉[屏障〈主〉生〈谓〉光辉〈宾〉]〈小句·宾〉。他们:指贵戚权门。始觉:才觉得。屏障:屏风。生:生出。光辉:光彩。

句⑬昔日〈状〉太宗〈主〉有〈谓·省〉卷毛𬴊〈宾〉。昔日:从前。太宗:唐太宗李世民。卷毛𬴊(guā):马名,是唐太宗的六匹骏马之一。这句与下句是并列关系。

句⑭近时〈状〉郭家〈主〉有〈谓·省〉狮子花〈宾〉。近时:近来。郭家:郭子仪家。狮子花:马名。

句⑮今之新图〈主〉有〈谓〉二马〈宾〉。今之新图:指曹霸新绘成的马图,即作者正在观赏的九马图。二马:指卷毛𬴊和狮子花。

句⑯它们〈主·省〉复〈状〉令识者久叹嗟〈兼语短语·谓〉。它们:指卷毛𬴊和狮子花。复:又。令:让。识者:认识卷毛𬴊和狮子花的人,即作者自己。久:长时间地。叹嗟(jiē):赞叹不已。兼语短语的结构是:令+识者+久叹嗟。这句和下面两句补充说明上两句。

句⑰此〈主〉皆〈状〉是〈谓·省〉[一〈主·倒〉敌〈谓·倒〉万〈宾·倒〉]〈小句·定〉战骑〈宾·倒〉。此:指卷毛𬴊和狮子花。皆:都。一敌万:一匹马抵挡万匹马的,是夸张修辞格。战骑:战马。

句⑱它们〈主·省〉缟素〈状〉开〈谓·倒〉漠漠〈定〉风沙〈宾〉。它们:指卷毛𬴊和狮子花。缟(gǎo)素:在白色的丝绢上。开:扬起。漠漠:弥漫的。开漠漠风沙:形容马在奔腾。

句⑲其余〈定〉七匹〈主〉亦〈状〉殊绝〈谓〉。七匹:七匹马。一张画绢上画着九匹马。亦:也。殊绝:非凡超群。

句⑳它们〈主·省〉迥〈状〉若〈谓〉寒空动〈状中短语·定〉烟雪〈联合短语·宾〉。它们:指其余的七匹马。迥(jiǒng):从远处看。若:像。寒空:在寒空中。动:飘动。烟:指青色的马像烟。雪:指白色的马像雪。状中短语的结构是:寒空+动(状语+中心词)。联合短语的结构是:烟+雪(两者并列)。这句和下面两句补充说明上句。

句㉑霜〈定〉蹄〈主〉蹴踏〈谓〉长楸间〈方位短语·补〉。霜蹄:带霜的马蹄,指七匹马的马蹄。蹴(cù)踏:踩踏。长楸(qiū)间:在大道上。古人常在大道旁种植楸树。这句与下句是递进关系。

句㉒厩养〈倒〉马〈动宾短语·定〉官〈主〉森〈谓〉成列〈补〉。厩养马官:专门养马的人。森:众多。成列:

成行。森成列：多得排成行。

句㉓可怜〈定〉九马〈主〉争〈谓〉神骏〈宾〉。可怜：可爱的。九马：曹霸画在同一丝绢上的九匹马。争：争显。神骏(jùn)：神采。这句与下句是并列关系。

句㉔它们〈主·省〉顾视清高〈联合短语·谓〉气〈主〉深稳〈联合短语·谓〉。这句由两个句子构成。"它们顾视清高"是一句。"气深稳"是一句。两句间是转折关系。顾视：左顾右盼。清高：昂首远视。气：气质。深：深沉。稳：稳重。联合短语的结构是：顾视＋清高(两者并列)。深＋稳(两者并列)。

句㉕我〈主·省〉借问〈谓〉[苦心爱〈状中短语·定〉者〈主〉有〈谓·省〉谁〈宾〉]〈小句·宾〉。我：指作者。借问：请问。苦心：倾心地。爱者：爱马的人。"者"是代词，相当于"……的人"。有谁：有哪些人。状中短语的结构是：苦心＋爱(状语＋中心词)。这句与下句是问答关系。这句是问，下句是答。

句㉖后〈主〉有〈谓〉韦讽〈宾〉前〈主〉有〈谓·省〉支遁〈宾〉。这句由两个句子构成。"后有韦讽"是一句。"前有支遁"是一句。两句间是并列关系。后：后代。前：前代。支遁：字道林，东晋名僧，爱马并养鹰马数匹。

句㉗我〈主·省〉忆〈谓〉[昔〈状〉皇上〈主·省〉巡幸〈谓〉新丰宫〈宾〉]〈小句·宾〉。我：指作者。忆：回忆。昔：从前。皇上：指唐玄宗李隆基。巡幸：指皇帝到……。新丰宫：华清宫，在今陕西临潼骊山上。这句是下句的时间状语。

句㉘翠华〈主〉拂天向东〈倒〉来〈连动短语·谓〉。翠华：皇帝出巡时的仪仗。其中的旗帜用翠鸟羽毛装饰。拂天：在空中飘扬。向东来：向东方走来。骊山在长安东。连动短语的结构是：拂天(方式)＋向东来(动作)。"向东"是介词短语，其结构是：向＋东("向"是介词)。

句㉙腾骧磊落〈定〉三万匹〈中心词〉。这是一个名词句，作下句的主语。腾：跳跃。骧(xiāng)：奔驰。磊落：仪态俊伟。三万匹：众多的马。这里的"三万"是夸张修辞格。古汉语中，"三""万"都可用于表示虚数，不实指。这句与下句是主谓关系。

句㉚皆〈状〉与此图〈定〉筋骨〈介词短语·状〉同〈谓〉。皆：都。此图：曹霸画的九马图。筋骨：马的筋骨，引申为"马的神韵"。同：相同。介词短语的结构是：与＋此图筋骨("与"是介词)。

句㉛自从河宗〈主·倒〉朝〈倒〉献宝〈联合短语·谓〉〈介词短语·作下句状语〉。河宗：周穆王的护从。朝：朝拜。献宝：献上宝物。河宗朝献宝是一个典故。穆天子西行，河宗先期到达燕然山迎候穆天子(周穆王)，并向他献上宝物河图宝典(禹舜时的地图)，引导他西行探宝。不久，穆天子就死了。作者引用这个典故意在借穆天子的死喻唐玄宗的死，是借喻修辞格。联合短语的结构是：朝＋献宝(两者并列)。介词短语的结构是：自从＋河宗朝献宝("自从"是介词)。

句㉜射蛟江水中〈定·倒〉事〈主·省〉无复〈状〉有〈谓·省〉。射蛟江水中：是一个典故。元封五年，汉武帝南巡期间在浔阳江面上亲自射杀一条蛟龙。作者引用这一典故意在借汉武帝射杀蛟龙的盛况喻唐玄宗巡游的盛况，是借喻修辞格。无复：不再。

句㉝君〈主〉不见〈谓〉金粟堆前〈方位短语·定〉松柏里〈方位短语·作下句状语〉。君不见：是乐府诗中常用语。金粟堆：金粟山，是唐玄宗的墓地，又称泰陵，在今陕西蒲城县城东北金粟山上。方位短语的结构是：金粟堆＋前("前"是方位词)。松树＋里("里"是方位词)。

句㉞龙媒〈主〉去〈谓〉尽〈补〉鸟〈主〉呼〈谓〉风〈补〉。这句由两个句子构成。"龙媒去尽"是一句。"鸟呼风"是一句。两句间是顺承关系。龙媒：骏马。去：离开。尽：完。呼：悲鸣。风：在风中。

浅析：这首诗描写了曹霸所绘九匹马的神韵，表达了作者对盛世不再、今非昔比的感慨。第一、二句交代了画马的社会大背景。第三、四句表明曹霸画马已久负盛名以及他的卓越成就。第五、六句烘托了曹霸所画马的逼真度。第七句至第九句描写了曹霸受到皇帝恩赏的情况。第十句至第十二句表明世人对曹霸的崇拜，衬托了他画马技艺的卓绝。第十三句至第十八句描写了九马图中"卷毛骝"和"狮子花"的神韵。第十九句至第二十二句描写了九马图中其余七匹马的神韵。第二十三、二十四句总结了九马图的神韵风采。第二十五、二十六句是问答关系,紧扣题目中的"韦讽录事宅",并以支遁衬托韦讽,盛赞了韦讽爱马、识马、收藏九马图。第二十七句至第三十句是作者观看九马图时的联想,流露了作者对唐朝开元盛世的无尽怀念。第三十一句至第三十四句是作者观赏九马图时的议论,流露了作者对盛世不再、今非昔比的感慨。

本诗⑬⑭句是工对,㉕㉖句、㉙㉚句、㉛㉜句和㉝㉞句是流水对。

丹青引赠曹将军霸

Song of the Paintings to General Cao Ba

杜 甫 Du Fu

①将军魏武之子孙,	You, General Cao Ba, Cao Cao's offspring,
②于今为庶为清门。	Now are one of the common people and poverty-stricken.
③英雄割据虽已矣,	Though the hero Cao Cao's establishment of a separatist regime long ago passed away,
④文采风流今尚存。	Yet his literary talent was handed down till today.
⑤学书初学卫夫人,	From the famous calligrapher Lady Wei, you learned calligraphy at first,
⑥但恨无过王右军。	You are only sorry your art is no better than that of Wang Youjun, a man-calligraphist.
⑦丹青不知老将至,	You are too devoted to painting to notice your old age approaching,
⑧富贵于我如浮云。	And you regard the riches and honors as the clouds in the sky floating.
⑨开元之中常引见,	During the years of Kaiyuan you were oft summoned to the imperial palace,
⑩承恩数上南薰殿。	For many a time you were given the favor to enter the Nanxun Palace.
⑪凌烟功臣少颜色,	The portraits of the twenty-four meritorious courtiers in the Lingyang Tower lost color,
⑫将军下笔开生面。	But you repainted them so that they looked brighter.
⑬良相头上进贤冠,	On the virtuous and talented prime ministers' heads you painted the black gauze bowlers,
⑭猛将腰间大羽箭。	At the waists of the brave generals you painted the long arrows with feathers.
⑮褒公鄂公毛发动,	The hairs of Dukes Bao and Er seemed to be fluttering.

⑯英姿飒爽来酣战。 They looked gallant and brave as if in fierce fighting.
⑰先帝天马玉花骢, The late emperor's horse took Yu Hua Cong as its name,
⑱画工如山貌不同。 None of the numerous painters could paint its charm one and the same.
⑲是日牵来赤墀下, One day it was led to the foot of the red steps of the palace, where,
⑳迥立阊阖生长风。 Energetic and with its head held high it stood there.
㉑诏谓将军拂绢素, Ordered by the emperor to paint it, you spread a piece of white silk slowly,
㉒意匠惨淡经营中。 At the same time you conceived and laid out carefully.
㉓斯须九重真龙出, Soon in the palace a tall and life-like horse came into being,
㉔一洗万古凡马空。 In comparison with it, all the common horses throughout the ages became nothing.
㉕玉花却在御榻上, On the emperor's couch hung the picture of the horse,
㉖榻上庭前屹相向。 Just opposite it stood the living horse.
㉗至尊含笑催赐金, With a smile the emperor urged to bestow on him many a gold ingot,
㉘圉人太仆皆惆怅。 All the grooms and the officials concerned feel amazed a lot.
㉙弟子韩干早入室, Your disciple Han Gan early succeeds in painting horses,
㉚亦能画马穷殊相。 He, too, can paint all different kinds of horses.
㉛干惟画肉不画骨, However he only paints their flesh but not their bone,
㉜忍使骅骝气凋丧。 Which makes the fine steeds lose vigor of their own.
㉝将军画善盖有神, The horses painted by you, General Cao Ba, are good because they all look life-like indeed,
㉞偶逢佳士亦写真。 You paint the portraits of the really virtuous persons when you happen to meet.
㉟即今漂泊干戈际, Today during the civil war you have to wander from place to place, when,
㊱屡貌寻常行路人。 You paint the portraits of the strangers now and then.
㊲途穷反遭俗白眼, In wretched plight you are looked down on with scorn,
㊳世上未有如公贫。 And in this world nobody is as poor as you're poverty-stricken.
㊴但看古来盛名下, Come to think of it, since ancient times, all the people of great reputation,
㊵终日坎壈缠其身。 Not on a single day are not tortured by hardships and privation.

详注：题．丹青：绘画用的颜料。后借丹青代绘画，是借代修辞格。引：是诗歌的一种体裁。赠：赠送。曹将军霸：曹霸是唐朝著名画家，善画马，官至左武卫将军。人称曹将军。霸是他的名。

句①将军魏武之子孙〈同位短语·作下句主语〉。将军：曹将军曹霸。魏武：魏武帝曹操。之：是结构助词，相当于"的"。同位短语的结构是：将军+魏武之子孙（名词+名词词组）。这句与下句是主谓关系。

句②于今〈状〉为庶为清门〈联合短语·谓〉。于今：如今。为：成为。庶：平民百姓。清门：贫穷人。联合短语的结构是：为庶+为清门（两个动宾短语并列）。

句③英雄割据〈主谓短语·主〉虽〈连词〉已矣〈谓〉。英雄割据：指曹操建立魏国，与刘备（蜀国）、孙权（吴国）形成三国鼎立的局面。虽：虽然。已：成为过去，成为历史。矣：是语气词，表示事情已经发生。主谓短语的结构是：英雄+割据（主语+谓语）。这句与下句是转折关系。

句④文采〈定〉风流〈主〉今〈状〉尚〈状〉存〈谓〉。文采：指曹操的文学才华。风流：流风余韵，影响力。今：至今。尚：还，仍。存：留存在人间，指曹霸继承曹操的文学才华。

句⑤你〈主·省〉学书〈动宾短语·状〉初〈状〉学〈谓〉卫夫人〈宾〉。你：指曹霸，下文中的"你"同此。学书：学习书法的时候。初：开始。学：学写。卫夫人：卫夫人的字。这里借卫夫人代她的书法作品，是借代修辞格。卫夫人是东晋著名女书法家。名铄，字茂漪，擅长隶书。王羲之少时曾拜她为师。动宾短语的结构是：学+书（动词+宾语）。

句⑥你〈主·省〉但〈状〉恨〈谓〉无过王右军〈动宾短语·宾〉。但：只。恨：怨恨自己。无过：没有超过。王右军：王羲之，东晋大书法家，官至右军将军。动宾短语的结构是：无过+王右军（动词+宾语）。这句补充说明上句。

句⑦你〈主·省〉专心于〈省〉丹青不知老将至〈连动短语·谓〉。专心于：全身心扑在。丹青：是绘画的颜料。这里借丹青代绘画，是借代修辞格。老：老年。将：快到。"老将至"引自《论语·述而》："其为人也，发愤忘食，乐以忘忧，不知老之将至。"连动短语的结构是：专心于丹青（因）+不知老将至（果）。"专心于丹青"和"不知老将至"都是动宾短语。其结构是：专心于+丹青（动词+宾语），不知+老将至（动词+宾语）。"老将至"是主谓短语，其结构是：老+将至（主语+谓语）。这句与下句是递进关系。

句⑧富贵〈主〉于我〈介词短语·状〉如〈谓〉浮云〈宾〉。这句话出自《论语·述而》："不义而富且贵，于我如浮云。"作者把这句话缩略成"富贵于我如浮云"，意在表明曹霸专心致志地绘画，不关心功名富贵。于：对于。我：指曹霸。如：像。浮云：空中飘浮的云。"如浮云"是明喻修辞格。介词短语的结构是：于+我（"于"是介词）。

句⑨开元之中〈状〉你〈主·省〉常引见〈谓〉。开元之中：唐玄宗开元年间。常引见：经常被皇宫内臣领着去见皇上。

句⑩你〈主·省〉承恩数上南薰殿〈连动短语·谓〉。承恩：承蒙皇上的恩典。数(shuò)：屡次。南薰殿：长安兴庆宫内的大殿。连动短语的结构是：承恩（因）+数上南薰殿（果）。这句补充说明上句。

句⑪凌烟〈定〉功臣〈主〉少〈谓〉颜色〈宾〉。凌烟：凌烟阁。功臣：唐太宗曾命令阎立本在凌烟阁上绘出魏征等二十四位功臣像。少：减少。少颜色：颜色暗淡。这句与下句是转折关系。

句⑫将军〈主·省〉下笔〈谓〉他们〈主·省〉开〈谓〉生面〈宾〉。这句由两个句子构成。"将军下笔"是一句。"他们开生面"一句。两句间是顺承关系。将军：指曹霸。下笔：用笔画。他们：指二十四功臣像。开：展现出。生面：新面貌。

句⑬良相〈定〉头上〈方位短语·主〉进〈谓〉贤冠〈宾〉。良相：贤明的宰相。进：戴上。贤冠：文官礼帽。方位短语的结构是：良相头+上（"上"是方位词）。这句与下面三句是并列关系。

句⑭猛将〈定〉腰间〈方位短语·主〉挂〈谓·省〉大羽箭〈宾〉。挂：挂着。大羽箭：四根羽毛长杆大箭。方位短语的结构是：腰+间（"间"是方位词）。

句⑮褒公鄂公〈联合短语·定〉毛发〈主〉动〈谓〉。褒公：褒国公段志玄。鄂公：鄂国公尉迟敬德。毛发：须发。动：飘动。联合短语的结构是：褒公+鄂公（两者并列）。

句⑯他们〈主·省〉英姿飒爽来酣战〈连动短语·谓〉。他们:指褒公和鄂公。英姿:摆出威武的风姿。飒(sà)爽:摆出雄壮矫健的姿态。酣战:激战。连动短语的结构是:英姿飒爽(方式)＋来＋酣战(动作)。

句⑰先帝〈定〉天马〈主〉是〈谓·省〉玉花骢〈宾〉。先帝:指唐玄宗。天马:御马。玉花骢(cōng):唐玄宗的坐骑名。

句⑱画工〈主〉如〈谓〉山〈宾〉貌〈主〉不同〈谓〉。这句由两个句子构成。"画工如山"是一句。"貌不同"是一句。两句间是转折关系。画工:画师。如山:众多。貌:画师画出的玉花骢的容貌。不同:不同于玉花骢的容貌。这句补充说明上句。

句⑲是日〈状〉它〈主·省〉牵来〈谓〉赤墀下〈方位短语·补〉。是日:这一天。它:指玉花骢。牵来:被牵到。赤墀(chí)下:宫殿内红色的台阶下。方位短语的结构是:赤墀＋下("下"是方位词)。这句是下句的地点状语。

句⑳它〈主·省〉迥立阊阖〈中补短语·状〉生〈谓〉长风〈宾〉。它:指玉花骢。迥(jiǒng)立:昂首挺立。阊阖(chāng hé):在皇宫的正门。生长风:精神抖擞。中补短语的结构是:迥立(动词〈中心词〉)＋阊阖(补)。

句㉑皇上〈主·省〉诏谓将军拂绢素〈兼语短语·谓〉。诏谓:颁诏命令。将军:曹霸。拂:展开。绢素:素绢,即白色的丝织品。这里借拂绢素(绘画用品)代绘画,是借代修辞格。兼语短语的结构是:诏谓＋将军＋拂绢素。这句与下句是顺承关系。

句㉒你〈主·省〉意匠惨淡经营〈联合短语·谓〉中〈凑韵〉。意匠:精心构思。惨淡:苦心地。经营:布局。中:用作凑韵,没有实义。古诗中,为了凑足字数或为了押韵,加上一字,叫凑韵。联合短语的结构是:意匠＋惨淡经营(两者并列)。

句㉓斯须〈状〉九重〈定〉真龙〈主〉出〈谓〉。斯须:一会儿。九重(chóng):皇宫有九道门。这里借九重(部分)代皇宫(整体),是借代修辞格。真龙:真马,古代称身长八尺以上的良马为龙。出:出现。这句是下句的时间状语。

句㉔万古〈定〉凡马〈主〉一洗空〈谓·倒〉。万古:万代的,是夸张修辞格。凡马:普通马。一洗空:一扫而空,即"黯然失色"。

句㉕玉花〈主〉却〈状〉在〈谓〉御榻上〈方位短语·宾〉。玉花:曹霸画出的玉花骢马。却:反而。在:挂在。御榻:皇帝的坐卧用具。方位短语的结构是:御榻＋上("上"是方位词)。

句㉖榻上庭前〈联合短语·主〉相向〈状·倒〉屹〈谓〉。榻上:榻上的马,指曹霸画的马。庭前:庭前的马,指活马。相向:相对着。屹(yì):站着不动。联合短语的结构是:榻上＋庭前(两个方位短语并列)。"上"和"前"是方位词。这句补充说明上句。

句㉗至尊〈主〉含笑催赐金〈连动短语·谓〉。至尊:皇上。含笑:面带笑容。催:催促。赐金:赏赐金银给曹霸。连动短语的结构是:含笑(方式)＋催赐金(动作)。这句与下句是并列关系。

句㉘圉人太仆〈联合短语·主〉皆〈状〉惆怅〈谓〉。圉(yǔ)人:掌管养马之事的人。太仆:掌管皇帝车马的官。皆:都。惆怅(chóu chàng):(觉得真马不如画出的马而)惊叹不已。联合短语的结构是:圉人＋太仆(两者并列)。

句㉙弟子韩干〈同位短语·主〉早〈状〉入室〈谓〉。弟子:学生,指曹霸的学生。韩干:唐代著名画家,擅长画人物和马,曾师从曹霸,后自成一派。早:早已。入室:学有所成。这里有一个典故,《论语·先进》篇中有"由也升堂矣,未入于室也。"孔子用入门、升堂、入室比喻学习的三个阶段。"入室"意味着学有所成。同位短语的结构是:弟子＋韩干(名词＋名词)。

句㉚干〈主·省〉亦能〈状〉画马穷殊相〈联合短语·谓〉。干:指韩干,下文中的"干"同此。亦:也。穷:尽。殊:不同的。相:神态体貌。穷殊相:画尽各种马的不同神态体貌。联合短语的结构是:画马＋穷殊相(两者是递进关系)。这句补充说明上句。

句㉛干〈主〉惟〈状〉画肉不画骨〈联合短语·谓〉。惟:只。联合短语的结构是:画肉＋不画骨(两者是转折关系)。这句与下句是因果关系。

句㉜干〈主·省〉忍〈状〉使骅骝〈定〉气凋丧〈兼语短语·谓〉。忍使:致使。骅骝(huá liú):骏马。气:精气神。凋丧:丧失。兼语短语的结构是:使+骅骝气+凋丧。

句㉝将军〈定〉画〈主〉善盖有神〈连动短语·谓〉。将军画:指曹霸画的马。善:好。盖:是副词,表示申说原因,意即"是因为"。有神:有精气神。连动短语的结构是:善(果)+盖有神(因)。这句与下句是并列关系。

句㉞你〈主·省〉偶〈状〉逢佳士〈动宾短语·状〉亦〈状〉写真〈谓〉。偶:偶尔。逢:遇到。佳士:品德高尚的人。亦:也。写真:画人物像。动宾短语的结构是:逢+佳士(动词+宾语)。

句㉟即今〈状〉你〈主·省〉漂泊〈谓〉干戈际〈补〉。即今:如今。漂泊:居无定所。干戈际:在战乱中,指安史之乱期间。干和戈是古代两种兵器。这里借干戈(工具)代战乱,是借代修辞格。这句是下句的时间状语。

句㊱你〈主·省〉屡〈状〉貌〈谓〉寻常〈定〉行路人〈宾〉。屡:多次。貌:画,是名词用作动词。寻常:普通的,一般的。行路人:陌生人。

句㊲你〈主·省〉途穷反遭俗白眼〈连动短语·谓〉。途穷:处境艰难。反:反而。遭:遭到。俗白眼:庸俗之人的蔑视。白眼:眼睛朝上看或向旁边看,是一种看不起人的表情。连动短语的结构是:途穷(因)+反遭俗白眼(果)。这句与下句是递进关系。

句㊳世上〈方位短语·主〉未有〈谓〉如公贫〈介词短语·定〉人〈宾·省〉。世上:人世间。未有:没有。如公贫人:像曹霸那样贫苦人。如:像。公:是对曹霸的尊称。贫:贫穷,贫苦。方位短语的结构是:世+上("上"是方位词)。介词短语的结构是:如+公贫("如"是介词)。

句㊴我〈主·省〉但〈状〉看〈谓〉古来〈定〉盛名下〈方位短语·定〉人〈宾·省〉。我:指作者。但看:细细想来。古来:自古以来的。盛名下人:有很大名气的人。这句与下句是主谓关系。

句㊵终日〈状〉坎壈〈主〉缠〈谓〉其〈定〉身〈宾〉。终日:天天。坎壈(kǎn lǎn):困苦。缠:缠绕着。其:是人称代词,相当于"他们的"。身:人生。

浅析: 这首诗描写了曹霸的画马技艺的精妙绝伦以及他晚年的不幸遭遇,表达了作者对曹霸的同情。其中寄寓着作者自己的身世之叹。第一、二句交代了曹霸的家世。第三、四句交代了曹霸绘画才能的渊源。第五、六句交代了曹霸书法艺术的渊源。第七、八句表明了曹霸潜心于绘画,淡泊名利的高洁品质。第九句至第十六句以曹霸重画二十四功臣像为例,赞扬了曹霸画人技艺的精湛。第十七句至第二十八句以曹霸为唐玄宗画"玉花骢"为例赞扬了曹霸画马技艺的精妙绝伦。第二十九句至第三十二句以韩干画马的缺点,即不能传神,烘托了曹霸画马的精妙之处——传神。第三十三、三十四句总结了曹霸的绘画生涯——不仅善于画马,而且偶尔也为"佳士"画肖像。第三十五句至第三十八句描写了曹霸晚年的不幸遭遇,表达了作者对他的同情。"偶逢佳士亦写真"与"屡貌寻常行路人"形成鲜明对照,衬托了他的不幸。第三十九、四十句是作者的议论,表达了作者对曹霸的坎坷人生的感慨,其中寄寓着作者自己的身世之叹。

本诗①②句、⑲⑳句、㊴㊵句是流水对。

寄韩谏议注

To Adviser Han Zhu

杜 甫　Du Fu

① 今我不乐思岳阳，Being in a bad mood today, to you, my friend, my heart is led,
② 身欲奋飞病在床。I want to fly to you but I'm sick in bed.
③ 美人娟娟隔秋水，You, a lovely beauty, live across the autumn waters beyond,
④ 濯足洞庭望八荒。And washing your feet in the Dongting Lake, you look all around.
⑤ 鸿飞冥冥日月白，Days and nights have gone by since you, a swan goose, flied to a far-off land,
⑥ 青枫叶赤天雨霜。Now green maple leaves have turned red and frost has fallen on the ground.
⑦ 玉京群帝集北斗，Around the Plough the immortals in the sky gather on and on,
⑧ 或骑麒麟翳凤凰。Some of them ride on the kylins, some on the phoenixes when they come along.
⑨ 芙蓉旌旗烟雾落，In the smoke and fog the banners with the lotus patterns disappear,
⑩ 影动倒景摇潇湘。And the reflection of the scene in the Xiang River sway clear.
⑪ 星宫之君醉琼浆，Drinking the top-quality wine, the gods of stars get high,
⑫ 羽人稀少不在旁。Only the winged immortals like you are few and not nearby.
⑬ 似闻昨者赤松子，You seem to be Chi Songzi, an immortal in the times old,
⑭ 恐是汉代韩张良。You also seem to be Zhang Liang who, after success, retired and travelled around the world.
⑮ 昔随刘氏定长安，In the past Zhang Liang helped Liu Bang seize the state power and chose Chang'an as the capital,
⑯ 帷幄未改神惨伤。With your ability to plan strategies unchanged and seeing the country on decline you feel painful.
⑰ 国家成败吾岂敢，How could you have no regard for the safety of our nation,
⑱ 色难腥腐餐枫香。Only reluctant to go along with the filthy officialdom you live in seclusion.
⑲ 周南留滞古所惜，In history Sima Tan was left at Zhounan, which the ancient people's pity was taken on,

⑳南极老人应寿昌。 If you, the Canopus, appear in the sky, the whole land will be flourishing for long.

㉑美人胡为隔秋水， Why must you, my dear beauty, live across the autumn waters far away,

㉒焉得置之贡玉堂？ What can I do so that you'll come out to serve our country right away?

详注：题. 韩谏议注：姓韩名注。官职是谏议大夫。寄：写赠。

句①今〈状〉我〈主〉不乐思岳阳〈连动短语·谓〉。今：今天。我：指作者。不乐：闷闷不乐。思：思念。岳阳：今湖南岳阳市。这里借岳阳（韩注所在地）代韩注，是借代修辞格。连动短语的结构是：不乐（因）＋思岳阳（果）。这句与下句是并列关系。

句②身〈主〉欲奋飞〈谓〉病〈主〉在〈谓〉床〈宾〉。这句由两个句子构成。"身欲奋飞"是一句。"病在床"是一句。两句间是转折关系。身：用作自称之词，即"我"。欲：想，用作助动词。奋飞：展翅高飞。病：作者的病体。病在床：卧病在床。

句③美人〈主〉娟娟隔秋水〈联合短语·谓〉。美人：常被用来比喻君子或被思念的人，这里指韩注。娟娟：貌美。隔：隔着。秋水：指秋天的洞庭湖水。联合短语的结构是：娟娟＋隔秋水（两者并列）。这句与下句是递进关系。

句④你〈主·省〉濯足洞庭望八荒〈联合短语·谓〉。你：指韩注。濯(zhuó)：洗。足：脚。洞庭：在洞庭湖中。望：遥看。八荒：四周遥远的地方，即"天下"。联合短语的结构是：濯足洞庭＋望八荒（两者并列）。

句⑤鸿〈主〉飞〈谓〉冥冥〈补〉日月〈联合短语·主〉白〈谓〉。这句由两个句子构成。"鸿飞冥冥"是一句。"日月白"是一句。两句间是并列关系。鸿：大雁。这里借鸿喻韩注，是借喻修辞格。冥冥：远得看不清的地方，指岳阳。日：太阳。月：月亮。白：指太阳和月亮轮流明亮。所以"日月白"意即"日日夜夜过去了"。联合短语的结构是：日＋月（两者并列）。这句与下句是并列关系。

句⑥青〈定〉枫叶〈主〉赤〈谓〉天〈主〉雨〈谓〉霜〈宾〉。这句由两个句子构成。"青枫叶赤"是一句。"天雨霜"是一句。两句间是并列关系。青枫叶：青青的枫树叶。赤：变红了。指深秋已到。雨霜：下霜。是名词用作动词。

句⑦玉京〈定〉群帝〈主〉集〈谓〉北斗〈补〉。玉京：道教称天帝居住的地方。这里借玉京喻京城，是借喻修辞格。群帝：众神仙。这里借群帝喻朝中权贵们。集：聚集。北斗：在北斗星左右。这里借北斗喻皇帝，是借喻修辞格。

句⑧或〈主〉骑〈谓〉麒麟〈宾〉或〈主·省〉翳〈谓〉凤凰〈宾〉。这句由两个句子构成。"或骑麒麟"是一句。"或翳凤凰"是一句。两句间是并列关系。或：是代词，只作主语，相当于"有的"。麒麟(qí lín)：传说中的一种动物，多作为吉祥的象征。翳(yì)：遮蔽，引申为"骑"。这麒麟和凤凰都为神仙的坐骑。这句补充说明上句。

句⑨芙蓉〈定〉旌旗〈主〉烟雾〈状〉落〈谓〉。芙蓉：荷花，绘着荷花的。旌(jīng)旗：旗帜的通称，这里指各式各样的旗帜。烟雾：在烟雾中。落：落下。这句与下句是递进关系。

句⑩景〈主·倒〉倒〈谓〉潇湘〈补〉影〈主·倒〉动摇〈谓〉。这句由两个句子构成。"景倒潇湘"是一句。"影动摇"是一句。两句间是递进关系。景：指上句描写的景象。倒：倒映。潇湘：在潇湘中。在古诗文中潇湘多指湘水，在湖南境内。影：倒影。

句⑪星宫之君〈主〉醉〈谓〉琼浆〈宾〉。星宫之君：各路星神。这里借星宫之君喻皇帝的近臣，是借喻修辞格。"之"是结构助词，相当于"的"。醉：醉饮。琼(qióng)浆：美酒。这句与下句是并列关系。

句⑫羽人〈主〉稀少不在旁〈联合短语·谓〉。羽人：飞仙，即远离皇帝的朝臣，指韩注。这里借羽人喻韩注，是借喻修辞格。不在旁：不在皇帝身边。此时，韩注在岳阳，不在京城。联合短语的结构是：稀少＋不在旁（两者是递进关系）。

句⑬我〈主·省〉似闻〈谓〉昨者〈定〉赤松子〈宾〉。我：指作者。似：似乎。闻：听说。昨者：从前的。"者"表示语气上的停顿。赤松子：是古代神话中的仙人，传说是神农时的雨师。全句的意思是：你（韩注）好像是古代仙人赤松子。这句与下句是并列关系。这里作者把韩注比作赤松子，是暗喻修辞格。

句⑭你〈主·省〉恐是〈谓〉汉代〈定〉韩张良〈宾〉。你：指韩注。恐是：恐怕就是。韩张良：张良是战国时韩国人，所以被称作韩张良。张良，字子房，曾辅佐刘邦打天下，是汉代开国功臣。刘邦得天下后，张良辞官云游天下。这里把韩注比作张良，是暗喻修辞格。

句⑮他〈主·省〉昔〈状〉随刘氏定长安〈连动短语·谓〉。他：指张良。昔：从前。随：跟随。刘氏：刘邦。定长安：平定天下，定都长安。连动短语的结构是：随刘氏（方式）+定长安（动作）。

句⑯帷幄〈主〉未改〈谓〉神〈主〉惨伤〈谓〉。这句由两个句子构成。"帷幄未改"是一句。"神惨伤"是一句。两句间是转折关系。帷幄：是"运筹帷幄决胜千里"的省略。刘邦曾说过："运筹帷幄之中，决胜千里之外，我不如子房。"这里作者引用这个典故中的帷幄二字意在借张良喻韩注，是借喻修辞格。帷幄未改：指韩注辅佐朝廷的志向和能力没有改变。神：指韩注的内心。惨伤：痛苦。韩注看到朝廷中的腐败官员，深恶痛绝，内心惨苦。这句补充说明上句。

句⑰吾〈主·倒〉岂敢忘〈省〉〈谓〉国家〈定·倒〉成败〈宾·倒〉。吾：我。实际上指韩注。这里是作者以韩注的口气说话。岂敢：哪敢。忘：坐视不管。成败：安危。这句与下句是并列关系。

句⑱吾〈主·省〉色难腥腐餐枫香〈连动短语·谓〉。吾：与上句中的"吾"同。色难：对……面有难色，即"不愿吃"。腥腐：腥臭腐烂的东西。这里借色难腥腐喻韩注不愿在污浊社会里随波逐流，是借喻修辞格。餐：吃。枫香：枫香树。这里借餐枫香喻韩注隐居岳阳，是借喻修辞格。连动短语的结构是：色难腥腐（因）+餐枫香（果）。

句⑲留滞周南〈中补短语·主〉古〈状〉所惜〈谓〉。留滞周南：留在周南。这是一个典故。汉武帝在祭祀泰山时把太史公司马谈（司马迁的父亲）留在周南（洛阳旧名），不让他参加祭祀。天子祭泰山在古代是件很隆重的国事，不让太史公参与其事，被认为是件十分遗憾的事。这里作者引用这个典故意在把韩注隐居岳阳，比作太史公留滞周南，是借喻修辞格。古：在古代。所惜：是所字短语，意即"被世人惋惜"。中补短语的结构是：留滞+周南（动词〈中心词〉）+补语。这句与下句是并列关系。

句⑳南极老人〈主〉现〈谓·省〉国〈主·省〉应寿昌〈谓〉。这句由两个句子构成。"南极老人现"是一句。"国应寿昌"是一句。前句是后句的条件状语。南极老人：是南极老人星的省略式。据传，南极老人星出现在天空，天下就太平。这里借南极老人喻韩注，是借喻修辞格。应：就会。寿：长久。昌：兴盛。

句㉑美人〈主〉胡为〈状〉隔〈谓〉秋水〈宾〉。美人：与第三句中的"美人"同。隔秋水：与第三句中的"隔秋水"同。胡为：为什么。这句与下句是并列关系。

句㉒我〈主·省〉焉得〈状〉置之贡〈省〉〈联合短语·谓〉玉堂〈补〉。我：指作者。焉得：怎么才能。焉：是副词，意即"怎么"。得：是助动词，表示可能，相当于"能"。置：放置。之：是代词，指韩注。贡：荐举。玉堂：到玉堂上。玉堂：汉代宫殿。这里借玉堂（具体）代朝廷（抽象），是借代修辞格。联合短语的结构是：置之+贡之（两者并列）。

浅析：韩注曾任谏议大夫。安史之乱后，他看到朝政日益衰败，于是弃官隐居岳阳。杜甫写这首诗给他是想劝他重新出来为朝廷效力，流露了作者对国家前途的关心。第一、二句表明了作者写这首诗的原因。作者看到朝政衰败，心里闷闷不乐，因而想念起张良一样的谋臣韩注，而且想插翅飞往岳阳，请他出来重振朝纲。可惜他卧病在床，只能写诗以表达自己对韩注的期盼。第三、四句描写了韩注遁世隐居的生活状况。他虽寄情山水，却仍心系天下。第五、六句通过写景表明韩注远离朝廷的时间已经够长。第七句至第十二句描写了天宫里的恍惚迷离的景象，影射了安史之乱后京城里君王昏庸，奸臣当道,贤臣远去的腐败不堪的情况。其言外之意是:朝政如此衰败,韩注你能坐视不管吗?第十三、十四句把韩注比作赤松子和张良。其言外之意是:你韩注总不能仿效赤松子和张良,一去了之,全不顾社稷苍生吧。第十五句叙写了张良的功绩,并以此比喻韩注的功绩(韩注曾为唐肃宗出谋划策收复了长安)。第十六句至第十八句是作者对韩注隐居的议论,表达了作者对韩注隐居的理解和忧愤。第十九、二十句表达了作者对韩注隐居不出的惋惜。第二十一、二十二句表达了作者对韩注的期盼。作者期盼韩注早日结束隐居,出来为朝廷效力,力挽狂澜,治国安邦。作者的殷殷报国之心由此可见一斑。

古柏行

Song of the Old Cypress

杜 甫　Du Fu

① 孔明庙前有老柏,　In front of Kongming Temple, there is a cypress old,
② 柯如青铜根如石。　Its trunk looks like green copper and its root a stone bold.
③ 霜皮溜雨四十围,　It's as thick as forty arm-spans and on its frost-like bark rain slides,
④ 黛色参天二千尺。　Being two thousand feet tall, its dark green twigs tower to the skies.
⑤ 君臣已与时际会,　Liu Bei and Zhuge Liang met because of the situation at their time,
⑥ 树木犹为人爱惜。　So this cypress is still valued by us at the present time.
⑦ 云来气接巫峡长,　When clouds gather over the cypress, the thin can spread as far as the Wu Gorge all right,
⑧ 月出寒通雪山白。　When the moon rises, its cold light can reach the Snow Mountain white.
⑨ 忆昨路绕锦亭东,　I remember I once passed by the east side of the Jin Pavilion, where,
⑩ 先主武侯同閟宫。　I saw Zhuge Liang and Liu Bei shared the same temple there.
⑪ 崔嵬枝干郊原古,　The cypress in front of it stood tall and old on the wild plain,
⑫ 窈窕丹青户牖空。　The temple was empty and the frescos in it were faintly seen.
⑬ 落落盘踞虽得地,　Though the cypress here stands alone on the ground,
⑭ 冥冥孤高多烈风。　Yet it towers to the skies where strong winds abound.
⑮ 扶持自是神明力,　To be sure, it stands erect all because of the god's protection,
⑯ 正直原因造化功。　But its straightness is the nature's contribution.
⑰ 大厦如倾要梁栋,　If a great mansion tilts, pillars are needed to support it,

⑱万牛回首丘山重。 But a pillar is as heavy as a hill, which even thousands of cattle can't remove it.
⑲不露文章世已惊, The cypress has not shown its charm, yet it has amazed the world,
⑳未辞剪伐谁能送? The cypress doesn't refuse to be cut, yet who can carry it on the road?
㉑苦心岂免容蝼蚁, Bitter in its core, it can't avoid being harmed by mole crickets,
㉒香叶曾经宿鸾凤。 Having fragrant leaves, it was once nestled by the phoenix.
㉓志士仁人莫怨嗟, People with high aspirations need not sigh and complain,
㉔古来材大难为用。 Because since ancient times great talents have seldom been in proper use from generation to generation.

详注：题.古柏行：一首咏古柏树的诗。古柏：指夔州武侯庙前的古柏树。行(xíng)：古诗的一种体裁。

句①孔明庙前〈方位短语·主〉有〈谓〉老柏〈宾〉。孔明庙：指夔州的武侯庙。孔明：姓诸葛，名亮。孔明是他的字。古人除了姓和名外，还要根据人名中的字，另取一个别名作字。老柏：古柏树。方位短语的结构是：孔明庙+前("前"是方位词)。

句②柯〈主〉如〈谓〉青铜〈宾〉根〈主〉如〈谓〉石〈宾〉。这句由两个句子构成。"柯如青铜"是一句。"根如石"是一句。两句间是并列关系。柯：古柏树的枝干。如：像。根：古柏树的根。"如青铜"和"如石"都是明喻修辞格。这句补充说明上句。

句③老柏〈主·省〉有〈谓·省〉溜雨〈定·倒〉霜皮四十围〈联合短语·宾〉。溜雨：指树皮滑溜不沾雨水。霜皮：白霜一样的树皮。四十围：树干粗达四十人合抱。一人合抱是一围。"四十围"有点夸张，是夸张修辞格。联合短语的结构是：溜雨霜皮+四十围(两者并列)。这句与下句是并列关系。

句④黛色〈主〉参天二千尺〈联合短语·谓〉。黛色：青黑色，指树叶的颜色。这里借黛色(特征)代树叶，又借树叶(部分)代古柏树，是借代修辞格。参天：高耸到天空。二千尺：是夸张修辞格。联合短语的结构是：参天+二千尺(两者并列)。

句⑤君臣〈联合短语·主〉已〈状〉与时〈介词短语·状〉际会〈谓〉。君：指刘备。臣：指诸葛亮。已：在过去。与时：与时势一道，即"顺应时势"。际会：遇合。联合短语的结构是：君+臣(两者并列)。介词短语的结构是：与+时("与"是介词)。这句与下句是因果关系。

句⑥树木〈主〉犹〈状〉为人〈介词短语·状〉爱惜〈谓〉。树木：指古柏树。为：被。人：后人，包括作者。这里的介词短语的结构是：为+人("为"是介词)。

句⑦云〈主〉来〈谓〉气〈主〉长〈谓·倒〉接巫峡〈动宾短语·补〉。这句由两个句子构成。"云来"是一句。"气长接巫峡"是一句。前句是后句的时间状语。来：出现。气：云气。长：延伸。接：连接到。巫峡：长江三峡之一，在夔州东。这句与下句是并列关系。

句⑧月〈主〉出〈谓〉寒〈主〉通〈谓〉白〈定·倒〉雪山〈宾〉。这句由两个句子构成。"月出"是一句。"寒通白雪山"是一句。前句是后句的时间状语。月：月亮。出：升起。寒：古柏树上的寒气。通：迷漫到。雪山：指岷山，在四川北部夔州西。

句⑨我〈主·省〉忆〈谓〉昨〈状〉路绕锦亭东〈动宾短语·宾〉。我：指作者。忆：想起。昨：以前。路绕：路过。锦亭：杜甫草堂的亭子，靠近锦江，所以称锦亭。武侯祠在草堂以东。动宾短语的结构是：路绕+锦亭东(动词+宾语)。"锦亭东"是方位短语，其结构是：锦亭+东("东"是方位词)。这句是下句的时间状语。

句⑩先主武侯〈联合短语·主〉同〈谓〉閟宫〈宾〉。先主：刘备。武侯：诸葛亮。刘备封诸葛亮为武乡侯。同：在同一个。閟(bì)宫：祠庙。先主庙和武侯祠连在一起。联合短语的结构是：先主+武侯(两者并列)。

句⑪枝干〈主·倒〉崔嵬古〈联合短语·谓〉郊原〈补〉。枝干：古柏树的枝干。崔嵬(wéi)：高大挺拔。古：

古老。郊原：在郊野平原上。联合短语的结构是：崔嵬+古（两者是递进关系）。这句与下句是并列关系。

句⑫丹青〈主·倒〉窈窕〈谓〉户牖〈主〉空〈谓〉。这句由两个句子构成。"丹青窈窕"是一句。"户牖空"是一句。两句间是并列关系。丹青：红色和青色，是绘画的颜料。这里借绘画的颜料代庙内的壁画，是借代修辞格。窈窕(yǎo tiǎo)：幽深暗淡。户：门。牖(yǒu)：窗户。空：空荡荡的。指庙内空无人迹。

句⑬老柏〈主·省〉虽〈连词〉得地落落盘踞〈联合短语·谓〉。得地：得到一块地方。落落：孤独地。盘踞：扎根在那里。联合短语的结构是：得地+落落盘踞（两者并列）。这句与下句是转折关系。

句⑭老柏〈主·省〉孤高〈谓〉冥冥〈补·倒〉烈风〈主〉多〈谓·倒〉。这句由两个句子构成。"老柏孤高冥冥"是一句。"烈风多"是一句。两句间是因果关系。孤高：独立高大。冥冥：邈远。孤高冥冥：高大得看不清树梢。烈风：大风。

句⑮扶持〈主〉自是〈谓〉神明力〈宾〉。扶持：支持老柏不倒。自是：当然是。神明力：神灵的力量。这句与下句是转折关系。

句⑯正直〈主〉原〈状〉因〈谓〉造化〈定〉功〈宾〉。正直：粗大挺拔。原：原本。因：出于。造化：大自然的。功：功劳。

句⑰大厦〈主〉如倾〈状〉要〈谓〉梁栋〈宾〉。如：如果。倾：倾倒。要：需要。梁栋：栋梁之材的支撑。这里借大厦喻唐王朝，是借喻修辞格。这句与下句是转折关系。

句⑱万牛〈主〉回首〈谓〉丘山〈主〉重〈谓〉。这句由两个句子构成。"万牛回首"是一句。"丘山重"是一句。两句间是果因关系。万牛：万头牛。这里用"万牛"是夸张修辞格。回首：因拖不动丘山而回头看。丘山：小山。这里借丘山(栋梁之材所在地)代栋梁之材，是借代修辞格。

句⑲老柏〈主·省〉不露〈谓〉文章〈宾〉世〈主〉已惊〈谓〉。这句由两个句子构成。"老柏不露文章"是一句。"世已惊"是一句。两句间是转折关系。露：显露。文章：华美的色彩，指华美的枝叶。世：世人。已：已经。惊：惊叹。这句与下句是并列关系。

句⑳老柏〈主·省〉未辞〈谓〉剪伐〈宾〉谁〈主〉能送〈谓〉。这句由两个句子构成。"老柏未辞剪伐"是一句。"谁能送"是一句。两句间是转折关系。未辞：不拒绝。剪伐：砍伐。这里借"老柏未辞剪伐"喻作者愿舍身为国，是借喻修辞格。送：运送，引申为"推荐"。

句㉑苦心〈主〉岂免〈状〉容〈谓〉蝼蚁〈宾〉。苦心：老柏树的树心里。柏树心味苦。岂免：难道能免，即"仍不免"。容：藏着。蝼(lóu)蚁：土狗子。这里借蝼蚁喻小人。借容蝼蚁喻大材免不了要遭到小人的诋毁中伤。这句与下句是并列关系。

句㉒香叶〈主〉曾经〈状〉宿〈谓〉鸾凤〈宾〉。香叶：柏树叶。柏树叶味香。宿：栖息过。鸾(luán)凤：凤凰。这里借鸾凤喻君子，借宿鸾凤喻古柏树受到世上君子的赏识，是借喻修辞格。

句㉓志士仁人〈联合短语·主〉莫怨嗟〈谓〉。志士：有才能有大志向的人。仁人：有仁爱之心的人。莫：不要。怨嗟(jiē)：怨恨叹息。联合短语的结构是：志士+仁人（两者并列）。这句与下句是果因关系。

句㉔古来〈状〉大〈定〉材〈主〉难〈状〉为用〈谓〉。古来：自古以来。大材：有大才能的人。难为用：难以被任用。为：被。

浅析： 这首诗描写了古柏高大挺拔的雄姿，并借以象征诸葛亮的丰功伟绩，表达了作者对诸葛亮的钦敬之情。诸葛亮的丰功伟绩离不开君臣际会。所以，这首诗又表达了作者对君臣际会的钦敬之情，寄寓着作者对自己怀才不遇的怨愤。第一句至第四句紧扣题目，描写了老柏的高大苍劲的雄姿，并以此象征诸葛亮的丰功伟绩，表达了作者对诸葛亮的钦敬之情。第五、六句表达了作者对君臣际会的钦敬之情。第七、八句描写了老柏高耸森严的气势及其地理位置。第九、十句表明作者由孔明庙联想到成都的先主庙。"同阁宫"呼应了"君臣已与时际会"，是君臣际会的物证。第十一、十二句描写了先主庙的冷落景象,表明君臣际会虽已淡出人们的视线,但作者仍念念不忘。第十三、十四句描写了眼前的老柏树大招风,并借以象征诸葛亮的功业。他虽辅助刘备雄踞一方,但面临着许多危险。第十五、十六句的言外之意是:诸葛亮幸逢明主固然重要,但他个人的出类拔萃的才能也是不可或缺的。第十七句至第二十四句是作者的议论。从表面上看,是对老柏发议论。其实,是作者把自己比作老柏一样的大材,抒发自己怀才不遇的怨愤。

本诗③④句、⑦⑧句、㉑㉒句是工对。

卷二 七言古诗

卷三 七言古诗
Volume Three Seven-Character Pre-Tang Verse

观公孙大娘弟子舞剑器行 并序

Watching Lady Gongsun's Disciple Performing the Sword Dance (with a Preface)

杜 甫 Du Fu

大历二年十月十九日，夔府别驾元持宅，见临颍李十二娘舞剑器，壮其蔚跂，问其所师，曰："余公孙大娘弟子也。"开元五载，余尚童稚，记于郾城观公孙氏舞剑器浑脱，浏漓顿挫，独出冠时。自高头宜春、梨园二伎坊内人，洎外供奉，晓是舞者，圣文神武皇帝初，公孙一人而已。玉貌锦衣，况余白首，今兹弟子，亦

On the nineteenth of the tenth moon, the second year of Dali, in the house of Yuanchi, the sheriff of Kuizhou, I saw Lady Li the 12th of Linying performing the sword dance. Deeply impressed by her splendid dancing grace, I asked who her master was. She told me, "I'm Lady Gongsun's disciple." Earlier in the fifth year of Kaiyuan, I was still a child. I remember that in Yan County of Henan, I watched Gongsun's sword dance, graceful, forceful and rhythmical, second to none at that time. From the dancers of the inner-court schools Yichun and Liyuan to those of the outer-court schools, only Gongsun knew this dance during the early years of Emperor Tang Xuanzong. At that time Lady Gongsun had jade-like features and wore colourful clothes. Now all these are gone, and I myself have become white-haired. Her disciple is no longer young and beautiful. Since I learn the master-

非盛颜。既辨其由来，知波澜莫二，抚事慷慨，聊为《剑器行》。往者吴人张旭，善草书书帖，数常于邺县见公孙大娘舞西河剑器，自此草书长进，豪荡感激，即公孙可知矣。

disciple relationship, I see they're the same in dancing art. I cannot but sigh with emotion when I reflect on the past and present events. So I write this *Song of the Sword Dance*. In the past, Zhang Xu of Wu County, known for his cao mode of calligraphy, watched Lady Gongsun performing the sword dance in Ye County of Henan for many a time so that his calligraphic art progressed a lot. It became powerful, fluttering and full of passion. From this we can see how wonderful Gongsun's dance was.

① 昔有佳人公孙氏，
② 一舞剑器动四方。

There was a beauty whose family name was Gongsun,
Every time she performed the sword dance, far and wide she made a sensation.

③ 观者如山色沮丧，
④ 天地为之久低昂。

The spectators crowded like hills and they turned pale with fright when it was on,
Even the heaven and the earth rose and fell with it for long.

⑤ 㸌如羿射九日落，
⑥ 矫如群帝骖龙翔。

The flash of her sword was like the nine suns Hou Yi shot down,
Her dance movements were like gods in the sky driving dragons along.

⑦ 来如雷霆收震怒，

When she came onto the stage, all became silent just like a thunder-clap withdrawn,

⑧ 罢如江海凝清光。

When her dance was finished, she stood there just like the clear light of the sea frozen.

⑨ 绛唇珠袖两寂寞，
⑩ 晚有弟子传芬芳。

Now her beautiful features and dance are gone,
Yet in her later years her disciple passes her splendid dancing art on.

⑪ 临颍美人在白帝，
⑫ 妙舞此曲神扬扬。
⑬ 与余问答既有以，

The beauty of Linying, Lady Li the 12th, in Baidi Town,
With wonderful grace performs the sword dance on and on.
From her answers to my questions I learn her dance can be traced to Gongsun,

⑭ 感时抚事增惋伤。

Thinking of the past events and the change of the world, with deep sorrow I sigh again and again.

⑮ 先帝侍女八千人，
⑯ 公孙剑器初第一。

Emperor Tang Xuanzong had eight thousand maids,
Among whom Gongsun's sword dance won the first place.

⑰ 五十年间似反掌，

Fifty years have passed as quickly as one's hands are turned over,

卷三　七言古诗

⑱风尘澒洞昏王室。 And the An-Shi armed rebellion has dimmed the royal court all over.
⑲梨园弟子散如烟， The actors and actresses have dispersed like smoke white,
⑳女乐馀姿映寒日。 The only afterglow left on Lady Li the 12th sparkles under the cold sunlight.
㉑金粟堆前木已拱， The trees before the mausoleum of Tang Xuanzong have grown thick and tall,
㉒瞿塘石城草萧瑟。 The grasses around the Qutang Gorge and Baidi Town have withered all.
㉓玳弦急管曲复终， One after another the tunes played with the strings and the pipes come to an end,
㉔乐极哀来月东出。 I feel sad after extreme rapture, and the moon rises from the east land.
㉕老夫不知其所往， Being so sad I know nowhere to go,
㉖足茧荒山转愁疾。 With callus feet I walk on the wild mountains, but I'm worried to leave fast not slow.

详注：题．观：看。**公孙大娘弟子**：公孙大娘的弟子。**公孙大娘**：是唐玄宗开元年间的著名舞蹈家，公孙是她的姓。**弟子**：学生，指李十二娘。**舞**：表演……舞。**剑器**：是一种古乐舞。舞者是戎装拿剑的女子。**行**（xíng 形）：古诗的一种体裁。

序．大历：是唐代宗年号。**大历二年**：公元767年。**夔**（kuí）**府**：夔州都督府。**别驾**：官职名。**元持**：人名，生平不详。**宅**：住宅。**临颍**：唐朝县名，在今河南临颍县西北。**壮**：认为……壮观，引申为"佩服"。**其**：李十二娘的。**蔚跂**（qí）：舞姿矫健。**所师**：是所字短语，意即"跟谁学的"。**曰**：说。**余**：我。**开元**：唐玄宗年号。**开元五载**：开元五年，即公元717年。**尚**：仍，还是。**童稚**（zhì）：儿童。**记**：记得。**于**：在。**郾**（yǎn）**城**：县名，在今河南。**观**：看。**公孙氏**：公孙大娘。**剑器浑脱**：剑器舞和浑脱舞融合而成的一种舞。**浏漓**（liú lí）：飘逸酣畅。**顿挫**：有节奏感。**独出冠时**：出类拔萃、首屈一指。**自**：从。**高头**：皇帝面前的舞女，即内庭供奉的舞女，又称内人。**宜春**：宜春院，唐玄宗时宫内舞女的住所。**梨园**：唐玄宗在蓬莱宫旁边设置的教习乐舞的地方，在里面学习乐舞的人被称为梨园弟子。**伎坊**：教习乐舞的机构。**洎**（jì）：到。**外供奉**：宫外的教坊提供的舞女。**晓**：通晓，知道。**是**：此，指剑器浑脱舞。**圣文神武皇帝**：是开元二十七年群臣给唐玄宗上的尊号。**初**：初年。**公孙**：公孙大娘。**玉貌**：公孙大娘的美貌。**锦衣**：公孙大娘穿的华美衣服。**况**：况且。**余**：我，指作者自己。**白首**：白头。**今**：今天。**兹**：此。**弟子**：指李十二娘。**亦非**：也不是。**盛颜**：年轻美貌。**既**：既然。**辨**：弄清楚。**其**：李十二娘的。**由来**：来历，指李十二娘与公孙大娘的师承关系。**波澜**：指李十二娘的舞艺。**莫二**：与公孙大娘的舞艺没有两样。**抚事**：追念往事。**慷慨**：感叹不已。**聊**：姑且。**为**：写一篇。**往者**：以前。**张旭**：字伯高，吴（今江苏苏州）人，唐朝著名书法家。**善**：擅长。**草书书帖**：用草书写成的书帖。**数**（shuò）：常；多次。**于**：在。**邺**（yè）**县**：古县名，在今河北临漳县西南邺镇。**西河剑器**：唐朝剑器舞的一种。**自此**：自那以后。**长**（zhǎng）**进**：有很大提高。**豪荡**：书法豪放飞动。**感激**：充满激情。**即**：由此。

句①昔〈主〉**有**〈谓〉**佳人公孙氏**〈同位短语·宾〉。**昔**：从前。**佳人**：美女。**公孙氏**：指公孙大娘。"公孙"是复姓。**氏**：古代对已婚妇女的称呼，用于姓后。同位短语的结构是：佳人+公孙氏（名词+名词）。这句与下句是主谓关系。

句②她〈主·省〉**一**〈状〉**舞剑器**〈动宾短语·状〉**动**〈谓〉**四方**〈宾〉。**她**：指公孙大娘。**一**：每次。**舞**：表演。**剑器**：剑器舞。**一舞剑器**：每次表演剑器舞的时候。**动**：轰动。**四方**：四方的人。这里借**四方**（人所在地）代四方

110

的人,是借代修辞格。动宾短语的结构是:舞+剑器(动词+宾语)。

　　句③观者〈主〉如〈谓〉山〈宾〉色〈主〉沮丧〈谓〉。这句由两个句子构成。"观者如山"是一句。"色沮丧"是一句。两句间是递进关系。观者:观看公孙大娘表演剑器舞的人。如山:像山一样,极言观众众多,是明喻修辞格。色:观众的神色。沮丧:大惊失色。这句与下句是并列关系。

　　句④天地〈主〉为之〈介词短语·状〉久〈状〉低昂〈谓〉。为:因为。之:是代词。指公孙大娘的剑器舞的表演。久:长时间地。低昂:上下起伏。低:低下来。昂:抬起来。介词短语的结构是:为+之("为"是介词)。

　　句⑤㸌〈主〉如〈谓〉[羿〈主〉射落〈谓〉九日〈宾〉]〈小句·宾〉。㸌(huò):光亮闪烁的样子,指剑光闪烁。如:像。"如羿射落九日"是明喻修辞格。羿(yì):后羿,是夏朝有穷国的君主,善射箭。据神话传说尧帝时,天空同时出现十个太阳,地上草木枯焦。尧帝命令后羿用箭射太阳。他射下了九个太阳,只剩下一个太阳。这句与⑥⑦⑧句是并列关系。

　　句⑥矫〈主〉如〈谓〉[群帝〈主〉骖龙翔〈连动短语·谓〉]〈小句·宾〉。矫(jiǎo):矫健的舞姿。如:像。"如群帝骖龙翔"是明喻修辞格。群帝:众天神。骖(cān):驾驭。翔:飞翔。连动短语的结构是:骖龙(方式)+翔(动作)。

　　句⑦来〈主〉如〈谓〉[雷霆〈主〉收〈谓〉震怒〈宾〉]〈小句·宾〉。来:舞剑的人登场。如:像。"如雷霆收震怒"是明喻修辞格。雷霆:巨雷。这里借雷霆喻鼓声,是借喻修辞格。收:停止。震怒:雷鸣声。雷霆收震怒:指鼓声停止,舞者登场。剑器舞用鼓伴奏。舞前擂鼓,鼓声停止,舞者登场。

　　句⑧罢〈主〉如〈谓〉[江海〈主〉凝〈谓〉清光〈宾〉]〈小句·宾〉。罢:剑舞的收场。如:像。"如江海凝清光"是明喻修辞格。凝:聚集着。清光:清澈的光。指舞者站立不动,手中的剑发出的闪光。

　　句⑨绛唇珠袖〈联合短语〉两〈同位短语·主〉寂寞〈谓〉。绛(jiàng)唇:红色的口唇。这里借绛唇(部分)代公孙大娘的容颜(整体),是借代修辞格。珠袖:带有珠子的衣袖。这里借珠袖(部分)代公孙大娘的舞衣(整体),又借舞衣(舞蹈的工具)代公孙大娘的剑器舞,是借代修辞格。寂寞:默然无声,指公孙大娘已死。联合短语的结构是:绛唇+珠袖(两者并列)。同位短语的结构是:绛唇珠袖+两(名词词组+数词)。这句与下句是转折关系。

　　句⑩晚〈主〉有弟子传芬芳〈兼语短语·谓〉。晚:晚年,指公孙大娘的晚年。弟子:学生,指李十二娘。传:继承。芬芳:指公孙大娘的高超舞艺。兼语短语的结构是:有+弟子+传芬芳。

　　句⑪临颍〈定〉美人〈作下句主语〉在白帝〈介词短语·状〉。临颍美人:指李十二娘。白帝:白帝城,在四川白帝山上。这句与下句是主谓关系。

　　句⑫妙舞〈谓〉此曲〈宾〉神〈主〉扬扬〈谓〉。这句由两个句子构成。"妙舞此曲"是一句。"神扬扬"是一句。前句是后句的时间状语。妙舞:出神入化地表演。此曲:指剑器舞。神:神采。扬扬:飞扬。

　　句⑬她〈主·省〉与余〈介词短语·状〉问答〈谓〉我〈主·省〉既〈状〉有〈谓〉以〈宾〉。这句由两个句子构成。"她与余问答"是一句。"我既有以"是一句。两句间是因果关系。她:指李十二娘。余:我,指作者。问答:一问一答。既:已经。有以:知道因由,指李十二娘舞艺的来龙去脉。这句与下句是因果关系。

　　句⑭我〈主·省〉感时抚事增惋伤〈连动短语·谓〉。我:指作者。感时:感念今日世事。抚事:追忆往事。增:增添。惋(wǎn)伤:叹息悲伤。连动短语的结构是:感时抚事(因)+增惋伤(果)。

　　句⑮先帝〈主〉有〈谓·省〉侍女八千人〈同位短语·宾〉。先帝:指唐玄宗。侍女:这里指女艺人。八千人:不实指,意即"非常多",可看作夸张修辞格。

　　句⑯公孙〈定〉剑器〈主〉初〈状〉第一〈谓〉。公孙:公孙大娘。剑器:剑器舞。初:本来。这句补充说明上句。

　　句⑰五十年间〈主〉似〈谓〉反掌〈宾〉。五十年间:五十年的时间。自开元五年作者在郾城观看公孙大娘表演剑器浑脱舞到大历二年作者写这首诗,正好是五十年。似:像。反掌:翻一下手掌,形容五十年时间只是一瞬间。这句与下句是并列关系。

　　句⑱颒洞〈定·倒〉风尘〈主〉昏〈谓〉王室〈宾〉。颒(hòng)洞:迷漫无边的。风尘:这里借风尘喻安史之乱,是借喻修辞格。昏:使……昏暗。王室:唐王朝。

句⑲梨园〈定〉弟子〈主〉散〈谓〉如烟〈补〉。梨园弟子:在梨园中接受训练的学生。散:散开,走掉了。如:像。烟:烟雾。"如烟"是明喻修辞格。这句与下句是并列关系。

句⑳女乐〈定〉馀姿〈主〉映〈谓〉寒日〈宾〉。女乐:女歌舞人,这里借女乐(普通)代李十二娘(特定),是借代修辞格。馀姿:留存的风姿,指李十二娘的舞姿留存着公孙大娘的舞姿风韵。映:映照着。寒日:冬季的日光。

句㉑金粟堆前〈方位短语·定〉木〈主〉已拱〈谓〉。金粟堆:金粟山,又称泰陵,在今陕西蒲城县东北金粟山上,是唐玄宗的墓地。木:树木。已拱:已长成两手合抱了。方位短语的结构是:金粟堆+前("前"是方位词)。这句与下句是并列关系。

句㉒瞿塘石城〈联合短语·定〉草〈主〉萧瑟〈谓〉。瞿塘:瞿塘峡,是长江三峡之一。石城:指白帝城,在白帝山上。萧瑟:枯萎。联合短语的结构是:瞿塘+石城(两者并列)。

句㉓玳弦急管〈联合短语·定〉曲〈主〉复终〈谓〉。玳弦:用玳瑁装饰的弦乐器。急管:指节奏急促的管乐器。曲:奏出的曲调。复:一个接一个地。终:终止。这句与下句是顺承关系。

句㉔乐〈主〉极〈谓〉哀〈主〉来〈谓〉月〈主〉东〈状〉出〈谓〉。这句由三个句子构成。"乐极"是一句。"哀来"是一句。"月东出"是一句。第一、二句间是顺承关系。第一、二句是第三句的时间状语。乐极:快乐到顶。哀来:悲哀出现。东:从东边。出:升起。

句㉕老夫〈主〉不知〈谓〉其〈状〉所往〈宾〉。老夫:作者自称。其:是副词,表示时间,意即"将"。所往:是所字短语,意即"要去的地方"。这句与下句是并列关系。

句㉖茧〈定·倒〉足〈主〉行〈谓·省〉荒山〈补〉我〈主·省〉转〈状〉愁〈谓〉疾〈宾〉。这句由两个句子构成。"茧足行荒山"是一句。"我转愁疾"是一句。两句间是转折关系。茧足:长了茧的双脚。行:行走。荒山:在荒山上。我:指作者。转:反而。愁:为……发愁。疾:走得太快。

浅析:这首诗描写了公孙大娘师徒的精妙舞技,表达了作者对唐王朝昔盛今衰的哀伤。第一句至第八句生动地描写了公孙大娘舞艺的精妙绝伦。第九句至第十二句介绍了公孙大娘与李十二娘的师承关系。第十三、十四句起着承上启下的作用。第十五句至第二十句说明了"惋伤"的缘由。作者由李十二娘想到公孙大娘,由公孙大娘想到先帝唐玄宗。公孙大娘的舞艺是唐玄宗时期唐朝兴盛的缩影。李十二娘的"馀姿映寒日"是唐朝衰落的缩影。五十年前,"先帝侍女八千人""公孙剑器初第一"。如今,"梨园弟子散如烟"。目睹五十年间唐朝由盛而衰,作者不胜惋伤。第二十一句至第二十六句进一步表达了作者对唐王朝昔盛今衰的惋伤。"木已拱","草萧瑟"是哀景,衬托了作者的哀伤心情。"月东出"表明作者在舞场逗留到"月出"。"老夫不知其所往"表明作者惋伤到了迷迷糊糊不知走向何方的程度。"转愁疾"表明作者舍不得离开舞场。足带老茧是走不快的,在荒山上行走更是缓慢。而作者却愁走得太快。可见,他舍不得离开舞场。作者流连的是什么呢?是李十二娘的舞艺,更是李十二娘的"馀姿"所折射出的唐朝开元盛世的余晖。其哀伤的心情由此可见。

本诗⑦⑧句是工对,①②句和⑪⑫句是流水对。

石鱼湖上醉歌 并序

Song of Getting Drunk on Stone Fish Lake (with a Preface)

元 结 Yuan Jie

漫叟以公田米酿酒,因休暇则载酒于湖上,时取一醉。欢醉中,据湖岸引臂向鱼取酒,使舫载之,遍饮坐者。意疑倚巴丘,酌于君山上,诸子环洞庭而坐,酒舫泛泛然触波涛而往来者,乃作歌以长之。

I brew wine with the rice grown in the public fields. On holidays, bringing wine with me, I come to the Stone Fish Lake. More often than not I get drunk. In joyful state of drunkenness, I lean on the bank of the lake, stretch my hand to get wine from the concave of the Stone Fish and put it on a small boat for everyone present to drink, pretending in my mind that I lean on Mount Baling and drink on Mount Jun with guests sitting around the Dongting Lake. Beaten by the waves, the boat carrying wine floats to and fro. Hence I write this poem to add to the fun of drinking for everyone.

① 石鱼湖,似洞庭,
The Stone Fish Lake looks like the Dongting,

② 夏水欲满君山青。
The summer water in the lake is to be brimful and Mount Jun in it is fresh green.

③ 山为樽,水为沼,
The Mount is regarded as our wine cup, and the lake our pool of wine,

④ 酒徒历历坐洲岛。
On the islet, the tipplers sit in a zigzag line.

⑤ 长风连日作大浪,
For days on end big waves are raised by the strong wind howling,

⑥ 不能废人运酒舫。
But it can't stop our boat carrying wine.

⑦ 我持长瓢坐巴丘,
I sit on Mount Baqiu, with a long ladle in my hand,

⑧ 酌饮四座以散愁。
To drown sorrows I distribute the wine to the guests around.

详注:题.石鱼湖上醉:在石鱼湖上喝醉。歌:能唱的诗,是乐府诗的一种体裁。石鱼湖:在今湖南道县东。湖中有一块大石头,像游鱼一样。石头的凹处可以贮酒。四周有怪石相连。石上可以坐人,小船可绕石头飘动。

序.漫叟(sǒu):作者元结的别号。以:是介词,意即"用"。公田米:公田里生产的米。唐朝时,州有公田。因:是介词,意即"趁着"。休暇(xiá):空闲时。则:是连词,表示承接关系,意即"就"。载:携带。于:是介词,意即"到"。湖:指石鱼湖。时:时常。取:博得。据:靠着。引臂:伸手臂。向:是介词,意即"对着"。鱼:指石鱼的凹处。使:让。舫(fǎng):船。载:装载。之:是代词,指酒。遍(biàn):从头到尾。饮:给……喝。坐者:坐在周围的人。意疑:心中想象为。倚:靠着。巴丘:巴陵山,在洞庭湖边。酌:饮酒。于:是介词,意即"在"。君山:洞庭湖中的山名。诸子:指在座的各位。环:围绕。洞庭:洞庭湖。而:第一个"而"是结构助词,用在方式状语和动词之间,相当于"着"。第二个"而"是连词,表示结果,相当于"因而"。酒舫:载酒的船。泛泛然:飘浮着。"然"是词缀,表示状态,意即"……的样子"。触波涛:被波浪打着。往来:飘来飘去。者:是语气助词,用在句末,表示停顿。乃:于是。作歌:写诗。以:介词,表示目的,相当于"以便"。长(zhǎng):助兴。之:代词,指饮酒。

句①石鱼湖〈主〉似〈谓〉洞庭〈宾〉。似:像。洞庭:洞庭湖。逗号表示语气上的停顿。"似洞庭"是明喻修辞格。

句②夏水〈主〉欲满〈谓〉君山〈主〉青〈谓〉。这句由两个句子构成。"夏水欲满"是一句。"君山青"是一句。两句间是并列关系。夏水:夏天的水。欲:将要。满:涨满。君山:在洞庭湖中。作者把石鱼比作洞庭湖中的君山,是借喻修辞格。青:呈青色。这句补充说明上句。

句③山〈主〉为〈谓〉樽〈宾〉,水〈主〉为〈谓〉沼〈宾〉。这句由两个句子构成。两句间的逗号表示语气上的停顿。两句间是并列关系。山:君山,指石鱼。为:作。樽(zūn):酒杯。水:指石鱼湖水。沼(zhǎo):水池,指酒池。这句与下句是并列关系。

句④酒徒〈主〉历历〈状〉坐〈谓〉洲岛〈补〉。酒徒:指与作者一道饮酒的人。历历:一个个分散地。洲岛:在洲岛上,指石鱼上。

句⑤长风〈主〉连日〈状〉作〈谓〉大浪〈宾〉。长风:大风。连日:一连几天。作:掀起。这句与下句是转折关系。

句⑥这〈主·省〉不能废〈谓〉人〈定〉运酒〈定〉舫〈宾〉。这:指上句内容。废:阻止。人:饮酒人的。舫:船。

句⑦我〈主〉持长瓢坐巴丘〈连动短语·谓〉。我:指作者。持:拿着。长瓢:舀酒用的长柄瓢。坐巴丘:坐在洞庭湖边的巴陵山上。这里借巴丘喻石鱼,是借喻修辞格。连动短语的结构是:持长瓢(方式)+坐巴丘(动作)。这句是下句的方式状语。

句⑧我〈主·省〉酌饮四座以散愁〈连动短语·谓〉。我:指作者。酌:请……饮酒。四座:四座的客人。这里借四座(人的所在地)代人,是借代修辞格。以:是连词,表示目的,相当于"以便"。散愁:消愁。连动短语的结构是:酌饮四座(动作)+以散愁(目的)。

浅析:这首诗是作者任道州刺史时写的。这首诗描写了作者与同游者在石鱼湖上饮酒的情景,抒发了作者寄情山水的情怀。第一、二句把石鱼湖比作洞庭湖,描写了石鱼湖的美丽景色。第三句至第六句描写了作者与友人在风中连日豪饮的情景。"山为樽,水为沼"衬托了作者的豪放情怀。第七、八句表明了作者寄情山水的原因——散愁。作者的愁苦从何而来?来自他对当时黑暗腐败社会的不满。

山　石

A Trip to the Temple

韩　愈　Han Yu

① 山石荦确行径微，　The rocks in the mountain are big and manifold and the path is narrow and winding,
② 黄昏到寺蝙蝠飞。　Reaching the temple at dusk I see bats flying.
③ 升堂坐阶新雨足，　I ascend the hall of the temple and sit on the steps just after plenty rain,
④ 芭蕉叶大栀子肥。　Big are the leaves of the banana trees and fleshy are the flowers of the jasmine.
⑤ 僧言古壁佛画好，　The monk there tells me there're good portraits of Buddha on the walls old,
⑥ 以火来照所见稀。　Then he holds a lamp for me and I see they're as rare as I'm told.
⑦ 铺床拂席置羹饭，　He makes the bed, cleans the mat and offers me supper,
⑧ 疏粝亦足饱我饥。　Simple foods are enough to stave off my hunger.
⑨ 夜深静卧百虫绝，　At deep night I silently lie in bed and the chirping of all insects is no more,
⑩ 清月出岭光入扉。　The bright moon rises high up from behind the mountain and shines into the door.
⑪ 天明独去无道路，　At daybreak I leave the temple alone and the path is not clearly seen,
⑫ 出入高下穷烟霏。　Through the smog I walk on the ground uneven.
⑬ 山红涧碧纷烂漫，　The mountain flowers are red, the brook is green and the scene is a riot of color everywhere,
⑭ 时见松枥皆十围。　The ten-arm-span pines and oaks are seen here and there.
⑮ 当流赤足踏涧石，　I stand on the stone in the brook bare-footed,
⑯ 水声激激风生衣。　The water rushes noisily and the wind blows my garment.
⑰ 人生如此自可乐，　Such a life is of course full of pleasures,
⑱ 岂必局促为人鞿！　Why must we be controlled and fettered by others!
⑲ 嗟哉吾党二三子，　Alas, my like-minded friends, getting old you are,
⑳ 安得至老不更归！　Why haven't you left the officialdom so far!

详注．题．山石：作者用第一句头二字为题，但诗的内容并不是描写山石，而是记游诗。韩愈：字退之，又名韩昌黎，进士，曾任官职，是唐朝古文（散文）运动的倡导者。

句①山石〈主〉荦确〈谓〉行径〈主〉微〈谓〉。这句由两个句子构成。"山石荦确"是一句。"行径微"是一句。两句间是并列关系。山石：山中的石块。荦（luò）确：大而多。行径：道路。微：狭窄。这句与下句是并列关系。

句②我〈主·省〉黄昏〈状〉到〈谓〉寺〈宾〉蝙蝠〈主〉飞〈谓〉。这句由两个句子构成。"我黄昏到寺"是一句。"蝙蝠飞"是一句。前句是后句的时间状语。我：指作者。下文中的"我"同此。

句③我〈主·省〉升堂坐阶见〈省〉新雨足〈连动短语·谓〉。升堂：走进寺中的厅堂。坐阶：坐在台阶上。见：看到。新雨：刚下过的雨。足：充足。连动短语的结构是：升堂＋坐阶＋见新雨足（动作先后关系）。"新雨足"是主谓短语。其结构是：新雨＋足（主语＋谓语）。这句与下句是并列关系。

句④芭蕉叶〈主〉大〈谓〉栀子〈主〉肥〈谓〉。这句由两个句子构成。"芭蕉叶大"是一句。"栀子肥"是一句。两句间是并列关系。栀（zhī）子：栀子花。

句⑤僧〈主〉言〈谓〉[古壁〈定〉佛画〈主〉好〈谓〉]〈小句·宾〉。僧：寺中的和尚。言：说。古壁：古壁上的。佛画：佛的画像。这句与下句是顺承关系。

句⑥他〈主·省〉以火〈介词短语·状〉来照〈谓〉我〈定〉所见〈主〉稀〈谓〉。这句由两个句子构成。"他以火来照"是一句。"我所见稀"是一句。两句间是并列关系。他：指僧人。以：用。火：灯火。来照：照我观看佛画。"来"起连接作用，无实义。所见：是所字短语，名词性词组。我所见：我看到的佛画。稀：稀少，指少见的好画。介词短语的结构是：以＋火（"以"是介词）。

句⑦僧〈主·省〉铺床拂席置羹饭〈连动短语·谓〉。僧：寺中的和尚。拂席：掸去席子上的灰尘。置：准备。羹（gēng）饭：饭菜。连动短语的结构是：铺床＋拂席＋置羹饭（动作先后关系）。

句⑧疏粝〈主〉亦〈状〉足饱〈谓〉我饥〈宾〉。疏粝（lì）：粗饭菜。亦：也。足：足以使……。饱我饥：使我不饿。这句补充说明上句。

句⑨夜深〈状〉我〈主·省〉静卧〈谓〉百虫〈主〉绝〈谓〉。这句由两个句子构成。"夜深我静卧"是一句。"百虫绝"是一句。前句是后句的时间状语。夜深：夜深的时候。静卧：静静地躺着。百虫：各种小虫的鸣叫声。这里借百虫（具体）代百虫的鸣叫声（抽象），是借代修辞格。"百"表虚数，不实指。绝：消失。这句与下句是并列关系。

句⑩清月〈主〉出〈谓〉岭〈宾〉光〈主〉入〈谓〉扉〈宾〉。这句由两个句子构成。"清月出岭"是一句。"光入扉"是一句。前句是后句的时间状语。清月：清朗的月亮。出岭：从山岭后升起。光：月光。入：照进。扉（fēi）：门。

句⑪我〈主·省〉天明〈状〉独去〈谓〉道路〈主·倒〉无〈谓〉。这句由两个句子构成。"我天明独去"是一句。"道路无"是一句。前句是后句的时间状语。天明：天亮的时候。独去：独自离开寺院。无：看不清。因为晨雾浓重。这句与下句是因果关系。

句⑫我〈主·省〉出入高下穷烟霏〈连动短语·谓〉。出入高下：出入下，即"在高高低低的山谷里行走"。穷：穿过。烟霏：迷漫的云雾。连动短语的结构是：出入高下（方式）＋穷烟霏（动作）。

句⑬山〈主〉红〈谓〉涧〈主〉碧〈谓〉万物〈主〉纷〈状〉烂漫〈谓〉。这句由三个句子构成。"山红"是一句。"涧碧"是一句。"万物纷烂漫"是一句。三句间是并列关系。山：山花。涧（jiàn）：两山间的流水。碧：青绿。纷：十分。烂漫：五彩缤纷，鲜艳夺目。这句与下句是并列关系。

句⑭我〈主·省〉时〈状〉见〈谓〉[松枥〈主〉皆〈状〉十围〈谓〉]〈小句·宾〉。时：不时地。见：看到。松枥（lì）：松树和枥树。皆：都。十围：非常粗大，两手合抱为一围。"十"表虚数，不实指。

句⑮我〈主·省〉当流赤足踏涧石〈连动短语·谓〉。当流：冲着水流。赤足：光着脚。踏：站在。涧石：水中石头上。连动短语的结构是：当流赤足（方式）＋踏涧石（动作）。这句是下句的时间状语。

句⑯水声〈主〉激激〈谓〉风〈主〉生〈谓〉衣〈宾〉。这句由两个句子构成。"水声激激"是一句。"风生衣"是一句。两句间是并列关系。激激：哗啦啦地流过。生：吹。衣：作者身上的衣服。

句⑰人生如此〈主谓短语·主〉自〈状〉可乐〈谓〉。如此:指第一句至第十六句中的情况。自:当然。可乐:是快乐的。"可"是前缀,无实义。主谓短语的结构是:人生+如此(主语+谓语)。这句与下句是并列关系。

句⑱人生〈主·省〉岂必〈状〉为人〈介词短语·状·倒〉靰〈谓〉局促〈补〉。岂必:何必。为:被。人:别人。靰(jī):马嚼子,引申为"控制"。局促:拘束,不自由。介词短语的结构是:为+人("为"是介词)。

句⑲嗟哉〈叹词〉吾党〈定〉二三子〈中心词,作下句主语〉。嗟(jiē)哉:可叹啊。吾党:和我志趣相投的。二三子:这里有一个典故。《论语·述而》篇中有:"二三子以我为隐乎?吾无隐乎尔。吾无行而不与二三子,是丘也。""二三子"是孔子对他学生的称呼。作者引用"二三子"意在指他的各位朋友。这句与下句是主谓关系。

句⑳安得〈状〉至老〈状〉不更归〈谓〉。安得:怎能。至老:到老。不更归:还不辞官回归自然山水。

浅析:这首诗只是以第一句首二字为题,并不是咏石。这是一首记游诗,记叙了作者黄昏入寺,留宿寺中,清晨独自离去的经过。全诗平铺直叙,按时间顺序逐一写来。第一句至第四句记叙了作者入寺的时间和入寺所见。第五句至第八句记叙了作者夜晚留宿寺院的情景。第九、十句描写了作者夜晚住在寺院时所见所闻。第十一、十二句描写了作者天明离寺情景。第十三句至第十六句描写了山中清幽景色。第十七句至第二十句是作者的议论,山中美景陶冶了作者的性情,净化了作者的心灵,引发了作者的无限感慨,表达了作者对官场的厌弃和对自由宁静生活的向往。

本诗⑲⑳句是流水对。

八月十五日夜赠张功曹

To Official Zhang on the Night of the 15th of the Eighth Moon

韩　愈　Han Yu

①纤云四卷天无河,	The floating thin clouds have dispersed and the Milky Way is not in sight,
②清风吹空月舒波。	Cool breeze sweeps through the sky and the moon shines bright.
③沙平水息声影绝,	The sands are level, the water sound ceases and silence rein everywhere,
④一杯相属君当歌。	I ask you to drink a cup of wine and you should sing me a song if you don't care.
⑤君歌声酸辞正苦,	The tone and the words of your song are indeed sorrowful,
⑥不能听终泪如雨。	So before it is finished, my tears run down like rain-fall.
⑦洞庭连天九嶷高,	"The Dongting Lake is so vast as to link the sky and Mount Jiuyi soars, where,
⑧蛟龙出没猩鼯号。	The flood dragons haunt, the gorillas howl and the flying squirrels cry in the air.

⑨十生九死到官所，	Missing death by a hair's breath I reached my post,
⑩幽居默默如藏逃。	Then I lived in seclusion silently as if I was an escaped convict.
⑪下床畏蛇食畏药，	When getting out of my bed, I feared snakes and when eating feared poison,
⑫海气湿蛰熏腥臊。	The sea air and the foul smell of snakes and insects were stinking and rotten.
⑬昨者州前捶大鼓，	Yesterday in front of the government office big drums were beaten,
⑭嗣皇继圣登夔皋。	The heir emperor, who succeeded to the throne, would appoint the virtuous and talented person.
⑮赦书一日行千里，	The decree for pardon was passed thousand *li* a day,
⑯罪从大辟皆除死。	Announcing that all the prisoners sentenced to death were remitted right away.
⑰迁者追回流者还，	The exiled were allowed to return and the demoted were recalled,
⑱涤瑕荡垢清朝班。	Because the new emperor began to correct the faults and expel the wily and evil officials from the court.
⑲州家申名使家抑，	The lower officer submitted my name but the higher officer held it back,
⑳坎坷只得移荆蛮。	With many setbacks in my life I had to come to Jiangling instead of going back.
㉑判司卑官不堪说，	The post I now take is so low indeed,
㉒未免捶楚尘埃间。	That sometimes I can't avoid throwing myself on the ground to be whipped.
㉓同时流辈多上道，	Most of those demoted together with me have been on the way back to Chang'an,
㉔天路幽险难追攀。	But the road to Chang'an is too difficult and dangerous for me to walk on."
㉕君歌且休听我歌，	Now stop your singing and listen to mine, please,
㉖我歌今与君殊科。	Today my song is quite different from yours.
㉗一年明月今宵多，	"In a year the moon tonight is the brightest of all,
㉘人生由命非由他。	One's life is decided by fate, not by others at all.
㉙有酒不饮奈明何！	If we don't drink the wine before us, how could we do justice to the bright moon, my pal!"

详注：题.张功曹：张署。功曹是官职名。

句①纤云〈主〉四卷〈谓〉天〈主〉无〈谓〉河〈宾〉。这句由两个句子构成。"纤云四卷"是一句。"天无河"是一句。两句间是并列关系。纤云:薄云。四:四处。卷:收起来,引申为"消散"。天:天空中。无:没有。河:银河。因为月亮明亮,所以银河不明显。这句与下面两句都是并列关系。

句②清风〈主〉吹〈谓〉空〈宾〉月〈主〉舒〈谓〉波〈宾〉。这句由两个句子构成。"清风吹空"是一句。"月舒波"是一句。两句间是并列关系。清风:清爽的风。吹:吹过。空:天空。舒:放出。波:光。月光如水,所以称月光为波。

句③沙〈主〉平〈谓〉水〈主〉息〈谓〉声影〈主〉绝〈谓〉。这句由三个句子构成。"沙平"是一句。"水息"是一句。"声影绝"是一句。三句间是并列关系。沙:沙滩。平:平坦。水:水声。息:停止。声影:各种声音,指人和物的声音。绝:消失。

句④我〈主·省〉相属〈谓·倒〉一杯〈宾〉君〈主〉当〈状〉歌〈谓〉。这句由两个句子构成。"我相属一杯"是一句。"君当歌"是一句。两句间是并列关系。我:指作者。相属(zhǔ):相劝。"相"是前缀,无实义。一杯:一杯酒。君:指张署。当:应当。歌:唱一首歌。名词用作动词。

句⑤君歌〈定〉声〈主〉酸〈谓〉辞〈主〉正苦〈谓〉。这句由两个句子构成。"君歌声酸"是一句。"辞正苦"是一句。两句间是递进关系。君:你的,指张署。酸:酸楚。辞:歌词。正苦:很悲苦。这句与下句是因果关系。

句⑥我〈主·省〉不能听〈谓〉终〈补〉泪〈主〉如〈谓〉雨〈宾〉。这句由两个句子构成。"我不能听终"是一句。"泪如雨"是一句。两句间是顺承关系。我:指作者。听终:听完。泪:流泪。如:像。雨:下雨。"如雨"是明喻修辞格。

句⑦洞庭〈主〉连〈谓〉天〈宾〉九嶷〈主〉高〈谓〉。这句由两个句子构成。"洞庭连天"是一句。"九嶷高"是一句。两句间是并列关系。洞庭:洞庭湖。连天:浩瀚无边,看上去似乎连接着天。九嶷:苍梧山,在今湖南宁远县南部。这句是下句的地点状语。

句⑧蛟龙〈主〉出没〈谓〉猩鼯〈主〉号〈谓〉。这句由两个句子构成。"蛟龙出没"是一句。"猩鼯号"是一句。两句间是并列关系。蛟龙:传说中的龙类动物,指洞庭湖中的蛟龙。猩鼯(wú):猩猩和大飞鼠。号(háo):大叫,指九嶷山中的猩鼯。

句⑨我〈主·省〉十生九死到官所〈连动短语·谓〉。我:指张署。十生九死:差一点丧命。到:到达。官所:张署所贬之地。连动短语的结构是:十生九死(方式)+到官所(动作)。这句与下句是顺承关系。

句⑩默默〈定·倒〉幽居〈主〉如〈谓〉藏逃〈宾〉。默默:不声不响的。幽居:隐居。如:像。藏逃:躲藏的逃犯。"如藏逃"是明喻修辞格。

句⑪我〈主·省〉下床畏蛇食畏药〈联合短语·谓〉。我:指张署。下床:下床的时候。畏:怕。蛇:南方湿热地上多蛇。食:吃饭的时候。药:蛊毒,是一种毒虫制成的毒药,放在食物中,人吃了就死。所以作者怕吃到蛊毒。联合短语的结构是:下床畏蛇+食畏药(二者并列)。这句与下句是并列关系。

句⑫海气湿蛰〈定〉腥臊〈联合短语·主·倒〉熏〈谓〉。海气:海水散发的湿热潮气。湿蛰(zhé):藏在潮湿土壤中的虫蛇之类的动物散发出的。腥臊(xīng sāo):臭气。熏:熏人。联合短语的结构是:海气+湿蛰腥臊(二者并列)。

句⑬昨者〈状〉州前〈方位短语·定〉大鼓〈主〉捶〈谓·倒〉。昨者:几天前。州前:州衙门前的。捶:被敲响。唐朝时,颁布大赦令时,击鼓千声,集合百官,宣布大赦令。方位短语的结构是:州+前("前"是方位词)。

句⑭嗣皇〈主〉继圣登夔皋〈连动短语·谓〉。嗣(sì)皇:继位的新皇帝。继:继承。圣:帝位。登:选用。夔(kuí):传说中远古时人,是虞舜的贤臣。皋(gāo)皋陶(yáo):传说中远古时人,是虞舜的贤臣。这里借夔皋喻贤臣,是借喻修辞格。连动短语的结构是:继圣+登夔皋(动作先后关系)。这句补充说明上句。

句⑮赦书〈主〉一日〈状〉行〈谓〉千里〈宾〉。赦(shè)书:大赦令。

句⑯从大辟〈定·倒〉罪〈主·倒〉皆〈状〉除〈谓〉死〈宾〉。从:顺从,引申为"判处"。大辟(pì):杀头。皆:都。除死:免除死刑。这句补充说明上句。

句⑰迁者〈主〉追回〈谓〉流者〈主〉还〈谓〉。这句由两个句子构成。"迁者追回"是一句。"流者还"是一句。两句间是并列关系。迁者:被贬官的人。追回:召回。流者:被流放的人。还:回来。这句与下句是果因关系。

句⑱嗣皇〈主·省〉涤瑕荡垢清朝班〈联合短语·谓〉。涤(dí):清洗。瑕(xiá):过失。荡:清除。垢(gòu):污垢。清:清理。朝班:朝廷中的奸邪。联合短语的结构是:涤瑕+荡垢+清朝班(三者并列)。

句⑲州家〈主〉申〈谓〉名〈宾〉使家〈主〉抑〈谓〉。这句由两个句子构成。"州家申名"是一句。"使家抑"是一句。两句间是转折关系。州家:指州刺史。申:申报。名:名单,指张署的名字。使家:指观察史,是朝廷派到地方的大员。抑:抑制,即"不让申报"。这句与下句是因果关系。

句⑳我〈主·省〉坎坷只得移荆蛮〈连动短语·谓〉。我:指张署。坎坷:不顺利。移:调往。荆蛮:江陵府,江陵古属荆州,是楚地。周朝人称楚国为蛮。所以,称荆蛮。连动短语的结构是:坎坷(因)+只得移荆(果)。

句㉑判司卑官〈同位短语·主〉不堪说〈谓〉。判司:唐朝时称地方长官下属的办事员为判司。卑官:地位低下的小官。不堪说:小得说不出口。同位短语的结构是:判司+卑官(名词+名词)。这句与下句是因果关系。

句㉒判司〈主·省〉未免〈状〉捶楚〈谓〉尘埃间〈方位短语·补〉。未免:是副词,意即"免不了"。捶楚:被鞭打。尘埃间:指被打时伏在地上。方位短语的结构是:尘埃+间("间"是方位词)。

句㉓同时〈定〉流辈〈主〉多〈状〉上道〈谓〉。同时流辈:与我(张署)同时被流放被贬的人。多:大多。上道:上路回京城。这句与下句是转折关系。

句㉔天路〈主〉幽险〈谓〉我〈主·省〉难追攀〈谓〉。这句由两个句子构成。"天路幽险"是一句。"我难追攀"是一句。两句间是因果关系。天路:通往京城做官的路。幽险:阴暗而且险阻。难追攀:难以登上去。

句㉕君〈定〉歌〈主〉且休〈谓〉君〈主·省〉听〈谓〉我〈定〉歌〈宾〉。这句由两个句子构成。"君歌且休"是一句。"君听我歌"是一句。两句间是并列关系。君:你,是对人的敬称,这里指张署。且休:暂且停止。我:我的,指作者韩愈的。这句与下句是并列关系。

句㉖我〈定〉歌〈主〉今〈状〉与君歌〈省〉〈介词短语·状〉殊科〈谓〉。今:今天。殊科:不同。介词短语的结构是:与+君歌("与"是介词)。

句㉗一年〈状〉今宵〈定·倒〉明月〈主〉多〈谓〉。一年:一年中。今宵:今夜的,指八月十五日夜的。多:最圆,最明亮。这句与下面两句是并列关系。

句㉘人生〈主〉由命非由他〈联合短语·谓〉。由:听从。命:命运。非由他(tuō):不听从别的。联合短语的结构是:由命+非由他(两者并列)。

句㉙[我们〈主·省〉有酒不饮〈联合短语·谓〉]〈小句·主〉奈明何〈谓〉。我们:指作者和张署。奈……何:是古汉语的固定句式,意即"怎么对得起……"。明:今夜的明月。联合短语的结构是:有酒+不饮(转折关系)。

浅析:这首诗描写了作者和张署在八月十五日夜对酒而歌的情景,表达了作者被贬后的痛苦经历和苦闷心情。第一句至第三句描写了八月十五日的夜景。第四句起着启下的作用。第五、六句概括地评价了张署的歌。第七、八、九句描写了张署去贬所途中的苦况。第十、十一、十二句描写了张署在贬所的苦况。第十三句至第十八句描写了朝廷大赦的情况。第十九、二十句描写了张署遇赦但改调江陵的情况。第二十一、二十二句描写了改调江陵后的苦况。第二十三、二十四句表达了张署对改调江陵的感慨。以上十八句(第七句至第二十四句)是张署歌的内容,描写了张署被贬后的痛苦经历。其实,是作者的经历。是作者借张署之口,倾吐自己的不幸遭遇。第二十五句起着启下的作用。第二十六句概括地介绍了作者自己的歌。第二十七句至第二十九句是作者歌的内容。这里作者故作旷达,其实表达了作者的苦闷。

谒衡岳庙遂宿岳寺题门楼

Visiting the Temple on Mount Heng, Staying Overnight There and Writing This Poem on the Arch of the Gateway

韩　愈　Han Yu

①五岳祭秩皆三公，	The Five Sacred Mountains are given the sacrifices by many a high-ranking official,
②四方环镇嵩当中。	Surrounded in four directions by the other four mountains, Mount Songshan stands in the middle.
③火维地荒足妖怪，	In Mount Heng, a desolate southern place, there're many a goblin,
④天假神柄专其雄。	With the divine right given by heaven, it holds a prominent position.
⑤喷云泄雾藏半腹，	It's covered by clouds, so people only see the lower half of it,
⑥虽有绝顶谁能穷？	Though it has a towering summit, who can reach it?
⑦我来正逢秋雨节，	I come to Mount Heng right in autumn, a rainy season,
⑧阴气晦昧无清风。	The weather is cloudy and gloomy without any breeze fresh and clean.
⑨潜心默祷若有应，	My single-minded and silent pray seems to get a response from the mountain god,
⑩岂非正直能感通？	Isn't it that people can interact with god?
⑪须臾静扫众峰出，	Soon the wind quietly sweeps the clouds away and appear all the peaks high,
⑫仰见突兀撑青空。	I look up and see the steep peaks seem to prop the sky.
⑬紫盖连延接天柱，	The Zigai Peak extends to the Tianzhu Peak,
⑭石廪腾掷堆祝融。	The Shilin Peak rolls on to the side of the Zhurong Peak.
⑮森然魄动下马拜，	The peaks are so high and steep, and my soul is so frightened that I dismount and kneel down to pay my respects,
⑯松柏一径趋灵宫。	And then along the pine-lined path I walk toward the temple in measured steps.
⑰粉墙丹柱动光彩，	In the temple, the white walls and the red pillars add radiance to each other,

⑱鬼物图画填青红。 The portraits of the spirits are painted with green or red color.
⑲升阶伛偻荐脯酒， Ascending the steps and with bended waist I offer sacrifices of wine and dried meat,
⑳欲以菲薄明其衷。 I want to show my devoutness with these humble sacrifices as a gift.
㉑庙令老人识神意， The old man in charge of the temple can discern the god's intention,
㉒睢盱侦伺能鞠躬。 He gazes at and inwardly keeps watch on me, and at the same time bows again and again.
㉓手持杯珓导我掷， With the divination devices in his hand, he teaches me how to throw them out,
㉔云此最吉余难同。 And tells me the result is the luckiest one and the others are not.
㉕窜逐蛮荒幸不死， Demoted to this wild south, I'm lucky to be still alive,
㉖衣食才足甘长终。 So if I get barely enough food and clothes I'll be satisfied all my life.
㉗侯王将相望久绝， I have for long given up the hope to be a high-ranking official,
㉘神纵欲福难为功。 So even if the mountain god wants me to be so, he'll never be successful.
㉙夜投佛寺上高阁， At night, I take a lodging in a tower of the temple, when,
㉚星月掩映云朣胧。 Covered by clouds the moon and the stars are dimly seen.
㉛猿鸣钟动不知曙， The gibbons wail, the bell tolls and the day breaks before I know it.
㉜杲杲寒日生于东。 And the bright morning sun with cool radiance is rising in the east.

详注：题．谒(yè)：参观，朝拜。衡岳：衡山，又叫南岳，在今湖南中部。衡岳庙：衡山上的庙宇。遂(suì)：于是，就。宿：在……过夜。岳寺：在衡山庙院内。题：在……写诗。门楼：衡山庙的门楼上。

句①五岳〈定〉祭秩〈主〉皆〈状〉是〈谓·省〉三公〈宾〉。五岳：东岳泰山，西岳华山，南岳衡山，北岳恒山，中岳嵩山。祭秩：祭祀的等级。皆：都。三公：周朝的三公是太师、太傅、太保。汉代的三公是大司马、大司徒、大司空。汉代以后的三公泛指朝廷中的最高官位。这句与下句是并列关系。

句②四岳〈主·省〉四方〈状〉环镇〈谓〉嵩〈主〉当〈谓〉中〈宾〉。这句由两个句子构成。"四岳四方环镇"是一句。"嵩当中"是一句。两句间是并列关系。四岳：指东岳泰山，西岳华山，南岳衡山，北岳恒山。四方：在四方。环镇：环绕。嵩(sōng)：嵩山，在河南登封市。当：在。中：中间。

句③火维〈定〉地〈主〉荒〈谓〉妖怪〈主·倒〉足〈谓〉。这句由两个句子构成。"火维地荒"是一句。"妖怪足"是一句。两句间是因果关系。火维：指南方。古人用水、木、火、金、土配东西南北中。南方属于火。维：隅。地：地区。火维地：南方地区。荒：荒僻。足：多。这句与下句是并列关系。

句④天〈主〉假神柄专其雄〈连动短语·谓〉。天：上帝。假：授予，给予。神柄：神权。柄：权柄。专其雄：使它独自称雄。其：它，即南岳。连动短语的结构是：假神柄(动作)＋专其雄(目的)。

句⑤它〈主·省〉喷云泄雾藏半腹〈连动短语·谓〉。它：指南岳衡山。喷云：喷出云。泄雾：吐出雾。喷云泄雾：指被云雾遮盖。藏：藏起。半腹：半山腰。藏半腹：指半山腰以上就看不见了。连动短语的结构是：喷云泄雾(因)＋藏半腹(结果)。这句与下句是因果关系。

句⑥它〈主·省〉虽〈连词〉有〈谓〉绝顶〈宾〉谁〈主〉能穷〈谓〉。这句由两个句子构成。"它虽有绝顶"是一句。"谁能穷"是一句。两句间是转折关系。它:指南岳衡山。绝顶:最高峰。穷:登上。

句⑦我来〈主谓短语·主〉正〈状〉逢〈谓〉秋雨〈定〉节〈宾〉。我:指作者。下文中的"我"同此。来:到南岳衡山。正:恰好。逢:遇。秋雨节:秋风秋雨的季节。主谓短语的结构是:我+来(主语+谓语)。这句与下句是因果关系。

句⑧阴气〈主〉晦昧〈谓〉天〈主·省〉无〈谓〉清风〈宾〉。这句由两个句子构成。"阴气晦昧"是一句。"天无清风"是一句。两句间是并列关系。阴气:阴冷的天气。晦昧:昏暗。无:没有。清风:清爽的风。

句⑨我潜心〈状〉默祷〈主谓短语·主〉若〈谓〉有应〈动宾短语·宾〉。潜心:专心致志地。默祷:默默地祈祷。若:好像。应:回应。主谓短语的结构是:我+潜心默祷(主语+谓语)。动宾短语的结构是:有+应(动词+宾语)。

句⑩岂非〈状〉正直〈主〉能感通〈谓〉。岂非:难道不是。正直:指山神。感通:感动而且通融。这句补充说明上句。

句⑪须臾〈状〉风〈主·省〉静〈状〉扫〈谓〉云〈宾·省〉众峰〈主〉出〈谓〉。这句由两个句子构成。"须臾风静扫云"是一句。"众峰出"是一句。两句间是因果关系。须臾:片刻之间。静:静悄悄地。扫:吹掉。众峰:衡山的群峰。出:显露出来。这句与下句是顺承关系。

句⑫我〈主·省〉仰见〈谓〉[突兀〈主〉撑〈谓〉青空〈宾〉]〈小句·宾〉。仰见:抬头看见。突兀(wù):陡峭的山峰。撑:支撑着。青空:青天。

句⑬紫盖〈主〉连延接天柱〈联合短语·谓〉。紫盖:衡山五大山峰之一。连延:连绵延伸。接:连接。天柱:衡山五大山峰之一。联合短语的结构是:连延+接天柱(两者并列)。这句与下句是并列关系。

句⑭石廪〈主〉腾掷堆祝融〈连动短语·谓〉。石廪(lǐn):衡山五大山峰之一。腾掷:起伏不平,成抛掷之状。堆:簇拥着。祝融:衡山五大山峰中的最高峰。连动短语的结构是:腾掷(方式)+堆祝融(动作)。

句⑮山峰〈主·省〉森然〈谓〉我〈主·省〉魄动下马拜〈连动短语·谓〉。这句由两个句子构成。"山峰森然"是一句。"我魄动下马拜"是一句。两句间是因果关系。山峰:指衡岳五大山峰。森然:险峻。魄动:惊心动魄。拜:拜山神。连动短语的结构是:魄动(因)+下马(动作)+拜(动作)。这句与下句是顺承关系。

句⑯我〈主·省〉松柏一径〈状〉趋〈谓〉灵宫〈宾〉。松柏一径:沿着松柏夹路的小道。趋:小步走向。小步行走,表示敬意。灵宫:指衡岳庙。

句⑰粉墙丹柱〈联合短语·主〉动〈谓〉光彩〈宾〉。粉墙:白色的墙。丹柱:红色的柱子。动:流动着。联合短语的结构是:粉墙+丹柱(两者并列)。这句与下句是并列关系。

句⑱鬼物〈定〉图画〈主〉填〈谓〉青红〈宾〉。鬼物:神鬼的。图画:画像。填:涂上了。青红:青色和红色。

句⑲我〈主·省〉升阶伛偻荐脯酒〈连动短语·谓〉。升阶:走上台阶。伛偻(yǔ lóu):弯着腰。荐(jiàn):进献。脯(fǔ):干肉。连动短语的结构是:升阶+伛偻荐脯酒(动作先后关系)。"伛偻荐脯酒"也是连动短语,其结构是:伛偻(方式)+荐脯酒(动作)。这句与下句是果因关系。

句⑳我〈主·省〉欲〈状〉以菲薄〈介词短语·状〉明〈谓〉其衷〈宾〉。欲:想。以:用。菲薄:微薄的祭品。明:表明。其:是代词,相当于"我的"。衷:真诚。介词短语的结构是:以+菲薄("以"是介词)。

句㉑庙令老人〈主〉识〈谓〉神意〈宾〉。庙令老人:管理庙宇的老人。识:识别。神意:神的旨意。这句与下句是并列关系。

句㉒他〈主·省〉睢盱侦伺能鞠躬〈联合短语·谓〉。他:指庙令老人。睢盱(suī xū):睁眼为睢,闭眼为盱。这里引申为"凝视"。侦伺:暗中监视。能:善于,引申为"不断地"。联合短语的结构是:睢盱+侦伺+能鞠躬(三者并列)。

句㉓他〈主·省〉手持杯珓导我掷〈连动短语·谓〉。他:指庙令老人。持:拿着。杯珓(jiào):古代占卜工具。用蚌壳或形似蚌壳的竹木两片合在一起,掷到地上,看它的俯仰情况定吉凶。导:指导。掷:扔。连动短语的结构是:手持杯珓(方式)+导我掷(动作)。"导我掷"是兼语短语,其结构是:导+我+掷。

句㉔他〈主·省〉云〈谓〉此最吉余难同〈联合短语·宾〉。他：指庙令老人。云：说。此：指杯珓的俯仰情况。最吉：最好。余：其他情况。难同：难与此比。联合短语的结构是：此最吉+余难同（两者并列）。这句补充说明上句。

句㉕我〈主·省〉窜逐蛮荒〈状〉幸不死〈谓〉。窜逐蛮荒：贬谪迁居到岭南的时候。蛮荒：阳山县在岭南，所以称蛮荒。作者曾被唐德宗贬为阳山县令，后被迁往湖北江陵任法曹参军。幸不死：侥幸没死。这句与下句是因果关系。

句㉖衣食〈主〉才足〈谓〉我〈主·省〉甘长终〈谓〉。这句由两个句子构成。"衣食才足"是一句。"我甘长终"是一句。前句是后句的条件状语。才足：刚够。甘：情愿。长终：如此终了一生。

句㉗侯王将相〈联合短语·定〉望〈主〉久〈状〉绝〈谓〉。侯：古代五等爵位之一。五爵位是：公、侯、伯、子、男。王：封建社会的最高封爵，如藩王、郡王、亲王等。将：将军。相：宰相。望：愿望。久：早已。绝：断绝。联合短语的结构是：侯+王+将+相（四者并列）。这句与下句是因果关系。

句㉘神〈主〉纵〈状〉欲〈状〉福我〈省〉难为功〈联合短语·谓〉。神：指衡岳山神。纵：纵然。欲：想。福我：赐福给我。难为功：难有效果。连动短语的结构是：欲福我+难为功（两者是转折关系）。

句㉙我〈主·省〉夜〈状〉投佛寺上高阁〈连动短语·谓〉。夜：在夜里。投：投宿。佛寺：指衡岳庙。上：登。阁：楼。连动短语结构是：投佛寺+上高阁（动作先后关系）。这句是下句的时间状语。

句㉚星月〈联合短语·主〉朣胧〈谓·倒〉云〈主〉掩映〈谓·倒〉。这句由两句子构成。"星月朣胧"是一句。"云掩映"是一句。两句间是果因关系。朣胧(tóng lóng)：不明亮。掩映：遮掩。联合短语的结构是：星+月（两者并列）。

句㉛猿〈主〉鸣〈谓〉钟〈主〉动〈谓〉我〈主·省〉不知〈谓〉曙〈宾〉。这句由三个句子构成。"猿鸣"是一句。"钟动"是一句。"我不知曙"是一句。三句间是并列关系。猿：猿猴。鸣：叫。钟：寺院的钟声。动：响起。曙：天亮。这句与下句是并列关系。

句㉜杲杲〈定〉寒日〈主〉生〈谓〉于东〈介词短语·补〉。杲杲(gǎo)：很明亮的。寒日：寒冷的太阳。因为是秋天，所以阳光略带寒意。生：升起。于东：从东方。介词短语的结构是：于+东（"于"是介词）。

浅析：作者被贬到岭南，后遇赦改调江陵，途径衡山，拜谒了衡岳庙。这首诗描写了衡山的雄伟和拜谒衡山庙的经过，抒发了作者内心的怨恨和不平。第一、二句介绍了衡山的地理位置及其社会地位。第三、四句介绍了衡山的特点。第五、六句描写了衡山的高峻。第七、八句交代了作者来到衡山的季节和天气。第九句至第十六句描写了作者去衡岳庙途中所见景色。第十七句至第二十四句紧扣题目中的"谒衡岳庙"，描写了作者拜谒衡岳庙的经过。其中，占卜吉凶一节寓庄于谐，流露了作者对仕途坎坷的不平和怨恨。第二十五句至第二十八句是作者的调侃，流露了作者内心的悲愤和痛苦。第二十九句至第三十二句紧扣题目中"宿岳寺"，描写了作者投宿衡岳庙时所见夜景和晨景。"不知曙"表明作者游览衡山并拜谒衡山庙后心情终于平静下来。"寒日"不仅呼应了"秋雨"，"阴气"，而且也表明作者对未来仍有忧虑。

本诗⑬⑭句是工对。

石 鼓 歌

Song of the Stone Drums

韩　愈　Han Yu

①张生手持石鼓文，	With the rubbings of the inscriptions on the stone drums in his hand,
②劝我试作石鼓歌。	My disciple Zhang asked me to write a song about the stone drums on our land.
③少陵无人谪仙死，	Du Fu and Li Bai are both dead and gone,
④才薄将奈石鼓何！	As I'm inadequate in talent, how could I have it done.
⑤周纲凌迟四海沸，	The rules and regulations of the Zhou Dynasty waned and the whole country was in chaos,
⑥宣王愤起挥天戈。	So Emperor Xuan rose up in anger to put down the riots.
⑦大开明堂受朝贺，	He sat in the main hall to receive the dukes' respects thereupon,
⑧诸侯剑佩鸣相磨。	Then they gathered and their swords clashed and made clang.
⑨蒐于岐阳骋雄俊，	When he once hunted on the south side of Mount Qi, his vigor and strength made a fine show,
⑩万里禽兽皆遮罗。	So all the fowls and beasts on the vast hunting ground were killed by his arrow.
⑪镌功勒成告万世，	In order to inscribe his feats on stones to tell the generations to come,
⑫凿石作鼓隳嵯峨。	He chopped rocks off mountain cliffs to make many a stone drum.
⑬从臣才艺咸第一，	All the attendant courtiers in literary talent were the first-rate,
⑭拣选撰刻留山阿。	Some of them were chosen to write articles to be inscribed on the stone drums which by the mountain side were laid.
⑮雨淋日炙野火燎，	They were drenched by the rain, scorched by the sun and burned by the wild fire,
⑯鬼物守护烦㧑呵。	So the gods and spirits scolded loud to keep them entire.
⑰公从何处得纸本？	Where on earth these rubbings did you obtained?
⑱毫发尽备无差讹。	Every detail of which is maintained.
⑲辞严义密读难晓，	The diction is too abstruse and well-conceived for people to understand,

⑳字体不类隶与蝌。	The characters are neither tadpole-like nor the official script then popular throughout the land.
㉑年深岂免有缺画，	Old in years it's unavoidable for some strokes to be broken,
㉒快剑斫断生蛟鼍。	The broken places look like the chopped alligator or flood-dragon.
㉓鸾翔凤翥众仙下，	The handwriting look like the phoenixes flying, followed by the fairies descending,
㉔珊瑚碧树交枝柯。	Or like the twigs of a coral or a green tree intertwining.
㉕金绳铁索锁钮壮，	Or like gold ropes and iron cords into knots fast twisting,
㉖古鼎跃水龙腾梭。	Or like an ancient cooking vessel falling into water or a shuttle into a flying dragon changing.
㉗陋儒编诗不收入，	In compiling *The Book of Songs* those ill-informed scholars didn't put the poems in the stone-drum article in it,
㉘二雅褊迫无委蛇。	So the two *Elegant Odes* were illiberal and not inclusive indeed.
㉙孔子西行不到秦，	Travelling westward Confucius didn't enter the Qin State,
㉚掎摭星宿遗羲娥。	So in examining *the Book of Songs*, he only selected the stars and no attention to the sun and the moon he paid.
㉛嗟余好古生苦晚，	I love classics, yet alas, I was born in too late a year,
㉜对此涕泪双滂沱。	Seeing the stone-drums I pour down snivel together with tear.
㉝忆昔初蒙博士征，	Recalling the year when I was first conferred the doctorate,
㉞其年始改称元和。	The new emperor's reign Yuanhe was begun in the state.
㉟故人从军在右辅，	An old friend of mine served in the army just west of Chang'an,
㊱为我度量掘臼科。	He contrived for me to dig out the stone drums there and then.
㊲濯冠沐浴告祭酒，	I washed my hat, took a bath and told the person of the Imperial Academy in charge,
㊳如此至宝存岂多？	Saying "Could the number of such priceless treasure be large?
㊴毡包席裹可立致，	Wrapped in felt and mat they can be right away got,
㊵十鼓只载数骆驼。	Only by several camels the ten stone drums can be here brought.
㊶荐诸太庙比郜鼎，	If they are presented to the Imperial Ancestral Temple they can be compared with the Gao Tripod,
㊷光价岂止百倍过？	And its worth, I'm sure, is a hundred times more than the tripod.
㊸圣恩若许留太学，	If our emperor kindly permits in the Imperial College putting them,
㊹诸生讲解得切磋。	The students there could discuss and make a thorough study of them.
㊺观经鸿都尚填咽，	The people who once went to read the classics on the stones were so many as to crowd Hongdu,

㊻坐见举国来奔波。	The people throughout the country will surely hurry here to see the stone drums, too.
㊼剜苔剔藓露节角,	We'll scoop out the moss and lichen on the stone drums so that the strokes of the characters will be clearly found,
㊽安置妥帖平不颇。	And we'll place them securely and evenly on the ground.
㊾大厦深檐与盖覆,	The eaves of the mansions are so long and wide that they can fully cover them all,
50经历久远期无佗。	Thus they'll pass through ages without any damage at all."
51中朝大官老于事,	The high-ranking officials of the court were sophisticated in dealing with their work,
52讵肯感激徒媕婀。	Reluctant to do anything about them they only muddled through their work.
53牧童敲火牛砺角,	As a result the cowboys stroke them for fire and the oxen rubbed their horns there,
54谁复著手为摩挲?	Who would again touch them with loving care?
55日销月铄就埋没,	Worn by weather day in and day out month in and month out they finally sank into the earth out and out.
56六年西顾空吟哦。	For six years I have been looking westward toward the stone drums and all my efforts have gone to naught.
57羲之俗书趁姿媚,	Though Wang Xizhi's calligraphy went after artistic scripts,
58数纸尚可博白鹅。	Yet for a flock of white geese he could exchange a few sheets.
59继周八代争战罢,	The war that lasted during the eight dynasties after Zhou is now no more,
60无人收拾理则那?	Why on earth does no one do anything about the stone drums at all?
61方今太平日无事,	Nowadays the whole country is in peace,
62柄任儒术崇丘轲。	Furthermore the court has begun to respect Confucius and Mencius.
63安能以此上论列,	How could I present to the court these suggestions of mine about the stone drums very old,
64愿借辩口如悬河。	I would only like to draw support from Zhang's eloquence to appeal to the world.
65石鼓之歌止于此,	My song of the stone drums is here ended,
66呜呼吾意其蹉跎!	Alas, my suggestions, I'm afraid, will not result in a bit.

详注：题. 石鼓歌：一首咏石鼓的诗。石鼓：鼓形石，共十块。上面刻着文字，内容是记述射猎情景的。有人认为是周朝遗物，有人认为是秦朝遗物。石鼓现藏于北京故宫博物院。歌：是古诗的一种体裁。汉魏以后的乐府诗题"歌"和"行"的颇多。

句① 张生〈主〉手持〈谓〉石鼓文〈宾〉。张生：韩愈的弟子张彻。手持：手拿着。石鼓文：从石鼓上拓印下来的文字。这句是下句的方式状语。

句② 他〈主·省〉劝我试作石鼓歌〈兼语短语·谓〉。他：指张生。我：指作者。下文中的"我"同此。兼语短语的结构是：劝＋我＋试作石鼓歌。

句③ 少陵〈定〉人〈主·倒〉无〈谓〉谪仙〈主〉死〈谓〉。这句由两个句子构成，"少陵人无"是一句，"谪仙死"是一句。两句间是并列关系。少陵人：指杜甫。杜甫曾在长安附近的少陵住过，自称杜少陵。无：没了，即"死了"。谪(zhé)仙：李白。李白应召入京，在紫极宫遇到贺知章，贺称李为谪仙人。这句与下句是并列关系。

句④ 才〈主〉薄〈谓〉我〈主·省〉将奈〈谓〉石鼓何〈宾〉。这句由两个句子构成。"才薄"是一句，"我将奈石鼓何"是一句。两句间是因果关系。才：才华，才情。指作者的文学才华。薄：少。奈……何：是古汉语的固定句式，意即"对……怎么办"。

句⑤ 周纲〈主〉凌迟〈谓〉四海〈主〉沸〈谓〉。这句由两个句子构成。"周纲凌迟"是一句。"四海沸"是一句。两句间是因果关系。周纲：周朝的纲纪，指国家的政治法度。凌迟：衰败。四海：全国各地。沸：不安定。这句与下句是因果关系。

句⑥ 宣王〈主〉愤起挥天戈〈联合短语·谓〉。宣王：周宣王，名姬静，是周厉王的儿子。愤起：奋发图强。挥天戈：用兵，指周宣王发兵平定四海成为中兴之主。联合短语的结构是：愤起＋挥天戈（两者并列）。

句⑦ 他〈主·省〉大开明堂受朝贺〈连动短语·谓〉。他：指周宣王。明堂：天子接受诸侯朝拜，宣明政教，进行祭祀的地方。受：接受。朝：朝拜。贺：祝贺。连动短语的结构是：大开明堂（动作）＋受朝贺（目的）。这句与下句是顺承关系。

句⑧ 诸侯〈定〉佩剑〈主〉相磨〈倒〉鸣〈连动短语·谓〉。诸侯：西周、春秋时天子分封到各国的国君。佩剑：佩戴的剑。相磨：互相碰撞。鸣：发出声音。连动短语的结构是：相磨（因）＋鸣（果）。

句⑨ 他〈主·省〉蒐于岐阳〈状〉骋〈谓〉雄俊〈宾·课〉。他：指周宣王。蒐(sōu)：是搜的异体字，意即"打猎"。于：是介词，相当于"在"。岐阳：岐山的南面。岐：岐山，在陕西西部。阳：山南为阳，山北为阴。蒐于岐阳：在岐山南打猎的时候。骋(chěng)：尽情地表现出。雄俊：威武雄壮。这句与下句是因果关系。

句⑩ 万里〈定〉禽兽〈主〉皆〈状〉遮罗〈谓〉。万里：万里猎场内的。这里用"万里"是夸张修辞格。皆：都。遮罗：被拦阻猎杀。

句⑪ 他〈主·省〉镌功勒成告万世〈连动短语·谓〉。他：指周宣王。镌(juān)、勒：都是刻在石上的意思。功：功业。成：成就。告万世：告诉千秋万代。连动短语的结构是：镌功勒成（动作）＋告万世（目的）。其中，镌功和勒成是两个动宾短语并列。这句是下句的目的状语。

句⑫ 他〈主·省〉凿石作鼓隳嵯峨〈连动短语·谓〉。他：指周宣王。隳(huī)：毁坏。嵯峨(cuó é)：高峻的山。连动短语的结构是：凿石作鼓（因）＋隳嵯峨（结果）。其中，"凿石作鼓"也是连动短语，其结构是：凿石（动作）＋作鼓（目的）。

句⑬ 从臣〈定〉才艺〈主〉咸〈状〉第一〈谓〉。从臣：跟随周宣王的臣子。才艺：文采。咸：都。第一：是一等的。这句与下句是并列关系。

句⑭ 他〈主·省〉拣选撰刻留山阿〈连动短语·谓〉。他：指周宣王。拣选：挑选人。撰(zhuàn)：写文章。刻：刻在石鼓上。留山阿：留在山上。阿(ē)：大的丘陵。连动短语的结构是：拣选＋撰＋刻＋留山阿（动作先后关系）。

句⑮ 雨〈主〉淋〈谓〉日〈主〉炙〈谓〉野火〈主〉燎〈谓〉。这句由三个句子构成。"雨淋"是一句。"日炙"是一句。"野火燎"是一句。三句间是并列关系。日：太阳。炙(zhì)：烤。燎(liǎo)：烧。这句与下句是并列关系。

句⑯ 鬼物〈主〉守护〈状〉烦〈状〉扪呵〈联合短语·谓〉。鬼物：鬼神。守护：守护石鼓的时候。烦：不厌其烦地。扬(huī)：同"挥"，意即"挥手"。呵：呵斥。联合短语的结构是：扬＋呵(两者并列)。

句⑰公〈主〉从何处〈介词短语·状〉得〈谓〉纸本〈宾〉。公：指张生。从何处：从什么地方。得：得到。纸本：石鼓文的拓印本。介词短语的结构是：从＋何处("从"是介词)。

句⑱毫发〈主〉尽备〈谓〉无差讹〈补〉。毫发：一点一滴。尽备：很完整。无差讹(é)：没有差错。尽备无差讹：完整得没有差错。这句补充说明上句。

句⑲辞〈主〉严〈谓〉义〈主〉密〈谓〉人〈主·省〉难〈状〉读〈谓〉晓〈补〉。这句由三个句子构成。"辞严"是一句。"义密"是一句。"人难读晓"是一句。第一、二句间是并列关系。第一、二句与第三句间是因果关系。辞：用词。严：古奥。义：义理。密：周密。晓：懂。这句与下句是并列关系。

句⑳字体〈主〉不类〈谓〉隶与蝌〈联合短语·宾〉。类：像。隶：隶书。蝌：蝌蚪文。蝌蚪文是古文字，头大尾小，形似蝌蚪。联合短语的结构是：隶＋蝌(两者并列。"与"是连词)。

句㉑年〈主〉深〈谓〉字体〈主·省〉岂免〈状〉有〈谓〉缺画〈宾〉。这句由两个句子构成。"年深"是一句。"字体岂免有缺画"是一句。两句间是因果关系。年：年代。深：久远。岂免：难免。缺画：笔画破损。

句㉒快〈定〉剑〈主〉斫断〈谓〉生〈定〉蛟鼍〈联合短语·宾〉。快：锋利的。斫(zhuó)断：砍断。生：活的。蛟：蛟龙。鼍(tuó)：扬子鳄或猪婆龙。这里作者把有破损的字比作被砍断的蛟和鼍，是暗喻修辞格。联合短语的结构是：蛟＋鼍(两者并列)。这句补充说明上句。

句㉓鸾〈主〉翔〈谓〉凤〈主〉翥〈谓〉众仙〈主〉下〈谓〉。这句由三个句子构成。"鸾翔"是一句。"凤翥"是一句。"众仙下"是一句。三句间是并列关系。鸾(luán)：凤凰一类的鸟。翔：飞。凤：凤凰。翥(zhù)：向上飞。众仙：群仙。下：从天上降下。作者用这些形象比喻笔画飞动，是暗喻修辞格。这句与下面三句是并列关系。

句㉔珊瑚碧树〈联合短语·主〉交〈谓〉枝柯〈宾〉。珊瑚：许多珊瑚虫分泌的石灰质骨骼聚集而成的东西，形状像树枝。碧树：绿树。交：交错着。枝：树枝。柯：树枝。作者用这个形象比喻字体纵横交错，是暗喻修辞格。联合短语的结构是：珊瑚＋碧树(两者并列)。

句㉕金绳铁索〈联合短语·主〉锁钮〈谓〉壮〈补〉。锁钮：扣结在一起。壮：牢固。锁钮壮：扣结得很牢固。作者用这个形象比喻字体的笔力强劲。联合短语的结构是：金绳＋铁索(两者并列)。

句㉖古鼎〈主〉跃〈谓〉水〈宾〉龙〈主〉腾〈谓〉梭〈补〉。这句由两个句子构成。"古鼎跃水"是一句。"龙腾梭"是一句。两句间是并列关系。古鼎跃水：相传周显王四十二年，九鼎落入泗水中。秦始皇时派数千人入水打捞没捞上来。跃水：落入水中。龙腾梭：东晋陶侃少年时，在雷泽中捕鱼，网到一把织布梭子。他把梭子挂在墙上。过了不久，雷雨大作，梭子变成龙，腾飞而去。龙腾梭：龙从梭中飞出。作者用这些形象比喻字体的变幻多姿，是暗喻修辞格。

句㉗陋儒〈主〉编诗〈动宾短语·状〉不收入〈谓〉。陋儒：见识短浅的书生。编诗：编辑《诗经》的时候。《诗经》成于孔子前。孔子只是对《诗经》进行了校订。孔子说过："吾自卫返鲁，然后乐正，《雅》、《颂》各得其所。"不收入：没把石鼓文中的诗收入《诗经》。这句与下句是因果关系。

句㉘二雅〈主〉褊迫无委蛇〈连动短语·谓〉。二雅：《诗经》中的大雅和小雅。褊(biǎn)迫：狭隘没气度。无：没有。委蛇(wēi yí)：包容，指没把石鼓上的诗包括进去。连动短语的结构是：褊迫(因)＋无委蛇(果)。

句㉙孔子〈主〉西行〈状〉不到〈谓〉秦〈宾〉。西行：西行的时候。不到：没到。秦：秦国，是石鼓所在地。这句与下句是因果关系。

句㉚他〈主·省〉掎摭星宿遗羲娥〈联合短语·谓〉。他：指孔子。掎摭(jǐ zhí)：摘取。星宿：星星。遗：遗漏。羲(xī)：羲和，是驾日车的神。娥：嫦娥。嫦娥偷吃了西王母给后羿的仙丹，飞升到月亮上。这里借羲代日，借娥代月，是借代修辞格。联合短语的结构是：掎摭星宿＋遗羲娥(两个动宾短语并列)。

句㉛余〈主·倒〉嗟好古苦生晚〈联合短语·谓〉。余：我，指作者。嗟(jiē)：叹息。好古：爱好古文化。苦：苦于。生晚：出生得晚。联合短语的结构是：嗟好古＋苦生晚(两个动宾短语并列)。其中，"好古"是动宾短语。"生晚"是述补短语。其结构是：好＋古(动词＋宾语)，生＋晚(动词＋补语)。这句与下句是并列关系。

句㉜对此〈介词短语・状〉涕泪〈主〉双〈状〉滂沱〈谓〉。对此：面对石鼓文的时候。涕泪：作者的鼻涕和眼泪。双：一同。滂沱(pāng tuó)：簌簌流下。介词短语的结构是：对＋此("对"是介词)。

句㉝我〈主・省〉忆〈谓〉昔初〈状〉蒙博士征〈动宾短语・宾〉。我：指作者。忆：回想。昔初：当初。蒙：受到。博士征：指韩愈被召回京城任国子监博士，那年是唐宪宗元和元年。动宾结构是：蒙＋博士征(动词＋宾语)。这句是下句的时间状语。

句㉞其年〈主〉始〈状〉改称〈谓〉元和〈宾〉。其年：那一年，指作者受聘博士那一年。始：开始。改称：改年号为。元和：唐宪宗年号。

句㉟故人〈主〉在右辅〈介词短语・状〉从军〈谓〉。故人：作者的老友，姓名不详。右辅：右扶风，后世称京西之地为右辅。从军：在军队供职。介词短语的结构是：在＋右辅("在"是介词)。这句与下句是主谓关系。

句㊱他〈主・省〉为我〈介词短语・状〉度量〈谓〉掘臼科〈动宾短语・宾〉。他：指作者的老友。我：指作者。度量：谋划。掘：挖。臼科：臼形坑，在有石鼓的地方挖取出石鼓。介词短语的结构是：为＋我("为"是介词)。动宾短语的结构是：掘＋臼科(动词＋宾语)。

句㊲我〈主・省〉濯冠沐浴告祭酒〈连动短语・谓〉。我：指作者。濯(zhuó)：洗。冠：帽子。沐：洗头发。浴：洗澡。告：告诉。祭酒：官职名，是国子监的主管。连动短语的结构是：濯冠＋沐浴＋告祭酒(动作先后关系)。这句与下句是主谓关系，是一句分作两句写。

句㊳如此〈定〉至宝〈主〉存〈谓〉岂多〈宾〉。如此：像石鼓这样的。至宝：极为珍贵的宝物。存：留存下来。岂多：难道多吗，即"并不多"。

句㊴石鼓〈主・省〉毡包席裹可立致〈连动短语・谓〉。毡(zhān)：毡子。包：包裹。席：草席。可：可以。立致：立刻取来。连动短语的结构是：毡包＋席裹(方式)＋可立致(动作)。这句与下句是并列关系。

句㊵十鼓〈主〉只〈状〉载〈谓〉数〈定〉骆驼〈宾〉。十鼓：十只石鼓。只：仅。载：装载。数：几匹。

句㊶荐诸太庙〈述补短语・主〉比〈谓〉郜鼎〈宾〉。荐：进献。诸：是"之于"的合音。其中，"之"是代词，指十鼓。"于"是介词，相当于"到"。太庙：皇帝的祖庙。比：比得上。郜(gào)：古国名，故都在今山东成武东南。郜鼎：郜国制造的鼎。述补短语的结构是：荐＋诸太庙(动词＋补语)。

句㊷光价〈主〉岂止〈状〉过〈谓・倒〉百倍〈宾〉。光价：石鼓的价值。岂止：何止。过百倍：超过郜鼎一百倍。这句补充说明上句。

句㊸圣恩〈主〉若许之〈省〉留太学〈兼语短语・谓〉。圣恩：皇上的恩惠。若：如果。许：允许。之：指石鼓。留：留在。太学：中国古代的大学，属国子监。兼语短语的结构是：许＋之＋留太学。这句是下句的条件状语。

句㊹诸生〈主〉讲解得切磋〈联合短语・谓〉。诸生：太学中的学生们。讲解：讨论学习。得：得到。切磋：商讨研究。联合短语的结构是：讲解＋得切磋(两者是递进关系)。

句㊺观经〈主〉尚〈状〉填咽〈谓〉鸿都〈宾・倒〉。观经：看经文的人。经：指熹平石经，汉灵帝熹平四年，蔡邕等奏请正定五经文字，并刻在石上，放置在太学门外，供学生观读。尚：尚且。填咽：堵塞。鸿都：东汉皇家藏书之地，其中有太学。这句与下句是因果关系。

句㊻人们〈主・省〉坐见〈谓〉举国来奔波〈主谓短语・宾〉。坐：即将。见：看见。举国：全国人。这里借举国(人所在地)代举国人，是借代修辞格。来奔波：跑来看石鼓文。"来"用在动词前表示将要发生的情况。主谓短语的结构是：举国＋来奔波(主语＋谓语)。

句㊼我们〈主・省〉剜苔剔藓露节角〈联合短语・谓〉。我们：指作者和相关人员。剜(wān)：用刀挖。苔：青苔。剔(tī)：去掉。藓(xiǎn)：植物名。露：使……显露。节角：石鼓上的文字的笔画。联合短语的结构是：剜苔剔藓(动作)＋露节角(目的)。其中，"剜苔"和"剔藓"是两个动宾短语并列。这句与下句是顺承关系。

句㊽我们〈主・省〉妥帖〈状〉安置〈谓〉平不颇〈连动短语・补〉。我们：指作者和相关人员。妥帖：妥当。放置：放置石鼓。平：平稳。不颇：不倾斜。安置平不颇：安置得平平稳稳。连动短语的结构是：平＋不颇(后者补充说明前者)。

句㊾大厦〈定〉深檐〈主〉与〈谓〉覆盖〈宾〉。大厦：太学的大房子。深檐：长檐。与：给予。覆盖：遮蔽。这句与下句是因果关系。

句㊿我〈主·省〉期〈谓·倒〉[石鼓〈主·省〉经历久远无佗〈联合短语·谓〉]〈小句·宾〉。我们：指作者和相关人员。期：期盼着。无：没有。佗(tuó)：他，引申为"损坏"。联合短语的结构是：经历久远＋无佗(两者是递进关系)。

句㊿朝〈倒〉中〈定〉大官〈主〉老于〈谓〉事〈宾〉。朝中：朝廷中的。老于事：老于世故。这句与下句是因果关系。

句㊿他们〈主·省〉讵肯感激徒婩婀〈连动短语·谓〉。他们：指朝中大臣。讵(jù)：岂，即"哪"。感激：有所感动而行动起来。徒：只是。婩婀(ān ē)：假意敷衍应付。连动短语的结构是：讵肯感激(因)＋徒婩婀(果)。

句㊿牧童〈主〉敲〈谓〉火〈宾〉牛〈主〉砺〈谓〉角〈宾〉。这句由两个句子构成。"牧童敲火"是一句。"牛砺角"是一句。两句间是并列关系。敲火：在石鼓上敲击使之发出火花。砺(lì)：磨。角：牛角。这句与下句是因果关系。

句㊿谁〈主〉复〈状〉著手为摩挲〈连动短语·谓〉。谁：没有人。这是一个肯定形式的反问句，其意思是否定的。复：还。著手：用手。为：做。摩挲(mó suō)：抚摩的动作，表示爱惜。连动短语的结构是：著手(方式)＋为摩挲(动作)。

句㊿日〈主〉销〈谓〉月〈主〉铄〈谓〉它们〈主·省〉就〈状〉埋没〈谓〉。这句由三个句子构成。"日销"是一句。"月铄"是一句。"它们就埋没"是一句。前两句是并列关系。前两句与第三句间是顺承关系。日：一天天地。月：一月月地。销、铄(shuò)：熔化，引申为"损坏"。埋没：掩埋。这句与下句是并列关系。

句㊿我〈主·省〉六年〈状〉西顾〈状〉空〈状〉吟哦〈谓〉。我：指作者。六年：指作者任国子监博士六年以来。西顾：西望石鼓的时候。空：徒劳地。吟哦：叹息。

句㊿羲之〈定〉俗书〈主〉趁〈谓〉媚姿〈宾〉。羲之：王羲之，著名书法家。俗书：当时通行的字体。石鼓文是古篆体，韩愈认为古朴典雅。相对于石鼓文字体，王羲之的字体就有点俗了。趁：追求。媚姿：字形美观。这句与下句是转折关系。

句㊿数纸〈主〉尚可博〈谓〉白鹅〈宾〉。数纸：几张纸的字。尚：尚且。博：换取。博白鹅：据传，王羲之喜爱鹅，他看到山阴一道士养的鹅想买下，道士要他书写《道德经》换。王羲之高兴地写好《道德经》把鹅换回。

句㊿继周〈定〉八代〈定〉争战〈主〉罢〈谓〉。继周：周朝以后的。八代：指东汉、魏、晋、宋、齐、梁、陈、隋。争战：战争。罢：结束。这句与下句是因果关系。

句㊿无人〈主〉收拾〈谓〉理〈主〉则那〈谓〉。这句由两个句子构成。"无人收拾"是一句。"理则那"是一句。后句评说了前句。收拾：整理保存石鼓。理：道理。则：又。那(nuò)：是"奈何"的合音。意即"怎样"，引申为"何在"。

句㊿方今〈状〉太平日〈主〉无事〈谓〉。方今：如今，现在。太平日：太平盛世。无事：无战乱。这句与下句是递进关系。

句㊿柄〈主〉任儒术崇丘轲〈连动短语·谓〉。柄：权力，指朝廷。任：用。儒术：儒家学术。崇：崇拜。丘：孔丘，即孔子。轲：孟轲，即孟子。连动短语的结构是：任儒术(因)＋崇丘轲(果)。

句㊿我〈主·省〉安能〈状〉以此论列〈介词短语·倒·状〉上〈谓〉。我：指作者。安能：怎能。以：用。此论列：这个议论，指上文所写议论。上：呈上朝廷。介词短语的结构是：以＋此论列("以"是介词)。这句与下句是转折关系。

句㊿我〈主·省〉愿借〈谓〉如悬河〈介词短语·定〉辩口〈宾〉。我：指作者。愿：愿意。借：借用。如：像。悬河：倒挂的瀑布一样的。辩口：辩才，指张彻的辩才。"如悬河"是明喻修辞格。介词短语的结构是：如＋悬河("如"是介词)。

句㊿石鼓之歌〈主〉止〈谓〉于此〈介词短语·补〉。之：是结构助词，用在定语和中心词之间，相当于"的"。止于此：到此为止。介词短语的结构是：于＋此("于"是介词)。这句与下句是并列关系。

句⑥呜呼〈状〉吾意〈主〉其〈状〉蹉跎〈谓〉。呜呼:是叹词,相当于"唉"。吾:我的,指作者的。意:想法。其:是副词,表示揣测,相当于"大概,恐怕"。蹉跎:虚度光阴,引申为"白费心思"。

浅析:这是一首写考古的诗,呼吁朝廷抢救保护文物,重视古文化。字里行间流露了作者激愤不平的情绪。第一句至第四句叙述了写石鼓歌的缘由。第五句至第十六句叙述了石鼓的来历和遭遇。第十七句至第二十六句叙述了石鼓文的雄俊苍劲的字体。第二十七句至第三十二句叙述了石鼓文被忽视,并表达了作者的痛惜之情。第三十三句至第三十六句叙述了石鼓被挖掘出来的经过。第三十七句至第五十句是作者建议朝廷保护珍贵文物。建议中包括了保护石鼓和石鼓文的理由、意义和做法。第五十一句至第五十六句叙写了朝中高官敷衍塞责,致使文物遭毁坏,被埋没,流露了作者的激愤情绪。第五十七、五十八句表明了作者尊崇古文化,反对媚俗的文学主张。作者认为:石鼓文的价值大大超过王羲之的书法。王羲之的书法尚可换取白鹅。我们为什么不能让石鼓文彰显它的价值呢?第五十九、六十句表达了作者的激愤情绪。第六十一、六十二句的言外之意是:既然天下"太平无事",既然"柄任儒术",那为什么还不重视石鼓和石鼓文呢?所以,这两句进一步表达了作者的激愤情绪。第六十三句至第六十六句表达了作者对保护石鼓的愿望难以实现的无可奈何的心情,仍流露了作者的激愤不平的情绪。

渔翁

An Old Fisherman

柳宗元　Liu Zongyuan

①渔翁夜傍西岩宿,	By Mount West an old fisherman puts up for the night,
②晓汲清湘燃楚竹。	At dawn he gets clean water from the Xiang River and makes fire with bamboos of Chu place.
③烟销日出不见人,	When the sun rises, the mist disperses, but the fisherman is not in sight,
④欸乃一声山水绿。	When the oar's creak is heard, the mount and the water all show their green face.
⑤回看天际下中流,	When the boat comes to the midstream, the fisherman looks back at the far-away Mount West, where,
⑥岩上无心云相逐。	The white clouds freely float here and there.

详注: 句①渔翁〈主〉夜〈状〉傍西岩〈介词短语·状〉宿〈谓〉。夜:在夜里。傍:在……旁边。西岩:永州西山,在今湖南永州市。宿:过夜。介词短语的结构是:傍+西岩("傍"是介词)。这句与下句是顺承关系。

句②他〈主·省〉晓〈状〉汲清湘燃楚竹〈连动短语·谓〉。他:指渔翁,下文中的"他"同此。晓:天亮时。汲:取。清湘:清澈的湘江水。燃:烧。楚竹:楚地的竹子。在古代永州属楚。连动短语的结构是:汲清湘+

燃楚竹(动作先后关系)。

句③烟〈主〉销〈谓〉日〈主〉出〈谓〉人〈主·倒〉不见〈谓〉。这句由三个句子构成。"烟销"是一句。"日出"是一句。"人不见"是一句。前两句间是果因关系。前两句和第三句间是转折关系。烟:烟雾。销:消散。人:指渔翁。不见:不在西岩了。这句与下句是并列关系。

句④渔船〈主·省〉欸乃〈谓〉一声〈补〉山水〈主〉绿〈谓〉。这句由两个句子构成。"渔船欸乃一声"是一句。"山水绿"是一句。前句是后句的时间状语。欸乃(ǎi nǎi):是象声词,模拟摇橹声。绿:呈现出绿色。

句⑤船〈主·省〉下〈谓·倒〉中流〈宾·倒〉他〈主·省〉回看〈谓·倒〉天际〈宾·倒〉。这句由两个句子构成。"船下中流"是一句。"他回看天际"是一句。前句是后句的时间状语。船:指渔翁的船。下中流:到了江中间。回看:回头看。天际:天边,即很远处,指西岩。船到了江中间,西岩就显得远了。这里用"天际"是夸张修辞格。

句⑥云〈主·倒〉无心〈状·倒〉相逐〈谓〉岩上〈方位短语·补·倒〉。无心:无意识地。引申为"随意地","自由自在地"。相逐:追逐。引申为"飘来飘去"。"相"是动词前缀,无实义。岩上:在西岩上。这句补充说明上句。

浅析:这首诗是柳宗元被贬永州时写的。这首诗刻画了一个远离尘世,与世无争的,孤傲的,适闲自由的渔翁形象。"傍西岩宿"和"山水绿"表明渔翁远离尘世,与山水为伴。"汲清湘"和"燃楚竹"表明渔翁与世无争,自得其乐。"不见人"和"欸乃一声"表明渔翁行踪飘忽,衬托了他的孤寂,"回看天际"衬托了他的孤傲。"云无心相逐"衬托了他对闲适自由的向往。渔翁是谁?作者自况也。全诗隐含着作者对被贬的忧愤和对官场的厌弃。

长 恨 歌

Song of Everlasting Remorse

白居易　Bai Juyi

①汉皇重色思倾国,	Emperor Tang Xuanzong, a beauty-lover, longed for a beauty without a peer,
②御宇多年求不得。	But he didn't get such a beauty though he had been on the throne for many a year.
③杨家有女初长成,	A daughter of the Yangs had just to adulthood grown,
④养在深闺人未识。	Bred in the deep boudoir she was to the world unknown.
⑤天生丽质难自弃,	Her inborn beauty was difficult for her to hide,
⑥一朝选在君王侧。	So one day she was chosen to be at the emperor's side.
⑦回眸一笑百媚生,	When she turned her eyeballs with a smile she looked so charming and graceful,

⑧六宫粉黛无颜色。　That by comparison all the beautiful ladies in the six imperial palaces looked pale.

⑨春寒赐浴华清池，　In the cold spring the emperor bestowed on her a bath in the Huaqing Pool filled with hot spring,

⑩温泉水滑洗凝脂。　The smooth water in it laved her cream-like skin.

⑪侍儿扶起娇无力，　Coming out of the pool, helped by her attendants she looked very lovely, feeble and tender,

⑫始是新承恩泽时。　Which is the beginning for her to win the love of the emperor.

⑬云鬓花颜金步摇，　She had cloud-like hair, a flower-like face and her gold headdresses quivered while she was walking,

⑭芙蓉帐暖度春宵。　And in the warm lotus bed-curtain she spent nights with the emperor in spring.

⑮春宵苦短日高起，　They got up when the sun rose high because the spring nights to them were too short,

⑯从此君王不早朝。　From then on the emperor no longer went to the morn court.

⑰承欢侍宴无闲暇，　She had no spare time because she shared with the emperor the feasts in succession,

⑱春从春游夜专夜。　Furthermore she kept him company every night as well as in the spring excursion.

⑲后宫佳丽三千人，　There were three thousand beautiful ladies in the imperial palace,

⑳三千宠爱在一身。　But the emperor gave his love to her alone as to take others' place.

㉑金屋妆成娇侍夜，　In the golden house she dressed herself up as an angel and served him at night,

㉒玉楼宴罢醉和春。　In the Jade Tower after the feasts, she got drunk with love delight.

㉓姊妹兄弟皆列土，　Her sisters and brothers were given ranks and feoffs one by one,

㉔可怜光彩生门户。　Thus for her family honour and distinction was won.

㉕遂令天下父母心，　This made the parents throughout the land,

㉖不重生男重生女。　Give birth to a daughter rather than to a son.

㉗骊宫高处入青云，　High up into the cloud towered the palace on Mount Li, from where,

㉘仙乐风飘处处闻。　The fairy music with the wind wafted here and there.

㉙缓歌谩舞凝丝竹，　The pipes and the strings accompanied the slow dance and melodious song,

㉚尽日君王看不足。　The emperor was not satiated though he watched and listened all day long.

㉛渔阳鼙鼓动地来，	From Yuyang came the sound of the rebel's war-drums so loud as to make the earth shake,
㉜惊破霓裳羽衣曲。	And make *Song of Rainbow Skirt and Feather Coat* break.
㉝九重城阙烟尘生，	The smoke and dust of war appear in Chang'an,
㉞千乘万骑西南行。	So the emperor together with thousands of chariots and horsemen went southwestward to Sichuan.
㉟翠华摇摇行复止，	The flags of the emperor's guard of honour now halted and then slowly moved on,
㊱西出都门百余里。	In this way they went one hundred and odd *li* out of the west gate of Chang'an.
㊲六军不发无奈何，	All the troops refused to go on, about which the emperor could do nothing,
㊳宛转蛾眉马前死。	He had to let Yang Guifei be hanged before the horses and the horsemen there standing.
㊴花钿委地无人收，	No one picked up her headdresses littered on the ground,
㊵翠翘金雀玉搔头。	Among them kingfishers, gold birds and jade hairpins were found.
㊶君王掩面救不得，	The emperor couldn't save her so he covered his face with his hand,
㊷回看血泪相和流。	Turning his head he shed his tears into her blood on the ground.
㊸黄埃散漫风萧索，	The yellow dust was spread everywhere by the wind desolate,
㊹云栈萦纡登剑阁。	The cloud-covered plank road wound up Mount Sword Gate.
㊺峨嵋山下少人行，	At the foot of Mount Emei there were few travellers,
㊻旌旗无光日色薄。	The sunlight was faint and the flags lost their colors.
㊼蜀江水碧蜀山青，	With the green rivers and mountains of Sichuan in sight,
㊽圣主朝朝暮暮情。	The emperor missed Yang Guifei day and night.
㊾行宫见月伤心色，	The moon he saw o'er the temporary palace was sad-looking,
㊿夜雨闻铃断肠声。	The bell-sound he heard on rainy nights was heart-breaking.
(51)天旋地转回龙驭，	The An-Shi armed rebellion was suppressed and the emperor started to go back to Chang'an,
(52)到此踌躇不能去。	Bearing not to leave he paced up and down around the place to bury Yang.
(53)马嵬坡下泥土中，	At the foot of the Mawei Hillside beneath the burial ground,
(54)不见玉颜空死处。	No trace of her lovely face was found.

(55)君臣相顾尽沾衣，	The emperor and his ministers looked at each other with tears wetting their gown,
(56)东望都门信马归。	Looking eastward in the distance at the capital gate and with free rein they rode on.
(57)归来池苑皆依旧，	Back in his palace he found the gardens and the ponds remained the same as before,
(58)太液芙蓉未央柳。	The lotuses were still in the Taiye Pond and the willow trees still around the Weiyang Hall.
(59)芙蓉如面柳如眉，	The lotus was like her face and the willow leaves her eyebrows,
(60)对此如何不垂泪！	With these in sight how could his tears not fall!
(61)春风桃李花开日，	When the peach and plum trees bloomed in the spring wind, he missed Yang Guifei.
(62)秋雨梧桐叶落时。	When the parasol leaves fell in the autumn rain he missed Yang Guifei,
(63)西宫南内多秋草，	In the west and south courts the autumn grasses were seen everywhere,
(64)落叶满阶红不扫。	The fallen red leaves that covered the steps were not swept and remained there.
(65)梨园弟子白发新，	The hairs of the royal musicians, actors and actresses turned grey,
(66)椒房阿监青娥老。	The young appearances of the women-guardians in the harem fell into decay.
(67)夕殿萤飞思悄然，	The fireflies flied around in the palace at night and he was absorbed in thoughts deep,
(68)孤灯挑尽未成眠。	The solitary lampwick burned out but he was still unable to sleep.
(69)迟迟钟鼓初长夜，	Slowly came the sound of the drums and the bells and to him the night seemed too long,
(70)耿耿星河欲曙天。	He stayed awake until the Milk Way was bright, which heralded dawn.
(71)鸳鸯瓦冷霜华重，	Outside the mandarin-duck tiles were cold and on them the white frost was thick indeed,
(72)翡翠衾寒谁与共。	Inside no one shared with him the chilly kingfisher quilt and the coverlet.
(73)悠悠生死别经年，	Separation between the living and the dead lasted for a long year,

⑦④魂魄不曾来入梦。	Yet never once did her soul come back into his dream here.
⑦⑤临邛道士鸿都客，	For a visit a taoist priest came to Chang'an from Lingqiong County,
⑦⑥能以精诚致魂魄。	Who said he could call back the soul of the dead with his complete sincerity.
⑦⑦为感君王辗转思，	Moved by the emperor's yearning for the departed Guifei,
⑦⑧遂教方士殷勤觅。	The taoist priest was ordered by the eunuch to find her soul anyway.
⑦⑨排空驭气奔如电，	He rode the air and the clouds and ran like the flash of lightning,
⑧⓪升天入地求之遍。	He flew up to heaven and down into earth and everywhere he conducted thorough searching.
⑧①上穷碧落下黄泉，	He searched the blue heaven and the netherworld, the lowest under-ground place,
⑧②两处茫茫皆不见。	But nowhere in these vast areas could he find her trace.
⑧③忽闻海上有仙山，	Suddenly he learnt there was a fairy mountain on the ocean,
⑧④山在虚无缥缈间。	Which could only be faintly seen.
⑧⑤楼阁玲珑五云起，	The beautiful towers on it was covered by the clouds colorful,
⑧⑥其中绰约多仙子。	And there lived many fairy maidens graceful.
⑧⑦中有一人字太真，	Among them was one whose name was Taizhen,
⑧⑧雪肤花貌参差是。	Judged by her snow-white skin and flower-like appearance, she must be the one he was searching.
⑧⑨金阙西厢叩玉扃，	Knocking at the jade door of the west wing of the gold palace, he bade,
⑨⓪转教小玉报双成。	The maid Xiaoyu who then informed Shuangcheng, Yang Guifei's maid.
⑨①闻道汉家天子使，	Hearing of the arrival of the envoy sent by the emperor of the Tang Dynasty,
⑨②九华帐里梦魂惊。	Yang Guifei was startled out of her dream in her flowery canopy.
⑨③揽衣推枕起徘徊，	Getting dressed, pushing aside her pillow, she got out of the bed and paced up and down,
⑨④珠箔银屏迤逦开。	Then the pearl-shades and the silvery-screens were opened one by one through which she walked along.
⑨⑤云鬓半偏新睡觉，	She was just awake from her sleep with her cloud-like hair awry,
⑨⑥花冠不整下堂来。	And with her flowery cap slanting she came to the meeting-hall nearby.

⑨⑦风吹仙袂飘飘举，	The wind made her clothes float,
⑨⑧犹似霓裳羽衣舞。	As if she danced the dance *Rainbow Skirt and Feather Coat*.
⑨⑨玉容寂寞泪阑干，	Her lovely face was covered with tears streaming,
⑩⑩梨花一枝春带雨。	Which was like a spray of pear blossoms with the raindrops in spring.
⑩①含情凝睇谢君王，	Gazing with deep affection at the envoy she asked him to thank the emperor,
⑩②一别音容两渺茫。	Saying "Since we parted we haven't known the voice and look of each other.
⑩③昭阳殿里恩爱绝，	The love and affection between us in the Zhaoyang Palace is gone,
⑩④蓬莱宫中日月长。	The days and nights I spend in the Penglai Palace are long."
⑩⑤回头下望人寰处，	Turning her head she looked down at the human society,
⑩⑥不见长安见尘雾。	She couldn't find Chang'an but only the smog dusty.
⑩⑦惟将旧物表深情，	To show her deep affection for the emperor she could only use some articles old,
⑩⑧钿合金钗寄将去。	So she would like to give him a hairpin and a case, both of which were gold.
⑩⑨钗留一股合一扇，	She broke each of them into halves,
⑩⑩钗擘黄金合分钿。	She kept two halves and asked the envoy to carry back the other halves.
⑪⑪但教心似金钿坚，	Saying "If only our hearts are made to be as firm as the case and the hairpin,
⑪⑫天上人间会相见。	In heaven or on earth we two are sure to meet again."
⑪⑬临别殷勤重寄词，	At parting sincerely and repeatedly she asked the envoy to carry a message to the emperor,
⑪⑭词中有誓两心知。	In which a vow was known only to the emperor.
⑪⑮七月七日长生殿，	"In the Longevity Palace on the 7th day of the 7th moon,
⑪⑯夜半无人私语时。	And at midnight we whispered our vows when we're alone.
⑪⑰在天愿作比翼鸟，	In the sky we're willing to be the two birds that forever fly wing by wing,
⑪⑱在地愿为连理枝。	On the earth we're willing to be the two trees with the branches twined together never breaking."
⑪⑲天长地久有时尽，	The long-lasting heaven and earth may come to an end someday,
⑫⑳此恨绵绵无绝期。	But this remorse caused by the love tragedy will last for ever and for aye.

详注：题. 长恨:长久的悔恨。歌:是古诗的一种体裁。白居易:字乐天,唐朝进士,曾任官职,曾被贬为江州司马。

句①汉皇〈主〉重色思倾国〈连动短语·谓〉。汉皇:指唐玄宗李隆基。唐朝人常借汉指唐。重色:喜好女色。思:想得到。倾国:倾国倾城的美女,即"绝色美女"。"倾城倾国"引自汉朝音乐家李延年的歌词"北方有佳人,绝世而独立,一顾倾人城,再顾倾人国,佳人难再得!"这里借倾城倾国(结果)代美人(原因),是借代修辞格。连动短语的结构是:重色(因) + 思倾国(果)。这句与下句是转折关系。

句②他〈主·省〉御宇多年求不得〈联合短语·谓〉。他:指唐玄宗。下文中的"他"同此。御宇:统治天下,即做皇帝。求不得:没有求到倾国。联合短语的结构是:御宇多年 + 求不得(两者是转折关系)。

句③杨家〈主〉有女初长成〈兼语短语·谓〉。杨家:指杨玉环的娘家。初:刚。长成:长大成人。兼语短语的结构是:有 + 女 + 初长成。

句④她〈主·省〉养〈谓〉在深闺〈介词短语·补〉人〈主〉未识〈谓〉。这句由两个句子构成。"她养在深闺"是一句。"人未识"是一句。两句间是因果关系。她:指杨玉环。养:抚养。深闺:闺房。人:别人。未识:没见过。介词短语的结构是:在 + 深闺("在"是介词)。这句补充说明上句。

句⑤天生〈定〉丽质〈主〉难自弃〈谓〉。丽质:美貌。难自弃:自己难以放弃。这句与下句是因果关系。

句⑥她〈主·省〉一朝〈状〉选〈谓〉在君王侧〈介词短语·补〉。一朝:某一天。选:被挑选。在君王侧:到皇帝唐玄宗的身边。杨玉环原是唐玄宗的儿子李瑁的妃子。一次,唐玄宗到李瑁家中,一眼看中了杨玉环。但不好直接把她接到宫里。于是,先让她出家成为道士,并赐给她道号太真,再把她接到宫中并封她为贵妃。介词短语的结构是:在 + 君王侧("在"是介词)。

句⑦她〈主·省〉回眸一笑〈连动短语·谓〉百媚〈主〉生〈谓〉。这句由两个句子构成。"她回眸一笑"是一句。"百媚生"是一句。前句是后句的时间状语。她:指杨贵妃,下文中的"她"同此。回眸(móu):转动眼珠。百媚:无限娇美。生:出现,产生。连动短语的结构是:回眸(方式) + 一笑(动作)。

句⑧六宫〈定〉粉黛〈主〉无〈谓〉颜色〈宾〉。六宫:后宫,指后及嫔妃住的地方。粉:妇女擦脸用的粉。黛(dài):青黑色的颜料,妇女用于画眉。这里借粉黛(标记)代嫔妃,是借代修辞格。无颜色:与杨贵妃一比显得黯然失色。这句补充说明上句。

句⑨春寒〈状〉明皇〈主·省〉赐〈谓〉浴〈宾〉华清池〈补〉。春寒:春寒的时候。明皇:唐玄宗。赐:赐给杨贵妃。浴:洗澡。华清池:在华清池里。华清池是唐朝华清宫的温泉浴池,在今陕西临潼县骊山上。这句是下句的时间状语。

句⑩温泉〈定〉滑〈定·倒〉水〈主〉洗〈谓〉凝脂〈宾〉。温泉:指华清池。滑水:柔滑的水。凝脂:凝固的脂肪。这里借凝脂喻杨贵妃的白嫩的皮肤,是借喻修辞格。

句⑪侍儿〈主〉扶起〈谓〉她〈宾·省〉她〈主·省〉娇〈谓〉无力〈补〉。这句由两个句子构成。"侍儿扶起她"是一句。"她娇无力"是一句。前句是后句的时间状语。侍儿:服侍杨贵妃的宫女。娇无力:娇软得没有力气。

句⑫这〈主·省〉始是〈谓〉新〈状〉承恩泽〈动宾短语·宾〉时〈凑韵〉。这:指上两句的情况。始是:才是。新:刚。承恩泽:得到皇帝的宠爱。时:起凑韵作用。古诗中,有时为了凑足字数或为了押韵,加上一字,这叫作凑韵。动宾短语的结构是:承 + 恩泽(动词 + 宾语)。这句补充说明上句。

句⑬鬓〈主·倒〉如〈谓·省〉云〈宾·倒〉颜〈主·倒〉如〈谓·省〉花〈宾·倒〉金步摇〈主〉摇〈谓〉。这句由三个句子构成。"鬓如云"是一句。"颜如花"是一句。"金步摇"是一句。三句间是并列关系。鬓如云:两鬓浓密的头发秀丽如云。颜如花:容颜像花。"如云"和"如花"都是明喻修辞格。金步:是一种金首饰,上有垂珠,人在走动时就摇动。这句与下句是并列关系。

句⑭芙蓉帐〈主〉暖〈谓〉他们〈主·省〉度〈谓〉春宵〈宾〉。这句由两个句子构成。"芙蓉帐暖"是一句。"他们度春宵"是一句。前句是后句的地点状语。芙蓉帐:带有荷花图案的帐子。他们:指唐玄宗和杨贵妃。度:欢度。春宵:春夜。

句⑮春宵〈主〉苦短〈谓〉他们〈主·省〉日高〈主谓短语·状〉起〈谓〉。这句由两个句子构成。"春宵苦短"

是一句。"日高起"是一句。两句间是并列关系。苦短：太短。他们：指唐玄宗和杨贵妃。日：太阳。高：升得老高。起：起床。主谓短语的结构是：日 + 高（主语 + 谓）。这句与下句是因果关系。

句⑯从此〈状〉君王〈主〉不早朝〈谓〉。君王：指唐玄宗。不早朝：不上早朝。

句⑰她〈主·省〉承欢侍宴无闲暇〈连动短语·谓〉。承欢：得到皇帝的喜爱。侍宴：陪皇帝饮宴。无：没有。闲暇：空闲。连动短语的结构是：承欢侍宴（因）+ 无闲暇（果）。"承欢侍宴"也是连动短语，其结构是：承欢（因）+ 侍宴（果）。这句与下句是递进关系。

句⑱她〈主·省〉春〈状〉从他〈省〉春游夜〈状〉专他〈省·定〉夜〈联合短语·谓〉。她：指杨贵妃。春：在春天。从：随同。他：指唐玄宗，下文中的"他"同此。夜：在夜里。专夜：杨贵妃夜夜陪伴唐玄宗。联合短语的结构是：春从他春游 + 夜专他夜（两者并列）。

句⑲后宫〈主〉有〈谓·省〉佳丽三千人〈同位短语·宾〉。后宫：宫中嫔妃住的地方。佳丽：漂亮女子。三千：极多。古汉语中，"三"和"千"都可以表示虚数，不实指。这里用"三千"是夸张修辞格。同位语短语的结构是：佳丽 + 三千人（名词 + 名词词组）。

句⑳三千〈定〉宠爱〈主〉在〈谓〉一身〈宾〉。三千宠爱：唐玄宗对三千佳丽的宠爱。在：集中在。一身：一人。指杨贵妃一人。这句补充说明上句。

句㉑她〈主·省〉金屋〈状〉妆成娇侍夜〈连动短语·谓〉。她：指杨贵妃。金屋：是一个典故。汉武帝做太子时，他的姑母（长公主）想把她的女儿阿娇许配给他，问他："把阿娇给你做老婆好不好？"汉武帝回答说："若得阿娇，当以金屋贮之。"这里作者引用这个典故意在把杨贵妃的住处比作汉武帝贮阿娇的金屋，属借喻修辞格，表明唐玄宗十分珍爱杨贵妃。妆成：打扮好了。娇：撒娇地。侍夜：侍奉唐玄宗过夜。连动短语的结构是：妆成 + 娇侍夜（动作先后关系）。这句与下句是并列关系。

句㉒玉楼〈定〉宴〈主〉罢〈谓〉她〈主·省〉醉和春〈谓〉。这句由两个句子构成。"玉楼宴罢"是一句。"她醉和春"是一句。前句是后句的时间状语。玉楼：华美的楼房。宴：酒宴。罢：结束。她：指杨贵妃。醉和春：醉意朦胧伴着春心春情。

句㉓姊妹兄弟〈联合短语·主〉皆〈状〉列土〈谓〉。姊妹兄弟：指杨贵妃的姐妹兄弟。皆：都。列土：得到分封爵位和领地。杨贵妃的大姐被封为韩国夫人，三姐被封为虢（guó）国夫人，八姐被封为秦国夫人。其堂兄杨铦被封为鸿胪（lú）卿，杨锜被封为侍御史，杨钊被赐名国忠，封魏国公，任右丞相。

句㉔可怜〈定〉光彩〈主〉生〈谓〉门户〈补〉。可怜：可爱的。生：出现。门户：在杨家的门户上。这句补充说明上句。

句㉕这〈主·省〉遂〈状〉令天下父母心〈与下句构成兼语短语作谓语〉。这：指上两句的情况。遂：就。令：使得。这句与下句是主谓关系。

句㉖不重生男重生女〈联合短语〉。重：看重。联合短语的结构是：不重生男 + 重生女（两者并列）。兼语短语的结构是：令 + 天下父母心 + 不重生男重生女。

句㉗骊宫〈定〉高处〈主〉入〈谓〉青云〈宾〉。骊宫：华清宫，在今陕西临潼县骊山上。入：插入。青云：高空中的云。这句是下句的地点状语。

句㉘风飘〈主谓短语·定·倒〉仙乐〈主〉处处〈状〉闻〈谓〉。风飘：风吹出的。仙乐：华清宫内的美妙音乐。处处：到处。闻：听到。主谓短语的结构是：风 + 飘（主语 + 谓语）。

句㉙缓歌谩舞〈联合短语·主〉凝〈谓〉丝竹〈宾〉。缓歌：轻歌。谩舞：节奏舒缓的舞蹈。凝：使……凝结。即"让音乐从……慢慢地发出"，是动词的使动用法。丝：弦乐器。竹：管乐器。这里借丝竹（材料）代乐器，又借丝竹（具体）代丝竹声（抽象），都是借代修辞格。联合短语的结构是：缓歌 + 谩舞（两者并列）。这句与下句是并列关系。

句㉚尽日〈状〉君王〈主〉看不足〈谓〉。尽日：整天。君王：指唐玄宗。看不足：看不够。

句㉛渔阳〈定〉鼙鼓〈主〉动地来〈连动短语·谓〉。渔阳：唐朝人习惯上称幽州范阳郡为渔阳，是安禄山的管辖区。鼙（pí）鼓：军中用的小鼓。这里借鼙鼓（具体）代鼙鼓声（抽象），是借代修辞格。动地来：震天动地地传来。连动短语的结构是:动地(方式)+来(动作)。这里借"渔阳鼙鼓动地来"代安禄山造反,是借代修辞格。

句㉜这〈主·省〉惊破〈谓〉霓裳羽衣曲〈宾〉。这:指上句情况。惊破:打断。霓裳羽衣曲:原是西域乐舞,名为《婆罗门》。后传入唐朝,经唐玄宗亲自修改润色,并更名为《霓裳羽衣曲》。这句是上句的结果状语。

句㉝九重城阙〈状〉烟尘〈主〉生〈谓〉。九重城阙:在京城长安。九重:皇宫由内到外有九道门,所以称九重。城阙(què):城门两边的望楼。这里借城阙(部分)代皇宫(整体),是借代修辞格。又借九重城阙代京城长安(皇宫所属),是借代修辞格。烟尘:战乱。这里借烟尘(特征)代战乱,是借代修辞格。生:发生。这句与下句是因果关系。

句㉞千乘万骑〈主〉西南〈状〉行〈谓〉。千乘万骑:很多车马。"千"和"万"表示虚数,不实指。乘(shèng):古代一车四马为一乘。骑(jì):一人一马为一骑。西南:向西南,即向四川方向。行:出走。

句㉟翠华〈主〉摇摇行复止〈连动短语·谓〉。翠华:皇帝的仪仗。仪仗里的旗帜用翠鸟羽毛装饰,所以称翠华。这里借翠华(属于仪仗)代仪仗,是借代修辞格。摇摇:摇摇摆摆地。行复止:走走停停。复:又。连动短语的结构是:摇摇(方式)+行复止(动作)。这句是下句的方式状语。

句㊱他们〈主·省〉西出〈谓〉都门〈宾〉百余里〈补〉。他们:指唐玄宗和他的随从。西出:在西边出。都门:皇城门。百余里:一百多里,到马嵬坡。

句㊲六军〈主〉不发〈谓〉明皇〈主〉无奈何〈谓〉。这句由两个句子构成。"六军不发"是一句。"明皇无奈何"是一句。两句间是并列关系。六军:古代天子有六军。这里指唐明皇的羽林军。不发:不愿走。明皇:指唐玄宗。无奈何:没有办法。这句与下句是因果关系。

句㊳蛾眉〈主·倒〉宛转马前〈方位短语·状〉死〈连动短语·谓〉。蛾眉:长而美的眉毛。这里借蛾眉(特征)代杨贵妃,是借代修辞格。宛转:缠绵难舍地。马前死:死于马前。将士骑在马上,看着杨贵妃吊死,所以称"马前死"。唐玄宗及其随从走到离京城百余里的马嵬坡,龙武将军陈玄礼发动兵变,要求处死杨贵妃。唐玄宗无可奈何,只得让高力士把杨贵妃吊死在佛堂。连动短语的结构是:宛转(方式)+马前死(动作)。方位短语的结构是:马+前("前"是方位词)。

句㊴花钿〈主〉委地〈谓〉无人〈主〉收〈谓〉。这句由两个句子构成。"花钿委地"是一句。"无人收"是一句。两句间是转折关系。花钿(diàn):杨贵妃的首饰。委地:落地。这句与下句是主谓关系,是一句分作两句写。

句㊵翠翘金雀玉搔头〈联合短语·与"花钿"并列作主语〉。翠翘、金雀和玉搔头都是杨贵妃的首饰。联合短语的结构是:翠翘+金雀+玉搔头(三者并列)。

句㊶君王〈主〉掩面救不得〈连动短语·谓〉。君王:指唐玄宗。掩面:用衣袖遮着脸,不忍看着杨贵妃死去。救不得:救不了杨贵妃。连动短语的结构是:掩面(果)+救不得(因)。这句与下句是顺承关系。

句㊷他〈主·省〉回看〈谓〉血泪〈主〉相和流〈连动短语·谓〉。这句由两个句子构成。"他回看"是一句。"血泪相和流"是一句。前句是后句的时间状语。回看:回头看看。血泪:血和泪。相和:混在一起。唐玄宗的眼泪与杨贵妃的血流到一起。连动短语的结构是:相和(方式)+流(动作)。

句㊸黄埃〈主〉散漫〈谓〉风〈主〉萧索〈谓〉。这句由两个句子构成。"黄埃散漫"是一句。"风萧索"是一句。两句间是果因关系。黄埃:黄色的尘埃。散漫:飞扬。萧索:呼呼叫,是象声词。这句与下句是并列关系。

句㊹云栈〈主〉萦纡登剑阁〈连动短语·谓〉。云栈(zhàn):高耸入云的栈道。"栈道"是用木、竹在绝壁悬崖上搭成的道路。萦纡(yíng yū):曲折盘绕。登:登上。剑阁:在今四川剑阁县剑门山上。剑门山由大剑山和小剑山组成,两山之间有一条栈道。

句㊺峨嵋山下〈方位短语·状〉行人〈主·倒〉少〈谓〉。峨嵋山:峨嵋山,在今四川境内。这里借峨嵋山(特定)代四川的山(普通),是借代修辞格。唐玄宗没有到峨嵋山。方位短语的结构是:峨嵋山+下("下"是方位词)。这句与下句是并列关系。

句㊻旌旗〈主〉无〈谓〉光〈宾〉日色〈主〉薄〈谓〉。这句由两个句子构成。"旌旗无光"是一句。"日色薄"是一句。两句间是并列关系。旌旗:指唐玄宗仪仗中的旗帜。无光:没有光泽,掉色。日色薄:日光暗淡。

卷三 七言古诗

句㊼蜀江〈定〉水〈主〉碧〈谓〉蜀山〈主〉青〈谓〉。这句由两个句子构成。"蜀江水碧"是一句。"蜀山青"是一句。两句间是并列关系。蜀江水:泛指四川境内的河流。碧:青绿色。蜀山:泛指四川的山。这句与下句是主谓关系。

句㊽它们〈主·省〉勾起〈谓·省〉圣主〈定〉朝朝暮暮〈定〉情〈宾〉。它们:指蜀山蜀水。圣主:指唐玄宗。朝朝暮暮:日日夜夜。情:对杨贵妃的思念之情。

句㊾他〈主·省〉行宫〈状〉见〈谓〉月〈定〉伤心〈定〉色〈宾〉。行宫:在行宫。行宫是皇帝外出时临时的住处。见:看到。月:月亮的。伤心色:伤心的容颜。这里把唐玄宗的伤心移到月亮上,是移就修辞格。这句与下句是并列关系。

句㊿他〈主·省〉雨〈倒〉夜〈状〉闻〈谓〉铃〈定〉断肠〈定〉声〈宾〉。夜雨:在下雨的夜晚。闻:听到。铃:行宫屋檐角上挂的铃铛。断肠声:悲痛到了极点的声音。这里把唐玄宗的悲痛移到铃子上,是移就修辞格。

句㊿¹天〈主〉旋〈谓〉地〈主〉转〈谓〉龙驭〈主·倒〉回〈谓〉。这句由三个句子构成。"天旋"是一句。"地转"是一句。"龙驭回"是一句。前两句间是并列关系。前两句与第三句间是因果关系。天旋地转:时局有了重大变化,指安禄山造反被平定,朝廷收复了长安。龙驭(yù):皇帝乘坐的车子。这里借龙驭(皇帝所在的地方)代皇帝,是借代修辞格。回:从四川回长安。这句与下句是顺承关系。

句㊿²他〈主·省〉到此踌躇不能去〈连动短语·谓〉。到此:到马嵬坡。踌躇(chóu chú):徘徊。不能去:不忍离去。连动短语的结构是:到此+踌躇不能去(动作先后关系)。"踌躇不能去"也是连动短语,其结构是:踌躇(果)+不能去(因)。

句㊿³马嵬坡下〈方位短语·定〉泥土中〈方位短语·作下句的地点状语〉。马嵬坡:在今陕西兴平市西马嵬镇。方位短语的结构是:马嵬坡+下("下"是方位词),泥土+中("中"是方位词)。

句㊿⁴他〈主·省〉不见玉颜空见〈省〉死处〈联合短语·谓〉。玉颜:美貌。这里借美貌(部分)代杨贵妃(整体),是借代修辞格。空:只,仅。死处:杨贵妃埋葬的地方。联合短语的结构是:不见玉颜+空见死处(两者并列)。

句㊿⁵君臣〈主〉相顾尽沾衣〈连动短语·谓〉。君臣:指玄宗和他的臣子们。相顾:互相看着。尽:都。沾衣:泪水沾湿衣襟。连动短语的结构是:相顾(方式)+尽沾衣(动作)。这句与下句是顺承关系。

句㊿⁶他〈主·省〉东望都门信马归〈连动短语·谓〉。东望:向东望。都门:京都长安。信马:任凭马缓慢前行,即不鞭打马。归:回到长安。连动短语的结构是:东望都门(方式)+信马归(动作)。

句㊿⁷他〈主·省〉归来〈谓〉池苑〈主〉皆〈状〉依旧〈谓〉。这句由两个句子构成。"他归来"是一句。"池苑皆依旧"是一句。前句是后句的时间状语。归来:回到皇宫。池苑:皇宫中的水池和园林。皆:都。依旧:是老样子。

句㊿⁸太液〈主〉有〈谓·省〉芙蓉〈宾〉未央〈主〉有〈谓·省〉柳〈宾〉。这句由两个句子构成。"太液有芙蓉"是一句。"未央有柳"是一句。两句间是并列关系。太液:太液池,是汉朝建章宫内的北池。未央:是汉丞相萧何建的宫殿。芙蓉:荷花。这句补充说明上句。

句㊿⁹芙蓉〈主〉如〈谓〉面〈宾〉柳〈主〉如〈谓〉眉〈宾〉。这句由两个句子构成。"芙蓉如面"是一句。"柳如眉"是一句。两句间是并列关系。芙蓉:荷花。如:像。面:杨贵妃的脸。眉:杨贵妃的双眉。"如面"和"如眉"是明喻修辞格。

句㉗他〈主·省〉对此〈介词短语·状〉如何〈状〉不垂〈谓〉泪〈宾〉。对此:面对芙蓉和柳。如何:怎么会。不垂泪:不掉泪。这句补充说明上句。介词短语的结构是:对+此("对"是介词)。

句㉘[春风〈主〉吹〈省〉桃李〈定〉花开〈兼语短语·谓〉]〈小句·定〉日〈状〉玄宗〈主·省〉思〈谓·省〉贵妃〈宾·省〉。兼语短语的结构是:吹+桃李花+开。日:日子里。思:思念。这句与下句是并列关系。

句㉙[秋风〈主〉吹〈省〉梧桐〈定〉叶落〈兼语短语·谓〉]〈小句·定〉时〈状〉玄宗〈主·省〉思〈谓·省〉贵妃〈宾·省〉。兼语短语的结构是:吹+梧桐叶+落。时:时候。

句㉚西宫南内〈联合短语·状〉秋草〈主〉多〈谓·倒〉。西宫:太极宫。南内:兴庆宫。唐玄宗回宫后,是太上皇。他先住兴庆宫,兴庆宫临大街,与外界接触多。肃宗怕唐玄宗复辟,就把他迁到西宫。联合短语的结构是:西宫+南内(两者并列)。这句与下句是并列关系。

句⑭落叶〈主〉满〈谓〉阶〈宾〉红〈主〉不扫〈谓〉。这句由两个句子构成。"落叶满阶"是一句。"红不扫"是一句。两句间是并列关系。阶:台阶。红:落花。不扫:没被扫除。

句⑮梨园〈定〉弟子〈定〉白发〈主〉新〈谓〉。梨园:唐玄宗在蓬莱宫旁边设置的教习乐舞的地方。弟子:在梨园中学习乐舞的学生,后世称从事戏曲艺术的人。新:新增加。这句与下句是并列关系。

句⑯椒房〈定〉阿监〈定〉青娥〈主〉老〈谓〉。椒房:用花椒和泥涂壁的宫室,是后妃们住的地方,指后宫。阿监:宫中女官。这里的"阿"是前缀,有亲切意味。青娥:美貌。老:衰老。

句⑰夕殿〈定〉萤〈主〉飞〈谓〉他〈主·省〉悄然〈状·倒〉思〈谓〉。这句由两个句子构成。"夕殿萤飞"是一句。"他悄然思"是一句。两句间是并列关系。夕殿:夜晚宫殿里。夕:夜晚。萤:萤火虫。悄然:默默地。思:思念杨贵妃。这句与下句是并列关系。

句⑱孤灯〈主〉挑尽〈谓〉他〈主·省〉未成〈谓〉眠〈宾〉。这句由两个句子构成。"孤灯挑尽"是一句。"他未成眠"是一句。两句间是转折关系。挑尽:油灯里的灯芯被挑出烧完了。未成眠:没有入睡。

句⑲钟鼓〈主·倒〉迟迟〈谓〉初夜〈主·倒〉长〈谓〉。这句由两个句子构成。"钟鼓迟迟"是一句。"初夜长"是一句。两句间是并列关系。钟鼓:报时的钟鼓声。这里借钟鼓(具体)代钟鼓声(抽象),是借代修辞格。迟迟:慢悠悠地响。初夜:古代把一夜分成五更。初夜即一更。这里借初夜(部分)代整夜(整体),是借代修辞格。这句与下句是并列关系。

句⑳星河〈主·倒〉耿耿〈谓〉天〈主·倒〉欲曙〈谓〉。这句由两个句子构成。"星河耿耿"是一句。"天欲曙"是一句。前句是后句的时间状语。星河:银河。耿耿:明亮。欲:快要。曙:天亮。

句㉑鸳鸯瓦〈主〉冷〈谓〉霜华〈主〉重〈谓〉。这句由两个句子构成。"鸳鸯瓦冷"是一句。"霜华重"是一句。两句间是并列关系。鸳鸯瓦:两片一俯一仰合成一对的瓦。霜华:霜花。重:厚。这句与下句是并列关系。

句㉒他〈主·省〉谁与〈介词短语·状〉共〈谓〉寒〈定〉翡翠衾〈宾〉。谁与:与谁。古汉语中,疑问代词"谁"作介词宾语时,要移到介词前。共:共用。寒:寒冷的。翡翠衾(qīn):绣有翡翠羽毛图案的被子。介词短语的结构是:与+谁("与"是介词)。

句㉓生死〈主·倒〉悠悠〈谓〉别〈主〉经〈谓〉年〈宾〉。这句由两个句子构成。"生死悠悠"是一句。"别经年"是一句。两句间是并列关系。生死:生者和死者,指活着的唐玄宗和死去的杨贵妃。悠悠:久久远远。别:指唐玄宗和杨贵妃的离别。经:又过了。年:一年。这句与下句是转折关系。

句㉔魂魄〈主〉不曾〈状〉来入梦〈连动短语·谓〉。魂魄:指杨贵妃的亡魂。迷信认为人死了,魂还在。不曾:未曾。入梦:进入唐玄宗的梦乡。连动短语的结构是:来+入梦(动作先后关系)。

句㉕临邛〈定〉道士〈主〉是〈谓·省〉鸿都〈定〉客〈宾〉。临邛(qióng):古县名,今四川邛崃市。道士:道教徒。鸿都:汉朝京城洛阳的宫门名。这里借鸿都(部分)代洛阳(整体),又洛阳代长安,是借代修辞格。客:客人。指四川的道士来到长安暂住。这句与下句是主谓关系。

句㉖他〈主·省〉能〈状〉以精诚〈介词短语·状〉致〈谓〉魂魄〈宾〉。他:指道士。以:用。精诚:真诚。致:招回。魂魄:指杨贵妃的魂魄。介词短语的结构是:以+精诚("以"是介词)。

句㉗侍从〈主·省〉为君王辗转〈状〉思〈介词短语·状〉感〈谓·倒〉。侍从:指高力士。为:被。君王:指唐玄宗。辗转:翻来覆去睡不着觉地。思:思念杨贵妃。感:感动。介词短语的结构是:为+君王辗转思("为"是介词)。"君王辗转思"是主谓短语,其结构是:君王+辗转思(主语+谓语)。这句与下句是因果关系。

句㉘侍从〈主·省〉遂〈状〉教方士殷勤觅〈兼语短语·谓〉。侍从:指高力士。遂:就。教:叫,让。方士:指临邛道士。殷勤:全力以赴地。觅:寻找杨贵妃魂魄。兼语短语的结构是:教+方士+殷勤觅。

句㉙道士〈主·省〉排空驭气奔如电〈联合短语·谓〉。排空驭气:腾云驾雾。奔:奔跑。如电:像闪电,是明喻修辞格。联合短语的结构是:排空+驭气+奔如电(三者并列)。这句与下句是并列关系。

句㉚道士〈主·省〉升天入地〈联合短语〉遍求之〈连动短语·谓〉。遍:到处。求:找。之:是代词,指杨贵妃的魂魄。连动短语的结构是:升天入地(动作)+遍求之(目的)。联合短语的结构是:升天+入地(两个动宾短语并列)。

句⑧道士〈主·省〉上〈状〉穷碧落下〈状〉穷〈省〉黄泉〈联合短语·谓〉。上:向上。穷:找遍。碧落:天界,道教称天界为碧落。下:向下。黄泉:阴间。联合短语的结构是:上穷碧落+下穷黄泉(两者并列)。这句与下句是转折关系。

句⑧两处〈主〉茫茫〈谓〉道士〈主·省〉皆〈状〉不见〈谓〉。这句由两个句子构成。"两处茫茫"是一句。"道士皆不见"是一句。两句间是并列关系。两处:指天界和阴间。茫茫:辽阔无边。皆:都。不见:没看到杨贵妃的魂魄。

句⑧道士〈主·省〉忽〈状〉闻〈谓〉[海上〈方位短语·主〉有〈谓〉仙山〈宾〉]〈小句·宾〉。忽:忽然。闻:听说。仙山:神仙居住的山。方位短语的结构是:海+上("上"是方位词)。

句⑧山〈主〉在〈谓〉虚无缥缈间〈方位短语·宾〉。山:仙山。虚无缥缈:隐隐约约,若有若无。间:中间。方位短语的结构是:虚无缥缈+间("间"是方位词)。这句补充说明上句。

句⑧楼阁〈主〉玲珑〈谓〉五云〈主〉起〈谓〉。这句由两个句子构成。"楼阁玲珑"是一句。"五云起"是一句。两句间是并列关系。阁:楼的一种。玲珑:精巧秀气。五云:五色的彩云。起:飘浮。这句与下句是并列关系。

句⑧其中〈状〉绰约〈定〉仙子〈主〉多〈谓·倒〉。其中:指楼阁里。绰(chuò)约:体态柔美的。仙子:仙女。

句⑧中〈主〉有一人字太真〈兼语短语·谓〉。中:仙女中。字:别名叫。太真:是杨贵妃的道号。见本诗句⑥注。兼语短语的结构是:有+一人+字太真。

句⑧雪肤花貌〈联合短语·主〉参差〈状〉是〈谓〉。雪肤:雪一样的白皮肤。这里把皮肤比作雪,是暗喻修辞格。花貌:花一样的容貌。这里把容貌比作花,是暗喻修辞格。参差(cēn cī):差不多,好像。是:是杨贵妃。联合短语的结构是:雪肤+花貌(两者并列)。这句补充说明上句。

句⑧道士〈主·省〉金阙〈定〉西厢〈状〉叩〈谓〉玉扃〈宾〉。金阙西厢:在金阙西厢。金阙(què):黄金做的宫殿。西厢:西边的厢房。叩:敲。玉扃(jiōng):玉做的门。这句与下句是顺承关系。

句⑨道士〈主·省〉教小玉转〈倒〉报双成〈兼语短语·谓〉。教:叫,请。小玉:相传吴王夫差的女儿叫小玉。转报:转告。双成:相传是西王母的侍女。这里借小玉、双成喻杨贵妃的侍女,是借喻修辞格。

句⑨她〈主·省〉闻道〈谓〉汉家天子〈定〉使〈宾〉。她:指杨贵妃。闻道:听说。汉家:唐朝。唐朝人常借汉指唐。天子:皇帝,指唐玄宗。使:使者。这句是下句的时间状语。

句⑨九华帐里〈方位短语·定〉梦魂〈主〉惊〈谓〉。九华帐:绣有华丽花纹的帐子。梦魂:指睡梦中的杨贵妃。惊:惊醒。方位短语的结构是:九华帐+里("里"是方位词)。

句⑨她〈主·省〉揽衣推枕起徘徊〈连动短语·谓〉。揽衣:披上衣服。推枕:推开枕头。起:下床。徘徊:来回走动。连动短语的结构是:揽衣+推枕+起+徘徊(动作先后关系)。这句与下句是顺承关系。

句⑨珠箔银屏〈联合短语·主〉迤逦〈状〉开〈谓〉。珠箔:装饰着珍珠的帘子。银屏:银制的屏风。迤逦(yǐ lǐ):一个接一个地。开:打开。联合短语的结构是:珠箔+银屏(两者并列)。

句⑨云鬓〈主〉半偏〈谓〉睡〈主〉新〈状〉觉〈谓〉。这句由两个句子构成。"云鬓半偏"是一句。"睡新觉"是一句。两句间是果因关系。云鬓(jì):云一样挽起的头发。这里把松乱的挽起的头发比作云,是暗喻修辞格。半偏:偏向一边。睡:睡眠。新:刚。觉:醒来。这句与下句是顺承关系。

句⑨花冠〈主〉不整〈谓〉她〈主·省〉下堂来〈谓〉。这句由两个句子构成。"花冠不整"是一句。"她下堂来"是一句。前句是后句的方式状语。花冠:带有装饰的帽子。不整:没有戴正。下堂:走到了厅堂。"来"用在动词或动宾短语后,可表示动作的结果。

句⑨风〈主〉吹〈谓〉仙袂〈宾〉飘飘举〈补〉。仙袂(mèi):杨贵妃的衣袖。飘飘举:飘扬起来。

句⑨这〈主·省〉犹似〈谓〉霓裳羽衣舞〈宾〉。这:指上句内容。犹似:好像。霓裳羽衣舞:见本诗句㉜注。这句补充说明上句。

句⑨玉容〈主〉寂寞〈谓〉泪〈主〉阑干〈谓〉。这句由两个句子构成。"玉容寂寞"是一句。"泪阑干"是一句。两句间是递进关系。玉容:杨贵妃的美丽容貌。寂寞:凄凉。阑干:纵横流。

句⑩她〈主·省〉似〈谓·省〉一枝〈定〉带雨〈动宾短语·定·倒〉春〈定·倒〉梨花〈宾〉。似:像。带雨:带着雨珠的。指杨贵妃满脸的泪。春:春天里的。动宾短语的结构是:带+雨(动词+宾语)。"似一枝带雨春梨花"是明喻修辞格。这句补充说明上句。

句⑪她〈主·省〉含情凝睇谢君王〈连动短语·谓〉。含情:带着深情。凝睇(níng dì):目不转睛地看着道士。君王:指唐玄宗。连动短语的结构是:含情凝睇(方式)+谢君王(动作)。这句与下句是并列关系。

句⑫一别〈状〉音容两〈同位短语·主〉渺茫〈谓〉。一别:分别后。指在马嵬坡分别后。音容:声音和容貌。两:音容这二者。渺(miǎo)茫:模糊不清。同位短语的结构是:音容+两(名词+量词)。

句⑬昭阳殿里〈方位短语·定〉恩爱〈主〉绝〈谓〉。昭阳殿:汉成帝皇后赵飞燕住的宫殿。这里借昭阳殿喻杨贵妃生前住的宫殿,是借喻修辞格。恩爱:唐玄宗与杨贵妃之间的恩爱。绝:断绝。方位短语的结构是:昭阳殿+里("里"是方位词)。这句与下句是并列关系。

句⑭蓬莱宫中〈方位短语·定〉日月〈主〉长〈谓〉。蓬莱宫:仙人住的地方,指杨贵妃死后住的地方。日月:日子。长:久远。方位短语的结构是:蓬莱宫+中("中"是方位词)。

句⑮她〈主·省〉回头下望人寰处〈连动短语·谓〉。下望:向下看。人寰处:人间。连动短语的结构是:回头+下望人寰处(动作先后关系)。这句是下句的时间状语。

句⑯她〈主·省〉不见长安见尘雾〈联合短语·谓〉。尘雾:尘埃和雾。联合短语的结构是:不见长安+见尘雾(两者是转折关系)。

句⑰她〈主·省〉惟〈状〉将旧物表深情〈连动短语·谓〉。惟:只。将:用。旧物:杨贵妃生前使用过的物品。表:表达。深情:杨贵妃对唐玄宗的深爱之情。连动短语的结构是:将旧物(方式)+表深情(动作)。这句与下句是因果关系。

句⑱她〈主·省〉将〈倒〉金钗钿合〈介词短语·状〉寄去〈谓〉。将:把。金钗:黄金做的首饰,有两股。钿(diàn)合:用金银镶成的盒子,分为两扇。寄去:托道士带给唐玄宗。介词短语的结构是:将+金钗钿合("将"是介词)。

句⑲她〈主·省〉留〈谓·倒〉一股〈定〉钗一扇〈倒〉合〈联合短语·宾〉。留:留下。一股钗:钗的一半。一扇合:钿合的一半。联合短语的结构是:一股钗+一扇合(两者并列)。这句与下句是因果关系。

句⑳她〈主·省〉擘〈倒〉黄金钗分〈倒〉钿合〈联合短语·谓〉。擘(bò):剖开。分:分开。联合短语的结构是:擘黄金钗+分钿合(两者并列)。

句㉑我们〈主·省〉但〈状〉教〈谓〉心似金钿〈介词短语·状〉坚〈主谓短语·宾〉。我们:指唐玄宗和杨贵妃。但:只要。教:让。心:唐玄宗和杨贵妃两人的心。似:像。金钿:金钗和钿合。坚:坚固。主谓短语的结构是:心+似金钿坚(主语+谓语)。介词短语的结构是:似+金钿("似"是介词)。这句是下句的条件状语。

句㉒天上人间〈联合短语·状〉我们〈主·省〉会相见〈谓〉。天上人间:在天上或在人间。我们:指唐玄宗和杨贵妃。会:终究会。相见:见面。言外之意是再做夫妻。这里的联合短语的结构是:天上+人间(两者是选择关系)。

句㉓道士〈主·省〉临别〈谓〉她〈主·省〉殷勤〈状〉重〈状〉寄〈谓〉词〈宾〉。这句由两个句子构成。"道士临别"是一句。"她殷勤重寄词"是一句。前句是后句的时间状语。临别:告别的时候。殷勤:恳切地。重:再三地。寄词:托道士捎口信给唐玄宗。

句㉔词中〈主〉有〈谓〉两心知〈主谓短语·定·倒〉誓〈宾〉。词中:指杨贵妃托道士捎的口信中。两心:指唐玄宗和杨贵妃两人的心。知:知道。誓:誓言。这句补充说明上句。

句㉕七月七日〈作下句状语〉长生殿〈作下句状语〉。七月七日:七夕,是牛郎织女在鹊桥相会的夜晚。长生殿:在骊山华清宫内。又名集灵台,用于祭神的地方。

句㉖夜半无人私语时〈状〉他们〈主·省〉发誓〈谓·省〉。无人:在无人的地方。私语时:说悄悄话的时候。

他们:指唐玄宗和杨贵妃。

句⑰在天〈介词短语·状〉我们〈主·省〉愿作〈谓〉比翼鸟〈宾〉。在天:在天上。我们:指唐玄宗和杨贵妃。愿作:愿意做。比翼鸟:鹣鹣(jiān)。传说,此鸟只有一目一翼,雌雄不并排不能飞。介词短语的结构是:在+天("在"是介词)。这句与下句是并列关系。

句⑱在地〈介词短语·状〉我们〈主·省〉愿为〈谓〉连理枝〈宾〉。在地:在地上。连理枝:两棵树的枝干联结在一起。介词短语的结构是:在+地("在"是介词)。

句⑲天长地久〈联合短语·主〉有〈谓〉尽〈定〉时〈宾·倒〉。尽时:完的时候。联合短语的结构是:天长+地久(两个主谓短语并列)。这句与下句是转折关系。

句⑳此恨〈主〉绵绵无绝期〈联合短语·谓〉。此恨:唐玄宗和杨贵妃的爱情悲剧所造成的悔恨。绵绵:连绵不断。无绝期:没有断绝的时候。联合短语的结构是:绵绵+无绝期(两者是递进关系)。

　　浅析:这首诗细腻地描写了唐玄宗和杨贵妃的生死不渝的爱情故事,流露了作者对唐玄宗重色误国的谴责。第一、二句介绍了男主人公——皇帝以及他的人品特征——重色。第三、四介绍了女主人公。她姓杨,妙龄民女,未出阁。第五、六句交代了女主人公的美貌,并被唐玄宗选中。第七、八句进一步交代了女主人公的美貌,呼应了"倾国"。第九句至第二十二句用具体事例描写了杨贵妃得到唐玄宗宠爱的情况。第二十三、二十四句交代了唐玄宗对杨氏兄妹的封赏。第二十五、二十六句描写了唐玄宗对杨氏兄妹的封赏所带来的社会影响。第二十七句至第三十六句描写了唐玄宗沉迷于声色,不理朝政,导致了安史之乱的爆发和唐玄宗的外逃。其中暗含着作者对唐玄宗重色误国的谴责。第三十七句至第四十句描写了皇家军队的兵变和杨贵妃被处死的惨状。第四十一、四十二句描写了唐玄宗极度悲痛的情状。第四十三句至第四十六句描写了唐玄宗一行去四川途中的景色,衬托了唐玄宗的凄凉心境。第四十七句至第五十句描写了唐玄宗思念杨贵妃的极度悲痛的心境。第五十一句至第五十六句描写了唐玄宗回京途经马嵬坡时的伤心落泪的情景。第五十七句至第六十句描写了唐玄宗回宫后睹物思人的悲痛情状。第六十一句至第六十四句通过描写自然景观衬托了唐玄宗的内心的伤痛。第六十五句至第七十二句描写了唐玄宗无人陪伴,孤寂难耐的境况。第七十三、七十四句描写了唐玄宗对杨贵妃的缠绵思念。他想在梦中与杨贵妃相见,可是没能如愿。以上三十四句(第四十一句至第七十四句)描写了唐玄宗失去杨贵妃后的痛苦。第七十五句至第九十句是作者驰骋丰富的想象力描写了临邛道士寻找杨贵妃魂魄的经过。第九十一句至第一百句描写了杨贵妃对唐玄宗的使者到来的反应。其中揭示了杨贵妃在仙界的寂寞悲苦的境况。第一〇一句至第一一八句描写了杨贵妃的魂魄在仙界会见临邛道士的情景,凸显了杨贵妃对唐玄宗的无尽思念。第一一九、一二〇句是作者对唐玄宗和杨贵妃爱情故事的评介,"无绝期"强调了"此恨"的深沉和久远。

　　本诗㉕㉖句是流水对,61 62句、103 104句和117 118句是工对。

琵琶行并序

Song of a Female Pipa-Player

白居易　Bai Juyi

元和十年,余左迁九江郡司马。明年秋,送客湓浦口,闻舟中夜弹琵琶者。听其音,铮铮然有京都声。问其人,本长安倡女,尝学琵琶于穆、曹二善才。年长色衰,委身为贾人妇。遂命酒,使快弹数曲。曲罢悯然,自叙少小时欢乐事,今漂沦憔悴,转徙于江湖间。余出官二年,恬然自安,感斯人言,是夕,始觉有迁谪意。因为长歌以赠之,凡六百一十二言,命曰琵琶行。

In the 10th year of Yuanhe I was demoted to be a low-ranking official at the Jiujiang Prefecture. In the autumn of the next year, I saw off a friend at the mouth of the Pen River, when I heard someone playing the pipa in a boat. The sound clanged with a touch of Chang'an. When I asked about the player, I was told that she was a singing-girl in Chang'an, who once learnt to play the pipa from the masters Mu and Cao. As she was getting old and no longer beautiful, she married a merchant. So I ordered more wine and asked her to play a few tunes fast. After her playing was over, she looked depressed and gloomy. She told us the happy experiences in her youth, and a vagrant life she leads now. It is two years since I was demoted, during which my life is in peace and comfort. Affected by what she said, the sad feeling about my demotion came back to me at that night. Therefore I wrote for her this long poem entitled *Song of a Female Pipa-Player*, which totals 620 words.

① 浔阳江头夜送客,
One night at the mouth of the Xunyang River I saw off a friend, when and where,

② 枫叶荻花秋瑟瑟。
The maple leaves and the reed flowers rustled in the autumn air.

③ 主人下马客在船,
I dismounted from my horseback and my friend was already in his boat light,

④ 举酒欲饮无管弦。
We drank wine without any music by our side.

⑤ 醉不成欢惨将别,
Drunk without joy, we feel very sad about our parting,

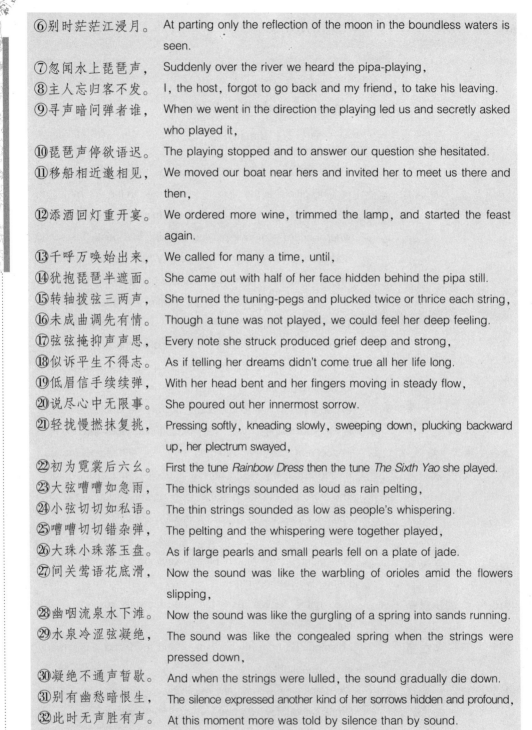

⑥别时茫茫江浸月。	At parting only the reflection of the moon in the boundless waters is seen.
⑦忽闻水上琵琶声，	Suddenly over the river we heard the pipa-playing,
⑧主人忘归客不发。	I, the host, forgot to go back and my friend, to take his leaving.
⑨寻声暗问弹者谁，	When we went in the direction the playing led us and secretly asked who played it,
⑩琵琶声停欲语迟。	The playing stopped and to answer our question she hesitated.
⑪移船相近邀相见，	We moved our boat near hers and invited her to meet us there and then,
⑫添酒回灯重开宴。	We ordered more wine, trimmed the lamp, and started the feast again.
⑬千呼万唤始出来，	We called for many a time, until,
⑭犹抱琵琶半遮面。	She came out with half of her face hidden behind the pipa still.
⑮转轴拨弦三两声，	She turned the tuning-pegs and plucked twice or thrice each string,
⑯未成曲调先有情。	Though a tune was not played, we could feel her deep feeling.
⑰弦弦掩抑声声思，	Every note she struck produced grief deep and strong,
⑱似诉平生不得志。	As if telling her dreams didn't come true all her life long.
⑲低眉信手续续弹，	With her head bent and her fingers moving in steady flow,
⑳说尽心中无限事。	She poured out her innermost sorrow.
㉑轻拢慢捻抹复挑，	Pressing softly, kneading slowly, sweeping down, plucking backward up, her plectrum swayed,
㉒初为霓裳后六幺。	First the tune *Rainbow Dress* then the tune *The Sixth Yao* she played.
㉓大弦嘈嘈如急雨，	The thick strings sounded as loud as rain pelting,
㉔小弦切切如私语。	The thin strings sounded as low as people's whispering.
㉕嘈嘈切切错杂弹，	The pelting and the whispering were together played,
㉖大珠小珠落玉盘。	As if large pearls and small pearls fell on a plate of jade.
㉗间关莺语花底滑，	Now the sound was like the warbling of orioles amid the flowers slipping,
㉘幽咽流泉水下滩。	Now the sound was like the gurgling of a spring into sands running.
㉙水泉冷涩弦凝绝，	The sound was like the congealed spring when the strings were pressed down,
㉚凝绝不通声暂歇。	And when the strings were lulled, the sound gradually die down.
㉛别有幽愁暗恨生，	The silence expressed another kind of her sorrows hidden and profound,
㉜此时无声胜有声。	At this moment more was told by silence than by sound.

㉝银瓶乍破水浆迸，Then came the sound just like a gush of water spouting from a silver vase burst,
㉞铁骑突出刀枪鸣。And also like the picked cavalrymen who rush out with spears and swords clashing thick and fast.
㉟曲终收拨当心划，At the end of the tune she made a central pluck swift,
㊱四弦一声如裂帛。The four strings made a single sound as if a piece of silk was split.
㊲东船西舫悄无言，The listeners fell silent in the boats east and west,
㊳唯见江心秋月白。We only saw the reflection of the white autumn moon in the river's breast.
㊴沉吟放拨插弦中，After a little hesitation, she thrusted the plectrum between the strings,
㊵整顿衣裳起敛容。Then smoothing out her clothes she rose with a composed appearance and told us the following things:
㊶自言本是京城女，"I was born and grew up in Chang'an,
㊷家在虾蟆陵下住。At the foot of the Xia Ma Hill we lived on and on.
㊸十三学得琵琶成，At thirteen the pipa I learnt to play,
㊹名属教坊第一部。And my name was ranked the first of the day.
㊺曲罢常教善才服，Whenever I finished playing a tune, my skill was admired by my masters,
㊻妆成每被秋娘妒。Every time I made myself up, my beauty was envied by the female singers.
㊼五陵年少争缠头，To give me rewards the young fellows from rich families vied,
㊽一曲红绡不知数。So a single tune brought me countless pieces of red silk bright.
㊾钿头银篦击节碎，Beating time they oft shattered pearl-decorated silver-combs and so on,
㊿血色罗裙翻酒污。In applauding my performance wine was oft spilt to stain many a gown.
㈤今年欢笑复明年，Year after year a happy life with laughter I led,
㈥秋月春风等闲度。And the spring breeze and the autumn moon easily passed o'er my head.
㈦弟走从军阿姨死，Then my younger brother left home to join the army and my aunt passed away,
㈧暮去朝来颜色故。Evens went, morns came and my beauty faded away.
㈨门前冷落车马稀，Fewer and fewer were the cabs and horses that once thronged at my door,
㈩老大嫁作商人妇。I had to marry a merchant when the prime of my life was no more.
57商人重利轻别离，My husband prized gains and cared little about the separation from me,
58前月浮梁买茶去。So last month he went to Fuliang to buy tea.

(59)去来江口守空船，	After he left, I'm alone in this lonely boat on the river,
(60)绕船明月江水寒。	The bright moon shines on my boat on the cold water.
(61)夜深忽梦少年事，	Deep at one night when I suddenly dreamed of the happenings in the past years.
(62)梦啼妆泪红阑干。	I bitterly cried in my dream and my face was covered with rouged tears."
(63)我闻琵琶已叹息，	The tune she played on her pipa made me sigh with pain,
(64)又闻此语重唧唧。	And her past experiences made me sigh again and again.
(65)同是天涯沦落人，	"Both of us," I said, "are misfortunate companions in this remote place,
(66)相逢何必曾相识！	Today we meet, what's the need for us to be old acquaintance!
(67)我从去年辞帝京，	Since I was banished from Chang'an last year,
(68)谪居卧病浔阳城。	I have been sick in this Xunyang town here.
(69)浔阳地僻无音乐，	This town is too remote and too secluded to have a melodious song,
(70)终岁不闻丝竹声。	So I have never heard good music all the year long.
(71)住近湓江地低湿，	I live near the bank of the Pen River, a low and damp ground,
(72)黄芦苦竹绕宅生。	My house is surrounded by the yellow reeds and the bamboos all around.
(73)其间旦暮闻何物？	Here what do I hear from morns to evens?
(74)杜鹃啼血猿哀鸣。	Only the bitter cry of the cuckoos and the wailing of the gibbons.
(75)春江花朝秋月夜，	On the flowery spring morns or the autumn nights lit by the moon,
(76)往往取酒还独倾。	Oft I get some wine and drink it alone.
(77)岂无山歌与村笛？	Is it that I have no folk songs and village flutes to hear?
(78)呕哑嘲哳难为听。	No. Only they are crude and harsh to the ear.
(79)今夜闻君琵琶语，	When I hear you play the pipa tonight,
(80)如听仙乐耳暂明。	I feel as if I hear the fairy music and my hearing becomes bright.
(81)莫辞更坐弹一曲，	Now please sit down again and play us another tune,
(82)为君翻作琵琶行。	I'll write for you a *Song of a Female Pipa-Player*."
(83)感我此言良久立，	Moved by my words the female pipa-player stood for long,
(84)却坐促弦弦转急。	Then she sat down again, turned the tuning-pegs and faster she played another song,
(85)凄凄不似向前声，	Which was so sad that it was quite different from those played a moment ago,
(86)满座重闻皆掩泣。	Covering their faces, all the listeners present wept low.
(87)座中泣下谁最多？	Among them who wept the most?
(88)江州司马青衫湿。	It was I, an official of Jiangzhou, whose tears wetted my blue gown, the host.

详注：题．琵琶：是一种弦乐器。行：是古代诗歌的一种体裁。

序．元和：唐宪宗李纯的年号。元和十年：公元815年。余：我(白居易)。左迁：贬谪。古人以右为尊，以左为卑。九江郡：隋朝郡名，唐朝改称浔阳郡。府衙在九江，今江西九江市。司马：官职名，是州刺史的副职，在唐代是闲职。明年秋：第二年秋天。湓(pén)浦：古河流名，今名龙开河，在江西九江流入长江。湓浦口：湓浦流入长江处。闻：听到。舟：船。者：是语气助词，用在句末表示停顿。其：这里的两个"其"都是代词，作定语，意即"那"。第一个"其"指"琵琶的"。第二个"其"指"弹琵琶的"。铮铮：象声词，指金属撞击声，这里指清脆的琵琶声。然：是形容词或动词后缀，表示状态，即"……的样子"。下文中的两个"然"同此。京都声：京城长安流行的音调。本：原来是。倡女：歌女。尝：曾经。于：是介词，介绍动作的旁及的对象，意即"向"。曹、穆：两人的姓，其生平不详。善才：当时对琵琶师的通称。年长：年老。色衰：不再有美貌。委身：嫁给。为：做。贾(gǔ)人：商人。妇：老婆。遂：于是。命酒：吩咐摆酒。使：请。"使"后省略了"之"。这个"之"指琵琶女。数曲：几支曲。曲罢：弹完曲。悯(mǐn)然：忧郁不乐的样子。自叙：自己说。欢乐事：欢乐的往事。今：如今。漂沦：漂泊，沦落。憔悴：面容消瘦发黄。转徙：奔波。于：是介词，介绍动作的处所，意即"在"。出官：指从京城贬到京城以外的地方做官。恬(tián)然：心神平静。自安：自觉安适。感：有感于。斯人：此人，指琵琶女。言：话。是夕：当天晚上。始觉：才感到。有迁谪意：有被贬官的难受情绪。因：因而。为：写。长歌：长诗。以：是连词，表示目的，意即"以便"。赠：赠送。之：是代词，指琵琶女。凡：总共。言：字。命曰：取名为。

句①我〈主·省〉浔阳江头〈状〉夜〈状〉送〈谓〉客〈宾〉。我：指作者。浔阳江头：在浔阳江口。浔阳江：九江市北浔阳县境内一段长江江面称浔阳江。夜：在夜里。送客：为客人送行。这句是下句的时间状语。

句②枫叶荻花〈联合短语·主〉秋〈状〉瑟瑟〈谓〉。枫叶：枫树叶。荻(dí)花：芦花。秋：在秋天。瑟瑟：发出轻微的声音。联合短语的结构是：枫叶+荻花(两者并列)。

句③主人〈主〉下马〈谓〉客〈主〉在〈谓〉船〈宾〉。这句由两个句子构成。"主人下马"是一句。"客在船"是一句。两句间是并列关系。主人：指作者。客：指作者的友人。在船：在船里(准备启程)。这句与下句是顺承关系。

句④我们〈主·省〉举酒欲饮无管弦〈联合短语·谓〉。我们：指作者和友人，下文中的"我们"同此。举酒：举起酒杯。欲：想。饮：饮酒。无：没有。管弦：管乐器和弦乐器。古人饮酒时常用音乐助兴。这里借管弦(具体)代音乐(抽象)，是借代修辞格。联合短语的结构是：举酒欲饮+无管弦(两者是转折关系)。

句⑤我们〈主·省〉醉不成欢惨将别〈连动短语·谓〉。醉：喝醉酒。不成欢：没有欢乐。惨：对……感到凄凉。将：即将。别：分别。连动短语的结构是：醉不成欢(果)+惨将别(因)。"醉不成欢"是联合短语，其结构是：醉+不成欢(两者是转折关系)。这句与下句是并列关系。

句⑥别时〈状〉茫茫〈定〉江〈主〉漫〈谓〉月〈宾〉。别时：分别的时候。茫茫江：辽阔迷漫的浔阳江水。漫：泡。漫月：指月亮倒映在江水中。

句⑦我们〈主·省〉忽〈状〉闻〈谓〉水上〈方位短语·定〉琵琶声〈宾〉。忽：忽然。闻：听到。水上：江面上。方位短语的结构是：水+上("上"是方位词)。这句与下句是因果关系。

句⑧主人〈主〉忘〈谓〉归〈宾〉客〈主〉不发〈谓〉。这句由两个句子构成。"主人忘归"是一句。"客不发"是一句。两句间是并列关系。主人：指作者。忘：忘记。归：回去。客：指作者的友人。不发：不启程。

句⑨我们〈主·省〉寻声暗问〈连动短语·谓〉[弹者〈主〉是〈谓·省〉谁〈宾〉]〈小句·宾〉。寻声：顺着琵琶声传来的方向。暗问：悄悄地问。弹者：弹琵琶的人。连动短语的结构是：寻声(方式)+暗问(动作)。这句是下句的时间状语。

句⑩琵琶声〈主〉停〈谓〉她〈主·省〉欲语迟〈联合短语·谓〉。这句由两个句子构成。"琵琶声停"是一句。"她欲语迟"是一句。两句间是顺承关系。她：指琵琶女。下文中的"她"同此。欲：想。语：说。迟：迟疑不决。联合短语的结构是：欲语+迟(两者是转折关系)。

句⑪我们〈主·省〉移船相近邀她〈省〉相见〈联合短语·谓〉。移船相近：移船靠近琵琶女的船。邀：邀请。这里的两个"相"都是动词前缀，无实义。联合短语的结构是：移船相近+邀她相见(两者是递进关系)。这句

卷三 七言古诗

151

与下句是顺承关系。

句⑫我们〈主·省〉添酒回灯重开宴〈连动短语·谓〉。添酒：加添酒菜。回灯：拨亮油灯。重开宴：重新摆酒席。连动短语的结构是：添酒＋回灯＋重开宴（动作先后关系）。

句⑬我们〈主·省〉千呼万唤〈谓〉她〈主·省〉始〈状〉出来〈谓〉。这句由两个句子构成。"我们千呼万唤"是一句。"她始出来"是一句。两句间是顺承关系。千呼万唤：叫了许多次。这里用"千"和"万"是夸张修辞格。始：才。

句⑭她〈主·省〉犹〈状〉抱琵琶半遮面〈联合短语·谓〉。犹：还，仍。抱：抱着。半遮面：遮住了半边脸。联合短语的结构是：抱琵琶＋半遮面（两者并列）。这句补充说明上句。

句⑮她〈主·省〉转轴拨弦三两声〈连动短语·谓〉。转轴：扭紧弦柱。拨弦三两声：是弹奏曲子前的调音动作。连动短语的结构是：转轴＋拨弦三两声（动作先后关系）。

句⑯这〈主·省〉未成曲调先有情〈联合短语·谓〉。这：指拨弦三两声。未成曲调：没弹出曲子。先有情：预先传递出琵琶女的感情。联合短语的结构是：未成曲调＋先有情（两者是转折关系）。这句补充说明上句。

句⑰弦弦〈主〉掩抑〈谓〉声声〈主〉思〈谓〉。这句由两个句子构成。"弦弦掩抑"是一句。"声声思"是一句。两句间是并列关系。弦弦：每根弦上发出的声音。这里借弦弦（具体）代声音，是借代修辞格。掩抑：低沉郁抑。声声：每个乐音。思：表达出哀怨的情思。

句⑱这〈主·省〉似诉〈谓〉平生不得志〈主谓短语·宾〉。这：指上句内容。似诉：好像在说。平生：一辈子。不得志：不顺心，没实现心中的愿望。主谓短语的结构是：平生＋不得志（主语＋谓语）。这句补充说明上句。

句⑲她〈主·省〉低眉信手续续弹〈连动短语·谓〉。低眉：低头。信手：随手。续续弹：不间断地弹。连动短语的结构是：低眉信手（方式）＋续续弹（动作）。这句是下句的时间状语。

句⑳她〈主·省〉说尽〈谓〉心中〈定〉无限〈定〉事〈宾〉。无限事：无限伤心的往事。

句㉑她〈主·省〉轻拢慢捻抹复挑〈联合短语·谓〉。轻拢：轻轻扣弦。慢捻（niǎn）：慢慢揉弦。抹复挑：顺手下拨又回拨。复：又。联合短语的结构是：轻拢＋慢捻＋抹复挑（三者并列）。这句是下句的方式状语。

句㉒她〈主·省〉初为霓裳后为〈省〉六幺〈连动短语·谓〉。初：先。为：弹。霓裳：霓裳羽衣曲。见上首诗句㉒注。六幺（yāo）：当时长安流行的曲调。连动短语的结构是：初为霓裳＋后为六幺（动作先后关系）。

句㉓大弦嘈嘈〈主谓短语·主〉如〈谓〉急雨〈宾〉。大弦：粗弦。嘈嘈：沉重有力而且急促。如：像。"如急雨"是明喻修辞格。主谓短语的结构是：大弦＋嘈嘈（主语＋谓语）。这句与下句是并列关系。

句㉔小弦切切〈主谓短语·主〉如〈谓〉私语〈宾〉。小弦：细弦。切切：轻柔细微。私语：说悄悄话。"如私语"是明喻修辞格。主谓短语的结构是：小弦＋切切（主语＋谓语）。

句㉕她〈主·省〉错杂〈状·倒〉弹〈谓〉嘈嘈切切〈宾·倒〉。错杂：交错地。弹：弹出。嘈嘈切切：嘈嘈切切的声音。这句与下面三句是比喻关系。这句是本体，下面三句是喻体。

句㉖大珠小珠〈联合短语·主〉落〈谓〉玉盘〈补〉。落：掉落。玉盘：在玉制的盘子上。这里作者把琵琶声比作具体的听觉形象，属借喻修辞格。联合短语的结构是：大珠＋小珠（两者并列）。

句㉗间关〈定〉莺语〈主〉花底〈状〉滑〈谓〉。间关：是象声词，形容莺莺鸟的叫声。花底：在花丛中。滑：流畅。这里把琵琶声比作具体的听觉形象，属借喻修辞格。这句与下句是并列关系。

句㉘幽咽〈定〉泉水〈主·倒〉流下〈谓〉滩〈宾〉。幽咽：发出低微声音的。流下：流进。滩：沙滩。这里把琵琶声比作具体的听觉形象。属借喻修辞格。

句㉙泉〈倒〉水〈主〉冷涩〈谓〉弦〈主〉凝绝〈谓〉。这句由两个句子构成。"泉水冷涩"是一句。"弦凝绝"是一句。两句间是比喻关系，即前句是喻体，后句是本体。冷涩：流动不畅。弦：琵琶上的弦。凝绝：凝固不动，指弦被按住。这里把琵琶声比作具体的听觉形象，属暗喻修辞格。这句与下句是顺承关系。

句㉚弦〈主·省〉凝绝〈谓〉不通〈补〉声〈主〉渐〈状〉歇〈谓〉。这句由两个句子构成。"弦凝绝不通"是一句。"声渐歇"是一句。前句是后句的时间状语。弦：琵琶上的弦。凝绝：指弦被按住。不通：不动。声：弦发出的声音。渐:渐渐地。歇:消失。

句㉛ 她〈主·省〉别有幽愁暗恨〈联合短语〉生〈兼语短语·谓〉。别有:另有。幽愁暗恨:郁结在内心的愁和恨。生:出现。联合短语的结构是:幽愁＋暗恨(两者并列)。兼语短语的结构是:别有＋幽愁暗恨＋生。这句与下句是因果关系。

句㉜ 此时〈状〉无声〈主〉胜〈谓〉有声〈宾〉。此时:指"声渐歇"的时候。无声:没有琵琶声。胜:超过。有声:有琵琶声。

句㉝ 银瓶〈主〉乍破〈谓〉水浆〈主〉迸〈谓〉。这句由两个句子构成,"银瓶乍破"是一句。"水浆迸"是一句。两句间是因果关系。银瓶:盛水的瓶子。乍破:突然破裂。水浆:瓶中的水。迸(bèng):喷出来。这里作者把琵琶声比作具体的听觉形象(水从破瓶中喷出的声音),属暗喻修辞格。这句与下句是并列关系。

句㉞ 铁骑〈主〉突出〈谓〉刀枪〈主〉鸣〈谓〉。这句由两个句子构成,"铁骑突出"是一句。"刀枪鸣"是一句。两句间是顺承关系。铁骑(jì):精锐的骑兵。突出:冲出。刀枪:刀和枪。鸣:刀和枪碰撞发出的声音。这里作者把琵琶声比作具体的听觉形象(刀枪鸣),属借喻修辞格。

句㉟ 曲〈主〉终〈谓〉她〈主·省〉当心〈状·倒〉划〈倒〉收拨〈连动短语·谓〉。这句由两个句子构成,"曲终"是一句。"她当心划收拨"是一句。前句是后句的时间状语。曲:曲子。终:被弹完。当心:在琵琶的中心位置。划:用力一划。收:收起。拨:弹琵琶用的拨片。连动短语的结构是:当心划＋收拨(动作先后关系)。这句是下句的时间状语。

句㊱ 四弦一声〈主谓短语·主〉如〈谓〉裂帛〈动宾短语·宾〉。四弦一声:四根弦发出一个声音。如:像。"如裂帛"是明喻修辞格。裂:撕裂。帛:丝织品。主谓短语的结构是:四弦＋一声(主语＋谓语)。动宾短语的结构是:裂＋帛(动词＋宾语)。

句㊲ 东船西舫〈联合短语·主〉悄无言〈连动短语·谓〉。东船:东边船上的人。西舫(fǎng):西边船上的人。舫:船。这里借东船、西舫(人所在地)代人,是借代修辞格。悄:沉默。无言:不说话。连动短语的结构是:悄＋无言(前者与后者互相补充)。联合短语的结构是:东船＋西舫(两者并列)。这句与下句是并列关系。

句㊳ 大家〈主·省〉唯见〈谓〉[江心〈定〉秋月〈主〉白〈谓〉]〈小句·宾〉。大家:指东船西舫上的人。唯见:只看到。江心:江里。秋月:秋夜的月亮。白:洁白。

句㊴ 她〈主·省〉沉吟放拨插弦中〈连动短语·谓〉。沉吟:迟疑一会儿。放拨:放下拨片。插弦中:把拨片放进弦间插拨片的地方。连动短语的结构是:沉吟＋放拨＋插弦中(动作先后关系)。这句与下句是顺承关系。

句㊵ 她〈主·省〉整顿衣裳起敛容〈连动短语·谓〉。整顿:理一理。起:站起来。敛(liǎn)容:正容,即露出严肃恭敬的神色。连动短语的结构是:整顿衣裳＋起＋敛容(动作先后关系)。

句㊶ 自〈主〉言〈谓〉[她〈主·省〉本是〈谓〉京城〈定〉女〈宾〉]〈小句·宾〉。自:她自己,指琵琶女。言:说。京城女:京城长安的女子。这句与下句是并列关系。

句㊷ 家〈主〉住〈谓·倒〉在虾蟆陵下〈介词短语·补〉。家:琵琶女的家。虾蟆陵:在长安南曲江附近,是歌女妓女聚居地。介词短语的结构是:在＋虾蟆陵下("在"是介词)。"虾蟆陵下"是方位短语。其结构是:虾蟆陵＋下("下"是方位词)。

句㊸ 她〈主·省〉十三〈状〉学得成〈谓〉琵琶〈宾·倒〉。十三:十三岁时。学得成:学成。"得"是助词,用在动词后,表示动作已完成。琵琶:弹琵琶。这句与下句是递进关系。

句㊹ 名〈主〉属〈谓〉教坊〈定〉第一部〈宾〉。名:排名。属:属于。教坊:古代专管音乐、歌舞、百戏教习、排练、演出等事务的机构。第一部:第一等。

句㊺ 曲罢〈主谓短语·主〉常〈状〉教善才服〈兼语短语·谓〉。曲:曲子。罢:被弹完。常:经常。教:让。善才:当时对琵琶师的通称。服:佩服。主谓短语的结构是:曲＋罢(主语＋谓语)。兼语短语的结构是:教＋善才＋服。这句与下句是并列关系。

句㊻ 她〈主·省〉妆成〈状〉每〈状〉被秋娘〈介词短语·状〉妒〈谓〉。妆成:打扮好以后。每:往往。秋娘:对歌妓的通称。妒:妒忌。介词短语的结构是:被＋秋娘("被"是介词)。

卷三 七言古诗

153

句㊼五陵〈定〉少〈倒〉年〈主〉争〈谓〉缠头〈宾〉。五陵:汉代五个皇帝的陵墓。那里也是豪门贵族聚居的地方。五陵少年:泛指富贵人家的子弟。争:抢着送。缠头:女伎演奏完毕,听众送给绫帛缠头。这是当时的风俗。这句与下句是因果关系。

句㊽她〈主·省〉弹〈谓·省〉一曲〈宾〉红绡〈主〉不知数〈谓〉。这句由两个句子构成。“她弹一曲”是一句。“红绡不知数”是一句。两句间是顺承关系。弹:演奏。一曲:一支曲子。红绡(xiāo):红绸子,指琵琶女收到的红绸子。不知数:不计其数。

句㊾钿头银篦〈主〉击节〈谓〉碎〈补〉。钿(diàn)头银篦(bì):两头装有花朵形珠宝的银梳子。击节:打拍子,指用银梳子在桌子上敲打。击节碎:敲打得碎了。这句与下句是并列关系。

句㊿翻酒〈动宾短语·主〉污〈谓〉血色〈定〉罗裙〈宾〉。翻酒:打翻酒。污:污染。血色:鲜红色的。罗裙:罗纱裙子。动宾短语的结构是:翻+酒(动词+宾语)。

句(51)她〈主·省〉欢笑〈谓〉今年复明年〈补〉。复:又。这句与下句是并列关系。

句(52)她〈主·省〉等闲〈状〉度〈谓〉秋月春风〈联合短语·宾·倒〉。等闲:轻易地。度:度过。秋月春风:岁月。这里借秋月春风(具体)代岁月(抽象),是借代修辞格。联合短语的结构是:秋月+春风(两者并列)。

句(53)弟〈主〉走从军〈连动短语·谓〉阿姨〈主〉死〈谓〉。这句由两个句子构成。“弟走从军”是一句。“阿姨死”是一句。两句间是并列关系。弟:琵琶女的弟弟。走:去。从军:参军。阿姨:琵琶女的继母。连动短语的结构是:走(动作)+从军(目的)。这句与下句是并列关系。

句(54)暮去朝来〈联合短语·状〉颜色〈主〉故〈谓〉。暮去朝来:随着时间的推移。暮:傍晚。朝:早晨。颜色:琵琶女的容颜。故:旧,引申为“衰老”。主谓短语的结构是:暮去+朝来(两个主谓短语并列)。其主谓短语的结构是:暮+去(主语+谓语),朝+来(主语+谓语)。

句(55)门前〈方位短语·主〉冷落〈谓〉车马〈主〉稀〈谓〉。这句由两个句子构成。“门前冷落”是一句。“车马稀”是一句。两句间是果因关系。冷落:冷清。车马:客人。这里借车马(客人使用的工具)代客人,是借代修辞格。方位短语的结构是:门+前(“前”是方位词)。这句与下句是并列关系。

句(56)她〈主·省〉老大〈状〉嫁作〈谓〉商人〈定〉妇〈宾〉。老大:年纪大了的时候。嫁作:出嫁作为。妇:老婆。

句(57)商人〈主〉重利轻别离〈联合短语·谓〉。重利:看重利益。轻:看轻。联合短语的结构是:重利+轻别离(两个动宾短语是转折关系)。其动宾短语的结构是:重+利(动词+宾语),轻+别离(动词+宾语)。这句与下句是因果关系。

句(58)前月〈状〉他〈主·省〉去〈倒〉浮梁买茶〈连动短语·谓〉。前月:上个月。他:指琵琶女的丈夫。浮梁:唐朝县名,今江西景德镇市,是当时的茶叶集散地。连动短语的结构是:去浮梁(动作)+买茶(目的)。

句(59)他〈主·省〉去来〈谓〉她〈主·省〉江口〈状〉守〈谓〉空船〈宾〉。这句由两个句子构成。“他去来”是一句。“她江口守空船”是一句。前句是后句的时间状语。他:指琵琶女的丈夫。去来:去了,指去浮梁买茶叶了。“来”是语助词,表示动作已经发生。江口:在江边。守:守护着。空船:没有丈夫的船。这句是下句的时间状语。

句(60)明月〈主·倒〉绕〈谓〉船〈宾〉江水〈主〉寒〈谓〉。这句由两个句子构成。“明月绕船”是一句。“江水寒”是一句。两句间是并列关系。明月:明亮的月光。这里借明月(具体)代月光(抽象),是借代修辞格。绕:照着。

句(61)她〈主·省〉夜深〈状〉忽〈状〉梦〈谓〉少年〈定〉事〈宾〉。夜深:在深夜里。忽:忽然。梦:梦到。少年事:少年时的往事。这句是下句的时间状语。

句(62)她〈主·省〉梦〈状〉啼〈谓〉红〈倒〉妆〈定〉泪〈主〉阑干〈谓〉。这句由两个句子构成。“她梦啼”是一句。“红妆泪阑干”是一句。前句是后句的时间状语。梦:在梦里。啼:哭。红妆泪:带有胭脂的眼泪。因为泪水从搽过胭脂的脸上流过。阑干:纵横流。

句(63)我〈主〉闻琵琶已叹息〈连动短语·谓〉。我:指作者,下文中的“我”同此。闻:听到。琵琶:琵琶声。

这里借琵琶（具体）代琵琶声（抽象），是借代修辞格。已：已经。连动短语的结构是：闻琵琶＋已叹息（动作先后关系）。这句与下句是并列关系。

句⑭我〈主·省〉又闻此语重唧唧〈连动短语·谓〉。此语：指四十一句至六十二句的内容。重：再次。唧唧(jī)：叹息。连动短语的结构是：又闻此语＋重唧唧（动作先后关系）。

句⑮我们〈主·省〉同是〈谓〉沦落〈倒〉天涯〈述补短语·定〉人〈宾〉。我们：指作者和琵琶女。同是：都是。沦落：流落。天涯：在天边，指远离京城长安的地方。述补短语的结构是：沦落＋天涯（动词＋补语）。这句与下句是因果关系。

句⑯我们〈主·省〉相逢何必曾相识〈联合短语·谓〉。相逢：见面。何必：用反问的语气表示不必。曾：曾经。相识：认识。这里的两个"相"是动词前缀，无实义。联合短语的结构是：相逢＋何必曾相识（两者并列关系）。

句⑰我〈主〉从去年〈介词短语·状〉辞〈谓〉帝京〈宾〉。辞：辞别，指作者被贬后离开长安。帝京：京城长安。介词短语的结构是：从＋去年（"从"是介词）。这句与下句是顺承关系。

句⑱我〈主·省〉谪居卧病〈连动短语·谓〉浔阳城〈补〉。谪居：贬官后居住。卧病：生病卧床。浔阳城：在浔阳郡，今江西九江市。连动短语的结构是：谪居＋卧病（动作先后关系）。

句⑲浔阳地〈主〉僻无音乐〈联合短语·谓〉。僻：偏僻。联合短语的结构是：僻＋无音乐（两者是递进关系）。这句与下句是因果关系。

句⑳我〈主·省〉终年〈状〉不闻〈谓〉丝竹〈定〉声〈宾〉。终年：一年到头。不闻：听不到。丝：弦乐器。竹：笛、箫一类的管乐器。声：声音。

句㉑我〈主·省〉住〈谓〉近湓江〈介词短语·补〉地〈主〉低湿〈谓〉。这句由两个句子构成。"我住近湓江"是一句。"地低湿"是一句。两句间是因果关系。住：居住。近湓江：靠近湓水，湓水又称湓浦。地：地面。低湿：又低又湿。介词短语的结构是：近＋湓江（"近"是介词）。这句与下句是并列关系。

句㉒黄芦苦竹〈联合短语·主〉绕宅〈介词短语·状〉生〈谓〉。黄芦：芦苇。苦竹：竹子的一种。绕：环绕着。宅：住宅。生：生长。介词短语的结构是：绕＋宅（"绕"是介词）。联合短语的结构是：黄芦＋苦竹（两者并列）。

句㉓其间〈状〉我〈主·省〉旦暮〈状〉闻〈谓〉何〈定〉物〈宾〉？其间：在这里，指作者住在湓江附近。旦：早晨。暮：傍晚。闻：听到。何物：什么东西。这句与下句是问答关系。这句是问，下句是答。

句㉔杜鹃〈主〉啼血〈谓〉猿〈主〉哀鸣〈谓〉。这句由两个句子构成。"杜鹃啼血"是一句。"猿哀鸣"是一句。两句间是并列关系。杜鹃：杜鹃鸟。啼血：极悲苦的啼叫声。传说杜鹃啼叫时口中流血。猿：猿猴。哀鸣：发出悲哀的叫声。

句㉕春江花〈定〉朝〈中心词〉秋月〈定〉夜〈中心词〉。这是个名词句，由"春江花朝"和"秋月夜"两个名词词组成，作下句的时间状语。春江花朝：春天江边开花的早晨。秋月夜：秋天有月亮的夜晚。

句㉖我〈主·省〉往往〈状〉取酒还独倾〈联合短语·谓〉。往往：经常。取酒：买来酒。还：而且。独：独自。倾：倒酒喝。联合短语的结构是：取酒＋还独倾（两者递进关系）。

句㉗浔阳〈主·省〉岂〈状〉无〈谓〉山歌与村笛〈联合短语·宾〉。岂：难道。无：没有。与：和。村笛：村子里的笛声。这里借村笛（具体）代村笛声（抽象），是借代修辞格。联合短语的结构是：山歌＋村笛（两者并列）。这句与下句是问答关系。这句是问，下句是答。

句㉘它们〈主·省〉呕哑嘲哳难为听〈连动短语·谓〉。它们：指山歌与村笛。呕哑(ōu yǎ)：是象声词，形容声音的杂乱。嘲哳(zhāo zhā)：象声词，形容声音的繁杂而细碎。难为听：不堪入耳。连动短语的结构是：呕哑嘲哳（因）＋难为听（果）。

句㉙我〈主·省〉今夜〈状〉闻〈谓〉君〈定〉琵琶语〈宾〉。闻：听到。君：你的，指琵琶女。琵琶语：琵琶声。这句是下句的时间状语。

句㉚我〈主·省〉如〈谓〉听仙乐〈动宾短语·宾〉耳〈主〉暂〈状〉明〈谓〉。这句由两个句子构成。"我如听仙乐"是一句。"耳暂明"是一句。两句间是因果关系。如：好像。仙乐：十分美妙的音乐。暂：突然。明：清亮明净。

句㉛君〈主·省〉莫辞〈谓〉更坐弹一曲〈连动短语·宾〉。君：指琵琶女。莫辞：不要推辞。更坐：重新坐下。弹一曲：再弹一支曲子。连动短语的结构是：更坐＋弹一曲（动作先后关系）。这句与下句是并列关系。

句(82)我〈主·省〉为君〈介词短语·状〉翻作〈谓〉琵琶行〈宾〉。为君：为你（琵琶女）。翻作：依琵琶曲写成。介词短语的结构是：为＋君（“为”是介词）。

句(83)她〈主·省〉感我此言立〈倒〉良久〈连动短语·谓〉。感我此言：被我这番话感动。此言：指六十五句至八十二句的内容。立：站立。良久：很久。连动短语的结构是：感我此言（因）＋立良久（果）。这句与下句是顺承关系。

句(84)她〈主·省〉却坐促弦〈连动短语·谓〉弦〈主〉转急〈谓〉。这句由两个句子构成。“她却坐促弦”是一句。“弦转急”是一句。两句间是顺承关系。却坐：退坐到原座位。却：退。促弦：拧紧弦。弦：弦声。这里借弦（具体）代弦声，是借代修辞格。转急：变得急促。

句(85)弦声〈主·省〉凄凄不似向前声〈联合短语·谓〉。弦声：琵琶声。凄凄：凄凉悲凉。不似：不像。向前声：刚才的声音。联合短语的结构是：凄凄＋不似向前声（两者是转折关系）。

句(86)满座〈主〉重闻皆掩泣〈连动短语·谓〉。满座：满座的人。这里借满座（人所在的地点）代人，是借代修辞格。重闻：再次听到琵琶声。皆：都。掩泣：捂着脸哭。连动短语的结构是：重闻＋皆掩泣（动作先后关系）。这句是上句的结果状语。

句(87)座中〈方位短语·状〉谁〈主·倒〉泣下〈谓〉最多〈补〉。座中：在座的人中间。泣下：流下。最多：最多的泪。方位短语的结构是：座＋中（“中”是方位词）。这句与下句是问答关系。这句是问，下句是答。

句(88)江州司马〈定〉青衫〈主〉湿〈谓〉。江州司马：指作者，当时作者被贬为江州司马。江州：今九江一带。青衫：唐朝最低官员的官服。湿：被眼泪打湿了。

浅析：这是一首叙事兼抒情诗，描写了琵琶女的高超的琵琶弹奏技艺和不幸身世，表达了作者对她的深切同情。同时也描写了作者自己的不幸遭遇，表达了作者对自己被贬的愤恨。第一、二句交代了作者送行的时间和地点。“浔阳江头”点明了地点。“夜”和“秋”点明了时间。第二句通过景色描写还渲染了作者与友人离别时的悲凉气氛。第三句至第六句渲染了作者送别友人时的冷落气氛。第七句至第十四句描写了琵琶女的出场经过。第十三、十四句描写了琵琶女的羞怯心理，衬托了她内心的悲苦。第十五句至第三十六句生动地描写了琵琶女高超的弹奏技艺。她用琵琶声清楚地传递出“幽愁暗恨”。琵琶声随着她感情的起伏时而低沉，时而激昂，时而急骤，时而舒缓，时而寂静，时而雄壮。作者把琵琶声比作多种听觉形象，凸显了琵琶声的优美动听和极强的感染力。第三十七、三十八句描写了听者的反应。大家被那绝妙的琵琶声震惊了，陶醉了。大家的心灵被琵琶声洗涤得干干净净，就像那轮映在江心的皎洁的秋月。第三十九、四十句是过渡句，起着启下的作用。第四十一句至第六十二句是琵琶女自述先盛后衰的身世。第六十三、六十四句表达了作者对琵琶女的深切同情。第六十五、六十六句是作者的感慨。琵琶女因年老色衰下嫁商人，流落九江。作者因被贬也流落九江。两人虽身世不同，但不幸是相同的，都是沦落者。所以，他才发出这一感慨。第六十七句至第七十八句是作者自述了不幸遭遇，是用细节说明了“同是天涯沦落人”。第七十九句至第八十二句叙写了作者的进一步要求。第八十三句至第八十五句是琵琶女为感谢作者的厚意，又弹了一支更为凄凉的曲子。第八十六句至第八十八句描写了听众的反应。这一次，大家被感动得流下了眼泪。作者流的泪最多。他的泪既是同情琵琶女的同情泪，又是悲愤自己不幸遭遇的悲愤泪。

本诗㉓㉔句是工对，(73)(74)句、(77)(78)句、(87)(88)句是流水对。

韩　碑

The Han Yu Stele

李商隐　Li Shangyin

①元和天子神武姿，The emperor of Yuanhe has divine and powerful manner,
②彼何人哉轩与羲。He may indeed be compared to Fuxi and the Yellow Emperor.
③誓将上雪列圣耻，He vows to avenge all the insults to his ancestors,
④坐法宫中朝四夷。And sits upright in the main hall to receive the respects of all the ethnic minority rulers.
⑤淮西有贼五十载，In the past fifty years the military governors conducted separative rule west of the Huai River, where,
⑥封狼生貙貙生罴。The big wolves gave birth to leopard cats and the leopard cats to many a brown bear.
⑦不据山河据平地，Instead of taking advantage of the mountains and the rivers they occupied the plain,
⑧长戈利矛日可麾。And they were puffed up with pride overwhelming.
⑨帝得圣相相曰度，The emperor appointed Pei Du as his prime minister,
⑩贼斫不死神扶持。As if protected by the gods he didn't die in a murder.
⑪腰悬相印作都统，With the seal of the prime minister on his waist, he worked as the chief commander,
⑫阴风惨淡天王旗。In the chilly autumn wind fluttered the flags of the emperor's guard of honor.
⑬愬武古通作牙爪，Generals Li Su, Han Gongwu, Li Shigu and Li Wentong worked as assistants to him,
⑭仪曹外郎载笔随。The secretary of the Ministry of Rites with the writing brushes accompanied him.
⑮行军司马智且勇，His aide-de-camp was courageous and resourceful,
⑯十四万众犹虎貔。Like tigers and panthers were his one hundred and forty thousand warriors all.
⑰入蔡缚贼献太庙，During a surprise attack on Caizhou, they caught the chieftain Wu Yuanji and offered him to the Imperial Ancestral Temple,

⑱功无与让恩不訾。	Pei's contribution to the victory was incomparable and the emperor's awards on him were inestimable.
⑲帝曰汝度功第一，	The emperor said,"You Pei Du is the first in merits,
⑳汝从事愈宜为辞。	And your subordinate Han Yu is the right person to write the inscriptions to illustrate the feats."
㉑愈拜稽首蹈且舞，	Hearing this, Han Yu kowtowed and danced to the emperor,
㉒金石刻画臣能为。	"I can write the inscriptions." he told the emperor.
㉓古者世称大手笔，	"In ancient times those who wrote such articles were regarded as great masters,
㉔此事不系于职司。	So this kind of job cannot be entrusted with the ordinary writers.
㉕当仁自古有不让，	There have been the saying 'not to yield the practice of benevolence to others' since the ancient times."
㉖言讫屡颔天子颐。	Hearing Han Yu's remarks the emperor nodded several times.
㉗公退斋戒坐小阁，	Back at home, Han Yu took a bath, fasted and sat in a small tower light,
㉘濡染大笔何淋漓！	And dipped his brush heavy in the Chinese ink and expressed his deep affection full and forthright.
㉙点窜尧典舜典字，	Drawing on the classics about Yao and Shun, he wrote the preface of the inscriptions,
㉚涂改清庙生民诗。	Drawing on the poems *Clean Temple* and *Supporting People* he wrote the text of the inscriptions.
㉛文成破体书在纸，	When they were finished, he transcribed them in a variant style of calligraphy on sheets of paper, then,
㉜清晨再拜铺丹墀。	In the early morn he spread them on the vermilion steps in the palace and bowed to them again and again.
㉝表曰臣愈昧死上，	In the memorial to the emperor he wrote,"The humble courtier Han Yu risks his life to state,
㉞咏神圣功书之碑。	This article that praises the great deeds of our emperor and prime minister to be inscribed on a stele great."
㉟碑高三丈字如斗，	The stele was ten metres tall with the characters as big as a dou, a bucket-shaped vessel.
㊱负以灵鳌蟠以螭。	At its top curled a stone hornless dragon and under its foot lay prostrate a large stone sea-turtle.

㊲句奇语重喻者少，	The wording was too unconventional and the meaning too profound to be understood by many a reader,
㊳谗之天子言其私。	Therefore some people brought false charges to the emperor against his partiality to the prime minister.
㊴长绳百尺拽碑倒，	Then a one-hundred-feet long rope was used to topple the stone tablet,
㊵粗砂大石相磨治。	And coarse grits and big stones were used to rub out the characters on it.
㊶公之斯文若元气，	Han's inscriptions are like the human's vigor,
㊷先时已入人肝脾。	Which, before they're rubbed out, have entered people's spleen and liver.
㊸汤盘孔鼎有述作，	On the Kong's Tripod and the Tang's Tub there were inscriptions,
㊹今无其器存其辞。	Gone are the vessels and yet still exist the inscriptions.
㊺呜呼圣皇及圣相，	Alas, a sage emperor and a sage prime minister,
㊻相与烜赫流淳熙。	Who shine on each other before their immortal fame last forever.
㊼公之斯文不示后，	If Han's inscriptions are not kept for the future generations,
㊽曷与三五相攀追。	How will our emperor group together with the five virtuous emperors and the three sage kings?
㊾愿书万本诵万遍，	I'm willing to transcribe ten thousand copies of it till callus comes out on my right hand,
(51)口角流沫右手胝。	I'm willing to read it aloud ten thousand times till saliva runs down from my mouth end.
(51)传之七十有二代，	I hope the Han Yu Stele will pass on for seventy-two generations,
(52)以为封禅玉检明堂基。	And will be used as the Jade Label and a cornerstone of the Grand Hall's foundations.

详注：题. 韩碑：韩愈所写《平淮西碑》。元和十二年十月，唐宪宗命令宰相裴度统兵十四万讨伐淮西节度使吴元济，大获全胜。于是，唐宪宗命韩愈撰写《平淮西碑》碑文。碑文盛赞了裴度的功绩。后来，唐宪宗听信谗言，把韩碑推倒，刮去碑文，命段文昌重新撰写碑文刻在石碑上。李商隐为韩愈打抱不平，写了这首诗。

句①元和天子〈主〉有〈谓·省〉神武〈定〉姿〈宾〉。 元和天子：唐宪宗李纯，元和是他的年号。神武姿：神圣英武的资质。

句②彼〈主〉是〈谓·省〉何人哉〈宾〉彼〈主·省〉是〈谓·省〉轩与羲〈宾〉。 这句由两个句子构成。"彼是何人哉"是一句。"彼是轩与羲"是一句。两句间是问答关系。彼：他，指唐宪宗。何人：什么样的人。哉：是语气词，表示疑问，相当于"呢"。轩与羲：轩和羲一样的人。轩：轩辕氏，即黄帝。羲（xī）：伏羲氏，传说中远古时人，是神话传说中的人类始祖。这里作者把元和天子比作轩与羲，是暗喻修辞格。这句补充说明上句。

句③他〈主·省〉誓将雪〈谓〉上〈倒〉列圣〈定〉耻〈宾〉。 他：指唐宪宗。誓：发誓。将：将要。雪：洗雪。上：以前的。列圣：各位皇帝，指玄宗、肃宗、德宗、顺宗。这些皇帝在位时曾遭受多次藩镇叛乱，使他们蒙受耻辱。耻：耻辱。这句与下句是递进关系。

句④他〈主·省〉坐法宫中朝四夷〈连动短语·谓〉。他:指唐宪宗。坐:端坐在。法宫:皇帝治理朝政的正殿。朝:使……来朝拜,是动词的使动用法。四夷:四方少数民族。连动短语的结构是:坐法宫中(方式)+朝四夷(动作)。

句⑤淮西〈主〉有〈谓〉贼〈宾〉五十载〈补〉。淮西:淮南西道,在今河南郾城、上蔡、新蔡、确山、信阳一带。贼:指藩镇割据势力。五十载:五十年。唐代宗宝应元年,李忠臣任淮西十一州节度使,后来,经过李希烈、陈仙奇、吴少诚、吴少阳,到元和十二年吴元济被平定,藩镇割据淮西长达五十年之久。

句⑥封狼〈主〉生〈谓〉貙〈宾〉貙〈主〉生〈谓〉罴〈宾〉。这句由两个句子构成。"封狼生貙"是一句。"貙生罴"是一句。两句间是顺承关系。封狼:大狼。生:生出。貙(chū):像狸一样的动物。罴(pí):熊的一种。这里借封狼、貙、罴喻割据的藩镇,是借喻修辞格。这句补充说明上句。

句⑦他们〈主·省〉不据山河据平地〈联合短语·谓〉。他们:指割据淮西的人。据:凭借。山河:山河之险。平地:淮西平原。联合短语的结构是:不据山河+据平地(两个动宾短语并列)。这句与下句是递进关系。

句⑧长戈利矛〈联合短语·主〉可麾〈谓〉日〈宾·倒〉。长戈:古代兵器。利:锐利的。矛:古代兵器。麾(huī):指挥。日:太阳。"麾日"是一个典故,鲁阳公与韩国交战,正打得激烈的时候,太阳将要下山,鲁阳公拿起戈阻止太阳下山,使太阳倒退三舍。这里作者引用这个典故意在说明叛军的嚣张气焰。联合短语的结构是:长戈+利矛(两者并列)。

句⑨帝〈主〉得〈谓〉圣相〈宾〉相〈主〉曰〈谓〉度〈宾〉。这句由两个句子构成。"帝得圣相"是一句。"相曰度"是一句。后句补充说明了前句。帝:指唐宪宗。得:得到。圣相:有非凡才能的宰相。曰:名叫。度:裴度。

句⑩贼斫〈谓〉他〈宾·省〉他〈主·省〉不死〈谓〉神〈主〉扶持〈谓〉。这句由三个句子构成。"贼斫他"是一句。"他不死"是一句。"神扶持"是一句。第一、二句之间是转折关系。第一、二句与第三句之间是果因关系。贼:指叛将。斫(zhuó):用刀斧砍。贼斫指叛将李师道派刺客杀武元衡,伤及裴度一事。他:指裴度。神扶持:天助。这句补充说明上句。

句⑪他〈主·省〉腰悬相印作都统〈连动短语·谓〉。他:指裴度。腰悬相印:腰上挂着宰相印。作:担任。都统:唐朝后期,为了平定藩镇而设置的兵马元帅称都统。裴度以宰相身份兼任都统。连动短语的结构是:腰悬相印(方式)+作都统(动作)。这句与下句是并列关系。

句⑫阴风〈主〉惨淡〈谓〉天王旗〈宾〉。阴风:裴度八月去淮西,时值中秋,秋风有点肃杀之气,所以称秋风为阴风。惨淡:使……暗淡。天王旗:皇帝的旗帜。裴度从长安出发时,宪宗派神策军三百骑卫随从,并亲自到通化门送行。

句⑬愬武古通〈联合短语·主〉作〈谓〉牙爪〈宾〉。愬(sù):李愬。武:韩公武。古:李师古。通:李文通。作:担任。牙爪:得力助手。愬武古通四人都是裴度手下的大将。联合短语的结构是:愬+武+古+通(四者并列)。这句与下面三句是并列关系。

句⑭仪曹外郎〈主〉载笔随〈连动短语·谓〉。仪曹外郎:礼部员外郎。载笔:带着笔。随:跟随着裴度。载笔随:指担任书记官。连动短语的结构是:载笔(方式)+随(动作)。

句⑮行军司马〈主〉智且勇〈联合短语·谓〉。行军司马:军中参谋,指韩愈。智:有智谋。且:而且。勇:有胆略,有勇气。联合短语的结构是:智+勇(两者并列,"且"是连词)。

句⑯十四万众〈主〉犹〈谓〉虎貔〈联合短语·宾〉。十四万众:十四万大军。犹:如,同。虎:老虎。貔(pí):一种似虎的猛兽(貔貅)。这里作者把十四万大军比作虎貔,是明喻修辞格。"犹"是比喻词。联合短语的结构是:虎+貔(两者并列)。

句⑰他们〈主·省〉入蔡缚贼献太庙〈连动短语·谓〉。他们:指十四万大军。入蔡缚贼献太庙:指李愬雪夜袭击蔡州,捉住吴元济,绑着解送长安,献于太庙,然后斩首。太庙:皇家祖庙。连动短语的结构是:入蔡+缚贼+献太庙(动作先后关系)。这句与下句是并列关系。

句⑱功〈主〉无与让〈谓〉恩〈主〉不訾〈谓〉。这句由两个句子构成。"功无与让"是一句。"恩不訾"是一句。两句间是并列关系。功:裴度的功劳。无与让:无人与他让。让:谦让。引申为"比"。恩:皇恩。不訾

(zǐ):不可估量。裴度平定淮西藩镇还朝后,被晋升为紫光禄大夫,弘文馆大学士,被赐勋上柱国,被封晋国公。

句⑲帝〈主〉曰〈谓〉[汝度〈同位短语·定〉功〈主〉第一〈谓〉]〈小句·宾〉。帝:皇帝。曰:说。汝:你。度:裴度。功:功劳。同位短语的结构是:汝+度(代词+名词)。这句与下句是并列关系。

句⑳汝〈定〉从事愈〈同位短语·主〉宜〈谓〉为辞〈动宾短语·宾〉。汝:你,指裴度。从事:下属。愈:韩愈。宜:适合。为辞:写碑文。同位短语的结构是:从事+愈(名词+名词)。动宾短语的结构是:为+辞(动词+宾语)。

句㉑愈〈主〉拜稽首蹈且舞〈连动短语·谓〉。愈:韩愈。拜:跪拜。稽(jī)首:叩头。蹈且舞:手舞足蹈,即十分高兴。连动短语的结构是:拜稽首+蹈且舞(动作先后关系)。这句与下句是并列关系。

句㉒臣〈主〉能为〈谓〉金石刻画〈宾·倒〉。臣:韩愈自称。能为:能写。金石刻画:刻画在金石上的记述功德的文章。金:钟鼎。石:碑碣(jié)。碣:圆顶碑石。古人常把大功德记在钟鼎碑石上。

句㉓古者〈状〉世〈主〉称〈谓〉大手笔〈宾〉。古者:古时。加在时间词(如:今,昔,古等)后的"者"是语气词,表示停顿。世:世人。称:称撰写有关国家大事的文章的人。称:把……叫作。大手笔:作文高手。这句与下句是因果关系。

句㉔此事〈主〉不系于〈谓〉职司〈宾〉。此事:指撰写碑文的事。不系于:与……无关,引申为"不能由……执笔"。职司:职能部门的官员。

句㉕自古〈状·倒〉当仁〈主〉有〈谓〉不让〈宾〉。自古:自古以来。当仁:遇到行仁的机会。不让:不能谦让。"当仁有不让"是一个典故。《论语·卫灵公》篇中有"当仁不让于师"一句。这里作者引用了这句话的一部分意在表明:自己必须亲自动手撰写碑文。这句与下句是顺承关系。

句㉖言〈主〉讫〈谓〉天子〈主·倒〉屡〈状〉颔〈谓〉颐〈宾〉。这句由两个句子构成。"言讫"是一句。"天子屡颔颐"是一句。两句间是顺承关系。言:韩愈说的话。讫(qì):完。天子:皇帝。屡:多次。颔(hàn):点头。颐(yí):下巴。颔颐:点头表示赞同。

句㉗公〈主〉退斋戒坐小阁〈连动短语·谓〉。公:指韩愈。退:从朝廷退出回到家中。斋戒:古人在祭祀前必须沐浴更衣,戒其嗜欲,以示诚敬。这里作者斋戒表示他像对待祭祀一样对待撰写碑文。可见,他对此事十分诚敬。坐:坐在。小阁:小阁楼里。连动短语的结构是:退+斋戒+坐小阁(动作先后关系)。这句与下面三句是并列关系。

句㉘他〈主·省〉濡染大笔何淋漓〈联合短语·谓〉。他:指韩愈。濡(rú)染:浸湿。何淋漓(lín lí):多么畅快,指痛快尽情地表达情意。联合短语的结构是:濡染大笔+何淋漓(两者并列)。

句㉙他〈主·省〉点窜〈谓〉尧典舜典〈联合短语·定〉字〈宾〉。他:指韩愈。点窜:借鉴。尧典舜典:《尧典》《舜典》都是尚书中的篇名,记颂了尧和舜的功劳。联合短语的结构是:尧典+舜典(两者并列)。

句㉚他〈主·省〉涂改〈谓〉清庙生民〈联合短语·定〉诗〈宾〉。他:指韩愈。涂改:借鉴。清庙:《诗经·颂》中的篇名,弘扬了先祖功业。生民:《诗经·大雅》中的篇名,颂扬了先祖后稷的功劳。联合短语的结构是:清庙+生民(两者并列)。

句㉛文〈主〉成〈谓〉他〈主·省〉书〈谓·倒〉破体〈宾〉在纸〈补〉。这句由两个句子构成。"文成"是一句。"他书破体在纸"是一句。两句间是顺承关系。文:碑文。成:完成,写好。他:指韩愈。书:书写。破体:不同于前人字体的字体。在纸:在纸上。这句与下句是顺承关系。

句㉜清晨〈状〉他〈主·省〉铺丹墀再拜〈倒〉〈连动短语·谓〉。他:指韩愈。铺(pū):摊开。丹墀(chí):宫殿内红色台阶上。铺丹墀:把写好的碑文铺在宫殿上,让皇帝观读。再拜:拜了又拜,表示十分恭敬。连动短语的结构是:铺丹墀+再拜(动作先后关系)。

句㉝表〈主〉曰〈谓〉[臣愈〈同位短语·主〉昧死上〈连动短语·谓〉]〈小句·宾〉。表:古代奏章的一种,这里指韩愈为平淮西碑文所写的奏章。曰:说。臣:是韩愈自称。愈:韩愈。昧死:冒死罪。上:呈上这篇碑文。"昧死上"是奏章中常套语。同位语短语的结构是:臣+愈(名词+名词)。连动短语的结构是:昧死(方式)+上(动作)。这句与下句是主谓关系,是一句分作两句写。

卷二 七言古诗

句㉞咏神圣功〈动宾短语・定〉碑文〈宾・省〉请〈省〉书〈谓〉之〈宾〉碑〈补〉。咏：歌唱，引申为"歌颂"。神圣功：神圣功业，指唐宪宗和裴度的功业。书：书写。之：是代词，指碑文。碑：到碑上。动宾短语的结构是：咏＋神圣功（动词＋宾语）。

句㉟〈主〉高〈谓〉三丈〈补〉字〈主〉如〈谓〉斗〈宾〉。这句由两个句子构成。"碑高三丈"是一句。"字如斗"是一句。两句间是并列关系。字：碑上的字。如：像。字如斗：字像斗那样大。斗：古代容量单位。这句与下句是并列关系。

句㊱碑〈主・省〉以灵鳌〈介词短语〉负以螭〈介词短语〉蟠〈联合短语・谓〉。碑：刻着韩愈碑文的石碑。以：这句中的两个"以"都是介词，介绍动作所凭借的事物，相当于"用"。灵鳌（áo）：海中大龟。负：背负。螭（chī）：传说中蛟龙一类的动物。蟠（pán）：盘曲伏在碑顶上。联合短语的结构是：以灵鳌负＋以螭蟠（两者并列）。介词短语的结构是：以＋灵鳌，以＋螭（"以"是介词）。

句㊲〈主〉奇〈谓〉语〈主〉重〈谓〉喻者〈主〉少〈谓〉。这句由三个句子构成。"句奇"是一句。"语重"是一句。"喻者少"是一句。第一、二句间是并列关系。第一、二句与第三句间是转折关系。句：语句。奇：奇警。语：语意。重：深奥。喻者：读懂的人。这句与下句是因果关系。

句㊳有人〈主・省〉逸之天子〈状〉言〈谓〉其私〈宾〉。谗（chán）：说……坏话。之：是代词，指韩愈写的碑文。天子：皇帝。谗之天子：到皇帝前说碑文坏话的时候。言：说。其：是人称代词，相当于"他"，指韩愈。私：有私心，即偏袒裴度。

句㊴百尺〈定・倒〉长绳〈主〉拽〈谓〉碑〈宾〉倒〈补〉。拽（zhuài）：拉。碑：韩碑。这句与下句是递进关系。

句㊵粗砂大石〈联合短语・主〉相磨治〈谓〉。相磨治：磨掉碑文。联合短语的结构是：粗砂＋大石（两者并列）。

句㊶公之斯文〈主〉若〈谓〉元气〈宾〉。公：韩愈。之：在这里是结构助词，相当于"的"。斯文：此文，指平淮西碑文。若：像。"若元气"是明喻修辞格。元气：人体内的元气，形成于胚胎期，藏于肾中，与命门有密切关系。这句与下句是主谓关系。

句㊷先时〈状〉元气〈主・省〉已入〈谓〉人〈定〉肝脾〈宾〉。先时：此前，指石碑被拉倒之前。已：已经。入：进入。人肝脾：深入人心。

句㊸汤盘孔鼎〈联合短语・主〉有〈谓〉述作〈宾〉。汤盘：商汤王用的浴盆，上面刻着铭文。孔鼎：孔子祖先正考父的鼎，上面刻着铭文。述作：指铭文。联合短语的结构是：汤盘＋孔鼎（两者并列）。

句㊹今〈主〉无〈谓〉其器〈宾〉其辞〈主〉存〈谓・倒〉。这句由两个句子构成。"今无其器"是一句。"其辞存"是一句。两句间是转折关系。今：今天。无：没有。其：是指示代词，相当于"那"。器：器皿，指汤盘和孔鼎。辞：指汤盘和孔鼎上的铭文。存：存留。这句补充说明上句。

句㊺呜呼〈独立成分〉圣皇及圣相。呜呼：是叹词，相当于"啊"。圣皇：指唐宪宗。及：和。圣相：指裴度。这是一个名词句，作下句主语。

句㊻相与烜赫流淳熙〈连动短语・谓〉。相与：互相辉映。烜（xuǎn）赫：显赫名声。流：流传。淳（chún）：质朴敦厚。熙（xī）：光明。这里的"淳熙"指美好的德性。连动短语的结构是：相与烜赫（因）＋流淳熙（果）。

句㊼公之斯文〈主〉不示〈谓〉后〈宾〉。公：指韩愈。之：是结构助词，相当于"的"。斯文：此文，指碑文。示：让……看到。后：后人。这句为下句的条件状语。

句㊽吾皇〈主・省〉曷〈状〉与三五〈介词短语・状〉相攀追〈谓〉。吾皇：指唐宪宗。曷（hé）：是疑问副词，相当于"怎么"。三五：三皇，即伏羲、燧人、神农；五帝，即黄帝、颛顼（zhuān xū）、帝喾（kù）、唐尧、虞（yú于）舜。相攀追：相提并论。介词短语的结构是：与＋三五（"与"是介词）。

句㊾我〈主・省〉愿书万本诵万遍〈联合短语・谓〉。我：指作者李商隐。愿：愿意。书：书写。万本：一万本碑文。诵：读，读一万遍碑文。联合短语的结构是：书万本＋诵万遍（两者并列）。

句㊿口角〈主〉流〈谓〉沫〈宾〉右手〈主〉胝〈谓〉。这句由两个句子构成。"口角流沫"是一句。"右手胝"是一句。两句间是并列关系。流：流出。沫：唾沫。胝（zhī）：生老茧。这句补充说明上句。

句(51)我〈主·省〉愿〈省〉传〈谓〉之〈宾〉七十有二代〈补〉。我:指作者李商隐。愿:希望。传:把……传下去。之:是代词,指"公之斯文"。七十有二代:七十二代。"有"是连词,用在整数和零数之间,相当于"又"。这句与下句是递进关系。

句(52)我〈主·省〉以之〈省〉〈介词短语·状〉为〈谓〉封禅玉检明堂基〈联合短语·宾〉。我:指作者李商隐。以……为……:是古汉语的一种固定句式,意即"把……看作或当作……"。之:是代词,指韩碑和碑文。封禅玉检:封禅文告。古代帝王登泰山筑坛祭天,叫作"封"。在山南梁父山上辟基地祭地叫作"禅"。封禅是古代帝王祭天地的大典。封禅时,皇帝要发布文告,宣扬帝王的功业。玉检:封存封禅文告的封套。这里借封套代其中的文告,是借代修辞格。明堂:是古代皇帝接见诸侯,举行祭祀等重要活动的地方。基:基石。联合短语的结构是:封禅玉检+明堂基(两者并列)。

浅析:这首诗叙述了裴度率兵平定淮西藩镇,韩愈撰写碑文以及皇帝听信谗言毁掉韩碑三件事,表达了作者对韩愈所写碑文的赞美和推崇以及作者捍卫韩碑的坚定态度。第一、二句高度评价了唐宪宗,把他比作古代圣君轩辕和伏羲。第三、四句描写了唐宪宗励精图治的气魄。第五句至第八句描写了淮西藩镇的嚣张气焰。第九、十句交代了裴度其人。第十一、十二句描写了唐宪宗亲自送裴度出征的情景。第十三、十四句交代了出征大军的编制和人员配备。第十五、十六句描写了行军指挥官的智勇和士兵的高昂士气。第十七、十八句描写了裴度平定淮西藩镇大功告成以及受到皇帝封赏的情景。以上十句(第九句至第十八句)叙述了平定淮西藩镇的经过。第十九句至第三十六句叙述了韩愈写碑文和立碑的经过。其中,第二十九、三十句表明韩愈以尧典舜典和诗经为楷模,使碑文显得严正典雅。"字"暗示序文是用散文笔法写成。"诗"暗示正文是用韵文笔法写成。第三十七句至第四十句叙述了毁碑的始末。第四十一、四十二句高度赞美了韩愈所写碑文。作者认为:碑文已产生深远的影响,它的社会地位是无法动摇的。第四十三句至第四十六句是作者的议论。作者用汤盘和孔鼎说事,婉转地批评了唐宪宗听信谗言推倒石碑并磨掉碑文的行为。第四十七、四十八句是作者进一步议论,表达了保护韩碑和碑文的重要性。第四十九句至第五十二句表达了作者保护韩碑的坚定态度。

本诗㉙㉚句是工对,㊼㊽句是流水对。

卷四　七言乐府
Volume Four　Seven-Character Yuefu-Styled Verse

燕歌行并序
Song of the Northern Frontiers

高　适　Gao Shi

开元二十六年，客有从元戎出塞而还者，作《燕歌行》以示适。感征戍之事，因而和焉。

In 738 AD, an aide followed General Zhang Shougui on the expedition to the northern frontiers. After he returned, he wrote and showed me a poem entitled *Song of the Northern Frontiers*. Deeply moved by it, I write this poem in reply.

①汉家烟尘在东北，
The smoke and dust of the Tang Dynasty are raised on the northeast frontiers,

②汉将辞家破残贼。
So the generals of the Tang Dynasty leave home to fight the remnant invaders.

③男儿本自重横行，
Men by nature like to run amok on horses,

④天子非常赐颜色。
Moreover the emperor bestows on them special glories.

⑤摐金伐鼓下榆关，
Beating gongs and drums, out of the Elm Pass the troops go,

⑥旌旆逶迤碣石间。
Through Mount Stone Tablet the banners meander high and low.

⑦校尉羽书飞瀚海，
Over the sea of sands the military dispatches wing their flight,

⑧单于猎火照狼山。
The hunting fires set by the Huns' chief make Mount Wolf bright.

⑨山川萧条极边土，
The desolate hills and rivers spread all over the border land,

⑩胡骑凭陵杂风雨。	Like a violent storm the Hunnish horsemen invade our land.
⑪战士军前半死生,	Half of the warriors are killed on the battleground,
⑫美人帐下犹歌舞。	But pretty maids in the tents still sing and dance round and round.
⑬大漠穷秋塞草衰,	In late autumn the border grasses on the desert wither,
⑭孤城落日斗兵稀。	At sunset the warriors in the solitary town are fewer and fewer,
⑮身当恩遇常轻敌,	The emperor's favor made the generals take the enemy light,
⑯力尽关山未解围。	As a result they're still besieged when the warriors on the battle-fields have no strength to fight.
⑰铁衣远戍辛勤久,	The warriors in armour long garrison the frontiers,
⑱玉箸应啼别离后。	After they leave home, their wives shed streams of tears.
⑲少妇城南欲断肠,	In the south part of Chang'an the young women's hearts are broken,
⑳征人蓟北空回首。	Their husbands on Northern Ji look back at hometown in vain.
㉑边庭飘摇那可度,	The frontier district is in turmoil, how could the warriors stay in it?
㉒绝域苍茫更何有?	In this remotest area what else can they see except the vast wilderness desolate?
㉓杀气三时作阵云,	The death-threatening air turns into the war clouds all day long,
㉔寒声一夜传刁斗。	The cold sound of the copper rice pot is heard all night long.
㉕相看白刃血纷纷,	The warriors see each other's swords all covered with bloodstain,
㉖死节从来岂顾勋?	Only thinking of dying for the loyalty to the emperor, how would they care for personal gain?
㉗君不见沙场争战苦,	Don't you see the hardships the warriors on the battle-fields suffer in fight,
㉘至今犹忆李将军。	So up to now people still think of General Li of the Han Dynasty day and night.

详注. 题. 燕歌行:是汉乐府旧题,多写戍边离别之情。燕(yān):古国名,今北京、天津、河北廊坊、易县一带。歌行:古代诗歌的一种体裁。歌与行虽名称不同,其实质是一样的。渐渐地,歌与行并为一体。高适:字达夫,唐代著名诗人,对边塞军旅生活有亲身经历和感受,曾任官职。

序. 开元:唐玄宗年号。二十六年:公元七三八年。客:门客,幕僚。从:跟随。元戎:主帅,指幽州节度使张守珪。出塞:出征到塞外(长城以北地区)。而:是连词,表示顺承关系,相当于"而且"。还:回。者:是语气助词,用在句末,表示语气的停顿。作:写。以:是连词,表示并列关系,相当于"并且"。示:给……看。适:高适自称。感:对……有感想。征戍之事:守卫边疆的事。"之"是结构助词,相当于"的"。高适曾两次到过边塞,对戍边生活比较熟悉,对戍边将士的思想感情有较深刻的了解。和(hè):依照别人诗的体裁和题材等写诗。焉(yān):是人称代词,相当于"他"。

　　句①汉家〈定〉烟尘〈主〉在〈谓〉东北〈宾〉。汉家:唐朝。唐朝人常借汉指唐。烟尘:烽烟和尘土。这里借烟尘(特征)代战争,是借代修辞格。在:出现在。东北:东北边境。这句与下句是因果关系。

　　句②汉将〈主〉辞家破残贼〈连动短语·谓〉。汉将:唐朝将军。辞家:离别家人。破:杀。残贼:残余的敌人。连动短语的结构是:辞家(动作)+破残贼(目的)。

句③男儿〈主〉本自〈状〉重〈谓〉横行〈宾〉。本自:本来。重:重视,看重。横行:驰骋冲锋。这句与下句是递进关系。

句④天子〈主〉赐〈谓·倒〉非常〈定〉颜色〈宾〉。天子:皇帝。赐:给予。非常:特别的。颜色:嘉奖,提拔。

句⑤他们〈主·省〉㧢金伐鼓下榆关〈连动短语·谓〉。他们:指出征将士。㧢(chuāng):敲击。金:军中乐器。伐:打。下:出。榆关:山海关。连动短语的结构是:㧢金伐鼓(方式)+下榆关(动作)。这句与下句是顺承关系。

句⑥旌旆〈主〉逶迤〈谓〉碣石间〈方位短语·补〉。旌旆(jīng pèi):军中各种旗帜。逶迤(wēi yí):弯弯曲曲而且连绵不绝。碣(jié)石间:在碣石山里。碣石:山名,在今河北昌黎县西北。方位短语的结构是:碣石+间("间"是方位词)。

句⑦校尉〈定〉羽书〈主〉飞〈谓〉瀚海〈补〉。校尉:唐军武官。羽书:紧急军用文书,插有鸟羽。飞:迅速传递。瀚海:到大沙漠。这里借瀚海喻大沙漠,是借喻修辞格。这句与下句是并列关系。

句⑧单于〈定〉猎火〈主〉照〈谓〉狼山〈宾〉。单于(chán yú):匈奴君主的称号。猎火:打猎时点燃的火。北方游牧民族作战前常举行打猎作为军事演习,以便伺机出击。照:照亮。狼山:在今内蒙古中西部乌拉特后旗南部。

句⑨萧条〈定·倒〉山川〈主〉极〈谓〉边土〈宾〉。萧条:荒凉的。山川:山河。极:穷尽。边土:边境地区。这句与下句是递进关系。

句⑩胡骑〈定〉凭陵〈主〉杂〈谓〉风雨〈宾〉。胡骑(jì):敌军兵马的。凭陵:侵凌。杂:夹杂着。杂风雨:暴风雨般地。

句⑪战士〈主〉军前〈方位短语·状〉半〈状〉死生〈谓〉。军前:战场上。半死生:生死各一半,指伤亡惨重。方位短语的结构是:军+前("前"是方位词)。这句与下句是转折关系。

句⑫美人〈主〉帐下〈方位短语·状〉犹〈状〉歌舞〈谓〉。美人:军营中的歌女。帐下:在营帐中。犹:还,仍。歌舞:唱歌跳舞。方位短语的结构是:帐+下("下"是方位词)。

句⑬穷秋〈状·倒〉大漠〈定〉塞草〈主〉衰〈谓〉。穷秋:在深秋。大漠:沙漠上的。塞草:边塞的草。衰:枯。这句与下句是并列关系。

句⑭日〈主·倒〉落〈谓〉孤城〈定〉斗兵〈主〉稀〈谓〉。这句由两个句子构成。"日落"是一句。"孤城斗兵稀"是一句。前句是后句的时间状语。日:太阳。落:下山。孤城:唐军所在的城。斗兵:战斗的士兵。稀:少,因伤亡惨重而减员了。

句⑮身〈主〉当恩遇常轻敌〈连动短语·谓〉。身:边塞的将帅。当:受到。恩遇:皇上的恩赐和优厚待遇。常:经常。轻敌:轻视敌人,瞎指挥。连动短语的结构是:当恩遇(因)+常轻敌(果)。这句与下句是因果关系。

句⑯力〈主〉尽〈谓〉关山〈补〉围〈主〉未解〈谓〉。这句由两个句子构成。"力尽关山"是一句。"围未解"是一句。两句间是转折关系。力:士兵的力量。尽:完。关山:在关塞和山峦,指在战争的发生地。围:敌军的重重围困。未解:没有解除。

句⑰铁衣〈主〉远戍久〈倒〉辛勤〈联合短语·谓〉。铁衣:铠甲。这里借铁衣(标记)代穿铁衣的士兵,是借代修辞格。远:在很远的边塞。戍:防守。久:长期地。辛勤:辛劳。联合短语的结构是:远戍+久辛勤(两者是递进关系)。这句与下句是并列关系。

句⑱妻子〈主·省〉别离后〈方位短语·状·倒〉应啼〈谓〉玉箸〈宾〉。妻子:士兵的妻子。应:就。啼:放声大哭出。玉箸(zhù):白玉筷子。这里借玉箸喻眼泪,是借喻修辞格。方位短语的结构是:离别+后("后"是方位词)。

句⑲城南〈定·倒〉少妇〈主〉欲〈状〉断肠〈谓〉。城南少妇:住在长安城南部的士兵的妻子。欲:将要。断肠:悲伤得肠子断。这句与下句是并列关系。

句⑳蓟北〈定·倒〉征人〈主〉空〈状〉回首〈谓〉。蓟(jì)北:今天津蓟县、河北三河、遵化、唐山等地,泛指边塞地区。指士兵驻守的地方。征人:指守边的士兵。下文中的"征人"同此。空:徒劳地。回首:回头,即"望故乡"。

句㉑边庭〈主〉飘摇〈谓〉征人〈主·省〉那〈状〉可度〈谓〉。这句由两个句子构成。"边庭飘摇"是一句。"征人那可度"是一句。两句间是因果关系。边庭:边塞地区。飘摇:动荡不安。那(nuó):是"奈何"的合音,意即"怎样"。可:能。度:度日,即"居住"。这句与下句是并列关系。

句㉒绝域〈主〉苍茫更何有〈联合短语·谓〉。绝域:极远的边塞地区。苍茫:迷茫无边。更何有:还有什么呢,即"什么也没有"。联合短语的结构是:苍茫+更何有(两者并列)。

句㉓杀气〈主〉三时〈状〉作〈谓〉阵云〈宾〉。三时:早、中、晚,即"整天"。作:形成,产生。阵云:战云。这句与下句是并列关系。

句㉔刁斗〈主·倒〉一夜〈状〉传〈谓〉寒声〈宾·倒〉。刁(diāo)斗:军用铜器,白天用作炊具,夜晚用于报时。一夜:整夜。传:传出。寒声:凄寒的声音。

句㉕征人〈主·省〉相看〈谓〉白刃〈定〉血纷纷〈主谓短语·宾〉。相看:看到。"相"是动词前缀,无实义。白刃:锃亮刀口,泛指兵器。纷纷:直滴,直洒。主谓短语的结构是:白刃血+纷纷(主语+谓语)。这句与下句是并列关系。

句㉖征人〈主·省〉从来〈状〉死节岂顾勋〈连动短语·谓〉。死节:为气节而死,即"为国献身"。岂:哪里。顾:顾得上。勋:功勋。连动短语的结构是:死节(因)+岂顾勋(果)。

句㉗君〈主〉不见〈谓〉沙场〈定〉争战苦〈主谓短语·宾〉。君不见:你看到没有。是乐府诗中的常用语。沙场:战场上的。争战:战斗。主谓短语的结构是:沙场争战+苦(主语+谓语)。这句与下句是因果关系。

句㉘人们〈主·省〉至今〈状〉犹〈状〉忆〈谓〉李将军〈宾〉。犹:还。忆:怀念。李将军:汉代名将李广。李广英勇善战,战功赫赫,人称"飞将军"。他驻守边疆,匈奴不敢侵犯。而且他能同士兵同甘共苦。

浅析: 这首诗描写了征戍见闻。第一、二句交代了征戍地点。第三、四句交代了将士接受皇帝命令慷慨出征。第五、六句描写了将士奔赴前线的场面。第七、八句描写了战前两军对垒的紧张气氛。第九、十句描写了战场上的景况,衬托出战斗的艰苦和残酷。第十一、十二句描写了军中苦乐不均,谴责了边将的昏庸腐败。第十三句通过写景衬托了士兵的悲苦。他们伤亡过半,横尸遍野,就像枯死的塞草,遍地都是。第十四句描写了唐军在战场上的失利。第十五、十六句交代了唐军失利的原因:将军蒙受皇恩,轻敌瞎指挥。第十七句至第二十句描写了士兵们和妻子们的相思之苦,揭露了战争给人民带来的苦难,表达了作者对人民的同情。第二十一句至第二十四句描写了士兵们生活的凄苦。第二十五、二十六句赞扬了士兵英勇杀敌,不计个人得失的献身精神。第二十七、二十八句的言外之意是:如果有李广那样的良将驻守边防,敌人就不敢侵犯了,战争就可以避免了。所以,这两句进一步谴责了边将的昏庸无能。

本诗⑪⑫句、⑲⑳句、㉓㉔句是工对。

古从军行

Song of the Army Life

李 颀　Li Qi

①白日登山望烽火，	The warriors climb up the hill in daytime to watch the distant beacon,
②黄昏饮马傍交河。	They water horses at the side of the Jiao River in the even.
③行人刁斗风沙暗，	In the dim dust raised by the wind they beat the copper rice pot,
④公主琵琶幽怨多。	From the pipa they send the princess's hidden resentment out.
⑤野营万里无城郭，	The tents cover ten-thousand-*li* wilderness with no town walls in sight,
⑥雨雪纷纷连大漠。	The vast desert is shrouded by the heavy rain and snow white.
⑦胡雁哀鸣夜夜飞，	Sadly crying the wild geese fly across the Hun's sky from night to night,
⑧胡儿眼泪双双落。	The Huns shed double lines of tears in painful plight.
⑨闻道玉门犹被遮，	Hearing the Yumen Pass is still blocked by the court,
⑩应将性命逐轻车。	The warriors have to risk their lives to run after the generals about.
⑪年年战骨埋荒外，	The killed warriors' bones are buried in the wilderness year after year,
⑫空见蒲萄入汉家。	Only the grapes are brought back to the Han palace here.

详注：题.古从军行：仿乐府旧题《从军行》写的诗。《从军行》属乐府《相和歌·平调曲》，内容多写军旅生活。行：是古诗的一种体裁。

句①行人〈主·省〉白日〈状〉登山望烽火〈连动短语·谓〉。行人：指出征士兵，下文中的"行人"同此。白日：在白天。登山：爬到山上。望：向远处看。烽火：古代军中用于报警的烟火。连动短语的结构是：登山（动作）+望烽火（目的）。这句与下句是并列关系。

句②行人〈主·省〉黄昏〈状〉饮〈谓〉马〈宾〉傍交河〈介词短语·补〉。黄昏：黄昏的时候。饮：让……饮水。傍：在……边。交河：河流名，在今新疆吐鲁番境内。介词短语的结构是：傍+交河（"傍"是介词）。

句③行人〈主〉敲〈谓·省〉刁斗〈宾〉风沙〈主〉暗〈谓〉。这句由两个句子构成。"行人敲刁斗"是一句。"风沙暗"是一句。前句是后句的时间状语。刁斗：军用炊具，白天用于煮饭，夜间用于报更。暗：昏暗。这句与下句是并列关系。

句④公主〈定〉琵琶〈状〉幽怨〈主〉多〈谓〉。公主：指江都王刘建的女儿细君。汉武帝曾把她嫁给乌孙国国王，并派人沿途在马上为她弹奏琵琶解离乡的愁苦。琵琶：在琵琶声中。这里借琵琶（具体）代琵琶声，是借代修辞格。这里作者引用这个典故意在借公主的琵琶声喻士兵的琵琶声，是借喻修辞格。幽怨：深藏的怨恨。

句⑤野营〈主〉万里〈谓〉城郭〈主·倒〉无〈谓〉。这句由两个句子构成。"野营万里"是一句。"城郭无"是一句。两句间是并列关系。野营：野外的军营。万里：一望无际。用"万里"是夸张修辞格。城：内城墙。郭：外

168

城墙。这里借城郭(部分)代城镇(整体),是借代修辞格。无:没有。这句与下句是并列关系。

句⑥纷纷〈定·倒〉雨雪〈主〉连〈谓〉大漠〈宾〉。纷纷:大而密的。连:笼罩着。大漠:大沙漠。

句⑦胡雁〈主〉夜夜〈状〉哀鸣飞〈连动短语·谓〉。胡雁:胡地的雁。胡:古代称西北地区的少数民族为胡。哀鸣:悲哀地叫着。连动短语的结构是:哀鸣(方式)+飞(动作)。这句与下句是并列关系。

句⑧胡儿〈定〉眼泪〈主〉双双〈状〉落〈谓〉。胡儿:胡人。双双落:成双地落下,指两眼同时落泪。

句⑨行人〈主·省〉闻道〈谓〉[玉门〈主〉犹〈状〉被遮〈谓〉]〈小句·宾〉。闻道:听说。玉门:玉门关,在今甘肃敦煌西北戈壁滩上。犹:还,仍。被遮:被挡住。这里有一个典故:汉武帝命令李广利率兵攻打大宛国,命他到贰师城夺取良马。李广利见伤亡惨重,上书请求罢兵。汉武帝大怒派人挡住玉门关,说:"有谁敢入玉门关,斩之。"作者引用这个典故意在把唐玄宗逼将士去征战比作汉武帝不肯罢兵,属借喻修辞格。这句与下句是因果关系。

句⑩行人〈主·省〉应将性命逐轻车〈连动短语·谓〉。应:只得。将:用。逐:跟随。轻车:汉代有轻车将军李蔡,曾跟随李广抗击匈奴并被封乐安侯。这里借轻车(特殊)代边塞将领(一般),是借代修辞格。连动短语的结构是:将性命(方式)+逐轻车(动作)。

句⑪年年〈状〉战骨〈主〉埋〈谓〉荒外〈补〉。战骨:战死的士兵的尸骨。埋:被埋。荒外:在荒郊野外。

句⑫行人〈主·省〉空见〈谓〉[蒲萄〈主〉入〈谓〉汉家〈宾〉]〈小句·宾〉。空:只。蒲萄:葡萄。入:进入。汉家:汉宫。葡萄原来出产在西域。汉武帝征服西域后,派人把葡萄种子取回,种在汉离宫旁。这句是上句的结果状语。

浅析:这首诗借汉武帝用兵开边抨击了唐玄宗的穷兵黩武,表达了作者对唐玄宗开边政策的愤慨和对出征士兵和胡地人民的深切同情。第一、二、三句描写了出征汉兵的艰苦生活。第四句描写了汉兵心中的怨恨。第五、六句描写了战地的恶劣环境,衬托了汉兵征战的艰苦。第七、八句描写了战争给胡地人民带来的灾难。第七句衬托了第八句。第九句至第十二句谴责了汉武帝的开边政策。他强迫汉兵征战,不惜用无数生命为代价换取几粒葡萄种子。

本诗③④句、⑦⑧句是工对。

洛阳女儿行

Song of a Young Lady in Luoyang

王 维　　Wang Wei

①洛阳女儿对门居, The Luoyang Lady lives opposite my door,
②才可容颜十五余。 Her appearance is just at the age between fifteen and sixteen and not more.
③良人玉勒乘骢马, Her husband rides a skewbald horse with a jade halter,
④侍女金盘脍鲤鱼。 Her maid-servants serve her with sliced carp on a gold plate at dinner.
⑤画阁朱楼尽相望, Their carved and red towers in clusters are clearly seen,
⑥红桃绿柳垂檐向。 Toward the eaves droop the peach trees red and the willow trees green.

⑦罗帏送上七香车，	When she goes out, her maid-servants help her into the silk-curtained fragrant wood waggon,
⑧宝扇迎归九华帐。	When she comes back, they meet her with a feather fan and accompany her to the gorgeous bed curtain.
⑨狂夫富贵在青春，	In his youth, her husband enjoys wealth and high status in society,
⑩意气骄奢剧季伦。	So his will, mettle, arrogance and extravagance even excel those of Ji Lun of the Jing Dynasty.
⑪自怜碧玉亲教舞，	He is tender to his pretty wife of humble birth and teaches her to dance in person,
⑫不惜珊瑚持与人。	He is free to give his corals to another person.
⑬春窗曙灭九微火，	In spring they put out the dim Jiuwei lamp in their bedroom when day breaks,
⑭九微片片飞花琐。	Pieces of the snuffs fly into the carved window lattice.
⑮戏罢曾无理曲时，	After revelry she has no time to practice tunes,
⑯妆成只是熏香坐。	After made-up, she only sits and waits for perfuming her clothes.
⑰城中相识尽繁华，	The people they know are all from wealthy and influential families,
⑱日夜经过赵李家。	Day and night they visit Zhao and Li families.
⑲谁怜越女颜如玉，	Alas, who takes pity on Xishi whose appearance is jade-like,
⑳贫贱江头自浣纱。	Poverty-striken she rinses yarn at the Ruo Ye streamside.

详注：题．洛阳女儿行：属新乐府辞。行(xíng)：古代诗歌的一种体裁。

句①洛阳〈定〉女儿〈主〉对门〈状〉居〈谓〉。洛阳女儿：引自梁武帝萧衍的诗《河中之水歌》中的"河中之水向东流,洛阳女儿名莫愁"。这里借洛阳女儿（普通）代诗中女主人公（特定），是借代修辞格。对门：在对门。居：住。

句②容颜〈主·倒〉才可〈谓〉十五余〈宾〉。容颜：容貌。才可：刚刚。十五余：十五岁多一点。这句补充说明上句。

句③良人〈主〉乘〈谓·倒〉玉勒〈定〉骢马〈宾〉。良人：指女主人公的丈夫。乘：骑。玉勒：用美玉装饰的马笼头。骢(cōng)：青白相间的。这句与下句是并列关系。

句④侍女〈主〉用〈省〉金盘盛〈省〉脍鲤鱼〈连动短语·谓〉。侍女：婢女,下文中的"侍女"同此。脍(kuài)：切成片的。连动短语的结构是：用金盘（方式）＋盛脍鲤鱼（动作）。

句⑤画阁朱楼〈联合短语·主〉尽〈状〉相望〈谓〉。画阁：绘有图案的楼房。朱楼：红色的楼房。尽：都。相望：相连。联合短语的结构是：画阁＋朱楼（两者并列）。这句与下句是并列关系。

句⑥红桃绿柳〈联合短语·主〉垂〈谓〉向〈倒〉檐〈介词短语·补〉。红桃：红色的桃花。绿柳：绿色的柳树。垂：下垂。向檐：向着屋檐。联合短语的结构是：红桃＋绿柳（两者并列）。介词短语的结构是：向＋檐（"向"是介词）。

句⑦侍女〈主·省〉送她〈省〉上罗帏〈定·倒〉七香车〈兼语短语·谓〉。她：指女主人公。罗帏：车子上丝织的帷帐。七香车：用七种香木做成的车子。兼语短语的结构是：送＋她＋上罗帏七香车。这句与下句是并列关系。

句⑧侍女〈主·省〉用〈省〉宝扇迎她〈省〉归九华帐〈连动短语·谓〉。宝扇:用羽毛编制的大扇子,用以遮面。迎:接。归:回。九华帐:华美的床帐。连动短语的结构是:用宝扇(方式)+迎她归九华帐(动作)。"迎她归九华帐"是兼语短语。其结构是:迎+她+归九华帐。

句⑨狂夫〈主〉富贵在青春〈联合短语·谓〉。狂夫:狂傲任性的人,这里指女主人公的丈夫。在:正当。青春:青春年少。联合短语的结构是:富贵+在青春(两者是递进关系)。"在青春"是动宾短语,其结构是:在+青春(动词+宾词)。这句与下句是因果关系。

句⑩意气骄奢〈联合短语·主〉剧〈谓〉季伦〈宾〉。意气:意志和气概。骄:骄横。奢:奢侈。剧:超过。季伦:晋朝巨富石崇,字季伦,常与人斗富。联合短语的结构是:意气+骄+奢(三者并列)。

句⑪自〈主〉怜碧玉亲教她〈省〉舞〈连动短语·谓〉。自:自己,指男主人公。怜:爱惜。碧玉:是晋汝南王的侍妾名。汝南王十分宠爱她,曾为她写《碧玉歌》,其中有:"碧玉小家女,不敢攀贵德。"后来人们就用碧玉指小户人家的女子。这里借碧玉喻女主人公,是借喻修辞格。亲:亲自。她:指女主人公。舞:跳舞。连动短语的结构是:怜碧玉(因)+教她舞(果)。"教她舞"是兼语短语,其结构是:教+她+舞。这句与下句是并列关系。

句⑫他〈主·省〉不惜持〈倒〉珊瑚与人〈连动短语·谓〉。他:指男主人公。不惜:舍得。持:把……拿出来。与:给。人:别人。这里有一个典故。晋朝巨富季伦曾与贵戚王恺斗富。王恺拿出皇帝赐给他的高二尺多的珊瑚。季伦用金如意把它敲碎。然后拿出六、七株三、四尺高的珊瑚赔给他。作者用这个典故意在表明男主人公像季伦一样挥金如土,属于借喻修辞格。连动短语的结构是:不惜持珊瑚+与人(动作先后关系)。

句⑬春窗〈主〉曙〈谓〉他们〈主·省〉灭〈谓〉九微火〈宾〉。这句由两个句子构成。"春窗曙"是一句。"他们灭九微火"是一句。两句间是顺承关系。春窗:春天的窗口。曙:有了曙光。他们:指男女主人公。灭:熄灭。九微火:九微灯。九微是灯名。

句⑭片片〈定·倒〉九微〈主〉飞〈谓〉花琐〈补〉。九微:九微灯灯花。飞:飞到。花琐:雕刻着连环花纹的窗户上。这句补充说明上句。

句⑮他们〈主·省〉戏罢〈谓〉她〈主·省〉曾〈状〉无〈谓〉理曲〈动宾短语·定〉时〈宾〉。这句由两个句子构成。"他们戏罢"是一句。"她曾无理曲时"是一句。前句是后句的时间状语。他们:指男女主人公。戏:玩耍。罢:结束。她:指女主人公。曾:就。无:没有。理:练习。曲:歌曲。时:时间。这句与下句是并列关系。

句⑯她〈主·省〉妆成〈状〉只是坐〈倒〉熏香〈连动短语·谓〉。她:指女主人公。妆成:梳妆打扮好以后。坐:坐等。熏香:给衣服熏香。连动短语的结构是:坐(方式)+熏香(动作)。

句⑰城中〈定〉相识〈主〉尽〈状〉繁华〈谓〉。相识:男女主人公认识的人家。尽:都是。繁华:富贵人家。这句与下句是并列关系。

句⑱他们〈主·省〉日夜〈状〉经过〈谓〉赵李家〈宾〉。他们:男女主人公。经过:出入。赵李家:汉成帝皇后赵飞燕和婕妤李平两家。这里借赵家(特定)代豪门贵戚(普通),是借代修辞格。

句⑲谁〈主〉怜〈谓〉[颜〈主〉如〈谓〉玉〈宾〉]〈小句·定·倒〉越女〈宾〉。怜:哀怜,同情。颜:容貌。颜如玉:美貌的。越女:西施。"颜如玉"是明喻修辞格。

句⑳贫贱〈状〉江头〈状〉自〈主〉浣〈谓〉纱〈宾〉。贫贱:由于贫贱。江头:在江边,指若耶溪边。自:她自己,指越女西施。浣(huàn):洗。纱:用于织布的细纱。西施是越国美女,被越王勾践发现后,送给吴王夫差。从此,她过着十分奢华的生活。此前,她曾在若耶溪边洗纱度日。作者引用这个典故意在把"越女"和"洛阳女儿"进行对照,凸显社会的不公平,不合理。这句补充说明上句。

浅析:这首诗描写了男女主人公极其奢华无聊的生活,并借此讽刺了出身低微却因攀附权贵骤得富贵的不公平的社会现象。其中寄寓着作者对贤者不遇的愤慨。第一、二句紧扣题目,交代了女主人公的年龄和住地。第三句至第六句表明男女主人公十分富有。第七、八句描写了女主人公出行的排场,衬托了她生活的奢华。第九句至第十二句刻画了男主人公的纨绔子弟形象。他把女主人公看作"碧玉",表明他对她的轻视,同时

卷四 七言乐府

也表明女主人公出身低微。"亲教舞"表明男主人公不务正业,整天吃喝玩乐。"不惜珊瑚持与人"表明他骄奢放荡,挥金如土。第十三、十四句描写了男女主人公通宵达旦地狂欢,到天亮才熄灯休息。第十五、十六句描写了女主人公的慵懒和无聊。第十七、十八句描写了男女主人公攀附豪门贵戚的行径。第十九、二十句是作者的议论,描写了越女西施的生活,与洛阳女子的生活形成鲜明对照,寄寓着作者对贤者不遇、遇者不贤的愤慨。

本诗⑦⑧句是工对。

老将行

Song of an Old General

王维　Wang Wei

①少年十五二十时,	At the age of fifteen to twenty he was young, when
②步行夺得胡马骑。	He was like Li Guang who once seized a horse on foot from a riding Hunnish horseman.
③射杀山中白额虎,	And like Zhou Chu who once killed a white-forehead tiger in a mountain,
④肯数邺下黄须儿。	And he looked on the yellow-beard Cao Zhang as very common.
⑤一身转战三千里,	In his life-time he fought battles across the three-thousand-*li* land,
⑥一剑曾当百万师。	He once held back one million warriors with a sword in his hand.
⑦汉兵奋迅如霹雳,	The troops under his command launched attacks like thunderclaps,
⑧虏骑奔腾畏蒺藜。	The enemy cavalrymen fled in panic because of fearing caltraps.
⑨卫青不败由天幸,	As if assisted by god he never failed in battles as Wei Qing didn't,
⑩李广无功缘数奇。	As if decided by fate he never get a title of a marquise as Li Guang didn't.
⑪自从弃置便衰朽,	Since he was cast away he has become decrepit day by day,
⑫世事蹉跎成白首。	His hair has become white as his time is idled away.
⑬昔时飞雀无全目,	In the past he could shoot a bird in the right or left eye as Hou Yi did,
⑭今日垂杨生左肘。	Now his left arm is stiff with a tumor on it.
⑮路旁时卖故侯瓜,	Sometimes he sells melons by the road,
⑯门前学种先生柳。	Just as Tao Yuanming did, he plants willow trees in front of his abode.
⑰苍茫古木连穷巷,	Near the out-of-the-way lane where he lives a vast stretch of green trees grow,

⑱寥落寒山对虚牖。	The desolate cold hills face his deserted window.
⑲誓令疏勒出飞泉，	He vows as Geng Gong did to make the Shule Town erupt a spring,
⑳不似颍川空使酒。	He does not do as Guan Fu of Ying Chuan, who only lost temper while and after drinking.
㉑贺兰山下阵如云，	The battle arrays at the foot of Mount Helan are as dense as the heavy clouds in sight,
㉒羽檄交驰日夕闻。	The urgent dispatches come and go incessantly day and night.
㉓节使三河募年少，	The courtiers have begun to recruit the youngsters from Three-He districts,
㉔诏书五道出将军。	The emperor has issued orders and five generals with their troops have marched out from five places.
㉕试拂铁衣如雪色，	Hearing of the above-mentioned news he scrubs his armour snow-white,
㉖聊持宝剑动星文。	And waves his sword so that the seven stars inlaid on it flash light.
㉗愿得燕弓射大将，	He hopes to get a bow made in the Yan district to shoot the enemy chieftains down,
㉘耻令越甲鸣吾君。	For he thinks it's a disgrace to let the foreign troops disturb the emperor in Chang'an.
㉙莫嫌旧日云中守，	Oh, my emperor, never cold-shoulder him, a Wei Shang of yore,
㉚犹堪一战立功勋。	He still can fight and achieve great deeds after all.

详注：题. 老将行：属唐朝诗人自创的新乐府辞。行(xíng)：古诗的一种体裁。

句①他〈主·省〉在〈谓·省〉十五二十〈定〉少年〈定·倒〉时〈宾〉。他：指老将,下文中的"他"同此。十五二十：十五至二十岁。时：时候。这句作下面三句的时间状语。

句②他〈主·省〉步行夺得胡马骑〈连动短语·谓〉。步行夺得胡马骑：是一个典故。西汉名将李广受伤被俘。在押解途中,他乘胡兵不备,把胡兵推下马,自己一跃而上,骑着马逃回汉营。作者引用这个典故意在把老将比作李广,说明他像李广一样机智勇敢,属借喻修辞格。连动短语的结构是：步行＋夺得胡马＋骑（动作先后关系）。

句③他〈主·省〉射杀〈谓〉山中〈定〉白额虎〈宾〉。射杀山中白额虎：是一个典故。东晋名将周处曾经进入南山射杀白额虎,为民除害。白额虎是最凶猛的老虎。作者引用这个典故意在把老将比作周处,说明他像周处一样勇猛,属借喻修辞格。

句④他〈主·省〉肯数〈谓〉邺下〈定〉黄须儿〈宾〉。肯：不肯。古诗词中,常用能愿动词(忍,肯,敢,能等)的肯定形式表示否定意义。数(shǔ)：点数,引申为"算在数内"。邺(yè)下：古城名,在今河北临漳县邺镇东。曹操被封魏王,都城在邺下。黄须儿：曹操的第二个儿子曹彰,他长着黄胡须,英勇善战。作者引用这个典故意在把老将与曹彰相比,说明老将的英勇善战超过曹彰。

句⑤他〈主·省〉一身〈状〉转战〈谓〉三千里〈补〉。一身：一辈子。三千里：数千里。古汉语中,常用三及其倍数表示虚数,不实指。这句与下句是并列关系。

句⑥他〈主·省〉一剑〈状〉曾当〈谓〉百万师〈宾〉。一剑：用一把剑。曾当：曾经阻挡过。百万师：百万兵

"百万"是夸张修辞格。

句⑦汉兵〈主〉奋迅〈谓〉如霹雳〈介词短语·补〉。汉兵:汉朝的兵,指老将率领的兵。唐朝人常借汉指唐。奋迅:又快又猛。如:像。霹雳(pī lì):疾雷声。"如霹雳"是明喻修辞格。介词短语的结构是:如+霹雳("如"是介词)。这句与下句是并列关系。

句⑧虏骑〈主〉奔腾畏蒺藜〈连动短语·谓〉。虏骑(jì):敌骑兵。奔腾:飞跑。畏:怕。蒺藜(jí lí):一种带刺的植物。这里,借蒺藜喻战场上用于防御的障碍(如铁蒺藜之类),是借喻修辞格。连动短语的结构是:奔腾(果)+畏蒺藜(因)。

句⑨卫青〈主〉不败由天幸〈连动短语·谓〉。卫青:汉武帝时的名将,是汉武帝皇后卫子夫的弟弟,曾七次击败匈奴。由:因为有。天幸:天助。这里,作者用卫青不败这个典故意在把老将比作卫青,说他常打胜仗,属借喻修辞格。另:"天幸"事本来发生在卫青的外甥霍去病身上。霍去病抗击匈奴时常率壮骑深入敌境未被击败,似乎"有天幸"。这里借用来指卫青。连动短语的结构是:不败(果)+由天幸(因)。这句与下句是并列关系。

句⑩李广无功〈主谓短语·主〉缘〈谓〉数奇〈宾〉。李广无功:汉将李广跟随卫青抗击匈奴。汉武帝私下告诉卫青:"李广老了,不要让他抵挡匈奴。"所以,李广虽劳苦但始终没有得到封侯。缘:是因为。数奇(jī):命不好。古人认为偶数吉利,奇数不吉利。数:命运。作者引用这个典故意在把老将比作李广,说他劳而无功,没得到封赏,属借喻修辞格。

句⑪自从弃置〈介词短语·状〉他〈主·省〉便〈状〉衰朽〈谓〉。自从弃置:自从被闲置不用以来。便:就。衰朽:衰弱老迈。这句与下句是并列关系。介词短语的结构是:自从+弃置("自从"是介词)。

句⑫世事〈主〉蹉跎〈谓〉他〈主·省〉成〈谓〉白首〈宾〉。这句由两个句子构成。"世事蹉跎"是一句。"他成白首"是一句。两句间是并列关系。世事:光阴。蹉跎(cuō tuó):虚度。成:变成。白首:白头发老翁。

句⑬昔时〈状〉飞雀〈主〉无〈谓〉全目〈宾〉。昔时:从前。飞雀:飞着的鸟。无全目:两眼不全,少了一只。这是一个典故。一天,吴贺与后羿北游,见一飞鸟。吴让后羿射鸟的左眼,后羿却误中了鸟的右眼。作者用这个典故意在把老将的精准的射箭技术比作后羿的射箭技术。属借喻修辞格。这句与下句是并列关系。

句⑭今日〈状〉垂杨〈主〉生〈谓〉左肘〈补〉。垂杨:垂柳。"柳"通"瘤"。《庄子·至乐》:"支离叔与滑介叔观于冥伯之丘……俄而柳生其左肘"。生:长出。左肘:在左肘上。这里借垂杨生左肘喻左肘僵硬不灵便,是借喻修辞格。

句⑮他〈主·省〉路旁〈状〉时〈状〉卖〈谓〉故侯瓜〈宾〉。路旁:在路边。时:有时。故侯瓜:是一个典故。秦朝东陵侯邵平在秦朝灭亡之后,在长安城东以种瓜为生。作者用这个典故意在把老将比作邵平,以务农为生,属借喻修辞格。这句与下句是并列关系。

句⑯他〈主·省〉门前〈状〉学种〈谓〉先生柳〈宾〉。门前:在门前。先生柳:是一个典故。晋朝陶渊明辞官归隐后在门前种了五棵柳树,自称"五柳先生"。作者用这个典故意在把老将比作陶渊明,属借喻修辞格。

句⑰苍茫〈定〉古木〈主〉连〈谓〉穷巷〈宾〉。苍茫:青葱无边的。古木:古树。连:连接着。穷巷:僻巷。这句与下句是并列关系。

句⑱寥落〈定〉寒山〈主〉对〈谓〉虚牖〈宾〉。寥落:冷落的。寒山:寒冷的山。对:面对着。虚牖(yǒu):空荡荡的窗户。

句⑲他〈主·省〉誓〈谓〉令疏勒出飞泉〈兼语短语·宾〉。誓:发誓。令疏勒出飞泉:是一个典故。东汉名将耿恭驻守疏勒城,匈奴截断了疏勒城的水源。耿恭让士兵在城内挖井,井深十五丈仍不见水。耿恭对天感叹:"以前李广利将军拔剑刺山,飞泉涌出。如今汉德神明,难道就没有出路吗?"然后,他又对天祝祷。不久泉水涌出。匈奴以为有神在帮助耿恭,就撤兵了。作者用这个典故意在把老将比作耿恭,说明他的报国之志未改,属借喻修辞格。兼语短语的结构是:令+疏勒+出飞泉。这句与下句是并列关系。

句⑳他〈主·省〉不似〈谓〉[颍川〈主〉空〈状〉使〈谓〉酒〈宾〉]〈小句·宾〉。不似:不像。颍川:颍川人灌夫将军。这里借颍川(地点)代灌夫(地点中的人),是借代修辞格。空:只,仅。使酒:酒后使性子。颍川空使酒:是一个典故。西汉将军灌夫刚直不阿,酒后骂丞相武安侯田蚡,后被陷害灭族。作者用这个典故意在说明老将虽被弃置但并不牢骚满腹,属借喻修辞格。

句㉑贺兰山下〈方位短语·定〉阵〈主〉如〈谓〉云〈宾〉。贺兰山:又称阿拉善山,在今宁夏内蒙古交界处,是唐朝的西北边境,常发生战争。阵:战斗队列。如云:密集。方位短语的结构是:贺兰山+下("下"是方位词)。这句与下句是并列关系。

句㉒羽檄交驰〈主谓短语·主〉日夕〈状〉闻〈谓〉。羽檄(xí):古代紧急军书,上插羽毛。交驰:来往奔驰。日夕:日夜。闻:被听到。主谓短语的结构是:羽檄+交驰(主语+谓语)。

句㉓节使〈主〉三河〈状〉募〈谓〉年少〈宾〉。节使:朝廷派出的使臣,身上带着符节作为身份的凭证。三河:在三河地区,即河南、河东、河内三郡。募:招募。年少:年轻人。这句与下句是并列关系。

句㉔诏书〈主〉出〈谓〉五道〈定·倒〉将军〈宾〉。诏书:皇帝的文告。出:使……出。五道:五路。将军:将军及其率领的兵马。

句㉕他〈主·省〉试拂〈谓〉铁衣〈宾〉如雪色〈介词短语·补〉。试拂:擦洗。铁衣:铠甲。如雪色:像雪一样白。"如雪色"是明喻修辞格。这句与下句是并列关系。

句㉖他〈主·省〉聊〈状〉持宝剑动星文〈连动短语·谓〉。聊:姑且。持:拿起。动:使……闪动光芒。星文:宝剑上用宝石镶成的七星花纹。连动短语的结构是:持宝剑+动星文(动作先后关系)。

句㉗他〈主·省〉愿得燕弓射大将〈连动短语·谓〉。愿得:希望得到。燕弓:燕地产的弓,以强劲著称。射:射杀。大将:敌军将领。连动短语的结构是:愿得燕弓(动作)+射大将(目的)。这句与下句是果因关系。

句㉘他〈主·省〉耻〈谓〉令越甲鸣吾君〈兼语短语·宾〉。耻:对……感到羞耻。令:让。越甲:越国军队。甲:铠甲。这里借铠甲(标记)代士兵,是借代修辞格。鸣:惊扰。吾君:我们的皇上。这里有一个典故:越国军队逼近齐国边境,惊动了皇上。齐国的雍门子狄认为是因为他自己失职了,是莫大的耻辱,于是自刎而死。作者用这个典故意在表明老将仍以捍卫国家为自己的职责,属借喻修辞格。兼语短语:令+越甲+鸣吾君。

句㉙君〈主〉莫嫌〈谓〉旧日〈定〉云中守〈宾〉。君:皇上。莫嫌:不要嫌弃。旧日:以前的。云中守:云中太守魏尚。这里借云中守喻老将,是借喻修辞格。这句与下句是果因关系。

句㉚他〈主·省〉犹堪一战立功勋〈连动短语·谓〉。他:指云中守,实际上指老将。犹:还。堪:能。一战:参战。"一"是语助词,起加强语气的作用。立:建立。作者在这两句中用了一个典故:汉文帝时的名将魏尚曾任云中郡太守。他防御匈奴,匈奴不敢侵犯。后来,因报功时多报了六个人头,被削爵为民。冯唐为魏尚鸣不平。汉文帝接受了冯唐的意见,命令冯唐拿着符节去云中郡赦免了魏尚,恢复了魏尚的云中郡太守官职。作者用这个典故意在把老将比作魏尚,属借喻修辞格。连动短语的结构是:犹堪一战+立功勋(两者并列)。

浅析:这首诗刻画了一位老将的英雄形象,流露出作者对统治者抛弃英才的愤慨情绪。第一句至第四句描写了老将年轻时机智勇敢,勇猛过人。第五句至第八句描写老将能征善战,功勋卓著。第九、十句表明老将虽屡建战功,却没有得到封赏。"由天幸"和"缘数奇"的言外之意是:难道是由天幸吗?难道是缘数奇吗?不。老将不败是因为他机智勇敢,勇猛过人。老将无功是因为统治者对老将的功勋视而不见,听而不闻。所以,这两句揭露了统治者赏罚无据,对有功之臣刻薄寡恩。第十一句至第十八句描写了老将被弃置后的凄凉生活。第十九、二十句表明老将虽被弃置但仍有报国之志,仍没有悲观消沉。第二十一句至第二十四句描写了军情紧急、朝廷紧张备战的情景。第二十五句至第二十八句描写了老将得知边境告急,愿重上战场,报效国家的急迫心情,借以颂扬他精忠报国的崇高品质。第二十九、三十句是作者的议论,表明了作者希望朝廷重新重用老将,借以为被弃的英才鸣不平。

本诗⑤⑥句、⑨⑩句、⑮⑯句、⑰⑱句是工对。

桃源行

Song of the Peach-Flower Land

王 维 Wang Wei

①渔舟逐水爱山春， The fishing-boat sails up the stream because the fisherman loves the hill scenery in spring,

②两岸桃花夹古津。 On both banks of the old ferry peach flowers are far away stretching.

③坐看红树不知远， As he is lost in enjoying the red peach flowers, he's unaware of how far he has gone,

④行尽青溪忽值人。 At the source of the stream he comes across a man who points to a cavern yon.

⑤山口潜行始隈隩， He gingerly enters the cavern, the beginning part of which is narrow and winding,

⑥山开旷望旋平陆。 Soon the cavern ends and he sees a plain far-spreading.

⑦遥看一处攒云树， Looking afar he sees a stretch of mist-covered trees,

⑧近入千家散花竹。 Walking near he sees many houses scatter in the bamboos and flowers.

⑨樵客初传汉姓名， To the residents there the fisherman first tells his name of the Han Dynasty,

⑩居人未改秦衣服。 For they still wear the clothes of the Qin Dynasty.

⑪居人共住武陵源， They share the peach-flower lands,

⑫还从物外起田园。 And they also build outside of the human world the fields and gardens with their own hands.

⑬月明松下房栊静， The bright moon shines on the pine trees among which the houses are quiet throughout,

⑭日出云中鸡犬喧。 When the sun rises out of the clouds the cocks crow and the dogs bark loud.

⑮惊闻俗客争来集， On hearing of the arrival of the fisherman, they hurry to gather on and on,

⑯竞引还家问都邑。 And vie for inviting him to their homes to ask about their former hometown.

⑰平明闾巷扫花开，	At daybreak all the families open their doors and sweep the fallen flowers away,
⑱薄暮渔樵乘水入。	In the even the fishermen and the woodcutters come back home by the water way.
⑲初因避地去人间，	Originally in order to avoid the turbulent Qin Dynasty, they left the human world,
⑳及至成仙遂不还。	Later when they could live a mortal life they are not willing to go back to their homeland old.
㉑峡里谁知有人事，	The people outside know nothing about the peach-flower land,
㉒世中遥望空云山。	For what they see is only a cloud-shrouded mountain beyond.
㉓不疑灵境难闻见，	He clearly knows a fairyland like it is nowhere else to be found,
㉔尘心未尽思乡县。	But with the worldly ideas still in his mind, he misses his homeland.
㉕出洞无论隔山水，	After he leaves the peach-flower land and no matter how many mountains and rivers there're on the way,
㉖辞家终拟长游衍。	He always thinks of going back there for a long stay.
㉗自谓经过旧不迷，	He thinks going along the old road he will not go astray,
㉘安知峰壑今来变。	It never occurs to him that the peaks and the valleys have changed in every way.
㉙当时只记入山深，	He only keeps in his mind that last time he went very far into the mountain,
㉚青溪几度到云林。	And the green stream turned several times before the mist-covered forest was seen.
㉛春来遍是桃花水，	Now spring has come with peach flowers and rain water everywhere,
㉜不辨仙源何处寻。	So he fails to find the source of the stream to the fairyland anywhere.

详注：题.桃源行:咏桃花源的诗,是新乐府辞。行:古诗的一种体裁。桃源:桃花源。

句①渔舟〈主〉逐〈谓〉水〈宾〉渔夫〈主·省〉爱〈谓〉山〈定〉春〈宾〉。这句由两个句子构成。"渔舟逐水"是一句。"渔夫爱山春"是一句。两句间是果因关系。渔舟:打鱼船。逐水:顺着溪水而行。山春:山上的春色。这句与下句是果因关系。

句②两岸〈定〉桃花〈主〉夹〈谓〉古津〈宾〉。两岸:溪的两岸。夹:夹着。津:渡口。

句③他〈主·省〉坐看红树不知远〈连动短语·谓〉。他:指渔夫,下文中的"他"同此。坐:因为。看:观赏。红树:开满红桃花的树。不知远:不知走了多远。连动短语的结构是:坐看红树(因) + 不知远(果)。这句与下句是并列关系。

句④他〈主·省〉行尽青溪忽值人〈连动短语·谓〉。行尽青溪:行到青溪尽头。忽:忽然。值:遇到。人:山中人。连动短语的结构是:行尽青溪 + 忽值人(动作先后关系)。

句⑤他〈主·省〉潜〈状·倒〉行〈谓·倒〉山口〈宾〉洞〈主·省〉始〈状〉隈隩〈谓〉。这句由两个句子构成。

"他潜行山口"是一句。"洞始隈隩"是一句。两句间是并列关系。潜:蹑手蹑脚地。行:进入。山口:洞口。始:起初。隈隩(wēi ào):幽深曲折。这句与下句是顺承关系。

句⑥旋〈状·倒〉山〈主〉开〈谓〉他〈主·省〉望〈谓〉旷〈定·倒〉平陆〈宾〉。这句由两个句子构成。"旋山开"是一句。"他望旷平陆"是一句。两句间是并列关系。旋:不久。山开:山洞到了尽头。望:远看到。旷:开阔的。平陆:平坦的陆地。

句⑦他〈主·省〉遥〈状〉看〈谓〉[一处〈主〉攒〈谓〉云树〈宾〉]〈小句·宾〉。遥看:远看。一处:一个地方。攒(cuán):聚集着。云树:云彩遮映的树林。这句与下句是并列关系。

句⑧他〈主·省〉近入〈状〉看〈谓·省〉[千家〈主〉散〈谓·倒〉花竹〈联合短语·宾〉]〈小句·宾〉。近入:走近时。看:看到。千家:许多人家。这里的"千"表示虚数,不实指。散:分散在。花:鲜花。竹:竹丛。联合短语的结构是:花 + 竹(两者并列)。

句⑨樵客〈主〉初〈状〉传〈谓〉汉姓名〈宾〉。樵(qiáo)客:打柴人,这里指渔夫。古时候,渔夫也打柴。相对于桃花源人,渔夫是外来客,所以称樵客。初:第一次。传:说出,报出。汉姓名:汉朝的姓名。因为桃花源中人从未听到过汉朝人的姓名。自从避秦乱来到桃花源,他们对外界变化一无所知。这句与下句是果因关系。

句⑩居人〈主〉未改〈谓〉秦衣服〈宾〉。居人:桃花源中的居民。未改:仍穿着。秦衣服:秦朝人穿的衣服。

句⑪居人〈主〉共住〈谓〉武陵源〈宾〉。共住:同住在。武陵源:桃花源,晋朝(陶渊明所在朝代)属于武陵郡。这句与下句是递进关系。

句⑫他们〈主·省〉还〈状〉从物外〈介词短语·状〉起〈谓〉田园〈宾〉。他们:指桃花源中的居民。还:并且。从物外:在世外。起:建立。介词短语的结构是:从 + 物外("从"是介词)。

句⑬月〈主〉明〈谓〉松下〈定〉房栊〈主〉静〈谓〉。这句由两个句子构成。"月明"是一句。"松下房栊静"是一句。两句间是并列关系。松下:松树下面的。房栊(lóng):房屋。这句与下句是并列关系。

句⑭日〈主〉出〈谓〉云中〈补〉鸡犬〈主〉喧〈谓〉。这句由两个句子构成。"日出云中"是一句。"鸡犬喧"是一句。前句是后句的时间状语。日:太阳。出:升起。云中:从云中。鸡犬:鸡和狗。喧:大声鸣叫。

句⑮居人〈主·省〉惊闻俗客争来集〈连动短语·谓〉。居人:桃花源中的人。惊闻:惊讶地听说。俗客:指渔夫。作者把桃花源看作仙境,所以称外来的渔夫为俗客。争来集:争着聚拢来。连动短语的结构是:惊闻俗客 + 争来集(动作先后关系)。这句与下句是顺承关系。

句⑯他们〈主·省〉竞引渔夫〈省〉还家问都邑〈连动短语·谓〉。他们:指桃花源中的人。竞引:争着邀请。还家:到家。都邑:指桃花源中人的家乡。连动短语的结构是:竞引渔夫 + 还家 + 问都邑(动作先后关系)。

句⑰平明〈状〉闾巷〈主〉开〈倒〉扫花〈连动短语·谓〉。平明:天刚亮。闾(lǘ)巷:街巷。这里借闾巷(地点)代闾巷中的人,是借代修辞格。开:开门。扫花:古人扫花径表示诚心迎客。连动短语的结构是:开 + 扫花(动作先后关系)。这句与下句是并列关系。

句⑱薄暮〈状〉渔樵〈主〉乘水入〈连动短语·谓〉。薄暮:傍晚。渔:打鱼人。樵:打柴人。乘水:驾着船。入:回家。连动短语的结构是:乘水(方式) + 入(动作)。

句⑲他们〈主·省〉初〈状〉因避地〈介词短语·状〉去〈谓〉人间〈宾〉。他们:桃花源中的居民,下句中的"他们"同此。初:当初。因:由于。避地:避开战乱的地方,指秦朝的战乱。去:离开。人间:作者把桃花源看作仙境,把桃花源以外的地方看作人间。介词短语的结构是:因 + 避地("因"是介词)。这句与下句是顺承关系。

句⑳他们〈主·省〉及至成仙〈介词短语·状〉遂〈状〉不还〈谓〉。及至:等到。成仙:成了仙,即过着仙人般的日子。遂:就。不还:不回人间。介词短语的结构是:及至 + 成仙("及至"是介词)。

句㉑谁〈主·倒〉知〈谓·倒〉[峡里〈主〉有〈谓〉人事〈宾〉]〈小句·宾〉。谁:没有人。这是一个特指问形式的反问句,其肯定形式表示否定意义。知:知道。峡里:指桃花源里。有人事:有人在生活。这句与下句是果因关系。

句㉒世中〈主〉遥望〈谓〉空〈定〉云山〈宾〉。世中:人间。作者把桃花源看作仙境,把桃花源外的地方看作人间。这里借人间代人间的人,是借代修辞格。遥望:远远地看。空:空荡荡的。云山:云雾弥漫的山。

句㉓渔夫〈主·省〉不疑〈谓〉[灵境〈主〉难〈谓〉闻见〈宾〉]〈小句·宾〉。不疑:不怀疑,即"深知"。灵境:仙境,指桃花源。难闻见:难以见到。这句与下句是转折关系。

句㉔渔夫〈定·省〉尘心〈主〉未尽〈谓〉他〈主·省〉思〈谓〉乡县〈宾〉。这句由两个句子构成。"渔夫尘心未尽"是一句。"他思乡县"是一句。两句间是因果关系。尘心:世俗之心。未尽:没完。思:思念。乡县:故乡。

句㉕他〈主·兼作下句主语〉出洞〈状·兼作下句状语〉无论〈连词〉山水〈主〉隔〈谓·倒〉〈作下句条件状语〉。出洞:离开桃花源以后。隔:阻隔。这句与下句是主谓关系。

句㉖终〈状〉拟辞家长游衍〈连动短语·谓〉。终:一心,总是。拟:打算。辞家:离开家人。长:长久地。游衍(yǎn):到桃花源尽情游玩。连动短语的结构是:拟辞家＋长游衍(动作先后关系)。

句㉗他〈主·省〉自谓〈谓〉经过旧不迷〈连动短语·宾〉。自谓:自以为。经过旧:沿着走过的路。不迷:不迷路。连动短语的结构是:经过旧(因)＋不迷路(果)。这句与下句是转折关系。

句㉘他〈主·省〉安知〈谓〉[峰壑〈主〉今〈状〉来变〈谓〉]〈小句·宾〉。安知:哪里料到。峰:山峰。壑(hè):山谷。来变:变了样。"来"是语助词,无实义。

句㉙他〈主·省〉当时〈状〉只记〈谓〉入山深〈主谓短语·宾〉。当时:指渔夫初次进桃花源的时候。只记:只记得。入山:入山的路。深:远。主谓短语的结构是:入山＋深(主语＋谓语)。这句与下句是递进关系。

句㉚青溪〈主〉转〈谓·省〉几度到云林〈连动短语·谓〉。青溪:指通向桃花源洞口的那条溪。转(zhuǎn):拐弯。几度:几次。云林:云雾弥漫的桃花林。连动短语的结构是:转几度＋到云林(动作先后关系)。

句㉛春〈主〉来〈谓〉遍〈主〉是〈谓〉桃花水〈宾〉。这句由两个句子构成。"春来"是一句。"遍是桃花水"是一句。前句是后句的时间状语。春来:春天到了。遍:到处。桃花水:桃花开时下的雨水。这句与下句是因果关系。

句㉜他〈主·省〉不辨〈谓〉何处〈状〉寻仙源〈动宾短语·宾〉。不辨:搞不清。何处:到哪里。寻:找到。仙源:桃花源的入口处。动宾短语的结构是:寻＋仙源(动词＋宾语)。

浅析:这首诗对陶渊明的散文《桃花源记》进行了再创作,把桃花源描绘成了恬静明丽的仙境,流露了作者对美好社会的向往和追求。第一句至第六句描写了渔夫发现桃花源的经过。第七句至第二十句描写了渔夫在桃花源所见所闻。这些描写告诉我们:桃花源的景色优美,其中的居民过着祥和宁静的日子。作者把桃花源看作仙境,把那儿的居民看作是仙人。第二十一、二十二的表明桃花源已与世隔绝,正如人间与仙境隔绝。第二十三、二十四句表明渔夫的思想徘徊于人间与仙境。他身在仙境,却留念着人间。第二十五、二十六句表明:渔夫身在家乡,却一心想着桃花源。这流露了作者对美好社会的向往。第二十七句至第三十二句描写了作者再次寻找桃花源,却没有找到,表达了作者对美好社会的追求。桃花源这样美好的社会只是古人的憧憬而已。

本诗⑬⑭句、⑰⑱句是宽对。

蜀 道 难

Hard Is the Road to Shu

李 白　Li Bai

①噫吁哦，	Oh, My!
②危乎高哉！	How precipitous! How high!
③蜀道之难难于上青天！	The road to Shu is harder than that to climb up the sky!
④蚕丛及鱼凫，	The two kings Cancong and Yufu,
⑤开国何茫然！	Long, long ago founded the Kingdom Shu.
⑥尔来四万八千岁，	During the forty-eight thousand years since the Kingdom Shu came into being,
⑦不与秦塞通人烟。	The people there never have any contact with those of the State Qin.
⑧西当太白有鸟道，	On Mount Taibai that blocks the westward road there's a bird way,
⑨可以横绝峨嵋巅。	Which can lead to the crest of Mount E-mei.
⑩地崩山摧壮士死，	A legend goes that, the mountain crumbled and the five very strong men died,
⑪然后天梯石栈相钩连。	Then the rocky plank road and the steep path that looked like a ladder to heaven came connected.
⑫上有六龙回日之高标，	Above tower the peaks too high for the sun to pass that it has to return,
⑬下有冲波逆折之回川。	Below in the zigzag river the torrents surge and churn.
⑭黄鹤之飞尚不得过，	The yellow crane that is good at flying can't fly across it,
⑮猿猱欲度愁攀援。	The gibbons that are good at climbing are worried to climb over it.
⑯青泥何盘盘，	The Qingni Ridge so zigzags,
⑰百步九折萦岩峦。	That on its peaks within one hundred paces there are nine turns.
⑱扪参历井仰胁息，	The passers-by look up breathless when they seem to touch the stars Men and Shen in the sky,
⑲以手抚膺坐长叹。	Covering their chests with hands they sit down with a long sigh.
⑳问君西游何时还？	Please tell me when you tourists can return from your journey to the west,

㉑畏途巉岩不可攀！ You can't climb over the precipitous cliffs on the mountain crest.
㉒但见悲鸟号古木， The passers-by can see in the old trees nothing but the sadly crying birds,
㉓雄飞雌从绕林间。 And see in the woods the male birds flying around followed by the female birds.
㉔又闻子规啼夜月， They also hear the cuckoos weeping so sadly on the moonlit night,
㉕愁空山。 And their weeping saddens the mountain down right.
㉖蜀道之难难于上青天， Oh, the road to Shu is harder than that to climb up the sky!
㉗使人听此凋朱颜。 Hearing this the tourists' faces would lose the ruddy dye.
㉘连峰去天不盈尺， The distance is less than a foot from the continuous peaks to the sky,
㉙枯松倒挂倚绝壁。 The dried-up pines hang head-down on the cliffs high.
㉚飞湍瀑布争喧豗， Very noisy are the flying torrents and waterfalls,
㉛砯崖转石万壑雷。 They strike against the mountain side and turn the stones, the sound of which is like a thunder that in thousands of vales roars.
㉜其险也若此， So precipitous these places are,
㉝嗟尔远道之人胡为乎来哉？ Alas, why do you tourists come here from afar?
㉞剑阁峥嵘而崔嵬， The Sword Gate Pass is so steep and high, that if it's guarded by one,
㉟一夫当关，万夫莫开。 It would never be broken through by ten thousand men.
㊱所守或匪亲， If the guards are not loyal to the court,
㊲化为狼与豺。 They would become wolves and jackals on the spot.
㊳朝避猛虎，夕避长蛇。 Thus the tourists have to avoid these fierce tigers at daybreak and these long snakes at dusk,
㊴磨牙吮血，杀人如麻。 They grind their teeth and suck blood and kill people like cutting the hemp fast.
㊵锦城虽云乐， Though Chengdu might be a merry-making place for you,
㊶不如早还家。 Yet you tourists may as well early homeward go.
㊷蜀道之难难于上青天！ The road to Shu is harder than that to climb up the sky,
㊸侧身西望长咨嗟！ So I can only turn my head and gaze westward with a long sigh.

详注：题．蜀道难：是乐府《相和歌·瑟调曲》旧题。蜀道：进入四川的道路。

句①噫吁嚱。噫吁嚱(yī xū xī)：惊叹声。蜀人见物惊异，常发出这个声音。

句②蜀道〈主·省〉危乎高哉〈联合短语·谓〉。危：险峻。乎、哉：都是语气词，表示感叹语气，相当于"啊"。高：高耸。联合短语的结构是：危乎+高哉(两者并列)。

句③蜀道之难〈主〉难于〈谓〉上青天〈动宾短语·宾〉。之：是结构助词，相当于"的"。难：艰险。难于：比……还困难。这里的"于"是介词,介绍比较对象,用在形容词后,相当于"比"。动宾短语的结构是:上 + 青天(动词 + 宾语)。这句补充说明上句。

句④蚕丛及鱼凫。这是一个名词句,由一个联合短语构成,作下句中"开国"的主语。"蚕丛及鱼凫开国"是主谓短语,作主语。及:和。蚕丛、鱼凫(fú):是古蜀国的两个国王。联合短语的结构是:蚕丛 + 鱼凫(两者并列)。"及"是连词。这句与下句是主谓关系。

句⑤开国〈主〉何〈状〉茫然〈谓〉。开国:建国。何:多么。茫然:遥远。

句⑥尔来〈状〉四万八千岁〈作下句状语〉。尔来:自从蜀国以来。四万八千岁:四万八千年。形容时间之久,是夸张修辞格。

句⑦蜀国〈主·省〉不〈状〉与秦塞〈介词短语·状〉通〈谓〉人烟〈宾〉。秦塞:秦国。秦国四面都有关塞,古称"四塞之国"。通人烟:交往,往来。介词短语的结构是:与 + 秦塞("与"是介词)。

句⑧西〈状〉当〈定〉太白〈主〉有〈谓〉鸟道〈宾〉。西:在西边。当:挡路的。太白:山名,在今陕西眉县南部。鸟道:只有鸟才能飞越的道路。

句⑨鸟道〈主·省〉可以横绝〈谓〉峨嵋巅〈宾〉。横绝:横渡到。峨嵋:峨嵋山,在四川境内。巅:顶。这句补充说明上句。

句⑩地〈主〉崩〈谓〉山〈主〉摧〈谓〉壮士〈主〉死〈谓〉。这句由三个句子构成。"地崩"是一句,"山摧"是一句,"壮士死"是一句。三句间是并列关系。崩:裂。摧:毁坏。壮士:指五个大力士。据传,秦惠王把五个美女嫁给蜀王。蜀王派五个大力士去迎接。回蜀到达梓潼时,遇到一条大蛇钻进山洞。五个大力士抓住蛇尾,用力一拉,把山拉倒了。五个大力士和五个美女及随从等全被压死。但山分成了五岭。后来,人们在崩塌的地方建成连接秦蜀两地的交通栈道。这句与下句是顺承关系。

句⑪然后〈状〉天梯石栈〈联合短语·主〉相钩连〈谓〉。天梯:很陡的山路。这里把陡峭的山路比作登天的梯子,是暗喻修辞格。石栈(zhàn):在悬崖峭壁上凿孔架木铺成的道路。相钩连:连接起来。"相"是动词前缀,没有实义。联合短语的结构是:天梯 + 石栈(两者并列)。

句⑫上〈主〉有〈谓〉[六龙〈主〉回〈谓〉日〈宾〉]〈小句·定〉之高标〈宾〉。上:上面,指天梯石栈的上方。六龙回日:据神话传说,羲和驾着六条龙拉的车子,载着太阳在天空中运行。到了这里,因为山太高,过不去,只好把太阳拉回。回:拉回。日:太阳。之:是结构助词,相当于"的"。高标:高峰。这句与下句是并列关系。

句⑬下〈主〉有〈谓〉冲波逆折〈定〉之回川〈宾〉。下:下面,指天梯石栈的下方。冲波:水流冲击形成的波浪。逆折:曲折回旋。之:是结构助词,相当于"的"。回川:回旋的河道。

句⑭黄鹤之飞〈主〉尚〈状〉不得过〈谓〉。黄鹤:一种善于高飞的大鸟。之:是结构助词,用在主谓之间,取消句子的独立性,相当于"的"。飞:飞行。尚:尚且。不得过:飞不过去。这句与下句是并列关系。

句⑮猿猱〈主〉欲度愁攀援〈联合短语·谓〉。猱(náo):善于攀爬的猴。猿:与猴相似的动物,善于攀爬。欲度:想度过去。愁:为……发愁。攀援:攀登。联合短语的结构是:欲度 + 愁攀援(两者是转折关系)。

句⑯青泥〈主〉何〈状〉盘盘〈谓〉。青泥:山岭名,在今甘肃徽县南,是关中、陇西入蜀的要道。何:多么。盘盘:曲折盘旋。

句⑰百步九折〈主〉萦〈谓〉岩峦〈宾〉。百步九折:百步中有九个弯。"九"表示数量多,不实指。萦(yíng):绕着。岩峦:山峰。这句补充说明上句。

句⑱行人〈主·省〉扪参历井〈联合短语·状〉仰胁息〈连动短语·谓〉。行人:通过蜀道的人,下文中的"行人"同此。扪(mén):摸。参(shēn):星名。历:走过。井:星名。扪参历井:扪参历井的时候。仰:仰头。胁息:屏住呼吸。联合短语的结构是:扪参 + 历井(两个动宾短语并列)。连动短语的结构是:仰(方式) + 胁息(动作)。这句与下句是并列关系。

句⑲行人〈主·省〉以手抚膺坐长叹〈连动短语·谓〉。以:用。抚:捂。膺(yīng):胸口。坐:坐着。长叹:长时间叹息。连动短语的结构是:以手(方式) + 抚膺(方式) + 坐(方式) + 长叹(动作)。

句⑳我〈主·省〉问〈谓〉[君〈主〉西游〈状〉何时〈状〉还〈谓〉]〈小句·宾〉。我:指作者。君:泛指西游蜀地的人。西游:到蜀地游玩。还:回。"西游何时还"是连动短语,其结构是:西游+何时还(动作先后关系)。这句与下句是果因关系。

句㉑畏途〈定〉巉岩〈主〉不可攀〈谓〉。畏途:艰险道路上的。巉(chán)岩:陡峭的岩石。不可攀:登不上去。

句㉒行人〈主·省〉但〈状〉见〈谓〉[悲鸟〈主〉号〈谓〉古木〈补〉]〈小句·宾〉。但:只。见:看到。悲鸟:叫声凄厉的鸟。号:鸣叫。古木:在古树上。这句与下句是并列关系。

句㉓行人〈主·省〉但(状·省)见〈谓·省〉[雄飞雌从〈联合短语·主〉绕〈谓〉林间〈方位短语·补〉]〈小句·宾〉。雄:雄鸟。雌:雌鸟。从:跟随。绕:飞来飞去。林间:在树林里。联合短语的结构是:雄飞+雌从(两个主谓短语并列)。方位短语的结构是:林+间("间"是方位词)。

句㉔行人〈主·省〉又闻〈谓〉[子规〈主〉啼〈谓〉夜月〈补〉]〈小句·宾〉。闻:听到。子规:杜鹃鸟。啼:哀叫。夜月:在有月光的夜晚。

句㉕啼声〈主·省〉愁〈谓〉空山〈宾〉。啼声:指杜鹃鸟哀叫声。愁:使……发愁,是形容词的使动用法。这句补充说明上句。

句㉖蜀道之难难于上青天。这句与下句是因果关系。

句㉗听此〈动宾短语·主·倒〉使人朱颜凋〈兼语短语·谓〉。此:指"蜀道之难难于上青天"。人:人的。朱颜:红润的容颜。凋:衰败,引申为"暗淡无光"。兼语短语的结构是:使+人朱颜+凋。

句㉘连峰〈主〉去天〈谓〉不盈尺〈补〉。连峰:连绵不断的山峰。去天:离天。不盈尺:不满一尺。这句与下句是并列关系。

句㉙枯松〈主〉倒挂倚绝壁〈连动短语·谓〉。枯松:干枯的松树。倒挂:倒挂着。倚:靠在。绝壁:陡峭的岩壁上。连动短语的结构是:倒挂(方式)+倚绝壁(动作)。

句㉚飞湍瀑流〈联合短语·主〉争〈谓〉喧豗〈宾〉。飞湍(tuān):飞奔直下的水流。瀑流:瀑布。争:竞相。喧豗(huī):发出隆隆的声音。联合短语的结构是:飞湍+瀑流(两者并列)。

句㉛它们〈主·省〉砯崖转石〈连动短语·谓〉万壑〈主〉有〈谓·省〉雷〈宾〉。这句由两个句子构成。"它们砯崖转石"是一句。"万壑有雷"是一句。两句间是因果关系。它们:指飞湍和瀑流。砯(pēng):撞击。崖:山边。转:使……转动,是动词的使动用法。石:石块。万壑(hè):无数的山谷,这里的"万"是夸张修辞格。雷:雷一样的轰鸣声,这里把轰鸣声比作雷声,是借喻修辞格。这句补充说明上句。

句㉜其〈定〉险〈主〉也(语气词)若〈谓〉此〈宾〉。其:是代词,相当于"它的",即"蜀道的"。险:险峻。也:表示语气上的停顿。若:就是。此:这样,指上面描写的情景。这句与下句是因果关系。

句㉝嗟〈叹词〉尔远道之人〈同位短语·主〉胡为乎〈状〉来〈谓〉哉〈语气词〉。嗟(jiē):相当于"唉"。尔:你们。远道之人:从远方来的人。"之"是结构助词,相当于"的"。胡为:为什么。乎:是语气词,表示感叹语气,相当于"啊"。同位短语的结构是:尔+远道之人(代词+名词词组)。

句㉞剑阁〈主〉峥嵘而崔嵬〈联合短语·谓〉。剑阁:大剑山和小剑山,其间有栈道,称剑门关,是古代入蜀的必经之路。剑阁在今四川剑阁县东北。峥嵘(zhēng róng):山势深险。而:而且。崔嵬(cuī wéi):高峻。联合短语的结构是:峥嵘+崔嵬(两者是递进关系,"而"是连词)。

句㉟一夫〈主〉当〈谓〉关〈宾〉,万夫〈主〉莫开〈谓〉。这句由两个句子构成。"一夫当关"是一句。"万夫莫开"是一句。前句是后句的时间状语。两句间的逗号表示语气上的停顿。一夫:一人。当:挡住,把住。关:关口。万夫:万人。莫开:打不开关口。这句补充说明上句。

句㊱所守〈主〉或(连词)匪亲〈谓〉。所守:把守关口的人。或:如果。匪:不是。亲:亲信可靠的人。这句是下句的条件状语。

句㊲他们〈主·省〉化为〈谓〉狼与豺〈联合短语·宾〉。他们:指把守关口的人。化为:变成。狼与豺:这里用"狼与豺"比喻残害人的人,是暗喻修辞格。与:和。联合短语的结构是:狼+豺(两者并列,"与"是连词)。

句㊳行人〈主·省〉朝避猛虎,夕避长蛇〈联合短语·谓〉。朝:早晨。夕:晚上。避:躲避。猛虎,长蛇:指把守关口的人。这里把把守关口的人比作猛虎和长蛇,是暗喻修辞格。联合短语的结构是:朝避猛虎+夕避长蛇(两者并列,逗号表示语气上的停顿)。这句与下句是并列关系。

句㊴他们〈主·省〉磨牙吮血,杀人如麻〈联合短语·谓〉。他们:指把守关口的人。磨牙:磨快牙。吮(shǔn):吸。如麻:如斩乱麻。这里的联合短语的结构是:磨牙吮血+杀人如麻(两者并列,逗号表示语气上的停顿)。

句㊵锦城〈主〉虽〈连词〉云〈谓〉乐〈宾〉。锦城:成都的别称。虽:虽然。云:说是。乐:乐土。这句与下句是转折关系。

句㊶行人〈主·省〉不如〈谓〉早还家〈状中短语·宾〉。早:早一点。还家:回家。状中短语的结构是:早+还家(状语+中心词)。

句㊷蜀道之难难于上青天。这句与下句是因果关系。

句㊸我〈主·省〉侧身西望长咨嗟〈连动短语·谓〉。我:指作者。侧身:侧着身子。西望:向西看。长咨嗟(zī jiē):长长地叹息。连动短语的结构是:侧身(方式)+西望(方式)+长咨嗟(动作)。

浅析:这首诗极其生动细腻地描写了蜀道的艰难险峻,其中寄寓着作者的仕途艰险之叹。第一、二、三句渲染了蜀道的雄峻奇险。第四句至第十一句概述了蜀道从无到有的经过。第十二句至第三十二句细腻地描写了蜀道的险峻。第三十三句是作者的议论。第三十四句至第三十九句描写了蜀道上的人为险恶。第四十、四十一句是作者的议论。作者的两次议论表达了对游人的善意劝阻,也是劝阻自己不要踏上蜀道。第四十二、四十三句是全篇的总结,表达了作者望蜀道而兴叹的无可奈何的心情,其中寄寓着作者的仕途艰险之叹。本诗中三处用到"蜀道之难难于上青天",起到了一唱三叹的作用,增加了抒情效果。本诗的句子有三言、四言、五言、七言、九言,还有十一言。这些不断变换的句式增加了奔放气势,增加了感染力。

本诗⑫⑬句是宽对。

长相思二首

(一)

Missing the Beauty Day and Night(1)

李　白　Li Bai

①长相思,	I miss the beauty night and day,
②在长安。	She is in Chang'an far away.
③络纬秋啼金井阑,	The autumn cricket wails on the golden well-rail,
④微霜凄凄簟色寒。	Light frost is cold and my bamboo mat feels chill.
⑤孤灯不明思欲绝,	Sitting by a solitary lamp that sends out dim light and of missing her I'll die,
⑥卷帷望月空长叹。	Then rolling up the curtain and gazing at the moon, in vain I give a long sigh.

⑦美人如花隔云端，	The beauty is like a flower and stays far away in the clouds in the sky.
⑧上有青冥之长天，	Above there's the boundless sky dark green,
⑨下有渌水之波澜。	Below there's the wavy river clear and clean.
⑩天长地远魂飞苦，	My soul suffers a lot to fly because the sky is so vast and the earth is so wide,
⑪梦魂不到关山难。	That in my dream I can't fly over the passes and the mountains to get to her side.
⑫长相思，	I miss her day and night,
⑬摧心肝。	Which breaks my heart.

详注：题.长相思：是乐府旧题，属乐府《杂曲歌辞》。

句①我〈主·省〉长〈状〉相思〈谓〉。我：指作者。长：日夜，经常。相思：思念。"相"是动词前缀，没有实义。这句与下句是并列关系。

句②她〈主·省〉在〈谓〉长安〈宾〉。她：作者思念的美人。长安：唐朝京城，在今西安市。

句③络纬〈主〉秋〈状〉啼〈谓〉金井阑〈补〉。络纬：纺织娘，是一种昆虫。秋：在秋天。啼：鸣叫。金井阑：在华美的井栏杆上。这句与下句是并列关系。

句④微霜〈主〉凄凄〈谓〉簟色〈主〉寒〈谓〉。这句由两个句子构成。"微霜凄凄"是一句。"簟色寒"是一句。两句间是因果关系。微霜：薄霜。凄凄：寒凉。簟(diàn)：竹席。簟色寒：竹席上有寒凉感。

句⑤孤〈定〉灯〈主〉不明〈谓〉思〈主〉欲绝〈谓〉。这句由两个句子构成。"孤灯不明"是一句。"思欲绝"是一句。两句间是并列关系。孤灯：一盏灯。不明：灯光昏暗。思：思念，指作者对美人的思念。欲绝：快到极点。思欲绝：思念得肝肠寸断。这句与下句是顺承关系。

句⑥我〈主·省〉卷帷望月空长叹〈连动短语·谓〉。我：指作者。卷：卷起。帷：帘子。望月：看着月亮怀念远方的人。空：徒劳地。长叹：长长地叹一口气。连动短语的结构是：卷帷+望月+空长叹(动作先后关系)。

句⑦美人〈主〉如花隔云端〈联合短语·谓〉。美人：指作者思念的人。如：像。"如花"是明喻修辞格。隔：隔在。云端：云里，指又高又远的地方，即长安。这里借云端喻长安，是借喻修辞格。联合短语的结构是：如花+隔云端(两者是递进关系)。

句⑧上〈主〉有〈谓〉青冥之〈定〉长天〈宾〉。上：上面。青冥：青而深。之：是结构助词，相当于"的"。长天：辽阔的天空。这句与下句是并列关系。

句⑨下〈主〉有〈谓〉渌水之〈定〉波澜〈宾〉。下：下面。渌(lù)水：清澈的水。之：同上句中的"之"。波澜：波浪。

句⑩天〈主〉长〈谓〉地〈主〉远〈谓〉魂〈主〉飞〈谓〉苦〈补〉。这句由三个句子构成。"天长"是一句。"地远"是一句。"魂飞苦"是一句。第一、二句间是并列关系。第一、二句与第三句间是因果关系。长：辽阔。远：遥远。魂：指作者的魂魄。飞苦：飞得辛苦。这句与下句是并列关系。

句⑪梦魂〈主〉不到〈谓〉关山〈主〉难〈谓〉。这句由两个句子构成。"梦魂不到"是一句。"关山难"是一句。两句间是果因关系。梦魂：梦中的魂。不到：没到美人那儿。关山：关塞和山。难：难以飞渡。

句⑫我〈主·省〉长〈状〉相思〈谓〉。我：指作者自己。长：日夜。相思：思念美人。

句⑬相思〈主·省〉摧〈谓〉心肝〈宾〉。摧：毁伤。心肝：作者的心肝。这句补充说明上句。

浅析：这首诗描写了作者对美人的思念。第一、二句直言了作者的相思之情，并交代

卷四 七言乐府

被思之人的所在地点。第三、四句描写了秋天景色,衬托了作者内心的悲凉。第五、六句描写了作者的相思之苦。第七句起着承上启下的作用。第八句至第十一句描写了作者对美人的奋力追求。在现实生活中,美人遥不可及,于是,作者结思成梦。他的梦魂上青天,下渌水,上下奋飞,历尽千辛万苦。可是,由于关山阻隔,他的追求没能如愿。第十二、十三句描写了作者相思之苦的程度。全诗可能深藏着作者追求美好理想而不能实现的痛苦。

本诗⑧⑨句是宽对。

(二)

Missing My Husband Day and Night(2)

李 白 Li Bai

①日色欲尽花含烟,	The sunlight is to disappear and the flowers are shrouded by the mist white,
②月明如素愁不眠。	The moon looks like white silk and I worry so much as to spend a sleepless night.
③赵瑟初停凤凰柱,	I have just stopped plucking the Zhao zither,
④蜀琴欲奏鸳鸯弦。	I begin to play the Shu lute immediately after.
⑤此曲有意无人传,	The tunes are affectionate but no one passes them on,
⑥愿随春风寄燕然。	So I wish them to go with the spring breeze to Mt. Yanran.
⑦忆君迢迢隔青天。	Being kept far, far apart by the blue sky, how I miss you, my dear man!
⑧昔时横波目,	From my love-exuding eyes of yore,
⑨今作流泪泉。	Now like a spring tears pour.
⑩不信妾肠断,	If you don't believe I'm broken-hearted hither,
⑪归来看取明镜前。	Please come back and see it in the clear mirror.

详注:句①日色〈主〉欲尽〈谓〉花〈主〉含〈谓〉烟〈宾〉。这句由两个句子构成。"日色欲尽"是一句。"花含烟"是一句。两句间是因果关系。日色:太阳光。欲:快要。尽:落下。花含烟:花被雾气笼罩。这里借花含烟喻女主人公被愁情笼罩,是借喻修辞格。这句与下句是并列关系。

句②月〈主〉明〈谓〉如素〈补〉我〈主·省〉愁不眠〈连动短语·谓〉。这句由两个句子构成。"月明如素"是一句。"我愁不眠"是一句。两句间是并列关系。如:像。素:白色的绢。"如素"是明喻修辞格。我:指女主人公,下文中的"我"同此。愁:为……发愁。不眠:睡不着。连动短语的结构是:愁(因)+ 不眠(果)。

句③我〈主·省〉初〈状〉停〈谓〉赵瑟〈定·倒〉凤凰柱〈宾〉。初:刚。停:停下。赵瑟:战国时赵国人善弹瑟,所以,把瑟称作赵瑟。凤凰柱:刻有凤凰图案的瑟柱。这句与下句是顺承关系。

句④我〈主·省〉欲奏〈谓〉蜀琴〈定·倒〉鸳鸯弦〈宾〉。欲:想。蜀琴:用蜀地桐木做成的琴。鸳鸯弦:琴弦有粗有细,所以称鸳鸯弦。

句⑤此曲〈主〉有〈谓〉意〈宾〉无人〈主〉传〈谓〉。这句由两个句子构成。"此曲有意"是一句。"无人传"是一句。两句间是转折关系。此曲:指用瑟或琴弹奏的乐曲。有意:有情意。无人:没有人。传:传递,传送。这句与下句是因果关系。

句⑥我〈主·省〉愿〈谓〉[它〈主·省〉随春风寄燕然〈连动短语·谓〉]〈小句·宾〉。愿:希望。它:指上句中的"此曲"。随:随着。寄:飘到。燕(yān)然:山名,即杭爱山,在今蒙古共和国境内。这里借燕然(特殊)代边塞地区(一般),是借代修辞格。"燕然"指女主人公的丈夫出征地。连动短语的结构是:随春风(方式)+寄燕然(动作)。

句⑦我〈主·省〉忆〈谓〉君〈宾〉君〈主·省〉隔〈谓〉迢迢〈定·倒〉青天〈宾〉。这句由两个句子构成。"我忆君"是一句。"君隔迢迢青天"是一句。两句间是果因关系。忆:思念。君:指女主人公的丈夫。隔:隔着。迢迢:遥远的。

句⑧昔时〈定〉横波〈定〉目〈中心词〉。这是一个名词句,作下句主语。昔时:以前的,当初的。横波目:水灵灵的含情脉脉的眼睛。这句与下句是主谓关系。

句⑨今〈状〉作〈谓〉流泪泉〈宾〉。今:如今。作:变成。流泪泉:像泉水一样不断地流着泪。这里把不断流的眼泪比作不断流的泉水,是暗喻修辞格。

句⑩君〈主·省〉不信〈谓〉妾肠断〈主谓短语·宾〉。君:指女主人公的丈夫。信:相信。妾:古代妇女的谦称。肠断:极度悲伤。这里,借肠断(具体)代极度悲伤(抽象),是借代修辞格。这句是下句的假设条件状语。

句⑪君〈主·省〉归来看取〈连动短语·谓〉明镜前〈方位短语·补〉。君:同上句中的"君"。归来:回来。看取:看一看。这里的"取"是词尾,用在动词后,表示动作的进行。明镜前:明亮的镜子里。连动短语的结构是:归来+看取(动作先后关系)。方位短语的结构是:明镜+前("前"是方位词)。

浅析:这首诗描写了女主人公对出征丈夫的深切思念。第一、二句表明女主人公从黄昏起就思念丈夫直到夜间。"日色欲尽"表明是黄昏。"花含烟"既是黄昏时的实景,又喻指女主人公被愁情笼罩。"月明如素"表明是夜晚。"愁不眠"表明女主人公因思念丈夫而难以入眠。第三、四句描写了女主人公的相思之苦。她一会儿弹瑟,一会儿弹琴,以此驱遣相思之苦。琴瑟连用常比喻夫妻感情和谐。"凤凰柱"和"鸳鸯弦"象征着夫妻不分离。这些意象映衬了她渴望夫妻团圆。第五、六句进一步描写了女主人公对丈夫的深切思念。第七句起着承上启下的作用。第八句至第十一句是女主人公的自言自语,凸显了她思念之苦的程度。她不仅思念得不断流泪,而且思念得如痴如呆。不是吗?她竟要求丈夫回来对着镜子一看究竟。其实,如果她丈夫回来,只要看人就知道了,是不必"看取明镜前"的。

本诗③④句是工对,⑧⑨句、⑩⑪句是流水对。

行路难 三首录一

Hard Is the Way

李 白　Li Bai

①金樽清酒斗十千，	A cask of the filtered wine in the golden cup costs ten thousand coins,
②玉盘珍羞值万钱。	The delicious foods in the jade plates cost ten thousand coins.
③停杯投箸不能食，	I push aside my cup and chopsticks because I can't eat or drink,
④拔剑四顾心茫然。	Then I draw out my sword and look around without knowing what to think.
⑤欲渡黄河冰塞川，	I want to cross the Yellow River, but it's iced everywhere,
⑥将登太行雪满山。	I want to climb up Mount Taihang, but it's covered with snow here and there.
⑦闲来垂钓碧溪上，	Before he was an official, Lü Shang once fished on a green stream,
⑧忽复乘舟梦日边。	And Yi Yin suddenly travelled by boat beside the sun in his dream.
⑨行路难，行路难！	Hard is the way, hard is the way!
⑩多歧路，今安在？	The branch roads are many and where is the level road today?
⑪长风破浪会有时，	The time will surely come for me to ride the wind and cleave the waves someday,
⑫直挂云帆济沧海。	When I'll hoist my cloud-like sail high to cross the vast sea on my way.

详注：题．行路难：是古乐府《杂曲歌辞》旧题，内容多为哀叹世路艰难和离别之苦。

句①金樽〈定〉清酒〈主〉斗十千〈主谓短语·谓〉。金樽(zūn)：精美的酒杯。清酒：过滤过的酒。斗十千：一斗值十千钱。斗：古代量酒器。这里用"十千"是夸张修辞格，不实指当时的酒价。主谓短语的结构是：斗＋十千（主语＋名词谓语）。这句与下句是并列关系。

句②玉盘〈定〉珍羞〈主〉值〈谓〉万钱〈宾〉。玉盘：精美的盘子里的。珍羞：名贵的菜肴。羞：同馐。这里用"万钱"是夸张修辞格，不实指当时的菜价。

句③我〈主·省〉停杯投箸不能食〈连动短语·谓〉。我：指作者自己，下文中的"我"同此。停杯：放下酒杯。投箸(zhù)：放下筷子。食：饮酒和吃菜。连动短语的结构是：停杯投箸（果）＋不能食（因）。这句与下句是顺承关系。

句④我〈主·省〉拔剑四顾〈连动短语·谓〉心〈主〉茫然〈谓〉。这句由两个句子构成。"我拔箭四顾"是一句。"心茫然"是一句。前句是后句的时间状语。拔剑：拔出剑来。四顾：向四周看。心：作者的内心。茫然：感到迷茫。连动短语的结构是：拔剑＋四顾（动作先后关系）。

句⑤我〈主·省〉欲渡〈谓〉黄河〈宾〉冰〈主〉塞〈谓〉川〈宾〉。这句由两个句子构成。"我欲渡黄河"是一句。"冰塞川"是一句。两句间是转折关系。欲：想。渡：过。塞：堵塞。川：指黄河河道。这句与下句是并列关系。

句⑥我〈主·省〉将登〈谓〉太行〈宾〉雪〈主〉满〈谓〉山〈宾〉。这句由两个句子构成。"我将登太行"是一句。"雪满山"是一句。两句间是转折关系。将：打算。登：爬上。太行：太行山。雪满山：大雪盖住了太行山。

句⑦吕尚〈主·省〉闲来〈状〉垂钓〈谓〉碧溪上〈方位短语·补〉。吕尚：周文王的贤相，俗称姜太公。闲来：闲时，引申为"无官职时"。垂钓：钓鱼。碧溪：磻溪，在今陕西宝鸡市东南。垂钓碧溪是一个典故。姜太公(吕尚)曾在磻溪上用直钩钓鱼时遇到周文王，得到周文王的赏识重用。这句与下句是并列关系。

句⑧伊尹〈主·省〉忽复〈状〉梦〈谓·倒〉乘舟日边〈宾〉。伊尹：商汤王的贤相。忽：忽然。复：又。梦：梦到。乘舟：乘船。日边：在太阳旁。乘舟日边是一个典故。据传，伊尹受到商汤王重用前，曾梦见乘船经过日月旁边。

句⑨行路〈主〉难〈谓〉。行路：人生道路。难：艰难。"行路难"重复是为了加强语气。这句与下句是并列关系。

句⑩歧路〈主·倒〉多〈谓〉，大道〈主·省〉今〈状〉安在〈谓〉。这句由两个句子构成。"歧路多"是一句。"大道今安在"是一句。两句间是并列关系。两句间的逗号表示语气上的停顿。歧路：岔路，高低不平的小路。大道：平坦的大路。今：如今。安在：在安，即在什么地方。安：什么地方，是疑问代词。在古汉语中，疑问代词作宾语时要移到动词前。

句⑪我〈主·省〉会有〈谓·倒〉[长风〈主〉破〈谓〉浪〈宾〉]〈小句·定〉时〈宾〉。长风：大风，顺风。破浪：破浪前进。长风破浪：南朝宋左卫将军宗悫(què)少年时，叔父问他志向，他说："愿乘长风破万里浪"。这里作者引用这个典故意在借长风破浪(具体)代理想得实现，抱负得以施展(抽象)，是借代修辞格。时：时日。这句作下句的时间状语。

句⑫我〈主·省〉直挂云帆济沧海〈连动短语·谓〉。直挂：高挂起。云帆：白云般巨大船帆。济：渡过。沧海：大海。连动短语的结构是：直挂云帆(方式)＋济沧海(动作)。

浅析：这首诗是李白遭到谗毁，被赐金还乡，离开长安时写的，抒发了作者遭到打击后的痛苦心情。第一、二句描写了朋友设宴为李白送行的场景。第三、四句表明了作者内心的痛苦。作者一向嗜酒成性。此时见美酒饮不下，见美味吃不下，可见他内心多么痛苦。第五、六句表明了他痛苦的原因。"冰塞川"和"雪满山"象征着他的人生道路艰难，他的理想和追求遇到了阻碍。第七、八句是借吕尚和伊尹的故事表达人生际遇的无常，并以此宽慰自己。作者的追求虽遇到阻碍，但他并没有丧失信心。他仍希望有朝一日能像吕尚和伊尹那样得到重用。第九、十句是作者内心的呐喊，进一步表达了作者的迷惘和痛苦。最后两句表达了作者对未来充满信心的豪迈之情。

本诗①②句、⑤⑥句是工对。

将 进 酒

Please Drink Wine

李 白　Li Bai

①君不见黄河之水天上来，　　Don't you see the waters of the Yellow River come from the sky,
②奔流到海不复回！　　And run into the sea and never come back.
③君不见高堂明镜悲白发，　　Don't you see people grieve o'er their white hair before the bright mirror in the hall high,
④朝如青丝暮成雪。　　The hair turns snow-white even though in the morn it was like silk jet-black.
⑤人生得意须尽欢，　　When we get along nicely in society we should make as much merry as we like,
⑥莫使金樽空对月，　　So never let our golden wine-cups empty toward the moonlight.
⑦天生我材必有用，　　Our talent given by the heaven is sure to be used in some way,
⑧千金散尽还复来。　　A thousand pieces of gold spent, they'll come back some day.
⑨烹羊宰牛且为乐，　　Let us cook a sheep, kill a cow, to make merry for the time being,
⑩会须一饮三百杯。　　And we should empty three hundred cupfuls of wine at one drinking.
⑪岑夫子，丹丘生，　　Mr. Cen and Mr. Dan,
⑫将进酒，杯莫停。　　Please don't stop drinking.
⑬与君歌一曲，　　I'll sing you a song,
⑭请君为我倾耳听。　　Please attentively listen.
⑮钟鼓馔玉不足贵，　　Delicious foods accompanied by bell-striking and drum-beat are not worthy to be prized,
⑯但愿长醉不愿醒。　　I only wish to get drunk forever and never soberized.
⑰古来圣贤皆寂寞，　　Already obscure are all the ancient sages,
⑱唯有饮者留其名。　　Only we drinkers will be well-known through ages.
⑲陈王昔时宴平乐，　　Prince Chen of yore once feasted in Pingle Temple,
⑳斗酒十千恣欢谑。　　To indulge themselves in merriness, they drank wine at a thousand coins a bottle.

㉑主人何为言少钱，	Why should you host say you haven't enough money to pay.
㉒径须沽取对君酌。	Just buy more wine for me to drink with you right away.
㉓五花马，千金裘，	I have a five-flower horse and a fur overcoat that is worth a thousand pieces of gold,
㉔呼儿将出换美酒，	I'll ask a boy-servant to take them out to exchange wine mellow,
㉕与尔同销万古愁！	So that we may drink together to drown our age-long sorrow.

详注： 题．将进酒：是乐府旧题，属《鼓吹曲·饶歌》，内容多写饮酒放歌的情景。将：请。进：饮。

句①君〈主〉不见〈谓〉[黄河之水〈主〉天上〈状〉来〈谓〉]〈小句·宾〉。君不见：你看到没有。这是乐府诗中常用语。君：你们。这里指诗中的"岑夫子，丹丘生"。下文中的"君"同此。之：是结构助词，相当于"的"。天上：从天上。来：流下来。这句与下句是主谓关系。

句②黄河之水〈主·省〉奔流到海不复回〈联合短语·谓〉。不复回：不再回。联合短语的结构是：奔流到海＋不复回（两者是递进关系）。

句③君〈主〉不见〈谓〉[高堂〈定〉明镜〈状〉人们〈主·省〉悲〈谓〉白发〈宾〉]〈小句·宾〉。高堂明镜：对着高堂明镜。高堂：大堂，大厅。明镜：明亮的镜子。悲：为……悲伤。白发：白头发。这句与下句是主谓关系。

句④发〈主·省〉朝〈状〉如青丝暮〈状〉成雪〈联合短语·谓〉。发：头发。朝：早晨。如：像。青丝：黑色的丝。"如青丝"是明喻修辞格。暮：晚上。成：变成。雪：雪一样的颜色，即白色。联合短语的结构是：朝如青丝＋暮成雪（两者并列）。

句⑤人生〈主〉得意〈状〉须尽欢〈谓〉。得意：心情舒畅的时候。须尽欢：必须要尽情地欢乐。这句与下句是因果关系。

句⑥君〈主·省〉莫使金樽空对月〈兼语短语·谓〉。莫使：不要让。金樽(zūn)：精美的酒杯。空对月：空着对明月。兼语短语的结构是：莫使＋金樽＋空对月。

句⑦天生〈定〉我材〈主〉必有〈谓〉用〈宾〉。天生：上天给的。我材：我的才能。必：一定。用：用处。这句与下句是并列关系。

句⑧千金〈主〉散尽还复来〈联合短语·谓〉。千金：很多钱财。这里的"千"表示虚数，不实指。散尽：用完。还复来：还会再来。联合短语的结构是：散尽＋还复来（两者是动作先后关系）。

句⑨我们〈主·省〉烹羊宰牛且为乐〈连动短语·谓〉。我们：指作者和岑夫子和丹丘生。烹：煮。宰：杀。且：姑且。为：取。乐：快乐。连动短语的结构是：烹羊＋宰牛（两动作并列）＋且为乐（目的）。这句与下句是递进关系。

句⑩我们〈主·省〉会须〈状〉一〈状〉饮〈谓〉三百杯〈宾〉。我们：同上句中的"我们"。会须：应当。一：一次。三百杯：很多杯酒。古汉语中，三及其倍数表示虚数，不实指。

句⑪岑夫子，丹丘生。岑(cén)夫子：岑勋，是李白的好友。丹丘生：元丹丘，是李白的好友。夫子：是旧时对学者的称呼。生：是旧时对读书人的称呼。这句与下句是并列关系。

句⑫将进酒，你们〈主·省〉莫停〈谓〉杯〈宾·倒〉。你们：指岑夫子和丹丘生。莫停：不要放下。杯：酒杯。

句⑬我〈主·省〉与君〈介词短语·状〉歌〈谓〉一曲〈宾〉。我：指作者。与君：为你们。歌：唱。一曲：一首歌。介词短语的结构是：与＋君（"与"是介词）。这句与下句是并列关系。

句⑭我〈主·省〉请君为我〈介词短语·状〉倾耳听〈兼语短语·谓〉。我：指作者。倾耳听：侧耳细听。兼语短语的结构是：请＋君＋倾耳听。"倾耳听"是连动短语。其结构是：倾耳（方式）＋听（动作）。介词短语的结构是：为＋我（"为"是介词）。

句⑮钟鼓馔玉〈联合短语·主〉不足贵〈谓〉。钟鼓：古代富贵人家吃饭时要鸣钟击鼓。馔(zhuàn)玉：精美的食物。这里借钟鼓馔玉(具体)代富贵生活(抽象),是借代修辞格。不足贵:没什么了不得。联合短语的结构是:钟+鼓+馔玉(三者并列)。这句与下句是并列关系。

句⑯我〈主·省〉但愿长醉不愿醒〈联合短语·谓〉。我:指作者。但:只。愿:希望。长醉:一直醉着。醒:清醒。联合短语的结构是:但愿长醉+不愿醒(两者并列)。

句⑰古来〈定〉圣贤〈联合短语·主〉皆〈状〉寂寞〈谓〉。古来:自古以来的。圣:圣人,指道德能力极高的人,也指帝王。贤:贤人,指有道德有能力的人。皆:都。寂寞:沉寂无闻。联合短语的结构是:圣+贤(两者并列)。这句与下句是并列关系。

句⑱唯有〈状〉饮者〈主〉留〈谓〉其名〈宾〉。唯有:只有。饮者:喝酒的人,指作者、岑夫子、丹丘生。其:他们的。名:大名。

句⑲陈王〈主〉昔时〈状〉宴〈谓〉平乐〈补〉。陈王:指曹操的第三个儿子曹植,他曾被封为陈王。昔时:从前,过去。宴:设宴。平乐:在平乐观。"平乐观"是汉代宫殿名,在今洛阳市东北汉魏故城西门外。这句是下句的时间状语。

句⑳斗酒十千〈主谓短语·主〉恣〈谓〉欢谑〈宾〉。斗酒十千:一斗酒值十千钱。恣(zì):放纵。欢谑(xuè):欢乐,嬉戏。主谓短语的结构是:斗酒+十千(主语+名词谓语)。

句㉑主人〈主〉何为〈状〉言〈谓〉少钱〈宾〉。主人:指丹丘生。何为:为何,为什么。言:说。少钱:钱不够。这句与下句是并列关系。

句㉒主人〈主·省〉径须〈状〉沽取〈谓〉我〈主·省〉对君〈介词短语·状〉酌〈谓〉。这句由两个句子构成。"主人径须沽取"是一句,"我对君酌"是一句,两句间是顺承关系。主人:指丹丘生。径须:只管。沽:买酒。取:是动词尾,用在动词后,表示动作的进行。酌:饮酒。介词短语的结构是:对+君("对"是介词)。

句㉓我〈主·省〉有〈谓·省〉五花马,千金裘〈宾〉。我:指作者。五花马:古人为了装饰,把马鬃剪成五瓣,称五花马。"马"后的逗号表示语气停顿。千金裘:价值千金的皮衣。这句与下句是并列关系。

句㉔我〈主·省〉呼儿将出之〈兼语短语·谓〉换美酒〈兼语短语·谓〉。我:指作者自己。呼:叫。儿:未成年的仆人。将出:拿出。之:是代词,指"五花马,千金裘"。兼语短语的结构是:呼+儿+将出之+换美酒。"将出之换美酒"是连动短语,其结构是:将出之(动作)+换美酒(目的)。

句㉕我〈主·省〉与尔〈介词短语·状〉同销〈谓〉万古愁〈宾〉。我:指作者自己。与尔:与你们一道。尔:你们,指岑夫子和丹丘生。同:一道。销:消除。万古愁:无穷尽的烦恼。介词短语的结构是:与+尔("与"是介词)。这句是上句的目的状语。

浅析:这首诗描写了作者在丹丘家劝友人饮酒的情景,抒发了作者狂放不羁的豪情。其中隐含着作者怀才不遇的苦闷。第一、二句描写了黄河的雄伟气势,衬托了人的渺小。第三、四句描写了人的头发快速变化,衬托了人生易老。以上四句表达了作者对人生的感悟。第五、六句表达了作者及时行乐的人生态度。这样的人生态度呼应了他对人生的感悟。第七、八句表达了作者的乐观自信。不过,这种乐观自信是遭到打击后的乐观自信,所以,反衬出他内心深处的怀才不遇的痛苦。第九、十句表达了作者的豪爽。豪爽是作者的天性。第十一、十二句进一步表达了作者的豪爽。他反客为主,劝主人和好友多饮几杯。第十三、十四句表明作者要用诗歌劝酒。第十五句至第二十句是作者的歌词。其中,第十五句至第十八句表达了作者傲视一切的心态,宣泄了他对怀才不遇的激愤情绪。第十六句从表面上看是一种消沉的表现,实际上是作者对朝廷压抑人才的对抗举动。第十九、二十句是作者借曹植恣情欢谑来表达自己的愤懑情绪。曹植虽是陈王,但实际上是魏文帝曹丕的囚徒。曹丕不断对他进行迫害。曹植心中充满了愤恨,所以,常常恣情欢谑。第二十一句至第二十五句既表现了作者的豪爽,又道出了他内心的苦闷。作者如此狂饮的原因是想借酒浇愁,在沉醉中求得解脱。

兵车行

Song of the Chariots

杜 甫　Du Fu

①车辚辚,马萧萧,	The chariots rattle and the horses neigh,
②行人弓箭各在腰。	With the bows and the arrows at their waists, the conscripts go their way.
③爷娘妻子走相送,	To see them off, their fathers, mothers, wives and children rush over to their side,
④尘埃不见咸阳桥。	Dust raised by them keeps the Xianyang Bridge out of sight.
⑤牵衣顿足拦道哭,	Pulling the conscripts' coats, stamping their feet and blocking the road they loudly cry,
⑥哭声直上干云霄。	Their cries rise high up and pierce the sky.
⑦道旁过者问行人,	I, a passer-by, ask one conscript,
⑧行人但云点行频。	Who only says, "The conscription is frequent.
⑨或从十五北防河,	One conscript at fifteen was sent north to defend the Yellow River,
⑩便至四十西营田。	And even at forty he was sent west to open up the waste-land as a farmer.
⑪去时里正与裹头,	The head of the village wrapped his head with a black turban when he left his dears,
⑫归来头白还戍边。	Having returned white-haired, he was again sent to garrison the frontiers.
⑬边庭流血成海水,	Blood flows like sea waters on the border land,
⑭武皇开边意未已。	Yet Emperor Wu's desire to expand his territory doesn't come to an end.
⑮君不闻汉家山东二百州,	Don't you hear in the two hundred prefectures east of the Hua Mountain,
⑯千村万落生荆杞。	With brambles and purple willows thousands of villages are overgrown.
⑰纵有健妇把锄犁,	Though some stout women till the fields with ploughs and hoes,
⑱禾生陇亩无东西。	Yet the crops don't grow in orderly rows.

卷四　七言乐府

⑲况复秦兵耐苦战，	Besides, as bitter fights the conscripts from Qin can bear,
⑳被驱不异犬与鸡。	They're driven just like dogs and cocks here and there.
㉑长者虽有问，	Though you ask me the question,
㉒役夫敢伸恨？	Yet dare I complain of anything?
㉓且如今年冬，	For instance in the winter this year,
㉔未休关西卒。	The conscripts from Qin are not withdrawn from the frontier.
㉕县官急索租，	The county magistrates press for taxes,
㉖租税从何出？	With what the people pay the taxes?
㉗信知生男恶，	If the parents had really known it's disastrous to give birth to sons,
㉘反是生女好。	They would have given birth to daughters.
㉙生女犹得嫁比邻，	Daughters can be married to neighbours nearby,
㉚生男埋没随百草！	While sons can only be buried under the weeds when they in battles die.
㉛君不见青海头，	Don't you see near the Qinghai Lake, where,
㉜古来白骨无人收。	Since ancient times the unburied white bones have been scattered here and there.
㉝新鬼烦冤旧鬼哭，	The new ghosts utter their wrongs while the old ghosts loudly cry,
㉞天阴雨湿声啾啾。	On cloudy and rainy days the shrill cries fill the air low and high."

详注：题.兵车行:是作者自创新乐府诗。行:是古诗的一种体裁。

句①车〈主〉辚辚〈谓〉，马〈主〉萧萧〈谓〉。这句由两个句子构成。两句间是并列关系。两句间的逗号表示语气上的停顿。车:这里指兵车。辚辚(lín):车子前进时发出的声音。萧萧:马叫的声音。"辚辚"和"萧萧"是拟声词。这句与下句是并列关系。

句②行人〈定〉弓箭〈主〉各〈状〉在〈谓〉腰〈宾〉。行人:被征去当兵的人。各:各自。在腰:挂在腰间。

句③爷娘妻子〈联合短语·主〉走相送〈连动短语·谓〉。爷:爹爹。娘:母亲。妻:妻子。子:子女。走:赶来。相送:送行。"相"是动词前缀，没有意义。联合短语的结构是:爷+娘+妻+子(四者并列)。连动短语的结构是:走(动作)+相送(目的)。这句是下句的时间状语。

句④尘埃〈主〉飞扬〈谓·省〉咸阳桥〈主〉不见〈谓〉。这句由两个句子构成。"尘埃飞扬"是一句。"咸阳桥不见"是一句。两句间是因果关系。尘埃:扬起的尘土。咸阳桥:渭水上的一座桥,是被征去当兵的人经过的桥。不见:看不见了,即被飞扬的尘土遮住了。

句⑤他们〈主·省〉牵衣顿足拦道哭〈连动短语·谓〉。他们:指爷娘妻子。牵衣:拽着士兵的衣服。顿足:跺脚。拦道:站在道路中间。连动短语的结构是:牵衣(方式)+顿足(方式)+拦道(方式)+哭(动作)。

句⑥哭声〈主〉直上干云霄〈连动短语·谓〉。干:冲。云霄:极高的天空。连动短语的结构是:直上(方式)+干云霄(动作)。这句补充说明上句。

句⑦道旁〈定〉过者〈主〉问〈谓〉行人〈宾〉。道旁:路边的。过者:过路人,指作者自己。行人:被征去当兵的人。这句与下面所有的句子是问答关系。这句是问,下面所有的句子是答。

句⑧行人〈主〉但〈状〉云〈谓〉点行频〈主谓短语·宾〉。但:只。云:说。点行:按户籍名册征兵。频:频繁。

主谓短语的结构是:点行+频(主语+谓语)。

句⑨或〈主·兼作下句主语〉从十五〈介词短语·状〉北〈状〉防〈谓〉河〈宾〉。或:有的人。从十五:从十五岁开始。北:到北边。防:防守。河:黄河。介词短语的结构是:从+十五("从"是介词)。

句⑩便〈状〉至四十〈介词短语·状〉西〈状〉营〈谓〉田〈宾〉。便:即使。至:到了。四十:四十岁。西:到西部边地。营:耕种。根据屯田制,士兵平时种地,战时参战。介词短语的结构是:至+四十("至"是介词)。

句⑪去时〈状〉里正〈主〉与之〈省〉〈介词短语·状〉裹〈谓〉头〈宾〉。去时:去当兵的时候。里正:里长。一百家为一里。与之:为他们。之:是代词,指去当兵的人。裹头:用黑色罗纱包头。因为被征去当兵的人年龄幼小,不会裹头。介词短语的结构是:与+之("与"是介词)。

句⑫归来〈状〉头〈主〉白〈谓〉他们〈主·省〉还〈状〉戍〈谓〉边〈宾〉。这句由两个句子构成。"归来头白"是一句。"他们还戍边"是一句。两句间是转折关系。归来:回家的时候。头:当兵人的头发。白:变白。他们:指回家的士兵。还:又要。戍边:守卫边疆。

句⑬边庭〈状〉流血〈主〉成〈谓〉海水〈宾〉。边庭:在边疆地区。流血:士兵流出的血。成:汇成了。

句⑭武皇开边〈主谓短语·定〉意〈主〉未已〈谓〉。武皇:汉武帝。这里借武皇喻唐玄宗,是借喻修辞格。开边:开拓疆土。意:意向,意愿,想法。未已:没有停止。主谓短语的结构是:武皇+开边(主语+谓语)。

句⑮君〈主〉不闻〈谓〉[汉家〈定〉山东〈主〉有〈谓·省〉二百州〈宾〉]〈小句·宾〉。君不闻:你听说没有。这是乐府诗中的常用语。汉家:指唐朝,唐朝人常借汉指唐。山东:指华山以东的地方。二百州:华山以东有二百一十一州。这里用的是整数。

句⑯千村万落〈主〉生〈谓〉荆杞〈宾〉。千村万落:万千个村落。生:生长着。荆:荆棘。杞(qǐ):杞柳。生荆杞:表明田园荒芜。

句⑰纵〈连词〉有健妇〈主〉把〈谓〉锄犁〈联合短语·宾〉。纵:即使。有:某些。健妇:健壮的妇女。把:握着。锄:一种农具。犁:一种农具。把锄犁:耕种田地。联合短语的结构是:锄+犁(两者并列)。

句⑱禾〈主〉生陇亩无东西〈联合短语·谓〉。禾:庄稼。生:生长。陇亩:在田地里。无东西:不成行列。联合短语的结构是:生陇亩+无东西(两者是转折关系)。

句⑲况复〈状〉秦兵〈主〉耐〈谓〉苦战〈宾〉。况复:况且。秦兵:从关中征去的兵。耐:能忍受。苦战:艰苦的战斗。

句⑳他们〈主·省〉被驱〈谓〉不异犬与鸡〈动宾短语·补〉。他们:指秦兵。被驱:被将帅驱赶。不异:与……相同。犬:狗。与:和。动宾短语结构是:不异+犬与鸡(动词+宾语)。

句㉑长者〈主〉虽〈连词〉有问〈谓〉。长(zhǎng)者:老人家,这里是士兵对过路人(作者)的尊称。有问:这里的"有"是动词词头,没有实义。

句㉒役夫〈主〉敢伸〈谓〉恨〈宾〉。役夫:士兵的自称。敢:哪敢。伸恨:诉说内心的怨恨。

句㉓且如〈连词〉今年冬〈作下句状语〉。且如:比如。

句㉔朝廷〈主·省〉未休〈谓〉关西卒〈宾〉。未:没有。休:撤回。因连年征战,关西卒没有得到轮休。关西卒:上文中的"秦兵"。

句㉕县官〈主〉急〈状〉索〈谓〉租〈宾〉。急:紧急地。索:催要。租:租税。

句㉖租税〈主〉从何〈状〉出〈谓〉。从何:从哪里。出:交出来。

句㉗父母〈主·省〉信〈状〉知〈谓〉[生男〈动宾短语·主〉恶〈谓〉]〈小句·宾〉。信:真的。知:明白。生男:生男孩。恶:不好。动宾短语的结构是:生+男(动词+宾语)。

句㉘反是〈连词〉生女〈动宾短语·主〉好〈谓〉。反是:还是。生女:生女孩。动宾短语的结构是:生+女(动词+宾语)。

句㉙生女〈主〉犹得〈状〉嫁〈谓〉比邻〈宾〉。生女:生出来的女孩。犹得:还能。嫁:嫁给。比邻:近邻的人家。

句㉚生男〈主〉埋没〈谓〉随百草〈介词短语·补〉。生男:生的男孩。埋没:埋葬。随百草:在荒野。介词短语的结构是:随+百草("随"是介词)。

句㉛君〈主〉不见〈谓〉青海头〈作下句状语〉。君不见:你看见没有。是乐府诗中常用语。青海头:在青海湖边。唐军与吐蕃在青海湖一带多次交战,唐军伤亡惨重。

句㉜古来〈状〉白骨〈主〉无人收〈主谓短语·谓〉。古来:自古以来。白骨:士兵的尸骨。无人:没有人。收:埋葬。主谓短语的结构是:无人+收(主语+谓语)。

句㉝新鬼〈主〉烦冤〈谓〉旧鬼〈主〉哭〈谓〉。这句由两个句子构成。"新鬼烦冤"是一句。"旧鬼哭"是一句。两句间是并列关系。新鬼:新死的士兵。烦冤:烦愁冤屈。旧鬼:以前死的士兵。

句㉞天阴雨湿〈联合短语·状〉声〈主〉啾啾〈谓〉。天阴雨湿:天阴雨湿的时候。天阴:阴天。雨湿:下雨天。声:鬼哭声。啾啾(jiū):凄厉。联合短语的结构是:天阴+雨湿(两者并列)。

浅析:这首诗描写了爹娘妻子送从军人的凄悲场面,记叙了从军人与作者之间的对话。第一句至第六句描写了爹娘妻子送从军人的极其凄悲的别离场面。第七句至第三十四句记叙了从军人与作者之间的对话,揭露了战争给人民带来的深重灾难,流露了作者对唐玄宗穷兵黩武的愤慨和对人民的深切同情。

丽 人 行

Song of the Beauties

杜　甫　Du Fu

①三月三日天气新,	On the third day of the third moon it is sunny and clear,
②长安水边多丽人。	By the Qu River near Chang'an gather many beauties there and here.
③态浓意远淑且真,	All of them are beautiful, graceful, elegant and charming,
④肌理细腻骨肉匀。	Their skins are delicate and they're neither fat nor thin.
⑤绣罗衣裳照暮春,	Their silk clothes shine with the beautiful scenery in the late spring,
⑥蹙金孔雀银麒麟。	On them are the patterns of peacocks embroidered with gold line and of unicorns with silver line.
⑦头上何所有?	What do they have on their heads?
⑧翠微㔩叶垂鬓唇。	Down to their temples hang the flower-like headdresses.
⑨背后何所见?	What are seen on their backs?
⑩珠压腰衱稳称身。	Fittingly fastened around their waists are the pearl-studded bands.
⑪就中云幕椒房亲,	Among them are the sisters of Yang, the highest-ranking imperial concubine,
⑫赐名大国虢与秦。	Who're given the titles of Lady Guo and Lady Qin.

⑬紫驼之峰出翠釜， On their dining tables there're the meat of purple hump cooked in the cauldron of jade green.
⑭水精之盘行素鳞。 And the white fish put on the crystal plate clean.
⑮犀箸厌饫久未下， Satiated with these dishes they hold back their rhino-horn chopsticks for long,
⑯鸾刀缕切空纷纶。 So in vain the cooks working with belled knives have been bustling on.
⑰黄门飞鞚不动尘， Raising no dust the eunuchs ride their horses back and forth,
⑱御厨络绎送八珍。 In endless stream the imperial cooks come and go with choice foods.
⑲箫鼓哀吟感鬼神， The music of flutes and drums that accompany the banquet is so sweet as to move the ghosts,
⑳宾从杂遝实要津。 The guests and the attendants are so many as to block all the key roads.
㉑后来鞍马何逡巡， How the late-comer Yang Guozhong on a horse "hesitates",
㉒当轩下马入锦茵。 He dismounts from his horse and directly steps into the waggon where the Yang's sister waits.
㉓杨花雪落覆白蘋， Aha, the willow catkins like snow-flakes fall on the clover fern white,
㉔青鸟飞去衔红巾。 The blue bird with a red kerchief in its bill goes away in flight.
㉕炙手可热势绝伦， The prime minister is powerful and arrogant without a peer,
㉖慎莫近前丞相嗔。 He easily gets angry, so you irrelevant people must not go near.

详注：题.丽人行:吟丽人的诗,是新乐府辞。丽人:美人。行:是古诗的一种体裁。

句①三月三日〈状〉天气〈主〉新〈谓〉。三月三日:根据古代风俗,人们这一天要到水边春游祭祀,消灾祈福。新:晴朗。这句与下句是并列关系。

句②长安〈定〉水边〈状〉丽人〈主·倒〉多〈谓〉。长安水边:指曲江边,曲江在长安东南,是当时风景区。

句③她们〈主·省〉态浓意远淑且真〈联合短语·谓〉。她们:指丽人们。态浓:丽人们的姿色艳丽。意远:丽人们的神情优雅。淑:温和善良。且:而且。真:纯真自然。联合短语的结构是:态浓＋意远＋淑且真(三者并列)。这句与下句是并列关系。

句④肌理〈主〉细腻〈谓〉骨肉〈主〉匀〈谓〉。这句由两个句子构成。"肌理细腻"是一句。"骨肉匀"是一句。两句间是并列关系。肌理:肌肤。细腻:细嫩。骨肉匀:不胖不瘦。

句⑤绣罗〈定〉衣裳〈主〉照〈谓〉暮春〈宾〉。绣罗衣裳:绣着花的丝绸衣服。照:映照着。暮春:晚春风光。

句⑥上〈主·省〉蹙金孔雀蹙〈省〉银麒麟〈联合短语·谓〉。上:指罗衣裳上。蹙(cù)金(银):用抬紧的金(银)线刺绣着。孔雀:孔雀图案。麒麟:麒麟图案。联合短语的结构是:蹙金孔雀＋蹙银麒麟(两个动宾短语并列)。动宾短语的结构是:蹙＋金孔雀(动词＋宾语),蹙＋银麒麟(动词＋宾语)。这句补充说明上句。

句⑦头上〈方位短语·主〉所有〈谓〉何〈宾·倒〉。所有:是所字短语,意即"有"。何:什么。古汉语的疑问句中,疑问代词"何"常提到动词前。方位短语的结构是:头＋上("上"是方位词)。这句与下句是问答关系。这句是问,下句是答。

句⑧翠微匐叶〈联合短语·主〉垂〈谓〉鬓唇〈宾〉。翠微:薄翠玉制成的首饰。匐(è)叶:妇女戴在头上的一种花饰。垂：垂悬。鬓唇：在鬓发边。联合短语的结构是：翠微+匋叶(两者并列)。

句⑨背后〈主〉所见〈谓〉何〈宾・倒〉。所见：是所字短语，即"见"。这句与下句是问答关系。这句是问，下句是答。

句⑩珠压〈定〉腰衱〈主〉稳〈状〉称〈谓〉身〈宾〉。珠压：缀着珠宝的。腰衱(jié)：裙带。稳：妥帖地。称身：合身。

句⑪就中〈主〉有〈谓・省〉云幕〈定〉椒房〈定〉亲〈宾〉。就中：其中。云幕：汉成帝设云幄、云帐、云幕于甘泉紫殿，世人称之为三云殿。这里借云幕喻后宫，是借喻修辞格。椒房：据古书记载，汉代未央宫内有椒房殿，用椒和泥涂壁，取其温暖有香气兼多子之意，是后妃居所。这里借椒房代后妃，是借代修辞格。椒房亲：指杨贵妃的姐妹。

句⑫皇上〈主・省〉赐〈谓〉大国〈定・倒〉名號与秦〈同位短语・宾〉。赐：恩赐。號(guó)：虢国夫人，是杨贵妃三姐的封号。与：和。秦：秦国夫人，是杨贵妃八姐的封号。虢和秦都是古代大国的名称。杨贵妃大姐的封号是韩国夫人。这里因诗句字数的限制只用两人的封号代替了三人的封号。同位短语的结构是：大国名+虢与秦(名词词组+名词词组)。这句补充说明上句。

句⑬紫驼之峰〈主〉翠釜〈状〉出〈谓・倒〉。紫驼：骆驼。之：是结构助词，相当于"的"。峰：骆驼背部隆起的肉，是珍稀菜肴。翠釜：从翠釜中。"翠釜"是当时名贵炊具。釜(fǔ)：锅。出：出。这句与下句是并列关系。

句⑭水精之盘〈主〉行〈谓〉素鳞〈宾〉。水精：水晶。之：是结构助词，相当于"的"。行：盛出。素鳞：银白色的鱼。

句⑮她们〈主・省〉厌饫久未下犀箸〈倒〉〈连动短语・谓〉。她们：指杨贵妃和她的姐妹们。厌饫(yù)：吃饱，吃腻。久未下：久久不下箸挟菜。犀箸(xī zhù)：犀牛角做的筷子。连动短语的结构是：厌饫(因)+久未下犀箸(果)。这句与下句是因果关系。

句⑯鸾刀缕切〈主谓短语・主〉空〈状〉纷纶〈谓〉。鸾(luán)刀：刀柄上有铃的刀，指御厨使用的菜刀。缕(lǔ)切：细切。空：徒劳地。纷纶：乱忙。主谓短语的结构是：鸾刀+缕切(主语+谓语)。

句⑰黄门〈主〉飞鞚不动尘〈联合短语・谓〉。黄门：太监。飞：使……飞跑。鞚(kòng)：马笼头。这里借鞚(部分)代马(全部)，是借代修辞格。不动尘：不扬起尘土。联合短语的结构是：飞鞚+不动尘(两者是转折关系)。这句与下句是并列关系。

句⑱御厨〈主〉络绎〈状〉送〈谓〉八珍〈宾〉。御厨：为皇上做饭菜的厨子。络绎：连续不断地。八珍：八种珍奇菜肴。这里借八珍(特定)代各种精美菜肴(普通)，是借代修辞格。

句⑲哀吟〈定・倒〉箫鼓〈联合短语・主〉感〈谓〉鬼神〈宾〉。哀吟：哀怨宛转的。箫鼓：箫鼓声。这里借箫鼓(具体)代箫鼓声(抽象)，是借代修辞格。感：感动。联合短语的结构是：箫+鼓(两者并列)。这句与下句是并列关系。

句⑳杂遝〈定・倒〉宾从〈联合短语・主〉实〈谓〉要津〈宾〉。杂遝(tà)：众多杂乱的。宾：宾客。从：跟随杨贵妃姐妹的仆从。实：挤满，堵塞。要津：要道，又指各种重要官位，是双关修辞格。联合短语的结构是：宾+从(两者并列)。

句㉑后来〈定・倒〉鞍马〈主〉何〈状〉逡巡〈谓〉。后来：迟来的。鞍马：骑马人，指杨国忠。这里借鞍马(人所在的地点)代骑马人，是借代修辞格。何：多么。逡巡(qūn xún)：迟疑不决。实际上是"大模大样，旁若无人"，这是反语。

句㉒他〈主・省〉当轩下马入锦茵〈连动短语・谓〉。他：指杨国忠。当：正对着。轩：古代有帷幕的车子，这里指杨氏姐妹乘坐的车子。入：进入。锦茵：用锦做的毯子。这里借车中锦茵(部分)代杨氏坐的车子，是借代修辞格。连动短语的结构是：当轩下马+入锦茵(动作先后关系)。这句补充说明上句。

句㉓杨花〈主〉雪〈状〉落覆白蘋〈连动短语・谓〉。杨花：杨柳花。雪：雪一般地。落：落下。覆：盖住。白蘋：一种水草。连动短语的结构是：雪落+覆白蘋(动作先后关系)。这里借眼前景色影射杨国忠与虢国夫人的暧昧关系,是讽喻修辞格。这句与下句是并列关系。

句㉔**青鸟**〈主〉**衔红巾**〈倒〉**飞去**〈连动短语·谓〉。青鸟:相传是西王母的使者,后来指男女之间的信使。衔:口含着。红巾:女用手帕,古代女子常用红巾作定情物。飞去:指传递爱情信息。这里借"青鸟衔红巾飞去"影射杨国忠与虢国夫人的暧昧关系,是讽喻修辞格。

句㉕**他**〈主·省〉**炙手可热**〈谓〉**势**〈主〉**绝伦**〈谓〉。这句由两个句子构成。"他炙手可热"是一句。"势绝伦"是一句。两句间是并列关系。他:指杨国忠。炙(zhì)手可热:热得烫手,引申为"权倾天下"。势:杨国忠的权势。绝伦:无人可比。这句与下句是因果关系。

句㉖**闲人**〈主·省〉**慎莫近前**〈谓〉**丞相**〈主〉**嗔**〈谓〉。这句由两个句子构成。"闲人慎莫近前"是一句。"丞相嗔"是一句。两句间是果因关系。慎莫近前:千万不要靠近杨国忠。丞相:指杨国忠。杨国忠当时任右丞相。嗔(chēn):发怒。

浅析:这首诗细致地描写了杨贵妃一行春游曲江的情景,揭露了杨氏兄妹骄奢淫逸的放荡生活,唾骂了唐王朝的腐败。第一、二句交代了丽人们春游的时间和地点。第三、四句描写了丽人们的容貌和体态。第五句至第十句描写了丽人们的穿着打扮。第十一、十二句特别交代了丽人中有杨氏姐妹。第十三句至第二十句描写了杨氏姐妹饮宴的场面,揭露了杨氏姐妹暴殄天物、奢侈靡费的恶劣行为。第二十一、二十二句描写了杨国忠的骄横傲慢。第二十三、二十四句影射并辛辣地讥刺了杨国忠与虢国夫人的暧昧关系。第二十五、二十六句描写了杨国忠专横跋扈的气焰。唐玄宗因宠爱杨贵妃,加封了杨贵妃所有的姐妹,又任用杨贵妃的堂兄杨国忠为右丞相,真是"一人得道,鸡犬升天"。于是,杨氏兄妹倚重皇权,专横跋扈,穷奢极欲,荒淫无耻。作者揭露这一切,就是唾骂唐王朝的腐败。

哀 江 头

Feeling Sad at the Side of the Qu River

杜 甫　Du Fu

①少陵野老吞声哭,	I, an old and poor man from the Shao Mausoleum, gulp down my sobs on my way,
②春日潜行曲江曲。	When I stealthily walk along the most deserted place of Qu River on a spring day.
③江头宫殿锁千门,	Locked up are all the doors of the palaces at the riverside,
④细柳新蒲为谁绿?	The thin willow twigs and the fresh reeds are green for whom to sight?
⑤忆昔霓旌下南苑,	I remember in the past Emperor Xuanzong with the colorful banners came to the Southern Garden, where,

⑥苑中万物生颜色。	Everything looked flourishing and fair.
⑦昭阳殿里第一人，	The first lady of the Zhaoyang Palace, Yang Guifei,
⑧同辇随君侍君侧。	Sat in the same carriage to wait upon the emperor on the way,
⑨辇前才人带弓箭，	Before it the female officers carried bows and arrows on their waists,
⑩白马嚼啮黄金勒。	The white horses under them gnawed gold bits.
⑪翻身向天仰射云，	One of the female officers turned around and shot at the cloud in the sky,
⑫一箭正坠双飞翼。	One arrow brought down two birds from the high.
⑬明眸皓齿今何在？	Now where is that Yang Guifei with teeth white and eyes bright?
⑭血污游魂归不得。	Her blood-stained wandering soul could not come back from the Mawei Hillside.
⑮清渭东流剑阁深，	The clear Wei River flows east and the Sword Cliff stretches a long way,
⑯去住彼此无消息。	And no news goes between the living emperor and the dead Guifei.
⑰人生有情泪沾臆，	People always have sympathy, so thinking of the tragedy, my breast is wet with tears,
⑱江水江花岂终极？	But the water in the Qu River and the flowers along its riverside will last as usual for years and years.
⑲黄昏胡骑尘满城，	At dusk there are the rebel army horses which raise dust all over Chang'an,
⑳欲往城南望城北。	So that I go up the street though I want to go down.

详注：题.哀江头:在江头感到的悲哀,是新乐府辞。江头:在曲江边。曲江在今西安市东南,汉武帝建宜春苑于此,是当时的著名风景名胜。

句①少陵野老〈主〉吞声〈状〉哭〈谓〉。少陵野老:是作者自称。少陵:是汉宣帝许皇后的墓地。作者曾在少陵附近住过,所以自称"少陵野老"。吞声:不敢出声地。

句②我〈主·省〉春日〈状〉潜行〈谓〉曲江〈定〉曲〈补〉。我:指作者。春日:春天。潜行:偷偷地走。曲江曲:在曲江的最幽僻处。这句是上句的时间状语。

句③江头〈定〉宫殿〈主〉锁〈谓〉千门〈宾〉。江头宫殿:曲江边有皇帝的行宫和楼台馆所。锁:锁上了。千门:所有的门。"千"表示虚数,不实指。这句与下句是因果关系。

句④细柳新蒲〈联合短语·主〉为谁〈介词短语·状〉绿〈谓〉。细柳:细细的杨柳。新蒲(pú):新长出的香蒲草。为:为了。绿:呈现绿色。联合短语的结构是:细柳+新蒲(两者并列)。介词短语的结构是:为+谁("为"是介词)。

句⑤我〈主·省〉忆〈谓〉[昔〈状〉霓旌〈主〉下〈谓〉南苑〈宾〉]〈小句·宾〉。我:指作者。忆:回忆。昔:从前,当年。霓旌(ní jīng):皇帝出行时仪仗中霓虹一样的彩旗。这里借霓旌〈标记〉代皇帝一行人,是借代修辞格。下:到。南苑:芙蓉苑,是皇家林园,在曲江南岸。这句是下句的时间状语。

句⑥苑中〈方位短语·定〉万物〈主〉生〈谓〉颜色〈宾〉。苑中:南苑中的。万物:一切。生:呈现出。颜色:欣欣向荣的景象。方位短语的结构是:苑+中("中"是方位词)。

句⑦昭阳殿里〈方位短语·定〉第一人〈中心词〉。这是一个名词句,作下句主语。昭阳殿:汉武帝时的宫殿,汉成帝的皇后赵飞燕住在这里。这里借昭阳殿喻唐玄宗的宫殿,是借喻修辞格。第一人:指赵飞燕。这里借赵飞燕喻杨贵妃,是借喻修辞格。方位短语的结构是:昭阳殿+里("里"是方位词)。这句与下句是主谓关系。

句⑧同辇随君侍君侧〈联合短语·谓〉。随君:跟随皇帝。同辇(niǎn):坐同一辆车。辇:皇帝坐的车子。侍君侧:在皇帝身边侍候。联合短语的结构是:同辇+随君+侍君侧(三者并列)。

句⑨辇前〈方位短语·定〉才人〈主〉带〈谓〉弓箭〈联合短语·宾〉。才人:宫中会武艺的女官。带:拿着。方位短语的结构是:辇+前("前"是方位词)。联合短语的结构是:弓+箭(两者并列)。这句与下句是并列关系。

句⑩白马〈主〉嚼啮〈谓〉黄金勒〈宾〉。嚼啮(jiáo niè):咬住。黄金勒:黄金做的马含的嚼口。

句⑪才人〈主·省〉翻身向天〈介词短语·状〉仰射云〈连动短语·谓〉。才人:宫中会武艺的女官。翻身:转身。向天仰:仰头向着天。射云:把箭射到云里。连动短语的结构是:翻身+向天仰+射云(动作先后关系)。介词短语的结构是:向+天("向"是介词)。

句⑫一箭〈主〉正〈状〉坠〈谓〉双飞翼〈宾〉。正:正好。坠:使……坠,即"射落"。双飞翼:两只鸟。翼:鸟翅膀。这里,借翼(部分)代鸟(整体),是借代修辞格。这句补充说明上句。

句⑬明眸皓齿〈联合短语·主〉今〈状〉在〈谓〉何〈宾·倒〉。明眸(móu):明亮的眼睛。皓(hào)齿:洁白的牙齿。这里借明眸皓齿(特征)代杨贵妃,是借代修辞格。今:如今。何:是疑问代词,意即"什么地方"。古汉语中,疑问代词作宾语时,移到动词前。联合短语的结构是:明眸+皓齿(两者并列)。这句与下句是问答关系。这句是问,下句是答。

句⑭血污〈定〉游魂〈主〉归不得〈谓〉。血污游魂:指杨贵妃带血的游魂,杨贵妃在马嵬坡被处死。归不得:不得归,回不来了。

句⑮清渭〈主〉东流〈谓〉剑阁〈主〉深〈谓〉。这句由两个句子构成。"清渭东流"是一句。"剑阁深"是一句。两句间是并列关系。清渭:清清的渭水。杨贵妃被处死后葬在渭水边马嵬坡。这里,借清渭东流喻杨贵妃的逝去,是借喻修辞格。剑阁:剑门关,位于四川剑阁县东北的大剑山和小剑山之间,是唐玄宗入四川所经之地。深:深远险要。这里借剑阁深喻玄宗仍留在人间,是借喻修辞格。

句⑯去住〈联合短语〉彼此〈同位短语·主〉无〈谓〉消息〈宾〉。去:走的人,指唐玄宗入了四川。住:留在马嵬坡的人,指杨贵妃被处死后葬在了马嵬坡。无:没有。联合短语的结构是:去+住(两者并列)。同位短语的结构是:去住+彼此(名词+代词)。这句补充说明上句。

句⑰人生〈主〉有〈谓〉情〈宾〉泪〈主〉沾〈谓〉臆〈宾〉。这句由两个句子构成。"人生有情"是一句。"泪沾臆"是一句。两句间是因果关系。人生:人。情:情意。泪:作者的眼泪。沾:打湿。臆(yì):胸。这句与下句是转折关系。

句⑱江水江花〈联合短语·主〉岂〈状〉有〈谓·省〉终极〈宾〉。江水:指曲江。江花:曲江边的花草。岂:哪有。终极:穷尽。这是一个反问句,意即"江水江花依旧奔流没有尽头"。

句⑲黄昏〈状〉胡骑尘〈联合短语·主〉满〈谓〉城〈宾〉。黄昏:黄昏时。胡骑(jì):指安史叛军的骑兵。尘:扬起的尘土。满:充满。城:长安城。联合短语的结构是:胡骑+尘(两者并列)。这句与下句是因果关系。

句⑳我〈主·省〉欲往城南望城北〈联合短语·谓〉。我:指作者。欲往:想去。望:走向。连动短语的结构是:欲往城南+望城北(两者是转折关系)。

浅析:安史之乱中,作者身处被安史叛军占据的长安。一天,作者偷偷地去曲江最幽僻处游览。这首诗描写了作者"潜行曲江"时所见所忆,并通过回忆唐玄宗和杨贵妃的爱情悲剧,抒发了作者对唐王朝昔盛今衰的哀痛之情。第一、二句交代了作者游览的时间和地点。"春日"表明了游览的时间。"曲江曲"表明了游览的地点。"吞声"和"潜行"表明作者害怕被安史叛军发现。第三句描写了曲江边的冷落景象。"锁千门"表明没有人迹。第四句表达了作者物是人非的感慨。第五句至第十二句回忆了唐玄宗和杨贵妃游乐曲江的盛况,也是唐王朝昔盛的缩影。"万物生颜色"是众多丽人映衬的结果。"昭阳殿里第一人"和"同辇"表明唐玄宗特别宠爱杨贵妃。"正坠双飞翼"烘托了当时的盛况。第十三句至第十六句回忆了杨贵妃被处死在马嵬坡的事件,表明了今衰的原因。第十七、十八句表达了作者无比哀痛的心情。江水江花的无情增加了作者的哀痛,不禁哀痛得"泪沾臆"。第十九、二十句描写了作者的神情恍惚,进一步衬托了他的哀痛。他见到长安城里兵荒马乱、尘土飞扬,哀痛至极,以致神情恍惚,弄错了方向。

本诗⑦⑧句是流水对。

哀王孙

Feeling Sad About a Prince

杜甫　Du Fu

①长安城头头白乌,	The white-head crows on the city wall of Chang'an,
②夜飞延秋门上呼。	Cry over the Yanqiu Gate at night as they fly on.
③又向人家啄大屋,	Also they peck the roofs of the big houses,
④屋底达官走避胡。	The high-ranking officials in them flee from the Huns' forces.
⑤金鞭断折九马死,	The gold whips break and the nine horses die as the emperor runs away,
⑥骨肉不得同驰驱。	None of his kinsfolk follow him on his way.
⑦腰下宝玦青珊瑚,	One of them carries on his waist a green coral and a jade pendent white,
⑧可怜王孙泣路隅。	The pitiful prince sadly cries at the roadside.
⑨问之不肯道姓名,	When asked, he's reluctant to tell me his name,
⑩但道困苦乞为奴。	He only says he's suffering too much and begs to be a slave.
⑪已经百日窜荆棘,	For a hundred days through the brambles and thorns he has fled,
⑫身上无有完肌肤。	As a result all over his body he has no skin unimpaired.
⑬高帝子孙尽隆准,	The offsprings of Emperor Xuanzong all have high-bridged noses,
⑭龙种自与常人殊。	They're naturally different from the ordinary persons.
⑮豺狼在邑龙在野,	I say, "The dragon is in opposition while the jackals and wolves are in office,
⑯王孙善保千金躯。	You must take good care of your body priceless.

⑰不敢长语临交衢，	Being at the crossroad I dare not say many words,
⑱且为王孙立斯须。	Yet I'd like to stand here for you for a few seconds.
⑲昨夜东风吹血腥，	Last night gusts of the smell of blood in the east wind came along,
⑳东来橐驼满旧都。	The camels that came from the east crowded Chang'an.
㉑朔方健儿好身手，	The northern troops commanded by general Ge Shuhan are powerful,
㉒昔何勇锐今何愚。	In the past how irresistible they were but now how dull.
㉓窃闻天子已传位，	I hear in private Emperor Xuanzong has resigned his throne to his son out and out,
㉔圣德北服南单于。	And the new emperor has persuaded the chief of the Uygurs to give allegiance to the imperial court.
㉕花门剺面请雪耻，	Cutting their faces, the Huihe warriors vow to avenge the insult to emperor new,
㉖慎勿出口他人狙。	You must keep the news as a secret in case someone snipes at you.
㉗哀哉王孙慎勿疏，	My poor prince, you must always look out,
㉘五陵佳气无时无。	You should know not for a single moment does the propitious omen on the five mausoleums die out."

详注：题. 哀王孙：是新乐府辞。哀：为……悲哀。王孙：唐朝王室李家的子孙。

句①长安〈定〉城头〈定〉头白乌〈中心词〉。这是一个名词句，作下句的主语。头白乌：白头乌鸦，是不祥之鸟。这句与下句是主谓关系。

句②夜〈状〉飞延秋门上呼〈联合短语·谓〉。夜：在夜里。飞：飞到。延秋门上：延秋门上空。延秋门：唐宫西门。安史之乱时，唐玄宗从此门仓皇出逃。呼：呼叫。联合短语的结构是：飞延秋门上+呼（两者并列）。"延秋门上"是方位短语，其结构是：延秋门+上（"上"是方位词）。

句③头白乌〈主·省〉又〈状〉向人家〈介词短语·状〉啄〈谓〉大屋〈宾〉。向：对着。啄：啃，咬。大屋：权贵人家的大房子。介词短语的结构是：向+人家（"向"是介词）。这句与下句是并列关系。

句④屋底〈定〉达官〈主〉走避胡〈连动短语·谓〉。屋底：屋里的。达官：大官。走：逃走。避：躲避。胡：指安史叛军。连动短语的结构是：走（动作）+避胡（目的）。

句⑤金鞭〈主〉断折〈谓〉九马〈主〉死〈谓〉。这句由两个句子构成。"金鞭断折"是一句。"九马死"是一句。两句间是并列关系。断折：折断。九马：皇上驾车用的九匹马。这句与下句是并列关系。

句⑥骨肉〈主〉不得〈状〉同〈状〉驰驱〈谓〉。骨肉：指王孙。不得：不能。同：一起。驰驱：骑马逃走。

句⑦腰下〈主〉藏有〈谓·省〉宝玦青珊瑚〈联合短语·宾〉。腰下：没逃走的王孙的腰里。宝玦（jué）：半环形有缺口的玉器。青珊瑚：青色的珊瑚树，可用作佩戴的饰物。联合短语的结构是：宝玦+青珊瑚（两者并列）。

句⑧可怜〈定〉王孙〈主〉泣〈谓〉路隅〈补〉。王孙：指没有逃走的王孙。泣：小声哭。路隅（yú）：在路边静僻处。这句补充说明上句。

句⑨我〈主·省〉问〈谓〉之〈宾〉他〈主·省〉不肯〈状〉道〈谓〉姓名〈宾〉。这句由两个句子构成。"我问之"是一句。"他不肯道姓名"是一句。两句间是转折关系。我：指作者。之：是代词，指王孙。他：指王孙。道：

说出。这句与下句是并列关系。

句⑩他〈主·省〉但〈状〉道困苦乞为奴〈联合短语·谓〉。他:指王孙。但:只。道:说。乞:求。为:做。奴:奴仆。联合短语的结构是:道困苦 + 乞为奴(两者并列)。

句⑪[他〈主·省〉窜〈谓〉荆棘〈补〉]〈小句·主·倒〉已〈状〉经〈谓〉百日〈宾〉。他:指王孙。窜:流窜。荆棘:在荆棘中。已:已经。经:经历。百日:很多天。这句与下句是因果关系。

句⑫身上〈方位短语·主〉无有〈谓〉完〈定〉肌肤〈宾〉。身上:指王孙的身上。无有:没有。完:完好的。肌肤:皮肉。方位短语的结构是:身 + 上("上"是方位词)。

句⑬高帝〈定〉子孙〈主〉尽〈谓〉隆准〈宾〉。高帝:汉高祖刘邦。这里借高帝喻唐玄宗,是借喻修辞格。尽:都是。隆准:高鼻梁。

句⑭龙种〈主〉自〈状〉与常人〈介词短语·状〉殊〈谓〉。龙种:古代把皇上比作龙。所以,皇上的子孙被称作龙种。自:自然,当然。殊:不同。介词短语的结构是:与 + 常人("与"是介词)。这句补充说明上句。

句⑮豺狼〈主〉在〈谓〉邑〈宾〉龙〈主〉在〈谓〉野〈宾〉。这句由两个句子构成。"豺狼在邑"是一句。"龙在野"是一句。两句间是并列关系。豺狼:指安禄山。这里借豺狼喻安禄山,是借喻修辞格。在邑:在都邑,指东都洛阳。龙:指唐玄宗、唐肃宗。在野:在朝廷之外,指唐玄宗在四川,唐肃宗在灵武。这句与下句是并列关系。

句⑯王孙〈主〉善〈状〉保〈谓〉千金〈定〉躯〈宾〉。善:妥善地。保:保护好。千金:珍贵的。躯:身体。

句⑰我〈主·省〉不敢长语临交衢〈连动短语·谓〉。我:指作者。长语:与王孙长时间交谈。临:面对着。交衢(qú):十字路口。衢:四通八达的道路。连动短语的结构是:不敢长语(果) + 临交衢(因)。这句与下句是转折关系。

句⑱我〈主·省〉且〈状〉为王孙〈介词短语·状〉立〈谓〉斯须〈补〉。我:指作者,下文中的"我"同此。且:暂且。立:站。斯须:一会儿。介词短语的结构是:为 + 王孙("为"是介词)。

句⑲昨夜〈状〉东风〈主〉吹〈谓〉血腥〈宾〉。吹:吹来。血腥:血腥味。因为安史叛军在大肆杀人。这句与下句是并列关系。

句⑳东来〈定〉橐驼〈主〉满〈谓〉旧都〈宾〉。东来:从东京洛阳来的。橐(tuó)驼:骆驼。指运送珍宝的骆驼。满:挤满。旧都:指西京长安。当时,肃宗已在灵武登基。所以,称长安为旧都。

句㉑朔方〈定〉健儿〈主〉是〈谓·省〉好身手〈宾〉。朔方:北方的。朔方健儿:指哥舒翰率领的二十万朔方军。哥舒翰是唐代守边名将,屡建战功。好身手:本领高强。

句㉒他们〈主·省〉昔何勇锐今何愚〈联合短语·谓〉。他们:指朔方健儿。昔:以前。何:多么。勇锐:英勇善战。今:如今。愚:愚笨。昔勇锐:指朔方军在哥舒翰率领下两次大败吐蕃,威震吐蕃。今何愚:指朔方军守潼关,被安史叛军击败。联合短语的结构是:昔勇锐 + 今何愚(两者并列)。这句补充说明上句。

句㉓我〈主·省〉窃〈状〉闻〈谓〉[天子〈主〉已〈状〉传〈谓〉位〈宾〉]〈小句·宾〉。窃:私下里。闻:听说。天子:指唐玄宗。传位:把皇位传给肃宗。这句与下句是递进关系。

句㉔圣德〈主〉北服〈谓〉南〈定〉单于〈宾〉。圣德:指唐肃宗。北服:服北,即"使……顺服北"。这里的"北"指皇上唐肃宗。古代皇帝面南而坐,臣子朝见皇帝则面北。"服北"指唐肃宗派使臣与回纥和亲,回纥首领来唐朝结好,愿帮助唐朝平定安史之乱这件事。南单于:回纥首领。

句㉕花门〈主〉剺面请雪耻〈连动短语·谓〉。花门:花门山,在今甘肃境内,曾被回纥人占领。这里借花门(回纥人所在地)代回纥人,是借代修辞格。剺(lí)面:用刀割面,表示忠诚。请雪耻:请求为皇帝雪洗耻辱。连动短语的结构是:剺面(方式) + 请雪耻(动作)。这句与下句是并列关系。

句㉖你〈主·省〉慎勿出口〈谓〉他人〈主〉狙〈谓〉。这句由两个句子构成。"你慎勿出口"是一句。"他人狙"是一句。后句是前句的目的状语。你:指王孙。慎:是禁戒之词,意即"千万"。勿:不要。出口:说出这一消息。他人:有人。狙(jū):伺机袭击。

句㉗哀哉〈插入语〉王孙〈主〉慎勿疏〈谓〉。哀哉:可怜啊。哉:是语气词,表示感叹。疏:疏忽大意。这句与下句是果因关系。

句㉘**五陵**〈定〉**佳气**〈主〉**无时**〈状〉**无**〈谓〉。五陵:唐朝五个帝王的陵墓,即:高祖献陵、太宗昭陵、高宗乾陵、中宗定陵、睿宗桥陵。佳气:祥瑞气象。古人认为祖宗陵墓上有祥瑞气象,其儿孙必定兴旺。无时无:没有时候没有,即"时时都有"。其言外之意是:唐王朝定有中兴的希望。

浅析: 安史之乱爆发后,唐玄宗带着杨贵妃姐妹等少数人仓皇出逃。嫔妃、公主、王孙等都没来得及逃离京城,被叛军杀害者达百余人。一部分王孙有幸逃离京城。这首诗描写了一个出逃的王孙的凄惨遭遇,记叙了作者对王孙的反复叮嘱,流露了作者对唐王朝恢复统一充满信心。第一句至第四句渲染了笼罩着长安城的恐怖气氛。第五、六句描写了皇上仓皇出逃的情景。第七句至第十二句描写了一位逃离京城的王孙的凄惨遭遇。第十三、十四句表明作者从相貌特征上认出了王孙。第十五句至二十八句是作者对王孙说的话,表达了作者对王孙的关心。第十七、十八句表明了作者的谨慎态度。因为他怕王孙被叛军认出遭到杀害,也体现了作者对王孙的关心和爱护。第二十七、二十八句还流露了作者对唐王朝平定安史之乱、恢复统一充满了信心。

卷五　五言律诗
Volume Five　Five-Character Eight-lined Verse

经鲁祭孔子而叹之
Passing the State Lu and Offering a Sacrifice to and Sighing o'er Confucius

李隆基　Li Longji

①夫子何为者？	Confucius, for what on earth did you strive?
②栖栖一代中。	You bustled here and there all your life.
③地犹鄹氏邑，	The place is still the Zou people's place,
④宅即鲁王宫。	The house is still Prince Lu's palace.
⑤叹凤嗟身否，	Seeing no phoenix you lamented o'er your bad luck in your day,
⑥伤麟怨道穷。	Seeing a caught kylin you complained your doctrines couldn't make way.
⑦今看两楹奠，	Today I look at the sacrifice between the two pillars in your homeland,
⑧当与梦时同。	It must be the same as you saw in your dreamland.

详注：题．经：路过。**鲁**：春秋时国名，这里指鲁国都城，即今山东曲阜。**祭**：祭奠。**而**：是连词，表示并列关系，相当于"并且"。**叹**：慨叹。**之**：是代词，指孔子。李隆基：唐朝皇帝唐玄宗，又称唐明皇。

句①**夫子**〈主〉**为**〈谓·倒〉**何**〈宾〉**者**〈语气词〉？**夫子**：对孔子的尊称。**为**：为了。**何**：什么。古汉语中，疑问代词作动词的宾语时要移到动词前。**者**：是语气词，用在疑问句末尾，表示疑问语气，相当于"呢"。

句②**你**〈主·省〉**栖栖**〈谓〉**一代中**〈方位短语·补〉。**你**：指孔子。**栖栖**(xī)：忙忙碌碌，东奔西走。**一代中**：一生中。这里有一个典故。《论语·宪问》篇中有："微生亩谓孔子曰：'丘（孔子名）何为是栖栖者与？'"这里，作者引用了"何为栖栖"，放在两句中，意在慨叹孔子奔走忙碌的一生。方位短语的结构是：一代+中（"中"

的方位词)。这句补充说明上句。

句③地〈主〉犹〈状〉是〈谓·省〉鄹氏〈定〉邑〈宾〉。地:这地方,指李隆基拜谒的地方。犹:仍。鄹(zōu)氏邑:鄹人的住地,在今曲阜东南。孔子的父亲曾在此地任大夫,是孔子的出生地。这句与下句是并列关系。

句④宅〈主〉即〈谓〉鲁王宫〈宾〉。宅:住宅。即:就是。鲁王宫:汉代鲁王的宫室。据《尚书序》载:"至鲁,共(恭)王好治宫室,坏孔子旧宅,以广其居……王又升孔子堂,闻金石丝竹之音,乃止。"可见,鲁恭王的宫室连着孔宅。

句⑤你〈主·省〉叹凤嗟身否〈联合短语·谓〉。你:指孔子。叹凤:叹,为……哀叹。凤:凤凰。这里有一个典故。《论语·子罕》篇中有:"子曰:'凤鸟不至,河图不出,吾已矣夫!'"作者把这句话缩略成"叹凤"二字。嗟:哀叹。身否(pǐ):命运不好。身:孔子的自身。否:不通。孔子认为:凤凰和河图出现预示圣人出现,世道清明。而凤鸟不到,意味着世道不清明,所以"嗟身否"。联合短语的结构是:叹凤(因)+嗟身否(果)。"身否"是主谓短语,其结构是:身+否(主语+谓语)。这句与下句是并列关系。

句⑥你〈主·省〉伤麟怨道穷〈联合短语·谓〉。伤:伤害。麟:麒麟。伤麟:鲁国人猎获一只麒麟。孔子见了,说:"吾道穷矣!"麒麟是传说中的祥瑞神兽。孔子认为:神兽被人捕获,意味着世道坏了,所以"怨道穷"。怨:抱怨。道:孔子提倡的仁道。穷:行不通。"道穷"是主谓短语,其结构是:道+穷(主语+谓语)。联合短语的结构是:伤麟(因)+怨道穷(果)。

句⑦我〈主·省〉今〈状〉看〈谓〉两楹奠〈宾〉。我:指作者。今:今天。看:看着。楹(yíng):殿堂里的柱子。两楹奠:在殿堂里两根柱子之间设立的祭奠场面。殷代礼制:人死后,灵柩要停放在两楹之间接受祭奠,是隆重的祭奠礼仪。

句⑧它〈主·省〉当〈状〉与梦时〈介词短语·状〉同〈谓〉。它:指两楹奠。当:应该。梦时:孔子梦到的情景。孔子死前七天,曾梦到坐在两楹之间接受祭奠。同:相同。介词短语的结构是:与+梦时("与"是介词)。这句补充说明上句。

浅析:唐玄宗李隆基于开元十三年到泰山举行封禅大典。返长安途中,他拜谒了孔宅并按礼祭奠了孔子。这首诗描写了当时的情景。第一、二句慨叹了孔子忙碌奔波的一生。第三、四句描写了作者拜谒孔子故居的情景,表达了作者对人事沧桑、江山依旧的感慨。第五、六句回顾了孔子的往事,对孔子命运不济,理想抱负不能实现表达了深深的叹息。第七、八句描写了祭孔的情景,体现出作者对孔子的敬仰之情和对儒道的尊崇。作者按礼制要求祭孔,表明作者重视礼制。礼是儒道的核心内容之一。重视礼制就是对儒道的尊崇。

本诗③④句和⑤⑥句是工对,⑦⑧句是流水对。

望月怀远

Looking Up at the Moon and Missing My Friend Far Away

张九龄　Zhang Jiuling

①海上生明月,　O'er the sea is rising the moon bright,
②天涯共此时。　My friend in a remote place shares with me the same sight.

③情人怨遥夜，	I complain so long is the night,
④竟夕起相思。	And to miss my friend I don't go to bed the whole night.
⑤灭烛怜光满，	Enjoying the moonlight that fills the room, I blow the candle out,
⑥披衣觉露滋。	Feeling dew-fall outside I put on a dress before I go out.
⑦不堪盈手赠，	Unable to hold the moonlight in my hands and give it to my friend,
⑧还寝梦佳期。	I go back to bed to dream of my friend.

详注：题.怀远:怀念远方的人。

句①海上〈方位短语·主〉生〈谓〉明月〈宾〉。生:升起。方位短语的结构是:海 + 上("上"是方位词)。这句是下句的时间状语。

句②天涯〈主〉共〈谓〉此时〈宾〉。天涯:天边,指远方的人所在地。这里借天涯(地点)代远方的人,是借代修辞格。此时:月亮升起的时刻,指望月的时刻。

句③情人〈主〉怨〈谓〉夜〈倒〉遥〈主谓短语·宾〉。情人:多情的人,指作者。怨:抱怨。夜:秋夜。遥:长。主谓短语的结构是:夜 + 遥(主语 + 谓语)。这句与下句是并列关系。

句④我〈主·省〉竟夕〈状〉起相思〈连动短语·谓〉。我:指作者,下文中的"我"同此。竟夕:整夜。起:不睡。相思:思念友人。连动短语的结构是:起(动作) + 相思(目的)。

句⑤我〈主·省〉灭烛怜光满〈连动短语·谓〉。灭:吹灭。烛:蜡烛。怜:喜爱。光满:月光满室。连动短语的结构是:灭烛(果) + 怜光满(因)。这句与下句是并列关系。

句⑥我〈主·省〉披衣觉露滋〈连动短语·谓〉。披衣:披上衣服。觉:感觉到。露:露水。滋:出。连动短语的结构是:披衣(果) + 觉露滋(因)。

句⑦我〈主·省〉不堪〈状〉盈手赠〈连动短语·谓〉。不堪:不能。盈手:满手捧着月光。赠:赠送给友人。连动短语的结构是:盈手(方式) + 赠(动作)。这句与下句是因果关系。

句⑧我〈主·省〉还寝梦佳期〈连动短语·谓〉。还:回室内。寝:睡觉。佳期:与友人相会。连动短语的结构是:还寝(动作) + 梦佳期(目的)。

浅析：这首诗描写了作者月夜思念远方友人的情景,表达了作者对友人的真挚情谊。第一句紧扣题目中的"望月"二字。第二句紧扣题目中的"怀远"二字。古人常托明月寄情思,所以,明月触发了作者对远方友人的思念。第三、四句描写了作者对远方友人的思念之深。第五、六句描写了作者到室外望月的情景。这两句是用具体细节说明了"竟夕起相思"。作者因思念友人而彻夜不眠,见室内月光如泻,于是披上衣服到室外赏月。第七、八句进一步描写作者对友人的思念之深。作者如此思念友人以致突发奇想,捧月光送给友人,然而不能,只得寄希望于梦中相见。

本诗⑤⑥句是工对。

杜少府之任蜀州

Seeing Off Vice-Prefect Du Who Is Going to His Post in Shu

王 勃　Wang Bo

①城阙辅三秦，　Chang'an is surrounded by the Three Qin,
②风烟望五津。　The five mist-veiled ferries can be faintly seen.
③与君离别意，　We have the same feeling to leave homeland,
④同是宦游人。　Because we both take posts in a strange land.
⑤海内存知己，　As long as you have a bosom friend somewhere within the four seas, no matter,
⑥天涯若比邻。　How far away he is from you, he's your near neighbour.
⑦无为在歧路，　Today at this crossroad we say good-bye,
⑧儿女共沾巾。　Do not shed tears as if small children cry.

详注：题．杜少府：王勃的朋友。少府：县尉。之：去，往。任：赴任。蜀州：蜀地，即今四川。王勃：唐初诗坛四杰（杨炯、卢照邻、骆宾王）之一。他十四岁科考及第，被授朝散郎，后被逐。他二十八时，去探望父亲，在途中渡海溺水身亡。

句①三秦〈主·倒〉辅〈谓〉城阙〈宾〉。三秦：项羽灭秦后，把原属于秦国的关中地区分成雍、塞、翟三个部分，称"三秦"。辅：环绕着。城阙（què）：指京城长安。阙：皇宫前的望楼。这里借阙（部分）代京城长安（整体），是借代修辞格。这句与下句是并列关系。

句②我〈主·省〉望〈谓〉风烟〈定·倒〉五津〈宾〉。我：指作者，下文中的"我"同此。望：远看。风烟：烟雾弥漫中的。五津：四川境内的五个渡口。津：渡口。这里借五津代四川，是借代修辞格。

句③我〈省〉与君〈联合短语·主〉同有〈谓·省〉离别〈定〉意〈宾〉。与：和。君：指杜少府。同有：都有。离别意：离别家乡的心情。联合短语的结构是：我＋君（两者并列。"与"是连词）。这句与下句是果因关系。

句④我们〈主·省〉同是〈谓〉宦游人〈宾〉。我们：指作者和杜少府，下文中的"我们"同此。同是：都是。宦游人：离家在外做官的人。

句⑤海内〈方位短语·主〉存〈谓〉知己〈宾〉。海内：四海之内。存：存有。知己：知心朋友。方位短语的结构是：海＋内（"内"是方位词）。这句是下句的条件状语。

句⑥天涯〈主〉若〈谓〉比邻〈宾〉。天涯：天边。若：好像。比邻：近邻。

句⑦我们〈主·省〉在歧路〈介词短语·状·倒〉无为〈谓〉。在歧路：在离别的路口。无为：不要做出。这句与下句是动宾关系。

句⑧[儿女〈主〉共〈状〉沾巾〈谓〉]〈小句·作"无为"的宾语〉。儿女：小儿小女。共：一道。沾巾：泪沾巾，即"流泪"。这里借沾巾（流泪的结果）代流泪，是借代修辞格。

浅析：这是一首送别诗，是王勃在长安任职时为送杜少府到四川上任而写的。全诗没有一丝送别的哀伤，却展现了昂扬的格调和豁达的胸怀。第一句点明了送别的地点——长安,是实景。第二句点明了友人要去的目的地——四川,是想象中的景色。作者写这句是想告诉友人他要去的地方并不遥远,而是隐约可见的。这是对友人的安慰。第三、四句表达了作者送别友人时的离愁别绪。两人都是寄居他乡之人,都有思乡之愁。这是一层愁。两人又将离别,都有离别之愁。这是二层愁。第五、六句是作者鼓励友人志在四方,以事业为重。朋友间只讲友情。只要友情在就行,不必天天拘守在一起。所以,这两句展现了作者的豁达胸怀和昂扬格调。第七、八句表达了作者对友人的劝慰。

本诗①②句和⑤⑥句是工对。

在狱咏蝉 并序

Song of the Cicada Written in Prison (with a Preface)

骆宾王　Luo Binwang

余禁所禁垣西,是法厅事也。有古槐数株焉,虽生意可知,同殷仲文之古树,而听讼斯在,即周召伯之甘棠。每至夕照低阴,秋蝉疏引,发声幽息,有切尝闻。岂人心异于曩时,将虫响悲于前听?嗟呼,声以动容,德以象贤,故洁其身也,禀君子达人之高行;蜕其皮也,有仙都羽化之灵姿。候时而来,顺阴阳之数;应节为变,审藏用之机。有目斯开,不以道昏而昧其视;有翼自薄,不以俗厚而易其真。咏乔树之微风,韵姿天纵;饮高秋之坠露,清畏人知。仆失路艰虞,遭时徽纆,不哀伤而自怨,未摇落而先衰。闻蟪蛄之流声,悟平反之已奏;见螳螂之抱影,怯危机之未安。感而缀诗,

I'm imprisoned in the west corner of the prison, where cases are heard, and where there're a few old locust trees, which, though somewhat prosperous, yet are almost the same as the old locust tree Yin Zhongwen once sighed over. My case is heard here just as Zhaobo of the Zhou Dynasty heard cases under the birchleaf trees. At every dusk, an autumn cicada sings off and on, producing deep sighs, deeper, I think, than those I have heard before. Is my mood different from that in the past or is the cicada's singing sadder? Alas, it's because the cicada's singing moves me and its virtues are like those of the virtuous people. So when it purifies itself, it is as noble as the superior person, and after slough, it presents a nimble figure of an immortal. The cicada appears at the right season, which conforms to the natural law. The cicada changes with the season, knowing when to go ahead and when to retreat. The cicada opens its eyes and would not close them to the disordered society. The cicada's wings are born thin. It would not change this original state because of the fact that the custom likes thickness. Resting

贻诸知己。庶情沿物应，哀弱羽之飘零；道寄人知，悯余声之寂寞。非谓文墨，取代幽忧云尔。

on the twigs of a tall tree, it begins to sing when the breeze blows, and its singing and posture are all quite natural. The cicada lives on the late autumn dew. Though its moral characters are noble, yet it fears that people know the fact. My life is full of frustrations and hardships and anxieties. In addition I'm now imprisoned. Though I don't feel sad, yet I hate myself. I'm not yet old, but I look aged just as the trees have withered in autumn. Hearing the cicada's singing I have a premonition that a wrong verdict has been reversed: Seeing a mantis stalking a cicada I fear that the danger is not yet over. Sighing with deep emotion, I write this poem and give it to all my friends, hoping to move them so that they would respond to it and take pity on me—a weak cicada who's suffering from misfortunes. I put all my feeling on this poem so as to let others know it and take pity on the dying-out of my chanting. It's not that I engage in phrase-mongering, but that I really have too much worry.

① 西陆蝉声唱，　In autumn a cicada in the tree sings sad,
② 南冠客思深。　I, a prisoner, have homesickness bad.
③ 不堪玄鬓影，　I really can't bear the black-headed cicada at that place,
④ 来对白头吟。　Sadly sing to me, a white-headed man and to my face.
⑤ 露重飞难进，　The dew heavy, it's difficult for the cicada to fly on,
⑥ 风多响易沉。　The autumn wind strong, it's easy for the cicada's singing to die down.
⑦ 无人信高洁，　No one believes its(my) nobility and purity,
⑧ 谁为表予心。　Alas, who could vindicate my being not guilty?

详注：题。狱：监狱。咏：用诗歌描写。骆宾王：初唐四杰（王勃、卢照邻、杨炯）之一，曾任官职，获罪下狱。徐敬业起兵讨伐武则天。他曾为徐撰写著名的《讨武曌檄》。徐敬业兵败，骆宾王下落不明。

序. 余：我。禁所：被囚禁的地方。禁垣（yuán）：监狱的围墙。法厅事：法官审理案子的地方。数：几。株：棵。焉（yān）：是兼词，相当于"于之"。其中的"于"是介词，相当于"在"。其中的"之"是代词，指法厅。因此，"焉"意即"在这里"。虽生意可知，同殷仲文之古树：虽还活着，但却如殷仲文所说的那棵古树没有了生气。殷仲文是东晋名士。一次，他看到大司马桓温府中有一棵老槐树，枝叶繁茂。他看了很久，叹道："此树婆娑，无复生意。"殷仲文说这句话是把老槐树比做自己，表达自己心灰意冷的心境。作者引用这个典故，是把作者所见槐树比作殷仲文所见槐树。也表达自己的心灰意冷的心境。听讼：审理案件。斯在：在此。即：就是。周召伯之甘棠:传说,周代的召伯审理案件,不烦劳百姓,就在甘棠树下进行。作者引用这个典故,是把他所见的槐树(自己受审的地方)比作甘棠树(周召伯审案的地方)。之:是结构助词,相当于"的"。每:每天。至:到。夕照:夕阳。低阴:西沉并暗淡。疏引:断断续续地鸣叫。幽息:深沉的叹息声。有切尝闻:比作者曾经听到的蝉鸣更幽邃。切:通砌,即增砌,即增加。所以,"有切"意即"比……更"。尝:曾经。闻:听到。岂:难道。人心:作者的心情。异于:不同于。曩(nǎng)时:从前。将:还是。虫响:蝉的鸣叫声。悲于前听:比以前听到的更悲哀。嗟(jiē)乎:唉。声以是"以声"的倒装。以:是连词,意即"因为"。声:蝉的鸣叫声。动容:使人感动。德以:是"以德"的倒装。德:指蝉的德性。象贤:像贤人的德性。故:所以。洁:使……清洁。其:是代词,相当于"它的"。也:是语气词,表示语气上的停顿。禀(bǐng):具有。达人:通达事理的人。之:是结构助词,相当于"的"。高行:高尚的操行。蜕(tuì):蝉蜕蜕皮。仙都:仙人居住地。羽化:成仙。风姿:灵动的姿态。候时而来:在适当的时候出现。顺:符合。阴阳之数:自然规律。应节:随着节令。为变:进行变化。审:明了。藏用:藏起来或使用,引申为"进或退"。机:时机。有目:有眼睛。斯:就。开:睁开。不以:不因为。道昏:世道昏暗。而:是连词,表示因果关系,相当于"就"。昧(mèi):隐藏。视:视线。翼:翅膀。自薄:生来就薄。俗厚:世俗喜欢厚重。易:改变。其:是代词,相当于"它的"。真:翅膀本来就薄的状态。吟:鸣叫。乔树:高大的树木。咏乔树之微风:在高大树上,微风一吹就鸣叫。韵姿:音韵姿态。天纵:出于自然。饮:喝。高秋:深秋。坠露:降下的露水。清:清高的品格。畏:怕。人知:别人知道。仆:作者谦称。失路:迷失道路。艰:艰难。虞(yú):忧虑。遭:遭受。时:这次的。徽缰(mò):捆绑犯人的绳子,引申为"囚禁"。未:没有。摇落:树叶凋落。这里借树叶凋落(结果)代秋天,是借代修辞格。这里借秋天喻人生的晚年,是借喻修辞格。而:是连词,表示转折关系,相当于"但"。未摇落而先衰:没到晚年但已显得衰老。闻:听到。蟪蛄(huì gū):一种很小的蝉。之:是结构助词,相当于"的"。流声:鸣叫声。悟:想到。平反:平反冤狱。之:是结构助词,用在主语和谓语之间,取消句子的独立性。"平反之已奏"作"悟"的宾语。已奏:已经奏明母亲。"平反已奏"是一个典故。东晋隽不疑担任京兆尹时,他的母亲对囚徒很关心。如果隽不疑平反了冤狱,他的母亲就喜笑颜开。所以"平反已奏"即一个囚徒得到了平反。"悟平反已奏",即:以为自己能得到平反。抱影:螳螂看到蝉的影子就想捕捉。怯:害怕。未安:没有过去。"怯危机之未安"即:害怕自己得不到平反。感:有感慨。而:是连词,表示顺承关系。相当于"就"。缀诗:把诗句连缀成诗篇,即"写诗"。贻(yí):赠送。诸:是"之于"的合音。"之"是代词,指写出的诗。"于"是介词,介绍动作的旁及对象,相当于"给"。庶(shù):希望。情沿:情动。物应:有事物响应。哀:哀怜。弱羽:弱小的蝉。这里借羽(部分)代蝉(整体),是借代修辞格。之:是结构助词,相当于"的"。飘零:原指花和叶的凋谢坠落。这里借"飘零"喻"遭到不幸,无依无靠",是借喻修辞格。道:指作者的心思。寄:寄托在诗上。人知:让别人知道。悯:怜悯。余声:我(作者)的吟诗声。之:是结构助词,用在主语和谓语之间,取消句子的独立性。使"余声之寂寞"作"悯"的宾语。寂寞:停息。非谓:并不是为了显示。文墨:文辞。取代:而是有。幽忧:深沉的忧虑。云尔:是句末助词,相当于"如此而已"。

句①西陆〈状〉蝉声〈主〉唱〈谓〉。西陆:秋天。《隋书·天文志》载:"日循黄道东行,一日一夜行一度三百六十五日有奇而周天。行东陆谓之春,行南陆谓之夏,行西陆谓之秋,行北陆谓之冬。"蝉声:蝉的鸣叫声。唱:响。这句与下句是并列关系。

句②南冠〈定〉客思〈主〉深〈谓〉。南冠:囚徒,指作者。这里有一个典故:春秋时,楚国人钟仪被俘,被囚禁在晋国。他不忘楚国,仍戴着楚国人戴的帽子(南冠)。后人因此用南冠(标记)代囚徒,是借代修辞格。客思:身在外乡的思乡之情。深:浓重。

句③我〈主·省〉不堪〈谓〉玄鬓〈定〉影〈宾·兼作下句主语〉。我:指作者。堪:忍受。玄:黑色的。鬓(bìn):面颊两旁近耳的头发。这里借玄鬓喻蝉头,是借喻修辞格。因为蝉头是黑色的。影:蝉的身影。这句与下句是主谓关系。

句④来〈语助词〉对〈介词短语·状〉咏〈谓〉。对:对着。白头:指作者。作者因清直遭谤下狱而悲愤,以致头发变白。吟:鸣叫。介词短语的结构是:对+白头("对"是介词)。

句⑤露〈主〉重〈谓〉飞〈主〉难进〈谓〉。这句由两个句子构成。"露重"是一句。"飞难进"是一句。两句间是因果关系。露:露水。重:浓。飞:蝉的飞行。难进:难以前进,即"飞不动"。这里借蝉的境况喻作者自己在狱中不得行动自由的境况,是借喻修辞格。这句与下句是并列关系。

句⑥风〈主〉多〈谓〉响〈主〉易沉〈谓〉。这句由两个句子构成。"风多"是一句。"响易沉"是一句。两句间是因果关系。多:大。响:指蝉的叫声。易:容易。沉:被风掩盖。这里借蝉的境况喻作者有口难辩,有冤无处申的境况,是借喻修辞格。

句⑦无人〈主〉信〈谓〉高洁〈宾〉。信:相信。高洁:指蝉餐风饮露的清高洁白的品格,又指作者清高洁白的品格,是双关修辞格。这句与下句是因果关系。

句⑧谁〈主〉为予〈倒〉〈介词短语·状〉表〈谓〉心〈宾〉。予:我,指蝉又指作者,是双关修辞格。表:表明。心:心迹。介词短语的结构是:为+予("为"是介词)。

浅析:这首诗是作者在狱中写的,描写了蝉的境况,寄寓着作者清白蒙冤的悲愤和绝望。第一句描写了蝉鸣。第二句描写了作者枯坐狱中,"蝉声"引发了"客思深"。第三、四句描写了作者的愁苦之深。深到不能忍受蝉的哀鸣,深到白了头。第五、六句描写了蝉的遭遇,寄寓着作者有冤无处申的境况。第七、八句描写了蝉的高洁无人知,寄寓着作者清白蒙冤的悲愤和绝望。

本诗③④句是流水对,⑤⑥句是工对。

和晋陵陆丞早春游望

In Reply to the Poem *Looking Around at the Scenery of Early Spring by County Magistrate Lu in Jingling*

杜审言　Du Shenyan

①独有宦游人,	Only an official in a strange land,
②偏惊物候新。	Is especially shocked at the change of the seasons as well as the new scenery on the land.
③云霞出海曙,	At dawn a myriad of red rays emit through the clouds o'er the seas,
④梅柳渡江春。	Spring comes from the south to the north of the Yangtze River onto the plum and willow trees.
⑤淑气催黄鸟,	The spring warmth makes the orioles sing,
⑥晴光转绿蘋。	The warm sunshine makes the clover fern turn green.
⑦忽闻歌古调,	Suddenly I hear you chanting classical verses,
⑧归思欲沾巾。	My tears of homesickness are about to wet my kerchieves.

详注:题.和(hè):依照别人诗的题材和韵脚写诗。原诗为"唱",回应的诗为"和"。晋陵:今江苏常州市。陆丞:姓陆的县丞(县令的助手),是作者的朋友。早春游望:是陆丞的原诗的题目。意即"环顾早春景色"。杜审言:杜甫的祖父。唐朝进士,曾任官职。唐朝著名诗人,是五言律诗的奠基人之一。

句①独有宦游人〈动宾短语·作下句主语〉。独有:只有,唯有。宦游人:在外乡做官的人。指陆丞,也指作者。动宾短语的结构是:独有+宦游人(动词+宾语)。这句与下句是主谓关系。

句②偏〈状〉惊〈谓〉物候新〈主谓短语·宾〉。偏：出乎寻常，引申为"格外地，特别"。惊：对……感到心惊。物候：景物和节气。新：变新。主谓短语的结构是：物候＋新（主语＋谓语）。

句③曙〈状·倒〉云霞〈主〉出〈谓〉海〈补〉。曙：破晓时，天亮时。云霞：日出前的万道霞光。出：射出。海：从海上。这句与下句是并列关系。

句④梅柳〈联合短语·定〉春〈主·倒〉渡〈谓〉江〈宾〉。梅：梅花。柳：柳树。春：春色。渡：渡过。江：长江。江南气候暖，江北气候冷。春色先在江南出现，然后渡过长江到江北。联合短语的结构是：梅＋柳（两者并列）。

句⑤淑气〈主〉催〈谓〉黄鸟〈宾〉。淑气：和暖的春气。催：催出。黄鸟：黄鸟的鸣叫声。这里借黄鸟（具体）代黄鸟的鸣叫声（抽象），是借代修辞格。这句与下句是并列关系。

句⑥晴光〈主〉转蘋〈倒〉绿〈兼语短语·谓〉。晴光：温暖的阳光。转：使。蘋：水中蘋草。绿：变成绿色。兼语短语的结构是：转＋蘋＋绿。

句⑦我〈主·省〉忽〈状〉闻〈谓〉歌古调〈动宾短语·宾〉。我：指作者。忽：忽然。闻：听到。歌：咏，指陆丞咏诗。古调：指陆丞咏的《早春游望》这首有典雅风格的古诗。动宾短语的结构是：歌＋古调（动词＋宾语）。这句与下句是因果关系。

句⑧我〈主·省〉思〈谓·倒〉归〈宾〉泪〈主·省〉欲〈状〉沾〈谓〉巾〈宾〉。这句由两个句子构成。"我思归"是一句。"泪欲沾巾"是一句。后句补充说明前句。我：同上句注。思归：想回家。泪：眼泪。欲：快要。沾：打湿。巾：手巾。

浅析：陆丞先做了一首诗，题目是《早春游望》。作者写了这首诗酬答，表达了思念故乡的情怀。第一、二句描写了作者对季节变换和景色变化的敏感。因为季节变换往往提示作者客居他乡已久，从而触动他的思乡之情。"物候新"紧扣了题目中的"早春"二字。第三句至第六句紧扣题目中的"游望"二字，用具体细节描绘了"物候新"，呈现了春光明媚、春意盎然的江南早春美景。"渡江"给人以动感，烘托了春天的蓬勃生机。这美景让作者萌生了思乡之情。第七、八句直白地表达了作者浓浓的思乡之情。作者见"物候新"本就萌生了思乡之情。陆丞的诗加剧了他的思乡之情。

本诗①②句是流水对，⑤⑥句是工对。

杂　诗

The Frontier Guard at Yellow Dragon Town

沈佺期　　Shen Quanqi

①闻道黄龙戍，	I hear the garrison at Yellow Dragon Town,
②频年不解兵。	For years on end has been going on.
③可怜闺里月，	The lovely moon the young woman watches in her boudoir,
④长在汉家营。	Always shines on the Han's military camps afar.
⑤少妇今春意，	The deep affection of the young woman for her husband this night,

⑥良人昨夜情。　Is just that of her husband for her last night.
⑦谁能将旗鼓，　Who can command the troops and with one blow,
⑧一为取龙城。　To take Dragon Town from the foe?

详注：题．杂诗：诗人常把难以定题的诗称为杂诗。杂诗不拘泥常例，遇到什么写什么。沈佺期：字云卿，唐朝进士，曾任官职。

句①我〈主·省〉闻道〈谓〉黄龙〈定〉戍〈宾·兼作下句的主语〉。我：指作者。闻道：听说。黄龙：龙城，在今辽宁朝阳市，是唐朝边防要塞。戍：军队驻防地。这句与下句是主谓关系。

句②频年〈状〉不解〈谓〉兵〈宾〉。这句与上句中的黄龙戍构成小句作"闻道"的宾语。频年：连年。不解兵：不休兵。

句③可怜〈定〉闺里〈方位短语·定〉月〈中心词〉。这是一个名词句，作下句的主语。可怜：可爱的，美丽的。闺里月：少妇在闺里看到的月亮。"闺"是女子的卧室，这里指女主人公的卧室。方位短语的结构是：闺＋里（"里"是方位词）。这句与下句是主谓关系。

句④长〈状〉在〈谓〉汉家营〈宾〉。长：总是。在：照在。汉家营：唐军军营，即女主人公丈夫所在的军营。唐人常用汉指唐。

句⑤少妇〈定〉今春〈定〉意〈中心词〉。这是一个名词句，作下句的主语。下句也是名词句，作宾语。两句间省略了"是"字。今春：今年，指现在。意：女主人公思念丈夫的情意。这句与下句是主谓关系。

句⑥良人〈定〉昨夜〈定〉情〈中心词〉。良人：女主人公的丈夫。昨夜：指过去。情：思念妻子的情意。

句⑦谁〈主〉能将〈谓〉旗鼓〈宾〉。将(jiāng)：率领。旗鼓：军队。这里借军中用的旗鼓（工具）代军队，是借代修辞格。这句与下句是主谓关系。

句⑧一为〈状〉取〈谓〉龙城〈宾〉。这句与上句中的"能将旗鼓"构成连动短语作"谁"的谓语。一为：一举。取：攻下。龙城：匈奴人祭天地的地方。这里借龙城喻敌军老巢，是借喻修辞格。这两句中的连动短语的结构是：能将旗鼓（动作）＋一为取龙城（目的）。

浅析：这首诗描写了少妇和远征丈夫之间的相思之情，从一个侧面揭露了战争给人民带来的痛苦，隐含着作者对人民疾苦的同情。第一、二句交代了时代背景：朝廷连年在黄龙用兵。第三、四句写女主人公思念远征的丈夫。第五、六句的言外之意是：妻子思念丈夫，其实丈夫也一样地思念妻子。作者选用"今春""昨夜"两个不同的词语，只是为了避免重复。这两个词所指的时间点是一样的。以上四句（第三句至第六句）描写了夫妻长期分隔两地，两地相思的情景，并借此揭露了战争给人民带来的痛苦。第七、八句表达了少妇的良好愿望。她希望有良将率兵，击溃敌人，早日结束战争，让被分隔两地的夫妻得到团聚。这个愿望中隐含着作者对人民疾苦的同情。

本诗①②句、③④句、⑦⑧句是流水对，⑤⑥句是工对。

题大庾岭北驿

A Poem Written at the Posthouse on the North Side of the Dayu Ridge

宋之问　Song Zhiwen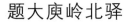

①阳月南飞雁，　In the 10th moon the wild geese southward fly,
②传闻至此回。　It's said they return when they come to this ridge high.
③我行殊未已，　However, still ahead I have to go,
④何日复归来！　And when I may return home I don't know.
⑤江静潮初落，　The river's calm because the tide has just ebbed,
⑥林昏瘴不开。　The woods are dim because the miasma hasn't dispersed.
⑦明朝望乡处，　Tomorrow morn at the place where I look back at my homeland,
⑧应见陇头梅。　I should see the plum blossoms on the trees that on this ridge stand.

详注：题。题：写在。大庾(yǔ)岭：在今江西、广东交界处。岭上多梅花，又称梅岭。北驿(yì)：大庾岭北面的驿站(古代供传递政府公文的人中途换马匹或休息、住宿的地方)。宋之问：字延清，唐朝进士，曾任官职。后被唐玄宗赐死。

句①阳月〈状〉南飞〈定〉雁〈中心词〉。这是一个名词句，作下句主语。阳月：阴历十月。南飞雁：向南飞的大雁。这句与下句是主谓关系。

句②传闻〈插入语〉至此〈状〉回〈谓〉。传闻：听说。至此：到大庾岭。回：飞回北方。

句③我行〈主〉殊〈状〉未已〈谓〉。我行：指作者到贬所的行程。殊：还。未：没有。已：停止，结束。这句与下句是并列关系。

句④我〈主·省〉何日〈状〉复〈状〉归来〈谓〉。我：指作者。何日：哪一天。复：再。归来：回来。

句⑤江〈主〉静〈谓〉潮〈主〉初〈状〉落〈谓〉。这句由两个句子构成。"江静"是一句。"潮初落"是一句。两句间是果因关系。江：江水。静：平静下来。潮：潮水。初：刚刚。落：落下。这句与下句是并列关系。

句⑥林〈主〉昏〈谓〉瘴〈主〉不开〈谓〉。这句由两个句子构成。"林昏"是一句。"瘴不开"是一句。两句间是果因关系。林：树林。昏：昏暗。瘴(zhàng)：瘴气，即"湿热毒气"。不开：不散。

句⑦明朝望乡处。这是一个名词句。明朝和望乡处都作下句状语。明朝：明天早晨。望乡处：我回望家乡的地方。这句是下句的地点状语。

句⑧我〈主·省〉应见〈谓〉陇头〈定〉梅〈宾〉。我：指作者。应见：应该看到。陇头：大庾岭。大庾岭地处亚热带，梅花十月就开。

浅析：这首诗是作者被贬泷州途经大庾岭时写的，抒发了作者被贬后的内心痛苦和思乡之情。第一、二句写南飞的大雁不飞过大庾岭。第三、四句写作者自己却要越过大庾岭继续前行。作者用前两句反衬了后两句，表达了作者遭到贬谪的痛苦心情。第五、六句描写了大庾岭一带的荒蛮景象。这恶劣的环境烘托了作者的凄苦和孤寂。第七、八句进一步描写了作者的凄苦。"望乡"表明了作者的思乡之苦。"应见陇头梅"是作者的揣想。作者在恶劣环境中揣想着"见梅"聊以自慰。这表明他内心的痛苦之深。

本诗①②句是流水对,⑤⑥句是工对。

次北固山下

Mooring at the Foot of Mount Beigu

王 湾　Wang Wan

①客路青山外,	When I go past the foot of the mountain green,
②行舟绿水前。	My boat goes on the water green,
③潮平两岸阔,	The river is wide because the spring tide rises high,
④风正一帆悬。	The wind is favourable, so the sail on my boat is hoisted high.
⑤海日生残夜,	The sun rises o'er the Yangtze River ere the night is about to disappear,
⑥江春入旧年。	The spring comes early ere the end of the old year.
⑦乡书何处达?	How shall I send my letter home and where?
⑧归雁洛阳边。	Oh, look, the wild geese are flying to Luoyang there.

详注:题.次:途中停船住宿。北固山:在今江苏镇江市东北长江边。王湾:唐朝进士,曾任官职。

句①客〈主〉路〈谓〉青山外〈方位短语·宾〉。客:指作者。这时作者在外旅行,所以,自称"客"。路:经过。青山:指北固山。方位短语的结构是:青山+外("外"是方位词)。这句是下句的时间状语。

句②舟〈主·倒〉行〈谓〉绿水前〈方位短语·补〉。舟:作者乘坐的船。行:行进。绿水前:在绿水上。绿水:指长江水。青山倒映在水中,江水成了绿水。方位短语的结构是:绿水+前("前"是方位词)。

句③潮〈主〉平〈谓〉两岸〈主〉阔〈谓〉。这句由两个句子构成。"潮平"是一句。"两岸阔"是一句。两句间是因果关系。潮平:潮水上涨与两岸平齐。阔:宽。这句与下句是并列关系。

句④风〈主〉正〈谓〉一帆〈主〉悬〈谓〉。这句由两个句子构成。"风正"是一句。"一帆悬"是一句。两句间是因果关系。风正:风顺。悬:悬挂。

句⑤海日〈主〉生〈谓〉残夜〈补〉。海日:从长江下游宽阔的水面上升起的太阳。生:升。残夜:在即将破晓的时候。这句与下句是并列关系。

句⑥江春〈主〉入〈谓〉旧年〈宾〉。江春:长江沿岸的春色。入:进入。旧年:即将过去的一年。全句意即"旧的一年没过完,春色就已经出现。"

句⑦乡书〈主〉何处〈状〉达〈谓〉?乡书:家书。何处:在什么地方。达:寄送。这句与下句是问答关系。这句是问,下句是答。

句⑧雁〈主·倒〉归〈谓〉洛阳〈宾〉边〈凑韵〉。全句意即"请大雁把我的家书带到洛阳吧。"古人认为,雁能传递书信。其典故见《苏武牧》注。边:用作凑韵,没有实义。古诗词中,为了凑足字数或为了押韵,加上一字,称为"凑韵"。

浅析：这首诗描写了作者夜宿北固山时所见景色，抒发了作者的思乡之情。第一、二句描写了作者乘船来到北固山下。"青山"和"绿水"彰显了北固山一带的欣欣生意。第三句描写了北固山下的开阔江面，衬托了作者宽广坦荡的胸怀。第四句描写了船行的顺畅，衬托了作者舒畅喜悦的心情。第五句紧扣题目中的"次"字，表明作者在北固山过夜并远眺江面，所以见到"海日生残夜"。第六句描写了所见春色，衬托了作者对季节的变换的敏感。这为最后两句作了铺垫。第七、八句是自问自答，表达了作者的思乡之情。作者的家在洛阳，而他却在江南旅行。他见到江南春色，敏感到季节已由冬入春，而自己仍远行未归，不禁萌生了思乡之情。于是，他希望北归的大雁为他捎信去家乡，向家人报个平安。

本诗③④句是工对，⑦⑧句是流水对。

破山寺后禅院

A Visit to the Buddhist Abode in the Back of the Poshan Temple

常　建　Chang Jian

①清晨入古寺，	When I walk into the old temple in the early morning,
②初日照高林。	On the tall trees the early sun is shining.
③曲径通幽处，	A winding path leads to a secluded and quiet place, where,
④禅房花木深。	A Buddhist abode is sheltered by the flowers and trees there.
⑤山光悦鸟性，	The beautiful scenery on the hill makes the birds happily fly and sing,
⑥潭影空人心。	The reflection of the people in the deep pond rids their minds of all the selfish considerations clean.
⑦万籁此皆寂，	All the sounds of nature are hushed here,
⑧惟闻钟磬音。	Only the chime of the temple bell and percussion is heard clear.

详注：**题**. 破山寺：即兴福寺，在今江苏常熟虞山北岭下。后禅院：寺庙的后院，僧人居住的地方。因是佛寺，所以加了"禅"字。常建：唐朝进士，曾任官职。

句①我〈主·省〉清晨〈状〉入〈谓〉古寺〈宾〉。我：指作者。入：走进。古寺：指破山寺。这句是下句的时间状语。

句②初日〈主〉照〈谓〉高林〈宾〉。初日：刚刚升起的太阳。照：照着。高林：高耸的树林。

句③曲径〈主〉通〈谓〉幽处〈宾〉。曲径：弯弯曲曲的小路。通：通往。幽处：幽深僻静的地方。这句是下句的地点状语。

句④禅房〈主〉在〈谓·省〉花木〈联合短语·定〉深〈定〉处〈宾·省〉。禅房：僧人坐禅的房屋，指后禅院。花：花草。木：树木。深处：被花木遮住。联合短语的结构是：花＋木（两者并列）。

句⑤山光〈主〉悦〈谓〉鸟性〈宾〉。山光：阳光下的美丽山色。悦：使……愉悦。鸟性：鸟的飞鸣本性。这句与下句是并列关系。

句⑥潭影〈主〉空〈谓〉人心〈宾〉。潭影:倒映在潭中的人影。潭:深水池。空:使……空。空人心:使人忘掉心中的一切杂念和烦恼。

句⑦万籁〈主〉此〈状〉皆〈状〉寂〈谓〉。万籁(lài):自然界的各种声音。籁:从孔穴中发出的声音,泛指声音。此:在此地。皆:都。寂:静。

句⑧我〈主·省〉惟〈状〉闻〈谓〉钟磬〈定〉声〈宾〉。我:指作者。惟:只。闻:听到。钟磬(qìng):寺院中用的两种器物。这句补充说明上句。

浅析:这首诗描写了破山寺的幽静环境,衬托了作者淡泊名利,悠闲自适的情怀。第一句交代了作者入寺的时间——清晨。第二句描写了作者入寺时最初见到的清朗景色,衬托了佛寺的清幽脱俗。"初日"呼应了"清晨"。"高林"呼应了"古"。第三句描写了作者沿着弯弯曲曲的小路来到后禅院。第四句描写了后禅院的优美环境。这两句还暗示:要想到达一个美好的境界,必须要经过一段曲折艰难的路程。第五句描写了后禅院的空明环境,是一幅动态图。第六句描写了后禅院的澄澈的环境,是一幅静态图。第七、八句描写了后禅院的寂静环境。"唯闻钟磬声"反衬出环境的寂静,同时也表明古寺远离了尘世的喧嚣。诗中的"曲"、"幽"、"深"、"悦"、"空"、"寂"等字相互映衬,共同烘托了破山寺后禅院的禅境,衬托了作者淡泊名利,悠闲自适的情怀。

本诗⑤⑥句是工对。

寄左省杜拾遗

To Remonstrator Du of the Left Court

岑参 Cen Shen

①联步趋丹陛, Shoulder by shoulder we walk toward the red steps in front of the palace in small paces,

②分曹限紫微。 I belong to the Right Court, so we work in different offices.

③晓随天仗入, At dawn, following the emperor's guard of honor we go to court,

④暮惹御香归。 At dusk, going back home with the imperial scent on our backs we come out.

⑤白发悲花落, I, a white-haired man, feel sad to see the fallen flowers on the ground lie,

⑥青云羡鸟飞。 I envy others' promotion in the way birds fly up into sky.

⑦圣朝无阙事, Our great era has no fault and error,

⑧自觉谏书稀。 So I feel the remonstrances are gradually rarer.

详注：题. 寄：写赠。左省：门下省，是唐朝中央机构，在皇宫左侧，所以称左省。拾遗：官职名，是谏官，隶属于左省。杜甫当时任左拾遗。岑参（cén shēn）：唐朝进士，当时任右补阙（谏官）

句①你我〈主·省〉联步趋丹陛〈连动短语·谓〉。你我：指作者和杜甫。下文中的"你我"同此。联步：同步，并肩而行。趋：小步走向，表示恭敬。丹陛（bì）：皇宫前的红色台阶。连动短语的结构是：联步（方式）+趋丹陛（动作）。这句与下句是并列关系。

句②你我〈主·省〉分曹〈谓〉我〈主·省〉限〈谓〉紫微〈宾〉。这句由两个句子构成。"你我分曹"是一句。"我限紫微"是一句。两句间是并列关系。分曹：在不同的官署办公。曹：分科办事的官署。我：指作者。下文中的"我"同此。限：被限于，引申为"属于"。紫微：指中书省（在皇宫右侧，又称右省）。中书省院内有许多紫微花。这里借紫微（标志）代中书省，是借代修辞格。

句③你我〈主·省〉晓〈状〉随天仗入〈连动短语·谓〉。晓：天刚亮。随：跟随。天仗：天子（皇帝）早期时用的仪仗。入：上朝。连动短语的结构是：随天仗（方式）+入（动作）。这句与下句是并列关系。

句④你我〈主·省〉暮〈状〉惹御香归〈连动短语·谓〉。暮：傍晚。惹：沾染着。御香：皇宫中使用的香的香气。归：下朝，回家。连动短语的结构是：惹御香（方式）+归（动作）。

句⑤白发〈主〉悲〈谓〉花落〈主谓短语·宾〉。白发：白发人，指作者。这里借白发（特征）代人，是借代修辞格。悲：为……悲伤。花落：年华已逝。这里借花落喻年华已逝，是借喻修辞格。主谓短语的结构是：花+落（主语+谓语）。这句与下句是并列关系。

句⑥我〈主·省〉羡〈谓〉[鸟〈主〉飞〈谓〉青云〈补·倒〉]〈小句·宾〉。羡：羡慕。飞：飞入。青云：高空。鸟飞青云：喻指仕途顺畅，飞黄腾达，是借喻修辞格。

句⑦圣朝〈主·省〉无〈谓〉阙事〈宾〉。圣朝：圣明的朝廷，指作者所在的朝廷。无：没有。阙（quē）事：过失。这句与下句是因果关系。

句⑧我〈主·省〉自觉〈谓〉谏书稀〈主谓短语·宾〉。自觉：觉察到。谏书：写给皇帝的规劝奏章。稀：少。主谓短语的结构是：谏书+稀（主语+谓语）。

浅析：这首诗是岑参任右补阙时写给杜甫的。当时，杜甫任左拾遗。诗中，作者向杜甫倾诉了心声，表达了作者的牢骚和不满。第一句至第四句描写了作者与杜甫同朝为官时日常上下朝的情景。第五、六句表达了作者对仕途不得志的伤感情绪。作者到老得不到晋升，只能空羡别人的升迁。第七、八句表达了作者的牢骚和绝望。在作者心里，当朝不是没有过失，而是有很多弊病。只是皇帝昏庸，听不进劝谏，所以谏书渐渐少了。

本诗③④句和⑤⑥句是工对。

赠孟浩然

To Meng Haoran

李　白　　Li Bai

①吾爱孟夫子，　　I love you master Meng,
②风流天下闻。　　Because throughout the land your literary taste and noble qualities are well known.

③红颜弃轩冕，	In youth you abandoned the official positions,
④白首卧松云。	In old age you live amid the pine trees in the cloud-covered mountains.
⑤醉月频中圣，	Under the moonlight you oft get drunk as a lord,
⑥迷花不事君。	You'd rather enjoy flowers than serve the court.
⑦高山安可仰，	How can I look up at such a high mountain as you,
⑧徒此揖清芬。	Here to your refined qualities I pay homage, which is the only thing I can do to you.

详注：句①吾〈主〉爱〈谓〉孟夫子〈宾〉。吾：我，指作者。孟夫子：指孟浩然。"夫子"是对男子的尊称。这句与下句是果因关系。

句②你〈定·省〉风流〈主〉天下〈状〉闻〈谓〉。你：你的，指孟浩然的。下文中的"你"同此。风流：横溢的才华和清高品格。天下：在全国。闻：闻名。

句③你〈主·省〉红颜〈状〉弃〈谓〉轩冕〈宾〉。红颜：红润的脸色。这里借红颜（年轻的特征）代年轻时，是借代修辞格。弃：抛弃。轩：华美并带有帷幕的车子，供大夫以上的官员乘坐。冕（miǎn）：大官的礼帽。这里借轩冕（高官的标志）代高官，是借代修辞格。这句与下句是并列关系。

句④你〈主·省〉白首〈状〉卧〈谓〉松云〈补〉。白首：白头。这里借白头（年老的特征）代年老时，是借代修辞格。卧：躺，引申为"隐居"。松云：在松林白云间，即"在山林间"。

句⑤你〈主·省〉醉月频中圣〈连动短语·谓〉。醉月：对着月亮喝醉。频：屡屡。中圣：成了圣人。是喝醉的暗语。古人用"中圣"暗指喝清酒而醉者。用"贤人"暗指喝浊酒而醉者。连动短语的结构是：醉月＋频中圣（后者补充说明前者）。这句与下句是并列关系。

句⑥你〈主·省〉迷花不事君〈联合短语·谓〉。迷花：迷恋花草树木，指隐居。事：侍奉。君：皇上。联合短语的结构是：迷花＋不事君（两者是转折关系）。

句⑦我〈主·省〉安可〈状〉仰〈谓〉高山〈宾·倒〉。我：指作者。安可：怎能。仰：仰望。高山：指孟浩然。这里借高山喻孟浩然，是借喻修辞格。这句与下句是因果关系。

句⑧我〈主·省〉徒〈状〉此〈状〉揖〈谓〉清芬〈宾〉。我：同上句注。徒：只。此：在这里。揖（yī）：向……拱手行礼，即"对……表示敬意"。清芬：指孟浩然的清高品格。

浅析：这首诗热情赞颂了孟浩然淡泊名利、归隐山林的清高品格，表达了作者对孟浩然的仰慕之情。第一句直接表达了作者对孟浩然的仰慕。第二句表达了作者对孟浩然仰慕的原因。第三句至第六句用具体事例说明了孟浩然的"风流"。"红颜"和"白首"表明他一辈子具有高洁的情怀。"弃轩冕"和"不事君"表明他对功名官禄不屑一顾的傲岸性格。"卧"彰显了他归隐山林后的旷达闲逸的生活。"频中圣"而不是"频中酒"彰显了他品格的高雅。第七、八句进一步表达了作者对孟浩然的敬仰之情。

本诗③④句和⑤⑥句是工对。

卷五 五言律诗

渡荆门送别

Farewell to Sichuan at Mount Jingmen

李 白 Li Bai

①渡远荆门外， From afar I come to the place near Mount Jingmen by taking ship,
②来从楚国游。 From Shu I come to Chu to make a sightseeing trip.
③山随平原尽， The mountains end where begins the plain,
④江入大荒流。 The Yangtze River runs on the boundless champaign.
⑤月下飞天镜， The backward-moving moon is like a flying mirror in the sky,
⑥云生结海楼。 Clouds gather and look like a mirage on high.
⑦仍怜故乡水， I still love the waters from my hometown,
⑧万里送行舟。 Which carry my ship for ten thousand *li* and on.

详注：题．渡荆门送别：长江水送李白乘船经过荆门山告别四川。渡：乘船经过。荆门：荆门山，在今湖北宜都市和宜昌市交界处。过了荆门山就是楚地，蜀山就见不到了。

句①我〈主·省〉远〈状〉渡〈谓·倒〉荆门外〈方位短语·宾〉。我：指作者。下文中的"我"同此。远：从远地。荆门外：荆门山外。方位短语的结构是：荆门＋外（"外"是方位词）。

句②我〈主·省〉从蜀〈介词短语·状·省〉来〈倒〉楚国游〈连动短语·谓〉。蜀：四川。楚国：今湖北一带，春秋战国时属楚。连动短语的结构是：来楚国（动作）＋游（目的）。介词短语的结构是：从＋蜀（"从"是介词）。这句补充说明上句。

句③山〈主〉随平原〈介词短语·状〉尽〈谓〉。山：指四川的山。随平原：随着平原的出现。尽：消失。介词短语的结构是：随＋平原（"随"是介词）。这句与下句是并列关系。

句④江〈主〉流〈倒〉入〈谓〉大荒〈宾〉。江：长江。流入：奔流在。大荒：一望无边的原野上。

句⑤月〈主〉下〈谓〉天镜〈主〉飞〈谓·倒〉。这句由两个句子构成。"月下"是一句。"天镜飞"是一句。两句间是比喻关系。即把"月下"比作"天镜飞"，是暗喻修辞格。下：向后向下移动。月下：船在前进，看着月亮好像在向下向后移动。天镜：指月亮。飞：飞动。这句与下句是并列关系。

句⑥云〈主〉生〈谓〉海楼〈主〉结〈谓·倒〉。这句由两个句子构成。"云生"是一句。"海楼结"是一句。两句间是比喻关系。即把"云生"比作"海楼结"。是暗喻修辞格。云生：云层出现。海楼：海市蜃楼。结：结成。

句⑦我〈主·省〉仍〈状〉怜〈谓〉故乡水〈宾〉。仍：仍然。怜：爱。故乡水：四川境内的长江水。李白从小生长在四川，所以称四川境内的水为故乡水。这句与下句是主谓关系。

句⑧它〈主·省〉送舟行〈倒〉万里〈兼语短语·谓〉。它：指故乡水。舟：作者乘坐的船。兼语短语的结构是：送＋舟＋行万里。

浅析：李白二十六岁时乘船出蜀。这首诗描绘了作者出蜀时顺长江而下所见到的壮丽景色，表达了作者出蜀后的喜悦心情和对故乡四川的眷恋。第一、二句描写了作者乘船出了蜀地并来到楚地。第三、四句描写了作者远望所见景色。第三句写山。第四句写水。第五、六句描写了作者仰视所见景色。以上四句(第三句至第六句)描写了楚地山河的壮丽,气势恢宏,映衬了作者的喜悦心情和积极向上的豪情。第七、八句表达了作者对故乡的眷恋。他把对故乡的眷恋之情表现在对故乡水的眷恋上。

本诗③④句、⑤⑥句都是工对,⑦⑧句是流水对。

送 友 人

Seeing a Friend Off

李 白　Li Bai

①青山横北郭,	North of the outer city wall lie the mountains green,
②白水绕东城。	Around the east side of the town runs the river clear and clean.
③此地一为别,	As soon as we here say good-bye to each other,
④孤蓬万里征。	You'll go far away like a rootless grass without a partner.
⑤浮云游子意,	You'll be like a piece of cloud floating on and on,
⑥落日故人情。	My reluctance to part with you is like the sun slowly setting down.
⑦挥手自兹去,	We wave our hands as you go on your way,
⑧萧萧班马鸣。	Our steeds neigh and neigh.

详注：句①青山〈主〉横〈谓〉北郭〈补〉。横：横卧。郭：外城。古代的城分内城和外城。北郭：在城北。这句与下句是并列关系。

句②白水〈主〉绕〈谓〉东城〈宾〉。白水：清澈的水。绕：环绕着。东城：在城东。

句③你我〈主·省〉此地〈状〉一〈状〉为别〈谓〉。你我：指作者和友人。一：一旦。为别：分别。这句是下句的时间状语。

句④孤蓬〈主〉征〈谓〉万里〈宾·倒〉。孤：一根。蓬：飞蓬,草名。这里借孤蓬喻友人单独去旅游,是借喻修辞格。征：行。

句⑤浮云〈主〉是〈谓·省〉游子〈定〉意〈宾〉。浮云：飘忽不定的云。游子：古人把远游的人称游子。这里指友人。意：境况。这里把游子意比作浮云,是暗喻修辞格。这句与下句是并列关系。

句⑥落日〈主〉是〈谓·省〉故人〈定〉情〈宾〉。落日：依山缓缓落下的太阳,表现出依恋不舍的情态。故人：老朋友,指作者。情：情谊。这里把故人情比作落日,是暗喻修辞格。

句⑦你我〈主·省〉挥手自兹〈介词短语〉去〈连动短语·谓〉。自兹：从这里。去：分别。介词短语的结构是：自+兹("自"是介词)。这句是下句的时间状语。

句⑧班马〈主〉萧萧〈状·倒〉鸣〈谓〉。班马：离群的马,指作者和友人乘坐的正在分别的马。萧萧：马的嘶鸣声,是象声词。鸣：嘶鸣。

浅析：这是一首送别诗,表达了作者对友人的依依惜别之情。第一、二句交代了送别地点——城外。作者从城里骑马来到城外送别友人,才看到青山白水。第三、四句表达了作者对友人的牵挂。第五句描写了友人漂泊无依的境况。第六句表达了作者像西下的落日一样对友人的依依不舍之情。第七、八句用马的嘶鸣烘托出作者与友人离别时的伤感情绪。

本诗①②句和⑤⑥句是工对，③④句是流水对。

听蜀僧濬弹琴

Listening to Shu Monk Jun Playing the Zither

李　白　Li Bai

①蜀僧抱绿绮，	The Shu monk, holding in his arms a zither green,
②西下峨嵋峰。	Walks down the west side of the Emei Mountain.
③为我一挥手，	As soon as he plucks its strings for me,
④如听万壑松。	I seem to hear the soughing of pines in many a gully.
⑤客心洗流水，	The wonderful music rinses my homesickness out,
⑥余响入霜钟。	Its lingering sound mixed with that of the autumn bell floats about.
⑦不觉碧山暮，	Dusk falls on the blue mountains before I know it,
⑧秋云暗几重。	The autumn clouds become darker and darker with each passing minute.

详注：题. 蜀僧：四川的僧人。濬(jùn)：是僧人的名字。

句①蜀僧〈主·兼作下句主语〉抱〈谓〉绿绮〈宾〉。绿绮(qǐ)：琴名，是一种名贵的古琴。据说司马相如有这种琴。这句与下句是主谓关系。

句②西〈状〉下〈谓〉峨嵋峰〈宾〉。西：从峨眉山西侧。下：走下。峨嵋峰：峨眉山峰。"抱绿绮"和"西下峨嵋峰"构成连动短语，作"蜀僧"的谓语。其结构是：抱绿绮(方式) + 西下峨嵋峰(动作)。

句③他〈主·省〉为我〈介词短语·状〉一〈状〉挥〈谓〉手〈宾〉。他：指蜀僧。我：指作者。一：刚一。挥手：弹琴。介词短语的结构是：为 + 我（"为"是介词）。

句④我〈主·省〉如〈谓〉听万壑〈定〉松〈动宾短语·宾〉。我：指作者。如：好像。听：听到。万壑(hè)松：万壑中的松涛声。壑：山沟。这里用"万"是夸张修辞格。动宾短语的结构是：听 + 万壑松(动词 + 宾语)。这句补充说明上句。

句⑤流水〈主〉洗〈谓〉客心〈宾·倒〉。流水：这里有个典故。据《吕氏春秋》载，俞伯牙善弹琴，钟子期善听琴。俞伯牙弹琴，志在高山，钟子期就说："峨峨兮若泰山。"伯牙弹琴，志在流水，钟子期就说："汤汤乎若流水。""知音"（知心朋友）由此而来。这里作者把蜀僧的琴声比作俞伯牙的琴声，暗示作者与蜀僧是知音相遇，又指蜀僧弹出的流水般的琴声。所以"流水"语意双关，是双关修辞格。洗：洗涤。客：作者自称。客心：客居他乡的心，即"思乡之情"。这句与下句是并列关系。

句⑥余响〈主〉入〈谓〉霜钟〈宾〉。余响：琴声的余音。入：进入。霜钟：秋天的钟声。这里，借钟(具体)代钟声(抽象)，是借代修辞格。入霜钟：琴声的余音与秋天钟声共鸣。

句⑦我〈主·省〉不觉〈谓〉碧山暮〈主谓短语·宾〉。我：指作者。不觉：没觉察到。碧山：青山。暮：到了傍晚。是名词用作动词。主谓短语的结构是：碧山 + 暮(主语 + 谓语)。

句⑧秋云〈主〉暗〈谓〉几重〈补〉。秋云:秋天的云。暗:暗淡下来。几重:几倍。这句补充说明上句。

浅析:这首诗赞美了琴声的美妙动听,表达了作者与蜀僧互为知音的美好情意。第一、二句介绍了蜀僧濬的情况。濬住在峨眉山西侧。峨眉山是佛教圣地,可见他一心向佛。他拥有绿绮,而绿绮是名贵古琴,可见他的身份非同一般。绿绮与美妙琴声有密切关系。所以,提及绿绮又为下文描写琴声的美妙作了铺垫。第三、四句描写了琴声的美妙动听。琴声初起时,其声音洪亮又浑厚,恰如松涛,撼人心魄。第五、六句进一步描写了琴声的美妙。"流水"表明琴声如涓涓溪流,沁人心脾。同时,又暗示作者与蜀僧互为知音。"客心洗"表明琴声把作者心中的烦恼和忧愁洗尽,使作者感到无比愉悦。"余响"表明琴声悠扬,不绝如缕。"入霜钟"暗示了作者与蜀僧心心相印。第七句表明作者完全沉浸在对美妙琴声的欣赏中,沉醉在知音相遇的愉悦中,因而没有觉察到夜幕已悄悄降临。第八句用具体景色说明了"暮"。

本诗①②句和③④句是流水对。

夜泊牛渚怀古

Mooring at the Niuzhu Hill at Night and Meditating on an Ancient Event

李　白　Li Bai

①牛渚西江夜,　When I am at the Niuzhu Hill by the Yangtze River at night,
②青天无片云。　There's not a single piece of cloud in the sky.
③登舟望秋月,　When I get onto the boat and gaze at the autumn moon bright,
④空忆谢将军。　I recall in vain General Xie with a long sigh.
⑤余亦能高咏,　Though I, too, can chant poems in a loud voice,
⑥斯人不可闻。　Yet the pity is he can't hear my voice.
⑦明朝挂帆席,　Tomorrow morn when I by boat leave here,
⑧枫叶落纷纷。　My mood will be like the maple leaves falling far and near.

详注:题.夜泊:夜晚停船住宿。牛渚(zhǔ):牛渚山,在今安徽马鞍山市西南长江边。怀古:追忆古代发生在牛渚山的事。

句①西江〈定〉牛渚〈定·倒〉夜〈中心词〉。这是一个名词句,作下句的时间状语。西江:古时,称从江西到南京的一段长江为西江。牛渚山在西江边上。

句②青天〈主〉无〈谓〉片云〈宾〉。青天:天空中。无:没有。片云:一片云彩。

句③我〈主·省〉登舟望秋月〈连动短语·谓〉。我:指作者,下文中的"我"同此。登舟:登上船。望:仰望。秋月:秋天的月。连动短语的结构是:登舟+望秋月(动作先后关系)。这句是下句的时间状语。

句④我〈主·省〉空〈状〉忆〈谓〉谢将军〈宾〉。空:徒劳地。忆:怀念。谢将军:谢尚。他曾任镇西将军,驻守牛渚山。一天夜里,清风朗月,他乘船出行,听到袁宏在运粮船上咏诵自己写的五言《咏史》,很有情致。于是,他邀请袁宏。袁宏由此声名日盛。后来,袁宏做官做到东阳太守。作者引用这个典故意在表明:自己没有

225

遇到谢尚那样的人。

句⑤余〈主·省〉亦〈状〉能高咏〈谓〉。余：我，指作者。亦：也。高咏：高声咏诵诗篇。这句与下句是转折关系。

句⑥斯人〈主〉不可闻〈谓〉。斯人：此人，指谢尚。不可闻：听不到作者咏诗。

句⑦我〈主·省〉明朝〈状〉挂〈谓〉帆席〈宾〉。明朝：明天早晨。挂：挂起。帆席：船上的风帆。这里借挂帆席(果)代乘船(因)，是借代修辞格。这句是下句的时间状语。

句⑧枫叶〈主〉纷纷〈状·倒〉落〈谓〉。枫叶：枫树的叶子。纷纷：一片接一片地。落：落下。

浅析：这首诗描写了作者夜游牛渚山并怀古的情景，表达了他怀才不遇的苦闷和忧伤。第一、二句紧扣题目中的"夜泊牛渚"，描写了牛渚山的夜景。这夜景正是当年袁宏遇谢尚的夜景。可惜谢尚已不在了。第三句至第六句紧扣题目中的"怀古"，交代了怀古的具体内容。作者的言外之意是：我虽然有袁宏那样的才能，却没有遇到谢将军那样的伯乐赏识并举荐我。第七、八句通过想象作者离开牛渚山时的景色，表达了他怀才不遇的苦闷忧伤的心情。

春 望

Viewing Spring

杜 甫　Du Fu

①国破山河在，	The state broken up, the rivers still run and the mountains still tower,
②城春草木深。	When spring comes, Chang'an is overgrown with weeds and thorns.
③感时花溅泪，	Grieved at the turbulent times I am made to tear by a flower,
④恨别鸟惊心。	Hating the separation with my family I am startled by the birds' songs.
⑤烽火连三月，	For three months on end the beacon fires have been burning,
⑥家书抵万金。	So a letter from home is worth ten thousand *liang* of gold.
⑦白头搔更短，	I scratch my white hairs incessantly so that thinner and thinner they're turning,
⑧浑欲不胜簪。	The rest of my hairs simply can't my hairpins hold.

详注：题.春望：望春，即"看春天"。

句①国〈主〉破〈谓〉山河〈主〉在〈谓〉。这句由两个句子构成。"国破"是一句。"山河在"是一句。两句间是转折关系。国：国家。破：指长安被安禄山叛军攻破。在：依然存在。这句与下句是并列关系。

句②城〈主〉春〈谓〉草木〈主〉深〈谓〉。这句由两个句子构成。"城春"是一句。"草木深"是一句。前句是后句的时间状语。城：指长安城。春：到了春天，是名词用作动词。草木：杂草和荆棘。深：丛生。

句③我〈主·省〉感〈谓〉时〈宾〉花〈主〉溅〈谓〉我〈定·省〉泪〈宾〉。这句由两个句子构成。"我感时"是一句。"花溅我泪"是一句。两句间是因果关系。我：指作者。下文中的"我"同此。感：感伤。时：混乱不堪的时局。溅:使……流出,是动词的使动用法。这句与下句是并列关系。

句④我〈主·省〉恨〈谓〉别〈宾〉鸟〈主〉惊〈谓〉我〈定·省〉心〈宾〉。这句由两个句子构成。"我恨别"是一句。"鸟惊我心"是一句。两句间是因果关系。恨:痛恨。别:离别家人。鸟:鸟的叫声。这里借鸟(具体)代鸟的叫声(抽象),是借代修辞格。惊:使……惊,是动词的使动用法。我心:作者的心。

句⑤烽火〈主〉连〈谓〉三月〈补〉。烽火:古代战场上报警用的烟火。这里借烽火(标志)代战争,是借代修辞格。连:连续。三月:三个月,指一月、二月、三月。这句与下句是因果关系。

句⑥家书〈主〉抵〈谓〉万金〈宾〉。家书:家人寄来的信。抵:值。万金:万两黄金。"万金"是夸张修辞格。

句⑦我〈主·省〉搔〈谓〉白头〈宾·倒〉发〈主·省〉更〈状〉短〈谓〉。这句由两个句子构成。"我搔白头"是一句。"发更短"是一句。两句间是因果关系。搔(sāo):用手抓。作者因内心痛苦经常用手抓头。发:头发。短:少,即"稀"。

句⑧白发〈主·省〉浑〈状〉欲〈状〉不胜〈谓〉簪〈宾〉。浑:简直。欲:快要。不胜(shēng):插不住。簪(zān):古代男子束发用的一种长针。这句补充说明上句。

浅析:这首诗表达了作者忧乱思家的情怀。第一、二句描写了安史之乱给国家造成了严重破坏。"破"表明安史叛军攻占长安后,把长安城搞得残破不堪。"草木深"表明长安城荒无人迹。第三、四句表达了作者忧乱思家的痛苦。作者看到"国破",伤心得泪水盈眶。外界的任何刺激物都会使他的眼泪夺眶而出。连花这样的乐景这时也成了刺激物,使他"溅泪",可见他多么忧乱。作者深深地沉浸在与家人分离的痛恨里,外界的任何声音都会使他大吃一惊。连鸟声这样悦耳的声音也使他"心惊",可见他多么思家。"感时"和"恨别"都呼应了"国破"。第五、六句进一步表达了作者忧乱思家的情怀和渴望得到家书的急迫心情。这是思家的情怀。第七、八句描写了作者忧乱思家的结果。

本诗③④句是工对,⑤⑥句是宽对。

月 夜

On a Moonlit Night

杜 甫 Du Fu

①今夜鄜州月,	Tonight high up in the sky o'er Fuzhou the moon,
②闺中只独看。	Could only be gazed at by my wife alone.
③遥怜小儿女,	In a distant land, I have tender affection for our little children dear,
④未解忆长安。	Who're too young to know their mother missing their father in Chang'an here.
⑤香雾云鬟湿,	My wife's scented cloud-like hair would be wetted by the fog in the air,
⑥清辉玉臂寒。	Her jade-like arms would be made cold by the moonlight there.
⑦何时倚虚幌,	When shall we lean by the window screen side by side,
⑧双照泪痕干?	To let the moonlight get our tear stains dried?

卷五 五言律诗

详注：句①今夜〈定〉鄜州〈定〉月〈中心词〉。这是一个名词句，作下句宾语。鄜(fū)州：今陕西富县。

句②闺中〈主〉只〈状〉独〈状〉看〈谓〉。闺中：闺中人，指作者的妻子。这里借闺中(地点)代人(地点中的人)，是借代修辞格。只：只是。独：独自一人。看：仰望。这句补充说明上句。

句③我〈主·省〉遥〈状〉怜〈谓〉小儿女〈宾〉。我：指作者。遥：在远方。怜：怜爱。小儿女：幼小的儿女。这句与下句是主谓关系。

句④他们〈主·省〉未解〈谓〉忆长安〈动宾短语·宾〉。他们：指作者的幼小儿女。未解：不懂。忆：想念，指作者的妻子想念作者。长安：在长安的人，指作者。这里借长安(作者所在地)代作者，是借代修辞格。动宾短语的结构是：忆＋长安(动词＋宾语)。

句⑤雾〈主〉湿〈谓〉香〈定·倒〉云鬟〈宾·倒〉。雾：雾水。湿：打湿。香：涂有香膏的。云鬟(bìn)：女子密而蓬松的头发，指作者的妻子的头发。这句与下句是并列关系。

句⑥清辉〈主〉寒〈谓〉玉臂〈宾·倒〉。清辉：清冷的月光。寒：使……寒，是形容词的使动用法。玉臂：洁白如玉的手臂，指作者妻子的手臂。

句⑦我们〈主·省〉何时〈状〉倚〈谓〉虚幌〈宾〉。我们：指作者和他的妻子。何时：什么时候。倚：并肩靠着。虚幌(huǎng)：薄而透明的帷幔，指窗帘。

句⑧月〈主·省〉照干〈谓·倒〉双泪痕〈宾〉？月：明月。双泪痕：夫妻二人的泪迹。这句是上句的目的状语。

浅析：安史之乱中，作者身陷长安，他的妻子儿女却在鄜州。作者在长安写了这首诗，表达了他对妻子儿女的思念之情。第一、二句表达了作者对妻子的思念。作者想象妻子独自望月思念自己，衬托了自己对妻子的思念。第三、四句说明了"独看"的原因，衬托了妻子的孤苦。她虽与儿女在一起，但儿女幼小，不能为她分忧，所以，她仍是孤苦的。第五、六句是作者想象妻子望月思人的情景，表达了他对她的担忧。他担忧雾水会打湿她头发，担忧清冷的月光会照冷她的手臂。"湿"和"寒"表明她在户外站立很久。作者的担忧正体现了他对妻子是多么思念。第七、八句表达了作者的期盼。他期盼动乱早日结束，他可以与妻子儿女早日团聚。期盼中饱含着对安定局面的向往。

本诗①②句、③④句和⑦⑧句是流水对，⑤⑥句是工对。

春宿左省

Staying Overnight at the Left Court in Spring

杜　甫　Du Fu

①花隐掖垣暮，　At dusk, the flowers near the palace wall are dimly found,
②啾啾栖鸟过。　Chirping and chirping the returning birds fly around.
③星临万户动，　Thousands of the palace doors glitter under the starlight,
④月傍九霄多。　Towering near the moon the palaces get more moonlight.
⑤不寝听金钥，　To listen to the sound of opening the palace doors I keep awake,

⑥因风想玉珂。	The sound of wind for the sound of the bells on the horses carrying the officials to early court I mistake.
⑦明朝有封事,	As I'll present a memorial to the emperor tomorrow morn,
⑧数问夜如何?	I ask what time it is again and again.

详注：题．春：春天。**宿：**过夜，指值夜班。**左省：**在门下省，是唐朝中央机要部门。作者当时任左拾遗，属于左省。

句①**花**〈主〉**暮**〈状·倒〉**隐**〈谓〉**掖垣**〈补〉。**暮：**在傍晚时。**隐：**隐现。**掖垣(yè yuán)：**在左省宫墙边。当时，作者在左省值夜班。**掖：**指唐朝门下省和中书省。门下省在皇宫左侧，称左掖。中书省在皇宫右侧，称右掖。**垣：**墙。这句与下句是并列关系。

句②**栖鸟**〈主·倒〉**啾啾过**〈连动短语·谓〉。**栖(xī)鸟：**归巢的鸟。**啾啾(jiū)：**啾啾叫着，"啾啾"是鸟的鸣叫声，是象声词。**过：**飞过。连动短语的结构是：啾啾(方式) + 过(动作)。

句③**星**〈主〉**临**〈谓〉**万户**〈主〉**动**〈谓〉。这句由两个句子构成。"星临"是一句。"万户动"是一句。两句间是因果关系。**星：**星星。**临：**高照。**万户：**宫中的千门万户。**动：**在星光下闪烁。这句与下句是并列关系。

句④**九霄**〈主〉**傍**〈谓·倒〉**月**〈宾·倒〉**多**〈补〉。**九霄：**天的极高处，指宫殿高耸入云。这里借九霄(宫殿的特征)代宫殿，是借代修辞格。**傍(bàng)：**靠近。宫殿高耸入云，所以靠近月亮。因靠近月亮，所以照到的月光多。

句⑤**我**〈主·省〉**不寝听金钥**〈连动短语·谓〉。**我：**指作者，下文中的"我"同此。**不寝：**不睡。**金钥：**用金钥匙开宫门的声音。这里借金钥(具体)代开宫门的声音(抽象)，是借代修辞格。连动短语的结构：不寝(动作) + 听金钥(目的)。这句与下句是并列关系。

句⑥**我**〈主·省〉**因风**〈介词短语·状〉**想**〈谓〉**玉珂**〈宾〉。**因风：**由于风声。**想：**想到。**玉珂(kē)：**马铃，马一走动就响。这里借玉珂(具体)代玉珂声(抽象)，是借代修辞格。这里指官员骑马上朝时的玉珂声。介词短语的结构是：因 + 风("因"是介词)。

句⑦**我**〈主·省〉**明朝**〈状〉**有**〈谓〉**封事**〈宾〉。**明朝：**明天早晨。**封事：**奏章。为了防止泄密，把奏章装在袋子里密封好，所以称奏章为封事。这句与下句是因果关系。

句⑧**我**〈主·省〉**数**〈状〉**问**〈谓〉**夜如何**〈主谓短语·宾〉。**数(shuò)：**多次。**夜如何：**夜间时辰。主谓短语的结构是：夜 + 如何(主语 + 谓语)。

浅析：这首诗是杜甫任左拾遗(小官)时写的。这首诗细致地描写了作者春夜在左省值班的情景，彰显了作者忠于职守、勤谨办事的态度和作风。第一、二句描写了左省院内的黄昏景色。"花隐"和"鸟啾啾"都是乐景，衬托了作者的愉快心情。此前一年，杜甫逃出长安，投奔在凤翔的唐肃宗，被授予左拾遗一职。唐军收复长安，杜甫跟着朝廷回到了长安。左拾遗的官位虽低，但作者还是为有机会报效朝廷而感到欣慰。所以，他的心情是愉快的。第三、四句描写了左省院内的夜景。"星临万户"是月出前的景色。"月傍九霄"是月亮升起后的景色。"动"衬托了作者兴奋激动的心情。"多"衬托了作者的满足感。第五、六句描写了作者彻夜不眠的情景，衬托了他的紧张心情。第七、八句交代了作者"不寝"的原因。因为他"明朝有封事"，所以他在焦急地等待着上早朝。本诗按照从黄昏到深夜到拂晓的时间顺序加以描写。越近天亮，作者似乎越紧张。可见，作者多么忠于职守，办事多么勤谨，对朝廷多么忠心耿耿。

本诗③④句是宽对。

至德二载,甫自京金光门出,间道归凤翔。乾元初,从左拾遗移华州掾,与亲故别,因出此门,有悲往事。

In the second year of Zhide (757 AD) I went out of Chang'an from the Golden Light Gate to see the emperor in Fengxiang along a secluded path. In the first year of Qianyuan (758 AD) I was demoted to Huazhou to be a clerk. After I bid farewell to my friends and relatives, I went out of Chang'an again from this Golden Light Gate. When I think of the past events, I feel sad, so I write this poem.

杜 甫　Du Fu

①此道昔归顺,	In the past I went out of Chang'an to see the emperor along this path, when,
②西郊胡正繁。	The rebel army is violently revolting on its outskirts western.
③至今犹破胆,	So far I am still scared out of my wits,
④应有未招魂。	I'm afraid, I haven't called back all my spirits.
⑤近侍归京邑,	Since I accompany the emperor back to Chang'an,
⑥移官岂至尊?	Is it his own intention to remove me out of Chang'an?
⑦无才日衰老,	Though I have no talent and I'm aging day by day,
⑧驻马望千门。	Yet I halt my horse and look back at the palace on my way.

详注:这首诗没有题,只有一小段序文。序文比题目提供了更多的理解作品的线索。至德二载:公元757年。载:年。甫:杜甫自称。自:从。京:京城长安。金光门:长安城西有三道门,中间一道是金光门。间(jiàn)道:沿着僻偏小路。归:投奔。凤翔:长安西边的重镇,在今陕西凤翔县。乾元:唐肃宗年号,指公元758年。左拾遗:官职名,是谏官。谏官的职责是见到皇帝有遗漏或缺点,就写成奏章,指出这些遗漏或缺点。移:贬官。华(huà)州:今陕西华县、华阴、潼关一带。掾(yuàn):官职名,是刺史的下属。亲故:亲朋好友。别:告别。因:因为。出:走出。此门:指金光门。有悲:对……感到悲哀。往事:指"至德……凤翔"。

句①我〈主·省〉昔〈状·倒〉此道〈状〉归顺〈谓〉。我:指作者。下文中的"我"同此。昔:从前。此道:从这条路,指金光门。归顺:归顺皇帝,指作者逃出被安史叛军占领的京城长安到凤翔见肃宗皇帝。这句是下句的时间状语。

句②西郊〈状〉胡〈主〉正繁〈谓〉。西郊:指长安西郊。胡:胡军,指安史叛军。正繁:正在猖狂作乱。

句③我〈主·省〉至今〈状〉犹〈状〉破胆〈谓〉。犹:仍。破胆:胆战心惊。这句与下句是并列关系。

句④我〈主·省〉应有〈谓〉未招〈定〉魂〈宾〉。未招魂:没有招回全部的魂。据迷信说法,人受到极度惊吓会魂飞魄散。

句⑤近侍〈主〉归〈谓〉京邑〈宾〉。近侍:皇帝身边的官,指作者自己。归:回到。京邑:京城长安。这句与下句是表示推论的因果关系。

句⑥岂〈状·倒〉至尊〈主〉移〈谓·倒〉官〈宾·倒〉。岂:难道,是副词,表示反问。至尊:皇帝。移官:贬官,指把杜甫从左拾遗贬为华州掾。

句⑦我〈主·省〉无才日衰老〈联合短语·谓〉。无才:没有才能。日:逐日,一天天地。联合短语的结构是:无才+日衰老(两者是递进关系)。这句与下句是转折关系。

句⑧我〈主·省〉驻马望千门〈连动短语·谓〉。驻马:勒住马。望:远看。千门:指宫殿。宫殿有很多门。这里借千门(部分)代宫殿(整体),是借代修辞格。连动短语的结构是:驻马+望千门(动作先后关系)。

浅析:作者在公元757年逃离安史叛军占领的长安的时候,是从金光门出去的。第二年,作者因直言进谏,触怒皇帝,被贬华州掾。他离开京城时,也是从金光门出去的。他两出金光门,抚今追昔,感慨万千,写了这首诗,表达了被贬的怨愤和对唐王朝的愚忠。第一句至第四句描写了作者投奔皇帝时的担惊受怕。"破胆"和"未招魂"表明惧怕程度之高。第五、六句的言外之意是:我才贴身伺候你皇上返回京城,而今说要我走就叫我走,这也太不厚道了吧。所以这两句十分婉曲地表达了作者被贬的怨恨和悲伤。第七、八句表达了作者对朝廷的关切和愚忠。因为他舍不得离开左拾遗官位,舍不得失去给皇上指出遗漏和缺点的机会。

月夜忆舍弟

Thinking of My Younger Brothers on a Moonlit Night

杜 甫　Du Fu

①戍鼓断人行,　The sound of the garrison drums stops the people from going on the way,
②秋边一雁声。　On the autumn frontier a solitary wild goose honks on its way.
③露从今夜白,　From tonight on dew begins to turn white,
④月是故乡明。　The moon seen at my hometown is more bright.
⑤有弟皆分散,　I have younger brothers, who scattered here and there,
⑥无家问死生。　So to ask about their life or death I have no where.
⑦寄书长不达,　Often my letters can't reach my brothers to whom I send,
⑧况乃未休兵。　Moreover the civil war hasn't come to an end.

详注:题.舍弟:作者自己的弟弟。"舍"用于谦称自己的辈分低或年纪小的亲属。

句①戍鼓〈主〉断〈谓〉人行〈主谓短语·宾〉。戍鼓:戍楼上的更鼓声。更鼓一响,行人禁止通行。这里借戍鼓(具体)代更鼓声(抽象),是借代修辞格。断:禁止。主谓短语的结构是:人+行(主语+谓语)。这句与下句是并列关系。

句②秋边〈主〉有〈谓·省〉一雁声〈宾〉。秋边:秋天里的边塞地区。一雁声:孤雁的哀鸣声。

句③露〈主〉从今夜〈介词短语·状〉白〈谓〉。露:露水。从今夜:从今夜起。白:变白。那夜是白露节气。介词短语的结构是:从+今夜("从"是介词)。这句与下句是并列关系。

句④月〈主〉是〈谓〉[故乡〈定〉月〈主·省〉明〈谓〉]〈小句·宾〉。是:还是。明:更明亮。

231

句⑤我〈主·省〉有弟皆分散〈兼语短语·谓〉。我：指作者，下文中的"我"同此。有弟：有弟弟。皆：都。分散：天各一方。兼语短语的结构是：有+弟+皆分散。这句与下句是因果关系。

句⑥我〈主·省〉无家问死生〈兼语短语·谓〉。无家：没有家。作者的家庭成员都分散了，所以没有家了。问死生：问弟弟们的情况。兼语短语的结构是：无+家+问死生。

句⑦我〈主·省〉寄书长不达〈兼语短语·谓〉。寄书：寄家书。长：往往。不达：寄不到家。兼语短语的结构是：寄+书+长不达。这句与下句是递进关系。

句⑧况〈状〉兵〈主〉乃未休〈谓·倒〉。况：何况。兵：战乱。这里借兵（具体）代战乱（抽象），是借代修辞格。乃：还。未休：没有停止。

浅析：这首诗写于秦州（今甘肃境内），表达了作者对故乡的思念和对兵荒马乱中失散的弟弟们的牵挂。第一、二句描写了边地秋夜景色。"断人行"表明戒严开始，烘托了边地战争气氛。"一雁声"衬托了作者的孤独境况。第三、四句表达了作者对故乡的思念之情。作者想到白露，表明作者敏感到离家已很久。对节气敏感是思念故乡的表现。作者见明月高悬，就把它与家乡见到的月亮相比并认为家乡的更明亮，这也是思念故乡的突出表现。第五句至第八句表达了作者对弟弟们的牵挂。第七、八句暗含着作者对弟弟们安危的担忧，流露了作者对安定局面的向往。

本诗③④句和⑤⑥句是宽对。

天末怀李白

Cherishing the Memory of Li Bai at the End of the Earth

杜　甫　Du Fu

①凉风起天末，　At the end of the earth the autumn wind begins to blow,
②君子意如何？　How do you, my dear friend, feel at this mo?
③鸿雁几时达，　I'm anxious for your letter telling me you're safe there,
④江湖秋水多。　Because the autumn waters overflow in rivers and lakes everywhere.
⑤文章憎命达，　The people talented in letter usually have a bad fate,
⑥魑魅喜人过。　Because man-eating spirits like people to pass where they wait.
⑦应共冤魂语，　You should have a talk with the wronged Qu Yuan a thousand years ago,
⑧投诗赠汨罗。　By throwing your poems into the River Mieluo.

详注：题．天末：天边，指作者所在地秦州。怀：怀念。

句①凉风〈主〉起〈谓〉天末〈补〉。凉风：秋风。起：刮起来。天末：在天边。这句是下句的时间状语。

句②君子〈定〉意〈主〉如何〈谓〉。君子：指李白。意：心情。如何：怎么样。

句③鸿雁〈主〉几时〈状〉达〈谓〉。鸿雁：李白的书信。相传，鸿（大）雁能传递书信。这里借鸿雁代书信，是借代修辞格。几时：什么时候。达：到作者手里。这句与下句是果因关系。

句④江湖〈状〉秋水〈主〉多〈谓〉。江湖:江湖上。秋水:这里借秋水喻险恶的政治环境,是借喻修辞格。

句⑤文章〈主〉憎〈谓〉命达〈主谓短语·宾〉。文章:会写文章的人,即"有文学才华的人",指李白。这里借文章(作品)代写文章的人,是借代修辞格。憎:被憎恨。命:命运。达:顺达。全句意即:会写文章的人总遭别人憎恨。所以会写文章的人的命运总不顺达。主谓短语的结构是:命+达(主语+谓语)。这句与下句是因果关系。

句⑥魑魅〈主〉喜〈谓〉人过〈主谓短语·宾〉。魑魅(chī mèi):山精水怪。这里借魑魅喻陷害李白的小人,是借喻修辞格。喜:喜欢。人过:人经过。主谓短语的结构是:人+过(主语+谓语)。

句⑦你〈主·省〉应〈状〉共冤魂〈介词短语·状〉语〈谓〉。你:指李白。应:应该。共:与,和。冤魂:指屈原。屈原遭谗害,含冤投汨罗江自尽。语:交谈。介词短语的结构是:共+冤魂("共"是介词)。

句⑧你〈主·省〉投诗赠汨罗〈连动短语·谓〉。你:指李白。投诗:把诗篇投到汨罗江里。赠:赠送给。汨罗:汨罗江,在湖南东北部,是屈原投江自尽处。这里借汨罗(地点)代屈原(人物),是借代修辞格。连动短语的结构是:投诗(动作)+赠汨罗(目的)。这句是上句的方式状语。

浅析: 李白受永王李璘事件的牵连被流放夜郎,后被赦。但杜甫在秦州并没有得到李白被赦的消息。这首诗表达了作者对李白的深切牵挂和对李白不幸遭遇的悲愤。第一句至第四句表达了作者对李白的牵挂和关切。第三句表达了作者盼望得到李白音信的急切心情。第四句表达了心情急切的原因。第五、六句是作者对李白蒙冤流放鸣不平。第七、八句是作者把李白蒙冤流放比作屈原遭谗言被放逐,表达了作者对李白不幸遭遇的悲愤。同时,也暗含了作者对自己流落秦州的悲叹。

奉济驿重送严公四韵

Another Poem to Yan Wu at Fengji Posthouse

杜 甫　Du Fu

①远送从此别,	Seeing you off as far as here I must bid you adieu,
②青山空复情。	Though the green mountains are full of affection, in vain they display it to you.
③几时杯重把,	I don't know when we shall meet and drink again,
④昨夜月同行。	We walked together under the moonlight yesterday even.
⑤列郡讴歌惜,	All the people under your jurisdiction feel sorry for your leave and sing your praises,
⑥三朝出入荣。	You win the highest honor at the key posts of three dynasties.
⑦江村独归处,	I'll return to the riverside village alone,
⑧寂寞养残生。	Where in solitude to spend my remaining years on my own.

详注：题.奉济：是驿站名。驿：驿站。重送：再次赠送。严公：严武。当时任成都尹兼剑南节度使，与杜甫交谊深厚，对杜甫的生活多有照顾。四韵：古诗通常两句一押韵。四韵正好是一首八句的诗。

句①我〈主·省〉远送从此〈介词短语·状〉别〈连动短语·谓〉。我：指作者，下文中的"我"同此。远送：严武离任赴长安，杜甫从成都送严武到奉济驿站，有二百多里路程，所以说"远送"。从此：从这里。别：分别。连动短语的结构是：远送＋从此别（动作先后关系）。介词短语的结构是：从＋此（"从"是介词）。

句②青山〈主〉空〈状〉复情〈谓〉。青山：青山连绵似人之多情。空：枉自。复情：多情。全句的意思是：即使青山多情也是枉自多情。其言外之意是：我再难舍难分也只得与你分手了。这句补充说明上句。

句③你我〈主·省〉几时〈状〉重〈状·倒〉把〈谓〉杯〈宾〉。你：指严武，下文中的"你"同此。几时：什么时候。重：再。把：举。杯：酒杯。

句④昨夜〈状〉月〈状〉你我〈主·省〉同行〈谓〉。月：在月光下。同行：指在一起行走。这句是上句的让步状语。

句⑤列郡〈主〉讴歌惜〈联合短语·谓〉。列郡：各州县的人，指剑南各州县的官民。这里借列郡（地点）代各州县的人（地点中的人），是借代修辞格。讴歌：歌颂。惜：惋惜。联合短语的结构是：讴歌＋惜（两者并列）。这句与下句是并列关系。

句⑥[你〈主·省〉出入〈谓〉三朝〈宾·倒〉]〈小句·主〉荣〈谓〉。三朝：严武在玄宗、肃宗和代宗三朝任要职。荣：光荣，荣耀。

句⑦我〈主·省〉独〈状〉归〈谓〉江村〈宾〉处〈凑韵字〉。独：独自。归：回。江村：杜甫在成都西郊浣花溪的住处。处：是凑韵。古诗词中，为了押韵或凑足字数，加上一字，称"凑韵"。凑韵字没有实义。这句与下句是顺承关系。

句⑧我〈主·省〉寂寞养残生〈连动短语·谓〉。寂寞：孤独地。养：度过。残生：余生。连动短语的结构是：寂寞（方式）＋养残生（动作）。

浅析：这是杜甫写给严武的第二首送别诗，表达了作者对严武依依不舍的情感。第一、二句表达了作者与严武难舍难分的情意。第三、四句是倒装语序。第四应在前，第三句应在后。倒装是为了侧重第三句。这两句字面上表达了作者希望与严武后会有期，实际上是慨叹后会无期，往事难再。第五、六句赞美了严武的卓著功勋，深得民心。第七、八句表达了作者送别友人后凄凉无依的心境。

别房太尉墓

Farewell to Fang Guan's Grave

杜 甫　Du Fu

①他乡复行役，　While I travel here and there far away from my hometown,
②驻马别孤坟。　I halt my horse and bid farewell to the solitary grave of Fang Guan.
③近泪无干土，　I cry so bitterly that the earth under my feet is all wet with my tear,
④低空有断云。　And in the low sky pieces of gloomy clouds appear.

⑤对棋陪谢傅，You're like the great General Xie on whom at playing chess I'd like to wait,
⑥把剑觅徐君。You're like the king of Xu to whom I'd like to give my sword early or late.
⑦唯见林花落，I only see the flowers in the woods falling,
⑧莺啼送客闻。And I only hear the orioles to see me off warbling.

详注：题.别：告别。房太尉：房琯(guǎn)，曾任唐玄宗时的宰相。肃宗时曾因指挥唐军不当，兵败，被贬职。唐代宗广德元年去世，死后被唐代宗赠封太尉。房琯与杜甫是好友，曾推荐杜甫做官。杜甫曾因上书救房琯而被贬职。

句①我〈主·省〉他乡〈状〉复行役〈谓〉。我：指作者，下文中的"我"同此。他乡：在外地。复行役：东奔西走。这句是下句的时间状语。

句②我〈主·省〉驻马别孤坟〈连动短语·谓〉。驻马：停下马。别：向……告别。孤坟：孤零零的坟墓，指房琯的坟墓。连动短语的结构是：驻马+别孤坟（动作先后关系）。

句③近泪〈定〉地〈主·省〉无〈谓〉干土〈宾〉。近泪：靠近落泪。地：地方。无干土：没有干土，指土被泪水淋湿。这句与下句是并列关系。

句④低空〈主〉有〈谓〉断云〈宾〉。断云：愁惨阴云。

句⑤我〈主·省〉陪谢傅对棋〈倒〉〈连动短语·谓〉。陪：陪伴。谢傅：谢太傅。古诗词中，因受字数限制，专有名词中的一部分常被省略。这里就省略了"太"字。谢太傅：谢安，是东晋政治家，著名将领，在淝水之战中击败符坚而扬名天下。他喜欢下围棋。谢安死后被赠封太傅。对棋：下棋。这里借谢安喻房琯，是借喻修辞格。作者引用这个典故意在表明作者与房琯生前是好友。连动短语的结构是：陪谢傅（方式）+对棋（动作）。这句与下句是并列关系。

句⑥我〈主·省〉觅徐君把剑〈连动短语·谓〉。觅：寻找。把剑：赠送剑。徐君：这里有一个典故。春秋时期，吴公子季札出使中原各诸侯国，路过徐地，结识了徐君。徐君爱上了季札的剑，但不好意思开口。季札看出了他的心思，但由于有出使任务，不能把剑送给他，便拿定主意出使回来时把剑送给他。但季札回来时，徐君已死。季札只好找到徐君的坟墓，把剑挂在徐君墓旁的树上。这里借徐君喻房琯，是借喻修辞格。作者引用这个典故意在表明：他不忘故交，不忘旧情。连动短语的结构是：觅徐君（动作）+把剑（目的）。

句⑦我〈主·省〉唯〈状〉见〈谓〉林花落〈主谓短语·宾〉。唯：只。见：看到。林花：树林中的花。落：落下。主谓短语的结构是：林花+落（主语+谓语）。这句与下句是并列关系。

句⑧我〈主·省〉闻〈谓〉[莺〈主〉]啼送客〈连动短语·谓〉〈小句·宾〉。闻：听到。莺：黄莺。啼：鸣叫着。送：送别。客：指作者。连动短语的结构是：啼（方式）+送客（动作）。

浅析：这首诗描写了作者到房琯墓前凭吊的情景，抒发了作者对房琯的哀悼之情。第一、二句表明作者到房琯墓前凭吊。第三句描写了作者凭吊时的极其悲痛的心情。第四句表明天公也为之愁惨不已，烘托了作者的悲痛心情。第五句回顾了作者与房琯生前的深厚友谊。第六句描写了作者不忘故友、不忘旧情，所以到墓前凭吊。第七、八句描写了作者在房琯墓前所见所闻，衬托了作者的凄凉悲伤的心境。

本诗⑤⑥句是工对。

旅夜书怀

Thoughts at Night During a Trip

杜 甫　Du Fu

①细草微风岸，　Slender grasses on the river banks swing in the breeze light,
②危樯独夜舟。　A tall mast erects on a solitary boat at night.
③星垂平野阔，　On the vast plain the stars seem to hang low,
④月涌大江流。　Together with the waves of the Yangtze River, the reflection of the moon surge and flow.
⑤名岂文章著，　Do I get fame only from my writing?
⑥官应老病休。　Old and sick I should retire from my position.
⑦飘飘何所似？　Wandering from place to place what am I like?
⑧天地一沙鸥。　Oh, nothing but a shorebird that between heaven and earth takes its flight.

详注：题. 旅夜：在旅途中的夜晚。书：记述。怀：情怀。

句①微风〈主〉吹〈谓·省〉岸〈定〉细草〈宾·倒〉。吹：吹拂着。岸：岸边的。细草：小草。这句与下句是并列关系。

句②夜〈状·倒〉独舟〈主〉竖〈谓·省〉危〈定〉樯〈宾·倒〉。夜：在夜里。孤：孤单的。舟：船。竖：竖立着。危：高耸的。樯(qiáng 强)：桅杆。

句③星〈主〉垂〈谓〉阔〈定〉平原〈补·倒〉。星：星光。这里借星(具体)代星光(抽象)，是借代修辞格。垂：低垂。平原广阔，星星看上去接近地面。阔：辽阔。平野：原野。阔平原：在辽阔的原野上。这句与下句是并列关系。

句④月〈主〉涌〈谓〉流〈定〉大江〈补·倒〉。涌：随波涛浮动。流：奔流着的。大江：长江。流大江：在奔流的长江里。

句⑤文章〈主〉岂〈状〉著〈谓〉名〈宾·倒〉。岂：难道。著：彰显。名：名声。著名：使名扬天下。这句与下句是并列关系。

句⑥老病〈状·倒〉官〈主〉应休〈谓〉。老病：老了病了的时候。官：指作者自己。应：应该。休：退休。

句⑦我〈省〉飘飘〈主谓短语·主〉所似〈谓〉何〈宾·倒〉。我：指作者。飘飘：漂泊不定。所似：是所字短语，意即"像"。何：什么。古汉语中，疑问代词作宾语时，常移到动词前。主谓短语的结构是：我＋飘飘(主语＋谓语)。这句与下句是问答关系。这句是问，下句是答。

句⑧我〈主·省〉似〈谓·省〉天地〈定〉一沙鸥〈宾〉。我：指作者。似：像。天地：天地间的。一沙鸥：一只沙鸥。这里作者把自己比作一只沙鸥，是明喻修辞格。沙鸥：一种水鸟，栖息在沙洲上，飞行在江海水面上。

浅析：这首诗描写了作者流落途中夜间观感，抒发了作者的激愤和伤感。第一、二句描写作者在船上所见近景，衬托了作者孤苦伶仃的境况。"微风""细草"衬托了作者的弱小。"危樯""独舟"衬托了作者的危难。第三、四句描写了作者在船上所见远景，呈现

236

出一幅壮阔浩瀚的画面。作者以壮阔之景反衬自己的孤单,以浩瀚之景反衬自己的凄凉。第五、六句表达了作者的激愤之情。他怀抱"致君尧舜上,再使风俗淳"理想,但没能实现自己的政治抱负,却仅以文章出名,所以,他大声疾呼"名岂文章著"。其言外之意是:我应该因政绩而著名,我哪能仅靠文章著名呢!作者的休官不是因为老和病,而是因为官场黑暗,被人排挤。所以,他大声疾呼"官应老病休",其言外之意是:我不老不病,是不应该休官的。所以,这第五、六两句其实是作者激愤时的反语。第七、八句表达了作者漂泊无依的伤感。

本诗③④句是工对,⑦⑧句是流水对。

登岳阳楼

Ascending the Yueyang Tower

杜　甫　Du Fu

①昔闻洞庭水,	I heard of the Dongting Lake in the past,
②今上岳阳楼。	Today I ascend the Yueyang Tower at last.
③吴楚东南坼,	In the southeast Wu and Chu are separated by the lake,
④乾坤日夜浮。	Day and night the reflections of the sun and the moon float in the lake.
⑤亲朋无一字,	Not a single word comes from my friends and kinsfolk,
⑥老病有孤舟。	I'm old and sick and I have only this solitary boat.
⑦戎马关山北,	On the northwest frontiers wars are still going on.
⑧凭轩涕泗流。	So leaning against the window my tears and snivel stream down.

详注:题.岳阳楼:今湖南岳阳市西门城楼,是观赏洞庭湖的好地方。

句①我〈主·省〉昔〈状〉闻〈谓〉洞庭水〈宾〉。我:指作者,下文中的"我"同此。昔:过去。闻:听说过。洞庭水:洞庭湖。这句与下句是并列关系。

句②我〈主·省〉今〈状〉上〈谓〉岳阳楼〈宾〉。今:今天。上:登上。

句③洞庭湖〈主·省〉东南〈状〉坼〈谓〉吴楚〈宾·倒〉。东南:在东南面。坼(chè):划分开。吴:古吴国,在今江苏、浙江一带。楚:古楚国,在今湖南、湖北、江西部分。这句与下句是并列关系。

句④它〈主·省〉日夜〈状〉浮〈谓〉乾坤〈宾·倒〉。它:指洞庭湖。浮:使……浮动。乾坤:天地、日月、男女、父母、世界等的代称。这里借乾坤(全体)代日月(部分),是借代修辞格。

句⑤亲朋〈主〉无〈谓〉一字〈宾〉。亲朋:亲戚朋友。无:没有。一字:音讯,书信。这句与下句是并列关系。

句⑥我〈主·省〉老病〈状〉有〈谓〉孤舟〈宾〉。老病:又老又病的时候。有:只有。孤舟:一只船。

句⑦戎马〈主〉在〈谓·省〉关山北〈方位短语·宾〉。戎马:战马。这里借戎马代战争,是借代修辞格。关山北:指大西北地区。当时吐蕃不断侵扰,战火不断。方位短语的结构是:关山+北("北"是方位词)。这句与下句是因果关系。

句⑧我〈主·省〉凭〈谓〉轩〈宾〉涕泗〈联合短语·主〉流〈谓〉。这句由两个句子构成。"我凭轩"是一句。"涕泗流"是一句。前句是后句的时间状语。凭:靠着。轩(xuān):窗户。涕:眼泪。泗:鼻涕。联合短语的结构是:涕+泗(两者并列)。

浅析:这首诗描写了作者登岳阳楼所见,展现了作者忧国忧民的博大胸怀。第一、二句以轻快的笔调描写了登楼时的愉快心情。作者久闻洞庭湖盛名,早就有登楼愿望,今天终于如愿以偿,所以心情是愉快的。第三、四句描写了阔大壮丽的景象,衬托了作者的博大胸怀并触发了作者万端思绪,为下文抒情作了铺垫。第五、六句感伤了作者漂泊无依的身世。第七、八句感伤了国家遭战乱,人民遭苦难,而且感伤得"涕泗流",可见作者心系国家、心系人民,胸怀博大。

辋川闲居赠裴秀才迪

To Scholar Pei Di When I Stay Idle at Wangchuan

王维　Wang Wei

①寒山转苍翠,	The cold mountains have turned dark green,
②秋水日潺湲。	All day long the autumn waters slowly flow and ring.
③倚杖柴门外,	Leaning on a walking stick I stand outside of my wicker gate, when,
④临风听暮蝉。	I hear the singing of the cicada in the wind of the even.
⑤渡头余落日,	Around the ferry the last rays of the setting sun lie,
⑥墟里上孤烟。	In the village the cooking smoke rises high.
⑦复值接舆醉,	I also meet you Jieyu who is as drunk as a sow,
⑧狂歌五柳前。	And who before Five Willows sings aloud.

详注:题.辋(wǎng)川:古水名,在今陕西蓝田县南。王维在此地有别墅,常与裴迪交游,并赋诗唱和。闲居:无所事事。裴秀才迪:裴迪是人名。他是秀才出身,是王维的好友。

句①寒山〈主〉转〈谓〉苍翠〈宾〉。寒山:秋凉时的山,指终南山。转:变成。苍翠:深绿色。这句与下句是并列关系。

句②秋水〈主〉日〈状〉潺湲〈谓〉。秋水:秋天的泉水。日:整天。潺湲(chán yuán):慢慢流淌。

句③我〈主·省〉倚杖〈谓〉柴门外〈方位短语·补〉。我:指作者,下文中的"我"同此。倚杖:拄着手杖。柴门外:在柴门外。柴门:用树枝编成的门。方位短语的结构是:柴门+外("外"是方位词)。这句是下句的时间状语。

句④我〈主·省〉临风听暮蝉〈连动短语·谓〉。临风:迎风。暮蝉:傍晚时蝉的鸣叫声。这里借蝉(具体)代蝉声(抽象),是借代修辞格。连动短语的结构是:临风(方式)+听暮蝉(动作)。

句⑤渡头〈状〉落日〈主〉余〈谓·倒〉。渡头:在渡口。落日:西下的太阳。余:渐渐落下但没完全落下。这句与下句是并列关系。

句⑥墟里〈主〉上〈谓〉孤烟〈宾〉。墟(xū)里:村子里。上:上升着。孤烟:笔直上升的炊烟。

句⑦我〈主·省〉复〈状〉值〈谓〉接舆醉〈主谓短语·宾〉。复:又。值:碰上。接舆:是人名,春秋时隐士。这里借接舆喻裴迪,是借喻修辞格。醉:喝醉酒。主谓短语的结构是:接舆+醉(主语+谓语)。

句⑧他〈主·省〉狂歌〈谓〉五柳前〈方位短语·补〉。他:指裴迪。狂歌:高声唱歌。五柳前:陶渊明的住宅前。陶渊明在住宅前种了五棵柳树,自称五柳先生。这里借五柳(标记)代陶渊明住宅,是借代修辞格。又借陶渊明住宅喻作者自己的住宅,是借喻修辞格。方位短语的结构是:五柳+前("前"是方位词)。这句补充说明上句。

浅析:这首诗描写了辋川的秀美景色,体现了作者隐居时的闲情逸致和快乐心情。第一、二句紧扣题目中的"辋川",描写了辋川山水的盎然生意。辋川的山水有特别之处:山不因秋寒而萧瑟,而是"转苍翠"。水不因秋寒而干涸,而是"日潺湲"。"转"给人以动感。"日"给人以静感。第三句至第六句紧扣题目中的"闲居",描写了作者隐居时的舒适闲逸神态。"柴门"烘托出浓郁的田园风光。"余"和"升"两个动态相互映衬,足见作者注目时间之久,足见其闲逸。第七、八句紧扣题目中的"赠裴秀才迪"刻画了裴秀才的醉态,衬托了两隐士亲密无间。友人的快乐衬托了作者内心的快乐。

本诗⑤⑥句是工对,⑦⑧句是流水对。

山居秋暝

A View of the Autumn Evening Near My Mountain Villa

王 维　Wang Wei

①空山新雨后,	After a fresh rain in the quiet mountains, where,
②天气晚来秋。	The autumn coolness at dusk fills the air.
③明月松间照,	Among the pine trees the bright moon shines down,
④清泉石上流。	O'er the stones the clean and clear spring water flows on.
⑤竹喧归浣女,	Din comes from the bamboo forest when the washer-maids homeward go,
⑥莲动下渔舟。	The lotuses sway when a fishing boat sails below.
⑦随意春芳歇,	Though the beautiful spring here has passed away,
⑧王孙自可留。	Still this place is fit for me to stay.

详注:题.山居:山中的住所,指作者的辋川别墅。秋暝(míng):秋天的傍晚。暝:傍晚。

句①新雨后〈方位短语·定〉空山〈中心词·倒〉。这是一个名词句,作下句的地点状语。新雨:刚下过的一场雨。空山:寂静的山谷,因静而显得空。方位短语的结构是:新雨+后("后"是方位词)。

句②秋〈定·倒〉天气〈主〉晚〈状〉来〈谓〉。秋天气:秋天的凉意。晚:傍晚。来:出现。

句③明月〈主〉松间〈方位短语·状〉照〈谓〉。明月:月光。这里借明月(具体)代月光(抽象),是借代修辞格。松间:从松树中间。照:照射下来。方位短语的结构是:松+间("间"是方位词)。这句与下句是并列关系。

句④清泉〈主〉石上〈方位短语·状〉流〈谓〉。清泉:清澈的泉水。石上:在石上。流:流淌。方位短语的结构是:石+上("上"是方位词)。

句⑤竹〈主〉喧〈谓〉浣女〈主〉归〈谓·倒〉。这句由两个句子构成。"竹喧"是一句。"浣女归"是一句。两句间是果因关系。竹喧:竹林中有喧闹声。浣(huàn)女:洗衣女。归:回。这句与下句是并列关系。

句⑥莲〈主〉动〈谓〉渔舟〈主〉下〈谓·倒〉。这句由两个句子构成。"莲动"是一句。"渔舟下"是一句。两句间是果因关系。莲:荷叶。动:摇动。渔舟:渔船。下:在下面行进。

句⑦随意〈连词〉春芳〈主〉歇〈谓〉。随意:表示让步语气,相当于"即使"。春芳:春天的芬芳。歇:消失。这句是下句的让步状语。

句⑧王孙〈主〉自〈状〉可留〈谓〉。王孙:原指贵族子弟,这里指作者自己。自:自然。可留:可以留下。第七、八句中用了一个典故。《楚辞·招隐士》中有:"王孙游兮不归,春草兮萋萋……王孙兮归来,山中兮不可久留。"作者把这两句化用在本诗的最后两句中,而且反用其意。作者把"春草兮萋萋"反用成"春芳歇",把"山中兮不可久留"反用成"可留",意在表明自己决意隐居山中。

浅析:这首诗描写了辋川附近清新的充满生活情趣的秋景,表达了作者对山村生活的留念之情,暗含着作者对官场的厌弃和对隐居生活的向往。第一、二句交代了地点(山区)、时间(新雨后)。第三、四句描写了雨后山村日暮时的清新景色。因为是"雨后"天晴,天上没有一丝云彩。所以,才有"明月松间照"。又因为"雨后",所以才有"清泉石上流"。第五、六句描写了一幅山村傍晚生活图,充满了盎然生意和浓浓的情趣。第七、八句的言外之意是:尽管春天已经过去,但秋景依然迷人。这两句表达了作者对山村生活的留念之情。他希望在此长住。田园秋景也如此美好,叫人如何不留念?其中,暗含了作者对官场的厌弃和对隐居生活的向往。

本诗③④句和⑤⑥句都是工对。

归嵩山作

Returning to Mount Song

王 维　Wang Wei

①清川带长薄,	On the banks of the limpid river, a long stretch of thick grasses and brambles grow,
②车马去闲闲。	My horse and carriage move along slow.
③流水如有意,	The running water seems to have friendly feeling for me,
④暮禽相与还。	At dusk the birds seem to return home together with me.
⑤荒城临古渡,	The desolate town overlooks the old ferry nearby,
⑥落日满秋山。	On the autumn hills the last rays of the setting sun lie.
⑦迢递嵩高下,	At the foot of Mount Song far away,
⑧归来且闭关。	As soon as I get home I'll shut my door right away.

详注：题．归：归隐。嵩(sōng)山：山名，在今河南登封市。

句①清川〈主〉带〈谓〉长薄〈宾〉。清川：清清的河流。川：河流。带：映带，引申为"两岸长着"。长：长片的。薄：茂密的草木。这句与下句是并列关系。

句②车马〈主〉去〈谓〉闲闲〈补〉。车马：作者乘坐的车马。去：前行。闲闲：缓慢。

句③流水〈主〉如〈谓〉有意〈动宾短语·宾〉。如：好像。有意：有情意。动宾短语的结构是：有＋意（动词＋宾语）。这句与下句是并列关系。

句④暮〈状〉禽〈主〉相与我〈省〉〈介词短语·状〉还〈谓〉。暮：傍晚。禽：鸟儿。相与我：与我一道。还：回。介词短语的结构是：相与＋我（"相与"是介词，"相"是前缀）。

句⑤荒城〈主〉临〈谓〉古渡〈宾〉。荒城：荒凉的城。临：靠近。古渡：古老的渡口。这句与下句是并列关系。

句⑥落日〈主〉满〈谓〉秋山〈宾〉。落日：落日的余晖。这里借落日（具体）代落日的余晖（抽象），是借代修辞格。满：洒满。秋山：秋天的山冈。

句⑦迢递〈定〉嵩高下〈方位短语·作下句状语〉。迢递(tiáo dì)：遥远的。嵩高：嵩山。因为嵩山很高，所以称"嵩高"。方位短语的结构是：嵩高＋下（"下"是方位词）。

句⑧我〈主·省〉归来且闭关〈连动短语·谓〉。我：指作者。归来：回到住处。且：就。闭关：关门，即"闭门谢客"。连动短语的结构是：归来＋且闭关（动作先后关系）。

浅析：这首诗描写了作者回嵩山时的情景，表达了作者辞官归隐的复杂心情。第一句至第四句描写了归途中的美景，衬托了作者闲适的心境。第五、六句描写了一幅苍凉肃杀的秋景，衬托了作者落寞感伤的情绪。第七、八句表明了作者归隐地点，流露了作者谢绝尘世的颓丧情绪。随着归隐地点的临近，作者的心情由闲适而感伤而颓丧。这表明作者的辞官归隐是无奈之举。

本诗⑤⑥句是工对，⑦⑧句是流水对。

卷五 五言律诗

终 南 山

Mount Zhongnan

王 维　Wang Wei

①太乙近天都，　　Mount Taiyi towers to the sky wide,
②连山到海隅。　　It ranges as far as the sea-side.
③白云回望合，　　Looking back in the distance I see the white clouds join together,
④青霭入看无。　　Walking in I find no cloud thither.
⑤分野中峰变，　　The middle peak stretches beyond the area one star sheds its light,
⑥阴晴众壑殊。　　In different valleys shade or light is in sight.
⑦欲投人处宿，　　Seeking a household to put up for the night,
⑧隔水问樵夫。　　I ask a wood-cutter on the opposite brook side.

详注：题.终南山：在今陕西西安市南。

句①太乙〈主〉近〈谓〉天都〈宾〉。太乙：终南山的主峰，也是终南山的别称。近：靠近。天都：天帝的住处。

句②山〈主〉连〈谓·倒〉到海隅〈介词短语·补〉。山：终南山。连：连绵不断。海隅(yú)：海边。介词短语的结构是：到+海隅（"到"是终点介词）。这句补充说明上句。

句③我〈主·省〉回望〈谓〉白云〈主·倒〉合〈谓〉。这句由两个句子构成。"我回望"是一句。"白云合"是一句。前句是后句的时间状语。我：指作者，下文中的"我"同此。回望：回头远看。合：连成一片。这句与下句是并列关系。

句④我〈主·省〉入看〈谓〉青霭〈主·倒〉无〈谓〉。这句由两个句子构成。"我入看"是一句。"青霭无"是一句。前句是后句的时间状语。入看：走进去看。青霭(ǎi)：雾气。与上句中的"白云"是同一种东西。无：没有了。

句⑤中峰〈主〉变〈谓〉分野〈宾·倒〉。中峰：终南山的主峰太乙。变：变换，引申为"跨越"。分野：古代天文学家把天上的星座和地上的区域一一对应。也就是说，地上的某一地区对应某一星座。因此，"变分野"意即"跨越几个星座范围"。可见终南山主峰之大。这句与下句是并列关系。

句⑥众壑〈定·倒〉阴晴〈主〉殊〈谓〉。众壑(hè)：各条山沟。壑：山沟。殊：不一样。

句⑦我〈主·省〉欲投人处宿〈连动短语·谓〉。欲：想。投：找。人处：人家。宿：过夜。连动短语的结构是：欲投人处（动作）+宿（目的）。这句是下句的目的状语。

句⑧我〈主·省〉隔水问樵夫〈连动短语·谓〉。隔水：隔着溪水。樵(qiáo)夫：打柴的人。连动短语的结构是：隔水（方式）+问樵夫（动作）。

浅析：这首诗描写了终南山的高峻、壮阔和瑰丽。第一、二句描写了终南山的高峻和壮阔。"近天都"表明其高峻。"到海隅"表明其壮阔。第三、四句描写了终南山的瑰丽。第五、六句进一步渲染了终南山的壮阔。第七、八句表明终南山的地广人稀，难以找到投宿地，所以"问樵夫"。第七、八句还表明：终南山的瑰丽景色吸引了作者，作者流连忘返，不知不觉中天色已晚，所以只得在山中投宿。

本诗③④句是工对。

酬张少府

In Reply to Vice-Prefect Zhang

王　维　Wang Wei

①晚年惟好静，　　I like nothing but a quiet life in my later years,
②万事不关心。　　So to everything that happens in the world I turn deaf ears.
③自顾无长策，　　I think I have no wise tactics to raise,
④空知返旧林。　　So I can but retire to my old dwelling place.
⑤松风吹解带，　　My coat flutters in the wind from the pines,
⑥山月照弹琴。　　When I play the zither, upon me the moon o'er the mountain shines.

| ⑦君问穷通理, | You ask me why people rise or fall, I must say: |
| ⑧渔歌入浦深。 | "You'd better listen to the fisherman's songs that waft to the seaside far away." |

详注：题. 酬：酬答。张少府：姓张的少府。少府：官职名，指县尉。

句①我〈主·省〉晚年〈状〉惟〈状〉好静〈谓〉。我：指作者，下文中的"我"同此。惟：只。好静：喜欢安静。这句与下句是因果关系。

句②我〈主·省〉不关心〈谓〉万事〈宾·倒〉。万事：所有的事。这里用"万"是夸张修辞格。

句③我〈主·省〉自顾〈谓〉无长策〈动宾短语·宾〉。自顾：自认为。无：没有。长策：高明的策略。动宾短语的结构是：无＋长策（动词＋宾语）。这句与下句是因果关系。

句④我〈主·省〉空〈状〉知〈谓〉返旧林〈动宾短语·宾〉。空：只。知：知道。返：回。旧林：以前的山林，指辋川别墅。动宾短语的结构是：返＋旧林（动词＋宾语）。

句⑤松风〈主〉吹解〈谓〉带〈宾〉。松风：松林中的风。吹解：吹开，引申为"把……吹飘起来"。带：衣带。这句与下句是并列关系。

句⑥山月〈主〉照我〈省〉弹琴〈兼语短语·谓〉。山月：山中的明月。照：照着。兼语短语的结构是：照＋我＋弹琴。

句⑦君〈主〉问〈谓〉穷通〈定〉理〈宾〉。君：指张少府。问：询问。穷：困厄，不得意，官场失意。通：得意，显达，官运亨通。理：道理。这句与下句是问答关系。这句是问，下句是答。

句⑧渔歌〈主〉入〈谓〉深〈定〉浦〈宾·倒〉。入深浦：传到远远的入海口。浦：河流入海的地方。

浅析：张少府可能就穷和通的道理请教过作者，作者写了这首诗用自己的经历回答了这个问题。这首诗是作者晚年写的，表达了他决意归隐山林的情怀。第一、二句表明了作者万念俱灰的心态。作者在官场几十年沉浮，心力交瘁。到了晚年，他终于心灰意冷。这是作者归隐山林的主观原因。第三、四句是作者的牢骚，表明作者归隐山林是无奈之举。政敌李林甫擅权，作者多有不满，被迫退隐山林。这是作者归隐山林的客观原因。第五、六句描写了"返旧林"后的闲适和惬意的生活。以上六句是作者为了说明"穷通理"而现身说法。第七、八句是作者对"穷通理"的回答。作者没有直接回答，而是让张少府从渔歌声中慢慢体会。作者的意思是：就人生而言，无所谓穷和通。穷也罢，通也罢，其实都不重要。重要的是要像渔夫那样过着自由自在的生活。渔夫探究过穷通之理吗？再说我（作者）吧，我在官场混迹几十年，可谓"通"矣，然而，我没有因此获得快乐。我被迫归隐山林，可谓"穷"矣，然而，我因此获得闲适和惬意。你（张少府）说说是"通"好呢还是"穷"好呢？你还是去探究探究如何快乐每一天吧。作者的回答体现了佛教对他的影响。

本诗⑤⑥句是工对，⑦⑧句是流水对。

过香积寺

Visiting the Xiangji Temple

王　维　Wang Wei

①不知香积寺，	I know the Xiangji Temple but not its exact location，
②数里入云峰。	So I walk a few *li* up the cloud-covered peak of the mountain.
③古木无人径，	Among the old trees no path is seen anywhere，
④深山何处钟。	In the deep mountain the sound of the temple bell comes from somewhere.
⑤泉声咽危石，	Hindered by the big stones the stream produces low and deep sound，
⑥日色冷青松。	Shedding through the green pines the sunlight seems to be cool on the ground.
⑦薄暮空潭曲，	At dusk I come to a meandering, limpid and deep pool, where，
⑧安禅制毒龙。	In order to tame the vicious dragon in their minds, the monks are lost in Buddhist meditation there.

详注：题. 过：拜访。香积寺：故址在今陕西西安市长安区香积村，是唐代著名寺院。

句①我〈主·省〉不知〈谓〉香积寺〈宾〉。我：指作者，下文中的"我"同此。不知香积寺：不知香积寺在什么地方（只知其名）。这句与下句是因果关系。

句②我〈主·省〉行〈省〉数里入云峰〈连动短语·谓〉。行：走。数里：数里路。入：进入。云峰：白云缭绕的山峰。连动短语的结构是：行数里＋入云峰（动作先后关系）。

句③古木〈主〉无〈谓〉人〈定〉径〈宾〉。古木：古树林里。无：没有。人径：人走的路。这句与下句是并列关系。

句④深山〈主〉何处〈状〉有〈谓·省〉钟〈宾〉。何处：某个地方。钟：钟声。这里借钟（具体）代钟声（抽象），是借代修辞格。

句⑤危石〈主·倒〉咽〈谓〉泉声〈宾·倒〉。危石：大石头。咽：使……低沉，是动词的使动用法。泉声：泉水流动的声音。咽泉声：使泉声低沉（因大石头挡住了泉水）。这句与下句是并列关系。

句⑥青松〈主·倒〉冷〈谓〉日色〈宾·倒〉。冷：使……有寒意，是形容词的使动用法。日色：阳光。

句⑦薄暮曲〈倒〉空潭。这是一个名词句。由"薄暮"和"曲空潭"构成，作下句状语。薄暮：在太阳快下山的时候。曲：曲折的。空潭：寂静的水潭。曲空潭：在曲折的寂静的水潭边。

句⑧僧人〈主·省〉安禅制毒龙〈连动短语·谓〉。安禅：禅定，即身心进入一种清净空灵状态。制：制服。毒龙：这里借毒龙喻人心中的各种妄念，是借喻修辞格。连动短语的结构是：安禅（方式）＋制毒龙（动作）。

浅析：这首诗描写了作者寻访香积寺的情景。第一句表明作者不知道香积寺在山中何处。第二句表明作者在山中寻找。第三、四句描写了香积寺外围的幽深和寂静。"无人径"表明人迹罕至,衬托了环境的幽深。"何处钟"是空谷传音,衬托了环境的寂静。同时也表明香积寺深藏在此山中。"何处"呼应了"不知"。第五、六句进一步描写了香积寺外围环境的深幽和寂静。"泉声咽"衬托了环境的寂静。因为寂静,作者才能听到"泉声咽"。"日色冷"衬托了环境的幽深。因为幽深,作者才感受到阳光的清凉。第七、八句描写了香积寺前浓浓的修禅氛围,彰显了香积寺是一处非同一般的佛教圣地。"空潭"衬托了清净空灵的禅境。"安禅"表明了修禅活动。"制毒龙"表明了禅理的深妙。僧人们能通过修禅消除心中妄念。全诗虽没有描写香积寺本身,但它的真容读者可以想象得出。

本诗⑤⑥句是工对。

送梓州李使君

Seeing Off Provincial Governor Li of Zizhou

王 维　Wang Wei

①万壑树参天,	The trees in thousands of the valleys of Zizhou soar into the sky,
②千山响杜鹃。	In thousands of mountains there echoes the cuckoo's cry.
③山中一夜雨,	If it rains in the mountains the whole night,
④树杪百重泉。	From the tree tops hang hundreds of springs white.
⑤汉女输橦布,	To pay taxes the Han women there kapok cloth would contribute,
⑥巴人讼芋田。	And to get potato fields the Ba people would start a lawsuit.
⑦文翁翻教授,	You must develop what the former governor Wen Weng did to educate the people.
⑧不敢倚先贤。	Never live on his achievements by doing little.

详注. 题. 送:送别。梓(zǐ)州:在今四川三台盐亭、射洪等县。使君:刺史的尊称。李使君是王维的朋友。

句①万壑〈定〉树〈主〉参天〈谓〉。万壑(hè):万条山谷。壑:山沟。这里的"万"表示虚数,不实指,意即"所有的",是夸张修辞格。参天:高高耸立到天空。这句与下句是并列关系。

句②千山〈主〉响〈谓〉杜鹃〈宾〉。千山:千山中。这里的"千"表示虚数,不实指。意即"所有的",是夸张修辞格。响:回荡着。杜鹃:子规鸟。这里借杜鹃(具体)代杜鹃的叫声(抽象),是借代修辞格。

句③山中〈方位短语·主〉下〈谓·省〉一夜雨〈宾〉。方位短语的结构是:山+中("中"是方位词)。这句是下句的条件状语。

句④树杪〈主〉流〈谓·省〉百重〈定〉泉〈宾〉。树杪(miǎo):树梢。百重(chóng):百道。这里的"百"表示虚数,不实指。意即"许多"。泉:泉流。

句⑤汉女〈主〉输〈谓〉橦布〈宾〉。汉女:指四川少数民族妇女。输:缴纳。橦(tóng)布:木棉织成的布。这句与下句是并列关系。

句⑥巴人〈主〉讼〈谓〉芋田〈宾〉。巴人:四川东部地区的人。讼:为……诉讼。芋田:种马铃薯的土地。

句⑦君〈主·省〉翻〈谓〉文翁〈定·倒〉教授〈宾〉。君:指李使君。翻:翻新,发展。文翁:是汉景帝时的蜀郡太守。他在蜀地开办学校，教化百姓，颇有政绩。教授：教化。这句与下句是并列关系。

句⑧君〈主·省〉不敢〈状〉倚〈谓〉先贤〈宾〉。君：指李使君。不敢：不可。倚：依赖。先贤：指文翁的政绩。

浅析：这是一首送别诗，表达了作者对友人的宽慰和勉励。第一句至第四句描写了梓州一带秀美的自然风光。第一、二句写大环境。第三、四句是细节描写。字里行间充满了作者对友人的宽慰。第五、六句描写了梓州的民情。"汉女"、"巴人"体现了地方色彩。"输橦布"表明那里的人民仍很贫穷。"诉芋田"表明那里的人民仍很可怜。由此可见，那里的人民的生存状况仍需要进一步改善。所以，作者写出了第七、八句，表达了作者对友人的勉励。

本诗③④句是流水对，⑤⑥句是工对。

汉江临眺

Ascending a Height and Looking in the Distance at the Han River

王　维　Wang Wei

①楚塞三湘接，	The Han River links the three Xiang rivers on the Chu's border,
②荆门九派通。	And at Mount Jingmen connects the nine tributaries of the Yangtze River.
③江流天地外，	It flows far beyond earth and heaven,
④山色有无中。	The mountains on its banks are now visible and now hidden.
⑤郡邑浮前浦，	The towns seem to float on its distant shore,
⑥波澜动远空。	Its waves under the remote sky seem to rise and fall.
⑦襄阳好风日，	Oh, Xiangyang has such a beautiful view,
⑧留醉与山翁。	So I'm willing to stay here and get drunk together with my dear friend—you.

详注：题．汉江临眺：临眺汉江。临眺(tiào)：登高远望。汉江：汉水，长江最长支流。源自陕西宁强，流经襄阳，在武汉入长江。

句①汉江〈主·省〉楚塞〈状〉接〈谓·倒〉三湘〈宾〉。楚塞：在楚塞。楚塞：楚国的边界地。汉水一带属楚国的边疆。接：连接着。三湘：是今湖南境内的湘江，是沅湘、潇湘和蒸湘的总称。这句与下句是并列关系。

句②汉江〈主·省〉荆门〈状〉通〈谓〉九派〈宾〉。荆门：荆门山。荆门山：在今湖北宜都市和宜昌市交界处。通：连接着。九派：长江的九条支流。

句③江〈主〉流〈谓〉天地外〈方位短语·补〉。江：指汉江。流：流到。天地外：很远的地方，是夸张修辞格。方位短语的结构是：天地＋外（"外"是方位词）。这句与下句是并列关系。

句④山色〈主〉有无〈谓〉中〈凑韵词〉。山色：指汉江两岸的山。有无：若有若无，若隐若现。中：是凑韵词。古诗词中，有时为凑足字数或押韵，加上一字，叫"凑韵"。加上的那个字没有意义。

句⑤郡邑〈主〉浮〈谓〉前浦〈补〉。郡邑：汉江岸边的城镇。浮：浮动。前浦：在前浦。前浦：远处的水边。

这句与下句是并列关系。

句⑥波澜〈主〉动〈谓〉远空〈补〉。波澜:汉江的波澜。动:晃动。远空:在远处的天空。

句⑦襄阳〈主〉有〈谓·省〉好〈定〉风日〈宾〉。襄(xiāng)阳:今湖北襄樊市的一部分,是作者临眺汉江的地方。风日:风光。这句与下句是因果关系。

句⑧我〈主·省〉留与山翁〈介词短语·状〉醉〈连动短语·谓〉。我:指作者。留:留下来。与:与……一起。山翁:指晋代山简。他曾任征南将军驻守襄阳。他常与友人饮酒,烂醉而归。这里借山翁喻作者在襄阳的友人,是借喻修辞格。醉:喝醉。介词短语的结构是:与+山翁("与"是介词)。连动短语的结构是:留(动作)+与山翁醉(目的)。

浅析:这首诗描写了汉江的壮丽景色,赞美了祖国的大好河山。第一、二句描写了汉江的浩瀚壮阔。第三句描写了江水的浩渺。"天地外"表明汉江一泻千里。第四句描写了山色的迷蒙。"有无中"表明两岸青山被汉江水气笼罩,时隐时现。第五、六句描写了汉江的磅礴水势。"浮"和"动"凸显了汉江水势汹涌澎湃。第七、八句赞颂了襄阳的美丽风光,表达了作者对友人的美好情意。

本诗①②句、③④句都是工对。

终南别业

My Villa at the Foot of Mount Zhongnan

王　维　Wang Wei

①中岁颇好道,　I took great interest in Buddhism at my middle age,
②晚家南山陲。　So I settle down at the foot of Mount Zhongnan at my old age.
③兴来每独往,　When my interest arises, I oft go out by myself,
④胜事空自知。　The pleasure outside can only be felt by myself.
⑤行到水穷处,　Walking to the place where the waters disappear,
⑥坐看云起时。　I sit down and watch the clouds that gather and float near.
⑦偶然值林叟,　If by chance I meet an old man in the woods on my way,
⑧谈笑无还期。　I chat and laugh with him so that I return home after short or long delay.

详注:题.终南:终南山,又名南山,在今陕西西安市南。别业:别墅,指作者在辋川的别墅。

句①我〈主·省〉中岁〈状〉颇〈状〉好〈谓〉道〈宾〉。我:指作者,下文中的"我"同此。中岁:中年时。颇:十分。好(hào):喜爱,信奉。道:佛教。这句与下句是因果关系。

句②我〈主·省〉晚〈状〉家〈谓〉南山陲〈补〉。晚:晚年。家:定居,是名词用作动词。南山:终南山。陲(chuí):边。

句③兴〈主〉来〈谓〉我〈主·省〉每〈状〉独〈状〉往〈谓〉。这句由两个句子构成。"兴来"是一句。"我每独往"是一句。前句是后句的时间状语。兴:兴致,指作者的兴致。来:起来,出现。每:经常。独:独自。往:出去走走。这句与下句是因果关系。

句④胜事〈主〉空〈状〉自知〈谓〉。胜事:赏心悦目的事。空:只,仅。自知:自己知道。

句⑤我〈主·省〉行到〈谓〉水穷〈主谓短语·定〉处〈宾〉。行到:走到。穷:尽,完。处:地方。主谓短语的结构是:水+穷(主语+谓语)。这句是下句的时间状语。

句⑥我〈主·省〉坐看〈连动短语·谓〉云起〈主谓短语·宾〉时〈凑韵词〉。坐看:坐着看。云起:云彩出现并飘动。时:是凑韵词。古诗词中,为了押韵或凑足字数,加上一字。凑韵词在诗句中不具有实义。连动短语的结构是:坐(方式)+看(动作)。主谓短语的结构是:云+起(主语+谓语)。

句⑦我〈主·省〉偶然〈状〉值〈谓〉林叟〈宾〉。值:遇到。林叟(sǒu):林中老汉。这句是下句的条件状语。

句⑧我〈主·谓〉谈笑无还期〈连动短语·谓〉。无还期:回家没有固定的时间。连动短语的结构是:谈笑(因)+无还期(果)。

浅析:这首诗描写了作者晚年隐居终南山的闲适生活。第一、二句表明了作者隐居的地点和原因。作者因信奉佛教而隐居到终南山脚下。第三、四句描写了作者闲适的心境。第五句至第八句用具体细节说明了"胜事",凸显了一个与世无争、无往而不适、无可无不可的隐者形象。这种形象体现了作者空灵自在的内心世界,内心的空灵自在就是禅趣禅意。作者用禅趣禅意入诗,呼应了首句中的"好道"。

本诗⑤⑥句和⑦⑧句是流水对。

临洞庭上张丞相

Coming to the Dongting Lake and Submitting This Poem to Prime Minister Zhang

孟浩然　Meng Haoran

①八月湖水平,	In the eighth moon the waters fill up the Dongting Lake,
②涵虚混太清。	They mix up with the blue sky without a break.
③气蒸云梦泽,	The vapour from the lake permeates the Cloud-Dream Swamp Land,
④波撼岳阳城。	The waves on the lake seem to shake the Yueyang town on its bank.
⑤欲济无舟楫,	I want to cross the lake, but I have no vessel,
⑥端居耻圣明。	In this great era I feel ashamed if I live a life idle.
⑦坐观垂钓者,	When I sit here and watch others fishing,
⑧徒有羡鱼情。	I envy them in my heart but my envy results in nothing.

详注.题.临:到。洞庭:洞庭湖,在今湖南境内。上:向上级呈递。张丞相:张九龄。

句①八月〈状〉湖水〈主〉平〈谓〉。八月:八月里。湖水:指洞庭湖湖水。平:湖水上涨,与岸齐平。

句②涵虚〈主〉混〈谓〉太清〈宾〉。涵虚:澄净空明的湖水。混:与……混合在一起。太清:天空。这句补充说明上句。

句③气〈主〉蒸〈谓〉云梦泽〈宾〉。气:洞庭湖上的水汽。蒸:蒸腾后迷漫。云梦泽:古湖泊名,在今湖北潜江市西南,已淤塞为陆地。云泽在长江以北,梦泽在长江以南,合称云梦泽。这句与下句是并列关系。

句④波〈主〉撼〈谓〉岳阳城〈宾〉。波:洞庭湖上的波涛。撼:使……动摇。岳阳城:今湖南岳阳市,在洞庭湖边。

句⑤我〈主·省〉欲济无舟楫〈联合短语·谓〉。我:指作者,下文中的"我"同此。欲:想。济:渡过洞庭湖。无:没有。舟:船。楫:船桨。联合短语的结构是:欲济+无舟楫(两者是转折关系)。这句与下句是并列关系。

句⑥我〈主·省〉端居耻圣明〈连动短语·谓〉。端居:无所事事,指不做官。耻:愧对。圣明:圣明时代。连动短语的结构是:端居(因)+耻圣明(果)。

句⑦我〈主·省〉坐观垂钓者〈连动短语·谓〉。坐:坐着。观:看。垂钓者:钓鱼的人。这里借垂钓者喻做官的人,是借喻修辞格。连动短语的结构是:坐(方式)+观垂钓者(动作)。这句是下句的时间状语。

句⑧我〈主·省〉徒有〈谓〉羡鱼〈主谓短语·定〉情〈宾〉。徒有:空有。羡鱼:羡慕钓到鱼的。情:心情。这里借羡鱼情喻为国效力的愿望,是借喻修辞格。主谓短语的结构是:羡+鱼(主语+谓语)。

浅析:这首诗抒发了作者观看洞庭湖时的心情,含蓄地表达了作者想得到丞相张九龄举荐的愿望。第一句至第四句描写了洞庭湖的壮阔、浩瀚、雄伟。第五、六句表达了作者不甘闲居,希望有所作为的迫切心情。第七、八句含蓄地表达了作者想得到张九龄举荐的愿望。前四句写景。后四句紧扣观景而自然抒情。虽然后四句的字里行间有求张九龄帮助的意思,但不亢不卑,不失人品。

本诗③④句是工对,⑦⑧句是流水对。

与诸子登岘山

Ascending Mount Xian Together with Several Friends

孟浩然　Meng Haoran

①人事有代谢,	Supersession is true to human affairs without doubt,
②往来成古今。	The present and the past are formed by days in and days out.
③江山留胜迹,	On this mount remains a historical site,
④我辈复登临。	So today again we ascend this height.
⑤水落鱼梁浅,	The water subsides and the Yuliang Islet comes out,
⑥天寒梦泽深。	The weather is cold and the depth of the Dream Swamp Land shows a lot.
⑦羊公碑尚在,	The stone tablet to Yang Hu still stands erect and old,
⑧读罢泪沾襟。	After reading the inscriptions on it my tears wet the front part of my coat.

详注:题.诸子:作者的几位友人。诸:各位。"子"是对男子的尊称。岘(xiàn)山:在今湖北襄樊市襄阳区南。

句①人事〈主〉有〈谓〉代谢〈宾〉。人事：人世间的事情。代谢：更替。这句与下句是并列关系。

句②往来〈主〉成〈谓〉古今〈宾〉。往来：年来月往，指岁月流逝。成：构成。古今：古和今。

句③江山〈主〉留〈谓〉胜迹〈宾〉。江山：山河上，指岘山。留：留有。胜迹：名胜古迹，指羊公碑。这句与下句是因果关系。

句④我辈〈主〉复〈状〉登临〈谓〉。我辈：我们这些人，指作者和他的几个朋友。复：又。登临：登岘山游览。

句⑤水〈主〉落〈谓〉鱼梁〈主〉浅〈谓〉。这句由两个句子构成。"水落"是一句。"鱼梁浅"是一句。两句间是因果关系。鱼梁：鱼梁洲，在今襄阳附近的沔水中。东汉的庞德公曾隐居在此。浅：露出。这句与下句是并列关系。

句⑥天〈主〉寒〈谓〉梦泽〈主〉深〈谓〉。这句由两个句子构成。"天寒"是一句。"梦泽深"是一句。两句间是因果关系。梦泽：云梦泽，见上首诗句③注。深：深陷。

句⑦羊公碑〈主〉尚在〈谓〉。羊公碑：又叫堕泪碑。西晋大忠臣羊祜以清德闻名。他镇守襄阳时，经常登岘山，与同游者饮酒作诗。他曾对属下邹湛等人说："自有宇宙，便有此山。由来贤达胜士登此远望，如我与卿多矣，皆湮没无闻，使人伤悲。如百岁后有知，魂魄犹应登此也。"羊祜死后，百姓感念他的德政和功业，在岘山上为他立碑。读过此碑文的人无不落泪。尚：还。在：存在。

句⑧我〈主·省〉读罢〈谓〉泪〈主〉沾〈谓〉襟〈宾〉。这句由两个句子构成。"我读罢"是一句。"泪沾襟"是一句。两句间是顺承关系。我：指作者。读罢：读完羊公碑文。沾：打湿。襟(jīn)：上衣胸前部分。这句补充说明上句。

浅析：这首诗描写了作者与几位友人登岘山凭吊古迹的情景，表达了作者吊古而感伤的心情。第一句表达了作者对人事代谢的感慨。第二句表达了作者对宇宙长存的感慨。这两句的言外之意是：尽管人世沧桑，人事代谢，但立德、立功、立言者都会留下不朽的足迹，为下文作了铺垫。第三、四句表明了登岘山的原因：山上有古迹可凭吊，有先贤事迹可缅怀。第五、六句描写了登岘山后所见萧瑟的深秋景色，衬托了作者内心的无限伤感。作者感到人生已到深秋，却未能建功立业，因而伤感不已。第七、八句描写了作者吊古而感伤的情景，衬托了作者未能像先贤羊祜那样建功立业的悲伤心情。

本诗⑤⑥句是工对。

宴梅道士山房

Having a Dinner in Taoist Prist Mei's Dwelling Place

孟浩然　Meng Haoran

①林卧愁春尽，	While lying in my hut in the woods I'm worried about the end of the spring,
②搴帷览物华。	So drawing aside the curtain, I gaze on the scenery flourishing.
③忽逢青鸟使，	All of a sudden Taoist Prist Mei comes to my place,
④邀入赤松家。	And invites me to his place.
⑤金灶初开火，	He has just set fire in his immortality-pill-making stove in the cooking room,

250

⑥仙桃正发花。　　Outside the immortal peach flowers are in full bloom.
⑦童颜若可驻，　　If wine can maintain one's childlike face fine,
⑧何惜醉流霞。　　Why should I grudge getting drunk by drinking this immortal's wine?

详注：题.宴梅道士山房:在梅道士住处喝酒吃饭。宴:喝酒吃饭。梅道士:是隐士,作者的好友。山房:梅道士的住所。

句①我〈主·省〉林卧〈状中短语·状〉愁〈谓〉春尽〈主谓短语·宾〉。我:指作者,下文中的"我"同此。林:在树林中。卧:躺着。林卧:在树林躺着的时候。因山房在林中,所以说"林卧"。愁:为……发愁。春:春天。尽:完。状中短语的结构是:林＋卧(状语＋动词)。主谓短语的结构是:春＋尽(主语＋谓语)。这句与下句是因果关系。

句②我〈主·省〉搴帷览物华〈连动短语·谓〉。搴(qiān):拉开。帷:门帘。览:观看。物华:美丽的自然景色。连动短语的结构是:搴帷(动作)＋览物华(目的)。

句③我〈主·省〉忽〈状〉逢〈谓〉青鸟使〈宾〉。忽:忽然。逢:见到。青鸟使:西王母的使者。这里借青鸟使喻梅道士,是借喻修辞格。这句与下句是主谓关系。

句④他〈主·省〉邀我〈省〉入赤松家〈兼语短语·谓〉。他:指梅道士。邀:邀请。入:去。赤松家:赤松子的家。赤松子是传说中远古神农时的雨师。这里借赤松子喻梅道士,是借喻修辞格。兼语短语的结构是:邀＋我＋入赤松家。

句⑤金灶〈主〉初〈状〉开火〈谓〉。金灶:道家炼丹的炉灶。这里借金灶喻梅道士使用的灶,是借喻修辞格。初:刚刚。开火:生起了火(做饭菜)。这句与下句是并列关系。

句⑥仙桃〈主〉正〈状〉发花〈谓〉。仙桃:西王母曾把仙桃赠送给汉武帝。这里借仙桃喻梅道士山房前的桃树,是借喻修辞格。正:正在。发花:开花。

句⑦若〈连词〉酒〈主·省〉可驻〈谓〉童颜〈宾·倒〉。若:如果。可驻:可以留住。童颜:像少年人一样的红润脸色。这句是下句的条件状语。

句⑧我〈主·省〉何〈状〉惜〈谓〉醉流霞〈动宾短语·宾〉。何:何必。惜:舍不得。醉:喝醉。流霞:仙酒。这里借流霞喻梅道士的酒,是借喻修辞格。动宾短语的结构是:醉＋流霞(动词＋宾语)。

浅析：这首诗描写了作者到梅道士山房宴饮的经过,表达了作者对梅道士的亲密情感,渲染了作者的隐逸情趣。第一、二句交代了"宴"的时间——四月里。"物华"呼应了"春尽"。"春尽"正是四月里"物华"的时候。"愁"衬托了作者的惜春心情。第三、四句交代了"宴"的原因——作者应梅道士邀请赴宴。"忽"给人以仙人来无影去无踪的感觉。"忽"与"青鸟使"互相呼应,衬托了梅道士的世外高人的身份。作者受到梅道士的邀请,说明两人关系密切,也衬托了作者超凡脱俗的隐士形象。第五、六句描写了作者在梅道士山房所见景象。"火"和"仙桃"互相映衬,呈现出一派红火的景象,衬托了作者赴宴时喜悦心情。第七、八句有点戏谑的味道,表明了作者饮酒时的兴致和两人间的亲密关系。

本诗③④句和⑦⑧句是流水对。

岁暮归南山

Returning to the South Mountain at the End of the Year

孟浩然　Meng Haoran

① 北阙休上书，　I'll not go to the north watch tower to submit any papers again,
② 南山归敝庐。　I might as well return to my shabby hut near the South Mountain.
③ 不才明主弃，　I have no talent, so the wise emperor has abandoned me,
④ 多病故人疏。　I'm all sickness, so my old friends have kept away from me.
⑤ 白发催年老，　My white hair hastens my old age to come near,
⑥ 青阳逼岁除。　The coming of spring drives away the old year.
⑦ 永怀愁不寐，　Always worried, I can't fall asleep all night,
⑧ 松月夜窗虚。　The moon sheds its light through the pine trees on the window, which, to me, is an illusory sight.

详注：题.岁暮：年末，指阴历十二月。归：回。南山：砚山。指作者的老家，在今湖北襄樊市襄阳区南。

句①我〈主・省〉休〈状〉北阙〈状・倒〉上书〈谓〉。我：指作者，下文中的"我"同此。休：不要。北阙（què）：在北阙。北阙是皇宫北面的望楼，是等候皇帝召见或上书的地方。上书：向皇帝书面提出自己的政见。这句与下句是并列关系。

句②我〈主・省〉归〈谓〉南山〈定・倒〉敝庐〈宾〉。归：回。敝(bì)庐：破旧的房子，指作者家的房子。

句③我〈主・省〉不才〈谓〉明主〈主〉弃〈谓〉。这句由两个句子构成。"我不才"是一句。"明主弃"是一句。两句间是因果关系。不才：没有才能。明主：指唐明皇李隆基。弃：抛弃，指抛弃作者。这句与下句是并列关系。

句④我〈主・省〉多病〈谓〉故人〈主〉疏〈谓〉。这句由两个句子构成。"我多病"是一句。"故人疏"是一句。两句间是因果关系。故人：老朋友。疏：疏远，指疏远作者。

句⑤白发〈主・省〉催年老〈兼语短语・谓〉。催：促使。年老：人变老。兼语短语的结构是：催＋年老。这句与下句是并列关系。

句⑥青阳〈主〉逼岁除〈兼语短语・谓〉。青阳：春天。逼：迫使。岁：一年。除：完。兼语短语的结构是：逼＋岁＋除。

句⑦我〈主・省〉永〈状〉怀愁不寐〈连动短语・谓〉。永怀：常怀着。愁：忧愁。不寐(mèi)：睡不着。连动短语的结构是：怀愁(因)＋不寐(果)。这句与下句是因果关系。

句⑧松月〈主〉夜〈状〉照〈谓・省〉窗〈主〉虚〈谓〉。这句由两个句子构成。"松月夜照"是一句。"窗虚"是一句。两句间是并列关系。松月：月从松树间照射下来。夜：在夜里。照：照着。窗：窗外。虚：一片空虚。

浅析：作者四十岁进京参加进士考试落第，只得回到南山老屋。这首诗表达了作者怀才不遇壮志未酬的悲愤和悲伤。第一、二句表达了作者怀才不遇的悲愤。"归"呼应了"休"。既然"休"，那就"归"吧。这"休"和"归"流露了作者的悲愤。第三、四句表达了作者怀才不遇的原因。"不才"是反语,讽刺了皇上不识才。"明主"是反语,讽刺了皇上的不开明。"多病故人疏"表明老友们势利,不帮助作者,可见世态炎凉。第五、六句表达了作者对岁月流逝、青春不再的悲伤。第七、八句进一步描写了作者的悲伤心情。窗外的"虚"衬托了作者内心的"虚"。作者因怀才不遇产生了一切都是空的虚的感受。

本诗③④句和⑤⑥句都是工对。

过故人庄

Visiting an Old Friend's Village

孟浩然　Meng Haoran

①故人具鸡黍,	After getting ready dishes and millet rice,
②邀我至田家。	Me to his cottage my old friend invites.
③绿树村边合,	The village is surrounded by the trees green,
④青山郭外斜。	Beyond the outer city wall slant the hills green.
⑤开轩面场圃,	Opening the window we face a threshing ground and a vegetable garden,
⑥把酒话桑麻。	Then we talk about farming o'er cups of wine.
⑦待到重阳日,	When comes the Double Ninth Festival this year,
⑧还来就菊花。	I'll come again to drink wine beside your chrysanthemums, my friend dear.

详注：题.过:造访。故人:老朋友。庄:村庄。

句①故人〈主·省〉具〈谓〉鸡黍〈联合短语·宾〉。具:准备好。黍(shǔ):黄米饭。联合短语的结构是:鸡+黍(两者并列)。这句是下句的时间状语。

句②他〈主·省〉邀我至田家〈兼语短语·谓〉。他:指故人。邀:邀请。我:指作者,下文中的"我"同此。至:到。田家:农家,指老友的家。兼语短语的结构是:邀+我+至田家。

句③绿树〈主〉村边〈方位短语·状〉合〈谓〉。村边:在村边。合:环绕。方位短语的结构是:村+边("边"是方位词)。这句与下句是并列关系。

句④青山〈主〉郭外〈方位短语·状〉斜〈谓〉。郭:城墙外加筑的一道城墙。郭外:在郭外。斜:横卧。方位短语的结构是:郭+外("外"是方位词)。

句⑤我们〈主·省〉开轩面场圃〈联合短语〉〈连动短语·谓〉。我们:指作者和老友,下句中的"我们"同此。开:打开。轩(xuān):窗户。面:面对着。场:稻场。圃(pǔ):菜园。联合短语的结构是:场+圃(两者并列)。连动短语的结构是:开轩+面场圃(动作先后关系)。这句与下句是顺承关系。

句⑥我们〈主·省〉把酒话桑麻〈联合短语〉〈连动短语·谓〉。把酒:饮酒。话:闲聊。桑:桑树,桑树叶可以喂蚕。麻:一种植物,它的茎皮可以织布。这里借桑麻(特定)代农事(一般),是借代修辞格。联合短语的结构是:桑+麻(两者并列)。连动短语的结构是:把酒(方式)+话桑麻(动作)。

句⑦我〈主·省〉待到〈谓〉重阳日〈宾〉。待到:等到。重阳日:阴历九月初九是重阳节。这句是下句的时间状语。

句⑧我〈主·省〉还来就菊花〈连动短语·谓〉。还：再。就菊花：对着菊花饮酒。古人在重阳节这一天有赏菊饮酒的风俗。连动短语的结构是：还来（动作）+就菊花（目的）。

浅析：这首诗描写了作者到老友家作客的经过，描绘了乡间自然美景，抒发了作者对农家生活情趣的留念之情。第一、二句交代了"过故人庄"的原因——受老友盛情邀约。第三、四句描写了故人庄的幽静清雅的自然美景，是作者在去故人庄的途中所见。前句是近景。后句是远景。第五、六句描写了作者在老友家作客的情景。这情景充满了农家生活的情趣，使作者内心充满喜悦。所以，作者在临别时说了下面的话。第七、八句不仅表达了作者与老友之间的真挚情谊，而且表达了作者对农家生活情趣的留念之情。

本诗③④句是工对，⑦⑧句是流水对。

秦中寄远上人

To Monk Yuan from Chang'an

孟浩然　　Meng Haoran

①一丘常欲卧，	Very often I want to live in seclusion,
②三径苦无资。	But I have no money for so doing.
③北土非吾愿，	Chang'an is not the place where I'm willing to stay,
④东林怀吾师。	It's only you, Master Yuan that I miss from day to day.
⑤黄金燃桂尽，	I have spent all my travelling expenses because the cost of living is too expensive here,
⑥壮志逐年衰。	And my lofty aspiration is waning from year to year.
⑦日夕凉风至，	When the cool wind comes at dusk,
⑧闻蝉但益悲。	The cicada's song puts me into a sadder state fast.

详注：**题**．**秦中**：在秦中。秦中：古地区名，指长安一带。**寄**：写赠。**远上人**：一位名叫远的上人。"上人"是对僧人的尊称。

句①我〈主·省〉常〈状〉欲卧〈谓〉一丘〈补·倒〉。我：指作者，下文中的"我"同此。常：经常。欲：想。卧：躺。一丘：在一丘。丘：小山，指山林。卧一丘指归隐山林。这句与下句是转折关系。

句②我〈主·省〉苦〈谓〉无资三径〈连动短语·宾〉。苦：苦于。无资：没钱。三径：隐居。这里有一个典故：西汉末年，王莽专权，刺史蒋诩辞官回乡，在院中开三径（小路），只与求仲、羊仲往来。所以，后人就借三径喻隐居，是借喻修辞格。连动短语的结构是：无资（条件）+三径（动作）。

句③北土〈主〉非〈谓〉吾愿〈宾〉。北土：指长安。非：不是。吾愿：我的心愿，即"我想住的地方"。这句与下句是并列关系。

句④吾〈主·省〉怀〈谓〉东林〈倒〉师〈宾〉。怀：怀念。东林：庐山东林寺，东晋高僧慧远住的佛寺。师：大师。东林师：远上人。这里借东林师喻远上人，是借喻修辞格。

句⑤燃桂〈动宾短语·主〉尽〈谓〉黄金〈宾·倒〉。燃：烧。桂：桂花树，很贵。这里借燃桂喻生活费用昂贵，是借喻修辞格。尽：用完。黄金：作者携带的旅资。动宾短语的结构是：燃＋桂（动词＋宾语）。这句与下句是递进关系。

句⑥壮志〈主〉逐年〈状〉衰〈谓〉。壮志：作者求官的意志。逐年：一年一年地。衰：减退。

句⑦日夕〈主〉凉风〈主〉至〈谓〉。日夕：太阳下山的时候。至：吹来。这句是下句的时间状语。

句⑧我〈主·省〉闻蝉〈动宾短语·状〉但〈状〉益〈谓〉悲〈宾〉。闻：听到。蝉：蝉的鸣叫声。这里借蝉（具体）代蝉的鸣叫声（抽象），是借代修辞格。闻蝉：听到蝉声的时候。但：只。益：增加。悲：悲哀。动宾短语的结构是：闻＋蝉（动词＋宾语）。

浅析：这首诗是作者向远上人倾吐了上京求官的原因以及求官不得的苦况和悲哀。第一、二句表明了作者上京求官的原因：作者想归隐山林但缺乏归隐所需要的资财，所以上京求官，以积聚资财。第三、四句表明了作者的真实心迹。"非吾愿"表明作者求官是迫不得已之举。"怀吾师"表明作者向往远上人清静的出世生活。第五、六句叙写了在京城求官不得的苦况。第五句表明了作者的艰苦生活。第六句表明了作者求官屡屡碰壁而失去信心。第七、八句抒发了作者求官不得的悲哀心情。凉风习习，蝉儿悲鸣已使人伤感，加上作者求官不得的灰心丧气，他更觉悲哀了。

宿桐庐江寄广陵旧游

To My Old Friend at Guangling While Staying Overnight on the Tonglu River

孟浩然　Meng Haoran

①山暝听猿愁，	Dusk falling on the mountain I hear gibbons whining,
②沧江急夜流。	At night the Tonglu River is rapidly running.
③风鸣两岸叶，	The leaves of the trees on both banks rustle in the breeze light,
④月照一孤舟。	The solitary boat of mine floats on the water under the moon bright.
⑤建德非吾土，	Jiande is not my native place,
⑥维扬忆旧游。	I miss my friend at Weiyang of the olden days.
⑦还将两行泪，	I may as well post two lines of tears on my face,
⑧遥寄海西头。	To the west of the sea from this remote place.

详注．**题**．宿：住宿。桐庐江：桐江，在今浙江中部，指钱塘江自建德市梅城至桐庐县的一段。寄：写赠。广陵：扬州，即今江苏扬州市。旧游：老朋友。

句①山〈主〉暝〈谓〉我〈主·省〉听〈谓〉猿愁〈主谓短语·宾〉。这句由两个句子构成。"山暝"是一句。"我听猿愁"是一句。前句是后句的时间状语。暝（míng 明）：昏暗。山暝：山色昏暗，即夜幕降临。我：指作者，下文中的"我"同此。听：听到。猿：猿猴。愁：发出悲鸣声。主谓短语的结构是：猿＋愁（主语＋谓语）。这句与下句是并列关系。

句②沧江〈主〉夜〈状·倒〉急流〈谓〉。沧江:指桐庐江。夜:在夜里。急流:流得湍急。

句③风〈主〉鸣〈谓〉两岸〈定〉叶〈宾〉。鸣:使……发出响声,是动词的使动用法。两岸:桐庐江两岸的。叶:树叶。这句与下句是并列关系。

句④月〈主〉照〈谓〉一孤舟〈宾〉。照:照着。一孤舟:一只孤单的船,指作者乘坐的船。

句⑤建德〈主〉非〈谓〉吾土〈宾〉。建德:在今浙江建德市东北梅城镇。非:不是。吾土:我的故乡。这句与下句是并列关系。

句⑥我〈主·省〉忆〈谓〉维扬〈定〉旧游〈宾〉。忆:怀念。维扬:扬州的古称。

句⑦我〈作下句主语·省〉还〈作下句状语〉将两行泪〈介词短语·作下句状语〉。还:还是。将:把。介词短语的结构是:将+两行泪("将"是介词)。这句与下句是主谓关系。

句⑧遥〈状〉寄〈谓〉海西头〈宾〉。遥:从远处,指桐庐江。寄:寄到。海西头:指扬州。古扬州东临大海,隋炀帝写于江都皇宫的《泛龙舟》中有:"借问扬州在何处?淮南江北海西头。"这里借海西头(地点)代老友(地点中的人),是借代修辞格。

浅析:作者在京城应试落第,求官又不得,心情郁闷。于是漫游江淮,夜宿桐庐江时,写了这首诗寄给扬州的老友,表达了他在旅途中的悲愁和孤独。第一句至第四句描写了桐庐江的凄清夜景。第一句衬托了作者的愁苦心境。第二句衬托了作者抑郁不安的心境。第三句衬托了作者悲凉心境。第四句衬托作者的孤独心境。第五、六句进一步衬托了作者的悲愁和孤独。第五句思乡。第六句怀友。人在悲愁和孤独的时候特别思乡和怀友,这是人之常情。第七、八句表达了作者对友人的深切思念,思念得眼泪直流。这份深情的思念进一步衬托了作者的悲愁和孤独。

本诗③④句是工对,⑦⑧句是流水对。

留别王维

Leaving This Poem for Parting with Wang Wei

孟浩然　Meng Haoran

①寂寂竟何待,	Hopeless, hopeless, what on earth shall I wait here for?
②朝朝空自归。	Because day in and day out I alone come back with an empty hand.
③欲寻芳草去,	Sweet grasses I want to look for,
④惜与故人违。	Yet I'm reluctant to part with you, my old friend.
⑤当路谁相假?	Who of the high-ranking officials in power can give me a helping hand?
⑥知音世所稀。	The persons like you who really appreciate my talent are few on this land.
⑦只应守寂寞,	I can do nothing but remain in a solitary state,
⑧还掩故园扉。	I might as well go back home and shut my garden gate.

详注：题. 留别：留诗告别。

句①我〈主·省〉寂寂竟何待〈连动短语·谓〉。我：指作者，下文中的"我"同此。寂寂：寂寞冷落，指求官无望。竟：到底。何待：待何。待：等待。何：什么。古汉语中，疑问代词"何"作宾语时要移到动词前。连动短语的结构是：寂寂(因) + 竟何待(果)。这句与下句是果因关系。

句②我〈主·省〉朝朝〈状〉自〈状〉空归〈连动短语·谓〉。朝朝：天天。自：独自。空：空着手。归：回来。连动短语的结构是：空(方式) + 归(动作)。

句③我〈主·省〉欲去〈倒〉寻芳草〈连动短语·谓〉。欲：想。去寻芳草：引申为"归隐山林"。连动短语的结构是：欲去(动作) + 寻芳草(目的)。这句与下句是转折关系。

句④我〈主·省〉惜〈谓〉与故人〈介词短语〉违〈状中短语·宾〉。惜：舍不得。故人：老朋友，指王维。违：离别。介词短语的结构是：与 + 故人("与"是介词)。状中短语的结构是：与故人 + 违(状语 + 动词〈中心词〉)。

句⑤我〈主·省〉相假〈谓〉当路〈定·倒〉谁〈宾·倒〉。相假：借助于，即"求……帮助"。"相"是动词前缀，无实义。当路：当权者。当路谁：当权者中的谁。这句与下句是并列关系。

句⑥知音〈主〉世所稀〈主谓短语·谓〉。知音：真正欣赏自己才能的人。世：人世间。所稀：是所字短语，意即"稀少"。主谓短语的结构是：世 + 所稀(主语 + 谓语)。

句⑦我〈主·省〉只应〈状〉守〈谓〉寂寞〈宾〉。只应：只好。守：安于。寂寞：孤寂，无所作为的生活。

句⑧我〈主·省〉还掩故园〈定〉扉〈连动短语·谓〉。还：回故乡。掩：关上。故园：老家。扉(fēi)：门。连动短语的结构是：还 + 掩故园扉(动作先后关系)。这句补充说明上句。

浅析：作者进京应试落第后继续在京城求官，又没成功，只得回乡。离京前，他写了这首诗给王维，表达了他仕途失意的牢骚和心酸。第一句表达了作者心灰意冷的心情。第二句中，"朝朝"表明作者求官心切。"空自归"表明作者屡屡碰壁。第三、四句表达了作者对王维依依惜别之情。第五、六句是作者向知心朋友王维倾诉自己的才华不被别人赏识的悲伤和牢骚。第七、八句表达了作者不得不归隐的心酸。

早寒有怀

Thoughts on the Early Cold Weather

孟浩然　Meng Haoran

①木落雁南渡，	The tree leaves falling, the wild geese southward fly,
②北风江上寒。	The north wind brings about coldness on the Yangtze River.
③我家襄水曲，	The bend of the Xiang River my home stands by,
④遥隔楚云端。	It's very far and veiled by the Chu clouds all over.
⑤乡泪客中尽，	Wandering far away from home my homesick tears run dry,
⑥孤帆天际看。	Now a lonely traveller, I, gaze at the remote sky with a sigh.
⑦迷津欲有问，	Being lost I'd like to ask where is the ferry right,
⑧平海夕漫漫。	Yet I only see the boundless sea at night.

详注：题．早寒有怀：因天气早寒有感想。有怀：有感想。

句①木〈主〉落〈谓〉雁〈主〉南渡〈谓〉。这句由两个句子构成。"木落"是一句。"雁南渡"是一句。前句是后句的时间状语。木：树叶。落：落下。雁：大雁。南渡：南飞。这句与下句是并列关系。

句②北风〈主〉吹〈谓•省〉江上〈方位短语•主〉寒〈谓〉。这句由两个句子构成。"北风吹"是一句。"江上寒"是一句。前句是后句的时间状语。江：长江。方位短语的结构是：江＋上（"上"是方位词）。

句③我家〈主〉在〈谓•省〉襄水〈定〉曲〈宾〉。我家：指作者的家。襄水：襄河，指湖北襄樊市以下汉水河段。曲：拐弯的地方。

句④它〈主•省〉遥隔〈谓〉楚〈定〉云端〈补〉。它：作者的家。遥：远远地。隔：隔离。楚云端：在楚地的云里。襄樊市在春秋时属楚国。襄樊地势高，乘船在江面上看上去，像在云里。这句补充说明上句。

句⑤乡泪〈主〉客中〈方位短语•状〉尽〈谓〉。乡泪：思乡的眼泪。客中：在旅途中。尽：流完。方位短语的结构是：客＋中（"中"是方位词）。这句与下句是并列关系。

句⑥孤帆〈主〉看〈谓〉天际〈宾•倒〉。孤帆：指作者。这里借帆（部分）代船（整体），又借船（地点）代作者（地点中的人），是借代修辞格。看：遥望。天际：天边。指遥远的故乡。

句⑦我〈主•省〉欲有问〈谓〉迷津〈宾•倒〉。欲：想。有问：询问。"有"是动词前缀，没有实义。迷津：迷失的渡口，引申为"路在何方"。这句与下句是回答关系。这句是问，下句是答。

句⑧平海〈主〉夕〈状〉漫漫〈谓〉。平海：宽阔的江面。古人指江为海。夕：在夜色中。漫漫：茫茫无边。

浅析：作者进京应试落第，心情抑郁，孤身漫游。这首诗抒发了作者漫游长江时的思乡怀归情怀，流露了作者落第后的苦闷和迷惘。第一、二句紧扣题目中"早寒"二字，真切描写了萧瑟秋景。"木落""雁南渡""北风"都是秋天特有景色。"寒"衬托了作者因前途渺茫而感到的心寒。面对浓浓秋色，作者产生了思乡情怀。所以，这两句又为下文抒发思乡怀归作了铺垫。第三句至第八句紧扣题目中的"有怀"二字描写了作者思乡怀归的情怀。第三、四句描写了家乡的遥远，路途的漫长，衬托了作者思乡怀归的惆怅心情。第五、六句表达了作者思乡怀归的悲伤心情。作者思归，又不甘心在落第后回乡，因而悲伤。悲伤至极，因而有了下面的自问自答。第七句表达了作者落第后徘徊于歧路的苦闷。第八句表达了作者对前途的迷惘。

秋日登吴公台上寺远眺

Ascending the Temple on the Wugong Terrace on an Autumn Day and Looking Afar

刘长卿　　Liu Changqing

①古台摇落后，　　After autumn has come to earth I ascend the Wugong Terrace,
②秋入望乡心。　　The autumn scenery here arouses my homesickness.
③野寺来人少，　　In the deserted temple on the Wugong Terrace very few people are seen,
④云峰隔山深。　　Opposite the river the cloud-clad peaks look deep and hidden.

258

⑤夕阳依旧垒,	A beam of the setting sun on the ruined terrace very slowly disappear,
⑥寒磬满空林。	The cold sound of the Buddhist percussion instrument echoes in the leafless woods far and near.
⑦惆怅南朝事,	The saddening affairs of the Southern dynasties long ago passed away,
⑧长江独至今。	Only the waters of the Yangtze River flow from the past till today.

详注：题.秋日：秋天的一天。登：走上。吴公台：又名鸡台，故址在今扬州市西北。此台原是南朝刘宋、沈庆之攻打竟陵王刘诞所建的弓弩台。后来南朝陈将吴明彻攻打北齐时增筑了此台，所以，称吴公台。上寺：指吴公台上的寺庙。远眺(tiào)：向远处看。刘长卿：字文房，唐朝进士，曾任官职。由于为人刚直，多次得罪上司，两次被贬。

句①古台〈定〉草木〈主·省〉摇落〈谓〉后〈方位短语·作下句时间状语〉。古台：指吴公台。摇落：凋谢，枯萎。"草木摇落"是秋景。这里借"草木摇落"(特征)代秋天，是借代修辞格。所以，"摇落后"意即"秋天到来"。方位短语的结构是：古台草木摇落＋后（"后"是方位词）。

句②秋〈主〉入〈谓〉望乡〈定〉心〈宾〉。秋：秋色。入：进入，引申为"引发"。望乡：思念故乡。心：心情。

句③野寺〈状〉来人〈主〉少〈谓〉。野寺：指吴公台上的寺庙。来人：来野寺的人。少：稀少。这句与下句是并列关系。

句④云峰〈主〉隔水深〈连动短语·谓〉。云峰：云中的山峰。隔水：隔着河水，即"在河的对岸"。深：显得幽深。连动短语的结构是：隔水(因)＋深(果)。

句⑤夕阳〈主〉依〈谓〉旧垒〈宾〉。夕阳：傍晚的太阳。依：依恋，指太阳缓缓下山的样子。旧垒：指吴公台。垒：军事建筑。这句与下句是并列关系。

句⑥寒磬〈主〉满〈谓〉空林〈宾〉。寒磬(qìng)：带有寒意的磬声。这里借磬(具体)代磬声(抽象)，是借代修辞格。磬：佛寺中的打击乐器，用铜制成。满：充满。空林：树林落尽的树林。

句⑦南朝事〈主〉令人〈省〉惆怅〈兼语短语·谓·倒〉。南朝事：指宋、齐、梁、陈四朝与吴公台有关的事(见题注)。令人：使人。惆怅：伤感。这句与下句是转折关系。

句⑧长江〈主〉独〈状〉流〈谓·省〉至今〈补〉。独：独自。流：奔流。至今：到今天。

浅析：这首诗描写了作者登上吴公台上的寺庙所见所闻所感。第一句描写了吴公台的满目秋色。"摇落"紧扣题目中的"秋日"。第二句表达了作者的思乡之情。见满目秋色，作者顿生思乡之情。第三、四句是吊古。第三句描写了近景，衬托了吴公台的荒凉。第四句描写了远景，给人以苍茫悠远感，衬托了吴公台的久远历史。第五、六句表达了人世沧桑感。"旧垒"是历史上的军事遗迹。"寒磬"是现实中的事物。两者相互映衬，给人以人世沧桑感。第七、八句表达了作者对人世沧桑而江山依旧的伤感。

送李中丞归汉阳别业

Seeing General Li Off to His Old House in Hanyang

刘长卿　　Liu Changqing

①流落征南将，	You, a general of a punitive expedition to the south who lead a vagrant life in the end,
②曾驱十万师。	Once were a commander of a powerful army on this land.
③罢归无旧业，	Dismissed from your post, you go home without family property,
④老去恋明时。	At your old age you still think fondly of the times of peace and prosperity.
⑤独立三边静，	All on your own you put an end to wars on the three frontier regions,
⑥轻生一剑知。	Only the sword at your waist knows you disregard your life in fightings.
⑦茫茫江汉上，	On this vast Jiang-Han rivers, dusk is falling,
⑧日暮欲何之。	Where on earth are you going?

详注：题．李中丞：生平不详。中丞：御史中丞，是官职名。汉阳：今湖北武汉市汉阳区。别业：别墅，老房子。

句①流落〈定〉征南将〈中心词〉。这是个名词句，作下句主语。流落：漂泊江湖的。征南将：指李中丞。这句与下句是主谓关系。

句②曾〈状〉驱〈谓〉十万〈定〉师〈宾〉。曾：曾经。驱：指挥，率领。十万师：十万大军。

句③你〈主·省〉罢归〈状〉无〈谓〉旧业〈宾〉。你：指李中丞，下文中的"你"同此。罢归：罢官回家的时候。无：没有。旧业：老家的产业。这句与下句是并列关系。

句④你〈主·省〉老去〈状〉恋〈谓〉明时〈宾〉。老去：晚年。恋：眷恋。明时：清明盛世。

句⑤你〈主·省〉独立〈谓〉三边〈主〉静〈谓〉。这句由两个句子构成。"你独立"是一句，"三边静"是一句。两句间是因果关系。独立：独自站立。指李中丞独率大军，战功赫赫。三边：汉代指幽州、并州、凉州。后泛指边疆地区。静：平静无战事。这句与下句是并列关系。

句⑥一剑〈主〉知〈谓〉轻生〈宾·倒〉。一剑：指李中丞身上佩戴的一把剑。知：知道。轻生：视死如归，指李中丞视死如归。

句⑦茫茫〈定〉江汉〈中心词〉上〈方位短语·作下句的地点状语〉。方位短语的结构是：茫茫江汉+上（"上"是方位词）。茫茫：辽阔的。江汉上：长江和汉水上，指江面上。汉水在汉阳流入长江。

句⑧你〈主·省〉日暮〈状〉欲之〈谓〉何〈宾·倒〉。日暮：黄昏的时候。欲：想。之：去，往。何：什么地方。"何"是疑问代词。古汉语中，疑问代词作宾语时要移到动词前。

浅析：老将军李中丞被罢官回故乡，作者送别他，写了这首诗。这首诗赞扬了老将军的赫赫战功和对朝廷的耿耿忠心，抨击了朝廷的昏暗，对老将军的凄凉晚景表达了同情

260

和悲愤。第一句描写老将军的凄凉现状。第二句追述了他的叱咤风云的历史。两句形成鲜明对照，表达了作者对他的深切同情。第三、四句赞扬了老将军的清廉和忠君爱国的高尚品质。"无旧业"表明老将军廉洁。他公而忘私，没置家产。"恋明时"表明老将军忠君爱国。他老了被罢官，但无怨无恨。第五、六句是作者为老将军鸣不平。第五句表明老将军威震边境，功勋卓著。第六句的"轻生"表明将军在战场上舍生忘死。"一剑知"表明朝廷对老将军的英勇一无所知。对这样的老将军，朝廷罢了他的官，让他流落江湖，真是太不公平了。第七、八句表达了作者对老将军的凄凉晚景的同情和悲愤。作者也仕途坎坷，两遭贬谪。或许他把对自己不幸遭遇的感慨寄托在老将军身上了。

本诗①②句和⑦⑧句是流水对。

饯别王十一南游

Giving a Farewell Dinner to Wang the 11th Going on a Tour of the South

刘长卿　Liu Changqing

①望君烟水阔，	I watch you going away on the mist-covered river vast,
②挥手泪沾巾。	Waving my hands to you, my tears wet my handkerchief fast.
③飞鸟没何处，	I don't know where you, a flying bird, will disappear,
④青山空向人。	The blue mountain in vain faces me standing here.
⑤长江一帆远，	On the Yangtze River your lonely boat sails farther and farther and out of my sight,
⑥落日五湖春。	At sunset you'll see the spring scenery of the five lakes all right.
⑦谁见汀洲上，	Who sees on this shoal I stay,
⑧相思愁白蘋。	And sadly fix my eyes on the white duckweed thinking of you far away?

详注：题.饯别：备酒食送行。王十一：姓王，排行十一，生平不详。南游：到南方旅游。

句①我〈主·省〉望〈谓〉君〈宾〉阔〈定〉烟水〈补·倒〉。我：指作者，下文中的"我"同此。望：远看。君：指王十一。阔烟水：在宽阔的烟水上。阔：宽阔的。烟水：水雾迷漫的江面。这句与下句是并列关系。

句②我〈主·省〉挥〈谓〉手〈宾〉泪〈主〉沾〈谓〉巾〈宾〉。这句由两个句子构成。"我挥手"是一句。"泪沾巾"是一句。前句是后句的时间状语。挥手：挥手告别。沾：打湿。巾：手巾。

句③飞鸟〈主〉没〈谓〉何处〈补〉。飞鸟：指李十一。这里借飞鸟喻王十一，是借喻修辞格。没：消失。何处：在什么地方。这句与下句是并列关系。

句④青山〈主〉空〈状〉向〈谓〉人〈宾〉。空：徒劳地。向：对着。人：指作者自己。

句⑤长江〈状〉一帆〈主〉远〈谓〉。长江：在长江江面上。一帆：一条船。这里借帆（部分）代船（整体），是借代修辞格。远：越来越远。这句与下句是顺承关系。

句⑥落日〈状〉你〈主·省〉见〈谓·省〉五湖〈定〉春〈宾〉。落日：在日落时分。你：指王十一。见：看见。

五湖:指江南的湖泊。春:春色。

句⑦谁〈主〉见〈谓〉汀洲上〈方位短语·宾·兼作下句的主语〉。汀(tīng):水边平地。这里借汀洲上(地点)代作者(地点上的人),是借代修辞格。方位短语的结构是:汀洲+上("上"是方位词)。这句与下句是主谓关系。

句⑧相思愁白蘋〈连动短语·谓〉。相思:思念,指作者思念友人王十一。愁:对……发愁。白蘋(pín):一种水草。连动短语的结构是:相思(因)+愁白蘋(果)。

浅析:这是一首送别诗,表达了作者的离愁别绪。第一、二句描写了作者送别友人时的悲伤心情。第三、四句描写了作者送走友人后站在江边远望的情景,衬托了作者对友人的恋恋不舍之情。"没何处"表明作者一直站在江边看着友人乘坐的船在江面上消失。"空"衬托了作者送走友人后的落寞心情。第五、六句想象了友人的旅途情景,表达了作者对友人的牵挂。第七、八句表达了作者对友人的不尽的思念之情。

本诗⑤⑥句是工对,⑦⑧句是流水对。

寻南溪常道士

Looking for Taoist Priest Chang at South Stream

刘长卿　Liu Changqing

①一路经行处,	Along the path I walk by,
②莓苔见屐痕。	I see on the moss the wooden shoe prints lie.
③白云依静渚,	O'er the quiet islet the white clouds float about,
④芳草闭闲门。	By the green grasses the unused door is blocked out and out.
⑤过雨看松色,	After a fresh shower, the pine trees look all the more green,
⑥随山到水源。	Along the mountain path I come to the source of a spring.
⑦溪花与禅意,	The flowers on its banks show the mien of Buddhist meditation,
⑧相对亦忘言。	Facing them I, too, utter nothing.

详注:题。南溪:不详。常道士:不详。道士:道教徒。

句①[我〈主·省〉一路〈状〉经行〈谓〉]〈小句·定〉处〈中心词〉。这是一个名词句,作下句的地点状语。我:指作者,下文中的"我"同此。一路:一路上。经行:走过。处:地方。

句②莓苔〈主〉见〈谓〉屐痕〈宾〉。莓苔:青苔上。见:显现,即"有"。屐(jī)痕:木屐的痕迹。木屐:木鞋。

句③白云〈主〉依〈谓〉静〈定〉渚〈宾〉。依:飘浮在。静:寂静的。渚(zhǔ):水中的小块陆地。这句与下句是并列关系。

句④芳草〈主〉闭〈谓〉闲门〈宾〉。芳草:绿草。闭:遮掩。闲门:没有人进出的门。

句⑤雨〈主〉过〈谓·倒〉我〈主·省〉看〈谓〉松色〈宾〉。这句由两个小句子构成。"雨过"是一句。"我看松色"是一句。两句间是顺承关系。雨过:雨结束。看:看到。松色:青松苍翠的颜色。这句与下句是并列关系。

句⑥我〈主·省〉随山〈介词短语·状〉到〈谓〉水源〈宾〉。随山:顺着山路。水源:溪水源头。介词短语的结构是:随+山("随"是介词)。

句⑦溪花〈主〉与〈谓〉禅意〈宾〉。溪花:溪边的山花。与:参与,引申为"显出"。禅意:清净空灵的面貌。这句与下句是并列关系。

句⑧我〈主·省〉相对〈状〉亦〈状〉忘〈谓〉言〈宾〉。相对:面对着溪边的山花的时候。亦:也。忘言:默默无言。忘:忘记。言:话语。

浅析:这首诗描写了作者在寻访常道士的途中所见,表达了作者对禅意的顿悟。第一、二句描写了常道士居所环境的幽深。"见屐痕"表明人迹罕至,只有常道士留下的屐痕。第三句描写了常道士居所环境的寂静。第四句表明作者找到了常道士的住处,并发现常道士出门已有很长一段时间了。第五、六句描写了作者继续寻访常道士的情景。常道士人不在住处,作者没见到他,心有不甘。于是,满山寻找,所以,"过雨看松色"并来到了溪水水源处。第七、八句描写了作者顿悟出禅意的情景。山花在溪边静静地绽放,灿烂夺目,不求人赏。这本身就是十足的禅意。见此禅意,作者的心灵被净化,随即也显出了禅意,所以,"相对亦忘言"。作者没有见到常道士,却顿悟了禅意。其实,常道士就是禅意的化身。寻找常道士就是寻找禅意。

本诗①②句是流水对,③④句是工对。

新 年 作

A Poem Written on the New Year's Day

刘长卿　　Liu Changqing

①乡心新岁切,	I'm all the more homesick in the new year,
②天畔独潸然。	At the end of the earth alone I shed my tear.
③老至居人下,	I'm getting old, yet I still remain inferior to others in officialdom,
④春归在客先。	Spring has returned to earth, and I still can't go back home.
⑤岭猿同旦暮,	I spend morns and evens together with the gibbons in the mountains,
⑥江柳共风烟。	I share the wind and dust together with the riverside willows.
⑦已似长沙傅,	Alas, I have been like Jia Yi for many a year,
⑧从今又几年?	From today on, how many more years shall I stay here?

详注:句①乡心〈主〉新岁〈状〉切〈谓〉。乡心:作者的思乡之情。新岁:在新年里。切:浓烈。这句与下句是因果关系。

句②我〈主·省〉天畔〈状〉独〈状〉潸然〈谓〉。我:指作者,下文中的"我"同此。天畔:在天边。当时,作者被贬到潘州(今广东茂名),近南海。所以说在天边。独:独自。潸(shān)然:流泪不止。

句③老〈主〉至〈谓〉我〈主·省〉居〈谓〉人下〈方位短语·补〉。这句由两个句子构成。"老至"是一句。"我居人下"是一句。两句间是转折关系。老:老年。至:到了。居:处于。人:别人。居人下:官位在别人之下。方位短语的结构是:人+下("下"是方位词)。这句与下句是并列关系。

263

句④春〈主〉在客先〈介词短语〉归〈谓·倒〉。客：指作者。在客先：先于作者。即"春天已回大地，而作者还在天边没有回"。归：回。介词短语的结构是：在＋客先（"在"是介词）。

句⑤岭猿〈主〉与〈介词短语·状·省〉同〈谓〉旦暮〈联合短语·宾〉。岭猿：山上的猿猴。与我：和我一道。同：共度。旦：拂晓。暮：黄昏。介词短语的结构是：与＋我（"与"是介词）。联合短语的结构是：旦＋暮（两者并列）。这句与下句是并列关系。

句⑥江柳〈主〉与我〈介词短语·状·省〉共〈谓〉风烟〈宾〉。江柳：江边的柳树。与我：和我一道。共：分享。风烟：随风飘散的烟尘。介词短语的结构是：与＋我（"与"是介词）。

句⑦我〈主·省〉已似〈谓〉长沙傅〈宾〉。已：已经。似：与……相似。长沙傅：是长沙王太傅的省略式，指贾谊。贾谊曾被贬为长沙王的太傅。太傅：辅导太子的官。这里作者把自己比作贾谊，是明喻修辞格。"似"是比喻词。这句与下句是并列关系。

句⑧从今〈状〉我〈主·省〉又〈状〉留〈谓·省〉几年〈补〉。从今：从今以后。又：还要。留：留在这天边（潘州）。

浅析：这首诗是作者被贬到潘州后写的，抒发了作者在新年里的思乡和悲愤之情。第一、二句表达了作者的思乡之情。第三、四句表达了作者遭贬的悲愤之情。第五、六句描写了作者独自在异乡的孤独凄凉的境况。所以，作者在第七、八句中进一步表达了悲愤之情。

本诗⑤⑥句是工对。

送僧归日本

Seeing Off a Japanese Monk Who Goes Back to Japan

钱　起　Qian Qi

①上国随缘住，	You came to China driven by fate,
②来途若梦行。	As if in a dream the journey to China you made.
③浮天沧海远，	The sea is so vast as if your boat will reach the sky,
④去世法舟轻。	Your boat is so light as if away from the earth it will fly.
⑤水月通禅寂，	The waters of the sea and the bright moon will respond to your Buddhist meditation,
⑥鱼龙听梵声。	The fish and the dragon will attentively listen to your sutra chanting.
⑦惟怜一灯影，	I especially love your Buddha's lamp bright,
⑧万里眼中明。	Which to all the human beings will give its Buddhist light.

详注：题。钱起：字仲文，唐朝进士，曾任官职，是唐大历十才子之一（卢纶、李端、朝翙、司空曙、苗发、吉中孚、夏候审、耿沣、崔峒）。

句①你〈主·省〉随缘〈倒〉住〈倒〉上国〈倒〉〈连动短语·谓〉。你：指日本僧人。随缘：顺着机缘，是佛教用语。住：居住。上国：在上国，日本僧人称大唐帝国为上国。连动短语的结构是：随缘（因）＋住上国（果）。

句②来途〈主〉若〈谓〉梦行〈宾〉。来途：来中国的旅途。若：好像。梦行：在梦里行走。这句补充说明上句。

句③沧海〈主·倒〉远〈谓·倒〉舟〈主·省〉浮〈谓·倒〉天〈补·倒〉。这句由两个句子构成。"沧海远"是一句。"舟浮天"是一句。两句间是因果关系。沧海:大海。远:辽阔无边。舟:船,指日本僧人乘坐的船。浮:飘浮。天:到天上。这句与下句是并列关系。

句④法舟〈主〉轻〈谓〉去世〈动宾短语·补·倒〉。法舟:日本僧人乘坐的船。轻:轻飘飘。去:离开。世:人间。轻去世:轻飘得像远离了人间。动宾短语的结构是:去+世(动词+宾语)。

句⑤水月〈联合短语·主〉通〈谓〉禅寂〈宾〉。水:海水。月:明月。通:相通。禅寂:禅定后的宁静心境,指日本僧人的心境。联合短语的结构是:水+月(两者并列)。这句与下句是并列关系。

句⑥鱼龙〈联合短语·主〉听〈谓〉梵声〈宾〉。梵(fán)声:僧人念佛经的声音。联合短语的结构是:鱼+龙(两者并列)。

句⑦我〈主·省〉惟〈状〉怜〈谓〉一灯影〈宾〉。我:指作者。惟:特。怜:爱。一灯影:日本僧人船上的那盏灯,兼指佛灯,是双关修辞格。

句⑧它〈主·省〉万里眼中〈方位短语·状〉明〈谓〉。它:指"一灯影"。万里眼中:在芸芸众生的眼中。明:放光明。万里眼中明:照亮芸芸众生,即"使芸芸众生得到佛音。方位短语的结构是:万里眼+中("中"是方位词)。这句补充说明上句。

浅析:历史上中日两国文化交流很多。唐朝时,不少僧人来中国求取佛法。这首诗是作者写给一位即将回日本的僧人的。诗中用了许多佛教术语,很切合僧人身份。第一、二句描写了日本僧人来华时的不畏艰险。字里行间流露出对日本僧人的赞扬。第三、四句想象了日本僧人归途中的情景。第五、六句赞扬了他的佛法精深。第七、八句表达了作者的祝愿。祝愿日本僧人回国后弘扬佛法,普度众生。

本诗③④句和⑤⑥句都是工对。

谷口书斋寄杨补阙

To Official Yang from My Study at Gukou

钱　起　Qian Qi

①泉壑带茅茨,	In a valley stands my thatched hut with a stream nearby,
②云霞生薜帷。	On the curtain-like climbing figs on the wall shines the rosy clouds in the sky.
③竹怜新雨后,	After a fresh rain, the bamboos look all the more green,
④山爱夕阳时。	When the sun's setting, the mountains look all the more charming.
⑤闲鹭栖常早,	The leisurely egrets oft go back to their nests earlier,
⑥秋花落更迟。	The autumn flowers here wither and fall much later.
⑦家童扫萝径,	My boy servant has swept the vine-sheltered path here,
⑧昨与故人期。	Because yesterday I made an appointment with you, my friend dear.

详注：题.谷口:地名,在今陕西礼泉县东北。寄:写赠。杨补阙:生平不详。补阙:是谏官,职责是对皇帝进行规谏。左补阙属门下省,右补阙属中书省。

句①泉壑〈联合短语·主〉带〈谓〉茅茨〈宾〉。泉:泉水。壑(hè):山谷。带:环绕。茅茨(cí):茅屋,指作者的书斋。联合短语的结构是:泉+壑(两者并列)。这句与下句是并列关系。

句②云霞〈主〉生〈谓〉薜帷〈宾〉。云霞:彩云。生:出现,引申为"照射着"。薜(bì):薜荔藤。薜帷:薜荔藤爬满墙壁像帷幕一样。

句③新雨后〈方位短语·定·倒〉竹〈主〉怜〈谓〉。新雨:刚下过的雨。竹:竹子。怜:可爱。方位短语的结构是:新雨+后("后"是方位词)。这句与下句是并列关系。

句④夕阳时〈定·倒〉山〈主〉爱〈谓〉。夕阳时:太阳下山时的。爱:可爱,妩媚。

句⑤闲鹭〈主〉常早〈状·倒〉栖〈谓〉。闲鹭:悠闲的白鹭。常早:经常早早地。栖:栖息。这句与下句是并列关系。

句⑥秋花〈主〉更迟〈状·倒〉落〈谓〉。秋花:秋天的花。更迟:比别处更迟地。落:凋落。

句⑦家童〈主〉扫〈谓〉萝径〈宾〉。家童:未成年的仆人。扫:清扫。扫径表示诚心迎客。萝径:被松萝遮盖的门前小路。这句与下句是果因关系。

句⑧我〈主·省〉昨〈状〉与故人〈介词短语·状〉期〈谓〉。我:指作者。昨:昨天。故人:老朋友,指杨补阙。期:约好。介词短语的结构是:与+故人("与"是介词)。

浅析:这首诗描绘了作者的谷口书斋的幽静美好的环境,表达了作者邀朋友相聚的诚意。第一句至第六句紧扣题目中的"谷口书斋",描写了书斋周围的色彩斑斓,清新宜人的景色。作者这样细致描写的用意是:我这里的风景如此美丽,很值得朋友你来此一游。第七、八句的言外之意是:我已做好一切准备恭候你的光临。这两句紧扣题目中的"寄杨补阙",表达了作者邀请友人的诚意。

本诗③④句和⑤⑥句是工对。

淮上喜会梁州故人

Happily Meeting an Old Friend from Liangzhou near the Huai River

韦应物　Wei Yingwu

①江汉曾为客,	Once in the Jiang-Han area a traveller's life we led.
②相逢每醉还。	Each time we met we didn't go back if drunk we didn't get.
③浮云一别后,	After we parted we were floating clouds in the sky,
④流水十年间。	Ten years like running water have soon gone by.
⑤欢笑情如旧,	Though we meet and laugh today as we did in the days of yore,
⑥萧疏鬓已斑。	Yet the sparse hairs on our temples have turned white all.
⑦何因不归去?	You ask me why I don't go back to my native land.
⑧淮上有秋山。	Because near the Huai River, there're autumn hills around.

详注：题.淮上：淮水边。喜会：与……高兴地相聚。梁州：从梁州来的。梁州是地名,在今陕西汉中市东。故人：老朋友。

句①我们〈主·省〉曾〈状〉为〈谓〉江汉〈定·倒〉客〈宾〉。我们：指作者和友人,下文中的"我们"同此。曾：曾经。为：做。江汉：在长江和汉水一带。汉水在今武入长江。客：旅客。这句是下句的时间状语。

句②我们〈主·省〉每〈状·倒〉相逢〈状〉醉还〈连动短语·谓〉。每：每次。相逢：见面的时候。醉还：醉着回去。连动短语的结构是：醉(方式)+还(动作)。

句③我们〈主·省〉一别后〈方位短语·状〉是〈谓·省〉浮云〈宾·倒〉。一别：分别。浮云：这里借浮云喻漂泊无依、行踪不定,是借喻修辞格。方位短语的结构是：一别+后("后"是方位词)。这句与下句是并列关系。

句④十年间〈方位短语·主〉是〈谓·省〉流水〈宾·倒〉。十年间：十年的时间。流水：这里把逝去的十年时间比作流水,是暗喻修辞格。方位短语的结构是：十年+间("间"是方位词)。

句⑤欢笑〈定〉情〈主〉如〈谓〉旧〈宾〉。欢笑：指作者与友人欢笑的样子。情：情意。如：像。旧：以前。这句与下句是转折关系。

句⑥萧疏〈定〉鬓〈主〉已〈状〉斑〈谓〉。萧疏：稀稀落落的。鬓(bìn)：面颊两旁近耳的头发。已：已经。斑：白。

句⑦我〈主·省〉何因〈状〉不归去〈谓〉？我：指作者。何因：为什么。不归去：不回故乡。这句与下句是问答关系。这句是问,下句是答。

句⑧淮上〈方位短语·主〉有〈谓〉秋山〈宾〉。秋山：淮上实际上没有山。作者用"秋山"是为了应付友人的问话,带有调笑的意味。意思是：这地方挺好。

浅析：这首诗描写了作者与老友久别重逢的喜悦和伤感。第一、二句回顾了两人过去的亲密交往和美好时光。第三、四句慨叹了两人分别之久和时间流逝之速。第五、六句慨叹了人生易老,流露出一种伤感情绪。第七句表达了老友对作者的关切。第八句是作者的回答。其言外之意是：这里挺好,为什么要回去？衬托了作者无可无不可的旷达胸怀。这句还表明了两人相逢的时间(秋天)和地点(淮上)。

本诗③④句是工对,⑦⑧句是流水对。

赋得暮雨送李曹

A Poem with the Given Title *Evening Rain* in Farewell to Mr. Li

韦应物　　Wei Yingwu

①楚江微雨里,	On the Yangtze River the drizzle is falling,
②建业暮钟时。	In Jianye Temple the evening bell is tolling.
③漠漠帆来重,	Enveloped in rain and mist, with difficulty your boat is moving along,
④冥冥鸟去迟。	In the dim dusk the birds are slowly flying on.
⑤海门深不见,	Haimen is too remote to be seen from this place,

卷五　五言律诗

267

⑥浦树远含滋。	The trees on the banks of the river look steam-covered in the distance.
⑦相送情无限，	I see you off with affection boundless,
⑧沾襟比散丝。	The front part of my garment is wet with my tears like the drizzle endless.

详注：题．赋得：分题作诗或限题作诗，按例应在题目前加"赋得"二字。分得的题目是"暮雨"。送：送别。李曹：又为李胄，生平不详。

句①楚江〈主〉在〈谓·省〉微雨里〈方位短语·宾〉。楚江：指长江。长江流经南京，南京在古时属楚。微雨：细雨。方位短语的结构是：微雨＋中（"中"是方位词）。这句与下句是并列关系。

句②建业〈主〉在〈谓·省〉暮钟时〈宾〉。建业：南京旧称，今为南京的一个区。暮钟时：敲响晚钟的时候。

句③漠漠〈状〉帆〈主〉来〈谓〉重〈补〉。漠漠：在迷蒙的细雨中。帆：船。这里借帆（部分）代船（整体），是借代修辞格。来：前行。重：艰难。这句与下句是并列关系。

句④冥冥〈状〉鸟〈主〉去〈谓〉迟〈补〉。冥冥（míng）明：在昏暗的暮色中。去：飞行。迟：缓慢。

句⑤海门〈主〉深〈谓〉不见〈补〉。海门：地名，在今江苏海门县，是友人要去的地方。深：远。不见：看不见。深不见：远得看不见。这句与下句是并列关系。

句⑥浦树〈主〉远〈状〉含〈谓〉滋〈宾〉。浦树：江边的树。远：在远处。含：含着。滋：水气。

句⑦相送〈定〉情〈主〉无限〈谓〉。相送：送别，指作者送别友人。"相"是动词前缀，没有实义。情：情意。无限：十分深浓。

句⑧沾襟〈动宾短语·主〉比〈谓〉散丝〈宾〉。沾襟：打湿衣服。这里借沾襟（结果）代流泪（原因），是借代修辞格。比：像。散丝：雨丝，即簌簌流下的泪。这里把簌簌流下的泪比作雨丝，是明喻修辞格。"比"是比喻词。这句补充说明上句。

浅析：这是一首送别诗，描写了作者送别友人的情景，表达了作者的惜别之情。第一句通过写景交代了送别地点（长江边）。第二句通过写景交代了送别时间（傍晚）。"微雨"和"暮钟"又渲染了伤别气氛。第三、四句描写了暮雨中的景象，衬托了作者和友人不忍离别的心情。第五、六句描写了作者送别友人后的惆怅心情。他站在那里远望友人远去的方向，不见海门，只见远处水雾迷蒙的树木。第七、八句进一步表达了作者惜别的悲伤心情。

本诗③④句是工对。

酬程近秋夜即事见赠

Response to Cheng Jin's Poem Entitled *A Scene on an Autumn Night*

韩 翃　　Han Hong

长簟迎风早，	The long bamboos early meet autumn wind light,

②空城澹月华。　The quiet town is bathed in the moonlight bright.
③星河秋一雁，　A solitary wild goose goes past the Milky Way in flight,
④砧杵夜千家。　Thousands of families beat clothes at night.
⑤节候看应晚，　From the scenes we see the season seems to be late,
⑥心期卧已赊。　To respond to your poem I go to bed late.
⑦向来吟秀句，　I've been reciting your verses beautifully made,
⑧不觉已鸣鸦。　Before I know it's already daybreak.

详注：题.酬：用诗答谢。**程近**：又作程延，生平不详。**秋夜即事**：是程近的原诗题目。**即事**：就眼前的事写诗。**见赠**：被赠，指程近写的《秋夜即事》一诗被赠给作者。**韩翃（hóng）**：字君平，唐朝进士，曾任官职，是唐朝大历十才子之一。

句①长簟〈主〉迎〈谓〉早〈状〉风〈宾·倒〉。长簟（diàn）：一种高大的竹。迎：迎来。早：早早地。风：秋风。这句与下句是并列关系。

句②空城〈主〉澹〈谓〉月华〈宾〉。空城：寂静的城里。澹（dàn）：荡漾着。月华：月光。

句③一秋雁〈主·倒〉飞〈谓·省〉星河〈宾·倒〉。一秋雁：一只秋天的大雁。飞：飞过。星河：银河。这句与下句是并列关系。

句④千家〈主·倒〉夜〈状〉响〈谓·省〉砧杵〈联合短语·宾·倒〉。千家：千家万户。夜：在夜晚。响：敲响。砧（zhēn）：捣衣用的石块。杵（chǔ）：捶衣服的棒子。联合短语的结构是：砧＋杵（两者并列）。

句⑤节候〈主〉看〈独立成分〉应晚〈谓〉。节候：节气。看：看来。应晚：应是晚秋。这句与下句是并列关系。

句⑥我〈主·省〉心期卧已赊〈连动短语·谓〉。我：指作者。心期：心心相印，指写诗酬答。卧：睡觉。已：已经。赊（shē）：迟。连动短语的结构是：心期（因）＋卧已赊（果）。

句⑦我〈主·省〉向来〈状〉吟〈谓〉秀句〈宾〉。我：指作者。向来：一直。吟：吟诵。秀句：优美的诗句，指程近写的诗句。这句与下句是因果关系。

句⑧我〈主·省〉不觉〈谓〉鸦已鸣〈主谓短语·宾·倒〉。我：指作者。不觉：没有觉察。鸦已鸣：天已亮。破晓时，乌鸦会鸣。这里借鸦鸣（结果）代天亮（原因），是借代修辞格。主谓短语的结构是：鸦＋已鸣（主语＋谓语）。

浅析：这是一首酬答诗，描写了秋夜景色，表达了作者与友人间的深厚情谊。第一句至第四句描写了澄澈清幽的秋夜景色。程近的诗《秋夜即事》所描写的是秋夜所见所思，所以，作者的酬答诗也得描写秋夜所见。第一、二、四句描写了地面景色。第三句描写了空中景色。古时，一到秋天，妇女们就把织好的布放在砧上捶打，使其变软，以便缝制冬衣，也为了穿着舒适。所以，捣衣标志着秋天已到，是秋天特有的风景。第五句承上，是对前四句的总结。第六句启下。第七、八句说明了"卧已赊"的原因，表达了作者与友人间的深情厚谊。

卷五　五言律诗

阙 题

A Poem Without a Title

刘眘虚　Liu Shenxu

①道由白云尽，　The path disappears in the clouds white,
②春与青溪长。　The spring scenery extends as long as the stream runs along.
③时有落花至，　Every now and then onto the stream some flowers fall light,
④远随流水香。　Their fragrance together with the water flows on.
⑤闲门向山路，　The seldom used gate faces the mountain path winding,
⑥深柳读书堂。　Amid the dense willows, his study hall is hidden.
⑦幽映每白日，　On every sunny day through the willows shines the sun bright,
⑧清辉照衣裳。　Upon his clothes shedding its clear and brilliant light.

详注：题. 阙（quē）：缺，即"无"。刘眘（shèn）虚：唐朝进士，曾任官职。

句①道〈主〉由白云〈介词短语·状〉尽〈谓〉。道：山路。由：于。由白云：在白云处。尽：完了，即"由于白云笼罩而看不见"。介词短语的结构是：由+白云（"由"是介词）。这句与下句是并列关系。

句②春〈主〉与青溪〈介词短语·状〉长〈谓〉。春：春色。与青溪：和青溪一样。长：延伸。即"青溪两岸春色满目"。介词短语的结构是：与+青溪（"与"是介词）。

句③时〈状〉有落花〈主〉至〈谓〉青溪〈宾·省〉。时：不时地。有落花：一些落花。"有"可摆在一些名词前表示"一些"。至：落到。

句④香〈主〉随流水〈介词短语·状〉远〈谓·倒〉。香：花的香气。随流水：跟着流水。远：到远处。介词短语的结构是：随+流水（"随"是介词）。这句补充说明上句。

句⑤闲门〈主〉向〈谓〉山路〈宾〉。闲门：少有人进出的门。向：对着。这句与下句是并列关系。

句⑥深柳〈主〉有〈谓·省〉读书堂〈宾〉。深柳：柳林深处。读书堂：作者的书房。

句⑦白日〈主〉每〈状〉幽映〈谓·倒〉。白日：阳光。每：往往。幽映：透过柳荫照射下来。

句⑧清辉〈主〉照〈谓〉衣裳〈宾〉。清辉：清幽的阳光。照：照射到。衣裳：作者的衣裳。这句补充说明上句。

浅析：这是一首写景诗。作者边走边观赏。第一句至第四句描写了友人读书堂周围的清幽环境。第五、六句描写了读书堂的位置。"闲"字表明读书堂的幽静。"深"呼应了"闲"。因读书堂在"深柳"处，所以"闲"。第七、八句进一步描写了环境的清幽静雅。全诗映衬了友人的闲逸淡泊情怀。

江乡故人偶集客舍

Getting Together by Chance at an Inn with Old Friends from My Hometown South of the Yangtze River

戴叔伦　Dai Shulun

① 天秋月又满，It is autumn and the moon is again full and bright,
② 城阙夜千重。Chang'an is enveloped in the pitch-dark night.
③ 还作江南会，Here south of the Yangtze River I should meet my old friends from my homeland,
④ 翻疑梦里逢。Yet I doubt it takes place in a dream-land.
⑤ 风枝惊暗鹊，The wind startles the magpies that are in the trees roosting,
⑥ 露草泣寒虫。On the grasses with dewdrops the autumn insects are sadly weeping.
⑦ 羁旅长堪醉，Away from hometown we should get drunk long,
⑧ 相留畏晓钟。So I urge them to stay fearing the bell to report dawn.

详注：题.江乡：江南家乡的。故人：老朋友。偶集：偶尔聚会。客舍：在旅店。戴叔伦：字幼公，曾任官职。

句①天〈主〉秋〈谓〉月〈主〉又〈状〉满〈谓〉。这句由两个句子构成。"天秋"是一句。"月又满"是一句。两句间是递进关系。天：天气。秋：入秋，是名词用作动词。满：圆。这句与下句是并列关系。

句②城阙〈状〉夜〈主〉千重〈谓〉。城阙(què)：在长安城里。"阙"是宫门前两边的望楼。这里借"阙"(部分)代皇宫(整体)，又借皇宫(所属)代京城长安，是借代修辞格。千重：深沉。

句③我们〈主·省〉还〈状〉作〈谓〉江南会〈宾〉。我们：指作者和家乡的老朋友，下文中的"我们"同此。还：居然。作：举行。江南会：江南老友的聚会。这句与下句是转折关系。

句④我〈主·省〉翻〈状〉疑〈谓〉梦里逢〈状中短语·宾〉。我：指作者,下文中的"我"同此。翻：却。疑：怀疑。梦里逢：在梦里相逢。状中短语的结构是：梦里＋逢(状语＋中心词)。

句⑤风〈定〉枝〈主〉惊〈谓〉暗〈定〉鹊〈宾〉。风枝：被风吹动的树枝。惊：惊动。暗鹊：栖息在树枝中的喜鹊。这句与下句是并列关系。

句⑥露草〈状〉寒虫〈主〉泣〈谓·倒〉。露草：带露水的草上。寒虫：秋虫。泣：悲鸣。

句⑦我们〈主·省〉羁旅〈状〉堪长〈倒〉醉〈谓〉。羁(jī)旅：在客居他乡的时候。堪：应该。长醉：长醉不醒。这句与下句是因果关系。

句⑧我〈主·省〉相留畏晓钟〈连动短语·谓〉。相留：挽留。"相"是动词前缀，无实义。畏：怕。晓钟：报晓的钟声。连动短语的结构是：相留(因)＋畏晓钟(果)。

浅析：这首诗描写了作者与家乡老友偶然在旅店聚会的情景。第一、二句通过描写长安城的秋夜景色，点明了作者与家乡老友聚会的时间和地点。第三、四句抒发了作者惊喜交集的心情。事出意外，所以"翻疑梦里逢"。第五、六句描写了凄清的夜景，衬托了作者因漂泊无依而思乡的凄苦心境。第七、八句表达了作者对与家乡老友相聚的珍惜之情。"长堪醉"是因为醉了可以不思乡。"畏晓钟"是因为晓钟一响,天就要亮了。天一亮大家就要分别。珍惜与家乡老友的相聚既表明了作者对家乡老友的深情厚谊,又体现了作者对故乡的思念之情。

本诗⑤⑥句是工对。

送李端

Seeing Li Duan Off

卢　纶　Lu Lun

①故关衰草遍,	At the old pass all over which the withered grasses are in view,
②离别正堪悲。	I'm really grief-ridden to part with you.
③路出寒云外,	The road you're on leads beyond the clouds icy,
④人归暮雪时。	And I'll go back home in this evening snow heavy.
⑤少孤为客早,	Orphaned in boyhood, I wandered early in a sad state,
⑥多难识君迟。	Disaster-ridden, I got to know you very late.
⑦掩泣空相向,	Covering my face with my hands I weep toward your direction in vain,
⑧风尘何所期?	Because in such chaotic society can I expect to meet you again?

详注: 题.送:送别。李端:字正己,唐朝进士,曾任官职,是唐大历十才子之一。卢纶:字允言,曾任官职,是唐大历十才子之一。

句①故关〈主〉遍〈谓·倒〉衰草〈宾〉。故关:旧关。遍:到处都是。衰草:枯草。这句是下句的地点状语。

句②离别〈主〉正〈状〉堪悲〈谓〉。正:实在。堪悲:可悲。堪:可。

句③路〈主〉出〈谓〉寒云外〈方位短语·补〉。路:道路,指李端要走的路。出:延伸到。寒云外:寒冷的云外,指路途遥远。方位短语的结构是:寒云+外("外"是方位词)。这句与下句是并列关系。

句④人〈主〉暮雪时〈状·倒〉归〈谓〉。人:指作者。暮雪时:在黄昏大雪纷飞的时候。归:回去。

句⑤我〈主·省〉少孤早〈倒〉为客〈连动短语·谓〉。我:指作者。下文中的"我"同此。少孤:卢纶年少时丧父。为客:客居他乡。连动短语的结构是:少孤(因)+为客早(果)。这句与下句是并列关系。

句⑥我〈主·省〉多难迟〈倒〉识君〈连动短语·谓〉。多难:多灾多难。迟:晚。识:结识。君:指李端。连动短语的结构是:多难(因)+迟识君(果)。

句⑦我〈主·省〉掩泣相向〈倒〉空〈连动短语·谓·倒〉。掩泣:捂着脸哭。相向:面对着友人去的方向。空:徒劳。连动短语的结构是:掩泣(方式)+相向空(动作)。这句与下句是果因关系。

句⑧我〈主·省〉风尘〈状〉所期〈谓〉何〈宾·倒〉。风尘:在纷乱不安的社会中。这里借风尘代纷乱的社会,是借代修辞格。所期:是所字短语,意即"期待"。何:什么。古汉语中,"何"作宾语时,移到动词前。"何所期"意即"不期待再相逢"。

浅析: 这是一首送别诗,表达了作者送别友人的悲伤心情和对友人的真挚情意。第一句渲染了送别时的凄惨气氛。第二句直言了作者送别友人的悲伤心情。第三、四句描写了送别友人后的愁惨景色，衬托了作者送别友人的悲伤心情。第五、六句表明两人是患难之交，凸显了两人之间的友情弥足珍贵。第七、八句进一步描写了作者对后会无期的悲伤心情，凸显了作者对友人的真挚情谊。

本诗③④句是工对。

喜见外弟又言别

Happily Meeting and Then Parting with My Cousin

李 益　　Li Yi

①十年离乱后，	After ten years of separation because of the war，
②长大一相逢。	We should meet when we both have grown tall.
③问姓惊初见，	At first sight I ask your surname out of surprise，
④称名忆旧容。	Your name reminds me of your former looks nice.
⑤别来沧海事，	We talk about the great changes after our separation，
⑥语罢暮天钟。	Until we hear the sound of the temple's bell in the evening.
⑦明日巴陵道，	Tomorrow you'll be on your way to Baling，
⑧秋山又几重。	We'll be separated by several autumn mountains again.

详注：题．外弟：表弟。言别：话别。李益：字君虞，唐朝进士，曾任官职。

句①十年〈定〉离乱〈中心词〉后〈方位短语〉。离乱：离于乱，即"在战乱中离别"。离：离别。乱：战乱。本句作下句的时间状语。

句②我们〈主·省〉长大〈状〉一〈状〉相逢〈谓〉。我们：指作者和他的表弟，下文中的"我们"同此。长大：长大成人的时候。一：竟然。相逢：相见。"相"是动词前缀，无实义。

句③我们〈主·省〉初见〈状〉惊〈倒〉问姓〈倒〉〈连动短语·谓〉。初见：乍见面的时候。惊：感到惊讶。问姓：询问姓氏。连动短语的结构是：惊(因)＋问姓(果)。这句与下句是顺承关系。

句④他〈主·省〉称〈谓〉名〈宾〉我〈主·省〉忆〈谓〉旧容〈宾〉。这句由两个句子构成。"他称名"是一句。"我忆旧容"是一句。两句间是顺承关系。他：指作者的表弟。称：说出，报出。名：名字。我：指作者，下文中的"我"同此。忆：回忆起。旧容：表弟以前的容颜。

句⑤别来〈定〉事〈主〉沧海〈谓·倒〉。别来：离别后的。事：世事。沧海：沧海变桑田，即"变化巨大"。指他俩谈到别后的变化。这句与下句是顺承关系。

句⑥语〈主〉罢〈谓〉暮天〈定〉钟〈主〉响〈谓·省〉。这句由两个句子构成。"语罢"是一句。"暮天钟响"是一句。前句是后句的时间状语。语：指作者与表弟的谈话。罢：完。暮天钟：寺院的晚钟声。这里借钟(具体)代钟声(抽象)，是借代修辞格。

句⑦明日〈状〉我〈主·省〉上〈谓·省〉巴陵道〈宾〉。上：走上。巴陵道：去巴陵的道路。巴陵：今湖南岳阳。道：道路。这句是下句的时间状语。

句⑧我们〈主·省〉又〈状·倒〉隔〈谓·省〉几重〈定〉秋山〈宾·倒〉。隔：隔着。几重：重重叠叠的。秋山：满目秋色的山峦。

浅析：这首诗描写了作者与表弟久别后相逢的惊喜和会期难再的感伤，真实地反映了战乱中人们的生活状况。第一、二句表达了作者和他的表弟久别重逢的惊喜。"一"表达了这种惊喜。第三句至第六句具体地描写了重逢时的情景。第七、八句表达了作者的感伤情绪。"秋山"表明作者与表弟即聚即散的时间是秋天。"几重"表明群山阻隔，他们难以再相见。

本诗①②句和⑦⑧句是流水对，③④句是工对。

云阳馆与韩绅宿别

Staying Overnight with Han Shen in the Yunyang Hotel and Parting with Him the Next Day

司空曙　Sikong Shu

①故人江海别，	After I parted at the Yangtze River with my old friend,
②几度隔山川。	By the mountains and the rivers we've been separated for many years on end.
③乍见翻疑梦，	We meet so suddenly that I doubt it is a dream,
④相悲各问年。	Sad and grieved we ask each other's age as so old and feeble we seem.
⑤孤灯寒照雨，	On the cold rain outside shines the solitary lamp in the room,
⑥深竹暗浮烟。	In the deep bamboo groves dim mist loom.
⑦更有明朝恨，	Tomorrow morning we'll again suffer from the pain of parting,
⑧离杯惜共传。	So we ask each other to drink more wine to cherish the hours before leaving.

详注：**题**。云阳：唐朝地名，在今陕西淳化县西北。馆：旅馆。韩绅：生平不详。宿别：在旅馆同住一夜后又分别。司空曙：字文明，唐朝进士，曾任官职，是唐大历十才子之一。

句①故人〈主〉江海〈状〉别〈谓〉。故人：老朋友，指韩绅。江海：在江海，指长江一带。别：分别，指作者与韩绅的分别。这句是下句的时间状语。

句②我们〈主·省〉几度〈状〉隔〈谓〉山川〈宾〉。我们：指作者和韩绅，下文中的"我们"同此。几度：几度春秋，即"许多年"。隔：隔着。山川：山河。

句③我们〈主·省〉乍见翻疑梦〈连动短语·谓〉。乍见：突然相见。翻：反而。疑：怀疑。梦：是在做梦。连动短语的结构是：乍见（因）＋翻疑梦（果）。这句与下句是并列关系。

句④我们〈主·省〉相悲〈状〉问年〈连动短语·谓〉。相悲：感到悲伤。"相"是动词前缀，没有实义。各：相互。问年：询问年龄。连动短语的结构是：相悲（因）＋各问年（果）。

句⑤孤灯〈主〉照〈谓〉寒〈倒〉雨〈宾〉。孤灯:孤独的一盏灯。照:照着。寒雨:室外的冷雨。这句与下句是并列关系。

句⑥暗烟〈主〉浮〈谓·倒〉深竹〈补·倒〉。暗烟:朦胧的雾气。浮:飘浮。深竹:在竹林深处。

句⑦我们〈主·省〉更有〈谓〉明朝〈定〉恨〈宾〉。更有:又有。明朝:明天早晨。恨:离别之苦。这句与下句是因果关系。

句⑧我们〈主·省〉惜〈倒〉离〈倒〉共传杯〈倒〉〈连动短语·谓〉。惜:珍惜。离:离别。共:相互。传杯:举杯劝酒。连动短语的结构是:惜离(因) + 共传杯(果)。

浅析:这首诗描写了作者与友人久别后即聚即散的情景,表达了朋友间的真挚情谊。第一、二句描写了朋友的久别。第三、四句描写了朋友重逢的情景。两人久别,都因苍老而悲伤,所以问起年龄。第五、六句描写了破晓时的景色,表明两人彻夜絮语。第七、八句表达了两人即聚即散的依依不舍的真挚情谊。

喜外弟卢纶见宿

Glad of My Cousin Lu Lun's Visit and Overnight Stay

司空曙　Sikong Shu

①静夜四无邻,	The night is quiet and I'm neighbourless,
②荒居旧业贫。	My family property has gone, so I live on this wilderness.
③雨中黄叶树,	I'm a tree with yellow leaves in the rain,
④灯下白头人。	And a white-haired man by the lamp-light on the wane.
⑤以我独沉久,	As I have long been lonely and depressed,
⑥愧君相见频。	At your frequent visits I feel abashed.
⑦平生自有分,	Usually we have between us affection dear,
⑧况是霍家亲。	Furthermore we're real relations near.

详注:**题**.外弟:表弟。卢纶:见《送李端》注。见(xiàn):同"现",即"到来",指卢纶来看望作者。宿:在作者住处过夜。

句①静夜〈状〉四〈主〉无〈谓〉邻〈宾〉。静夜:在静静的夜里。四:四周。无:没有。邻:邻居。这句与下句是果因关系。

句②我〈主·省〉荒〈状〉居〈谓〉旧业〈主〉贫〈谓〉。这句由两个句子构成。"我荒居"是一句。"旧业贫"是一句。两句间是果因关系。我:指作者,下文中的"我"同此。荒:在荒野。居:住。旧业:指作者在故乡的家业。贫:败落。

句③我〈主·省〉是〈谓·省〉雨中〈方位短语·定〉黄叶树〈宾〉。黄叶树:这里作者把自己比作雨中的黄叶树,是暗喻修辞格。方位短语的结构是:雨 + 中("中"是方位词)。这句与下句是并列关系。

句④我〈主·省〉是〈谓·省〉灯下〈方位短语·定〉白头人〈宾〉。白头人:白发人。方位短语的结构是:灯

+下("下"是方位词)。

句⑤以〈连词〉我〈主·省〉久〈状〉独沉〈联合短语·谓·倒〉。以:因为。久:长久地。独沉:孤独沉沦。联合短语的结构是:独+沉(两者并列)。这句与下句是因果关系。

句⑥我〈主·省〉愧〈谓〉君频相见〈主谓短语·宾〉。愧:对……感到惭愧。君:指卢纶。频:时常。相见:来看望作者。"相"是动词前缀,无实义。主谓短语的结构是:君+频相见(主语+谓语)。

句⑦我们〈主·省〉平生〈状〉自〈状〉有〈谓〉分〈宾〉。我们:指作者和卢纶,下句中的"我们"同此。平生:平常。自:就有。分(fèn):情分。这句与下句是递进关系。

句⑧我们〈主·省〉况〈状〉是〈谓〉霍家亲〈宾〉。况:况且。霍家亲:表亲。这里有一个典故,西汉的霍去病是卫青姐姐的儿子。卫家和霍家是表亲关系。这里作者把自己和卢纶的关系比作卫霍两家的关系,属暗喻修辞格。

浅析:这首诗描写了作者沉沦荒居的苦况和卢纶对作者的亲情和友情。第一句至第四句描写了作者的近况。第一句描写了他的孤寂。第二句描写了他的贫穷。第三句描写了他凄凉境况。第四句描写了他的愁苦悲伤。他因愁苦悲伤而满头白发。第五、六句表达了作者对卢纶探望所产生的愧疚感。作者处在穷愁潦倒中,卢纶不忘友情,不忘亲情,经常来探望他,这使作者感到惭愧。第七句表明卢纶不忘友情。第八句表明卢纶不忘亲情。

本诗③④句是宽对,⑤⑥句是流水对。

贼平后送人北归

Seeing Off a Friend Who Returns to the North After the Suppression of the An-Shi Armed Rebellion

司空曙　Sikong Shu

①世乱同南去,	During the An-Shi armed rebellion we together came to the south,
②时清独北还。	Now the rebellion has been suppressed, you alone go back to the north.
③他乡生白发,	In the south our hairs have turned white,
④旧国见青山。	In your hometown only the green hills will be in your sight.
⑤晓月过残垒,	You'll pass the ruined barracks under the daybreak moonlight,
⑥繁星宿故关。	You'll take a lodging at the old passes under the starlight.
⑦寒禽与衰草,	Only the birds in the cold weather and the grasses that have fallen into decay,
⑧处处伴愁颜。	Will accompany your worried look all the way.

详注:**题**.**贼平**:指平息安史之乱。**送**:送别。**人**:友人。**北归**:回北方。

句①我们〈主·省〉世乱〈状〉同〈状〉去〈谓〉南〈宾·倒〉。我们:指作者和友人。世乱:世乱时,指安史之乱时。同:一道。去:来到。南:南方。这句与下句是并列关系。

句②时〈主〉清〈谓〉你〈主·省〉独〈状〉还〈谓〉北〈宾·倒〉。这句由两个句子构成。"时清"是一句。"你独还北"是一句。前句是后句的时间状语。时:时局。清:清明。时清:指安史之乱平息。你:指友人,下文中的"你"同此。独:独自。还:回。北:北方。

句③我们〈主·省〉他乡〈状〉生〈谓〉白发〈宾〉。他乡:在他乡,即"在南方"。生:长出。这句与下句是并列关系。

句④你〈主·省〉旧国〈状〉见〈谓〉青山〈宾〉。旧国:在故乡。见:看到。

句⑤你〈主·省〉晓月〈状〉过〈谓〉残垒〈宾〉。晓月:在晓月下,即"天快亮时的月光下"。过:经过。残垒:破败的军事营垒。这句与下句是并列关系。

句⑥你〈主·省〉繁星〈状〉宿〈谓〉故关〈宾〉。繁星:在繁星下,即"夜里"。宿:住在。故关:旧关口。

句⑦寒禽与衰草〈联合短语〉。寒禽:寒天里的飞鸟。与:和。衰草:枯草。联合短语的结构是:寒禽+衰草(两者并列)。这句与下句是主谓关系。

句⑧处处〈状〉伴〈谓〉愁颜〈宾〉。伴:伴随着。愁颜:你的满面愁容,指友人的满面愁容。

浅析:这首诗叙写了安史之乱后作者送友人北归的感慨和哀伤。第一、二句表达了作者对友人的依依不舍之情和继续留在南方的孤独感。第三、四句表明了安史之乱给社会带来的灾难。第三句描写了作者和友人在南方避难时愁苦,以致白发频添。暗含着人事沧桑的感慨。第四句描写了故乡遭到的极大破坏,只剩青山了。暗含着江山依旧感慨。第五、六句是作者想象了友人归途中晓行夜宿的情景,衬托了友人凄惶不安的心境,表达了作者对友人的牵挂。第七、八句描写了动乱后的荒凉景象,表达了作者对乱世的哀伤。

本诗①②句、③④句、⑤⑥句是工对,⑦⑧句是流水对。

蜀先主庙

A Visit to the Temple of Liu Bei

刘禹锡　Liu Yuxi

①天地英雄气,　Your heroism between earth and heaven,
②千秋尚凛然。　Even today is still awe-inspiring.
③势分三足鼎,　Your effort made the three kingdoms like a tripod come into being,
④业复五铢钱。　To restore the Han Dynasty you did try again and again.
⑤得相能开国,　You got a wise prime minister so that you could establish your own reign,
⑥生儿不像贤。　But your son was not so wise and capable as you had been.
⑦凄凉蜀故伎,　Miserable were the Shu dancers,
⑧来舞魏宫前。　Who were made to dance in the palace of the conquerors.

详注：题．蜀先主庙：刘备庙，在四川夔州(今四川奉节县)。刘备是蜀国开国君王，所以称先主。刘禹锡：字梦得，唐朝进士，曾任官职。

句①天地英雄〈定〉气〈中心词〉。这是一个名词句，作下句的主语。天地：充斥天地间的。曹操曾对刘备说："当今英雄，唯使君(刘备)与操耳"。气：气概。这句与下句是主谓关系。

句②千秋〈状〉尚〈状〉凛然〈谓〉。千秋：千年后。尚：还，仍然。凛然：令人肃然起敬。

句③你〈主·省〉分〈谓〉三足鼎〈定〉势〈宾·倒〉。你：指刘备，下文中的"你"同此。分：造成。三足鼎：魏、蜀、吴三足鼎立的。势：局面。这句与下句是并列关系。

句④你〈主·省〉复〈谓〉五铢钱〈定〉业〈宾·倒〉。复：恢复。五铢钱：汉武帝时发行的钱币，后被王莽废止。东汉光武帝恢复使用五铢钱。这里借五铢钱(汉室的标记)代汉室，是借代修辞格。业：业绩。

句⑤你〈主·省〉得相能开国〈连动短语·谓〉。得：得到。相：宰相，指诸葛亮。能：能够。开国：建立蜀国。连动短语的结构是：得相(因)＋能开国(果)。这句与下句是转折关系。

句⑥你〈省〉生〈主谓短语·定〉儿〈主〉不像〈谓〉贤〈宾〉。你生儿：你生的儿子，指刘禅。不像：没有。贤：贤能，指刘备的贤能。主谓短语的结构是：你＋生(主语＋谓语)。

句⑦凄凉〈定〉蜀〈定〉故伎〈中心词〉。这是一个名词句，作下句的主语。凄凉：凄惨的。蜀：蜀国的。故伎：原有的歌女、舞女、女乐工等。这句与下句是主谓关系。

句⑧来舞〈连动短语·谓〉魏宫前〈方位短语·补〉。魏宫前：在魏国的宫殿前。刘禅投降魏国后，司马昭和他一起吃饭，并让蜀国原有歌伎在刘禅面前唱歌跳舞，这是一种羞辱行为。连动短语的结构是：来(动作)＋舞(目的)。方位短语的结构是：魏宫＋前("前"是方位词)。

浅析：作者凭吊刘备庙，写了这首诗，赞颂了刘备的丰功伟业，并指出了蜀国的败亡的原因——刘禅昏庸，蜀国后继无人。第一、二句表达了作者对刘备的仰慕之情。第三、四句用具体的事实赞颂了刘备的丰功伟业。第五句表明了刘备成就一番伟业的原因——重用诸葛亮这样的贤才。第六句指出了刘禅昏庸，蜀国后继无人。这两句告诉人们：一国之兴亡，其根本在人才。第七、八句用具体例子表明了蜀国败亡后的情景。

本诗①②句和⑦⑧句是流水对，③④句是工对。

没蕃故人

Thinking of My Friend Who Disappears in Tubo

张　籍　　Zhang Ji

①前年戍月支，	The year before last you garrisoned the frontiers, when,
②城下没全师。	In an action against the invaders the whole army you were in was wiped out.
③蕃汉断消息，	News between the Tubos and the Hans has been broken off since then,
④生死长别离。	We're separated forever whether you're alive or not.

⑤无人收废帐，	No one collected the abandoned military tents everywhere,
⑥归马识残旗。	So recognizing the torn army banners, your horse came back there.
⑦欲祭疑君在，	I'd like to offer sacrifices to you, but I doubt if you really die,
⑧天涯哭此时。	So at this moment toward the back of beyond I can but bitterly cry.

详注：题．没蕃故人：消失在吐蕃的老友。没：消失。蕃(bō)：古代青藏高原上的少数民族，曾建立地方政权，称吐蕃。故人：老友。张籍：字文昌，唐朝进士，曾任官职。

句①你〈主·省〉前年〈状〉戍〈谓〉月支〈宾〉。你：指老友。戍(shù)：防守。月(róu)支：汉代西域国名，这里借指吐蕃。这句是下句的时间状语。

句②城下〈状〉全师〈主〉没〈谓·倒〉。城下：在城下，即"在战争的发生地"。全师：全军。没：覆没。

句③蕃汉〈联合短语·定〉消息〈主〉断〈谓·倒〉。蕃汉：吐蕃和汉族之间的。断：断绝。联合短语的结构是：蕃＋汉（两者并列）。这句与下句是因果关系。

句④生死〈联合短语·状〉我们〈主·省〉长〈状〉别离〈谓〉。生死：无论生死，指老友的生或死。我们：指作者和友人。长：长久地。联合短语的结构是：生＋死（两者并列）。

句⑤无人〈主〉收〈谓〉废帐〈宾〉。收：收拾。废帐：废弃的营帐。这句与下句是因果关系。

句⑥马〈主〉识残旗归〈倒〉〈连动短语·谓〉。马：老友的战马。识：认识。残旗：残破的军旗。归：回军营。连动短语的结构是：识残旗（因）＋归（果）。

句⑦我〈主·省〉欲祭疑君在〈联合短语·谓〉。我：指作者。欲：想。祭：祭奠。疑：怀疑。君：你，指老友。在：还活着。联合短语的结构是：欲祭＋疑君在（两者是转折关系）。这句与下句是因果关系。

句⑧我〈主·省〉天涯〈状·倒〉哭〈谓〉此时〈状〉。我：指作者。天涯：对着天边。此时：在想祭奠的时候。

浅析：这首诗表达了作者对友人的真挚情感。第一、二交代了战争的时间、地点和结果。第三、四句表达了作者对老友生死不明的牵挂。第五、六句描写了战场上的惨烈情景，表达了作者对战马归而人未归的悲痛心情，进一步衬托了作者对老友的牵挂。第七、八句表达了作者的悲痛心情。

草

Grasses

白居易　Bai Juyi

①离离原上草，	The rank grasses on the plain,
②一岁一枯荣。	Every year wither and then thrive again.
③野火烧不尽，	Wildfires burn them but can't end their life,
④春风吹又生。	When spring breeze blows they once again thrive.

⑤远芳侵古道，	Boundless grasses overrun the ancient roads,
⑥晴翠接荒城。	Under sunlight their green to a desolate town flows.
⑦又送王孙去，	Once again I see off my friend who goes away,
⑧萋萋满别情。	My sorrow at parting is as lush as the rank grasses on the way.

详注：句①离离〈定〉原上〈定〉草〈中心词〉。这是一个名词句，作下句的主语。离离：丰茂的。原上：原野上的。这句与下句是主谓关系。

句②一岁〈状〉一〈状〉枯荣〈联合短语·谓〉。一岁：一年。一：一次。枯：枯萎。荣：茂盛。联合短语的结构是：枯+荣（两者并列）。

句③野火〈主〉烧不尽〈述补短语·谓〉它〈宾·省〉。烧不尽：烧不灭。它：指原上草。述补短语的结构是：烧+不尽（动词+补语）。这句与下句是并列关系。

句④春风〈主〉吹〈谓〉它〈主·省〉又〈状〉生〈谓〉。这句由两个句子构成。"春风吹"是一句。"它又生"是一句。两句间是顺承关系。生：生长。

句⑤远〈定〉芳〈主〉侵〈谓〉古道〈宾〉。远：一望无际的。芳：绿草。侵：侵占。古道：古老的道路。这句与下句是递进关系。

句⑥晴〈状〉翠〈主〉接〈谓〉荒城〈宾〉。晴：在晴朗的天空下。翠：青绿色。接：延伸到。荒城：荒凉的城池。

句⑦我〈主·省〉又〈状〉送王孙去〈兼语短语·谓〉。我：指作者。王孙：原指贵族子弟。这里借王孙喻游子，是借喻修辞格。去：远行。兼语短语的结构是：送+王孙+去。这句是下句的时间状语。

句⑧别情〈主〉萋萋〈状·倒〉满〈谓·倒〉。别情：作者与友人的离别之情。萋萋：像茂盛的绿草一样。满：盈满。

浅析：这是一首送别诗，题目又作《赋得古原草送别》。这首诗赞扬了春草的无限生命力，抒发了作者像春草一样茂盛的送别游子的离别之情。第一句至第六句描写了春草的茂盛状况。第一、二句描写了春草的绵延不绝。"离离"描写了春草到处生长的特征。"枯荣"描写了春草生生不已的特征。第三、四句赞扬了春草的无限生命力。第五、六句赞扬了春草的勃勃生机。"荒城"和"古道"呼应了"古原"。"侵"和"接"彰显了春草绵延不绝的力度。作了以上铺垫之后，作者写出了第七、八句。在这两句中，作者把送别友人的离别之情比作茂盛的春草，表达了作者送别友人的无限深情。

本诗①②句和⑦⑧句是流水对，③④句和⑤⑥句是工对。

旅　宿

Staying Overnight in a Hotel

杜　牧　Du Mu

①旅馆无良伴，	In the hotel I have no good friend,
②凝情自悄然。	So I'm gloomily lost in thoughts in this strange land.

③寒灯思旧事，	By the cold lamplight I recall my past,
④断雁警愁眠。	A solitary wild goose's cries rouse me from my sleep not fast.
⑤远梦归侵晓，	At dawn I dream of getting home very far away,
⑥家书到隔年。	Because before I receive a letter from home, more than a year has passed away.
⑦沧江好烟月，	The misty moonlight on the blue river is good,
⑧门系钓鱼船。	And in front of the hotel gate is moored a boat with a fishing rod and a hook.

详注：题.旅宿:在旅馆中住宿。杜牧:字牧之,唐朝进士,曾任官职。

句①我〈主·省〉旅馆〈状〉无〈谓〉良伴〈宾〉。我:指作者,下文中的"我"同此。旅馆:在旅馆里。无:没有。良伴:好同伴,好友。这句与下句是因果关系。

句②我〈主·省〉自〈状〉悄然〈倒〉凝情〈连动短语·谓〉。自:独自。悄然:郁闷。凝情:沉思。连动短语的结构是:悄然(方式)+凝情(动作)。

句③我〈主·省〉寒灯〈状〉思〈谓〉旧事〈宾〉。寒灯:在寒灯下。思:回忆。旧事:往事。这句与下句是并列关系。

句④断雁〈主〉警〈谓〉愁〈定〉眠〈宾〉。断雁:失群的雁的鸣叫声。这里借雁(具体)代雁的鸣叫声,是借代修辞格。警:惊醒。愁眠:不安的睡眠。

句⑤侵晓〈状〉我〈主·省〉梦〈谓〉归远〈动宾短语·宾·倒〉。侵晓:拂晓时。梦:梦到。归:回到。远:远方,指远方的家。动宾短语的结构是:归+远(动词+宾语)。这句与下句是并列关系。

句⑥家书〈主〉隔年〈状〉到〈谓·倒〉。隔年:第二年。到:到作者手里。

句⑦沧江〈定〉烟月〈主〉好〈谓·倒〉。沧江:青色的江。烟月:朦胧的月色。这句与下句是递进关系。

句⑧门〈主〉系〈谓〉钓鱼船〈宾〉。门:门外。系:系着。

浅析：这首诗通过描写旅途中的愁苦心境,表达了作者对家乡和亲人的思念和对安定生活的向往。第一句至第六句描写了作者旅宿时的愁苦心境。"无良伴"表明了作者的孤独感。"悄然凝情"表明了作者的郁闷心境。"思旧事"呼应了"悄然凝情"。因为"思旧事",所以"愁眠"。"侵晓"和"梦"表明作者彻夜无眠,到天快亮时才入睡。第六句表明了"远梦归"的原因。一年中,家乡和亲人都会有很大变化。这使作者十分牵挂,所以积思成梦。第七、八句描写了作者梦醒后所见实景。这是一幅渔夫生活的画面,暗含着作者对安定生活的向往。

秋日赴阙题潼关驿楼

On the Way to Chang'an in Autumn, Writing This Poem on the Tongguan Posthouse

许　浑　Xu Hun

①红叶晚萧萧，	In the evening wind the red leaves rustle,

②长亭酒一瓢。　　In the post-house I drink wine with a gourd ladle.
③残云归太华，　　Back to Mount Hua pieces of clouds float on,
④疏雨过中条。　　On Mount Zhongtiao sparse raindrops fall down.
⑤树色随关迥，　　Along Tongguan the verdure of trees spreads into the distance,
⑥河声入海遥。　　To the remote sea the Yellow River loudly runs.
⑦帝乡明日到，　　Tomorrow I'll get to Chang'an,
⑧犹自梦渔樵。　　But tonight the life of the fisherman and the woodman still appear in my dreamland.

详注：题. 秋日：秋天。赴：前往。阙(què)：皇宫前的望楼。这里借阙代皇宫，借皇宫代长安，是借代修辞格。题：在……写诗。潼关：在今陕西省潼关县北，渭河入黄河处南岸。驿楼：驿站的楼房。驿站是供传递公文的人或朝廷官员途中住宿或换马的地方。许浑：字用晦，唐朝进士，曾任官职。

句①红叶〈主〉晚〈状〉萧萧〈谓〉。红叶：枫叶，秋天变红。晚：在晚风中。萧萧：萧萧作响。是风吹树叶发出的声音。这句与下句是并列关系。

句②我〈主·省〉长亭〈状〉饮〈谓·省〉一瓢〈定〉酒〈宾·倒〉。我：指作者，下文中的"我"同此。长亭：在长亭，即"在驿站楼"。瓢(piáo)：剖开葫芦做成的舀水器或盛酒器。

句③残云〈主〉归〈谓〉太华〈宾〉。残云：断云，即"一块一块的云"。归：飘向。太华(huà)：华山，在陕西华阴市区南。这句与下句是并列关系。

句④疏雨〈主〉过〈谓〉中条〈宾〉。疏雨：稀稀拉拉的雨点。过：洒过。中条：中条山，在山西西南部黄河以北，位于太行山与华山之间。

句⑤树色〈主〉随关〈介词短语·状〉迥〈谓〉。树色：树的翠绿色。随关：沿着潼关。迥(jiǒng)：伸向远方。介词短语的结构是：随+关（"随"是介词）。这句与下句是并列关系。

句⑥河声〈主〉入〈谓〉遥〈定〉海〈宾〉。河声：黄河的滔滔的流水声。入：进入。遥海：遥远的大海。

句⑦我〈主·省〉明日〈状〉到〈谓〉帝乡〈宾·倒〉。明日：明天。到：到达。帝乡：皇帝所在的地方，即"京城长安"。潼关离长安只有一天的路程。这句与下句是转折关系。

句⑧我〈主·省〉犹自〈状〉梦〈谓〉渔樵〈联合短语·宾〉。犹自：还在。梦：梦想。渔：渔夫。樵(qiáo)：樵夫，即"砍柴的人"。这里借渔樵喻隐居生活，是借喻修辞格。联合短语的结构是：渔+樵（两者并列）。

浅析：作者入京应试，途经潼关，写了这首诗。诗中描写了作者在潼关驿站所见秋景，表达了作者对做官还是隐居的矛盾心理。第一句描写了秋天傍晚景色。"红叶"表明已到秋天，呼应了题目中的"秋日"。第二句描写了作者独自饮酒的情景，"长亭"呼应了题目中的"驿楼"。第三句至第六句描写了作者边饮酒边远眺所见景色。这是一幅境界阔大的画面，衬托了作者的旷达胸怀。第七、八句描写了对做官还是隐居的矛盾心理。这种矛盾心理表明作者对做官并不十分感兴趣，他内心深处仍向往着隐居生活。

早　秋

Early Autumn

许　浑　Xu Hun

①遥夜泛清瑟，	The clear sound of the zither echoes on the long night,
②西风生翠萝。	The west wind stirs the green vines light.
③残萤栖玉露，	A few remnant fireflies lie on the grasses with dewdrops white,
④早雁拂金河。	Across the autumn Milky Way a flock of wild geese take their early southward flight.
⑤高树晓还密，	At dawn still thick and dense are the tall trees,
⑥远山晴更多。	Under sunshine more of the distant mountains one sees.
⑦淮南一叶下，	When a leaf south of the Huai River falls down,
⑧自觉洞庭波。	I immediately feel on the Dongting Lake the waves roll on and on.

详注：题.早秋:初秋。

句①遥夜〈主〉泛〈谓〉清瑟〈宾〉。遥夜:长夜里。泛:回荡着。清瑟:清悠的瑟声。这里借瑟(具体)代瑟声(抽象)，是借代修辞格。这句与下句是并列关系。

句②西风〈主〉生〈谓〉翠萝〈宾〉。西风:秋风。生:出现在,引申为"吹拂"。翠萝:翠绿的藤萝,是一种四季常青的植物。

句③残萤〈主〉栖〈谓〉玉露〈补〉。残萤:残存的萤火虫。栖:歇息。玉露:在晶亮的露水上。这句与下句是并列关系。

句④早雁〈主〉拂〈谓〉金河〈宾〉。早雁:早早南飞的雁群。拂:飞掠过。金河:秋天的银河。秋属于五行中的金,所以被称作金河。

句⑤高树〈主〉晓〈状〉还〈状〉密〈谓〉。高树:高大的树木。晓:天刚亮的时候。还:仍。密:浓密。在朦胧的曙光中,树木显得格外浓密。这句与下句是并列关系。

句⑥远山〈主〉晴〈状〉更多〈谓〉。远山:远处的山峦。晴:在晴天,即"在阳光下"。更多:显得更清楚。

句⑦淮南〈定〉一叶〈主〉下〈谓〉。这里引用了一个典故。《淮南子·说山训》中有:"见一叶落,而知岁之将暮。睹瓶中之水,而知天下之寒。以近论远。"另外,《楚辞·湘夫人》中有"洞庭波兮木叶下"。作者把这两个典故中的一些字用在七、八两句中,意在表明秋天已到,秋意浓浓。下:落下。这句与下句是顺承关系。

句⑧我〈主·省〉自觉〈谓〉洞庭〈定〉波〈宾〉。我:指作者。自觉:就感到。洞庭波:洞庭湖上泛起波浪。

浅析：这首诗描写了初秋的景色。第一句至第四句描写了秋夜景色。第五、六句描写了初秋早晨的景色。第七、八句补足了浓浓秋意。

本诗③④句和⑤⑥句都是工对,⑦⑧句是流水对。

蝉

The Cicada

李商隐　Li Shangyin

①本以高难饱，	High up in the tree it's of course difficult for the cicada to eat its fill,
②徒劳恨费声。	So in vain it sings its complaints with a trill.
③五更疏欲断，	At dawn its singing diminishes till it dies away,
④一树碧无情。	But the green tree it's in remains as indifferent as it may.
⑤薄宦梗犹泛，	A low-ranking official, I'm still like a twig that on water floats here and there,
⑥故园芜已平。	And my family garden has been overgrown with weeds everywhere.
⑦烦君最相警，	Thank the cicada for giving me a warning,
⑧我亦举家清。	My family and I will remain as poor and clean as it has been.

详注： 句①蝉〈主·省〉本〈状〉以高〈介词短语·状〉难饱〈谓〉。本：本来。以：因为。高：栖息在高枝上。难饱：难以吃饱。古人认为蝉栖息在高枝上，只餐风饮露，难免挨饿。介词短语的结构是：以＋高（"以"是介词）。这句与下句是因果关系。

句②蝉〈主·省〉徒劳〈状〉费〈谓·倒〉恨声〈宾〉。费：花费。恨声：怨恨的声音。

句③蝉声〈主·省〉五更〈状〉疏〈谓〉欲断〈补〉。五更：天快亮的时候。古人把一夜分成五更。疏：稀疏。欲：快要。断：断绝。疏欲断：稀疏得快没声音了。这句与下句是转折关系。

句④一树〈主〉碧〈谓〉无情〈补〉。一树：全棵树，指蝉所栖息的那棵树。碧：青绿色。无情：不动情。碧无情：无动于衷。

句⑤薄宦〈主〉犹〈谓〉泛〈定〉梗〈宾·倒〉。薄宦：卑微的官职，指作者。犹：仍像。泛：在水上飘浮不定的。梗：树枝。这里作者把自己比作在水上飘浮不定的树枝，是明喻修辞格。这句与下句是递进关系。

句⑥芜〈主〉已平〈谓〉故园〈宾·倒〉。芜：丛生的杂草。已平：已掩没。故园：家园。

句⑦我〈主·省〉烦〈谓〉君最相警〈主谓短语·宾〉。我：指作者。烦：烦劳，引申为"感谢"。君：指蝉。最相警：最有警示作用。主谓短语的结构是：君＋最相警（主语＋谓语）。这句与下句是并列关系。

句⑧我〈定〉举家〈主〉亦〈状·倒〉清〈谓〉。我：指作者。举家：全家。亦：也要。清：清贫。

浅析： 这首诗借蝉的境况抒发作者自己的情怀。第一句至第四句描写了蝉的境况。作者借蝉的"高栖"喻自己远离尘俗，品行清高。作者借蝉的"难饱"喻自己的生活困顿。作者借"疏欲断"喻自己的悲苦，又借"碧无情"喻世态炎凉，对作者的悲苦冷漠无情。第五句慨叹了作者自己的孤苦飘零的不幸遭遇。第六句暗示了不如归去的念头。第七、八句表明作者要以蝉自警，要像蝉一样坚守清贫，彰显了作者的清高品行。

风　雨

Wind and Rain

李商隐　　Li Shangyin

①凄凉宝剑篇，	Though I can write the article *On Sword* as Guo Yuanzhen did I'm unlucky in my strife,
②羁泊欲穷年。	I'm fated to be a wanderer all my life.
③黄叶仍风雨，	I'm a yellow leaf which the wind and rain lays a blow upon,
④青楼自管弦。	Yet in the houses of rich people the songs and the dances all the same go on.
⑤新知遭薄俗，	My new acquaintances are attacked by the customs irrational,
⑥旧好隔良缘。	And my old friends are separated by many an obstacle.
⑦心断新丰酒，	I've despaired of the Xinfeng wine,
⑧消愁又几千。	But to drown my sorrows I again drink thousands of coins of the wine.

详注：句①凄凉〈定〉宝剑篇〈中心词〉。这是一个名词句，作下句的主语。凄凉：悲伤。宝剑篇：是一个典故。武则天召见郭元振，向他要诗文。郭呈上《宝剑篇》，武看了很欣赏，立即重用了他。这里借《宝剑篇》(作品)代郭元振(作者)，是借代修辞格。又借郭元振喻李商隐自己，是借喻修辞格。这句与下句是主谓关系。

句②羁旅〈谓〉欲穷年〈补〉。羁(jī)旅：漂泊他乡。欲：快要。穷年：一辈子。

句③黄叶〈主〉仍〈状〉经〈谓·省〉风雨〈宾〉。黄叶：这里借黄叶喻作者自己，是借喻修辞格。仍：仍然。经：经受着。这句与下句是转折关系。

句④青楼〈主〉自〈谓〉管弦〈宾〉。青楼：富贵人家高楼。自：照样有。管弦：歌舞。这里借管弦(伴歌舞的乐器)代歌舞，是借代修辞格。

句⑤新知〈主〉遭〈谓〉薄俗〈宾〉。新知：新交的朋友。遭：遇到。薄俗：浅陋不良的风俗。这句与下句是并列关系。

句⑥旧好〈主〉隔〈谓〉良缘〈宾〉。旧好：往日的朋友。隔：中断。良缘：相聚的机会。

句⑦心〈主〉断〈谓〉新丰酒〈宾〉。心：指作者的内心。断：对……绝望。新丰酒：新丰这个地方产的美酒。这里有一个典故。唐朝马周早年游长安，住在新丰旅店。店主人对他十分冷淡。马周买了一斗八升新丰酒独饮。后来，马周做了监察御史。作者引用这个典故是借新丰酒喻仕途，属借喻修辞格。这句与下句是转折关系。

句⑧我〈主·省〉消愁〈状〉又〈状〉饮〈谓·省〉几千〈宾〉。我：指作者。消愁：为了消除内心愁苦。几千：几千钱的酒。

浅析：作者受到党派之争的风雨的侵袭，漂泊无依，穷愁潦倒。他对此感到怨愤。第

一、二句的言外之意是：作者也有写《宝剑篇》的才华，但没有郭元振的机遇。所以，这两句表达了作者怀才不遇的怨愤心情。第三句和第四句形成鲜明对照，抒发了作者对不公平世道的怨愤。第五、六句描写了作者交游冷落的险恶处境，表达了作者对世态炎凉的怨愤。第七、八句表达了作者对仕途的绝望心情。他对现实处境已心灰意冷，只想从沉醉中得到些许慰藉。

本诗⑤⑥句是工对。

落 花

Falling Flowers

李商隐　　Li Shangyin

①高阁客竟去，　　My guests have finally left my tower high,
②小园花乱飞。　　The flowers in my small garden disorderly fly.
③参差连曲陌，　　High and low, some fly toward the roads winding,
④迢递送斜晖。　　And some fly far as if to see off the afterglow of the sun setting.
⑤肠断未忍扫，　　My heart broken, I can't bear to sweep the fallen flowers away,
⑥眼穿仍欲归。　　I strain my eyes to look for the flowers on the trees, yet none of them will there stay.
⑦芳心向春尽，　　With the passing of spring, all the flowers have fallen at last,
⑧所得是沾衣。　　What I get is only my tears that wet the front part of my coat fast.

详注：句①高阁〈定〉客〈主〉竟〈状〉去〈谓〉。高阁：高阁里的。阁：是庭园里的一种建筑物，一般两层，周围开窗，多建筑在高处，便于凭高远望。客：客人，指作者的朋友。竟：终于。去：走了。这句与下句是并列关系。

句②小园〈定〉花〈主〉乱〈状〉飞〈谓〉。

句③落花〈主·省〉参差〈状〉连〈谓〉曲陌〈宾〉。参差(cēn cī)：高低不齐地。连：飘向。曲陌(mò)：弯弯曲曲的小路。这句与下句是并列关系。

句④落花〈主·省〉迢递〈状〉送〈谓〉斜晖〈宾〉。迢递(tiáo dì)：随风飘到远处。送：送走。斜晖：夕阳的余晖。

句⑤我〈主·省〉肠断未忍扫〈连动短语·谓〉落花〈省·宾〉。我：指作者，下文中的"我"同此。肠断：极度悲伤。未忍：不忍。扫：扫除。连动短语的结构是：肠断(因) + 未忍扫(果)。这句与下句是并列关系。

句⑥我〈主·省〉眼穿〈谓〉春〈主·省〉仍〈状〉欲归〈谓〉。这句由两个小句子构成。"我眼穿"是一句。"春仍欲归"是一句。两句间是转折关系。眼穿：望眼欲穿地盼花留在树上。仍：仍然。欲：要。归：离开树枝。

句⑦芳心〈主〉向〈介词短语·状〉尽〈谓〉。芳心：作者的惜春留春之心，又指春花，是双关修辞格。向春：随着春天的消逝。尽：完。介词短语的结构是：向 + 春（"向"是介词）。

句⑧我〈省〉所得〈主谓短语·主〉是〈谓〉[泪〈主·省〉沾〈谓〉衣〈宾〉]〈小句·宾〉。所得：是所字短语，意即"得到"。泪沾衣:眼泪打湿衣服。主谓短语的结构是:我+所得(主语+谓语)。这句是上句的结果状语。

浅析:作者曾陷入牛李党派之争,备受打击排挤,新老朋友纷纷离他而去。这首诗以落花象征人去,表达了作者因人去楼空而产生的伤感情绪。第一、二句描写了人去春逝。"客竟去"表明留不住人。"花乱飞"表明留不住春。作者描写留不住春而伤感,借以表达留不住人而伤感。第三、四句描写了"花乱飞"的情状。第五句表达了作者的惜春之情。第六句表达了作者留春之情。第七、八句表达了作者的伤感情绪。作者无计留春,即无计留人,因而伤感以至落泪。

凉 思

Sad Thoughts

李商隐　　Li Shangyin

①客去波平槛,	When my friend left me the springtide was level with the balustrade high,
②蝉休露满枝。	Now the cicadas have hushed and on the twigs dense dewdrops lie.
③永怀当此节,	In this autumn I miss him from day to day,
④倚立自移时。	I lean against the balustrade with minutes passing away.
⑤北斗兼春远,	Chang'an is as far from me as spring long ago went by,
⑥南陵寓使迟。	And his letter is slow in reaching Nanling I know not why,
⑦天涯占梦数,	Several times at this remote Nanling I try to interpret my dreams by divination,
⑧疑误有新知。	I doubt the result that he's made new friends is a wrong information.

详注:**题**.凉思:使人感到悲凉的思虑。

句①客〈主〉去〈谓〉波〈主〉平〈谓〉槛〈宾〉。这句由两个句子构成。"客去"是一句。"波平槛"是一句。前句是后句的时间状语。客:指作者的友人。去:离开。波:春水。平:与……平齐。槛(jiàn):栏杆。这句与下句是并列关系。

句②蝉〈主〉休〈谓〉露〈主〉满〈谓〉枝〈宾〉。这句由两个句子构成。"蝉休"是一句。"露满枝"是一句。两句间是并列关系。休:停止鸣叫。露:露水。满:挂满。枝:树枝。

句③我〈主·省〉当此节〈介词短语·状〉永〈状·倒〉怀〈谓·倒〉他〈宾·省〉。我:指作者,下文中的"我"同此。当此节:在这个时节,即"秋天"。永:久久地。怀:怀念。他:指作者的友人。介词短语的结构是:当+此节("当"是介词)。

句④我〈主·省〉倚立〈谓〉时〈主〉自移〈谓·倒〉。这句由两个句子构成。"我倚立"是一句。"时自移"是一句。前句是后句的时间状语。倚立:靠着栏杆站立。时:时间。自移:一分一秒地流逝。移:流逝。这句补充说明上句。

句⑤北斗〈主〉兼春〈介词短语·状〉远〈谓〉。北斗：北斗星。这里借北斗喻京城长安，指友人所在地。兼：和……一样。兼春远：和逝去的春天一样遥远。介词短语的结构是：兼+春（"兼"是介词）。这句与下句是递进关系。

句⑥南陵〈定〉寓使〈主〉迟〈谓〉。南陵：今安徽南陵县，是作者所在地。寓使：信使。迟：迟迟没到。寓使迟：指友人迟迟没有信来。

句⑦我〈主·省〉天涯〈状〉数〈状〉占〈谓〉梦〈宾〉。天涯：在天涯，即"在南陵"。数：多次。占：占卜。梦：梦境。这句与下句是递进关系。

句⑧我〈主·省〉疑〈谓〉有新知〈动宾短语〉误〈主谓短语·宾〉。疑：怀疑。有新知：友人交了新朋友。误：有误，指占卜到友人交了新朋友有误。动宾短语的结构是：有+新知（动词+宾语）。主谓短语的结构是：有新知+误（主语+谓语）。

浅析：这首诗描写了作者思念友人的愁情。第一、二句通过描写自然景色交代了作者与友人分别已很久。"波平槛"是春天景色，表明二人是在春天分别的。"露满枝"是秋天景色，表明现在（作者写这首诗的时候）已是秋天。第三、四句描写了作者对友人的苦苦思念。他靠着栏杆思念友人，不知站了多长时间，可见他思念之苦。第五、六句描写了作者苦苦思念友人的原因：友人远在京城而且一直没来书信。第七、八句进一步描写了作者对友人的苦苦思念。"占梦数"表明作者因思念友人而积思成梦，于是用占卜来解释梦境。占卜的结果是：友人在京城交了新朋友。"疑……误"表明作者不愿相信这一占卜结果。也就是说，作者不信友人会交了新友便忘了旧友。其中，流露了作者怕被友人抛弃的焦虑。友人"有新知"是件很平常的事。作者为何会产生这种焦虑呢？因为作者陷入了牛李党派之争，备受打击排挤，新老朋友都纷纷离他而去，这使他内心感到悲凉。所以，他用"凉思"作本诗题目。

北青萝

Visiting a Solitary Monk

李商隐　　Li Shangyin

①残阳西入崦，When the sun is setting behind Mount Yanzi in the west,
②茅屋访孤僧。I visit the solitary monk in a thatched hut as his guest.
③落叶人何在？The leaves there are falling, where is he?
④寒云路几层。In the cold clouds many layers of the paths there seem to be.
⑤独敲初夜磬，He alone beats the Buddhist percussion instrument at the first watch at night,

⑥闲倚一枝藤。	At his leisure he leans against a rattan light.
⑦世界微尘里,	The whole world is merely a particle of dust,
⑧吾宁爱与憎?	So for me to love or hate, is it a must?

详注:题.北青萝:可能是孤僧的住所。

句①残阳〈主〉入〈谓〉西〈定〉崦〈宾〉。残阳:夕阳。西:西边的。入:下。崦(yān):崦嵫(zī):山名,在甘肃天水县西,古代常用来指太阳落下的地方。这句是下句的时间状语。

句②我〈主·省〉茅屋〈状〉访〈谓〉孤僧〈宾〉。我:指作者。茅屋:到茅屋。访:拜访。孤僧:孤单的僧人。

句③叶〈主〉落〈谓·倒〉人〈主〉在〈谓〉何〈宾·倒〉。这句由两个句子构成。"叶落"是一句。"人在何"是一句。两句间是并列关系。叶:树叶。落:纷纷落下。人:指孤僧。何:什么地方。古汉语中,疑问词(何)作宾语时常移到动词前。这句与下句是并列关系。

句④寒云〈状〉路〈主〉有〈谓·省〉几层〈宾〉。寒云:在寒云里。路:上山的路。几层:山路盘旋曲折显出有几层。

句⑤他〈主·省〉独〈状〉敲〈谓〉初夜〈定〉磬〈宾〉。他:指孤僧。独:独自。初夜:一更天。古人把一夜分成五更。磬(qìng):佛教报时器具。这句与下句是并列关系。

句⑥他〈主·省〉闲〈状〉倚〈谓〉一枝藤〈宾〉。他:指孤僧。闲:闲的时候。倚:靠着。

句⑦世界〈主〉在〈谓·省〉微尘里〈方位短语·宾〉。世界:是佛教用语。"世"指时间,即"过去、现在和未来"。"界"指空间,即"东、西、南、北、东南、西南、东北、西北、上、下"。微尘里:是一个典故。佛教认为:三千大千世界事,全在微尘里。作者引用这个观点,意在表明人生多么微小。人世的一切多么微不足道。何必拘守着爱憎,苦了自己。方位短语的结构是:微尘+里("里"是方位词)。这句与下句是因果关系。

句⑧吾〈主〉宁〈状〉爱与憎〈联合短语·谓〉。吾:我,指作者。宁:岂,何必。与:和。憎:恨。联合短语的结构是:爱+憎(两者并列)。全句意思是:我何必还要去爱和恨呢!

浅析:这首诗描写了作者拜访孤僧的经过,表达了作者对佛理的彻悟。第一、二句交代了作者拜访孤僧的时间和孤僧的住所。第三、四句描写了拜访孤僧的途中所见,衬托了孤僧住处的幽深和他远离尘世的孤高情怀。第五、六句是作者想象了孤僧的生活状况,用具体的生活细节说明了孤僧的孤高情怀。第七、八句表达了作者对佛理的彻悟。作者拜访孤僧,没有遇到,但他的生活环境以及生活状况深深地感染了作者,使作者彻悟了无所爱憎的佛理,把自己从爱和恨的感情纠葛中解脱了出来。

送人东游

Seeing Off a Friend Going on a Tour of the East

温庭筠　Wen Tingyun

①荒戍落黄叶,	When the yellow leaves on the desolate barracks are falling,
②浩然离故关。	In high spirits you leave the old pass you have been dwelling.

③高风汉阳渡，	The howling autumn wind here at Hanyang blows your boat all the way,
④初日郢门山。	At sunrise you'll arrive at Mount Yingmen far away.
⑤江上几人在？	How many old friends on the riversides can be found?
⑥天涯孤棹还。	I'm afraid you'll come back alone from the back of beyond.
⑦何当重相见，	When we meet again some day,
⑧樽酒慰离颜。	Let us drink to drive our parting sorrow away.

详注：题. 温庭筠(yún)：字飞卿，曾任官职。东游：又作"东归"。
句①荒戍〈定〉黄叶〈主〉落〈谓•倒〉。荒戍：荒废的军事营垒上的。这句是下句的时间状语。
句②你〈主•省〉浩然〈状〉离〈谓〉故关〈宾〉。你：指友人，下文中的"你"同此。浩然：意气昂扬地。离：离开。故关：旧时的关塞，指友人的住地。
句③汉阳渡〈主〉有〈谓•省〉高风〈宾•倒〉。汉阳渡：古渡口名，在今湖北汉阳。高风：秋风。
句④你〈主•省〉初日〈状〉到〈谓•省〉郢门山〈宾〉。初日：太阳刚升起的时候。郢(yǐng)门山：荆门山，在今湖北宜都市和宜昌市交界处。
句⑤江上〈状〉几人〈主〉在〈谓〉。江上：江湖上，指友人东游的地方。几人：几个老朋友。在：还活着。这是一个反问句，肯定的形式表示否定的意思。意即"你东游的地方没有老朋友还健在吧？"这句与下句是因果关系。
句⑥孤棹〈主〉天涯〈状•倒〉还〈谓〉。孤棹：孤舟，一只船。这里借棹(部分)代船(整体)，是借代修辞格。棹：船桨。天涯：从遥远的地方，指从东游的地方。还：回来。
句⑦何当〈状〉我们〈主•省〉重〈状〉相见〈谓〉。何当：什么时候。我们：指作者和友人。重：再次。相见：相聚。"相"是动词前缀，无实义。这句是下句的时间状语。
句⑧樽酒〈主〉慰〈谓〉离颜〈宾〉。樽(zūn)酒：杯酒。"樽"是古代的酒杯。慰：抚慰。离颜：离别的愁苦。

浅析：友人东游，作者送行，写了这首诗，表达了作者对友人的真挚情谊。第一、二句交代了送别友人的时间和地点。"荒戍"、"黄叶"、"故关"给人以苍凉感，衬托了作者送别友人的感伤情绪。第三、四句想象了友人舟行之速(从汉阳渡出发，日出时就到荆门山)，流露出作者的难舍之情。第五句表达了作者对旧相识的怀念。第六句表达了作者对友人旅途的关切，也流露了作者的难舍之情。第七、八句表达了作者盼望与友人早日再相见的心愿。

灞上秋居

Residing at Bashang in Autumn

马　戴　Ma Dai

①灞原风雨定，	The wind and the rain at Bashang have died down,

②晚见雁行频。　At dusk files of wild geese are seen southward flying on.
③落叶他乡树，　The leaves are falling down from the trees on the alien land,
④寒灯独夜人。　At night by the cold lamp sits I, a lonely man.
⑤空园白露滴，　In the empty garden, the dewdrops drip from the trees leafless,
⑥孤壁野僧邻。　My solitary hut has no neighbour but a monk homeless.
⑦寄卧郊扉久，　I've stayed on this outskirts of Chang'an for quite a long time,
⑧何年致此身？　What year on earth may I serve the royal court at the future time?

详注：题．灞上：地名，在今西安市东北。秋：秋天。居：居住。灞上秋居：秋居灞上，即"秋天居住在灞上"。马戴：字虞臣，唐朝进士，曾任官职。

句①灞原〈定〉风雨〈主〉定〈谓〉。灞原：灞上。定：停歇。这句与下句是并列关系。

句②我〈主·省〉晚〈状〉见〈谓〉雁行频〈主谓短语·宾〉。我：指作者，下文中的"我"同此。晚：傍晚的时候。见：看见。雁行：一行行的大雁。频：频繁。主谓短语的结构是：雁行＋频（主语＋谓语）。

句③他乡树〈主〉落〈谓·倒〉叶〈宾·倒〉。他乡树：异乡的树。落：落下。叶：树叶。这句与下句是并列关系。

句④寒灯〈状〉人〈主〉夜〈状〉独〈谓·倒〉。寒灯：在寒冷的灯光下。这里借灯（具体）代灯光（抽象），是借代修辞格。寒：寒冷，指人感到灯光寒冷。这里把人的感觉移到灯光上，是移就修辞格。人：指作者。夜：在夜里。独：孤独，孤单。

句⑤空园〈状〉白露〈主〉滴〈谓〉。空园：空园里，草木凋落，显得空荡荡。白露：秋天的露水。滴：滴落。这句与下句是并列关系。

句⑥野僧〈主〉邻〈谓〉孤壁〈宾·倒〉。野僧：没有固定住处的行脚僧。邻：以……为邻。孤壁：孤零零的房子，指作者的住房。壁：墙壁。这里借壁（部分）代房子（整体），是借代修辞格。

句⑦我〈主·省〉寄卧〈谓〉郊扉〈宾〉久〈补〉。寄卧：寄居。郊：长安郊外。扉（fēi）：门，窗。这里借扉（部分）代房子（整体），是借代修辞格。久：很长时间。这句与下句是并列关系。

句⑧我〈主·省〉何年〈状〉致〈谓〉此身〈宾〉。何年：哪一年。致：贡献出。此身：作者的身体。致此身：是一个典故。《论语·学而》篇中有："事君，能致其身。"这里作者引用"致其身"并把"其"改成"此"，意在表明报效朝廷的愿望。

浅析：作者旅居长安郊外的灞上等待参加第二年春天的进士考试。期间，写了这首诗，描写了作者凄凉孤寂的心境，表达了作者对金榜题名的期盼。第一、二句通过写景，交代了作者郊居的地点（灞原）和时间（秋天）。"雁行频"表明秋天已到。第三句至第六句描写了作者凄凉孤寂的心境。"他乡树"表明作者在思念故乡。他因孤寂而思念故乡。"寒"和"独"衬托了他内心的凄凉。"白露滴"表明作者住处的寂静，连露水滴下的声音都能听得真切。"野僧邻"表明作者住处荒僻，少有人迹。作者住处的寂静和荒僻也衬托了作者的孤寂凄凉的心境。第七、八句表达了作者期盼金榜题名、登上仕途。"致此身"就是做官从而为朝廷效力。只有金榜题名，才能做官。

卷五　五言律诗

楚江怀古

Meditating on the Ancient on the Xiang River

马 戴　Ma Dai

①露气寒光集，	The mist is mixed up with the light chill,
②微阳下楚丘。	At the time when the setting sun goes slowly down the Chu hill.
③猿啼洞庭树，	In the woods on the banks of the Dongting Lake the gibbons cry,
④人在木兰舟。	In a magnolia boat on the lake I alone lie.
⑤广泽生明月，	O'er the vast lake rises the moon bright,
⑥苍山夹乱流。	Between the verdant hills run the waters loudly and fast.
⑦云中君不见，	Qu Yuan is not in my sight,
⑧竟夕自悲秋。	So I feel sad over the autumn throughout the night.

详注：题. 楚江：指湖南湘江。湖南在古代属楚国。怀古：怀念古人，指怀念屈原。

句① 露气寒光〈联合短语·主〉集〈谓〉。露气：白露的水汽。寒光：秋天的日光。集：汇集。联合短语的结构是：露气＋寒光（两者并列）。

句② 微阳〈主〉下〈谓〉楚丘〈宾〉。微阳：夕阳。下：落下。楚丘：楚地的山峦。这句是上句的时间状语。

句③ 猿〈主〉啼〈谓〉洞庭〈定〉树〈补〉。猿：猿猴。啼：叫。洞庭树：在洞庭湖边的树林里。这句与下句是并列关系。

句④ 人〈主〉在〈谓〉木兰舟〈宾〉。人：指作者。木兰舟：用木兰树做的船，指作者乘坐的船。

句⑤ 广泽〈主〉生〈谓〉明月〈宾〉。广泽：宽阔的水面上。指洞庭湖上。生：升起。这句与下句是并列关系。

句⑥ 苍山〈主〉夹〈谓〉乱流〈宾〉。苍山：苍翠的山。夹：夹着。乱流：湍急的水流。

句⑦ 我〈主·省〉不见〈谓〉云中君〈宾·倒〉。我：指作者。不见：看不到。云中君：是屈原《九歌》中的一篇的题目。这里借云中君（作品）代屈原，是借代修辞格。这句与下句是因果关系。

句⑧ 我〈主·省〉竟夕〈状〉自〈状〉悲〈谓〉秋〈宾〉。我：指作者。竟夕：彻夜，整夜。自：独自。悲：为……悲伤。秋：秋天。

浅析： 作者因直言获罪，被贬为龙阳（今湖南汉寿）尉，泛舟楚江，写了这首诗。这首诗描写了楚江秋景，抒发了作者被贬的悲愤心情。第一句至第四句描写了楚江傍晚时的苍凉秋景，衬托了作者的悲凉心境。第五、六句描写了楚江夜景，衬托了作者的寂寞孤单。第五句描写了远景，给人以静谧感，衬托了作者的寂寞。第六句描写了近景，给人以喧闹感，反衬出作者的孤单。在这寂寞孤单的心境中，作者不禁想起了屈原的被流放颇似自己的被贬，于是写出了第七、八句，既为屈原的不幸遭遇感到悲愤，也表达了自己遭贬后的悲愤心情。

本诗⑤⑥句是工对，⑦⑧句是流水对。

书边事

A View of the Frontier

张　乔　Zhang Qiao

①调角断清秋，　In clear autumn the bugle is no longer heard,
②征人倚戍楼。　On the watch tower the soldiers stand not on the alert.
③春风对青冢，　The green tomb of Wang Zhaojun is caressed by the spring wind light,
④白日落梁州。　Liangzhou is illuminated by the sun bright.
⑤大漠无兵阻，　No soldiers block the way on this desert vast,
⑥穷边有客游。　So the tourists can come to this remote frontier at last.
⑦蕃情似此水，　The minority people are like this river,
⑧长愿向南流。　I wish it will southward flow forever.

详注：题.书：叙写。边事：边疆的事。张乔：曾与许棠、喻坦之、任涛、郑谷等人合称"十哲"。唐末，黄巢起义时，隐居安徽九华山。

句①调角〈主〉清秋〈状·倒〉断〈谓〉。调(diào)角：军号声。这里借调角(一种军中乐器·具体)代调角声(抽象)，是借代修辞格。清秋：在清朗的秋天。断：断绝，停止。这句与下句是并列关系。

句②征人〈主〉倚〈谓〉戍楼〈宾〉。征人：驻守边防的将士。倚：靠在。戍楼：有士兵驻守的城楼上。

句③春风〈主〉对〈谓〉青冢〈宾〉。对：吹拂着。青冢(zhǒng)：昭君墓。冢：坟墓。墓上有青草，所以称青冢。这句与下句是并列关系。

句④白日〈主〉落〈谓〉梁州〈宾〉。白日：阳光。落：落到，引申为"照着"。梁州：应为"凉州"。"梁州"在陕西，不是边疆。"凉州"在甘肃，曾被吐蕃人占据，是边疆地区。

句⑤大漠〈主〉无〈谓〉兵阻〈主谓短语·宾〉。大漠：大沙漠。无：没有。兵阻：士兵阻挠。主谓短语的结构是：兵＋阻(主语+谓语)。这句与下句是并列关系。

句⑥穷边〈主〉有〈谓〉客游〈主谓短语·宾〉。穷边：遥远的边疆地区。客：游客。游：游览。主谓短语的结构是：客＋游(主语+谓语)。

句⑦蕃情〈主〉似〈谓〉此水〈宾〉。蕃(fān)情：边疆少数民族的民心。似：像。此水：凉州境内的黄河支流，向南流入黄河。这里作者把"蕃情"比作"此水"，是明喻修辞格。

句⑧我〈主·省〉愿〈谓〉[它〈主·省〉长〈状·倒〉向南〈介词短语·状〉流〈谓〉]〈小句·宾〉。我：指作者。愿：祝愿。它：指此水。长：永久地。向南流：永久地向南流。这里借"长向南流"喻"永久地归附唐朝，生活在统一的国家里，是借喻修辞格。这句补充说明上句。

浅析：作者游边疆，深有感触，写了这首诗。这首诗描写了边疆的和平景象，表达了作者希望民族团结，和睦相处的爱国情怀。第一句至第六句描写了作者在边疆所见。边塞地区已烽火静息，阳光灿烂，游客不断，一派和平景象。"调角断"表明没有敌情，"倚"

表明士兵处于非警戒状态。第七、八句表达了作者的良好愿望:民族团结,和睦相处,生活在统一的国家里。

本诗③④句和⑤⑥句都是工对。

除夜有怀

Thoughts on a New Year's Eve

崔　涂　Cui Tu

①迢递三巴路,	The road to the eastern part of Sichuan is long and remote,
②羁危万里身。	Ten thousand li away from my home my sufferings are untold.
③乱山残雪夜,	At night when the remnant snow covers the hills and the mountains here and there,
④孤烛异乡人。	By a solitary candle sit I, a man from a land elsewhere.
⑤渐与骨肉远,	I'm away from my kinsfolk farther and farther,
⑥转于僮仆亲。	So to my houseboy I've become closer and closer.
⑦那堪正飘泊,	I really can't bear the vagrant life here,
⑧明日岁华新。	What's more, tomorrow is the first day of a new year.

详注.题.除夜:除夕夜。有怀:有感想。崔涂:字礼山,唐朝进士。

句①三巴〈定〉路〈主〉迢递〈谓·倒〉。三巴:巴郡、巴东、巴西,都在今四川东部。迢(tiáo)递:遥远。这句与下句是并列关系。

句②身〈主·倒〉危〈状·倒〉羁〈谓〉万里〈补〉。身:用于自称,即"我"。危:艰难地。羁(jī):客居外乡。万里:在万里之外的地方。

句③夜〈状〉乱山〈主〉有〈谓·省〉残雪〈宾〉。夜:在夜里。乱山:乱山上。乱山:高低大小相杂的群山。残雪:未融化完的积雪。这句与下句是并列关系。

句④孤烛〈主〉照〈谓·省〉异乡人〈宾〉。孤烛:一支蜡烛。照:照着。异乡人:客居在他乡的人。指作者自己。

句⑤我〈主·省〉渐〈状〉与骨肉〈介词短语·状〉远〈谓〉。我:指作者,下文中的"我"同此。渐:越来越……。与:跟。骨肉:至亲,指父母、兄弟、子女等。介词短语的结构是:与+骨肉("与"是介词)。这句与下句是因果关系。

句⑥我〈主·省〉转〈状〉亲〈倒〉于〈谓〉僮仆〈宾〉。转:反而。亲于:对……亲近。僮仆:未成年的仆人。

句⑦我〈主·省〉那堪〈谓〉正〈定〉飘泊〈宾〉。那堪:哪能忍受。正:现在的这种。飘泊:居无定所的生活。这句与下句是转折关系。

句⑧明日〈状〉岁华〈主〉新〈谓〉。岁华:岁月。新:又一年。

浅析:这首诗抒写了作者在除夕夜的思亲之情。第一、二句描写了作者漂泊天涯的境况。第三句至第六句描写了作者的孤寂苦况。第七句表达了作者漂泊途中的凄悲心境。第八句点明了除夕之夜。此刻,别人都阖家团聚,而作者却带着童仆在外漂泊,其内心的凄悲可想而知。

孤　雁

A Solitary Wild Goose

崔　涂　Cui Tu

① 几行归塞尽,　　　Files of wild geese have gone back to the frontier,
② 念尔独何之?　　　I wonder where, you, a solitary goose, will go from here.
③ 暮雨相呼失,　　　Staying away from the flock, you cry in the evening rain,
④ 寒塘欲下迟。　　　You want to fly down to a cold pond but hesitate with pain.
⑤ 渚云低暗度,　　　You fly through the low and dim cloud over the islet in the river,
⑥ 关月冷相随。　　　The cold moon over the pass accompany you thither.
⑦ 未必逢矰缴,　　　You may not meet an arrow with a string,
⑧ 孤飞自可疑。　　　But flying alone, you're naturally suspecting.

详注:句①几行〈主〉归〈谓〉塞〈宾〉尽〈补〉。几行:几行雁群。归:飞回。塞:边塞。尽:完,不见了。这句与下句是因果关系。

句②我〈主·省〉念〈谓〉[尔〈主〉独〈状〉之〈谓〉何〈宾·倒〉]〈小句·宾〉。我:指作者。念:思考。尔:你,指失群的孤雁,下文中的"尔"同此。独:单独。之:到,往。何:什么地方。古汉语中,"何"作宾语时要移到动词前。

句③暮雨〈状〉尔〈主·省〉失〈倒〉相呼〈连动短语·谓〉。暮雨:在傍晚的雨中。失:失群。相呼:呼叫。"相"是动词前缀,没有实义。连动短语的结构是:失(因)+相呼(果)。这句与下句是并列关系。

句④尔〈主·省〉欲下寒塘〈倒〉迟〈联合短语·谓〉。欲:想。下:落到。迟:迟疑不决。联合短语的结构是:欲下寒塘+迟(两者是转折关系)。

句⑤尔〈主·省〉度〈谓〉低暗〈定·倒〉渚〈定·倒〉云〈宾·倒〉。度:飞过。低暗:又低又暗的。渚(zhǔ):水中的小块陆地,小洲。渚云:小洲上飘浮的云。这句与下句是并列关系。

句⑥冷〈定〉关月〈主〉相随〈谓〉尔〈宾·省〉。关月:边塞上空的月亮。相随:伴随。"相"是动词前缀,没有实义。

句⑦尔〈主·省〉未必〈状〉逢〈谓〉矰缴〈宾〉。逢:遇到。矰缴(zēng zhuó):猎取飞鸟的器具。矰:短箭。缴:系在箭上的丝绳。这句与下句是转折关系。

句⑧尔〈主·省〉孤飞自可疑〈连动短语·谓〉。孤飞:单独飞行。自:自然。可疑:疑惧。"可"是动词前缀,没有实义。连动短语的结构是:孤飞(因)+自可疑(果)。

浅析:这首诗描写了失群孤雁的凄苦情状,寄寓着作者漂泊中的凄凉境况。第一、二句描写了孤雁失群。第三句至第六句描写了孤雁失群后的具体的凄苦情状。第七、八句表达了作者对孤雁前途的关切。作者不愿直说出自己的漂泊生活的凄苦,于是把它寄托在孤雁身上。

春宫怨

The Resentment of a Palace Maid in Spring

杜荀鹤　Du Xunhe

①早被婵娟误，	In my early years my beauty made my happiness die out,
②欲妆临镜慵。	So before a mirror, I'm tired of making-up though I want to go about.
③承恩不在貌，	A maid is loved by the emperor not for her beautiful look,
④教妾若为容？	So what's the use to make myself look good?
⑤风暖鸟声碎，	When the wind is warm the birds contend for merry chirping,
⑥日高花影重。	When the sun rises high up in sky, the shadows of the flowers are overlapping.
⑦年年越溪女，	Year in and year out, Xi Shi from the Yue Stream, a beautiful maid,
⑧相忆采芙蓉。	Recalls the days when she picked the lotus flowers together with her mate.

详注. 题.春宫怨:春天里宫女的怨恨。杜荀鹤:字彦之,唐朝进士,曾任官职。

句①她〈主·省〉早〈状〉被婵娟〈介词短语·状〉误〈谓〉。她:指宫女,诗中女主人公,下文中的"她"同此。早:早年。婵娟(chán juān):美丽的姿容。误:耽误。介词短语的结构是:被+婵娟("被"是介词)。这句与下句是因果关系。

句②她〈主·省〉欲妆临镜慵〈联合短语·谓〉。欲:想。妆:打扮。临镜:坐到镜子前面。慵(yōng):懒得打扮。连动短语的结构是:欲妆+临镜慵(两者是转折关系)。

句③承恩〈动宾短语·主〉不在〈谓〉貌〈宾〉。承恩:得到皇帝的宠幸。不在:不在于。貌:美貌。动宾短语的结构是:承+恩(动词+宾语)。这句与下句是因果关系。

句④这〈主·省〉教妾若为容〈兼语短语·谓〉。这:指"承恩不在貌"这个事实。教:让。妾:古时妇女自称的谦词。若:怎样。为容:打扮自己。兼语短语的结构是:教+妾+若为容。

句⑤风〈主〉暖〈谓〉鸟声〈主〉碎〈谓〉。这句由两个句子构成。"风暖"是一句。"鸟声碎"是一句。前句是后句的时间状语。碎:细碎,指群鸟争鸣,欢快地啼叫。这句与下句是并列关系。

句⑥日〈主〉高〈谓〉花影〈主〉重〈谓〉。这句由两个句子构成。"日高"是一句。"花影重"是一句。前句是后句的时间状语。日:太阳。高:升到高空。重:交相重叠。

句⑦年年〈作下句状语〉越溪女〈作下句主语〉。年年:年复一年。越溪女:指西施。西施入吴宫前,是若耶溪边的浣纱女。她常与女伴一起在若耶溪浣纱并一起采荷花。这里借越溪女喻女主人公(宫女),是借喻修辞格。这句与下句是主谓关系。

句⑧相忆〈谓〉采芙蓉〈动宾短语·宾〉。相忆:回忆。"相"是动词前缀,没有实义。采:采摘。芙蓉:荷花。

浅析:这首诗表达了女主人公的怨恨。第一、二句描写了女主人公的一个生活细节。她原以为自己貌美,入宫后会得到皇帝的宠幸,结果却不是这样。她的青春被无情地耽误了。她感到十分失望,再也没有心思打扮自己以取悦皇帝了。第三、四句交代了"慵"的原因。"承恩"表明女主人公是宫女的身份。"不在貌"的言外之意是"在其他"。这个"其他"无非是宫内献媚争宠的现实。"教妾若为容"表明女主人公单纯善良,没有献媚争宠的手段。第五、六句描写了春光明媚、鸟语花香的美景,反衬女主人公的寂寞凄凉的心境。第七、八句描写了女主人公年复一年地回忆入宫前的快乐生活,表达了她对自由美好生活的向往,反衬了宫内生活的凄苦。女主人公被幽闭在宫内,过着凄苦的日子。她的内心肯定充满了怨恨。其中寄寓着作者怀才不遇的怨恨。

本诗⑤⑥句是工对,⑦⑧句是流水对。

章台夜思

Night Thoughts on the Zhanghua Terrace

韦 庄　Wei Zhuang

①清瑟怨遥夜,	The zither produces the sound of resentment all night long,
②绕弦风雨哀。	Just like the wind and the rain around the strings it wails on.
③孤灯闻楚角,	Sitting by a solitary lamp I hear the Chu bugle ringing,
④残月下章台。	And see the setting moon down the Zhanghua Terrace going.
⑤芳草已云暮,	Spring has almost gone by,
⑥故人殊未来。	But my old friends haven't come as yet, I know not why.
⑦乡书不可寄,	I have no way to send a letter to my hometown,
⑧秋雁又南回。	Because the autumn wild geese are again southward flying on.

详注.题.章台:章华台,在今湖北潜江市西南古华容县境内。韦庄:字端己,唐朝进士,曾任官职。

句①清瑟〈主〉怨〈谓〉遥夜〈补〉。清瑟:凄清的瑟声。这里借瑟(具体)代瑟声(抽象),是借代修辞格。怨:发出幽怨的声音。遥夜:在漫长的夜里。

句②风雨〈主〉绕弦〈倒〉哀〈连动短语·谓〉。风雨:风雨声。这里借风雨声喻瑟声,是借喻修辞格。绕:萦绕着。弦:瑟弦。哀:哀鸣。连动短语的结构是:绕弦(方式)+哀(动作)。这句补充说明上句。

句③孤灯〈状〉我〈主·省〉闻〈谓〉楚角〈宾〉。孤灯:孤灯下。我:指作者。闻:听到。楚角:楚地的号角声。古代湖北属楚国。这里借角(具体)代角声(抽象),是借代修辞格。这句与下句是并列关系。

句④我〈主·省〉见〈谓·省〉[残月〈主〉下〈谓〉章台〈宾〉]〈小句·宾〉。我:指作者。见:看到。残月:快落下的月亮。下:落下。

句⑤芳草〈主〉已〈状〉云暮〈谓〉。芳草:这里借芳草(春天的特征)代春天,是借代修辞格。已:已经。云:是语气助词,表示舒缓语气。暮:将完。这句与下句是转折关系。

句⑥故人〈主〉殊〈状〉未来〈谓〉。故人:旧友。殊:还。未:没有。来:来到。

句⑦乡书〈主〉不可寄〈谓〉。乡书：家书。不可寄：无法寄。这句与下句是果因关系。

句⑧秋雁〈主〉又〈状〉南〈状〉回〈谓〉。秋雁：秋天的雁。相传大雁可传递书信（见《苏武庙》注）。南：向南。回：飞。大雁南飞，自然不会捎信去北方。

浅析：作者因避战乱背井离乡来到南方。这首诗描写了作者秋夜思乡的情景。第一、二句描写了瑟声的哀怨，衬托了作者的愁苦心境。第三、四句描写了作者彻夜无眠。因为彻夜无眠，所以"闻楚角"，见"残月下章台"。"闻楚角"还表明作者正处在战乱时期。作者因思乡而愁苦，因愁苦而彻夜无眠。第五句至第八句描写了作者思乡的具体细节。第五、六句表达了作者期盼家乡朋友的到来。暗含了作者的寂寞和孤单。第七、八句表达了家书难寄的哀叹。"又南飞"还表明作者漂泊异乡已不是一个年头了。

寻陆鸿渐不遇

Visiting Lu Hongjian without Meeting Him

僧皎然　　Seng Jiaoran

①移家虽带郭，	Though his new house is near the town's outer wall,
②野径入桑麻。	Yet the path in the wild leads to a stretch of mulberry and hemp tall.
③近种篱边菊，	Near the fence he has planted some chrysanthemum,
④秋来未著花。	Which, though autumn has come, haven't come into bloom.
⑤扣门无犬吠，	No dogs bark when I knock at the gate,
⑥欲去问西家。	Then I go to ask his neighbour in the west.
⑦报道山中去，	The reply is that into the mountains he's gone,
⑧归来每日斜。	And everyday he doesn't come back till the sun is going down.

详注：**题**．寻：寻访。陆鸿渐：陆羽，字鸿渐，隐士，作者的好友，曾著《茶经》。不遇：没见到。僧皎然：僧人皎然。"皎然"是他的法号。俗姓谢，是谢灵运的十世孙，唐朝著名诗僧。

句①移家〈主〉虽〈连词〉带〈谓〉郭〈宾〉。移家：搬家，即新居。虽：虽然。带：靠近。郭：外城墙。这句与下句是转折关系。

句②野径〈主〉入〈谓〉桑麻〈宾〉。野径：荒野中的小路。入：通到。桑麻：桑麻林。

句③他〈主·省〉近篱边〈介词短语·状〉种〈谓〉菊〈宾〉。他：指陆鸿渐。近：靠近。篱（lí）：篱笆。种：种植。菊：菊花。边：旁边。介词短语的结构是：近＋篱边（"近"是介词）。

句④秋来〈状〉菊〈主·省〉未著〈谓〉花〈宾〉。秋来：秋天到了。未：没有。著：开。这句补充说明上句。

句⑤我〈主·省〉扣〈谓〉门〈宾〉无犬〈主〉吠〈谓〉。这句由两个句子构成。"我扣门"是一句。"无犬吠"是一句。前句是后句的时间状语。我：指作者。扣：敲。犬：狗。吠（fèi）：叫。这句与下句是顺承关系。

句⑥我〈主·省〉欲〈状〉去问西家〈连动短语·谓〉。我：指作者。欲：就。西家：西头的邻居。连动短语的结构是：去（动作）＋问西家（目的）。

句⑦西家〈主·省〉报道〈谓〉[他〈主·省〉去〈谓〉山中〈方位短语·宾·倒〉]〈小句·宾〉。报道：说。他：

指陆鸿渐。方位短语的结构是:山+中("中"是方位词)。这句与下句是并列关系。

　　句⑧他〈主·省〉每〈状〉日斜〈主谓短语·状〉归来〈谓〉。他:指陆鸿渐。每:每天。日:太阳。斜:西下。归来:回来。主谓短语的结构是:日+斜(主语+谓语)。

　　浅析:这首诗描写了作者访友不遇这件事,表现了陆鸿渐的世外高人的隐士风貌。第一句至第四句写"寻"。通过写景,交代了陆羽新居的地点、环境以及寻访的时间。陆的住处近郊入野,表明他远离尘嚣,淡泊无争。秋菊无花表明他随兴而为,不求结果。第五句至第八句写"不遇"。"无犬吠"表明他不养狗,不防盗。"问西家"表明他不在家。第七、八句表明他行踪杳然,闲逸潇洒。

卷六　七言律诗
Volume Six　Seven-Character Eight-lined Verse

黄鹤楼

The Yellow Crane Tower

崔颢　Cui Hao

①昔人已乘黄鹤去，　The ancient immortals on the yellow cranes have gone by,
②此地空余黄鹤楼。　Only the vacant Yellow Crane Tower here lie.
③黄鹤一去不复返，　Once gone, the yellow cranes will never come back here,
④白云千载空悠悠。　The white clouds in the sky float and float for many, many a year.
⑤晴川历历汉阳树，　By the sunlit Han River the trees in Hanyang are clearly seen,
⑥芳草萋萋鹦鹉洲。　On the Parrot Islet the grasses are thick and green.
⑦日暮乡关何处是？　Dusk has fallen, where is my hometown?
⑧烟波江上使人愁。　Looking at the mist-covered waves on the river, I worry on and on.

详注：题. 黄鹤楼：在今武汉市武昌城蛇山上。相传，曾有仙人（王子安、费文祎）驾黄鹤到此楼休息过，所以叫黄鹤楼。崔颢（hào）：唐朝进士，曾任官职。

句①昔人〈主〉已〈状〉乘黄鹤去〈连动短语·谓〉。昔人：指仙人王子安和费文祎。已：已经。连动短语的结构是：乘黄鹤（方式）+去（动作）。

句②此地〈主〉余〈谓〉空〈定〉黄鹤楼〈宾〉。此地：指黄鹤楼所在地。余：只留下。空：空荡荡的。这句补充说明上句。

句③黄鹤〈主〉一去不复返〈联合短语·谓〉。一：一旦。去：飞走。不复返：不再回来。连动短语的结构是：一去+不复返（两者并列）。这句与下句是并列关系。

句④白云〈主〉千载〈状〉空〈状〉悠悠〈谓〉。千载：千年。空：在天空中。悠悠：悠闲自在地飘浮。

句⑤晴川〈状〉汉阳〈定〉树〈主〉历历〈谓·倒〉。晴川:在阳光照耀下的汉江边。汉阳:武汉三镇之一,离黄鹤楼不远。历历:清晰可辨。这句与下句是并列关系。

句⑥鹦鹉洲〈状〉芳草〈主〉萋萋〈谓〉。芳草:绿草。萋萋(qī):茂密。鹦鹉洲:在鹦鹉洲上。鹦鹉洲是长江中的一块陆地,今已不存。东汉祢衡被黄祖杀害葬在这里。祢衡曾写《鹦鹉赋》,所以,后人把这块陆地叫做鹦鹉洲。

句⑦日暮〈状〉何处〈主〉是〈谓〉乡关〈宾·倒〉。日暮:傍晚。何处:哪里。乡关:故乡。这句与下句是并列关系。

句⑧江上〈定〉烟波〈主〉使人愁〈兼语短语·谓〉。江上:长江上的。烟波:水雾笼罩的波浪。愁:发愁。兼语短语的结构是:使+人+愁。

浅析:这首诗抒发了作者登黄鹤楼时的所见所感,抒发了作者寂寞怀乡的情怀。第一、二句交代了黄鹤楼楼名的来历。第三、四句描写了作者登楼前仰视所见,抒发了作者对仙去楼空、岁月悠悠、世事苍茫的感慨。第五、六句描写了作者登楼后远望所见。这景色境界阔大、色彩鲜丽。面对美景,作者流连忘返。第七、八句抒发了作者怀乡的情怀。作者看着沉沉暮色,茫茫雾气,怀乡愁绪涌上心头。

本诗⑤⑥句是工对。

行经华阴

Passing by the North Side of the Mount Hua

崔　颢　Cui Hao

①岧峣太华俯咸京, Overlooking Chang'an the towering Mount Taihua stands,
②天外三峰削不成。 Its three peaks towering above clouds are not cut by hands.
③武帝祠前云欲散, Before the Temple of Emperor Wu, the clouds are about to disappear,
④仙人掌上雨初晴。 On the Peak of Immortal Palm, the rain has just stopped and the sky has turned clear.
⑤河山北枕秦关险, The steep Qin Pass is guarded in the north by the Yellow River and Mount Taihua,
⑥驿路西连汉畤平。 The post road leads westward to the five level sacrificial altars afar.
⑦借问路旁名利客, Passers-by who seek fame and wealth year after year,
⑧何如此处学长生。 Why don't you learn Taoism to seek longevity right here!

详注:题.行经:路过。华阴:今陕西华阴市东南,在华山北。山北为阴。

句①岧峣〈定〉太华〈主〉俯〈谓〉咸京〈宾〉。岧峣(tiáo yáo):高峻的。太华:西岳华山,在今陕西华阴市南。俯:俯瞰。咸京:咸阳,在今陕西省咸阳市东北,曾是秦国国都。唐朝常用咸京代长安。

句②天外〈定〉三峰〈主〉不〈倒〉削成〈谓〉。天外:高出于云天之外的。三峰:指华山上的莲花峰、玉女峰、明星峰。不削成：不是人工削凿而成的，而是大自然造成的。这句补充说明上句。

句③武帝祠前〈方位短语·定〉云〈主〉欲散〈谓〉。武帝祠：巨灵祠，由汉武帝修建，在仙人掌峰下。欲：快要。散：消散。方位短语的结构是：武帝祠+前（"前"是介词）。这句与下句是并列关系。

句④仙人掌上〈方位短语·定〉雨〈主〉初〈状〉晴〈谓〉。仙人掌：是华山上一山峰名。岩石上有印痕，好像五个手指。相传，华山原来挡住了黄河，黄河到这里要绕道。河神巨灵用手把华山掰开，分成太华和少华，让黄河从中间流过去。因此，华山上留下了五个手指印。初：刚。晴：雨过天晴。方位短语的结构是：仙人掌+上（"上"是方位词）。

句⑤险〈定〉秦关〈主·倒〉北〈状·倒〉枕〈谓·倒〉河山〈联合短语·宾·倒〉。险：险要的。秦关：函谷关，是秦朝设置的关隘。北：在北面。枕：靠着。河：黄河。山：太华山。联合短语的结构是：河+山（两者并列）。这句与下句是并列关系。

句⑥驿路〈主〉西〈状〉连〈谓〉平〈定〉汉畤〈宾·倒〉。驿路：古代为传递公文修建的交通要道。西：在西面。连：连接着。平：平坦的。汉畤(zhì)：五畤。是汉代帝王祭天地的五个地方。

句⑦我〈主·省〉借问〈谓〉路旁〈定〉名利客〈宾〉。我：指作者。借问：请问，试问。名利客：追逐功名利禄的人。

句⑧你们〈主·省〉何如〈状〉此处〈状〉学〈谓〉长生〈宾〉。你们：指名利客。何如：何不。此处：在华山这里。学长生：求仙学道达到长生不老的目的。这句是上句的宾语。

浅析：这首诗描写了作者途经华阴时所见所想。第一句至第六句是作者所见。第一句总写了华山的高峻雄伟。第二句分写了华山的三大名峰的奇瑰陡峭。第三、四句分写了华山的风云变幻的景色。第五、六句描写了华山地理位置的重要。第七、八句是作者议论，既是对别人的劝喻，也是对自己的劝喻，暗含着作者放弃仕途而归隐的心愿。

本诗③④句和⑤⑥句是工对，⑦⑧句是流水对。

望 蓟 门

Looking at Jimen in the Distance

祖 咏 Zhu Yong

①燕台一去客心惊， Once on the Yan Terrace, I'm astonished to hear,
②笳鼓喧喧汉将营。 The hubbub of the drums and the Tarter flutes from the barracks of the Tang Dynasty far and near.
③万里寒光生积雪， Cold light comes from the vast stretch of snow white,
④三边曙色动危旌。 The lofty banners on the three frontiers flutter high up in the dawning light.
⑤沙场烽火侵胡月， To the moon o'er Hun's area the beacon fires on the battle-fields are soaring,

⑥海畔云山拥蓟城。　Jimen Town is guarded by the seaside mountains into clouds towering.
⑦少小虽非投笔吏，　Though, when young, I didn't give up pen for sword as Bang Chao did,
⑧论功还欲请长缨。　Yet to serve our country, I now beg to go to the frontiers to achieve deeds of merit.

详注：题．望：从远处看。蓟(jì)门：即居庸关，又称蓟门关。在今北京昌平区西北，是唐代北方的边塞重镇。祖咏：唐朝进士，一生困顿，未曾做官，晚年隐居在汝水边。

句①客〈主〉一去燕台心惊〈连动短语·谓·倒〉。客：指作者自己。一去：一登上。燕台：幽州台，是战国时燕昭王为招揽贤才而建的黄金台，在今河北易县东南。心惊：感到震惊。连动短语的结构是：一去燕台＋心惊（动作先后关系）。这句与下句是果因关系。

句②笳鼓〈联合短语·主〉喧喧〈谓〉汉将营〈补〉。笳(jiā)：胡笳，一种军乐器。笳和鼓都用于军中号令。喧喧：响声震天。汉将营：在唐军军营里。唐朝人常用汉指唐。联合短语的结构是：笳＋鼓（两者并列）。

句③万里〈定〉寒光〈主〉生〈谓〉积雪〈补〉。万里：这里用"万里"是夸张修辞格。生：产生。积雪：从积雪上。这句与下句是并列关系。

句④三边〈定·倒〉危旌〈主·倒〉动〈谓〉曙色〈补〉。三边：指幽州、并州和凉州，这里泛指边疆地区。危：高。危旌：挂得高高的军旗。动：飘动。曙色：在曙光中。

句⑤沙场〈定〉烽火〈主〉侵〈谓〉胡月〈宾〉。沙场：战场上的。烽火：报警的烟火。侵：逼近。胡月：胡地的月亮。胡：中国古代对北方少数民族的泛称。这句与下句是并列关系。

句⑥海畔〈定〉云山〈主〉拥〈谓〉蓟城〈宾〉。海畔：海边。云：高耸入云的。云山：指燕山山脉。拥：护卫着。蓟城：蓟州城，在蓟门关西。

句⑦我〈主·省〉少小〈状〉虽〈连词〉非〈谓〉投笔吏〈宾〉。我：指作者。少小：少年时。虽：虽然。非：不是。投笔吏：是一个典故。东汉班超曾做抄写文字的小官。一天，他奋然投笔长叹，说："大丈夫无他志略，当效傅介子，张骞，立功异域以取封侯，安能久事笔砚间乎！"后来，班超出使西域有功，封定远侯。这里，作者把这个典故缩略成"投笔吏"三字，意在表明自己年少时没有班超那样投笔从戎的志向，属借喻修辞格。这句与下句是转折关系。

句⑧我〈主·省〉还欲请长缨论功〈连动短语·谓〉。我：指作者。欲：想。请长缨：是一个典故。南越与西汉和亲。汉武帝派终军出使南越。终军对汉武帝说："愿受长缨，以羁南越王而致之阙下。"这里，作者把这个典故缩略成"请长缨"三字，意在表明自己愿向终军学习，从军报效国家。终军是西汉才士，济南人，十八岁到长安上书议论边防事。后被提拔为谏议大夫。后出使南越，说服南越归附汉朝。请：请求。长缨：长绳。论功：立功。连动短语的结构是：欲请长缨（动作）＋论功（目的）。

浅析：这首诗描写了作者眺望蓟门的情景，表达了作者希望从军报国的雄心壮志。第一、二句描写了作者登燕台所闻。"笳鼓喧喧"渲染了唐军军营里的紧张的备战气氛。第三句至第六句描写了作者登燕台所见。"万里寒光"烘托了边塞的肃杀环境。"侵胡月"烘托了唐军的雄壮气势。"拥蓟城"表明了边塞重镇的有利地形，暗示出唐军必胜的前景。眼前的这一切激发了作者的报国热情。于是，他写出了最后两句，表达了他希望从军报国的雄心壮志。

本诗③④句是工对。

卷六　七言律诗

九日登望仙台呈刘明府

To Prefect Liu When Ascending the Looking-Forward-to-the Immortal Terrace on the Ninth Day of the Ninth Moon

崔　曙　Cui Shu

① 汉文皇帝有高台，　Emperor Wen of the Han Dynasty built the high terrace,
② 此日登临曙色开。　On the ninth day of the ninth moon I ascend it when the day just breaks.
③ 三晋云山皆北向，　North of the terrace all the towering mountains in the three Jins lie,
④ 二陵风雨自东来。　From the east the wind and rain upon the two mausoleums come along.
⑤ 关门令尹谁能识，　The pass-keeper Yin Xi no one can identify,
⑥ 河上仙翁去不回。　The immortal He Shang has forever gone.
⑦ 且欲近寻彭泽宰，　So I might as well ask you, Prefect Peng nearby,
⑧ 陶然共醉菊花杯。　To come to drink chrysanthemum wine together with me till we're high.

详注：题．九日：九月九日，重阳节。古代民间有重阳节登高、赏菊、饮菊花酒的习俗。**望仙台**：故址在今河南陕县西南。由汉文帝建造。相传，仙人河上公曾送给汉文帝书二卷，然后消失了。于是汉文帝筑台望之，所以称望仙台。**呈**：呈送给。**明府**：唐代对县令的尊称。**崔曙**：唐代诗人，进士，曾任官职。

句① 汉文皇帝〈主〉有〈谓〉高台〈宾〉。汉文皇帝：汉文帝。高台：指望仙台。这句与下句是并列关系。

句② 我〈主〉此日〈状〉登临〈谓〉曙色〈主〉开〈谓〉。这句由两个句子构成。"我此日登临"是一句。"曙色开"是一句。前句是后句的时间状语。我：指作者。此日：九月九日。登临：登上望仙台游览。曙色：黎明的天色。开：出现。

句③ 三晋〈定〉云山〈主〉皆〈状〉北向〈谓〉。三晋：春秋战国时，晋国分裂成赵、魏、韩三国，称三晋。云山：高耸入云的大山。皆：都。北向：在望仙台北面。这句与下句是并列关系。

句④ 二陵〈定〉风雨〈主〉自东〈介词短语·状〉来〈谓〉。二陵：崤山，在今河南洛宁县北。山上有南陵和北陵。南陵是夏后皋之墓。北陵是周文王避风雨的地方。自东：从东边。介词短语的结构是：自＋东（"自"是介词）。

句⑤ 谁〈主〉能识〈谓〉关门令尹〈宾·倒〉。识：识别。关门令尹：尹喜，是把守函谷关的官员。一天，老子来到函谷关，尹喜不放老子过关，逼老子写出《道德经》。后追随老子游流沙，不知所终。这是一个反问句。肯定形式表示否定的意思，即"没有人能识别尹喜"。这句与下句是并列关系。

句⑥ 河上仙翁〈主〉去不回〈联合短语·谓〉。河上仙翁：河上公。联合短语的结构是：去＋不回（两者并列）。

句⑦ 我〈主·省〉且〈状〉欲〈状〉近〈状〉寻〈谓〉彭泽宰〈宾〉。我：指作者。且：姑且。近：在近处。寻：找。彭泽宰：指陶渊明，他曾做过彭泽县令。宰：令。这里，作者把刘明府比作彭泽令陶渊明，是暗喻修辞格。

句⑧我们〈主·省〉陶然〈状〉共醉〈谓〉菊花杯〈宾〉。我们:指作者和刘明府。陶然:快快乐乐地。共醉:一同喝醉。菊花杯:菊花酒。这里,借杯(工具)代酒(杯中物),是借代修辞格。这里还有一个典故:相传,陶渊明任彭泽县令期间,有一年九月九日,陶渊明没酒喝,就去房子旁边的菊花丛中坐着。碰巧好友王弘送酒来,他们就在菊花丛中喝得大醉。这里,作者把这个典故用在七、八两句中。第七句中,把刘明府比作彭泽令陶渊明。第八句中,就延伸这个比喻把两人共醉比作当年陶渊明与王弘共醉,把作者与友人的友情比作陶渊明与王弘的友情,属借喻修辞格。这句是上句的目的状语。

浅析:古时重阳节,人们有登高饮菊花酒的习俗。作者围绕这一习俗展开写作思路。第一句交代了望仙台的来历。第二句交代了作者登望仙台的时间。第三、四句描写了作者登台所见景象。这景象意境开阔,气象雄浑,给人以历史的纵深感,为下文联想历史往事作了铺垫。第五、六句是作者联想起两个神仙传说。其言外之意是:那些神仙传说都是虚幻的历史往事,我们也不必去求道成仙。我们还是注重现实为好。第七、八句是一句分作两句写。这两句紧扣题目中的"呈刘明府",既把刘明府比作陶渊明,表达了作者对友人的敬重,又对刘明府发出邀请,邀请他来共度重阳节,表达了作者对友人的深厚情意。

本诗③④句是工对,⑦⑧句是流水对。

送魏万之京

Seeing Wei Wan Off to Chang'an

李 颀 Li Qi

①朝闻游子唱离歌,	In the morning I hear your song of farewell,
②昨夜微霜初度河。	You just crossed the Yellow River last night when the thin forest fell.
③鸿雁不堪愁里听,	Sad on your way you can't bear to hear the wild geese cry,
④云山况是客中过。	Furthermore the cloud-covered mountains you'll pass by.
⑤关城树色催寒近,	At Tong Pass the color of the trees seems to hasten the cold season to come near,
⑥御苑砧声向晚多。	At dusk in Chang'an a lot of sound of the anvil you'll hear.
⑦莫见长安行乐处,	You must not think Chang'an is a place to go gay,
⑧空令岁月易蹉跎。	So that you idle your precious time away.

详注:题.魏万:又名魏颢,唐朝进士,曾隐居王屋山,与作者交谊甚厚,是作者的晚辈。之:去。京:京城长安。

句①我〈主·省〉朝〈状〉闻〈谓〉[游子〈主〉唱〈谓〉离歌〈宾〉]〈小句·宾〉。我:指作者。朝:早晨。闻:听到。游子:离家在外之人,这里指魏万。离歌:离别之歌。这句与下句是并列关系。

句②昨夜〈主〉有〈谓〉微霜〈宾〉你〈主·省〉初〈状〉度〈谓〉河〈宾〉。这句由两个句子构成。"昨夜有微霜"是一句,"你初度河"是一句。前句是后句的时间状语。微霜:一点点霜。初:刚。度:渡过。河:黄河。

句③你〈主·省〉愁里〈状〉不堪听〈谓〉鸿雁〈宾·倒〉。你:指魏万,下文中的"你"同此。愁里:在离别家乡的愁苦中。不堪:不忍。鸿雁:大雁。这里借鸿雁(具体)代鸿雁的叫声(抽象),是借代修辞格。这句与下句是递进关系。

句④你〈主·省〉况〈状〉是〈状〉客中〈方位短语·状〉过〈谓〉云山〈宾·倒〉。况:况且。是:表示强调,修饰"客中"。客中:在旅途中。过:经过。云山:高耸入云端的山。方位短语的结构是:客+中("中"是方位词)。

句⑤关城〈定〉树色〈主〉催寒近〈兼语短语·谓〉。关城:指潼关。树色:树的颜色。催寒近:使人感到寒气逼人。兼语短语的结构是:催+寒+近。这句与下句是并列关系。

句⑥御苑〈定〉砧声〈主〉向晚〈状〉多〈谓〉。御苑:皇家花园。这里,借御苑(长安的标志)代长安,是借代修辞格。砧(zhēn)声:捣衣声。向晚:在傍晚的时候。

句⑦你〈主·省〉莫见〈谓〉长安〈定〉行乐〈动宾短语·定〉处〈宾〉。莫见:不要看到。行乐:游玩取乐。处:地方。

句⑧你〈主·省〉空〈状〉令岁月易蹉跎〈兼语短语·谓〉。空:白白地。令:让。易:轻易地。蹉跎(cuō tuó):虚度。兼语短语的结构是:令+岁月+易蹉跎。这句是上句的结果状语。

浅析:魏万赴京赶考,作者写诗相赠。这首诗描写了作者送别晚辈友人的情景。第一、二句交代了送别的时间。"唱离歌"点明送别。"朝"和"微霜"点明送别时间是初秋早晨。从时间顺序上看,第二句应在前,第一句应在后。倒装是为了强调离别,并用第二句补充说明魏万行色匆匆。第三、四句是作者想象友人途中的境况。"鸿雁"呼应了"微霜"。秋凉了,大雁开始南飞了。"愁里"表明友人离家远行的思乡之愁。听到鸿雁的哀鸣更感愁苦,所以"不堪听"。"云山"表明了友人的跋涉之苦和寂寞凄孤。第五句想象友人到达潼关的情景。第六句想象友人到达长安的情景。以上四句(第三句至第六句)通过想象表达了作者对友人的关爱和牵挂。第七、八句是作者对友人语重心长的嘱咐。作者希望友人在长安积极进取,有所作为,千万不要虚度光阴。全诗充分体现了作者对友人的深情厚谊。

登金陵凤凰台

Ascending the Phoenix Terrace in Jinling

李 白 Li Bai

①凤凰台上凤凰游, Phoenixes gathered on the Phoenix Terrace once,
②凤去台空江自流。 Now the birds are gone, the Terrace is vacant, only the water of the Yangtze River by itself runs.
③吴宫花草埋幽径, The flowers and grasses in the Wu's palaces keep the secluded paths from the eye,
④晋代衣冠成古丘。 The nobles of the Jin Dynasty all in graves lie.

⑤三山半落青天外，	The three-peak mountain is half covered by the cloud in blue sky,
⑥二水中分白鹭洲。	The Egret Islet in the middle divides into two the Yangtze River that runs by.
⑦总为浮云能蔽日，	All because the floating clouds can veil the bright sun,
⑧长安不见使人愁。	I feel sad when I can't see Chang'an.

详注：题. 金陵：今江苏南京市。凤凰台：故址在南京凤凰山上。相传南朝宋文帝元嘉十四年三月曾有凤凰飞集于此，因而筑凤凰台。

句①凤凰台上〈方位短语·状〉凤凰〈主〉游〈谓〉。游：来集。方位短语的结构是：凤凰台＋上（"上"是方位词）。

句②凤〈主〉去〈谓〉台〈主〉空〈谓〉江〈主〉自〈状〉流〈谓〉。这句由三个句子构成。"凤去"是一句。"台空"是一句。"江自流"是一句。三句间是并列关系。凤：凤凰。去：飞走了。台：凤凰台。空：空了。江：长江。自：独自。流：奔流。这句补充说明上句。

句③吴宫〈定〉花草〈主〉埋〈谓〉幽径〈宾〉。吴宫：吴宫里的。三国时，孙权建都金陵，称吴国。孙权政权在金陵建有数座宫殿。埋：遮没。幽径：偏僻的小路。这句与下句是并列关系。

句④晋代〈定〉衣冠〈主〉成〈谓〉古丘〈宾〉。晋代：东晋。东晋曾建都金陵。衣冠：指东晋的豪门贵族。这里借衣冠代人，是借代修辞格。成：变成。古丘：古墓。

句⑤三山〈定〉半〈主〉落〈谓〉青天外〈方位短语·补〉。三山：山名。在南京市西南，有三峰并立。半落青天外：山峰高耸入云，有一半在云里半隐半现。落：坐落。青天外：在白云之上。方位短语的结构是：青天＋外（"外"是方位词）。这句与下句是并列关系。

句⑥白鹭洲〈主〉中〈状·倒〉分〈谓·倒〉二水〈宾·倒〉。白鹭洲：长江中的沙洲，把长江分为两支。中：在中间。分：分隔成。二水：长江的两个分支。

句⑦总为〈连词〉浮云〈主〉能蔽〈谓〉日〈宾〉。总为：都是因为。浮云：指朝中奸臣。这里，借浮云喻奸臣，是借喻修辞格。蔽(bì)：挡住。日：太阳，指唐玄宗。这里借日喻唐玄宗，是借喻修辞格。这句与下句是因果关系。

句⑧不见〈倒〉长安〈动宾短语·主〉使人愁〈兼语短语·谓〉。不见：看不到。人：指作者自己。愁：发愁。动宾短语的结构是：不见＋长安（动词＋宾语）。兼语短语的结构是：使＋人＋愁。

浅析：作者被权奸诬陷，被迫离开京城长安。这首诗是作者离开长安南游金陵时写的，描写了作者登凤凰台时所见所感。第一句交代了凤凰台的由来。第二句表达了作者对人世沧桑、江山依旧的感慨。凤凰是祥瑞之鸟。凤凰飞来是朝代昌盛的象征，飞走是衰落的象征。凤凰的来去表明人世沧桑。"江自流"表明江山依旧。第三、四句是怀古，用更多实例表明人世沧桑。第五、六句描写了登台所见景色，是用更多实例表明江山依旧。作者在感慨人世沧桑、江山依旧的同时联想到自己的遭遇，于是写了下面两句。第七句表达了作者对朝中权奸的不满。第八句表达了作者对朝廷的念念不忘和担忧。

本诗③④句是工对，⑤⑥句是宽对。

送李少府贬峡中王少府贬长沙

Farewell to Vice-Prefect Li Demoted to Xiazhong and Vice-Prefect Wang Demoted to Changsha

高　适　Gao Shi

①嗟君此别意如何？	Alas, how do you feel at this moment we part?
②驻马衔杯问谪居。	Halting my horse and drinking wine I again ask, "Demoted to what places thou art?"
③巫峡啼猿数行泪，	You may shed lines of tears while hearing near the Wu Gorge the gibbons' cry,
④衡阳归雁几封书。	You may send letters when the wild geese from Henyang back to the north fly.
⑤青枫江上秋帆远，	In autumn on Green Maple River, the sails in the distance will be seen,
⑥白帝城边古木疏。	Near White Emperor Town, the sparse old trees will be seen.
⑦圣代即今多雨露，	Ours is an era of wisdom that plenty of rain and dew will be given,
⑧暂时分手莫踌躇。	Our parting is sure to be temporary, so you should go without hesitation.

详注：**题**. 少府：唐朝县尉。贬：被降职到。峡中：地名，在今重庆市郊。长沙：今湖南长沙市。

句①嗟〈叹息声〉此别〈状〉君〈定·倒〉意〈主〉如何〈谓〉。嗟(jiē)：哎。此别：对这次离别。君：指李、王二位少府。意：心情。何如：怎么样。

句②我〈主·省〉驻马衔杯问谪居〈连动短语·谓〉。我：指作者。驻马：停马。衔杯：指饮送别酒。问：询问。谪(zhé)居：指贬官的去处。连动短语的结构是：驻马＋衔杯＋问谪居（动作先后关系）。这句补充说明上句。

句③巫峡〈定〉猿〈主〉啼〈谓·倒〉你〈主·省〉流〈谓·省〉数行〈定〉泪〈宾〉。这句由两个句子构成。"巫峡猿啼"是一句。"你流数行泪"是一句。前句是后句的时间状语。巫峡：长江三峡之一，两岸有崇山峻岭，多猿猴。啼：鸣叫。猿的叫声很悲哀。你：指李少府。数行泪：指李少府听猿哀鸣而悲伤而流下很多眼泪。这句与下句是并列关系。

句④衡阳〈定〉雁〈主〉归〈谓·倒〉你〈主·省〉捎来〈谓·省〉几封〈定〉书〈宾〉。这句由两个句子构成。"衡阳雁归"是一句。"你捎来几封书"是一句。前句是后句的时间状语。衡阳雁归：北方雁在秋天南飞，飞到衡阳就折回北方。归：飞回北方。书：信，指王少府写的信。这里有个雁能传书的典故：西汉苏武被匈奴扣留十九年。汉昭帝使臣要求匈奴放回苏武，匈奴谎称苏武已死。汉昭帝使臣第二次到匈奴地区。苏武的副使常惠叫使臣对单于说：汉昭帝在上林苑打猎，射下一只雁，雁足上系着帛书。帛书上说苏武在某泽中，单于感到吃惊，说出苏武仍活着的真话。后来，人们就认为大雁能传递书信。

句⑤秋〈状〉青枫江上〈方位短语·定·倒〉帆〈主〉远〈谓〉。秋：秋天里。青枫江：指湖南浏阳河流经浏阳市西南的一段。帆：船。这里，借帆(部分)代船(整体)，是借代修辞格。远：飘向远处。方位短语的结构是：青枫江＋上("上"是方位词)。这句与下句是并列关系。

句⑥白帝城边〈方位短语·定〉古木〈主〉疏〈谓〉。白帝城：在四川奉节县白帝山上。古木：古树。疏：树叶凋落而显得稀疏。方位短语的结构是：白帝城＋边("边"是方位词)。

句⑦即今〈主〉是〈谓·省〉圣代〈宾·倒〉雨露〈主〉多〈谓·倒〉。这句由两个句子构成。"即今是圣代"是一句。"雨露多"是一句。两句间是因果关系。即今：当今。圣代：圣明时代。雨露：皇帝的恩泽。这里，借雨露喻皇帝的恩泽，是借喻修辞格。这句与下句是因果关系。

句⑧我们〈主·省〉暂时〈状〉分手〈谓〉你们〈主·省〉莫踌躇〈谓〉。这句由两个句子构成。"我们暂时分手"是一句。"你们莫踌躇"是一句。两句间是因果关系。我们：指作者和李、王二位少府。你们：指李、王二位少府。莫：不要。踌躇(chóu chú)：犹豫。

浅析：作者的两个朋友被贬官。一个被贬到峡中，一个被贬到长沙。作者写了这首送别诗，一诗送两人。第一、二句表达了作者对友人的关心和劝慰。"嗟"字表达了同情。"意何如"和"问谪居"是作者的反复询问，表达了作者的深切关心。"此别"紧扣了题目中的"送"。"谪居"紧扣了题目中的"贬"。第三、四句是二位友人回答了"问谪居"后，作者联想到二位谪居地的特点，表达了作者对友人的关心和牵挂。"猿啼"呼应了"峡中"。"衡阳"呼应了"长沙"。第五、六句是作者联想到两地的秋景，进一步表达了作者对友人的关心和牵挂。以上四句(第三句至第六句)还表示：二位要去的地方比较艰苦，二位要多多保重。第七、八句表达了作者对友人的劝慰。

本诗③④句和⑤⑥句是工对。

和贾至舍人早朝大明宫之作

Replying to Jia Zhi's Poem *An Early Levee at Daming Palace*

岑 参　Cen Shen

①鸡鸣紫陌曙光寒，	Along the boulevard of Chang'an the cocks crow at the cold dawn,
②莺啭皇州春色阑。	In the capital city the orioles warble when spring has almost gone.
③金阙晓钟开万户，	All the palace doors are opened when the morn bell at the Golden Gate sounds,
④玉阶仙仗拥千官。	Then thousands of the officials and the officers assemble on the jade steps where the guard of horner stands.
⑤花迎剑佩星初落，	The flowers greet the officers with the swords when stars begin to disappear in the sky,
⑥柳拂旌旗露未干。	The flags are touched by the willows with dew not yet dry.
⑦独有凤凰池上客，	It's only you who work at the Phoenix Pool nearby,
⑧阳春一曲和皆难。	To whose high-level poem it is hard for all the others to reply.

详注：题. 和(hè)：依照别人诗的题材和体裁写诗。贾至：人名，官职是中书舍人，曾作《早朝大明宫呈两省僚友》一诗。大明宫：在皇城内，是早朝所在地。之：是结构助词，相当于"的"。作：作品，即"诗"。

句①鸡〈主〉鸣〈谓〉紫陌〈补〉曙光〈主〉寒〈谓〉。这句由两个句子构成。"鸡鸣紫陌"是一句。"曙光寒"是一句。两句间是并列关系。鸣：叫。紫陌(mò)：京城大道。曙光：破晓时的阳光。寒：带着寒气。这句与下句是并列关系。

句②莺〈主〉啭〈谓〉皇州〈补〉春色〈主〉阑〈谓〉。这句由两个句子构成。"莺啭皇州"是一句。"春色阑"是一句。两句间是并列关系。莺：黄莺。啭(zhuàn)：婉转地鸣叫。皇州：在京城长安。阑(lán)：将尽。

句③金阙〈定〉晓钟〈主〉开〈谓〉万户〈宾〉。金阙(què)：皇宫，指大明宫。"阙"是宫门前的望楼。这里，借阙(部分)代皇宫(整体)，是借代修辞格。晓钟：报晓的钟声。这里，借钟(具体)代钟声(抽象)，是借代修辞格。开：使……打开，是动词的使动用法。万户：所有的宫门。户：门。这里用"万"是夸张修辞格。这句与下句是顺承关系。

句④千官〈主〉拥〈谓·倒〉玉阶〈定·倒〉仙仗〈宾·倒〉。千官：众多的官员。这里的"千"表示虚数，不实指。拥：围集在。玉阶：宫门前玉石台阶上的。仙仗：宫中仪仗队。

句⑤花〈主〉迎〈谓〉剑佩〈宾〉星〈主〉初〈状〉落〈谓〉。这句由两个句子构成。"花迎剑佩"是一句。"星初落"是一句。前句是后句的时间状语。迎：迎接。剑佩：佩剑，指官员上朝佩戴的剑。初：刚。落：消失。星初落：天刚亮。这句与下句是并列关系。

句⑥柳〈主〉拂〈谓〉旌旗〈宾〉露〈主〉未干〈谓〉。这句由两个句子构成。"柳拂旌旗"是一句。"露未干"是一句。前句是后句的时间状语。柳：柳树。拂(fú)：轻轻擦过。旌(jīng)旗：仪仗队中的各种旗帜。露：露水。未：没有。

句⑦独有〈连词〉凤凰池上〈方位短语·定〉客〈中心词〉。这是一个名词句，作下句中"一曲阳春"的定语。独有：只有。凤凰池：指中书省。中书省的大院内有池塘。由于中书省掌机要，接近皇上，所以称院内的池塘为凤凰池。客：指贾至。这句与下句是主谓关系。

句⑧一曲〈定〉阳春〈主〉大家〈主·省〉皆〈状·倒〉难〈状〉和〈谓·倒〉〈主谓短语·谓〉。阳春：是一个典故。宋玉《对楚王问》中有："客中有歌于郢中者，其始曰《下里》、《巴人》，国中属而和之者数千人……其为《阳春》、《白雪》，国中属而和之者不过数十人。"所以，"阳春"指高雅曲调。这里借阳春喻贾至的诗，是借喻修辞格。大家：指收到贾至诗的各位诗人。皆：都。和：用诗酬答诗。主谓短语的结构是：大家+皆难和(主语+谓语)。

浅析：贾至任中书舍人，写有《早朝大明宫呈两省僚友》，杜甫、王维、岑参等都写了诗奉和。这首奉和诗，描写了早朝的盛况，赞美了贾至的诗。第一、二句点明了早朝的时间、地点和节令。"曙光"点明时间。"紫陌"和"皇州"点明了地点。"春色阑"点明节令。第三句至第六句描写了早朝的盛大场面。"金阙"和"玉阶"描写了宫殿的华贵和庄严。"开万户"和"拥千官"描写了恢宏气势。"花迎佩剑"描写了武官装束。"柳拂旌旗"描写了仪仗队。"星初落"和"露未干"烘托了"早"。第七、八句赞美了贾至的诗。

本诗③④句和⑤⑥句是工对，⑦⑧句是流水对。

和贾至舍人早朝大明宫之作

Replying to Jia Zhi's Poem *An Early Levee at Daming Palace*

王 维　Wang Wei

① 绛帻鸡人报晓筹，
The red-turbaned palace guard reports dawn in a voice loud,
② 尚衣方进翠云裘。
On hearing it, the official concerned has just sent in the emperor's fur-gown with the pattern of green cloud.
③ 九天阊阖开宫殿，
When the portals of the imperial palaces open,
④ 万国衣冠拜冕旒。
All the officials, officers and diplomatic envoys come to pay respects to the crown.
⑤ 日色才临仙掌动，
As soon as the aurora shines the long-handled fans begin to waver,
⑥ 香烟欲傍衮龙浮。
Near the emperor's dragon robe the scented smoke floats about.
⑦ 朝罢须裁五色诏，
You need draft the imperial edicts when the early levee is over,
⑧ 佩声归到凤池头。
You go back to the Phoenix Pool with the jade pendants on you tinkling loud.

详注： 句①绛帻鸡人〈主〉报〈谓〉晓筹〈宾〉。绛帻(jiàng zé)：红色头巾。鸡人：红色头巾包成鸡冠形状，所以称鸡人。鸡人是宫中报时卫士。天快亮时，鸡人大声学鸡叫，提醒文武百官准备上早朝。报：报告。晓：天快亮。筹：古代计时用更筹，用竹或铜制成。这里，借筹(具体)代时间(抽象)，是借代修辞格。这句与下句是并列关系。

句②尚衣〈主〉方〈状〉进〈谓〉翠云裘〈宾〉。尚衣：官职名，专管皇帝的衣帽。方：刚。进：送进。翠云裘：绣着绿色云彩的皮衣。翠云：绿色云彩。

句③九天〈定〉宫殿〈主〉开〈谓·倒〉阊阖〈宾·倒〉。九天：天子住的。开：打开。阊阖(chāng hé)：皇宫正门。这句与下句是顺承关系。

句④万国〈定〉衣冠〈主〉拜〈谓〉冕旒〈宾〉。万国衣冠：各国使臣和文武百官。这里借衣冠(官服，官的标志)代官，是借代修辞格。拜：朝拜。冕旒(miǎn liú)：帝王礼帽前后的玉串。这里，借冕旒(皇帝的标志)代帝，是借代修辞格。

句⑤日色〈主〉才〈状〉临〈谓〉仙掌〈主〉动〈谓〉。这句由两个句子构成。"日色才临"是一句。"仙掌动"是一句。前句是后句的时间状语。日色才临：太阳刚照到皇宫。临：到。仙掌：障扇，皇帝专用的长柄扇。动：晃动。仙掌动：指皇帝上朝。这句与下句是并列关系。

句⑥香烟〈主〉欲〈状〉傍衮龙浮〈连动短语·谓〉。香烟：宫殿中烧香料散发出的香气。欲：将要。傍(bàng)：挨着。衮(gǔn)龙：皇帝的龙袍。浮：浮动，缭绕。连动短语的结构是：傍衮龙(方式)＋浮(动作)。

句⑦朝〈主〉罢〈谓〉你〈主·省〉须裁〈谓〉五色诏〈宾〉。这句由两个句子构成。"朝罢"是一句。"你须裁五色诏"。前句是后句的时间状语。朝罢：早朝结束。你：指贾至。须：须要。裁：剪裁。这里，借五色纸(果)代撰写诏书(因)，是借代修辞格。诏(zhào)：皇帝的诏书，用五色纸书写。裁纸是为了写诏书。这句与下句是因果关系。

卷六　七言律诗

句⑧佩声〈主〉归到〈谓〉凤池头〈宾〉。佩声:贾至身上的佩玉发出的声音。这里,借佩声(标记)代贾至,是借代修辞格。归到:回到。凤池头:凤池边。指中书省,贾至办公的地方。另见上首诗的凤凰池注。

浅析:贾至任中书舍人时写有《早朝大明宫呈两省僚友》。作者写了这首诗奉和。这首诗描写了皇宫早朝的情景。第一、二句描写了早朝前的情景。"晓筹"凸显了"早"。第三、四句描写了早朝的盛大场面。"万国衣冠拜"凸显了唐帝国的兴盛和威望。第五、六句描写了皇帝的出场,凸显了皇帝的庄重和威严。第七、八句描写了贾至的官高位显,表达了作者对贾至的称颂之意。

本诗③④句是宽对。

奉和圣制从蓬莱向兴庆阁道中留春雨中春望之作应制

Replying to the Emperor's Poem *Looking at the Spring Scenery in the Spring Rain on the Plank Road from the Penglai Palace to the Xingqing Palace*

王 维　Wang Wei

①渭水自萦秦塞曲,　The winding Wei River by itself runs around the outskirts of Chang'an,
②黄山旧绕汉宫斜。　Around the old Han palace stands the meandering Mount Huan.
③銮舆迥出千门柳,　Through the willows between many palace doors, the emperor's carriage has gone far,
④阁道回看上苑花。　Then on the plank road the emperor looks back at the flowers in the imperial garden far.
⑤云里帝城双凤阙,　Chang'an and the two Phoenix Watch Towers stand in the cloud,
⑥雨中春树万人家。　In the rain the green trees and thousands of houses are scattered about.
⑦为乘阳气行时令,　It's to issue orders in springtime that our emperor travels here,
⑧不是宸游玩物华。　Not to enjoy the spring scenery far and near.

详注:题.奉:奉皇帝的命令。和(hè):依照别人诗的题材和体裁做诗。圣制:皇帝写的诗,其题目是:《从蓬莱向兴庆阁道中留春雨中春望》。之:是结构助词,相当于"的"。作:诗。应制:做诗。奉和……应制:奉皇帝的命令作诗和皇帝的诗。蓬莱:蓬莱宫,在皇城东,由大明宫扩建而成。兴庆:兴庆宫,在皇城南,又称内南。蓬莱宫与兴庆宫之间有一段阁道。留:站在。春望:欣赏春景。

句①曲〈定·倒〉渭水〈主〉自〈状〉萦〈谓〉秦塞〈宾〉。曲:弯弯曲曲的。渭水:渭河,是黄河支流。自:独自。萦(yíng):环绕。秦塞:秦地,指长安城郊。长安一带古为秦地。这句与下句是并列关系。

句②斜〈定〉黄山〈主〉绕〈谓〉旧〈定·倒〉汉宫〈宾〉。斜:逶迤的。黄山:黄麓山,在今陕西兴平市北。绕:环绕。旧:旧日的。汉宫:指黄麓山上的黄山宫,由汉武帝建造。

句③銮舆〈主〉迥出〈谓〉千门〈定〉柳〈宾〉。銮舆(luán yú):带有銮的车,指皇帝乘坐的车。銮:铃铛,用在皇帝的车子上。舆:车。迥(jiǒng)出:远出。千门:多重宫门。这里的"千"表示虚数,不实指。千门柳:宫门之间道路两旁的柳树。这句与下句是顺承关系。

句④皇上〈主·省〉阁道〈状〉回看〈谓〉上苑〈定〉花〈宾〉。阁道:在阁道中。"阁道"是两楼之间架空的复道。回看:回头看。上苑(yuàn):上林苑,是唐朝皇家园林。

句⑤帝城双凤阙〈联合短语·主〉在〈谓·省〉云里〈方位短语·补·倒〉。帝城:京城长安。双凤阙(què):宫殿前的望楼,左右各一。这里指大明宫前栖凤阙和翔鸾阙。联合短语的结构是:帝城+双凤阙(两者并列)。方位短语的结构是:云+里("里"是方位词)。这句与下句是并列关系。

句⑥春树万人家〈联合短语·主〉在〈谓·省〉雨中〈方位短语·宾·倒〉。春树:绿树。万人家:千万户人家。方位短语的结构是:雨+中("中"是方位词)。联合短语的结构是:春树+万人家(两者并列)。

句⑦皇上〈主·省〉为乘阳气〈介词短语·状〉行〈谓〉时令〈宾〉。为:为了。乘:趁着。阳气:春天的气息。行:发布。时令:顺应节气的命令。介词短语的结构是:为+乘阳气("为"是介词)。这句与下句是并列关系。

句⑧皇上〈主·省〉不是〈谓〉宸游玩物华〈连动短语·宾〉。宸(chén)游:指皇帝的游玩。玩:观赏。物华:自然美景。连动短语的结构是:宸游(动作)+玩物华(目的)。

浅析:这是一首应制诗,描写了唐玄宗的一次春游。第一、二句描写了长安城外的景色,彰显了长安城的形胜地势。第三、四句描写了唐玄宗春游的路线。第五、六句描写了唐玄宗出城后回望京城所见。第五句写皇宫,"云里"凸显了皇宫的雄伟高大。第六句写全城,凸显了长安城的兴旺气象。第七、八句颂扬了唐玄宗。颂扬是应制诗的通例,但王维做到了不亢不卑。

本诗①②句和⑤⑥句是工对。

积雨辋川庄作

Written at Wangchuan Villa After a Few Days of Rain

王 维　Wang Wei

①积雨空林烟火迟,	After a few days of rain the cooking smoke rises slowly o'er the open and quiet woods,
②蒸藜炊黍饷东菑。	For the farmers working in the east fields the peasant women get ready foods.
③漠漠水田飞白鹭,	O'er vast stretch of paddy fields, an egret flies up and down,
④阴阴夏木啭黄鹂。	In the dense and shadowy summer woods orioles warble many a beautiful song.
⑤山中习静观朝槿,	I gaze at the hibiscus in the mountain to practise Buddhist meditation,
⑥松下清斋折露葵。	I pick wild herbs under the pine trees to be on diets vegetarian.
⑦野老与人争席罢,	Since I have held myself aloof from the rivalry with the other people,
⑧海鸥何事更相疑。	Why do some officials still suspect me as usual?

卷六　七言律诗

313

详注：题．积雨：久雨。辋(wǎng)川庄：辋川别墅，是王维的隐居之地。辋川：古水名，在今陕西蓝田县南。王维的别墅在辋川口。作：写。

句①积雨〈状〉空林〈定〉烟火〈主〉迟〈谓〉。积雨：久雨后。空林：空荡荡的树林里的。烟火：炊烟。迟：缓慢上升。这句与下句是并列关系。

句②农妇〈主·省〉蒸藜炊黍饷东菑〈连动短语·谓〉。蒸藜(lí)：烧菜。"藜"是一种菜。炊黍(shǔ)：煮饭。"黍"是黄米。饷(xiǎng)：送给……吃。东菑(zī)：东边的田地。这里借东菑(地点)代在东边田地里干活的人，是借代修辞格。连动短语的结构是：蒸藜+炊黍+饷东菑(动作先后关系)。

句③漠漠〈定〉水田〈状〉白鹭〈主〉飞〈谓·倒〉。漠漠：一块连一块的。水田：水田上方。这句与下句是并列关系。

句④阴阴〈定〉夏木〈状〉黄鹂〈主〉啭〈谓·倒〉。阴阴：茂密而阴暗的。夏木：夏天的树林里。啭(zhuàn)：婉转地鸣叫。

句⑤我〈主·省〉山中〈方位短语·状〉习静观朝槿〈连动短语·谓〉。我：指作者。山中：在山里。习静：练习禅静以修养身性。观：看。朝槿(zhāo jǐn)：木槿花，朝开暮落。连动短语的结构是：习静(目的)+观朝槿(动作)。方位短语的结构是：山+中("中"是方位词)。这句与下句是并列关系。

句⑥我〈主·省〉松下〈方位短语·状〉清斋折露葵〈连动短语·谓〉。我：指作者。松下：在松树下。清斋：吃素。王维信佛教，常吃素。折：采摘。露葵：一种蔬菜，常在露下采摘。连动短语的结构是：清斋(目的)+折露葵(动作)。方位短语的结构是：松+下("下"是方位词)。

句⑦野老〈主〉罢〈谓〉与人〈介词短语·状·倒〉争席〈动宾短语·宾·倒〉。野老：作者自称。罢：已结束。争：争夺。席：官位。罢争席：这里有一个典故。据《庄子》记载：阳子居(姓杨，名朱)在向老子学道之前，为人很不随和。旅店老板夫妇对他恭敬有加。他从老子那里学道回来时，变得十分随和，旅店的客人都与他争席了。作者引用这个典故，意在表明：他已远离官场，与隐居地居民打成一片了。介词短语的结构是：与+人("与"是介词)。动宾短语的结构是：争+席(动词+宾语)。这句与下句是表示推论的因果关系。

句⑧海鸥〈主〉何事〈状〉更〈状〉相疑〈谓〉。何事：为什么。更：还要。相疑：猜疑。"相"是动词前缀，无实义。海鸥相疑：是一个典故。《列子·黄帝篇》中说：有户人家住在海边。儿子天天与海鸥游戏，与海鸥很亲近。他父亲知道后，叫他把海鸥捉回来。当他去海边捉海鸥时，海鸥生疑，都飞走了。这里，作者引用这个典故，意在借海鸥喻嫉妒、排挤王维的官员，是借喻修辞格。

浅析：这首诗是作者隐居辋川时写的，描写了淡雅优美的辋川山庄的风光以及作者的隐居生活。第一、二句描绘了一幅幽静淳朴的农家生活图。第三、四句描绘了亦动亦静的雨后田园风光。"漠漠水田"和"阴阴夏木"是静态。"白鹭飞"和"黄莺啭"是动态。第五、六句描写作者恬淡闲适的隐居生活。练习禅静是养性。素食是养生。作者描写隐居环境的优美和隐居生活的惬意是为最后两句作铺垫。第七、八句是作者的议论，表达了作者已安于隐居生活，与世无争了，流露了他对官场争斗的厌弃。

本诗③④句和⑤⑥句是工对。

赠郭给事

To High-Ranking Official Guo

王　维　Wang Wei

①洞门高阁霭余晖，The afterglow shines on the doors on an axis and the palaces high,
②桃李阴阴柳絮飞。The peach and plum trees are shadowy and the willow catkins fly.
③禁里疏钟官舍晚，The sound of the bell from the palace lingers at the off-work hour,
④省中啼鸟吏人稀。The birds in the left court are twittering and the officials there are fewer.
⑤晨摇玉佩趋金殿，In the morn, you walk to the palace with jingling pendants jade,
⑥夕奉天书拜琐闱。In the even, carrying the imperial edicts you leave the palace gate.
⑦强欲从君无那老，I'd like to do my utmost to follow you but unfortunately I'm getting old,
⑧将因卧病解朝衣。And suffering from illness I have to take off my court coat.

详注：题. 给事：官职名，即门下省给事中，是门下省的要职，正五品。本诗题目又作《酬郭给事》。赠：写诗赠给。郭给事与作者是同僚。

句① 余晖〈主〉霭〈谓·倒〉洞门〈定·倒〉高阁〈宾·倒〉。余晖：夕阳的光辉。霭(ǎi)：映照着。洞门：重重相对而相通的门。高阁：宫殿。联合短语的结构是：洞门＋高阁(两者并列)。这句与下句是并列关系。

句② 桃李〈联合短语·主〉阴阴〈谓〉柳絮〈主〉飞〈谓〉。这句由两个句子构成。"桃李阴阴"是一句。"柳絮飞"是一句。两句间是并列关系。桃：桃树。李：李树。阴阴：枝叶繁茂浓密显得幽暗。柳絮：柳树种子，上有白色绒毛，随风乱飞。联合短语的结构是：桃＋李(两者并列)。

句③ 禁里〈方位短语·定〉钟〈主〉疏〈谓·倒〉官舍〈主〉晚〈谓〉。这句由两个句子构成。"禁里钟疏"是一句。"官舍晚"是一句。两句间是并列关系。禁里：宫中警卫森严，所以称禁里。钟：钟声。这里借钟(具体)代钟声(抽象)，是借代修辞格。疏：悠扬。官舍：官员的办公地。晚：到了傍晚下班时间。这句与下句是并列关系。

句④ 省中〈定〉鸟〈主〉啼〈谓·倒〉吏人〈主〉稀〈谓〉。这句由两个句子构成。"省中鸟啼"是一句。"吏人稀"是一句。两句间是并列关系。省中：门下省，在禁里。啼：鸣叫。吏人：官员。稀：少。

句⑤ 你〈主·省〉晨〈状〉摇玉佩趋金殿〈连动短语·谓〉。你：指郭给事。晨：早晨。玉佩：身上佩戴的玉器。摇玉佩：走起路来，玉佩摇动。趋：小步走向……官员上朝时走小步，表示恭敬。金殿：皇宫。连动短语的结构是：摇玉佩(方式)＋趋金殿(动作)。这句与下句是并列关系。

句⑥ 你〈主·省〉夕〈状〉奉天书拜琐闱〈连动短语·谓〉。你：指郭给事。夕：傍晚。奉：捧着。天书：皇帝的诏书。拜：拜别。琐闱(suǒ wéi)：宫门。拜琐闱：下朝。连动短语的结构是：奉天书(方式)＋拜琐闱(动作)。

句⑦ 我〈主·省〉强欲从君无那老〈联合短语·谓〉。我：指作者。强欲：竭力想。从：跟随。君：你，指郭给事。无那(nuó)：无奈。"那"是"奈何"的合音。老：年纪老了。联合短语的结构是：强欲从君＋无那老(两者是

315

转折关系)。这句与下句是递进关系。

句⑧我〈主·省〉因卧病〈介词短语·状〉将〈倒〉解〈谓〉朝衣〈宾〉。我:指作者。卧病:生病。解朝衣:脱下官服,即辞官。解:脱下。朝衣:官服。介词短语的结构是:因+卧病("因"是介词)。

浅析:这首酬答诗描写了门下省院内暮春傍晚景色,表达了作者对郭给事官高位尊的赞美之情和归隐的愿望。第一句至第四句描写了门下省大院内暮春傍晚的景色,渲染了祥和、幽静的气氛。第五、六句描写了郭给事身居要职,恭敬勤谨的作风,字里行间流露了作者对官高位尊的郭给事的赞美之情。第七、八句表达了作者的归隐愿望。

本诗③④句是宽对,⑤⑥句是工对。

蜀 相

The Prime Minister of Shu

杜 甫   Du Fu

①丞相祠堂何处寻?   Where's the temple of the prime minister to be found?
②锦官城外柏森森。   It stands outside of Jinguan City where the tall cypresses abound.
③映阶碧草自春色,   The green grasses around the steps grow all alone in spring,
④隔叶黄鹂空好音。   The orioles amid the tree leaves in vain sing.
⑤三顾频烦天下计,   To get the state power Liu Bei thrice called on Zhuge Liang for the plan,
⑥两朝开济老臣心。   The prime minister devotedly served the two reigns on end.
⑦出师未捷身先死,   When he commanded an army to attack Wei he died in the camp before victory was won,
⑧长使英雄泪满襟。   Which makes the later heroes oft wet the front parts of their coats with tears that run.

详注:题.蜀相:三国时蜀国丞相诸葛亮。

句①丞相祠堂〈主〉何处〈状〉寻〈谓〉。丞相祠堂:武侯祠,在今成都市南郊。刘备称帝后,封诸葛亮为丞相。刘备死后,刘禅封诸葛亮为武侯。何处:到哪儿。寻:找。这句与下句是问答关系。这句是问,下句是答。

句②它〈主·省〉在〈谓·省〉锦官城外〈方位短语·定〉柏森森〈主谓短语·定〉处〈宾·省〉。它:指丞相祠堂。锦官城:成都市的别称。柏:柏树。森森:高大茂密。处:地方。方位短语的结构是:锦官城+外("外"是方位词)。主谓短语的结构是:柏+森森(主语+谓语)。

句③映阶〈动宾短语·定〉碧草〈主〉自〈状〉现〈谓·省〉春色〈宾〉。映:映衬。阶:台阶。碧草:青绿色的草。自:独自地。现:呈现出。自春色:指无人观看。动宾短语的结构是:映+阶(动词+宾语)。这句与下句是并列关系。

句④隔叶〈动宾短语·定〉黄鹂〈主〉空〈状〉发〈谓·省〉好音〈宾〉。隔叶:在树叶中间的。空:徒劳地。

316

发:发出。好音:悦耳的鸣叫声。空好音:指无人听。动宾短语的结构是:隔+叶(动词+宾语)。

句⑤刘备〈主·省〉三顾频烦天下计〈连动短语·谓〉。三顾:刘备曾三次到诸葛亮住的草房子拜访诸葛亮。频:多次。烦:烦问。天下计:统一天下的大计。连动短语的结构是:三顾(动作)+频烦天下计(目的)。这句与下句是并列关系。

句⑥老臣〈定〉心〈主〉开济〈联合短语·谓·倒〉两朝〈宾·倒〉。老臣:指诸葛亮。心:忠心。开:开创,指诸葛亮协助刘备开创蜀国。济:辅佐,帮助。指诸葛亮辅佐刘备的儿子刘禅继承父业。两朝:刘备一朝和刘禅一朝。联合短语的结构是:开+济(两者并列)。

句⑦他〈主·省〉出师未捷〈联合短语·谓〉身〈主〉先〈状〉死〈谓〉。这句由两个句子构成。"他出师未捷"是一句。"身先死"是一句。两句间是顺承关系。他:指诸葛亮。出师:指诸葛亮率兵伐魏。未捷:没取得胜利。身先死:为了统一天下,诸葛亮率兵伐魏,没取得成功就病死在五丈原军中。联合短语的结构是:出师+未捷(两者是转折关系)。这句与下句是主谓关系。

句⑧这〈主·省〉长〈状〉使英雄〈定〉泪满襟〈兼语短语·谓〉。这:指上句内容。长:常常。英雄:指后代的志士仁人。满:落满,引申为"打湿"。襟(jīn):上衣的前面部分。兼语短语的结构是:使+英雄泪+满襟。

浅析:这首诗描写了作者拜谒丞相祠堂的情景。第一、二句通过问答交代了丞相祠堂的地点。"柏森森"渲染了环境的肃穆,衬托了诸葛亮的崇高人品以及作者对诸葛亮的崇敬之情。第三、四句描写了丞相祠堂周围的春色。"自春色"和"空好音"衬托了环境的空旷寂寥,引发了作者睹物思人之情。第五句概括了刘备和诸葛亮的君臣际遇。第六句颂扬了诸葛亮的盖世功业,流露了作者对诸葛亮的景仰之情。第七、八句表达了作者对诸葛亮壮志未酬而早逝的深深惋惜之情。

本诗①②句是流水对,③④句和⑤⑥句是宽对。

客 至

The Arrival of a Guest

杜 甫 Du Fu

①舍南舍北皆春水, North and south of my cottage runs the spring water,
②但见群鸥日日来。 I only see groups of water birds come here every day.
③花径不曾缘客扫, The paths amid the flowers are not swept for guests ever,
④蓬门今始为君开。 My grass door for the first time is opened for you today.
⑤盘飧市远无兼味, Far from market, I can only afford few dishes not so good,
⑥樽酒家贫只旧醅。 Being poor I have but old wine home-brewed.
⑦肯与邻翁相对饮, If you're willing to drink with the old man next door to mine,
⑧隔篱呼取尽余杯。 I'll call him o'er the fence and together we drink up the rest of the wine.

详注：题．客：客人。至：到。这首诗原有作者自注：喜崔明府相过。喜：为……感到高兴。崔明府：崔县令。相过：到访。"相"是动词前缀，无实义。

句①舍南舍北〈联合短语·主〉皆〈状〉是〈谓·省〉春水〈宾〉。舍：房屋，指杜甫在成都的草堂。这句与下句是并列关系。

句②我〈主·省〉但〈状〉见〈谓〉[群鸥〈主〉日日〈状〉来〈谓〉]〈小句·宾〉。我：指作者。但：只。见：看到。群鸥：一群群的水鸟。日日：天天。

句③花径〈主〉不曾〈状〉缘客〈介词短语·状〉扫〈谓〉。花径：花草间的小路。不曾：从未。缘：因为。客：客人。扫：清扫。介词短语的结构是：缘+客（"缘"是介词）。这句与下句是并列关系。

句④蓬门〈主〉今始〈状〉为君〈介词短语·状〉开〈谓〉。蓬门：用蓬草编成的门。今始：今天第一次。为：为了。君：你，指崔明府。开：打开。介词短语的结构是：为+君（"为"是介词）。

句⑤市〈主·倒〉远〈谓·倒〉盘飧〈主〉无〈谓〉兼味〈宾〉。这句由两个句子构成。"市远"是一句。"盘飧无兼味"是一句。两句间是因果关系。市：市场，集市。盘飧（sūn）：盘中的菜肴。无：没有。兼味：几样菜。这句与下句是并列关系。

句⑥家〈主·倒〉贫〈谓·倒〉樽酒〈主〉只〈状〉有〈谓·省〉旧醅〈宾〉。这句由两个句子构成。"家贫"是一句。"酒樽只有旧醅"是一句。两句间是因果关系。樽（zūn）酒：酒杯中。旧醅（pēi）：隔年酿的浊酒。醅：未过滤的酒。古人重视当年新酿的酒。

句⑦君〈主·省〉肯〈状〉与邻翁〈介词短语·状〉相对〈状〉饮〈谓〉。君：指崔明府。邻翁：邻居老汉。相对：对着。"相"是动词前缀，无实义。饮：饮酒。介词短语的结构是：与+邻翁（"与"是介词）。这句是下句的条件状语。

句⑧我〈主·省〉隔篱呼取尽余杯〈连动短语·谓〉。我：指作者。隔篱：隔着篱笆。呼取：把邻翁叫过来。尽：喝完。余杯：剩下的酒。连动短语的结构是：隔篱（方式）+呼取（动作）+尽余杯（目的）。

浅析：这首诗描写了作者接待客人的情景，表现了作者真诚待人、纯朴厚道的品格。第一、二句描写了杜甫草堂周围的景色。"春水"表明客至的时间是春天。"日日来"表明环境清幽，对群鸥有吸引力。"但见"表明：除了水鸟，没有客人来访过。衬托了作者寂寞但宁静的心境。第三句至第八句是作者对客人说的话。第三、四句描写了作者迎客的准备，表明作者期待着客人的到来，衬托了作者的喜悦心情。第五句至第八句描写了作者请客人吃饭喝酒的情景。第五、六句表达了作者对酒菜不丰的愧疚之情。作者直言实情，坦诚之情溢于言表，凸显了作者真诚待人的品格。第七、八句描写了酒席上欢乐情景，主客酒兴甚浓。于是，作者提议叫隔壁老翁过来陪客人饮酒。这个提议表明：一、作者与崔明府关系密切。二、作者不随便叫邻翁，而是先征求崔明府的意见。可见，作者淳朴老实。

本诗③④句和⑤⑥句是工对，⑦⑧句是流水对。

野 望

Looking Afar at the Outskirts

杜 甫　Du Fu

①西山白雪三城戍，	The snow-covered Mount West and the garrisoned three towns stand before my eyes.
②南浦清江万里桥。	South of Chengdu o'er the Qing River the Wanli Bridge lies.
③海内风尘诸弟隔，	The war on the land forces all my younger brothers with me to part.
④天涯涕泪一身遥。	In a remote place I oft shed tears because of a lonely heart.
⑤惟将迟暮供多病，	In my old age I suffer from illness, about which I can't do anything,
⑥未有涓埃答圣朝。	So to contribute to our great royal court I have nothing.
⑦跨马出郊时极目，	Coming to the outskirts on a horse, I gaze into the distance from time to time on my way,
⑧不堪人事日萧条。	I can't bear to see the state affairs become worse with each passing day.

详注：题．野望：在野外眺望。

句①西山〈主〉有〈谓·省〉白雪〈宾〉三城〈主〉有〈谓·省〉戍〈宾〉。这句由两个句子构成。"西山有白雪"是一句。"三城有戍"是一句。两句间是并列关系。西山：在四川大邑县境内。终年积雪，所以又称西岭雪山。三城：指成都西北的松州治所嘉诚县（今四川松潘县）、维州治所薛城县（今四川理县东北）、保州治所定廉县（今四川理县北）。因与吐蕃接壤，所以是唐朝边防要地。戍：士兵驻守。这句与下句是并列关系。

句②南浦〈定〉清江〈主〉有〈谓·省〉万里桥〈宾〉。南浦：成都南郊。浦：水边或河流入海处。清江：锦江，在成都市南。万里桥：桥名。费祎出使东吴，诸葛亮在桥上为他送行。费祎说："万里之行，始于此桥。"后人因此称此桥为万里桥。

句③海内〈主〉有〈谓·省〉风尘〈宾〉诸弟〈主〉隔〈谓〉。这句由两个句子构成。"海内有风尘"是一句。"诸弟隔"是一句。两句间是因果关系。海内：国内。风尘：战乱。这里借风尘（特征）代战乱，是借代修辞格。诸弟：弟弟们。隔：失散。这句与下句是并列关系。

句④我〈省〉一身〈同位短语·主〉遥〈定〉天涯〈状·倒〉涕泪〈谓·倒〉。我：指作者，下文中的"我"同此。一身：一人。遥天涯：在遥远的天边，指蜀中远离洛阳、长安，所以称天涯。涕泪：流涕泪，是名词用作动词。同位短语的结构是：我＋一身（名词＋名词）。

句⑤我〈主·省〉惟〈状〉将迟暮〈介词短语·状〉供〈谓〉多病〈宾〉。惟：只好。将：把。迟暮：老年。供：交给。多病：多病的身体。介词短语的结构是：将＋迟暮（"将"是介词）。这句与下句是因果关系。

句⑥我〈主·省〉未有涓埃答圣朝〈连动短语·谓〉。未有：没有。涓：细小的水流。埃：细小的尘土。涓埃：微薄的力量。这里，借涓埃喻微薄的力量，是借喻修辞格。答：报答。圣朝：朝廷。"圣"是臣民对朝廷的赞颂之词。连动短语的结构是：未有涓埃（能力）＋答圣朝（动作）。

句⑦我〈主·省〉跨马出郊〈连动短语·状〉时〈状〉极目〈谓〉。跨马：骑着马。出郊：到郊外。跨马出郊：骑着马到郊外时。时:不时地。极目:放眼向远处看。连动短语的结构是:跨马(方式)+出郊(动作)。这句与下句是并列关系。

句⑧我〈主·省〉不堪〈谓〉[人事〈主〉日〈状〉萧条〈谓〉]〈小句·宾〉。不堪:不能忍受。人事:世事。日:一天天地。萧条:衰落。

浅析:这首诗写于成都,描写了作者在野外远眺所见所思,抒发了作者忧国忧家的情怀。第一、二句描写了远眺所见。第三、四句描写了作者思家的情怀。作者因"隔"而思弟,因"遥"而思乡,因思弟思乡而"涕泪"。第五、六句表达了作者年老多病,无力报效朝廷的痛苦心情。第七、八句表达了作者忧国情怀。

本诗①②句和③④句是工对。

闻官军收河南河北

Hearing of the Recapture of Henan and Hebei by the Government Army

杜　甫　Du Fu

①剑外忽传收蓟北,	One day south of the Jianmen Pass the news of the recapture of Northern Ji suddenly comes to my ears,
②初闻涕泪满衣裳。	On hearing of it, my clothes get wet with my tears.
③却看妻子愁何在,	Looking back at the faces of my wife and children, I find no trace of their worried look,
④漫卷诗书喜欲狂。	Wild with joy, at random I roll up my verse book.
⑤白日放歌须纵酒,	Under the bright sunshine, I should drink to excess and loudly sing,
⑥青春作伴好还乡。	Because we can go back to our hometown just in this bright and beautiful spring.
⑦即从巴峡穿巫峡,	We'll sail right away from the Ba Gorge through the Wu Gorge and on,
⑧便下襄阳向洛阳。	And then via Xiangyang go all the way to Luoyang.

详注:题.闻:听说。官军:指唐朝政府军。收:收复。河南河北:曾是安史叛军盘踞之地。

句①剑外〈主〉忽〈状〉传〈谓〉[官军〈主·省〉收〈谓〉蓟北〈宾〉]〈小句·宾〉。剑外:剑门关以南地区,是作者一家人避难之地。忽:忽然。传:传来。蓟(jì)北:天津蓟县和河北三河、遵化、兴隆一带,是安史叛军的老巢。这句是下句的时间状语。

句②我〈主·省〉初〈状〉闻〈谓〉此〈宾·省〉涕泪〈主〉满〈谓〉衣裳〈宾〉。这句由两个句子构成。"我初闻此"是一句。"涕泪满衣裳"是一句。前句是后句的时间状语。我:指作者,下文中的"我"同此。初:刚。闻:听说。此:指第一句说的消息。涕泪:眼泪。满:落满,即"淋湿"。

句③我〈主·省〉却看〈谓〉[妻子〈定〉愁〈主〉在〈谓·倒〉何〈宾〉]〈小句·宾〉。却看:回头看。妻子:妻和子女。愁:愁容。在何:在什么地方,即"消失"。这句与下句是并列关系。

句④我〈主·省〉漫卷诗书喜欲狂〈连动短语·谓〉。漫卷:随便卷起。诗书:泛指书籍。喜:高兴。欲:快要。狂:发狂。连动短语的结构是:漫卷诗书(果)+喜欲狂(因)。

句⑤我〈主·省〉白日〈状〉须〈状〉放歌〈倒〉纵酒〈联合短语·谓〉。白日:在灿烂阳光下。须:应该。放歌:放声高唱。纵酒:开怀饮酒。联合短语的结构是:放歌+纵酒(两者并列)。这句与下句是果因关系。

句⑥青春〈主〉作伴〈谓〉我〈主·省〉好〈状〉还乡〈谓〉。这句由两个句子构成。"青春作伴"是一句。"我好还乡"是一句。前句是后句的时间状语。青春:明媚的春天。好:正好。还乡:回故乡。

句⑦我〈主·省〉即〈状〉从巴峡〈介词短语·状〉穿〈谓〉巫峡〈宾〉。即:马上,立刻。巴峡:巴县一带的江峡。穿:穿过。巫峡:长江三峡之一。介词短语的结构是:从+巴峡("从"是介词)。这句与下句是顺承关系。

句⑧我〈主·省〉便〈状〉下襄阳向洛阳〈介词短语〉行〈省〉〈连动短语·谓〉。便:然后。下:取道。襄(xiāng)阳:今湖北襄樊市。洛阳:作者的故乡。介词短语的结构是:向+洛阳("向"是介词)。连动短语的结构是:下襄阳+向洛阳行(动作先后关系)。

浅析:杜甫在梓州听到政府军打败安禄山叛军,收复了河南河北,写了这首诗,表达了欣喜欲狂的心情。第一句叙事,起到了主题句的作用。"忽传"二字表明消息出人意料。后七句都是写听到好消息后的反应。第二句描写了作者悲喜交集的情状。第三句描写了作者全家人的欢乐神情。第四句描写了作者狂喜的动作。第五、六句描写了作者狂喜之余产生的想法。第七、八句描写了作者设想好的回故乡的路线:先水路后陆路。这表明作者迫不及待想回故乡的心情。

登　高

Ascending a Height

杜　甫　Du Fu

①风急天高猿啸哀，	The wind is strong, the sky high and the gibbons sadly cry,
②渚清沙白鸟飞回。	The islet in the water is clear, the sands are white and up and then back the birds fly.
③无边落木萧萧下，	The leaves far and near fall whirling and rustling,
④不尽长江滚滚来。	The endless waters of the Yangtze River roll on crashing and splashing.
⑤万里悲秋常作客，	Ten-thousand *li* away from home I always feel sad at the autumn sight,
⑥百年多病独登台。	Illness-laden in my later years, all alone today I ascend this height.
⑦艰难苦恨繁霜鬓，	Hard life and deep sorrow have added to the white hairs on my two temples day by day,
⑧潦倒新停浊酒杯。	Dispirited and frustrated, I have recently given up drinking for aye.

详注：题．登高：指农历九月九日重阳节登高。古人在九月九日有登高习俗。

句①风〈主〉急〈谓〉天〈主〉高〈谓〉猿啸〈主〉哀〈谓〉。这句由三个句子构成。"风急"是一句。"天高"是一句。"猿啸哀"是一句。三句间是并列关系。急：烈，大。天：天空。高：高远。猿啸(xiào)：猿的拉长的叫声。哀：悲哀。这句与下句是并列关系。

句②渚〈主〉清〈谓〉沙〈主〉白〈谓〉鸟〈主〉飞回〈谓〉。这句由三个句子构成。"渚清"是一句。"沙白"是一句。"鸟飞回"是一句。三句间是并列关系。渚(zhǔ)：水中小块陆地。清：清晰可见。沙：岸边的沙滩。白：白色的。飞回：飞走又飞回。

句③无边〈定〉落木〈主〉萧萧〈状〉下〈谓〉。无边：无边无际的。落木：落叶。萧萧：是象声词，形容落叶的声音。下：落下。这句与下句是并列关系。

句④不尽〈定〉长江〈主〉滚滚来〈连动短语·谓〉。不尽：无穷尽的。长江：长江水。滚滚：奔涌。连动短语的结构是：滚滚(方式)＋来(动作)。

句⑤我〈主·省〉常作客万里〈倒〉悲秋〈倒〉〈连动短语·谓〉。我：指作者，下文中的"我"同此。常：久。作客：客居他乡。万里：在遥远的地方。悲秋：见秋色而悲伤。连动短语的结构是：常作客万里(因)＋悲秋(果)。这句与下句是并列关系。

句⑥我〈主·省〉百年〈状〉多病独登台〈联合短语·谓〉。百年：老年。多病：杜甫患肺病。独：独自。登台：登高。联合短语的结构是：多病＋独登台(两者并列)。

句⑦艰难苦恨〈联合短语·主〉繁〈谓〉霜鬓〈宾〉。艰难：生活艰难。苦恨：很深的怨恨。繁：增加。霜鬓：耳边白发。联合短语的结构是：艰难＋苦恨(两者并列)。这句与下句是并列关系。

句⑧我〈主·省〉潦倒新停浊酒杯〈连动短语·谓〉。潦(liǎo)倒：颓丧失意。新停：最近刚停止。浊酒：未过滤过的酒。停浊酒杯：不喝浊酒了。连动短语的结构是：潦倒(因)＋新停浊酒杯(果)。

浅析：这首诗描写了作者漂泊无依，老病孤愁的境况。第一句至第四句描写了作者登高后远望所见。第一、二句向读者呈现了一幅远阔苍茫的秋景图。"猿啸哀"衬托了作者悲凉心境。"鸟飞回"衬托了作者漂泊无依的境况。第三、四句向读者呈现了一幅境界宏大的秋景图，衬托了作者壮志未酬的悲壮心境。第五、六句描写了作者孤愁境况。"万里"表明作者远离家乡。"常作客"表明久居他乡。"悲秋"表明作者的愁苦心境。"独登台"表明作者孤苦伶仃。第七、八句抒发了作者的悲苦心境。"新停"表明作者常借酒浇愁，只是新近因病被迫戒酒。

本诗①②句、③④句是工对。

登　楼

Ascending a Tower

杜　甫　Du Fu

①花近高楼伤客心，The flowers near the tower sadden my heart,
②万方多难此登临。Because I climb up this tower when disasters are tearing our country apart.

③锦江春色来天地，	Spring spreads over the heaven and the earth and the River Brocade,
④玉垒浮云变古今。	From the past to the present the floating clouds have been changing o'er Mount Jade.
⑤北极朝廷终不改，	Our polestar-like royal court will not fall at any rate,
⑥西山寇盗莫相侵。	So you bandits near Mount West had better not invade.
⑦可怜后主还祠庙，	Alas, I feel sad to see the temple of the conquered king Liu Chan,
⑧日暮聊为梁甫吟。	At dusk, I can but sing *The Song of Liangfu* Zhuge Liang once sang.

详注：句①花〈主〉近高楼伤客心〈联合短语·谓〉。花：春花。近：靠近。伤：令……伤心。客：作者自称。作者旅居他乡，所以自称"客"。联合短语的结构是：近高楼＋伤客心（两者是转折关系）。这句与下句是果因关系。

句②万方〈主〉多难〈谓〉我〈主·省〉登临〈谓〉此〈宾·倒〉。这句由两个句子构成。"万方多难"是一句。"我登临此"是一句。前句是后句的时间状语。万方：各地。多难：多灾难。指安史之乱，吐蕃入侵，人民流离失所。登临：登山临水，这里指登楼。此：这楼。

句③锦江〈定〉春色〈主〉来〈谓〉天地〈补〉。锦江：在成都市南，是岷江支流。来天地：从天地间来，即"处处是春色"。这句与下句是并列关系。

句④玉垒〈定〉浮云〈主〉古今〈状〉变〈谓·倒〉。玉垒：山名，在今四川都江堰市西。浮云：飘来飘去的云。古今：从古至今。变：变幻。

句⑤北极〈定〉朝廷〈主〉终〈状〉不改〈谓〉。北极：北极星一样的。北极居中，众星拱之。朝廷：指大唐。这里，借北极喻大唐，是借喻修辞格。终：终究。不改：不会改变，即"不会灭亡"。指郭子仪收复长安，唐朝转危为安。这句与下句是因果关系。

句⑥西山〈定〉寇盗〈主〉莫相侵〈谓〉。西山：西岭雪山，在今四川大邑县境内。西山寇盗：指侵犯西山的吐蕃人。莫：不要。相侵：侵犯。"相"是动词前缀，没有实义。

句⑦可怜〈定〉后主〈主〉还〈谓〉祠庙〈宾〉。可怜：令人同情的。后主：刘备的儿子刘禅。他昏庸无能，宠信宦官。最后投降魏国，被迫北上，成了亡国奴。但后人仍为他在先主（刘备）庙东侧建了一座后主庙。还：仍有。祠庙：指后主庙。这句与下句是并列关系。

句⑧我〈主·省〉日暮〈状〉聊〈状〉为〈谓〉梁甫吟〈宾〉。我：指作者。日暮：黄昏。聊：姑且。为：唱。梁甫吟：是汉乐府篇名，属乐府《相和歌辞·楚调曲》。据传，诸葛明出山前喜欢吟诵《梁甫吟》，表达壮志未酬的苦闷心情。所以，唱《梁甫吟》就意味着表达一种苦闷心情。

浅析：这首诗描写了作者登楼所见所思。抒发了作者心系天下的情怀。第一、二句交代了作者登楼的时间、时代背景以及登楼时的心情。"花近高楼"表明是鲜花烂漫的春天。"万方多难"是当时的时代背景。"伤客心"表明作者登楼时的心情是悲伤的。作者见春花烂漫不但不喜悦，反而伤心，是因为"万方多难"，足见作者全心记挂着的是国家的命运。第三、四句描写了作者登楼后所见壮丽春色。作者眺望的是"锦江"和"玉垒"，体现了他对国事的牵挂，因为在"锦江"和"玉垒"那个方向经常有战事发生。"春色来天地"呼应"花近高楼"，又表明空间的广阔，"浮云变古今"象征着边境的动荡不安，又表明时间的久远，衬托了作者的广阔视野和博大胸怀。第五、六句表达了作者登楼后所思。作者虽对吐蕃入侵感到忧虑，但对朝廷仍抱有坚定的信心。这也是心系天下的一种具体表现。第七句通过追忆刘禅那段历史，哀叹了国家只有刘禅那样的昏君，却缺乏诸葛明

卷六　七言律诗

323

那样的力挽狂澜的人才。第八句哀叹作者自己虽有报国之志和报国之才,却没有报国之门,只能吟诵《梁甫吟》以排遣愁怀。这也是心系天下的一种表现。

本诗③④句是工对,⑤⑥句是流水对。

宿　府

Staying Overnight in the General's Office

杜　甫　Du Fu

①清秋幕府井梧寒,	In late autumn the parasol trees by the well of the general's office look cool,
②独宿江城蜡炬残。	By the candle that is about to burn out I stay overnight alone in Chengdu.
③永夜角声悲自语,	The bugle sounds sorrowful as if saying to itself all night,
④中天月色好谁看?	Who watches the moon though it's high up in the sky and bright?
⑤风尘荏苒音书绝,	The war lasts for so many years that no news between me and my friends and relatives is passed on,
⑥关塞萧条行路难。	The frontier passes are so desolate that they are hard for me to travel along.
⑦已忍伶俜十年事,	For ten years I have endured a miserable living,
⑧强移栖息一枝安。	So for safety I am obliged to settle on this branch for the time being.

详注。题.宿府:在幕府中值夜班。宿:住宿。府:幕府。

句①清秋〈状〉幕府〈定〉井梧〈主〉寒〈谓〉。清秋:在深秋时节。幕府:幕府中的,指节度使严武的府署。杜甫曾在节度使幕府中任参谋。井梧:井边的梧桐树。寒:有寒意。这句与下句是并列关系。

句②我〈主·省〉独〈状〉宿〈谓〉江城〈补〉蜡炬〈主〉残〈谓〉。这句由两个句子构成。"我独宿江城"是一句。"蜡炬残"是一句。两句间是并列关系。我:指作者,下文中的"我"同此。独宿:独自住宿。江城:在江城,指成都。严武的府署在江城。蜡炬:蜡烛。残:快燃完。

句③永夜〈状〉角声〈主〉悲〈谓〉自语〈补〉。永夜:在漫漫长夜里。角声:军中号角声。悲:发出悲哀的声音。自语:自言自语。悲自语:悲哀得像在自言自语。这句与下句是并列关系。

句④中天〈定〉月色〈主〉好〈谓〉谁〈主〉看〈谓〉。这句由两个句子构成。"中天月色好"是一句。"谁看"是一句。两句间是转折关系。中天:天空中央的。谁看:没有人看。这是一个反问句,肯定形式的反问句表示否定的意思。

句⑤风尘〈主〉荏苒〈谓〉音书〈主〉绝〈谓〉。这句由两个句子构成。"风尘荏苒"是一句。"音书绝"是一句。两句间是因果关系。风尘:战乱。这里借风尘(特征)代战乱,是借代修辞格。荏苒(rěn rǎn):时间渐渐过去,引申为"连绵不断"。音书:书信。绝:断绝。这句与下句是并列关系。

句⑥关塞〈主〉萧条〈谓〉行路〈主〉难〈谓〉。这句由两个句子构成。"关塞萧条"是一句。"行路难"是一句。两句间是因果关系。关塞:边关要塞。萧条:冷落荒凉。行路:旅途。难:艰难。

句⑦我〈主·省〉已忍〈谓〉十年〈定〉伶俜〈定·倒〉事〈宾〉。已忍:已经忍受。伶俜(líng pīng):孤苦的。十年:从安史之乱爆发到写这首诗,正好十年。事:岁月。这句与下句是因果关系。

句⑧我〈主·省〉强〈状〉移一枝栖息安〈连动短语·谓〉。强:勉强。移:飞到。一枝:一根树枝上。这里借"一枝"喻"严武幕府",是借喻修辞格。栖息:停留,止息。安:求得平安。连动短语的结构是:强移一枝(方式) + 栖息(动作) + 安(目的)。

浅析:作者在严武的幕府中当参谋。一天,他在幕府值夜班。这首诗描写了深秋夜晚的景色,抒发了作者的愁苦心境。第一、二句交代了地点、节令和孤独感。"幕府"和"江城"表明了地点。"清秋"和"井梧寒"表明了节令。"独宿"表明作者的孤独感。"蜡炬残"表明作者因孤独而久久没能入睡。第三、四句描写了作者在深夜所见所闻,这凄清景象衬托了作者的愁苦心境。第五、六句描写了作者心境愁苦的原因:战乱多年,作者漂泊无依。第七、八句表明了作者入幕府是迫不得已为之的。

阁 夜

Staying Overnight in a Tower

杜 甫 Du Fu

①岁暮阴阳催短景, At the end of the year daytime grows short,
②天涯霜雪霁寒宵。 Here in this remote place the night is very cold after snow and frost.
③五更鼓角声悲壮, At daybreak the sound of battle drums and bugles is sad and loud,
④三峡星河影动摇。 In the water of the Three Gorges the reflection of the Milky Way wavers about.
⑤野哭千家闻战伐, Hearing the news of war, many people cry in the open fields,
⑥夷歌数处起渔樵。 In several places the fishermen and the woodcutters sing the songs of minorities.
⑦卧龙跃马终黄土, Both Zhuge Liang and Gongsun Shu at last in their graves lie,
⑧人事音书漫寂寥。 So I might as well let everything go silently by.

详注:题.阁:夔州西阁。夔州:在今重庆奉节。阁夜:夔州西阁之夜。

句①岁暮〈状〉阴阳〈主〉催景〈倒〉短〈兼语短语·谓〉。岁暮:在年末的时候。阴阳:日月。催:促成。景:同"影"。影短:指白天短。兼语短语的结构是:催+景+短。这句与下句是并列关系。

句②天涯〈状〉霜雪〈主〉霁〈谓〉宵〈主〉寒〈谓·倒〉。这句由两个句子构成。"天涯霜雪霁"是一句。"宵寒"是一句。前句是后句的时间状语。天涯:在天边,指作者的住地夔州。相对长安而言,夔州就是天涯了。霜雪:大雪。霁(jì):停止。宵:夜。寒:冷。

句③五更〈状〉鼓角声〈主〉悲壮〈谓〉。五更:天快亮的时候。古人把一夜分成五更。鼓角:鼓和号角,军中用于发令和警示的器具。悲壮:悲哀而雄壮。这句与下句是并列关系。

句④星河〈定〉影〈主〉动摇〈谓〉三峡〈补·倒〉。星河:银河。影:倒影。三峡:在三峡中。三峡:长江三峡(瞿塘峡、巫峡、西陵峡)。

句⑤千家〈主·倒〉野哭〈倒〉闻战伐〈连动短语·谓〉。千家:许多人家。"千"表示虚数,不实指。闻:听到。战伐:战争的消息,指蜀中崔旰之乱。野哭:在野外哭。连动短语的结构是:野哭(果)+闻战伐(因)。动宾短语的结构是:闻+战伐(动词+宾语)。这句与下句是并列关系。

句⑥渔樵〈联合短语·主〉数处〈状·倒〉起〈谓·倒〉夷歌〈宾·倒〉。渔:渔夫。樵(qiáo):打柴的人。数处:在几处。起:唱。夷歌:少数民族的山歌。联合短语的结构是:渔+樵(两者并列)。

句⑦卧龙跃马〈联合短语·主〉终〈状〉归〈谓·省〉黄土〈宾〉。卧龙:指诸葛亮,人称他"卧龙先生"。跃马:指公孙述。西汉末年,公孙述起兵割据蜀地,称帝。左思《蜀都赋》中有"公孙跃马而称帝,刘宗下辇而自王。"终:最终。归:回到。黄土:黄土中。联合短语的结构是:卧龙+跃马(两者并列)。这句与下句是表示推论的因果关系。

句⑧我〈主·省〉漫人事音书寂寥〈兼语短语·谓〉。我:指作者。漫:任随。人事:指作者的亲朋好友。音书:亲朋好友的音信。寂寥:断绝。兼语短语的结构是:漫+人事音书+寂寥。"人事音书"是联合短语,其结构是:人事+音书(两者并列)。

浅析:这首诗描写了作者在夔州西阁过夜时的所见所闻所感,抒发了作者抑郁悲伤的心境。第一、二句描写了岁末景象。这凄冷的景象衬托了作者的凄凉的心境。第三句至第六句描写了作者夜间所见所闻,表明作者彻夜未眠。"鼓角声悲壮"是所闻,表明战争频繁。"星河影动摇"是所见,象征时局动荡不安。"野哭"写近处所闻,表明战乱给人民造成很多伤亡。"数处夷歌"写远处听闻,既表明作者漂泊在异乡,又烘托了民生凋敝的凄凉。第七、八句是作者对自己的劝慰。其实,这也是抑郁悲伤的一种表现。

咏怀古迹五首

(一)

Cherishing the Memory of Yu Xin at the Historical Site(1)

杜 甫　Du Fu

①支离东北风尘际,　When the An-Shi armed rebellion tears the northeast land apart,
②飘泊西南天地间。　I wander in the southeast land with a sad heart.
③三峡楼台淹日月,　I stay long in the towers near the Three Gorges,
④五溪衣服共云山。　And share the cloud-covered mountains there with the minorities.
⑤羯胡事主终无赖,　The Huns who serve the emperor are after all not reliable,
⑥词客哀时且未还。　So the poet worries about the trouble times and hasn't gone back still.
⑦庾信平生最萧瑟,　Yu Xin was most miserable all his life,
⑧暮年诗赋动江关。　Yet the poems and proses written in his later years surprised the whole land at his time.

详注: **题**.咏怀古迹:借凭吊古迹抒发自己的情怀。

句①东北〈主〉支离〈谓·倒〉风尘〈定〉际〈补〉。东北:指长安东北地区。支离:破碎。风尘:战乱。指安史之乱。这里借风尘(特征)代战乱,是借代修辞格。际:期间。风尘际:在安史之乱期间。这句是下句的时间状语。

句②我〈主·省〉飘泊〈谓〉西南天地间〈方位短语·补〉。飘泊:居无定所。西南天地间:在成都、梓州、夔州等地。方位短语的结构是:西南天地+间("间"是方位词)。

句③我〈定·省〉日月〈主〉淹〈谓·倒〉三峡楼台〈补·倒〉。日月:岁月。淹:消磨。三峡楼台:在三峡楼台中。指作者在夔州等地的住房中。这句与下句是并列关系。

句④我〈主·省〉与〈省〉五溪衣服〈介词短语·状〉共〈谓〉云山〈宾〉。五溪:雄溪、樠溪、酉溪、潕溪、辰溪。两岸居住着少数民族,这些少数民族喜欢穿五色衣服。五溪衣服:五溪两岸居民。这里借五溪衣服(标记)代五溪两岸的居民,是借代修辞格。共:共有。云山:高耸入云的山。共云山引申为"住在一起"。介词短语的结构是:与+五溪衣服("与"是介词)。

句⑤[羯胡〈主〉事〈谓〉主〈宾〉]〈小句·主〉终〈状〉无赖〈谓〉。羯(jié)胡:胡人。对庾信而言,羯胡指背叛梁朝的侯景。侯景原是北魏刺史,降梁后又谋反,杀简文帝,废萧栋,自立为帝。史称侯景之乱。对作者而言,羯胡指安禄山、史思明,他们曾发动安史之乱。事:为……效力。主:皇上。终:终究。无赖:靠不住。这句与下句是因果关系。

句⑥词客〈主〉哀时且未还〈联合短语·谓〉。词客:指南北朝文学家庾(yǔ)信,字子山,曾在梁朝做官。侯景之乱时,他投奔在江陵的梁元帝萧绎。梁元帝派他出使西魏。其时,西魏灭梁,他被留在西魏,达二十七年之久。期间,他常想念故乡,曾写《哀江南赋》,抒发自己的思乡情怀。哀时:感伤时世。且:还。未还:没有回归。这里,作者借庾信喻自己,借庾信滞留西魏喻自己滞留四川没有回到长安,是借喻修辞格。联合短语的结构是:哀时+且未还(两者间是递进关系)。

句⑦庾信〈主〉平生〈状〉最〈状〉萧瑟〈谓〉。平生:一生。萧瑟:凄凉。这句与下句是转折关系。

句⑧他〈定·省〉暮年〈定〉诗赋〈主〉动〈谓〉江关〈宾〉。他:指庾信。暮年:晚年。诗赋:诗和赋。赋是一种古文体,兼有诗歌和散文的性质。动:惊动。江关:海内。

浅析:这首诗借咏庾信感怀作者自己的身世。安史之乱中,作者流离失所,漂泊无依,因而想到庾信其人其事。作者的生平遭遇与庾信的生平遭遇有相似之处。庾信遭侯景之乱,又被留西魏达二十七年之久,求归不得。作者遭安史之乱,流落夔州一带多年,也求归不得。作者想到庾信的同时自然也联想到自己。所以,他把两人的身世糅合在一起来写并把这首诗放在《咏怀古迹》这个总题目之下。第一、二句概括地描写了作者流离失所,漂泊无依的生活。这种描写穿越时空,关联到庾信。第三、四句描写了作者流落到夔州一带的境况。第五句表明造成作者和庾信漂泊他乡的原因:兵乱。第六句描写了两人的境况。两人都求归不得,都感伤时事。第七、八句赞美了庾信的诗文愈老愈苍劲有力。既写庾信,也写作者自己。

本诗③④句是工对。

(二)

Cherishing the Memory of Song Yu at the Historical Site(2)

杜 甫　Du Fu

①摇落深知宋玉悲,　　Seeing the leaves of trees falling, I completely understand Song Yu's sorrow,

②风流儒雅亦吾师。	In brilliant literary taste and in refined elegance he's my master also.
③怅望千秋一洒泪，	Recalling with sadness the affairs of a thousand years ago, I cannot but shed tears,
④萧条异代不同时。	Because we have the same sad experiences in life, though we live in different times and years.
⑤江山故宅空文藻，	His prose is misunderstood by others, his former abode exists yet,
⑥云雨荒台岂梦思？	Is the love story between the king of Chu and the goddess a true dream that happened on the terrace?
⑦最是楚宫俱泯灭，	What is most lamentable is the palaces of Chu are no longer here,
⑧舟人指点到今疑。	Yet the love story is doubted and told by the boatmen passing here.

详注：句①我〈主·省〉见〈省〉摇落深知宋玉〈定〉悲〈连动短语·谓〉。我：指作者，下文中的"我"同此。见：看到。摇落：树叶凋残飘落。深知：深刻理解，深刻体味。宋玉：战国时楚国人，是屈原之后的著名辞赋作家，《九辩》是他的代表作。《九辩》中有"悲哉秋之为气也！萧瑟兮草木摇落而变衰"。悲：悲哀。

句②风流儒雅〈联合短语·主〉亦〈状〉是〈谓·省〉吾师〈宾〉。风流：宋玉的才学。儒雅：宋玉的温文尔雅的气度。亦：也。吾：我的。师：老师。联合短语的结构是：风流+儒雅（两者并列）。

句③我〈主·省〉怅望千秋〈动宾短语·状〉一洒〈谓〉泪〈宾〉。怅(chàng)：惆怅地。望：向远处看，引申为"追忆"。千秋：千年前的往事，指宋玉的不幸遭遇。宋玉和作者相距千年。一：是语助词，用于加强语气。洒泪：流泪。一洒泪：潸然落泪。这句与下句是果因关系。

句④我们〈主·省〉异代〈状〉不同时〈状〉萧条〈谓·倒〉。我们：指作者和宋玉。异代：在不同时代。不同时：在不同时间。萧条：失意困顿，凄凉冷落。指两人的不幸是相同的。

句⑤江山〈主〉有〈谓·省〉故宅〈宾〉文藻〈主〉空〈谓·倒〉。这句由两个句子构成。"江山有故宅"是一句。"文藻空"是一句。两句间是转折关系。故宅：宋玉的故宅。宋玉的故宅有两处。一在归州（今湖北秭归县），一在江陵（今湖北江陵）。这里说的故宅指归州故宅。文藻(zǎo)：华美的文辞，指宋玉写的辞赋如《高唐赋》等。空：落空，即"没起作用"，指宋玉写《高唐赋》的本意被别人误解。这句与下句是并列关系。

句⑥荒台〈定〉云雨〈主〉岂〈状〉梦思〈谓〉。荒台：指《高唐赋》中提到的楚王与神女相会的阳台。云雨：神女对楚怀王说："旦为朝云，暮为行雨。朝朝暮暮，阳台之下。"后人因此用云雨指男女欢会。岂：难道。是副词，表示反问。梦思：真是楚王的梦中所想。

句⑦最〈主〉是〈谓〉[楚宫〈主〉俱〈状〉泯灭〈谓〉]〈小句·宾〉。最：最可悲的。楚宫：楚国的宫殿，包括楚王在阳台的行宫。俱：都。泯(mǐn 敏)灭：毁灭。这句与下句是转折关系。

句⑧舟人〈主〉到今〈状〉指点〈倒〉疑〈联合短语·谓〉。舟人：船夫。到今：至今。指点：指点云雨荒台等遗迹。疑：怀疑真有楚王与神女欢会的事。联合短语的结构是：指点+疑（两者并列）。

浅析：这首诗借追怀宋玉感叹作者自己的身世。第一句表达了作者对宋玉悲哀有深切体味。其言外之意：作者与宋玉的境遇一样悲哀。第二句表达了作者对宋玉的文学才华和人品的仰慕之情。"吾师"还有一层言外之意是：作者的文学才华和人品与宋玉的是一脉相承的。所以,作者对宋玉的仰慕中隐含着对自己文学才华和人品的肯定。第三句表达了作者对宋玉的同情。"一洒泪"表明同情。第四句补述了同情的原因是:两人虽不同时代,但不幸境遇是相同的。这其中隐含着作者对自己不幸境遇的哀伤。第五、六句为宋玉被人误解鸣了不平。"岂"表明了作者为宋玉辩解的严正态度,其中隐含着为作者自己得不到别人理解鸣不平。宋玉在《高唐赋》中虚构楚王梦中与神女欢会是为了讽谏楚王不要荒淫,别人不解其意,信以为真了,误认为他是个轻薄文人。其实,宋玉是个敢于讽谏帝王的有社会责任感的有识之士。作者也有相似境遇。作者怀抱着"致君尧舜上,再使风俗淳"的志向,却不被别人理解,得不到重用。第七、八句的言外之意是:尽管楚官已荡然无存,但人们对宋玉的误解仍在继续。所以,这两句进一步为宋玉被人误解鸣不平,其中隐含着作者为自己仍沉沦不遇鸣不平。

(三)

Cherishing the Memory of Wang Zhaojun at the Historical Site(3)

杜 甫　Du Fu

①群山万壑赴荆门,	The mountains and valleys extend continuously to Mount Jingmen,
②生长明妃尚有村。	Where still exists the village in which grew up Wang Zhaojun.
③一去紫台连朔漠,	Leaving the palace of the Han Dynasty, she went to the great desert northern,
④独留青冢向黄昏。	She only left behind a lonely green grave facing even.
⑤画图省识春风面?	Could the emperor from her portrait discern her feature as beautiful as spring?
⑥环佩空归月夜魂。	No. So on moonlit nights her soul came back in vain to the palace of the Han Dynasty with jade pendants tinkling.
⑦千载琵琶作胡语,	For a thousand years the pipa has played Hunnish tune,
⑧分明怨恨曲中论。	From which her resentment has clearly flown.

详注:句①群山万壑〈联合短语·主〉赴〈谓〉荆门〈宾〉。壑(hè):山沟。这里用"万"表示虚数,不实指,是夸张修辞格。赴:连接到。荆门:荆门山,在今湖北宜都市和宜昌市交界处。联合短语的结构是:群山+万壑(两者并列)。

句②这里〈主·省〉尚有〈谓〉明妃生长〈主谓短语·定·倒〉村〈宾〉。这里:指荆门山地区。尚有:还留有。明妃:王昭君,名嫱(qiáng),字昭君,湖北秭归人。为了避开司马昭的名讳,改为明君。入宫后,改为明妃。明妃村在今湖北省兴山县南宝坪村。为了与匈奴和亲,王昭君嫁给了匈奴呼韩邪单于。明妃生长村:昭君村。主谓短语的结构是:明妃+生长(主语+谓语)。这句补充说明上句。

句③她〈主·省〉一去紫台连朔漠〈连动短语·谓〉。她:指王昭君。一:是语气助词,用以加强语气。去:离开。紫台:紫宫,指汉宫。连:连接,引申"到"。朔:北方的。漠:大沙漠。朔漠:指匈奴居住地。连动短语的结构是:一去紫台+连朔漠(动作先后关系)。这句与下句是顺承关系。

句④她〈主・省〉独留〈谓〉青冢〈宾〉向黄昏〈介词短语・补〉。她:指王昭君。独:只。留:留下。青冢(zhǒng):昭君墓。墓上有青草,所以称"青冢"。向:对着。介词短语的结构是:向+黄昏("向"是介词)。

句⑤画图〈状〉元帝〈主・省〉省识〈谓〉春风面〈宾〉?画图:从画像中。省(xǐng)识:识出,看出。春风面:美丽的容颜。汉元帝的后宫里有很多嫔妃。汉元帝让毛延寿等一一画像,按美貌召幸。嫔妃们都贿赂毛延寿等,让他们把自己画得漂亮些。王昭君认为自己很美,不肯贿赂毛延寿等。结果,毛延寿把她画得很丑。后来,匈奴入朝求美人。汉元帝就根据画像把王昭君给了匈奴。临行前,汉元帝召见她,才发现她十分美貌,胜过其他嫔妃。汉元帝很后悔。但为了取信于匈奴,不好换人。汉元帝调查后发现,这事是毛延寿画师干的,于是把他们全部处死。这是一个反问句,其形式是肯定的,其内容是否定的,即"从画像中元帝没看出王昭君的美貌。"这句与下句是因果关系。

句⑥环佩〈定〉魂〈主〉月夜〈状・倒〉空〈状・倒〉归〈谓・倒〉。环佩:妇女身上的饰物。环佩魂:带着环佩的魂。这里借环佩(所属)代昭君,是借代修辞格。月夜:在有月光的夜晚。空:徒劳地。归:回到汉宫。

句⑦千载〈状〉琵琶〈主〉作〈谓〉胡语〈宾〉。千载:千百年来。琵琶:指琵琶曲《昭君怨》。作:弹奏出。胡语:胡音。琵琶原是西域乐器,所以弹奏出胡音。

句⑧分明〈状〉曲中〈方位短语・主〉论〈谓〉怨恨〈宾・倒〉。分明:清清楚楚地。曲中:琵琶声中。论:表达出。怨恨:昭君的怨恨。方位短语的结构是:曲+中("中"是方位词)。这句补充说明上句。

浅析:这首诗追怀了王昭君其人其事。第一、二句表达了"地灵人杰"的观念。第一句描写了山川灵秀,是"地灵"。"赴"表现了群山万壑的奔腾之势,有汇聚到荆门之意。第二句交代了灵秀山川造就出的人杰——王昭君。第三、四句概括了王昭君的悲剧人生。"留青冢"表明王昭君死在匈奴。"向黄昏"给人以死不瞑目感,衬托了王昭君死后仍有无穷的遗恨。第五句表明了王昭君悲剧的成因,讽刺了汉元帝的昏庸。第六句表明她不忘故国,终生思乡心切,足见她对故国故乡有浓厚感情。第七、八句点明了王昭君远嫁匈奴的怨恨。作者因救房琯,直言进谏,遭到贬斥,流落西南。他也有一腔怨恨。他把自己的怨恨寄托在王昭君的怨恨中了。

(四)

Cherishing the Memory of Liu Bei at the Historical Site(4)

杜 甫　Du Fu

①蜀主窥吴幸三峡, Emperor Liu Bei of Shu came to the Three Gorges to attack Wu,
②崩年亦在永安宫。 And after he was defeated, he died in the Yongan Palace, too.
③翠华想象空山里, I can imagine the banners of his guard of honor in the hills deserted,
④玉殿虚无野寺中。 And the nonexistent Yongan Palace in the Wolong Temple ruined.
⑤古庙杉松巢水鹤, Now the water cranes nest in the firs and pines around the temple of Liu Bei,

⑥岁时伏腊走村翁。And the old villagers come every year on the summer or winter sacrificial day.
⑦武侯祠屋常邻近，The temple of Zhuge Liang is close to the temple of Liu Bei,
⑧一体君臣祭祀同。United as one the monarch and his courtier share the same sacrifices on the same day.

详注： 句①蜀主〈主〉窥吴幸三峡〈连动短语·谓〉。蜀主：指刘备。窥(kuī)：窥伺以待时攻击，引申"企图攻打"。吴：吴国。幸：皇帝到某处称"幸"。三峡：指夔州白帝城。这里借三峡(夔州所在地)代夔州，是借代修辞格。连动短语的结构是：窥吴(目的) + 幸三峡(动作)。这句与下句是顺承关系。

句②崩年〈状〉他〈主·省〉亦〈状〉在〈谓〉永安宫〈宾〉。崩年：死的那年。皇帝的死称"崩"。他：指刘备。亦：也。永安宫：刘备建在白帝城的行宫。刘备攻打吴国失败，退回白帝城。第二年死在永安宫。

句③我〈主·省〉想象〈谓〉翠华〈宾·倒〉空山里〈方位短语·补〉。我：指作者。想象：想象有。翠华：皇帝的仪仗。仪仗中的旗帜用翠鸟羽毛装饰。这里，借翠华(标记)代仪仗，是借代修辞格。空山里：在空荡荡的山里。刘备的行宫在白帝城。白帝城在山上。所以，作者有此想象。介词短语的结构是：空山 + 里("里"是方位词)。这句与下句是并列关系。

句④虚无〈定〉玉殿〈主〉在〈谓·省〉野寺中〈方位短语·宾〉。玉殿：指永安宫宫殿。永安宫后改为卧龙寺，永安宫已不复存在，所以说"虚无"。野寺中：在荒废的卧龙寺位置上。方位短语的结构是：野寺 + 中("中"是方位词)。

句⑤古庙〈定〉杉松〈状〉水鹤〈主〉巢〈谓·倒〉。古庙：刘备庙，在永安宫东侧。杉松：在杉树和松树上。水鹤：是一种鸟，生活在平原水际或沼泽地带。巢：筑巢，是名词用作动词。这句与下句是并列关系。

句⑥岁时〈定〉伏腊〈状〉村翁〈主〉走〈谓·倒〉。岁时：每逢季节的。伏：夏祭，在阴历六月。腊：冬祭，在阴历十二月。岁时伏腊：每年伏腊季节。村翁：村里的老翁。走：走到这里来祭祀。

句⑦武侯〈定〉祠屋〈主〉常〈状〉邻近〈谓〉。武侯祠屋：武侯祠堂。武侯祠堂在刘备庙西侧。诸葛亮曾被封为武乡侯。常：紧紧地。邻近：靠近刘备庙。这句与下句是因果关系。

句⑧君臣〈倒〉一体〈主谓短语·主〉同〈谓〉祭祀〈宾·倒〉。君：指刘备。臣：指诸葛亮。一体：是一个整体。指刘备和诸葛亮的关系亲密无间。同：共享。祭祀：活着的人准备供品向死去的祖先致敬行礼，求得保佑。主谓短语的结构是：君臣 + 一体(主语 + 谓语)。

浅析： 这首诗凭吊夔州刘备庙古迹，表达了作者对刘备和诸葛亮君臣际遇的羡慕之情，寄寓着作者对自己怀才不遇的哀叹。第一、二句交代了凭吊的地点，并交代了与永安宫有关的史实。第三、四句描述了永安宫的今昔变化。以前的永安宫殿宇雄伟，仪仗盛大。如今只剩下空山野寺，一片荒凉景象。第五、六句描写了作者在刘备庙前所见。"巢水鹤"衬托了刘备生前礼贤下士，使贤才归附的贤明。"走村翁"表明后人对刘备的怀念。第七、八句描写了刘备和诸葛亮死后共享祭祀的情景，彰显了刘备和诸葛亮生前精诚团结共图大业的和谐关系，表达了作者对君臣际遇的羡慕之情。作者因救房琯，直言进谏，遭到贬斥。所以，作者把对自己怀才不遇的哀叹寄托在对君臣际遇的羡慕之中了。

本诗③④句是宽对。

（五）

Cherishing the Memory of Zhuge Liang at the Historical Site(5)

杜 甫　Du Fu

①诸葛大名垂宇宙，	The name of Zhuge Liang is well-known as the world lasts long,
②宗臣遗像肃清高。	And his stature looks dignified and inspires awe strong.
③三分割据纡筹策，	Owing to his careful contrivance the three kingdoms came into being,
④万古云霄一羽毛。	So he's really a roc high up in the sky flying.
⑤伯仲之间见伊吕，	His talent was as good as that of Yi Yin and Lu Shang,
⑥指挥若定失萧曹。	His calm command outdid that of Xiao He and Cao Can.
⑦运移汉祚终难复，	The fate of the Han Dynasty had ended and he couldn't turn the tide,
⑧志决身歼军务劳。	Though his aspiration was resolute, yet in the toil of the military affairs he died.

详注：句①诸葛〈定〉大名〈主〉垂〈谓〉宇宙〈补〉。诸葛：诸葛亮。古诗词中，人名或地名中的一部分常省略。垂：流传，存留。宇宙：在天地间。这句与下句是递进关系。

句②宗臣〈定〉遗像〈主〉清高肃〈联合短语・谓〉。宗臣：世人敬仰的名臣。清高：人品纯洁高尚。肃：令人肃然起敬。联合短语的结构是：清高＋肃（两个形容词并列）。

句③他〈主・省〉纡筹策割据三分〈连动短语・谓・倒〉。他：指诸葛亮，下文中的"他"同此。纡（yū）：曲折，引申为"精心地"。筹策：谋划。割据：用武力占据。三分：三分之一的天下。连动短语的结构是：纡筹策（因）＋割据三分（果）。这句与下句是因果关系。

句④他〈主・省〉是〈谓・省〉万古〈定〉云霄〈定〉一〈定〉羽毛〈宾〉。万古：千秋万代中的。云霄：高空中的。一：一等的，一流的。羽毛：鸟。这里借羽毛（所属）代鸟，是借代修辞格。一羽毛：一只高飞的鸟，指大鹏或鸾凤。这里作者把诸葛亮比作大鹏或鸾凤，是暗喻修辞格。

句⑤他〈主・省〉与〈省〉伊吕〈介词短语・状〉见〈谓・倒〉伯仲之间〈方位短语・补〉。伊：伊尹，是商代贤相，辅佐商汤王灭夏并综理国事。吕：吕尚，姓姜，名尚，字子牙，是周代贤相，辅佐周文王和周武王。见：出现。伯仲之间：在兄弟之间。见伯仲之间：不相上下。介词短语的结构是：与＋伊吕（"与"是介词）。方位短语的结构是：伯仲＋之间（"之间"是方位词）。这句与下句是并列关系。

句⑥他〈省〉指挥若定〈主谓短语・主〉失〈谓〉萧曹〈联合短语・宾〉。指挥若定：指挥调度从容镇定。失：使……逊色，是动词的使动用法。萧：萧何。曹：曹参。萧曹二人都是良将，是帮助刘邦定天下的得力助手。主谓短语的结构是：他＋指挥若定（主语＋谓语）。联合短语的结构是：萧＋曹（两者并列）。

句⑦运〈主〉移〈谓〉汉祚〈主〉终〈状〉难复〈谓〉。这句由两个句子构成。"运移"是一句。"汉祚终难复"是一句。两句间是因果关系。运：国运。移：结束。汉祚（zuò）：汉朝的皇位。终：终究。难复：难以恢复。这句与下句是并列关系。

句⑧志〈主〉决〈谓〉身〈主〉歼〈谓〉军务劳〈补〉。这句由两个句子构成。"志决"是一句。"身歼军务劳"是一句。两句间是转折关系。志:诸葛亮的志向。决:坚定。身:指诸葛亮。歼(jiān):死。军务劳:在军务的劳累中。

浅析:这首诗凭吊夔州武侯祠,追怀了诸葛亮,赞美了诸葛亮的盖世功绩。第一、二句表达了作者对诸葛亮的崇敬之情。第一句赞美了他名扬天下,名垂千古。第二句赞美了他的遗像,衬托了他的崇高人品。第三句赞美了诸葛亮一生的丰功伟绩。第四句把他比作大鹏,赞美了他的伟大。第五、六句把诸葛亮与历史上的贤相良将相比。第五句赞美了他的政治才能。第六句赞美了他的军事才能。第七、八句是作者的议论。第七句表明诸葛亮壮志未酬不是因为他的才德不够,而是天命使然。第八句赞美了他"鞠躬尽瘁,死而后已"的忠贞品格。

江州重别薛六柳八二员外

Parting Again from the Two Rich Gentlemen Xue the Sixth and Liu the Eighth at Jiangzhou

刘长卿　Liu Changqing

①生涯岂料承优诏,　All my life I have never expected a favourable order from my lord,
②世事空知学醉歌。　Unable to prevent my demotion, I learn to get drunk and sing loud.
③江上月明胡雁过,　The wild geese from the north fly past the moonlit Yangtze River,
④淮南木落楚山多。　Leaves fallen, the mountains south of the Huai River look clearer.
⑤寄身且喜沧洲近,　Though, I live near the sea with delight,
⑥顾影无如白发何!　Yet I know not what to do about my hair white.
⑦今日龙钟人共老,　Today we three are getting into senile decay,
⑧愧君犹遣慎风波。　So I feel ashamed that you still advise me to look out for the dangers on my way.

详注:**题**.江州:今江西九江市。重别:再次分别。薛六:姓薛,排行第六,其他不详。柳八:姓柳排行第八,其他不详。员外:员外郎,正额官员以外的官职。旧时也指有财有势的豪绅。

句①我〈主·省〉生涯〈状〉岂料〈谓〉承优诏〈动宾短语·宾〉。我:指作者,下文中的"我"同此。生涯:这辈子。岂料:哪里料到,没料到。承:受到。优诏:皇帝赐恩的诏令。指作者被贬南巴后得到宽免,由远贬潘州内移到随州任刺史的诏令。这句与下句是因果关系。

句②我〈主·省〉空知世事〈倒〉学醉歌〈连动短语·谓〉。空:徒劳地。没有用的。知:知道。世事:世上的事。空知世事:对世上的事毫无办法,指作者对自己被贬毫无办法。学:效法。醉歌:喝醉酒后唱歌。连动短语的结构是:空知世事(因) + 学醉歌(果)。

句③江上〈方位短语·定〉月〈主〉明〈谓〉胡雁〈主〉过〈谓〉。这句由两个句子构成。"江上月明"是一句。"胡雁过"是一句。两句间是并列关系。江上:长江上空。胡雁:从胡地飞来的大雁。古代对北方和西方

333

各族泛称胡,他们的居住地称胡地。过:飞过。方位短语的结构是:江+上("上"是方位词)。这句与下句是并列关系。

句④淮南〈定〉木〈主〉落〈谓〉楚山〈主〉多〈谓〉。这句由两个句子构成。"淮南木落"是一句。"楚山多"是一句。两句间是因果关系。淮南:指江州,江州在淮河以南。木:树叶。落:凋落。楚山:江州一带的山岭。战国时,江州属楚国。多:树叶落了,露出的山体就更清楚了。

句⑤我〈主·省〉喜〈谓〉[且〈状〉寄身〈主〉近〈谓〉沧洲〈宾〉]〈小句·宾〉。喜:对……感到高兴。且:暂且。寄身:客居他乡。近:靠近。沧洲:靠近海的地方。由于隐者喜欢在此居住,所以古时常用于指隐士的居处。这句与下句是转折关系。

句⑥我〈主·省〉顾影〈动宾短语·状〉无如白发何〈谓〉。顾影:回头看自己身影的时候。无:不能。如……何:是古汉语中固定句式,意即"把……怎么样"。所以,"无如白发何"意即"对白发无可奈何"。动宾短语的结构是:顾+影(动词+宾语)。

句⑦今日〈状〉人〈主〉共〈状〉老〈谓〉龙钟〈补·倒〉。人:指作者和薛柳二员外。共:都。老龙钟:衰老得行动不灵便。龙钟:形容衰老,行动不便的样子。这句与下句是因果关系。

句⑧我〈主·省〉愧〈谓〉[君〈主〉犹〈状〉遣我〈省〉慎风波〈兼语短语·谓〉]〈小句·宾〉。愧:对……感到惭愧。君:指薛柳二员外。犹:还。遣:教,叮嘱。慎:谨慎对待。风波:这里,借风波喻险恶的政治环境,是借喻修辞格。兼语短语的结构是:遣+我+慎风波。

浅析:这首诗是作者被远贬南巴获得朝廷宽免,改调随州刺史因而第二次路过江州时写的,抒发了作者抑郁悲凉的心情。第一句的言外之意是:当初我被贬,内心凉透了。如今改调随州刺史,虽出乎我的意料,但我还是高兴不起来。第二句的言外之意是:这次虽升迁,但未来如何,难以逆料。或许又被贬,贬到更远的地方。所以,我还是学会醉歌混日子为好。这两句抒发了作者抑郁悲凉的心情。第三、四句描写了江州秋夜景色,给人以萧瑟感,衬托了作者的悲凉心情。第五、六句的言外之意是:沧洲虽好,可以暂住,但我毕竟垂垂老矣,我还能怎样呢?这两句进一步抒发了作者的悲凉心情。第七、八句表达了作者对友人关心的感激之情,也衬托出作者抑郁悲凉的心情。

长沙过贾谊宅

Looking for Jia Yi's Former Abode at Changsha

刘长卿　Liu Changqing

①三年谪宦此栖迟,	Jia Yi was demoted to Changsha, where he lived for three years,
②万古惟留楚客悲。	What he left with the later generations was nothing but tears.
③秋草独寻人去后,	When in the autumn grasses I alone look for the abode whose owner has died long before,
④寒林空见日斜时。	I see in the setting sun the cold woods and nothing more.
⑤汉文有道恩犹薄,	The emperor Han Wen was wise but unkind to Jia Yi,

⑥湘水无情吊岂知？　How could the unfeeling Xiang River know the prose *Condolence on Qu Yuan* by Jia Yi?
⑦寂寂江山摇落处，　Now on this quiet place where the grasses and trees have withered I stand,
⑧怜君何事到天涯。　And with deep sympathy I ask why you came to this remote land?

详注：题．长沙：今湖南长沙市。过：寻访。贾谊：汉文帝时的杰出政治家。由于遭到大臣周勃、灌婴等反对，被贬为长沙王太傅。贾谊宅：贾谊故宅，在长沙。

句①谪宦〈主〉栖迟〈谓〉此〈宾·倒〉三年〈补·倒〉。谪宦(zhé huàn)：被贬的官，指贾谊。栖迟：滞留。此：此地，指长沙。贾谊被贬为长沙王太傅长达三年。

句②楚客〈定·倒〉悲〈主·倒〉惟〈状·倒〉留〈谓〉万古〈补·倒〉。楚客：指贾谊。在古代，长沙属于楚国。悲：悲哀。惟：只。留：留下。万古：给千秋万代。这句补充说明上句。

句③人去〈主谓短语〉后〈方位短语·状〉我〈主·省〉独〈状·倒〉寻〈谓·倒〉秋草〈补·倒〉。人去：人死，指贾谊死后。我：指作者，下文中的"我"同此。独：独自。寻：寻找贾谊故宅。秋草：在秋草中。主谓短语的结构是：人＋去(主语＋谓语)。方位短语的结构是：人去＋后("后"是方位词)。这句是下句的时间状语。

句④我〈主·省〉空见〈谓〉日斜〈主谓短语〉时〈定〉寒林〈宾·倒〉。空见：只看到。日斜时：夕阳西下时的。寒林：带有寒意的树林。秋天里，树林中有寒气。主谓短语的结构是：日＋斜(主语＋谓语)。

句⑤汉文〈主〉有〈谓〉道〈宾〉恩〈主〉犹〈状〉薄〈谓〉。这句由两个句子构成。"汉文有道"是一句。"恩犹薄"是一句。两句间是转折关系。汉文：汉文帝刘恒。有道：贤明。恩：对贾谊的恩惠。犹：仍。薄：少。恩犹薄：指汉文帝不重用贾谊。这句与下句是并列关系。

句⑥湘水〈主〉无情岂知吊〈连动短语·谓〉。湘水：湘江。湖南境内最大河流。岂：怎会。知：知道。吊：《吊屈原赋》。贾谊被贬，经过湘江，作《吊屈原赋》。连动短语的结构是：无情(因)＋岂知吊(果)。

句⑦我〈主·省〉在〈谓·省〉寂寂〈定〉江山〈定〉摇落〈定〉处〈宾〉。寂寂：寂寞冷落。摇落：草木凋落。处：地方。这句是下句的地点状语。

句⑧我〈主·省〉怜〈谓〉[君〈主〉何事〈状〉到〈谓〉天涯〈宾〉]〈小句·宾〉。怜：同情地问。君：指贾谊。何事：为什么。到：来到。天涯：指长沙。长沙离京城长安很远，所以称"天涯"。

浅析：作者被贬，途经长沙，写了这首诗，借贾谊的不幸遭遇抒发了自己被贬的悲愤。第一、二句借贾谊被贬，万古含悲，寄寓着作者自己被贬的悲哀。第三、四句描写了贾谊故宅的凄凉秋景，借以衬托了作者孤寂凄凉的心境。"独"表明作者的孤寂心境。"寒"衬托了作者的凄凉心境。第五句至第八句是作者的议论。第五句谴责了汉文帝对贾谊的薄恩，影射了唐玄宗对作者自己的薄恩。第六句表达了贾谊世无知音的悲哀，寄寓着作者世无知音的悲哀。第七、八句是一句分作两句写，表面上看是哀怜贾谊，实际上是哀怜自己，抒发了作者内心的悲愤。

本诗③④句是宽对，⑦⑧句是流水对。

卷六　七言律诗

自夏口至鹦鹉洲望岳阳寄元中丞

To High-Ranking Official Yuan While Looking Afar at Yueyang on the Way from Xiakou to the Parrot Islet

刘长卿　Liu Changqing

① 汀洲无浪复无烟，There're neither waves nor mist on the Parrot Islet,
② 楚客相思益渺然。My yearning for Yuan grows bit by bit.
③ 汉口夕阳斜渡鸟，When the sun is setting, across the Yangtze River at Hankou the birds slantwise fly,
④ 洞庭秋水远连天。The autumn waters of the Dongting Lake extend far to the sky.
⑤ 孤城背岭寒角吹，Mount Tortoise stands close behind the lonely town and the bugle sounds in the wind cold,
⑥ 独树临江夜泊船。At night, to a solitary tree by the Yangtze River I tie my boat.
⑦ 贾谊上书忧汉室，To worry about the Han Dynasty, Jia Yi submitted written statements to the emperor,
⑧ 长沙谪居古今怜。As a result, he was demoted to Changsha, which is sympathised by the people for ever.

详注：题．自：从。夏口：今湖北武昌。至：到。鹦鹉洲：见崔颢《黄鹤楼》注。望：遥望。岳阳：今湖南岳阳市。寄：写赠。中丞：是御史中丞的简称，是唐朝官职。元中丞：姓元的中丞，其人生平不详。

句①汀洲〈主〉无浪复无烟〈联合短语·谓〉。汀：水中或水边的陆地。汀洲：指鹦鹉洲。无：没有。浪：风浪。复：又。烟：雾气。联合短语的结构是：无浪＋无烟（两者并列）。这句与下句是并列关系。

句②楚客〈定〉相思〈主〉益〈状〉渺然〈谓〉。楚客：原指屈原。因屈原被谗遭放逐，所以，后人常用楚客泛指被贬之人。这里指作者自己。相思：思念友人之情。益：更。渺然：深长。

句③夕阳〈主〉照〈谓·省〉汉口〈宾·倒〉鸟〈主〉斜〈状〉渡〈谓·倒〉。这句由两个句子构成。"夕阳照汉口"是一句。"鸟斜渡"是一句。前句是后句的时间状语。汉口：武汉三镇之一，原名"夏口"。斜：倾斜着。渡：飞越长江。这句与下句是并列关系。

句④洞庭〈定〉秋水〈主〉远〈状〉连〈谓〉天〈宾〉。洞庭：洞庭湖。秋水：秋天的水。远：在远处。连：连接着。

句⑤孤城〈主〉背〈谓〉岭〈宾〉寒角〈主〉吹〈谓〉。这句由两个句子构成。"孤城背岭"是一句。"寒角吹"是一句。两句间是并列关系。孤城：指武昌。背：靠着。岭：指龟山。角：号角。军中用以报时或号令。寒角吹：号角在寒风中吹响。这句与下句是并列关系。

句⑥独树〈主〉临〈谓〉江〈宾〉我〈主·省〉夜〈状〉泊〈谓〉船〈宾〉。这句由两个句子构成。"独树临江"是一句。"我夜泊船"是一句。前句是后句的地点状语。独树：单独的一棵树。临：靠近。江：长江。我：指作者。夜：在夜里。泊：停。

句⑦贾谊〈主〉上书忧汉室〈连动短语·谓〉。贾谊：见《长沙过贾谊宅》注释。上书：用文字向朝廷陈述政见。忧：为……担忧。汉室：汉朝。连动短语的结构是：上书（动作）+忧汉室（目的）。

句⑧他〈主·省〉谪居〈连动短语·谓〉长沙〈宾·倒〉古今〈主〉怜〈谓〉。这句由两个句子构成。"他谪居长沙"是一句。"古今怜"是一句。两句间是因果关系。他：指贾谊。这里，借贾谊喻元中丞，是借喻修辞格。谪：被贬。古今：古人和今人。这里借古今（抽象）代古人和今人（具体），是借代修辞格。怜：同情。连动短语的结构是：谪+去（动作先后关系）。这句是上句的结果状语。

浅析：这首诗是作者被贬后写的，描写了自夏口至鹦鹉洲所见景色，表达了作者对被贬到岳阳的友人元中丞的同情，寄寓作者自己被贬的凄苦心境。第一句描写了鹦鹉洲上的清朗秋景。第二句描写了作者见满目秋色顿生思念友人之情。第三句描写了汉口黄昏时秋景。第四句是作者从眼前景色联想到友人所在的洞庭湖景色，衬托了作者对友人的思念。第五、六句描写了作者孤独凄苦的境况。"孤城"和"独树"衬托了作者的孤独境况。"寒角吹"和"夜泊船"衬托了作者的凄苦境况。第七、八句是作者的议论。作者借贾谊被贬说事，实际上表达了作者对友人元中丞被贬的深切同情，其中寄寓着作者对自己被贬的凄苦心境。

赠阙下裴舍人

To High-Ranking Official Pei Who Works in the Royal Palace

钱　起　Qian Qi

①二月黄鹂飞上林，	In the second moon to the royal garden, the orioles fly on,
②春城紫禁晓阴阴。	In spring the Forbidden City of Chang'an looks shadowy at dawn.
③长乐钟声花外尽，	Beyond the flowers the sound of the palace bell dies out,
④龙池柳色雨中深。	In the rain, the willows by the palace pool grow green a lot.
⑤阳和不散穷途恨，	The warmth of the second moon cannot lessen my hatred of the failure in my career,
⑥霄汉长悬捧日心。	Yet I always hold high up to the sky my heart loyal to the emperor.
⑦献赋十年犹未遇，	I've submitted written statements to the emperor for ten years yet I haven't seen a prospect bright.
⑧羞将白发对华簪。	So I'm very ashamed to face your gorgeous hair-pin with my hair white.

详注：题。阙（què）：皇宫前的望楼。人们常借阙（部分）代皇宫（整体），是借代修辞格。阙下：皇宫中的。裴舍人：姓裴的舍人。舍人：中书舍人，是一种官职。

句①二月〈状〉黄鹂〈主〉飞〈谓〉上林〈宾〉。二月：二月里。飞：飞到。上林：上林苑，是皇家园林。这句与下句是并列关系。

337

句②春城〈定〉紫禁〈主〉晓〈状〉阴阴〈谓〉。春城：春天的长安城。紫禁：紫禁城，即皇宫。皇宫有重兵把守，又称"禁中"。晓：拂晓的时候。阴阴：显得阴暗的样子。

句③长乐〈定〉钟声〈主〉花外〈状〉尽〈谓〉。长乐：汉朝长乐宫。这里借长乐宫喻唐宫，是借喻修辞格。花外：在花外。尽：消失。这句与下句是并列关系。

句④龙池〈定〉柳色〈主〉雨中〈状〉新〈谓〉。龙池：兴庆宫内的水池。这里借龙池喻皇宫中的水池，是借喻修辞格。柳色：柳树的颜色。雨中：在雨中。新：变得苍翠。

句⑤阳和〈主〉不散〈谓〉穷途〈定〉恨〈宾〉。阳和：二月天的暖气。不散：驱不散。穷途：仕途不顺的。恨：怨恨。这句与下句是转折关系。

句⑥我〈主·省〉长〈状〉悬〈谓〉捧日〈动宾短语·定〉心〈宾〉霄汉〈补·倒〉。我：指作者。长：长久地。悬：举。捧日心：是一个典故。据传，三国时期的程昱(yù)年轻时常梦见登上泰山，双手捧日。后来，程昱成了曹操的重臣。程昱本名立。是曹操在立字上加了一个"日"字。这里作者引用这个典故意在表明自己忠于朝廷，愿为朝廷效力，属借喻修辞格。霄汉：到极高的天空。霄：云霄。汉：银河。这里用"霄汉"是夸张修辞格。动宾短语的结构是：捧＋日(动词＋宾语)。

句⑦我〈主·省〉献赋十年犹未遇〈联合短语·谓〉。我：指作者。献赋：是一个典故。西汉辞赋家司马相如因献《子虚赋》等，受到皇帝的赏识而被重用。作者引用这个典故意在把自己做官的努力比作司马相如的献赋，属借喻修辞格。犹：还。未遇：没得到重用。联合短语的结构是：献赋十年＋犹未遇(两者是转折关系)。这句与下句是因果关系。

句⑧我〈主·省〉羞〈谓〉将白发对华簪〈联合短语·宾〉。我：指作者。羞：怕，不好意思。将：把。白发：作者的白发。对：对着。华：漂亮的。簪(zān)：簪子，古人用来固定官帽的长针。这里，借白发(特征)代年老，借华簪(标记)代高官裴舍人，都是借代修辞格。联合短语的结构是：将白发＋对华簪(两个介词短语并列)。"将"和"对"都是介词)。

浅析：这首诗是作者仕途未达时写的，表达了作者渴求裴舍人引荐的心愿。第一句至第四句描写了皇宫院内的景色，暗示了裴舍人的工作地点。"春"和"晓"表明所描写的是春天早晨的景色。"长乐"暗示了裴舍人的美好生活。"龙池"暗示了裴舍人的高贵身份。这四句饱含着对裴舍人仕途腾达的恭维和赞颂。第五、六句表达了作者虽怀才不遇，但效忠朝廷的壮心未已。第七、八句曲折地表达了作者渴求裴舍人引荐的心愿。

本诗③④句是工对。

寄李儋元锡

To Li Dan

韦应物　Wei Yingwu

①去年花里逢君别，　I met and parted with you amid the flowers last year,
②今日花开又一年。　Today the flowers come into bloom again in a new year.
③世事茫茫难自料，　The worldly affairs are so fast changing that I can't foresee them in any way,

④春愁黯黯独成眠。　So deeply worried in spring, I drowse alone from day to day.
⑤身多疾病思田里，　Suffering from many a sickness, I oft think of resigning my government post and going back to my homeland,
⑥邑有流亡愧俸钱。　And I'm ashamed to have my official salary when the starved people under my rule leave their native land.
⑦闻道欲来相问讯，　Hearing of your coming to see me, I look forward to you on my West Tower, when,
⑧西楼望月几回圆。　The moon becomes full time and again.

详注：题．寄：写赠。李儋(dān)：是韦应物的好友，字元锡。

句①去年〈状〉花里〈状〉我〈主·省〉逢君别〈连动短语·谓〉。花里：春天。这里借花里(特征)代春天，是借代修辞格。逢：遇到。君：指李儋。别：分别。连动短语的结构是：逢君+别(动作先后关系)。这句与下句是顺承关系。

句②今日〈状〉花〈主〉开〈谓〉又一年〈状〉。

句③世事〈主〉茫茫〈谓〉自〈主〉难料〈谓〉。这句由两个句子构成。"世事茫茫"是一句。"自难料"是一句。两句间是因果关系。茫茫：没有边际看不清楚，引申为"变幻莫测"。自：自己。难料：难以意料。这句与下句是因果关系。

句④春愁〈主〉黯黯〈谓〉我〈主·省〉独〈状〉成眠〈谓〉。这句由两个句子构成。"春愁黯黯"是一句。"我独成眠"是一句。两句间是因果关系。春愁：春天里的苦闷心情。黯黯(àn)：浓重。我：指作者，下文中的"我"同此。独：独自。成眠：昏昏入睡。

句⑤身〈主〉多〈谓〉疾病〈宾〉我〈主·省〉思〈谓〉田里〈宾〉。这句由两个句子构成。"身多疾病"是一句。"我思田里"是一句。两句间是因果关系。身：作者的身体。思：思念。田里：田园。思田里：想辞官回故乡。这句与下句是递进关系。

句⑥邑〈主〉有〈谓〉流亡〈宾〉我〈主·省〉愧〈谓〉俸钱〈宾语〉。这句由两个句子构成。"邑有流亡"是一句。"我愧俸钱"是一句。两句间是因果关系。邑(yì)：作者做官所管辖的地方。流亡：逃荒的灾民。愧：对……感到惭愧。俸钱：官员的薪水。

句⑦我〈主·省〉闻道〈谓〉[君〈主〉欲来相问讯〈连动短语·谓〉]〈小句·宾〉。闻道：听说。君：指李儋。欲：想。相问讯：看望作者。"相"是动词前缀，无实义。连动短语的结构是：欲来(动作)+相问讯(目的)。这句与下句是因果关系。

句⑧我〈主·省〉西楼〈状〉望〈谓〉君〈宾·省〉月〈主〉圆〈谓〉几回〈补·倒〉。这句由两个句子构成。"我西楼望君"是一句。"月圆几回"是一句。前句是后句的时间状语。西楼：指滁州西楼。望：盼望。君：指李儋。月圆：月亮由缺变圆。几回：几次。

浅析：这首诗写在滁州任上，表达了作者做官的苦闷和对友人的思念之情。第一、二句描述了时间流逝之速。"逢君别"还历历如在目前，可一晃又过去了一年。第三、四句描写了作者一年来的苦闷心境。第五、六句描写了作者苦闷的缘由，凸显了作者忧国忧民的情怀和辞官归隐的愿望。第七、八句表达了作者期盼友人到来的急切心情。"月几回圆"表明作者盼友人盼了几个月了。作者苦闷又无处倾诉，所以格外期盼友人到来，一吐为快。

本诗③④句是宽对。

同题仙游观

Writing Poems Together with Others at the Xian You Temple

韩 翃　Han hong

①仙台初见五城楼，	When for the first time the Xian You Temple with five towers comes into my sight,
②风物凄凄宿雨收。	The scenery here looks bleak with no more rain of the previous night.
③山色遥连秦树晚，	At dusk the green color of the mountains extends far to the trees in Qin,
④砧声近报汉宫秋。	The sound of beating cloth nearby tells to Luoyang autumn is coming.
⑤疏松影落空坛静，	The shadows of the sparse pine trees lie on the empty altar still,
⑥细草香生小洞幽。	The tender grasses smell sweet and the small caves are tranquil.
⑦何用别寻方外去，	What's the necessity for me to go elsewhere to look for a fairy land?
⑧人间亦自有丹丘。	Because this Xian You Temple is such a one at hand.

详注：题．同题：与同游者一道题诗。仙游观：是道观名，在河南登封县嵩山脚下。

句①我〈主·省〉初见〈谓〉仙台〈倒〉五城楼〈同位语短语·宾〉。我：指作者。初见：第一次见到。仙台：指仙游观。五城楼：五城十二楼。据传，黄帝曾建五城十二楼供神仙居住。这里引用这个典故意在把仙游观比作五城十二楼，属借喻修辞格。同位语短语的结构是：仙台＋五城楼（名词＋名词）。这句是下句的时间状语。

句②风物〈主〉凄凄〈谓〉宿雨〈主〉收〈谓〉。这句由两个句子构成。"风物凄凄"是一句，"宿雨收"是一句。两句间是并列关系。风物：风光景物。凄凄：凄清寒凉。宿雨：过夜的雨。收：停止。

句③晚〈状〉山色〈主〉遥〈状〉连〈谓〉秦树〈宾〉。晚：傍晚。山色：指嵩山的翠色。遥：在远处。连：连接着。秦树：秦地的树木。秦：陕西一带。这句与下句是并列关系。

句④砧声〈主〉近〈状〉报〈谓〉汉宫〈定〉秋〈宾〉。砧(zhēn)声：捣衣声。古时，一到秋天，人们就把织好的布放在石板上捶打，使其松软，以便缝制冬衣，也为了穿着舒适。所以，砧声响起，就表示秋天已经到来。近：在近处。报：报告。汉宫：指洛阳的唐朝宫殿。唐朝人常用汉指唐。这里借洛阳的唐宫（部分）代洛阳（整体），是借代修辞格。秋：秋天。

句⑤疏松〈定〉影〈主〉落〈谓〉静〈定〉空坛〈补·倒〉。疏松：稀稀朗朗的松林。影：树影。落：落在。静空坛：静悄悄的空荡荡的祭坛上。这句与下句是并列关系。

句⑥细草〈主〉生〈谓〉香〈宾·倒〉小洞〈主〉幽〈谓〉。这句由两个句子构成。"细草生香"是一句。"小洞幽"是一句。两句间是并列关系。生：散发出。香：香味。小洞：地面上的洞穴。幽：清幽。

句⑦我〈主·省〉何用〈状〉去〈倒〉别寻方外〈连动短语·谓·倒〉。我：指作者。何用：何必。别：到别处。寻：寻找。方外：世外，指神仙居处。连动短语的结构是：去别（动作）＋寻方外（目的）。这句与下句是果因关系。

句⑧人间〈主〉亦〈状〉自有〈谓〉丹丘〈宾〉。亦：也。自有：自然有。丹丘：神仙住地，指仙游观。这里把仙游观比作丹丘，是暗喻修辞格。

浅析：这是一首记游诗，描写了仙游观的清幽景色，凸显了作者的闲适心境。第一、二句描写了仙游观的雨后秋景。"五城楼"渲染了仙游观的神秘色彩。"风物凄凄"呈现了一幅萧瑟秋景图。第三、四句描写了仙游观外暮色中的秋景。山色与树色相连，是远看所见。砧声传来，听得清晰，是近听所闻。第五、六句描写了仙游观的清幽景色。从第一句至第六句的描写中，我们清楚地感觉到作者的闲适心境。第七、八句赞美了仙游观是人间仙境。

本诗③④句、⑤⑥句是工对。

春　思

Yearning in Spring

皇甫冉　Huangfu Ran

①莺啼燕语报新年，	The orioles and the swallows report the coming of a new year,
②马邑龙堆路几千。	Yet her husband is still several thousand *li* away at the frontier.
③家住层城邻汉苑，	She lives in Chang'an and near the royal garden,
④心随明月到胡天。	But her heart follows the moon to the Huns' area where her husband has been.
⑤机中锦字论长恨，	Her circular poem to her husband expresses her sorrow hour after hour,
⑥楼上花枝笑独眠。	Her sleep alone is oft sniggered at by the twigs with flowers reaching the tower.
⑦为问元戎窦车骑，	She would like to ask General Dou,
⑧何时返旆勒燕然？	"When will you return after inscribing your triumph on the stone?"

详注：题．春思：春天里的相思。皇甫冉（rǎn）：字茂政，唐朝进士，曾任官职。

句①莺啼燕语〈联合短语·主〉报〈谓〉新年〈宾〉。莺：黄莺。啼：鸣叫。燕：燕子。语：说话。这里把燕子鸣叫比作人说话，是拟人修辞格。报：报告。新年：新年已到。联合短语的结构是：莺啼＋燕语（两者并列）。这句与下句是转折关系。

句②马邑龙堆〈联合短语·定〉路〈主〉几千〈谓〉。马邑：古县名，在今山西朔州市，是边防要塞。龙堆：白龙堆，是地名，在今新疆若羌县东北，是通往西域的要道。作者用这两个地名泛指边防地，是丈夫所在地。几千：几千里，是名词谓语句。联合短语的结构是：马邑＋龙堆（两者并列）。

句③家〈主〉住层城邻汉苑〈联合短语·谓〉。家：指诗中丈夫和妻子的家。住：住在。层城：据《水经注·河水》载："昆仑之山三级……上曰层城，一名天庭，是为太帝之居。"这里借层城喻长安，是借喻修辞格。邻：近。汉苑：汉代宫苑，这里指唐朝宫苑。唐朝人常借汉指唐。联合短语的结构是：住层城＋邻汉苑（两者并列）。这句与下句是转折关系。

句④〈主〉随明月到胡天〈连动短语·谓〉。心：妻子的心。随：跟随着。胡天：指北方少数民族地区，即

341

马邑和龙堆,丈夫所在的驻防地。连动短语的结构是:随明月(方式) + 到胡天(动作)。

句⑤机中锦字〈主〉论〈谓〉长恨〈宾〉。机中锦字:是一个典故。前秦时,苏蕙的丈夫窦滔被贬到流沙。苏蕙思念丈夫,于是织锦回文诗表达思念之情。这里,作者把这典故缩略成"机中锦字"四字,以此喻妻子给丈夫的信,属借喻修辞格。论:抒发。长恨:长期离别的怨恨。这句与下句是并列关系。

句⑥楼上〈方位短语·定〉花枝〈主〉笑〈谓〉独眠〈宾〉。楼上花枝:伸到楼上的花枝。笑:暗笑。独眠:妻子一人睡眠。方位短语的结构是:楼 + 上("上"是方位词)。

句⑦她〈主·省〉为问〈谓〉元戎窦车骑〈同位语短语·宾〉。她:指妻子。为问:请问。这里的"为"是动词,"问"是名词。元戎:主帅。窦(dòu)车骑:东汉车骑将军窦宪。这里,借窦宪喻唐朝守边主帅,是借喻修辞格。同位语短语的结构是:元戎 + 窦车骑(名词 + 名词)。这句与下句是动宾关系。

句⑧你〈主·省〉何时〈状〉返旆勒燕然〈联合短语·谓〉。你:指唐朝守边主帅。返旆(pèi):班师回朝。旆:军用旗帜。勒燕然:东汉车骑将军窦宪大破北单于并在燕然山刻石记功。勒:刻石。燕然:燕然山,今蒙古国杭爱山。这里,作者引用这个典故,意在表达一个愿望:希望守边主帅尽早战胜入侵之敌,班师回朝,让天下夫妻团聚。联合短语的结构是:返旆 + 勒燕然(两者并列)。

浅析:这首诗描写了妻子对丈夫的思念之情。第一句至第四句描写了妻子对丈夫的深切思念。"莺啼燕语"表明时值明媚的春天。"层城近汉苑"表明妻子的生活环境优越。然而,这美好的春光和优越的环境却引不起她兴趣,丝毫不能排遣她思念丈夫的愁苦。她想着丈夫离家几千里,她的心随着明月到了丈夫守边的地方。第五、六句用具体细节刻画了她的思念之苦。前句表明她的思念已转变成怨恨。后句表明她深陷相思,不能自拔,以致面对盎然春色独自昏睡。第七、八句表达了妻子的期盼。这期盼中饱含着妻子对丈夫的思念之情。

本诗⑤⑥句是宽对,⑦⑧句是流水对。

晚次鄂州

Mooring at Ezhou at Night

卢 纶　Lu Lun

①云开远见汉阳城,	Clouds gone I see Hanyang City far ahead,
②犹是孤帆一日程。	Getting there, it's a day's journey by my solitary boat yet.
③估客昼眠知浪静,	The merchants sleep in the daytime, so I know the waves have calmed down,
④舟人夜话觉潮生。	The boatmen talk at night, so I feel the tide's on.
⑤三湘愁鬓逢秋色,	The autumn scenery of the Xiang River faces my care-worn temple hair white,
⑥万里归心对月明。	Far away from home, my homesickness makes me look up at the moon bright.

⑦旧业已随征战尽，During the war my family property is all gone,
⑧更堪江上鼓鼙声？So how can I bear to hear the sound of the army drums o'er the river going on?

详注：题.晚：傍晚。次：在旅途中停留住宿。鄂州：今湖北武汉市武昌。

句①云〈主〉开〈谓〉我〈主·省〉远〈状〉见〈谓〉汉阳城〈宾〉。这句由两个句子构成。"云开"是一句。"我远见汉阳城"是一句。两句间是顺承关系。开：散开。我：指作者，下文中的"我"同此。远：在远处。见：看到。汉阳城：今湖北武汉市汉阳。这句与下句是转折关系。

句②到汉阳〈动宾短语·主·省〉犹〈状〉是〈谓〉孤帆〈定〉一日〈定〉程〈宾〉。犹：仍。孤帆：孤舟，指作者乘坐的船。这里，借帆(部分)代船(整体)，是借代修辞格。一日程：一天的路程。动宾短语的结构是：到＋汉阳（动词＋宾语）。

句③估客〈主〉昼〈状〉眠〈谓〉我〈主·省〉知〈谓〉浪静〈主谓短语·宾〉。这句由两个句子构成。"估客昼眠"是一句。"我知浪静"是一句。两句间是因果关系。估客：船上的商人。昼：在白天。眠：睡觉。知：知道。浪静：风平浪静。主谓短语的结构是：浪＋静（主语＋谓语）。这句与下句是并列关系。

句④舟人〈主〉夜〈状〉语〈谓〉我〈主·省〉觉〈谓〉潮生〈主谓短语·宾〉。这句由两个句子构成。"舟人夜语"是一句。"我觉潮生"是一句。两句间是因果关系。舟人：船夫。夜：在夜里。语：说话。觉：觉察到。潮：潮水。生：涨。主谓短语的结构是：潮＋生（主语＋谓语）。

句⑤三湘〈定〉秋色〈主〉逢〈谓·倒〉愁鬓〈宾·倒〉。三湘：漓湘、潇湘、蒸湘的合称，此泛指湘江流域。逢：面对着。愁鬓(bìn)：指作者因发愁而双鬓斑白。这句与下句是并列关系。

句⑥万里〈状〉归心〈主〉对〈谓〉明〈定〉月〈宾·倒〉。万里：在万里之外，指在作者避乱之地。归心：思念故乡的心。对：面对着。

句⑦旧业〈主〉已〈状〉随征战〈介词短语·状〉尽〈谓〉。旧业：作者的家业。随：随着。征战：战乱，指安史之乱。尽：完了。介词短语的结构是：随＋征战（"随"是介词）。这句与下句是因果关系。

句⑧我〈主·省〉更〈状〉堪〈谓〉江上〈方位短语·定〉鼓鼙声〈宾〉。更：哪能。堪：忍受。江上：长江上的。鼓鼙(pí)：军中用于号令的大鼓和小鼓。这里，借鼓鼙声(特征)代战争，是借代修辞格。这是一个反问句，其形式是肯定的，其意思是否定的，意即"我不能再忍受长江上的战鼓声了"。方位短语的结构是：江＋上（"上"是方位词）。

浅析：作者为避安史之乱南下。此诗是乱后作者返乡途中经鄂州时写的。前四句描写乘商船的情景。后四句描写了作者的悲伤心境和对安定社会的向往。第一、二句紧扣题目，描写了船停鄂州的原因。汉阳虽已在望，但还有一天的路程，所以，不得不在鄂州过夜。第三、四句描写了作者在船中观察到的情景。"昼眠"衬托了作者在旅途中的孤寂感。"夜语"表明作者夜不能寐，所以听到了"夜语"。第五句描写了作者的悲伤心境。"愁鬓"表明作者因悲伤而白发频添。作者因避战乱而背井离乡，不免愁苦满怀，因而悲伤。"逢秋色"会更觉悲伤。第六句描写了作者思乡情怀。作者思乡心切，夜不能寐，常举头望月。这也是一种悲伤的表现。第七、八句描写了作者对战乱的恐惧感，反衬出作者对安定社会的向往。

本诗③④句是工对。

登柳州城楼寄漳汀封连四州刺史

A Poem to the Four Friends Demoted to Zhangzhou, Tingzhou, Fengzhou and Lianzhou after Ascending the Gate Tower of Liuzhou

柳宗元　Liu Zongyuan

①城上高楼接大荒,	From the high tower of Liuzhou I overlook a wilderness vast,
②海天愁思正茫茫。	As boundless as the sea and the sky my gloomy thoughts last and last.
③惊风乱飐芙蓉水,	The gusts of wind make the lotus above the water quiver wildly,
④密雨斜侵薜荔墙。	The slanting heavy rain beat the climbing-fig-covered wall violently.
⑤岭树重遮千里目,	The dense trees on the mountains prevent me from having distant views,
⑥江流曲似九回肠。	My pent-up feeling of sadness is like the Liu River that zigzag flows.
⑦共来百越文身地,	Though we're demoted to the same southern land and together,
⑧犹自音书滞一乡。	Yet we still can't get messages from each other.

详注：题. 柳州：今广西柳州市。柳宗元曾被贬为柳州刺史。同时被贬的还有漳、汀、封、连四州的刺史。寄：写赠。漳：今福建漳州市，刺史韩泰。汀：今福建长汀，刺史韩晔。封：今广东江门市，刺史陈谏。连：今广东连州市，刺史刘禹锡。刺史：官职名，相当于后来的知州。

句①我〈主·省〉上〈定·倒〉城〈定·倒〉高楼接大荒〈连动短语·谓〉。我：指作者。上：登上。城：指柳州城的。高楼：门楼。接：眺望。大荒：空旷的荒野。连动短语的结构是：上城高楼＋接大荒（动作先后关系）。这句与下句是并列关系。

句②海天〈联合短语·定〉愁思〈主〉正〈状〉茫茫〈谓〉。海天：像大海、天空一样的。愁思：愁苦思绪，指作者的愁思。正：正在，表示状态的持续。茫茫：茫无边际。联合短语的结构是：海＋天（两者并列）。

句③惊风〈主〉乱飐〈谓〉水〈定〉芙蓉〈宾·倒〉。惊风：狂风。乱飐(zhǎn)：使……乱晃动。水：水面上的。芙蓉：荷花。这句与下句是并列关系。

句④密雨〈主〉斜侵〈谓〉薜荔〈定〉墙〈宾〉。密雨：密急的雨点。斜侵：横斜地敲打着。薜荔(bì lì)：攀附在墙上的蔓生植物。薜荔墙：被薜荔覆盖着的墙。

句⑤岭树〈主〉重遮〈谓〉千里〈定〉目〈宾〉。岭树：山上的树木。重遮：严严实实地遮住。千里目：远望的视线，指作者的视线。"千里"表示虚数，不实指。目：视线。这里，借目（具体）代视线（抽象），是借代修辞格。这句与下句是并列关系。

句⑥曲〈定·倒〉江流〈主〉似〈谓〉九回肠〈宾〉。曲：弯弯曲曲的。江流：指柳江。似：像。九回肠：百结愁肠。似九回肠：是明喻修辞格。

句⑦我们〈主·省〉共来〈谓〉百越〈定〉文身〈定〉地〈宾〉。我们：指作者和漳汀封连四州刺史。共来：一道来。百越：百粤，指南方各少数民族。文身：在身上刺花纹，是南方少数民族的风俗。百越文身地：南方少数民族地区。这句与下句是转折关系。

句⑧音书〈主〉犹自〈状·倒〉滞〈谓〉一乡〈补〉。音书:音信。犹自:仍是。滞:不通。一乡:在同一地区。

浅析:作者被贬柳州。一日,他登楼远望,写了这首诗,抒发了他被贬荒蛮之地的愁苦和对四位同时被贬的友人的思念之情。第一句描写了登楼所见。第二句抒发了作者的愁苦心境。第三、四句描写了作者俯视所见。"惊风"和"密雨"象征政治风暴。"乱飐"和"斜侵"象征政治风暴对作者及其友人的无情摧残和迫害。这正是作者"海天愁思正茫茫"的原因。第五句描写了作者远望所见。"岭树重遮"象征着作者和四位友人被朝廷阻隔。这也是"愁思正茫茫"的原因。第六句抒发了作者的愁苦。作者望友而不见,所以,愁肠百结如同"江流曲"。第七、八句表达了作者对友人的思念,以及相思而不能见面的悲愤。

本诗③④句和⑤⑥句是工对。

西塞山怀古

Meditating on an Ancient Event at Mount West Fort

刘禹锡　　Liu Yuxi

①王濬楼船下益州,　A fleet of galleys led by Wang Jun left Yizhou,
②金陵王气黯然收。　The kingly atmosphere in Jingling gets dim and vanish because of his blow.
③千寻铁锁沉江底,　Long iron chains sank down to the bottom of the Yangtze River,
④一片降幡出石头。　A flag was held out of the wall of the Stone City to surrender.
⑤人世几回伤往事,　Though people have grieved o'er several past events,
⑥山形依旧枕寒流。　Yet close to the cold water of the Yangtze River Mount West Fort forever stands.
⑦从今四海为家日,　Today the whole country is one family,
⑧故垒萧萧芦荻秋。　Yet on the old military ruins the autumn reeds still sigh sadly.

详注:**题**.西塞山:在今湖北省黄石市东,长江南岸,是吴国军事要塞。怀古:追怀古代的人和事。

句①王濬〈定〉楼船〈主〉下〈谓〉益州〈宾〉。王濬(jùn):西晋人,字士治,巴郡太守。两任益州刺史。奉晋武帝的命令,建造大楼船并率水师从益州出发攻打吴国。船队到达金陵,吴国就投降了。楼船:带楼的大船,船上可容纳两千人。下:离开。益州:古行政区,治所在今四川成都市。

句②金陵〈定〉王气〈主〉黯然收〈连动短语·谓〉。金陵:今江苏南京市,是吴国国都。王气:帝王之气。国亡时,王气就消失。黯然:变得暗淡无光。收:消失。连动短语的结构为:黯然+收(动作先后关系)。

句③千寻〈定〉铁锁〈主〉沉〈谓〉江底〈补〉。千寻:古代八尺为一寻。这里的"千"是虚数,不实指。因此,"千寻"意即"很长很长的"。铁锁:吴国用铁链锁住长江,以阻止晋国的进攻。王濬用火烧毁了这些铁锁链。它们都沉入了江底。王濬的战船直抵石头城(今江苏南京市)。沉:下沉。这句与下句是顺承关系。

句④一片〈定〉降幡〈主〉出〈谓〉石头〈补〉。一片:一面。降幡(fān):投降旗。出:出现。石头:在石头城上。南京曾名石头城。

345

句⑤人世〈主〉伤〈谓〉几回〈定·倒〉往事〈宾〉。人世：人间。伤：为……悲伤。几回：多次。往事：指吴、东晋、宋、齐、梁、陈都在金陵建都，但都灭亡。这句与下句是转折关系。

句⑥山形〈主〉依旧〈状〉枕〈谓〉寒流〈宾〉。山形：西塞山的山体。枕：紧靠着。寒流：寒冷的长江水。

句⑦从今〈状〉四海〈主〉为〈谓〉家〈定〉日〈宾〉。从今：从今以后。四海：天下，全国各地。为：变成。家：一家。日：时候。这句与下句是转折关系。

句⑧故垒〈定〉芦荻〈主〉秋〈状〉萧萧〈谓·倒〉。故垒：指六朝军事遗迹上的。芦荻(dí)：芦苇。秋：在秋天。萧萧：发出萧瑟的声音。

浅析：这首诗借古喻今，警示朝廷吸取吴国败亡的历史教训。第一句至第四句回顾了西晋灭吴的那段历史。第五、六句抒发了作者对人世沧桑、江山依旧的感慨。第七句赞美了天下一统的兴旺局面。第八句渲染了吴国败亡的凄凉并用此意象警示朝廷吸取历史教训，不要让国家分裂的悲剧重演。

本诗③④句是工对。

遣悲怀 三首

（一）

Lament Over My Deceased Wife(1)

元 稹　Yuan Zhen

①谢公最小偏怜女，	For you, the youngest daughter, the revered Mr. Xie had partiality,
②自嫁黔娄百事乖。	Since you married me, you had been quite unlucky.
③顾我无衣搜荩箧，	Seeing me in rags, you searched every wicker suitcase for decent dress there,
④泥他沽酒拔金钗。	I begged you for wine and you took gold hairpins off your hair.
⑤野蔬充膳甘长藿，	We took wild herbs as meals and thought the leaves of the pulse plants as tasty foods,
⑥落叶添薪仰古槐。	We used the fallen leaves from the locust trees as firewoods.
⑦今日俸钱过十万，	Today I get a salary of more than a hundred thousand at last,
⑧与君营奠复营斋。	Yet what I can do is only to offer you sacrifices after fast.

详注：题。遣：排遣。悲怀：悲伤的情怀。元稹(zhěn)：字微之，唐朝进士，曾任官职。

句①谢公〈主〉偏怜〈谓〉最小〈定·倒〉女〈宾〉。谢公：指东晋宰相谢安。偏怜：偏爱。最小女：指谢安的侄女谢道韫。这里，借谢安喻作者的岳父韦夏卿，借谢道韫喻韦夏卿的最小女儿(作者的妻子)韦丛，都是借喻修辞格。韦夏卿与谢安的地位相当。韦夏卿曾任太子少保，死后追赠左仆射，相当于宰相。

句②自[你〈主·省〉嫁〈谓〉黔娄〈宾〉]〈小句〉〈介词短语·状〉百事〈主〉乖〈谓〉。自：自从。你：指韦丛。

下文中的"你"同此。嫁:嫁给。黔娄(qián lou):是春秋时齐国人,十分贫穷。这里,借黔娄喻作者自己,是借喻修辞格。作者一度很贫穷。百事:事事。"百"表示虚数,不实指。乖:不顺心。介词短语的结构是:自+你嫁黔娄("自"是介词)。这句补充说明上句。

句③你〈主·省〉顾我无衣〈兼语短语·状〉搜〈谓〉荩箧〈宾〉。顾:看到。我:指作者,下文中的"我"同此。无衣:没衣服穿。顾我无衣:看到我没有衣服穿的时候。搜:找遍。荩(jìn):一种草。箧(qiè):小箱子。荩箧:草编织的小箱子。兼语短语的结构是:顾+我+无衣。这句与下句是并列关系。

句④我〈主·省〉泥他沽酒〈兼语短语·谓〉他〈主·省〉拔〈谓〉金钗〈宾〉。这句由两个句子构成。"我泥他沽酒"是一句。"他拔金钗"是一句。两句间是顺承关系。泥(nì):用软言相求。他:指韦丛,古汉语中,"他"也指女性。拔:从头发上拔下。金钗(chāi):妇女用的首饰,这里指韦丛的首饰。兼语短语的结构是:泥+他+沽酒。

句⑤我们〈主·省〉野蔬〈状〉充〈谓〉膳〈宾〉我们〈主·省〉甘〈谓〉长藿〈宾〉。这句由两个句子构成。"我们野蔬充膳"是一句。"我们甘长藿"是一句。两句间是递进关系。我们:作者一家人。野蔬:用野菜。充膳:充当饭食。甘:认为……是甘甜的,形容词的意动用法。长藿(huò):长豆叶。这句与下句是并列关系。

句⑥我们〈主·省〉仰古槐落叶添薪〈连动短语·谓〉。仰:依靠。古槐:古槐树。落叶:落下的树叶。添:添补。薪:烧火柴。连动短语的结构是:仰古槐落叶(方式)+添薪(动作)。

句⑦今日〈状〉俸钱〈主〉过〈谓〉十万〈宾〉。今日:指作者任高官的时期。俸钱:作者做官的薪水。过:超过。这句与下句是转折关系。

句⑧我〈主·省〉与君〈介词短语·状〉营奠复营斋〈联合短语·谓〉。与:为。君:指死去的韦丛。营:安排。奠(diàn):祭奠。复:又。斋(zhāi):斋戒。古人祭祀前沐浴更衣以示敬意。联合短语的结构是:营奠+营斋(两者并列)。

浅析:这里的三首诗都是作者为悼念亡妻而作。作者的妻子韦丛死时仅二十七岁。这第一首诗追忆了妻子生前的贤淑品德,抒发了作者失去妻子的无限悲痛之情。第一、二句概述了作者婚后的艰难处境,为描写韦丛的贤淑品德作了铺垫。"谢公"表明韦丛出身名门。"最小女"表明韦丛未嫁前十分娇惯。"黔娄"表明作者的贫穷。"百事乖"表明作者处境艰难。一个名门闺秀下嫁给一个贫士,处境又艰难,但她并无怨言,足见其贤淑。第三、四句描写了韦丛对作者无微不至的关心和体贴。第五、六句描写了韦丛的极其辛劳和贫苦的生活。以上四句(第三句至第六句)选用了四个细节表明了韦丛的贤淑品德。第七、八句哀叹了夫妻共过患难却不能同享作者显达后的富贵,衬托了作者无比悲痛的心情。

本诗⑤⑥句是工对。

(二)

Lament Over My Deceased Wife(2)

元 稹 Yuan Zhen

①昔日戏言身后意,	In the past we said for fun "What should be done if one of us dies?"
②今朝都到眼前来。	Today everything we said has happened before my eyes.
③衣裳已施行看尽,	Your clothes have almost been given away in effect,

④针线犹存未忍开。	Having no heart to open it, I still keep your needlework case intact.
⑤尚想旧情怜婢仆,	Recalling your old affection for them, I'm kind to your maids,
⑥也曾因梦送钱财。	Dreaming of you I give them monetary aids.
⑦诚知此恨人人有,	I know quite well that everyone has such sorrow as death to weep for,
⑧贫贱夫妻百事哀。	But a poor couple like us, everything makes me deplore more.

详注：句①［昔日〈状〉我们〈主·省〉戏言〈谓〉］〈小句·定〉身后〈定〉意〈中心词〉。这是一个名词句，作下句主语。昔日：过去。我们：指作者和他的妻子。戏言：开玩笑时说的。身后意：死后的安排。这句与下句是主谓关系。

句②今朝〈状〉都〈状〉到〈谓〉眼前〈方位短语·宾〉来〈补〉。今朝：现在。来：这里用作趋向动词，作趋向补语。方位短语的结构是：眼+前（"前"是方位词）。

句③衣裳〈主〉已〈状〉施〈谓〉行看尽〈补〉。衣裳：指韦丛的衣服。已：已经。施：被送给别人。行看尽：眼看就要完了。施者看尽：送给别人送得快完了。这句与下句是转折关系。

句④针线〈主〉犹〈状〉存〈谓〉我〈主·省〉未忍〈状〉开〈谓〉。这句由两个句子构成。"针线犹存"是一句，"我未忍开"是一句。两句间是果因关系。针线：韦丛的针线盒。犹：仍。存：存留着。我：指作者，下文中的"我"同此。未忍：不忍心。开：打开。

句⑤我〈主·省〉尚想旧情怜婢仆〈连动短语·谓〉。尚想：回想。旧情：韦丛生前与作者的感情。怜：爱惜。婢(bì)仆：韦丛的仆人。连动短语的结构是：尚想旧情（因）+怜婢仆（果）。这句与下句是并列关系。

句⑥我〈主·省〉也曾〈状〉因梦〈介词短语·状〉送〈谓〉钱财〈宾〉。曾：曾经。因梦：因梦到韦丛。送钱财：送钱财给婢仆。介词短语的结构是：因+梦（"因"是介词）。

句⑦我〈主·省〉诚知〈谓〉［人人〈主〉有〈谓〉此恨〈宾·倒〉]〈小句·宾〉。诚知：确实知道。此恨：死别之痛。这句与下句是转折关系。

句⑧贫贱〈定〉夫妻〈定〉百事〈主〉哀〈谓〉。贫贱夫妻：韦丛死的时候，元稹还未发达。所以是贫贱夫妻。百事：事事。哀：令人哀痛。

浅析：这第二首诗描写了韦丛死后作者的所作所为，表达了作者对亡妻的深切怀念，凸显了作者与韦丛的纯真感情。第一句回忆了往事。第二句描写了作者感到的悲痛。"戏言身后意"是甜蜜夫妻生活中的小插曲。"都到眼前来"对作者是一个沉重打击，作者的悲痛可想而知。第三、四句描写了作者对韦丛遗物的处理。把亡妻的衣物送人是为了消除见物思人的痛苦。不打开针线盒是为了永久保存妻子的遗物以作永久思念。这两种做法都饱含着作者对亡妻的无限怀念。第五、六句进一步描写了作者对亡妻的深切怀念。"怜婢仆"是爱屋及乌的真挚情感的表现。"因梦"表明作者积思成梦了。"送钱财"是韦丛在梦中的嘱托。作者尊嘱办事，体现了作者对亡妻的深切怀念。第七、八句道出了贫贱夫妻的死别比平常夫妻的死别更令人悲哀，凸显了作者对亡妻的不同寻常的真挚感情。

本诗①②句是流水对，③④句是宽对。

（三）

Lament Over My Deceased Wife(3)

元 稹　Yuan Zhen

①闲坐悲君亦自悲，	Sitting idle I feel sad for thee as well as for me,
②百年多是几多时。	Even if one lives to be one hundred, how long would that be?
③邓攸无子寻知命，	Like Deng You I have no son though I'm nearly fifty years old,
④潘岳悼亡犹费词。	Like Pan Yue I waste my verses to mourn o'er you in the grave cold,
⑤同穴窅冥何所望，	What could I expect even if we'll be in the same grave after my death,
⑥他生缘会更难期。	And for us to be husband and wife in the next life I expect less.
⑦惟将终夜长开眼，	The only thing I could do is remain single for the rest of my life,
⑧报答平生未展眉。	So as to repay you for your knitted brows during your lifetime.

详注：句①我〈主·省〉闲坐〈状〉悲君亦自悲〈联合短语·谓〉。我：指作者，下文中的"我"同此。闲坐：空闲时。悲：为……悲伤。君：指亡妻韦丛。亦：也。自悲：为自己悲伤。联合短语的结构是：悲君+自悲(两者并列)。"亦"是连词）。这句与下句是并列关系。

句②百年多〈主谓短语·主〉是〈谓〉几多〈定〉时〈宾〉。几多：多少。时：时间。主谓短语的结构是：百年+多(主语+谓语)。

句③邓攸〈主〉寻〈状·倒〉知命〈状〉无〈谓·倒〉子〈宾·倒〉。邓攸(yōu)：字伯道，西晋人，曾任河东太守。战乱中，他舍弃自己的儿子保全了侄儿。后来，终生无子。这里，作者引用这个典故意在把自己比作邓攸，属借喻修辞格。寻：不久。知命：五十岁。这里有一个典故。《论语·为政》篇中有"五十而知天命"。作者把这句缩成"知命"。寻知命：很快就五十岁了。无：还没有。子：儿子。作者在五十岁后才由后妻裴氏生一子。这句与下句是并列关系。

句④[潘岳〈主〉悼〈谓〉亡〈宾〉]〈小句·主〉犹〈状〉费〈谓〉词〈宾〉。潘岳：西晋诗人。他妻子死后，他写了三首悼亡诗。这里，作者把这个典故缩略成"潘岳悼亡"四字，意在表明即使像潘岳一样会写悼亡诗也没有用。犹：仍是。费：白费。词：辞藻。

句⑤我们〈主·省〉同〈谓〉窅冥〈定〉穴〈宾·倒〉我〈主·省〉所望〈谓〉何〈宾·倒〉。这句由两个句子构成。"我们同窅冥穴"是一句。"我所望何"是一句。前句是后句的让步状语。我们：指作者与亡妻韦丛。同：共。窅冥(yǎo míng)：幽深昏暗的。穴(xué)：墓穴。所望：是所字短语，意即"期望"。何：什么。所望何：期望什么呢。全句意思是：即使我们死后同穴，我又能指望什么呢？言外之意是：我们也不能像生前一样相爱了。这句与下句是递进关系。

句⑥我〈主·省〉更〈状〉难期〈谓〉他生〈定·倒〉缘会〈宾·倒〉。更：更加。难期：难以期待。他生：来世的。缘会：因缘份会合，即"再结为夫妻"。

句⑦我〈主·省〉惟〈状〉将终夜〈介词短语·状〉长〈状〉开眼〈谓〉。惟：只。将：用。终夜：整夜。长：永远。开眼：睁着眼不睡。据传，鳏鱼始终不闭眼。世人又称无妻之人为"鳏夫"。所以"终夜长开眼"意即"终生不再续娶"。介词短语的结构是：将+终夜("将"是介词)。这句是下句的方式状语。

句⑧报答你〈省〉平生〈定〉未展眉〈宾〉。这句与上句中的"终夜长开眼"构成连动短语，作谓语。你：指韦丛。平生：生前的。未展眉：没有展开的眉头，即"没有欢乐"。连动短语的结构是：终夜长开眼(动作)+报答平生未展眉(目的)。

浅析： 这第三首诗表达了作者思念亡妻的悲苦心情以及对亡妻的忠贞不渝。第一句直说了作者的悲苦心情。"悲君"表明为妻子早逝而悲。"自悲"表明为自己丧偶而悲。第二句表达了作者对人生苦短的哀叹和无奈。其言外之意是：我也活不了多久。第三、四句的言外之意是：我和邓攸一样,年近五十岁也无子。这好像是命中注定的。潘岳会写悼亡诗,但那有什么用处呢？他自己最后不也死了吗？我再会写诗不也跟潘岳一样吗？所以,这两句表达了作者的极度悲伤。第五句至第八句是作者的一些想法,体现了作者对亡妻的忠贞不渝的情感。

自河南经乱,关内阻饥,兄弟离散,各在一处。因望月有感,聊书所怀,寄上浮梁大兄,于潜七兄,乌江十五兄,兼示符离及下邽弟妹。

Since the war chaos in Henan, the transportation in the Central Shaanxi has been blocked, the people there have suffered from famine and my brothers and sisters have scattered here and there. Looking up at the bright moon, I feel sad. So I write this poem to my eldest brother at Fuliang, the 7th elder brother at Yuqian, the 15th elder brother at Wujiang, and to my younger brothers and sisters at Fuli and Xiagui.

白居易　Bai Juyi

①时难年荒世业空,	Times are hard, famine breaks out and all our family property is gone,
②弟兄羁旅各西东。	My brothers and sisters have gone to different places to settle down.
③田园寥落干戈后,	After battles our fields and gardens have become waste,
④骨肉流离道路中。	My family members have to wander on the roads in haste.
⑤吊影分为千里雁,	Each of my brothers flies like a solitary wild goose that has left the flock,
⑥辞根散作九秋蓬。	And also like the grasses that after leaving their roots in the autumn fly about.

⑦共看明月应垂泪, We should shed tears when we look up at the moon bright,
⑧一夜乡心五处同。 Though in five different places, we're all in the same sad mood homesick throughout the night.

详注：题.自：自从。河南经乱：指唐德宗贞元十五年,宣武军节度使董晋死后,其部下举兵叛乱。三月,彰义军节度使吴少诚又造反。河南一带战事不断。关内：关中地区,即陕西渭河流域一带。阻：交通阻断。饥：大饥荒。聊：略。书：写。所怀：是所字短语,意即"感想"。寄上：恭敬地写赠。这里的"上"表示尊重。浮梁：今江西景德镇。大兄：长兄。于潜：今浙江临安。乌江：今安徽和县东北。兼：同时还。示：给……看。符离：今安徽宿州市北。下邽(guī)：今陕西渭南市故市镇南。

句①时〈主〉艰〈谓〉年〈主〉荒〈谓〉世业〈主〉空〈谓〉。这句由三个句子构成。"时艰"是一句。"年荒"是一句。"世业空"是一句。三句间是并列关系。时：时世。艰：艰难。年荒：指关中大旱。世业：家业。空：荡然无存。这句与下句是并列关系。

句②弟兄〈主〉羁旅〈谓〉各〈主〉西东〈谓〉。这句由两个句子构成。"弟兄羁旅"是一句。"各西东"是一句。两句间是并列关系。羁(jī)旅：长期客居他乡。各：各自。西东：在不同的地方。

句③干戈后〈方位短语·状〉田园〈主〉寥落〈谓〉。干戈：是两种武器。这里,借干戈代战乱,是借代修辞格。寥落：荒芜。方位短语的结构是：干戈+后("后"是方位词)。这句与下句是并列关系。

句④骨肉〈主〉流离〈谓〉道路中〈方位短语·补〉。骨肉：指兄弟姐妹。这里,借骨肉(部分)代亲人(整体),是借代修辞格。流离：离散。道路中：在道路上。方位短语的结构是：道路+中("中"是方位词)。

句⑤千里雁〈主〉分为〈谓·倒〉吊影〈宾·倒〉。千里雁：飞行千里的排列整齐的雁行。这里用雁比喻兄弟,是暗喻修辞。分为：分成。吊影：形影相吊,即"哀伤自己的身影"。用以形容孤单一人。这句与下句是并列关系。

句⑥弟兄〈主·省〉辞根散作九秋〈定〉蓬〈连动短语·谓〉。弟兄：指作者的兄弟姐妹。辞：离别。根：家。散作：分散成。九秋：秋天。因秋天有九十天,所以称九秋。蓬：蓬草。这里,把兄弟姐妹的离散比作秋天的蓬草被风吹散,是暗喻修辞格。连动短语的结构是：辞根+散作九秋蓬(动作先后关系)。

句⑦弟兄〈主·省〉共看明月〈动宾短语·状〉应〈状〉垂泪〈谓〉。弟兄：同上句注。共看明月：同时看明月的时候。应：应该。垂泪：流泪。动宾短语的结构是：共看+明月(动词+宾语)。这句与下句是果因关系。

句⑧一夜〈定〉乡心〈主〉五处〈状〉同〈谓〉。一夜：整夜。乡心：思乡之心。五处：题中提到的五个地方。这里,借五处(地点)代五处的人,是借代修辞格。同：相同。

浅析：作者为避战乱,流落吴越一带。他对离散的兄弟姐妹十分牵挂,写了这首诗以表达对他们和家乡的思念之情。第一句至第四句描写了骨肉离散的社会背景。第一、三句描写了战乱给社会和人民造成的灾难,是因。第二、四句交代了骨肉离散,是果。第五、六句描写了骨肉离散的具体情景。第七、八句想象了兄弟姐妹共看明月、共思故乡的情景。其中饱含着作者对兄弟姐妹和家乡的思念之情。

锦 瑟

The Gorgeous Zither

李商隐　Li Shangyin

①锦瑟无端五十弦，　For no reason the beautiful zither has fifty strings,
②一弦一柱思华年。　Each string, each tune makes me recall the past feelings.
③庄生晓梦迷蝴蝶，　In the morning Zhuanzi dreamed of becoming a butterfly,
④望帝春心托杜鹃。　Emperor Wang reposed his spring sadness on cuckoo's cry.
⑤沧海月明珠有泪，　The tears from the fish-like person's eyes turned into pearls under the bright moonlight,
⑥蓝田日暖玉生烟。　From the Lantian jade rose the mist under the warm sunlight.
⑦此情可待成追忆？　Do I wait till today when recalling the past feelings, I feel perplexed?
⑧只是当时已惘然。　No. Even at that time when each of them took place, I felt perplexed.

详注：题.锦瑟：装饰华美的瑟。这首诗不是写锦瑟的，只是用头一句的头两个字为题。实际上，这是一首无题诗。李商隐：字义山，天资聪颖，曾得到太平军节度使令狐楚的赏识和聘用。后来，令狐楚的儿子令狐陶帮他中了进士。同年，李商隐就到泾原节度使王茂元的幕府中任职并娶王茂元的女儿为妻。当时，牛（牛僧孺为首）李（李德裕为首）两党党争激烈。令狐楚父子是牛党的要员，而王茂元属于李党。在牛党眼中，李商隐成了叛徒。李商隐在朋党斗争中屡屡遭到诋毁和排挤。他因此郁郁不得志，一直沉沦下僚。妻子病故后，他悲痛欲绝。他死时仅四十六岁。

句①锦瑟〈主〉无端〈状〉五十弦〈谓〉。无端：无缘无故，没来由地。五十弦：古瑟本来有五十弦，后改为二十五弦。据《史记·封禅记》载："太帝使素女鼓五十弦，悲，帝禁不止，故破其瑟为二十五弦。"可见，五十弦弹出的音很悲凉。

句②一弦一柱〈主〉使我〈省〉思华年〈兼语短语·谓〉。柱：弦的支柱。弦系在柱上，每弦一柱。一弦一柱：一音一调。这里，借弦和柱（具体）代瑟声（抽象），是借代修辞格。我：指作者。思：想起。华年：年轻时的往事。兼语短语的结构是：使＋我＋思华年。这句补充说明上句。

句③庄生〈主〉晓梦〈状〉迷〈谓〉蝴蝶〈宾〉。庄生：庄周，庄子。晓梦：天亮做梦时。迷：对……感到迷惘。庄子梦见自己变成蝴蝶。梦醒后感到迷惘。不知自己梦为蝴蝶，还是蝴蝶梦为自己。这里，作者用这个典故意在表明他自己和庄生一样也有过类似的恍惚迷惘的经历，属借喻修辞格。这句与下面三句是并列关系。

句④望帝〈定〉春心〈主〉托〈谓〉杜鹃〈宾〉。望帝：古蜀国开国国君杜宇。他以鳖灵为宰相。当时发大水，鳖灵治水有功，他就把帝位让给了鳖灵，自己到西山隐居了。据说，他死后，他的魂变成了杜鹃。春心：伤春情怀，即"哀伤的情怀"。托：寄托在。杜鹃：子规鸟。其叫声哀怨凄悲。这里，借杜鹃（具体）代杜鹃的哀鸣声（抽象），是借代修辞格。这里，作者用这个典故意在表明他自己也曾经有过和望帝一样只能把自己的哀怨寄托在杜鹃的哀鸣中的经历，属借喻修辞格。

句⑤沧海〈定〉月〈主〉明〈谓〉珠〈主〉有〈谓〉泪〈宾〉。这句由两个句子构成。"沧海月明"是一句。"珠有泪"是一句。前句是后句的时间状语。沧海月:大海上空的月。珠有泪:据传,南海外有鲛人,流出的眼泪变成珠子。一个月夜,鲛人卖绡。走的时候,为了感谢主人,向主人要一盘,对着盘流泪,泪即变成满盘珠子,全部给了主人。作者引用这个典故意在表明他也有过对帮助过他的人感激涕零的经历。

句⑥日〈主〉暖〈谓〉蓝田〈倒〉玉〈主〉生〈谓〉烟〈宾〉。这句由两个句子构成。"日暖"是一句。"蓝田玉生烟"是一句。前句是后句的时间状语。日:太阳。暖:温暖。蓝田:蓝田山,在今陕西蓝田县东南,盛产玉石。生:冒出。烟:雾气。这里,作者借"玉生烟"这一自然现象喻自己曾经有过向往追求可望而不可即的经历,是借喻修辞格。

句⑦我〈主·省〉可待〈谓〉[此情〈主·倒〉成〈谓〉追忆〈宾〉]〈小句·宾〉。我:指作者。可:是副词,表示反问语气,意即"岂"。待:等待。此情:上面四句中的情景。成:成为。追忆:追忆的事情。全句意思是:我哪里等到今日追忆往事时才感到怅然若失的呢。

句⑧只是当时〈状〉我〈主·省〉已〈状〉惘然〈谓〉。只是当时:就在事发的当时。我:指作者。已:就已经。惘然:感到怅然若失。这句补充说明上句。

浅析:这首诗描写了作者对往事的追忆,表达了作者对自己悲剧人生的迷惘。第一、二句描写了作者追忆往事的原因:瑟声勾起了作者对往事的追忆。"无端"表达了作者的责怪之意。因为悲凉的瑟声引起了作者内心的共鸣,使作者不由地追忆起往事。第三句至第六句用四种意象描写了作者对往事的感受。作者没有说出与这些感受一一对应的具体事件,读者自然无法把它们对号入座。第七、八句总结了对往事的感受——迷惘。

本诗③④句和⑤⑥句是工对。

无 题

A Poem Without a Title

李商隐　Li Shangyin

①昨夜星辰昨夜风,	Last night twinkled the stars, blew the gentle breeze,
②画楼西畔桂堂东。	Between the west of the painted tower and the east of the cassia hall we happened to meet.
③身无彩凤双飞翼,	Though we have no wings of phoenix by which we can fly together as we please,
④心有灵犀一点通。	Yet our hearts are closely linked in common beat.
⑤隔座送钩春酒暖,	Separated by seats we played the game "send the hook" and drank the warm spring wine,
⑥分曹射覆蜡灯红。	In different groups we played the game "guess the covered" by the candle light red.
⑦嗟余听鼓应官去,	Alas! Hearing the sound of the drum I ride hurriedly to the Orchid Hall to check in at the duties of mine,
⑧走马兰台类转蓬。	I am like a rootless weed that in the wind tumbles its head.

详注：句①昨夜〈主〉有〈谓·省〉星辰〈宾〉昨夜〈主〉有〈谓·省〉风〈宾〉。这句由两个句子构成。"昨夜有星辰"是一句。"昨夜有风"是一句。两句间是并列关系。星辰：星的通称。这句与下句是并列关系。

句②画楼〈定〉西畔〈中心词〉桂堂〈定〉东〈中心词〉〈联合短语·状〉我们〈主·省〉相逢〈谓·省〉。画楼西畔桂堂东：在画楼西畔和桂堂东之间。画楼：有彩画的楼。西畔：西边。桂堂：用桂木建的房子。我们：指作者和他的意中人。联合短语的结构是：画楼西畔＋桂堂东（两个方位短语并列。西畔和东都是方位词）。

句③身〈主〉无彩凤双飞翼〈连动短语·谓·倒〉。身：我们身上，指作者和他的意中人身上。无：没有。彩凤：美丽的凤凰。翼：翅膀。双飞：一起飞。连动短语的结构是：无彩凤翼（条件）＋双飞（动作）。这句与下句是转折关系。

句④心〈主〉有〈谓〉灵犀〈定〉一点通〈宾〉。心：我们心里，指作者和他的意中人心里。灵犀(xī)：据说，犀牛角中有一条白纹，直通大脑，感应十分灵敏。所以称犀牛为灵犀。一点通：一线通。这里，借"灵犀一点通"喻"心心相印"，是借喻修辞格。

句⑤我们〈主·省〉隔坐送钩〈连动短语·谓〉春酒〈主〉暖〈谓〉。这句由两个句子构成。"我们隔坐送钩"是一句。"春酒暖"是一句。前句是后句的时间状语。我们：指作者和他的意中人。隔坐送钩：是宴席上的一种游戏。把钩暗中放在一人手里传送让别人猜，猜不中就罚酒。暖：令人心醉。连动短语的结构是：隔坐（方式）＋送钩（动作）。这句与下句是并列关系。

句⑥我们〈主·省〉分曹射覆〈连动短语·谓〉蜡灯〈主〉红〈谓〉。这句由两个句子构成。"我们分曹射覆"是一句。"蜡灯红"是一句。前句是后句的时间状语。我们：指作者和他的意中人。分曹：分组。射覆：是宴席上的一种游戏。在器皿下放一个东西让人猜，猜不中就罚酒。射：猜度。覆：被盖住的东西。蜡灯：烛火。连动短语的结构是：分曹（方式）＋射覆（动作）。

句⑦嗟〈叹词〉余〈主〉听鼓应官去〈连动短语·谓〉。嗟(jiē)：唉。余：我，指作者。听：听到。鼓：报时的更鼓声。这里，借鼓(具体)代鼓声(抽象)，是借代修辞格。应官：上班，点卯。连动短语的结构是：听鼓＋应官＋去(动作先后关系)。

句⑧我〈主·省〉走马〈谓〉兰台〈补〉（小句·主〉类〈谓〉转蓬〈宾〉。我：指作者。走马：骑马去。兰台：秘书省，掌管图书的机构。作者当时任秘书省校书郎。类：类似，好像。转蓬：随风转的蓬草。这句补充说明上句。

浅析：这首诗描写了作者单恋意中人的感情经历，表达了作者追求爱情而不得的痛苦。第一、二句交代了作者与她相逢的时间、地点和环境。环境是温馨的。有月光，有微风，还有漂亮的楼房。作者与她相遇了。她对作者嫣然一笑了。作者怦然心动，一见钟情了。然后两人都进入了宴会场所。第三、四句是作者的自我感觉。作者对他与她在心灵上的契合充满了信心。他认为这不是单相思，而是双相思。"彩凤双飞翼"象征着凤求凰，象征着美满爱情，暗含了作者对这次恋情的定位和期盼。第五、六句描写了宴会上热烈欢腾的气氛。"隔坐"和"分曹"暗示着作者与她之间有阻隔。"春酒暖"和"蜡灯红"衬托了作者因热恋而欢快的心境。以上六句(第一句至第六句)是作者回忆昨夜的情景，表明作者沉浸在单相思的境况中。第七、八句表达了作者一夜相思，身不由己的痛苦。

本诗③④句和⑤⑥句是工对。

隋 宫

The Palace of the Sui Dynasty

李商隐　Li Shangyin

①紫泉宫殿锁烟霞，Cloud-like mist shrouds the palaces in Chang'an,
②欲取芜城作帝家。But Emperor Yang of the Sui Dynasty wants to choose Jiangdu as a second Chang'an.
③玉玺不缘归日角，If the imperial power had not gone to Li Yuan of the Tang Dynasty,
④锦帆应是到天涯。Large brocade-sail boats should have reached the remotest city.
⑤于今腐草无萤火，Today out of the rotten grasses no glowworms grow,
⑥终古垂杨有暮鸦。And in the even in the willows ravens always crow.
⑦地下若逢陈后主，If Emperor Yang of the Sui Dynasty meet the late emperor Chen on the underground land,
⑧岂宜重问后庭花？Should he mention again the dance music *Back Courtyard Flower* written by Chen's hand?

详注：题．隋宫：隋炀帝在江都（今江苏扬州）的行宫。

句①烟霞〈主〉锁〈谓·倒〉紫泉〈定·倒〉宫殿〈宾·倒〉。烟霞：烟雾云霞。锁：萦绕着。紫泉：紫渊。为了避开李渊名讳改为紫泉。紫泉流经长安。这里借紫泉（部分）代长安，是借代修辞格。这句与下句是转折关系。

句②他〈主·省〉欲取芜城作帝家〈连动短语·谓〉。他：指隋炀帝。欲：想。取：用。芜城：江都，是江都的别称。因南朝宋文学家鲍照写的《芜城赋》而得名。作：作为。帝家：皇都。连动短语的结构是：欲取芜城（动作）+作帝家（目的）。

句③不缘〈连词〉玉玺〈主〉归〈谓〉日角〈宾〉。不缘：不是因为。玉玺(xǐ)：帝王的印章。这里借玉玺（标志）代皇权，是借代修辞格。归：交给。日角：唐高祖李渊。李渊的额骨中央隆起，像太阳。相学上称"日角"是帝王之相。这里借日角（特征）代唐高祖李渊，是借代修辞格。这句是下句的条件状语。

句④锦帆〈主〉应是〈状〉到〈谓〉天涯〈宾〉。锦帆：用锦制成的帆，指隋炀帝游江都乘坐的龙船。这里借锦帆（部分）代船（整体），是借代修辞格。应是：大概。天涯：天涯海角。

句⑤于今〈状〉腐草〈主〉无〈谓〉萤火〈宾〉。于今：至今。腐草无萤火：隋炀帝喜欢夜游。他曾派人把萤火虫收集起来，夜游时放出，照亮天空。萤火虫被收集一空，所以，出现腐草无萤火虫的情况。古代传说萤火虫是腐草化生的。这句与下句是并列关系。

句⑥终古〈状〉垂杨〈主〉有〈谓〉暮鸦〈宾〉。终古：永远，永久。垂杨：指隋堤上杨柳树。隋炀帝开凿运河后，在运河两岸遍植柳树。暮鸦：黄昏时停歇在柳树上的乌鸦。

句⑦他〈主·省〉地下〈状〉若〈连词〉逢〈谓〉陈后主〈宾〉。他：指隋炀帝。地下：在地下，即死后。若：如果。逢：遇到。陈后主：陈叔宝，是南朝亡国之君。这句是下句的条件状语。

句⑧他〈主·省〉岂宜〈状〉重问〈谓〉后庭花〈宾〉。他：指隋炀帝。岂宜：难道该。重问：再问起。后庭花：《玉树后庭花》，是反映后宫淫靡生活的舞曲名，由陈后主作。据传，隋炀帝游江都时，梦中与死去的陈后主和他的妃子张丽华相遇,并请张丽华舞了一曲《玉树后庭花》。

浅析:这是一首咏史诗。隋炀帝(杨广)为了游乐,开凿大运河,从洛阳直达江都。他几次巡游江都,耗费民脂民膏无数,给人民带来沉重负担,最后被杀亡国。作者途经隋宫遗址时,写了这首诗,讽刺了隋炀帝的荒淫误国,昭示当时的皇帝要吸取隋炀帝的历史教训。第一、二句揭露了隋炀帝的贪求无度。第一句紧扣题目,描写了长安宫殿的雄伟壮丽,高耸入云。这样壮丽的宫殿却满足不了隋炀帝的欲望,他居然想把江都用作皇都。第二句暗示江都的行宫比长安的宫殿更奢华,是更理想的享乐之地。可见,隋炀帝多么贪求享乐。第三、四句虽是作者的推想,但揭露了隋炀帝穷奢极欲的本性,极具讽刺意味。"锦帆"揭露了隋炀帝的挥霍无度。"到天涯"揭露了隋炀帝的佚游无度。第五、六句描写了作者所见景色。"无萤火"是隋炀帝的荒淫之举的结果。"有暮鸦"是隋亡的凄凉写照。这一"无"一"有"形成鲜明对照,进一步讽刺了隋炀帝纵情享乐,荒淫误国。第七、八句的言外之意是:隋炀帝是不应该再问起《玉树后庭花》的。因为隋炀帝虽目睹了陈后主(陈叔宝)荒淫亡国,但他却没有吸取历史教训,最后自己也因荒淫而亡国。所以,他没有颜面再问起《玉树后庭花》。这两句昭示当时的皇帝要从隋炀帝身上吸取历史教训。

本诗③④句和⑦⑧句是流水对,⑤⑥句是工对。

无 题 二首

(一)

A Poem Without a Title(1)

李商隐　　Li Shangyin

①来是空言去绝踪,	Without a trace you come and go,
②月斜楼上五更钟。	The moon casts slanting light on the tower and the bell telling the 5th watch sounds slow.
③梦为远别啼难唤,	In my dream you go far away, I can't call you back so I cry loud,
④书被催成墨未浓。	The ink is unthickened when a letter to you I hurriedly write out.
⑤蜡照半笼金翡翠,	The candle-light illuminates half of my quilt with an embroidered golden kingfisher on it,
⑥麝熏微度绣芙蓉。	The smell of musk comes into my lotus bed-curtain bit by bit.
⑦刘郎已恨蓬山远,	The fellow Liu hated the long distance from his place to the fairy mountain,
⑧更隔蓬山一万重。	But you're many times farther away than the fairy mountain.

详注：句①你〈省〉来〈主谓短语·主〉是〈谓〉空言〈宾〉你〈省〉去〈主谓短语·主〉绝〈谓〉踪〈宾〉。这句由两个句子构成。"你来是空言"是一句。"你去绝踪"是一句。两句间是并列关系。你：指作者的恋人。空言：空的，虚幻的。"言"是语助词，无实义。去：离开。绝：没有。踪：踪迹。主谓短语的结构是：你＋来（主语＋谓语）；你＋去（主语＋谓语）。这句与下句是并列关系。

句②月〈主〉斜〈谓〉楼上〈方位短语·补〉五更〈定〉钟〈主〉响〈谓·省〉。这句由两个句子构成。"月斜楼上"是一句。"五更钟响"是一句。前句是后句的时间状语。月：月光。这里借月（具体）代月光（抽象），是借代修辞格。斜：斜照在。楼上：作者所在的楼上。五更（gēng）：旧时，人们把一夜分成五更，一更约两小时。五更就是天快亮的时候。五更钟：报五更天的钟声。这里，借钟（具体）代钟声（抽象），是借代修辞格。方位短语的结构是：楼＋上（"上"是方位词）。

句③梦〈主〉为〈谓〉远别〈宾〉我〈主·省〉啼难唤〈连动短语·谓〉。这句由两个句子构成。"梦为远别"是一句。"我啼难唤"是一句。梦：作者做的梦。为：是。远别：作者的恋人离别远去。我：指作者。啼：哭。难唤：唤不回恋人。连动短语的结构是：啼（果）＋难唤（因）。这句与下句是顺承关系。

句④书〈主〉被催〈谓〉成〈补〉墨〈主〉未浓〈谓〉。这句由两个句子构成。"书被催成"是一句。"墨未浓"是一句。后句是前句的时间状语。书：作者写给恋人的信。催：急忙写。成：完。被催成：被梦中情景催赶而急忙写成。墨未浓：墨汁还没研浓。以前，中国人用毛笔写字。先把清水倒在砚台中，用墨研出墨汁，用毛笔蘸墨汁写。墨汁要研得较浓时才开始写。

句⑤蜡照〈主〉半〈状〉笼〈谓〉金〈定〉翡翠〈宾〉。蜡照：烛光。半：部分地。笼：照在。金：金线绣的。翡(fěi)翠：指有翡翠鸟图案的被子。这里，借翡翠（标记）代有翡翠图案的被子，是借代修辞格。这句与下句是并列关系。

句⑥麝熏〈主〉微〈状〉度〈谓〉绣〈定〉芙蓉〈宾〉。麝熏(shè xūn)：麝香的气味。微：轻微地。度：飘进。绣芙蓉：绣着荷花的帐子。芙蓉：荷花。这里，借绣芙蓉（标记）代绣着荷花的帐子，是借代修辞格。

句⑦刘郎〈主〉已恨〈谓〉蓬山远〈主谓短语·宾〉。刘郎：汉明帝永平五年，剡县刘晨、阮肇进天台山采药，遇仙女，被仙女留住半年。后又入山寻仙女，不遇。已：已经。恨：怨恨。蓬山：古代传说，东海有蓬莱、方丈、瀛州三座仙山。这里，指仙女的住地。这里，作者引用这个典故意在烘托他与恋人相隔很远，难以相见。这句与下句是转折关系。

句⑧我们〈主·省〉更〈状〉隔〈谓〉一万重〈定〉蓬山〈宾·倒〉。我们：指作者和恋人。更：更加。隔：相隔。一万重：许多座。这里的"万"表示虚数，不实指。是夸张修辞格。全句意思是：我与你（作者的恋人）的相见比刘郎与仙女的相见难多了。

浅析：这是一首爱情诗，表达了作者的相思之情。第一句描写了作者的梦境。因在梦中，所以作者的意中人来无影去无踪。第二句描写了作者梦醒后所见所闻。第三句补述了梦中情景。"远别"呼应了"去绝踪"。第四句描写了作者奋笔疾书的情景。"书被催成"是"啼难唤"的后续动作。也就是说，"书被""啼难唤""催成"，凸显了作者倾诉强烈思念的急迫心情。第五、六句描写了拂晓时的室内景象。"半笼"表明蜡烛快燃尽，烛光已不太明亮。"微度"表明麝香快燃尽，香味正在渐渐消失。这景象是冷清的，孤寂的，烘托了作者的缠绵情思和孤寂感。第七、八句的言外之意是：历史上的刘郎怨恨与仙女相隔太远难相见，而作者与意中人的相隔距离远好多好多倍，相见更遥遥无期。所以，这两句表达了作者对难与意中人相见的哀叹。

（二）

A Poem Without a Title (2)

李商隐　　Li Shangyin

①飒飒东风细雨来，	In the rustling east wind a drizzle is falling,
②芙蓉塘外有轻雷。	Far beyond the lotus pond a faint thunder is rolling.
③金蟾啮锁烧香入，	Though the golden toad-shaped censer is locked yet she opens it and puts in some spice this moment,
④玉虎牵丝汲井回。	She turns the tiger-shaped well-pulley to take out water next moment.
⑤贾氏窥帘韩掾少，	Jia's daughter peeped at the young and handsome Han Yuan behind the curtainlet,
⑥宓妃留枕魏王才。	The princess Mi sent a jade pillow to Chao Zhi talented.
⑦春心莫共花争发，	Ardent love mustn't vie with flowers to sprout,
⑧一寸相思一寸灰。	For an inch of lovesickness will result in an inch of ashes out and out.

详注：句①东风〈主〉飒飒〈谓·倒〉细雨〈主〉来〈谓〉。这句由两个句子构成。"东风飒飒"是一句。"细雨来"是一句。两句间是并列关系。东风：春风。飒飒(sà)：风的声音。来：飘洒。这句与下句是并列关系。

句②芙蓉塘外〈方位短语·主〉有〈谓〉轻雷〈宾〉。芙蓉：荷花。轻雷：隐隐的雷声。方位短语的结构是：芙蓉塘＋外（"外"是方位词）。

句③金蟾〈主〉啮〈谓〉锁〈宾〉烧香〈主〉入〈谓〉。这句由两个句子构成。"金蟾啮锁"是一句。"烧香入"是一句。两句间是顺承关系。金蟾(chán)：金色的蛤蟆。指状如蛤蟆的香炉盖。啮(niè)：咬。锁：香炉盖的鼻钮。"金蟾啮锁"表明香炉是锁着的。烧香：点着的一炷香。入：被放入。这句与下句是并列关系。

句④玉虎〈主〉牵〈谓〉丝〈宾〉井〈主〉汲〈谓·倒〉回〈补〉。这句由两个句子构成。"玉虎牵丝"是一句。"井汲回"是一句。两句间是顺承关系。玉虎：装饰着玉虎的辘轳(lù lu)。这里借玉虎(部分)代辘轳，是借代修辞格。牵：拉动。丝：井绳。井：井水。汲(jí)回：被打上来。

句⑤贾氏〈主〉窥〈谓〉帘〈宾〉韩掾〈主〉少〈谓〉。这句由两个句子构成。"贾氏窥帘"是一句。"韩掾少"是一句。两句间是果因关系。贾氏：晋朝司空贾充的女儿。窥(kuī)帘：在帘后偷看。韩掾(yuàn)：韩寿。是贾充的幕僚，年轻美貌。一次，贾充的女儿在帘子后偷看韩寿，心生爱慕。贾充得知后，就把她嫁给了韩寿。掾：幕僚。作者引用这个典故意在表明女主人公爱慕年轻美貌的男子。少：年轻。这句与下句是并列关系。

句⑥宓妃〈主〉留〈谓〉枕〈宾〉魏王〈主〉才〈谓〉。这句由两个句子构成。"宓妃留枕"是一句。"魏王才"是一句。两句间是果因关系。宓(mì)妃：曹丕的妻子甄氏。留枕：据传，曹植曾向甄氏求婚。曹操却把甄氏嫁给了曹丕。后来，甄氏被曹丕皇后郭氏害死。甄氏死后，曹丕把甄氏遗物玉缕金带枕送给了曹植。一次，曹植途经洛水，梦见甄氏。甄氏对他说："我本来爱你，但没有遂愿。这个枕是我的嫁妆。以前给了曹丕，现在送给你。"曹植很感动，写了《洛神赋》。魏王：曹植。他受封东阿王，后改为陈王。这里，作者引用这个典故意在表明女主人公爱慕有才华的男子。才：有文学才华。

句⑦春心〈主〉莫〈状〉共花〈状〉争发〈谓〉。春心:相思之情。莫:不要。共花:与花一起。争发:竞相开放。这句与下句是果因关系。

句⑧一寸〈定〉相思〈主〉是〈谓·省〉一寸〈定〉灰〈宾〉。一寸灰:这里,用"一寸灰"喻相思的痛苦和失望。是暗喻修辞格。

浅析:这首诗描写了女主人公向往爱情而不得的痛苦。第一、二句描写了春天到来的情景,暗示出女主人公的春心萌动。第三、四句描写了女主人公两个百无聊赖的动作,暗示了她对男欢女爱的炽热情思。"香"和"丝"谐音"相思",表明她沉浸在相思的状态中。第五、六句描写女主人公相思的对象:年少英俊和有才华的男子。第七、八句是女主人公对自己的告诫,流露了她向往爱情而不得的痛苦。

本诗③④句和⑤⑥句是工对。

筹 笔 驿

At the Choubi Posthouse

李商隐　Li Shangyin

①猿鸟犹疑畏简书, Apprehending Zhuge Liang's military orders, monkeys and birds still dare not come near the posthouse,

②风云长为护储胥。 Wind and clouds seem all the time to protect his barracks.

③徒令上将挥神笔, Zhuge Liang was asked by Shu to write with a deity brush but in vain,

④终见降王走传车。 Because Liu Chan finally surrendered to Wei and was sent to Luoyang in a posthouse wagon.

⑤管乐有才真不忝, By all means Zhuge Liang was as good as Guan Zhong and Yue Yi in talent,

⑥关张无命欲何如? Yet what could he do when Guan Yu and Zhang Fei died a death violent?

⑦他年锦里经祠庙, Once I passed Jinli and visited Zhuge Liang's temple,

⑧梁父吟成恨有余。 After I finished chanting the poem *Liang Fu*, my regret for him didn't dissipate a little.

详注:**题**.筹笔驿:地名,在今四川广元市北。诸葛亮出师伐魏,在此筹划军务,撰写军令。

句①猿鸟〈联合短语·主〉犹〈状〉疑畏〈谓〉简书〈宾〉。猿:猿猴。鸟:鸟儿。犹:仍。疑畏:疑惧,疑虑而恐惧。简书:古人在竹简上写字,这里指诸葛亮在竹简上写的军令。联合短语的结构是:猿+鸟(两者并列)。这句与下句是并列关系。

句②风云〈主〉长〈状〉为储胥〈介词短语·状〉护〈谓·倒〉。长：长久地。储胥(chǔ xū)：军队驻扎时用以防卫的木栅。这里，借储胥(部分)代军营(整体)，是借代修辞格。护：守护。介词短语的结构是：为＋储胥("为"是介词)。

句③蜀国〈主·省〉徒〈状〉令上将挥神笔〈兼语短语·谓〉。徒：徒劳地。令：让，使。上将：指诸葛亮。挥：挥动。神笔：诸葛亮用的笔，这是赞扬诸葛亮用兵如神。挥神笔：指诸葛亮书写军令指挥战斗。兼语短语的结构是：令＋上将＋挥神笔。这句与下句是果因关系。

句④蜀国〈主·省〉终〈状〉见降王走传车〈兼语短语·谓〉。终：终于。见：看到。降王：指刘禅投降魏将邓艾。走：坐，乘。传车(zhuàn jū)：驿站的车子，用以传递文书或押运犯人。刘禅投降魏国后，就是坐传车去洛阳的。

句⑤诸葛〈主·省〉真不忝〈谓〉有〈倒〉管乐〈联合短语·定·倒〉才〈动宾短语·宾·倒〉。诸葛：诸葛亮。不忝(tiǎn)：不愧。管：管仲，春秋时齐国人，曾辅佐齐桓公九合诸侯，成就霸业。乐(yuè)：乐毅，战国时中山国人。燕昭王拜他为上将军，曾帮助燕昭王打败齐国。诸葛亮隐居南阳时曾自比管乐。才：才能。联合短语的结构是：管＋乐(两者并列)。动宾短语的结构是：有＋管乐才(动词＋宾语)。这句与下句是转折关系。

句⑥关张〈联合短语·主〉无〈谓〉命〈宾〉他〈主·省〉欲〈谓〉何如〈宾〉？这句由两个句子构成。"关张无命"是一句。"他欲何如"是一句。两句间是并列关系。关：关羽，刘备手下大将。张：张飞，刘备手下大将。无命：死于非命。关羽守荆州，兵败，被孙权部将吕蒙杀害。张飞被他的部将谋杀。他：指诸葛亮。欲：将要。何如：是"如何"的倒装，意即"怎么办"。联合短语的结构是：关＋张(两者并列)。

句⑦我〈主·省〉他年〈状〉经〈谓〉锦里〈方位短语·定·倒〉祠庙〈宾〉。我：指作者。他年：往年。经：经过，引申为"拜谒"。锦里：成都。成都又名锦城。祠庙：武侯祠。方位短语的结构是：锦＋里("里"是方位词)。这句是下句的时间状语。

句⑧我〈主·省〉吟成〈谓〉梁父〈宾·倒〉恨〈主〉有〈谓〉余〈宾〉。这句由两个句子构成。"我吟成梁父"是一句。"恨有余"是一句。两句间是顺承关系。我：指作者。吟成：读罢。梁父：《梁父咏》。古乐府篇名，属《相和歌辞·楚调曲》。诸葛亮隐居南阳时好咏《梁父吟》，以抒发自己的政治抱负。恨：憾恨。有余：没有消尽。

浅析：这首诗是作者途经筹笔驿时写的，颂扬了诸葛亮的雄才大略，慨叹了诸葛亮功业未成的憾恨。第一、二句描写了诸葛亮的神威。他的神威使猿和鸟仍不敢靠近筹笔驿，使风云始终护卫着军营。第三、四句颂扬了诸葛亮的雄才大略，同时指出了他功业未成的一个原因。"神笔"颂扬了诸葛亮的运筹帷幄，决胜千里的军事才能。"降王走传车"表明了刘禅的昏庸无能。身为帝王，却坐"传车"，可见他无能极矣。这是诸葛亮的憾恨之一。第五句颂扬了诸葛亮的杰出政治才能。第六句指出了诸葛亮功业未成的另一个原因：他失去了两员心腹大将。这是诸葛亮的憾恨之二。第七、八句表达了作者为诸葛亮功业未成而感到的无限憾恨。

无 题

A Poem Without a Title

李商隐　Li Shangyin

①相见时难别亦难，It's difficult for us to meet and painful for us to say good-bye,
②东风无力百花残。At the time when the east wind becomes weak and the flowers die.
③春蚕到死丝方尽，A spring silkworm till its death keeps spinning all its silk out,
④蜡炬成灰泪始干。A candle keeps shedding tears till it burns out.
⑤晓镜但愁云鬓改，In the morn before the mirror you may worry about nothing but your hair that turns white,
⑥夜吟应觉月光寒。At night when you croon poems you should feel the cold moonlight,
⑦蓬山此去无多路，The fairy-mountain Penglai is not far from here,
⑧青鸟殷勤为探看。So I'd like to ask the blue bird from time to time for me to fly there to see you, my dear.

详注：句①相见时〈主〉难〈谓〉别〈主〉亦〈状〉难〈谓〉。这句由两个句子构成。"相见时难"是一句。"别亦难"是一句。两句间是递进关系。难：不容易。别：离别。亦：也。第二个"难"意即"痛苦"。

句②东风〈主〉无力〈谓〉百花〈主〉残〈谓〉。这句由两个句子构成，"东风无力"是一句，"百花残"是一句。两句间是并列关系。东风：春风。无力：减弱。残：凋残。这句是上句的时间状语。

句③春蚕〈主〉到〈谓〉死〈宾〉丝〈主〉方〈状〉尽〈谓〉。这句由两个句子构成。"春蚕到死"是一句。"丝方尽"是一句。前句是后句的时间状语。春蚕：一种家养的吐丝的昆虫。丝：蚕吐出的丝，又指相思的思，是双关修辞格。方：才。尽：完。这句与下句是并列关系。

句④蜡炬〈主〉成〈谓〉灰〈宾〉泪〈主〉始〈状〉干〈谓〉。这句由两个句子构成。"蜡炬成灰"是一句。"泪始干"是一句。前句是后句的时间状语。蜡炬：蜡烛。成灰：烧完。泪：指蜡烛油，又指相思的泪，是双关修辞格。始：才。

句⑤你〈主·省〉晓镜〈状〉但〈状〉愁〈谓〉云鬓改〈主谓短语·宾〉。你：指作者的恋人。晓镜：早晨照镜子的时候。但：只。愁：为……发愁。云鬓(bìn)：年轻女子的浓密而乌黑的头发。改：改变颜色，即"由乌黑变黄变白"。主谓短语的结构是：云鬓＋改(主语＋谓语)。这句与下句是并列关系。

句⑥你〈主·省〉夜吟〈状〉应觉〈谓〉月光寒〈主谓短语·宾〉。你：指作者的恋人。夜吟：在夜里吟诗的时候。应觉：应该感到。月光寒：月光清冷。主谓短语的结构是：月光＋寒(主语＋谓语)。

句⑦[此〈主〉去〈谓〉蓬山〈宾·倒〉]〈小句·主〉无〈谓〉多路〈宾〉。此：这里。去：离。蓬山：蓬莱山。相传，东海有蓬莱、方丈、瀛洲三座神山，是神仙的住处。这里，借蓬山喻作者恋人的住处，是借喻修辞格。无多路：路程不远。这句与下句是因果关系。

句⑧青鸟〈主〉殷勤〈状〉为我〈省〉〈介词短语·状〉探看〈谓〉。青鸟：传说中的神鸟，曾为西王母送信。这里借青鸟喻为男女传递信息的信使，是借喻修辞格。殷勤：热情周到地。为：替。我：指作者。探看：看望。介词短语的结构是：为＋我("为"是介词)。

卷六　七言律诗

361

浅析：这是一首爱情诗，描写了作者的一次缠绵悱恻的感情经历，表达了作者对纯真爱情的执著追求。第一句描写了别离的痛苦心情。"相见时难"表明他们的爱情有阻碍。正因为"相见时难"，所以"别亦难"。第二句描写了暮春景色，渲染了离别时伤感气氛，衬托了他们的悲伤心情。第三、四句表达了作者对纯真爱情的执著追求和忠贞。"丝"和"思"谐音。"吐丝"即"倾诉相思之情"。"到死丝方尽"和"成灰泪始干"表明作者决心追求爱情到生命的最后一息。第五、六句是作者想象对方也在相思的情景，表达了作者对对方的细心体贴，反衬出作者对对方的缠绵情思和刻骨相思。第七、八句进一步表达了作者对爱情的执著追求。尽管作者与恋人相距不远，但因阻碍无法相见，只得求助青鸟，希望与她互通音讯，保持联系。

本诗③④句是工对。

春 雨

Spring Rain

李商隐　　Li Shangyin

① 怅卧新春白袷衣，　I lie depressed in a white coat on a spring day,
② 白门寥落意多违。　Because the White Gate was deserted and my mood was grey.
③ 红楼隔雨相望冷，　Looking far in the rain at the red tower I felt cold,
④ 珠箔飘灯独自归。　Then I returned all alone with a bead curtain of raindrops spraying on the lantern I held.
⑤ 远路应悲春晼晚，　She must be grieved o'er the spring twilight on her way to a distant place,
⑥ 残宵犹得梦依稀。　In my dream at dawn I still see a vague view of her face.
⑦ 玉珰缄札何由达？　How could I send my letter and jade ear-rings to her?
⑧ 万里云罗一雁飞。　Oh, just turn to the wild goose flying in the ten-thousand-*li* clouds of whorl.

详注：题．春雨：这首诗不是写春雨，而是写春雨中的情思，可被看作无题诗。

句①新春〈状〉我〈主·省〉穿〈省〉白袷衣怅卧〈连动短语·谓〉。新春：在新春里。我：指作者。白袷(jiá)衣：白色的双层外衣，是唐人的便服。怅卧：郁闷地躺着。连动短语的结构是：穿白袷衣（方式）+怅卧（动作）。这句与下句是果因关系。

句②白门〈主〉寥落〈谓〉意〈主〉多违〈谓〉。这句由两个句子构成。"白门寥落"是一句。"意多违"是一句。两句间是因果关系。白门：作者与心上人相会过的地方。寥(liáo)落：冷落。意：作者的心意。违：不顺遂。意多违：很失望。

句③我〈主·省〉隔雨相望〈连动短语·谓〉红楼〈主·倒〉冷〈谓〉。这句由两个句子构成。"我隔雨相望"是一句。"红楼冷"是一句。两句间是并列关系。我：指作者。隔雨：隔着雨。相望：向远处看。"相"是动词前缀，没有实义。红楼：作者恋人的住处。冷：这里，把作者心里感到的凄冷移到红楼上，是移就修辞格。连动短语的结构是:隔雨(方式)+相望(动作)。这句与下句是顺承关系。

句④珠箔〈主〉飘〈谓〉灯〈宾〉我〈主·省〉独自〈状〉归〈谓〉。这句由两个句子构成。"珠箔飘灯"是一句。"我独自归"是一句。前句是后句的伴随状语。珠箔(bó):珠子串缀成的帘子。这里借珠箔喻细雨,是借喻修辞格。飘:飘洒在。灯:手提的灯笼上。我:指作者。归:回。

句⑤远路〈主〉应悲〈谓〉春晚〈宾〉。远路:远方的她,指作者的心上人。这里借远路(地点)代她(地点中的人),是借代修辞格。应:应该,表示推测。悲:为……悲伤。春:春天的。晚(wǎn)晚:太阳将下山的光景。这句与下句是并列关系。

句⑥我〈主·省〉残宵〈状〉犹〈状〉得〈谓〉依稀〈定〉梦〈宾·倒〉。我:指作者。残宵:在天快亮的时候。犹:还,仍。得:做。依稀:迷迷糊糊的。梦:指梦到作者的恋人。

句⑦玉珰缄札〈联合短语·主〉何由〈状〉达〈谓〉。玉珰(dāng):玉制的耳饰,常用作信物。缄(jiān)札:书信。何由:是"由何"的倒装结构,意即"由什么,怎么样"。达:送到。联合短语的结构是:玉珰+缄札(两者并列)。这句与下句是问答关系。这句是问,下句是答。

句⑧万里〈定〉云罗〈状〉一雁〈主〉飞〈谓〉。万里:这里,用"万里"是夸张修辞格。云罗:螺纹状的云层。万里云罗:在万里云罗中。一:一只。飞:飞行。古人认为大雁可以传书。

浅析:这首诗描写了作者的一次感情经历,表达了作者对心上人的缠绵情意和对爱情的执著追求。第一句交代了时令并表明了作者的痛苦心情。"新春"交代了时令。"怅卧"表明了作者的痛苦心情。第二、三、四句回想了寻访心上人的经历,表明了作者痛苦心情的原因。"白门寥落"表明作者心上人没来与作者相会。第三、四句用具体细节说明了"意多违"的原因。第五句是作者想象心上人的伤春伤别,反衬出作者的伤春伤别。第六句表明了作者的相思之深、之苦。"残宵"表明作者彻夜无眠,到天亮时才入睡。"得梦依稀"表明作者相思成梦。第七、八句表明了作者对爱情的执著追求。作者虽求爱而不得,虽无法递送情意,但他仍不放弃,仍寄希望于鸿雁。

本诗⑦⑧句是流水对。

无 题 二首

(一)

A Poem Without a Title(1)

李商隐　Li Shangyin

①凤尾香罗薄几重,　She sews a few layers of the thin gauze with the pattern of a phoenix tail,
②碧文园顶夜深缝。　Then she sews the round top of the bed-curtain deep into the night.
③扇裁月魄羞难掩,　Her shyness the moon-shaped fan in her hand didn't veil,
④车走雷声语未通。　She didn't say a word to him when his carriage rumbled out of her sight.

⑤曾是寂寥金烬暗， For many a long night by the dim candle light she has felt lonely and sad,
⑥断无消息石榴红。 Yet not a bit of news comes from him when the pomegranate flowers are red.
⑦斑骓只系垂杨岸， His green-white horse must be tied to a willow just at the riverside,
⑧何处西南待好风？ But where will she wait for the good southwest wind to bring him to her side?

详注：句①她〈主·省〉缝〈谓·省〉几重〈定〉薄〈定〉凤尾香罗〈宾·倒〉。她：诗中女主人公，下文中的"她"同此。几重：几层。凤尾香罗：是一种有彩凤图案的轻薄罗纱。古代复帐是用几层薄纱缝制成的。这句与下句是顺承关系。

句②夜〈主〉深〈谓〉她〈主·省〉缝〈谓〉碧文圆顶〈宾·倒〉。这句由两个句子构成。"夜深"是一句。"她缝碧文圆顶"是一句。前句是后句的时间状语。夜深：夜深的时候。碧文：有青绿色花纹的。圆顶：帐顶。

句③扇裁月魄〈主〉难〈状〉掩〈谓〉羞〈宾·倒〉。扇裁月魄：裁成圆月状的扇子，即女子用的团扇。难掩：难以掩盖。羞：女主人公的羞容。这句与下句是并列关系。

句④车走〈主谓短语·主〉有〈谓·省〉雷声〈宾〉语〈主〉未通〈谓〉。这句由两个句子构成。"车走有雷声"是一句。"语未通"是一句。前句是后句的时间状语。车：女主人公乘坐的车子。走：走过。有雷声：发出隆隆的声音。语未通：女主人公没有与心上人交谈。

句⑤她〈主·省〉曾是〈状〉暗〈定〉金烬〈状·倒〉寂寥〈谓·倒〉。曾：已有很长时间。暗：暗淡的。金烬：金黄色的烛花。暗金烬：在暗淡的金黄色的烛花旁边。寂寥：感到寂寞哀伤。全句意思是：她已在暗淡的烛灯旁度过了许多个寂寞哀伤的夜晚。这句与下句是转折关系。

句⑥他〈主·省〉断无〈谓〉消息〈宾〉石榴〈主〉红〈谓〉。这句由两个句子构成。"他断无消息"是一句。"石榴红"是一句。后句是前句的时间状语。他：指女主人公的心上人。断无：根本没有。石榴：石榴花。

句⑦斑骓〈主〉只〈状〉系〈谓〉垂杨〈定〉岸〈补〉。斑骓（zhuī）：毛色青白相杂的骏马，指女主人公心上人的马。只：一定，表示推测。这是女主人公推测她心上人的住处并不遥远。系：拴。垂杨岸：在有垂柳的岸边。这句与下句是转折关系。

句⑧她〈主·省〉何处〈状〉待〈谓〉西南〈定·倒〉好风〈宾〉。何处：到什么地方。待：等待。西南好风：西南风。因为西南风使人感到温暖舒适，所以加入"好"字。这里，借西南好风喻好机会，是借喻修辞格。

浅析：这首诗描写了一位女子对心上人的深切思念。第一、二句描写了女主人公深夜缝制罗纱帐的情景，衬托了她对爱情的期盼。"缝"暗示她期盼着与他再相逢。"圆顶"暗示她期盼着与他合欢。第三、四句追忆了她与他相遇的情景。这匆匆相遇给女主人公留下了无尽的相思。第五、六句描写了女主人公的相思之苦。"石榴红"表明春天已过去，夏天已到来，可见她相思等待之久。第七、八句描写了女主人公等待好机会让她与心上人再相逢。这表明了女主人公对爱情执著追求。

（二）

A Poem Without a Title(2)

李商隐　　Li Shangyin

①重帏深下莫愁堂，	The manifold curtains tightly shelter the maid's boudoir,
②卧后清宵细细长。	After she wakes up, she feels as if the chilly night is thinly long.
③神女生涯原是梦，	Her fairy-like love life has been nothing but a dream so far,
④小姑居处本无郎。	She hasn't at all a boy-friend all along.
⑤风波不信菱枝弱，	The wind and waves strike the water caltrop branch, disregarding it's weak,
⑥月露谁教桂叶香？	The moon and dew prevent the osmanthus leaves from being sweet.
⑦直道相思了无益，	Even if she knows her lovesickness doesn't avail her at all,
⑧未妨惆怅是清狂。	She might as well let melancholy go on as a sentimental attachment to him through her life all.

详注：句①重〈定〉帏〈主〉深下〈谓〉莫愁堂〈宾〉。重帏(wéi)：层层帘幕。深下：垂到底，即"严严实实地遮住"。莫愁：南朝梁武帝写的《河中之水歌》中提到的一位女子。这里，借莫愁喻本诗中的女主人公，是借喻修辞格。堂：女主人公的住处。这句与下句是并列关系。

句②她〈主·省〉卧后〈状〉觉〈谓·省〉清宵细细长〈主谓短语·宾〉。她：指女主人公。卧后：睡醒以后。觉：感到。清宵：清冷的夜晚。细细长：悠长，漫长。主谓短语的结构是：清宵+细细长（主语+谓语）。

句③神女〈定〉生涯〈主〉原〈状〉是〈谓〉梦〈宾〉。神女生涯：是一个典故。宋玉在《高唐赋》中提到：楚襄王做梦梦到在巫山与神女相会。作者把这个故事缩略成"神女生涯"用在这里，意在把女主人公的爱情生活比作神女与楚襄王的相遇，属借喻修辞格。生涯：指爱情生活。原：原本。梦：一场梦。这句与下句是并列关系。

句④小姑〈定〉住处〈主〉本〈状〉无〈谓〉郎〈宾〉。小姑：指女主人公。这是一个典故。南朝民歌《清溪小姑曲》中有"开门白水，侧近桥梁。小姑所居，独处无郎"。作者把后两句稍加修改用在这里，意在把女主人公比作小姑，属借喻修辞格。本：本来。无：没有。郎：郎君，男人。

句⑤风波〈主〉不信〈谓〉菱枝弱〈主谓短语·宾〉。风波：风浪。不信：不相信，引申为"不顾"。菱枝：结菱角的水生植物。这里借菱枝喻女主人公，是借喻修辞格。主谓短语的结构是：菱枝+弱（主语+谓语）。这句与下句是并列关系。

句⑥月露〈联合短语·主〉谁教桂叶香〈兼语短语·谓〉。月：月光。露：露水。谁教桂叶香：是肯定形式的反问句，其意思是否定的。因此，"谁"意即"没有人"，"谁教"意即"不让"。桂叶：桂树叶。香：飘香。这里，借桂叶喻女主人公，是借喻修辞格。联合短语的结构是：月+露（两者并列）。兼语短语的结构是：教+桂叶+香。

句⑦直道〈连词〉相思〈主〉了〈状〉无益〈谓〉。直道：即使。了：完全，全然。无益：没有好处。这句是下句的让步状语。

句⑧未妨〈状〉惆怅〈主〉是〈谓〉清狂〈宾〉。未妨：不妨。惆怅(chóu chàng)：伤感。清狂：痴癫，引申为"痴情"。全句意思是：也不妨把惆怅当作对他的一片痴情。

浅析： 这首诗描写了女主人公的不幸爱情遭遇。第一句描写了闺房的封闭状态，衬托了女主人公的孤寂境况。第二句表明了女主人公彻夜不眠，衬托了她的愁苦心境。第

三、四句描写了女主人公对往事的回忆。"神女生涯"表明女主人公曾有过一段爱情,到头来只是梦幻一场。"本无郎"表明她一直独处无伴,终身无托。第五、六句描写了女主人公的不幸遭遇。第七、八句表达了女主人公追求爱情的无怨无悔的心态。这或许寄寓着作者对政治理想的执著追求。

本诗③④句和⑤⑥句是工对。

利州南渡

Crossing the Jialing River South of Lizhou

温庭筠　Wen Tingyun

①澹然空水带斜晖,　The setting sun casts slanting light on the rippling Jialing River wide,
②曲岛苍茫接翠微。　The mist-covered winding isle links the green mount-side.
③波上马嘶看棹去,　The horses neigh on the boat when it's about to go,
④柳边人歇待船归。　The people waiting for its return are taking a rest under the willow.
⑤数丛沙草群鸥散,　From the bushes on the sands dozens of gulls are scattered out,
⑥万顷江田一鹭飞。　O'er a vast stretch of paddy fields an egret flies about.
⑦谁解乘船寻范蠡,　Nobody understands why I take the boat to go after Fan Li,
⑧五湖烟水独忘机。　Because alone on the mist-covered five lakes I can forget all the worldly craftiness completely.

详注:题.利州南渡:在利州南渡嘉陵江。利州:在今四川广元市。嘉陵江在广元南。

句①澹然〈定〉空水〈主〉带〈谓〉斜晖〈宾〉。澹(dàn)然:荡漾的。空水:宽阔的江面。带:映照着。斜晖:夕阳的余晖。这句与下句是并列关系。

句②苍茫〈定〉曲岛〈主〉接〈谓〉翠微〈宾〉。苍茫:雾蒙蒙的,指暮色。曲岛:弯弯曲曲的小岛。接:连接着。翠微:绿色的山坡。

句③马〈主〉看棹去波上〈倒〉嘶〈连动短语·谓〉。马:船上的马。棹(zhào):船桨。这里借棹(部分)代船(整体),是借代修辞格。去:离开岸边。波上:在船中。因为船在波上。嘶:叫。连动短语的结构是:看棹去(因)+波上嘶(果)。这句与下句是并列关系。

句④人〈主〉歇柳边〈倒〉待船归〈连动短语·谓〉。人:要渡江的人。歇:歇息。柳边:在柳树边。待:等待。船:渡船。归:回来。连动短语的结构是:歇柳边(动作)+待船归(目的)。

句⑤数丛〈定〉沙草〈状〉群鸥〈主〉散〈谓〉。数丛沙草:从许多丛沙草里。沙草:沙滩边的水草。群:多只。鸥:水鸟。散:飞散开来。这句与下句是并列关系。

句⑥万顷〈定〉江田〈状〉一鹭〈主〉飞〈谓〉。万顷江田:在万顷江田的上方。江田:水田。这里的"万"表虚数,不实指。是夸张修辞格。一:一只。鹭:白鹭。飞:飞翔。

句⑦谁〈主〉解〈谓〉[我〈主·省〉乘船寻范蠡〈连动短语·谓〉]〈小句·宾〉。这是一个反问句。肯定的形式表示否定的意思。因此,"谁"意即"无人"。解:理解。我:指作者。寻:追寻。范蠡(lí):春秋末楚国宛人。

他曾帮助勾践灭吴。成功后,他弃官乘船泛游五湖,不返。连动短语的结构是:乘船(动作)+寻范蠡(目的)。这句与下句是果因关系。

句⑧五湖〈定〉烟水〈状〉我〈主·省〉独〈状〉忘〈谓〉机〈宾〉。五湖:太湖等。烟水:迷漫着雾气的水面上。我:指作者。独:独自。忘:忘掉。机:世俗的机巧奸诈。

浅析:这首诗描写了作者在利州渡嘉陵江的情景,表达了作者归隐山水的愿望。第一、二句描写了利州渡口淡远的大环境。第三句描写了一幅动态图。有船的移动,有马的嘶鸣。第四句描写了一幅静态图。人在柳树下悠闲静坐。第五句描写近景:马在船上嘶鸣惊飞了水鸟。第六句描写了远景:水鸟的群飞和白鹭的孤飞相映成趣。第七、八句是作者因渡江而联想到历史上的范蠡,表达了作者归隐山水的愿望,流露了作者因仕途坎坷而产生的避世念头。

本诗③④句和⑤⑥句是工对。

苏 武 庙

The Temple of Su Wu

温庭筠　Wen Tingyun

①苏武销魂汉使前,	Before the envoy of the Han Dynasty, Su Wu shed his heart-breaking tears,
②古祠高树两茫然。	Even the temple and the tall trees before it know nothing about the happenings in the remote years.
③云边雁断胡天月,	Su Wu watched in the moon-lit Hun's sky the wild geese disappearing into the cloud,
④陇上羊归塞草烟。	The grasses on the hills were mist-covered when his sheep returned to the sheep-fold bleating loud.
⑤回日楼台非甲帐,	When Su Wu came back to the Han Dynasty, the old palace Emperor Wu once lived in was gone,
⑥去时冠剑是丁年。	However, he left for the Hun's area when he was middle-aged and strong.
⑦茂陵不见封侯印,	Before Su got ennobled Emperor Wu had been in grave,
⑧空向秋波哭逝川。	So Su wept in vain over the past events toward the autumn water wave.

详注:**题**. **苏武**:字子卿,汉武帝天汉元年以中郎将出使匈奴被扣。匈奴多次逼他投降,苏武坚贞不屈。于是,匈奴把他放逐到北海牧羊,长达十九年。汉昭帝始元六年,匈奴与汉朝和亲,苏武才得以回到汉朝。后人被他的民族气节感动,为他建了庙。苏武庙的地址不详。

句①苏武〈主〉销魂〈谓〉汉使前〈方位短语·补〉。销魂：极度悲伤。汉使：汉朝派往匈奴的使臣。方位短语的结构是：汉使＋前（"前"是方位词）。这句与下句是并列关系。

句②古祠高树〈联合短语〉两〈同位短语·主〉茫然〈谓〉。古祠：指苏武庙。高树：庙前的高大的树。两：两者。茫然：对苏武其人其事一点不了解。联合短语的结构是：古祠＋高树（两者并列）。同位短语的结构是：古祠高树＋两（名词词组＋数词）。

句③云边〈定〉雁〈主〉断〈谓〉胡天〈定〉月〈补〉。云边雁：高飞入云的雁。断：消失。胡天月：胡天的月下。云边雁断：指苏武望断云边雁。这里有一个典故。苏武与副使常惠出使匈奴被扣，后被放逐到北海牧羊。昭帝时，派使臣去匈奴要求送回苏武。匈奴谎称苏武已死。常惠设法见到汉使，让汉使对单于说：汉朝天子在上林苑打猎时得到一只雁，雁足上有苏武的信，说苏武等人在某泽中。单于被迫承认苏武还活着，并送他回汉朝。这就是雁足传书的故事。因此，苏武望断云边雁就是想通过大雁传书到汉朝，表达他对故国的思念之情。这句与下句是并列关系。

句④羊〈主〉归〈谓〉陇上〈方位短语·补·倒〉塞草〈主〉有〈谓·省〉烟〈宾〉。这句由两个句子构成。"羊归陇上"是一句。"塞草有烟"是一句。前句是后句的时间状语。羊：苏武放牧的羊群。归：回到。陇上：山坡上，羊圈所在地。塞草：边塞的草。有烟：有雾气，即"被雾气笼罩"，这是傍晚的自然现象。方位短语的结构是：陇＋上（"上"是方位词）。

句⑤回日〈状〉楼台〈主〉非〈谓〉甲帐〈宾〉。回日：苏武回到汉朝时。楼台：宫中楼台。非：不是。甲帐：汉武帝曾用多种珍宝制作成甲帐和乙帐。甲帐供神居，乙帐供自己居。非甲帐：楼台非旧日甲帐，暗指汉武帝已死，昭帝已继位。这句与下句是转折关系。

句⑥他〈主·省〉冠剑去〈主谓短语·定〉时〈主〉是〈谓〉丁年〈宾〉。他：指苏武。冠剑：戴着官帽，佩着剑。两个名词用作动词。去：出使匈奴。时：时候。丁年：壮年。主谓短语的结构是：他＋冠剑去（主语＋谓语）。"冠剑去"是连动短语，其结构是：冠剑（方式）＋去（动作）。

句⑦茂陵〈主〉不见〈谓〉封侯印〈宾〉。茂陵：汉武帝的墓地，在今陕西兴平市区东。这里借茂陵代汉武帝，是借代修辞格。不见：没看到。封侯印：封苏武为侯的印章。汉朝只封刘姓封王，对非刘姓功臣的最高奖赏是封侯。苏武回到汉朝时，昭帝只封苏武为典属国（专管民族事务的官）。到汉宣帝时，苏武才被封为关内侯。这句与下句是因果关系。

句⑧他〈主·省〉空〈状〉向秋波〈介词短语·状〉哭〈谓〉逝川〈宾〉。他：指苏武。空：徒劳地。向秋波：对着秋水。逝川：逝去的流水。这是一个典故。《论语·子罕》篇中有："子在川上曰：'逝者如斯夫！不舍昼夜'。"这里，作者把这句话缩略成"逝川"并把往事（苏武在匈奴的岁月，汉武帝的死等）比作逝川，属借喻修辞格。

浅析：这首诗是作者瞻仰苏武庙后写的，赞扬了苏武的民族气节和忠君爱国情怀，隐隐流露出作者怀才不遇的哀叹。第一句追忆了苏武见到汉使时的悲痛情状。苏武在匈奴十九年，历尽艰辛，骤然见到汉使，其悲痛之强烈难以言表。作者用"销魂"二字概括，精当而传神。第二句渲染了那段历史的久远。作者的思路是：苏武的英雄事迹年代十分久远，连他死后立的庙以及庙前的大树都不知道，所以，还是让我一一道来吧。所以，这句起到了启下的作用。第三、四句追忆了苏武的艰难岁月。第三句刻画了苏武望雁思归图，衬托了苏武对故国的思念和思归而不能归的痛苦心情。第四句刻画了苏武牧羊晚归图，衬托了他只与羊群为伴的孤寂境况。第五、六句追忆了苏武被扣在匈奴的时间之久，赞扬了他长期坚守民族气节的崇高品质。从时间上看，第六句应在第五句之前。这里，两句倒是为了强调第五句。第七、八句感慨了苏武没有得到及时的封赏，抱屈当时，隐隐流露出作者怀才不遇的哀叹。

宫　词

Song of the Palace Maids

薛　逢　Xue Feng

①十二楼中尽晓妆，	The maids in the 12 towers all make themselves up in the morn hour,
②望仙楼上望君王。	Then they long for the emperor in the waiting-for-immortal tower.
③锁衔金兽连环冷，	Cold are the two rings of the golden beast-shaped lock,
④水滴铜龙昼漏长。	Too slowly drips in the daytime the water in the copper dragon-shaped water clock.
⑤云髻罢梳还对镜，	After combing their hair into buns, they look again and again at themselves in the mirror,
⑥罗衣欲换更添香。	Then they perfume the dresses they want to change into all over.
⑦遥窥正殿开帘处，	Peeping in the distance at the main palace where the screen has been drawn back,
⑧袍袴宫人扫御床。	They see maids in gowns and trousers cleaning the imperial bed.

详注：题. 宫词：描写宫廷生活的诗。薛逢：字陶臣,唐朝进士,曾任官职。

句①十二楼中〈方位短语·定〉宫女〈主·省〉尽〈状〉晓妆〈谓〉。十二楼：据传,黄帝曾建五城十二楼供仙人常住。这里,借十二楼喻宫女的住所,是借喻修辞格。尽：都。晓妆：在早晨梳妆打扮。方位短语的结构是：十二楼＋中("中"是方位词)。这句与下句是顺承关系。

句②望仙楼上〈方位短语·状〉宫女〈主·省〉望〈谓〉君王〈宾〉。望仙楼上：在望仙楼上。望仙楼是汉武帝的宫观名。这里借望仙楼喻宫女们的住所,是借喻修辞格。望：盼望。君王：皇帝。方位短语的结构是：望仙楼＋上("上"是方位词)。

句③金兽〈主〉衔〈谓·倒〉锁〈宾·倒〉连环〈主〉冷〈谓〉。这句由两个句子构成。"金兽衔锁"是一句。"连环冷"是一句。两句间是并列关系。金兽：刻在门环上的兽头形装饰。衔锁：门锁上后,好像兽头衔着锁。连环：用于锁门的两个铜环。这句与下句是并列关系。

句④铜龙〈定〉水〈主〉昼〈状〉滴漏〈谓〉长〈补〉。铜龙：刻有龙形的铜漏壶,古人用于计时的仪器。这里,借铜龙(标记)代漏壶,是借代修辞格。漏壶里装满水,水从壶中滴漏出来,壶上有刻度标示出时刻。铜龙水：铜龙中的水。昼：白天。滴漏：一滴一滴地漏出来。长：滴漏得很慢。

句⑤宫女〈主·省〉罢梳云髻〈倒〉还对镜〈连动短语·谓〉。罢梳：梳好了。云髻(jì)：在头顶或脑后盘成云状的头发。对镜：对着镜子照。连动短语的结构是：罢梳云髻＋还对镜(动作先后关系)。这句与下句是顺承关系。

句⑥宫女〈主·省〉欲换罗衣〈倒〉更添香〈连动短语·谓〉。欲：将要。罗衣：绫罗织的衣服。更：重新。添：添加。香：香料。连动短语的结构是：欲换罗衣＋更添香(动作先后关系)。

句⑦宫女〈主·省〉遥〈状〉窥〈谓〉正殿〈定〉帘开〈主谓短语·定〉处〈宾〉。遥：从远处。窥(kuī)：偷偷地看。正殿：皇帝的住处。帘开：帘子被拉开。处：地方。主谓短语的结构是：帘+开(主语+谓语)。这句是下句的时间状语。

句⑧袍袴〈定〉宫人〈主〉扫〈谓〉御床〈宾〉。袍袴(páo kù)：穿着旧丝棉的长衣和裤子。宫人：伺候皇帝的宫女。扫：清扫。御床：皇帝睡的床。

浅析：这首诗描写了宫女盼望皇帝临幸而落空的怨恨心情，表达了作者对她们的深切同情。第一、二句描写了宫女们盼望皇帝临幸的急切心情。"尽"表明宫女众多。"望"表明了宫女的急切心情。第三、四句描写了宫女们悲凉寂寞的心境。"连环冷"衬托了宫女们内心的悲凉。"昼滴长"渲染了宫女们久等皇帝的寂寞。第五、六句描写了宫女们久等过程中的百无聊赖的举动，衬托了她们的凄苦。第七、八句描写了宫女们的失望。既然有人扫御床，那就表明皇帝到了正殿，不会到望仙楼来了。她们空等了漫长的一整天，能不失望吗？心中能不怨恨吗？作者描写宫女们的凄苦的宫廷生活，就是表达对她们的深切同情。

本诗⑤⑥句是工对，⑦⑧句是流水对。

贫 女

A Poor Maid

秦韬玉　Qin Taoyu

①蓬门未识绮罗香，	Poverty-striken, I never wear the fragrant silk dress,
②拟托良媒亦自伤。	I want to ask a match maker for help yet I suffer distress.
③谁爱风流高格调？	Who would appreciate my elegance and fine quality?
④共怜时世俭梳妆。	People all love queer make-up which is fashionable in society.
⑤敢将十指夸针巧，	I dare to boast of the skill of my ten fingers at sewing,
⑥不把双眉斗画长。	I never paint my eyebrows long to compete with others for good looking.
⑦苦恨年年压金线，	I deeply hate that I do needle-work year in and year out,
⑧为他人作嫁衣裳。	Because I only make the wedding dresses for others and for myself not.

详注：题. 贫女：贫家女。秦韬(tāo)玉：字仲明，唐朝进士，曾任官职。

句①蓬门〈主〉未识〈谓〉绮罗〈定〉香〈宾〉。蓬门：茅草编成的门。这里，借蓬门（标志）代贫穷人家，是借代修辞格。又借贫穷人家（所属）代贫女，是借代修辞格。未识：未穿过因而不知道。绮(qǐ)罗：精美的丝织品。这里借绮罗（原料）代绮罗做的衣裳（成品），是借代修辞格。香：香味。这句与下句是因果关系。

句②我〈主·省〉拟托良媒亦自伤〈联合短语·谓〉。我：指贫女，下文中的"我"同此。拟：打算。托良媒：请好媒人说亲。亦：但。自伤：内心苦恼忧伤。联合短语的结构是：拟托良媒+亦自伤（两者是转折关系）。

句③谁〈主〉爱〈谓〉风流高格调〈联合短语·宾〉？谁：没有人。这句是反问句。肯定形式的反问句表示否定意思。因此，"谁"意即"没有人"。风流：举止高雅。高格调：品格高尚。联合短语的结构是：风流＋高格调（两者并列）。这句与下句是并列关系。

句④人们〈主·省〉共〈状〉怜〈谓〉时世〈定〉俭〈定〉梳妆〈宾〉。共：都。怜：喜爱。时世：流行的，时髦的。俭：奇异。梳妆：打扮。

句⑤我〈主·省〉敢〈状〉将十指针巧〈介词短语·状〉夸〈谓·倒〉。将：把。十指：双手。针巧：做出精美针线活。夸：夸耀。介词短语的结构是：将＋十指针巧（"将"是介词）。这句与下句是并列关系。

句⑥我〈主·省〉不把双眉〈介词短语·状〉画长斗〈连动短语·谓〉。不把双眉画长斗：不把双眉画得长长的与人比。介词短语的结构是：把＋双眉（"把"是介词）。连动短语的结构是：画长（动作）＋斗（目的）。

句⑦我〈主·省〉苦〈状〉恨〈谓〉年年〈状〉压金线〈动宾短语·宾〉。苦：十分。恨：怨恨。压金线：用手指压金色的线，是缝制华美衣服的动作。动宾短语的结构是：压＋金线（动词＋宾语）。这句与下句是果因关系。

句⑧我〈主·省〉为他人〈介词短语·状〉作〈谓〉嫁衣裳〈宾〉。他人：别人。作：缝制。嫁衣裳：出嫁时穿的衣裳。介词短语的结构是：为＋他人（"为"是介词）。

浅析：这首诗通过女主人公自述刻画了一个聪明手巧、品格高雅、欲嫁不能的贫女形象，其中寄寓着作者自己怀才不遇的忧伤。第一句描写了家贫。第二句描写了良媒难托、老大未嫁的抑郁心情。第三、四句描写了贫女老大未嫁的社会原因：恶劣的社会风气与贫女的"风流高格调"格格不入。第五、六句用具体事例说明了贫女的"风流高格调"。第七、八句表达了贫女的悲伤。作者不愿直说自己怀才不遇的忧伤，于是把它寄托在贫女的欲嫁不能上。

本诗⑤⑥句是工对。

乐府　Yuefu-Styled Verse

独不见

The Young Woman Who Misses Her Husband

沈佺期　Shen Quanqi

①卢家少妇郁金堂，The young woman lives in a house with tulip-scented walls,

②海燕双栖玳瑁梁。On the turtle shell-decorated beams rest pairs of petrels.

③九月寒砧催木叶，In the 9th lunar month the sound of beating clothes seem to hasten the falling of the yellow leaves far and near,

④十年征戍忆辽阳。She misses her husband who has for ten years garrisoned the frontier.

卷六　七言律诗

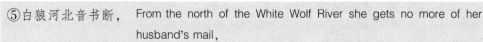

⑤白狼河北音书断， From the north of the White Wolf River she gets no more of her husband's mail,
⑥丹凤城南秋夜长。 In the south of Chang'an the autumn nights are too long she does feel.
⑦谁为含愁独不见， Who on earth makes her sad alone without seeing her dear lad,
⑧更教明月照流黄？ And furthermore let the moon shed its clear light on the curtain around her bed?

详注：题．独不见：是乐府《杂曲歌辞》旧题，内容多半有关离愁别恨。

句①卢家〈定〉少妇〈主〉有〈谓·省〉郁金堂〈宾〉。卢家少妇：年轻妇女。郁金堂：用郁金香涂壁的房子。这里有一个典故。南朝梁武帝萧衍写过一首《河中水之歌》的诗，中有"河中之水向东流，洛阳女儿名莫愁……十五嫁作卢家妇，十六生儿字阿侯。卢家兰室桂为梁，中有郁金苏合香。"作者把这首诗缩略成"卢家少妇郁金堂"，意在借卢家少妇喻年轻妇女，借郁金堂喻女主人公的华美的房子，属借喻修辞格。这句与下句是并列关系。

句②海燕〈主〉双栖〈谓〉玳瑁梁〈补〉。海燕：燕子的一种。双栖：成双地栖息。玳瑁(dài mào)梁：在有玳瑁装饰的屋梁上。玳瑁似龟，甲壳黄褐色，有黑斑，可用作装饰品。

句③九月〈状〉寒砧〈主〉催〈谓〉木叶〈宾〉。寒砧(zhēn)：寒冷的捣衣石。这里借寒砧(工具)代捣衣，是借代修辞格。秋晚时，妇女们把织好的布放在捣衣石上捶打，使其绵软，以便缝制冬衣，以便穿着舒适。催：催促。木叶：树叶。催木叶：催着树叶纷纷落下。这句与下句是并列关系。

句④她〈主·省〉忆〈谓〉征戍十年〈倒〉〈述补短语·定〉辽阳〈宾〉。她：指女主人公。忆：思念。征戍：守卫边防。辽阳：辽阳人，指女主人公的丈夫。这里借辽阳(地点)代丈夫(地点中的人)，是借代修辞格。辽阳是唐朝的边防重镇。述补短语的结构是：征戍+十年(动词+补语)。

句⑤白狼河北〈方位短语·定〉音书〈主〉断〈谓〉。白狼河：大凌河，在今辽宁省西部。北：以北。这里借白狼河北(地点)代丈夫(地点中的人)，是借代修辞格。音书：丈夫的音信。断：断绝。方位短语的结构是：白狼河+北("北"是方位词)。这句与下句是并列关系。

句⑥丹凤城南〈方位短语·定〉秋夜〈主〉长〈谓〉。丹凤城：唐代宫殿有丹凤门。这里借丹凤门(部分)代皇宫(整体)，又借皇宫代京城长安，是借代修辞格。丹凤城南：是女主人公的住地。这里借丹凤城南(地点)代女主人公(地点中的人)，是借代修辞格。秋夜长：这里借秋夜长(果)代彻夜不眠(因)，是借代修辞格。方位短语的结构是：丹凤城+南("南"是方位词)。

句⑦谁〈主〉为她〈省〉独〈倒〉含愁不见丈夫〈省〉〈兼语短语·谓〉。为：使。她：指女主人公。独：独自。含愁：怀着愁苦。兼语短语的结构是：为+她+独含愁不见丈夫。"独含愁不见丈夫"是联合短语，其结构是：独含愁+不见丈夫(两者是转折关系)。这句与下句是递进关系。

句⑧谁〈主·省〉更教明月照流黄〈兼语短语·谓〉？更：再，还。教：让。照：照着。流黄：黄色的绢。这里，借流黄(原料)代女主人公的床帐(事物)，是借代修辞格。

浅析：这首诗描写了女主人公对守边丈夫的无尽思念。第一、二句描写了女主人公的生活状况。"郁金堂"和"玳瑁梁"表明女主人公过着优裕的生活，"双栖"反衬出她的独守空房的孤寂。第三句描写了室外凄清秋景。第四句描写了女主人公对丈夫的思念之情。室外凄清秋景加深了她对丈夫的思念。她想到丈夫已守边十年，她想到丈夫身上的御寒冬衣……第五、六句描写了女主人公的思念之苦。"音书断"让她担忧起丈夫的安危。"秋夜长"表明她担忧得彻夜不眠。第七、八句表达了女主人公思念丈夫而不能相见的怨恨。这怨恨进一步衬托了女主人公思念丈夫的痛苦心境。

本诗③④句和⑤⑥句是宽对。

卷七　五言绝句
Volume Seven　Five-Character Quatrain

鹿　柴

A View near Luzhai

王　维　Wang Wei

①空山不见人，In the deserted mountain no one is in my sight,
②但闻人语响。The only sound I hear is human voice light.
③返景入深林，Into the deep woods the setting sun casts a ray of afterglow,
④复照青苔上。And it slowly moves onto the place where the moss grow.

详注：题. 鹿柴(zhài)：作者辋川别墅附近的地名，在今陕西蓝田县东南。

　　句①我〈主·省〉空山〈状〉不见〈谓〉人〈宾〉。我：指作者。空山：在空旷的山里。不见：看不到。这句与下句是并列关系。

　　句②我〈主·省〉但〈状〉闻〈谓〉人语响〈主谓短语·宾〉。我：指作者。但：只。闻：听到。人语响：人说话的声响。主谓短语的结构是：人语＋响（主语＋谓语）。

　　句③返景〈主〉入深林〈与下句构成联合短语，作谓语〉。返景：夕阳的光影。"景"同"影"。入：照进。深林：密而大的树林。这句与下句是顺承关系。

　　句④复照青苔上〈方位短语〉。复：又。照：照到。这两句中的联合短语的结构是：入深林＋复照青苔上（两个动宾短语并列）。方位短语的结构是：青苔＋上（"上"是方位词）。

　　浅析：这首诗描写了鹿柴傍晚时的幽静。第一、二句描写了山中的寂静。"人语响"是空谷传音，反衬出山中的寂静。第三、四句描写了深林里的幽暗。"返景"是幽暗中的光，特别引人注目，反衬出深林里的幽暗。作者的所闻所见衬托了作者宁静闲适的心境。

竹 里 馆

The Cabin in the Bamboo Forest

王 维　Wang Wei

①独坐幽篁里，　Sitting by myself in the deep bamboo forest,
②弹琴复长啸。　I play the zither and blow long whistles for a rest.
③深林人不知，　No one knows me in this bamboo forest deep and wide,
④明月来相照。　Only the bright moon comes to pour on me its clear light.

详注：题. 竹里馆：竹林中的馆舍，在王维别墅附近。

句①我〈主·省〉独〈状〉坐〈谓〉幽篁里〈方位短语·宾〉。我：指作者，下文中的"我"同此。独：独自。坐：坐在。幽篁(huáng)里：幽深的竹林里。这句是下句的时间状语。

句②我〈主·省〉弹琴复长啸〈联合短语·谓〉。复：又。长啸(xiào)：撮口发出长而清脆的声音。

句③林〈主〉深〈谓·倒〉人〈主〉不知〈谓〉我〈宾·省〉。这句由两个句子构成。"林深"是一句。"人不知我"是一句。两句间是因果关系。林：竹林。深：密而大。人：别人。不知我：不知道我在这里"弹琴复长啸"。这句与下句是并列关系。

句④明月〈主〉来相照〈连动短语·谓〉我〈宾·省〉。相照：照耀。"相"是动词前缀，无实义。连动短语的结构是：来(动作) + 相照我(目的)。

浅析：这首诗描写了竹里馆的清幽环境，表现了作者悠然自得的生活情趣。"幽篁""深林""明月"表明了竹里馆环境的清幽。"明月相照"衬托了"人不知"。其言外之意是：只有明月知道。"独坐""弹琴""长啸"表明了作者悠然自得的生活情趣。作者选择在如此清幽的环境里过着如此悠然自得的生活，表明作者已彻底摆脱了尘世的纷扰，彻底淡泊了心志。

送　别

Seeing Off a Friend

王　维　Wang Wei

①山中相送罢，　In the hill I see you off, my dear,
②日暮掩柴扉。　Then I close my wicker door when dusk is near.
③春草年年绿，　Grasses turn green in spring every year,
④王孙归不归？　Will you every spring come here?

详注：句①我〈主·省〉山中〈状〉相送〈谓〉罢〈补〉。我：指作者。山中：在山中，指王维别墅所在的山里。相送：送别。"相"是动词前缀，没有实义。罢：结束。这句与下句是顺承关系。

句②我〈主·省〉日暮〈状〉掩〈谓〉柴扉〈宾〉。我：指作者。日暮：傍晚。掩：关上。柴扉(fēi)：柴门，用柴木编扎的简陋的门。

句③春草〈主〉年年〈状〉绿〈谓〉。绿：变绿。这句与下句是并列关系。

句④王孙〈主〉归不归〈谓〉？王孙：原指贵族子弟，这里借王孙喻作者的友人，是借喻修辞格。归不归：回不回，指来到王维的住处。

浅析：这首诗表达了作者对友人的深厚情谊。第一、二句描写了作者送走友人后的情景。"山中"表明作者远离尘世。"掩柴扉"流露了作者孤单寂寞的心情。由于寂寞，所以日暮就关上柴门。这种寂寞感反衬了作者的惜别之情。第三、四句表明了送别友人的季节——春天。同时也表达了作者盼望友人年年春天都来的心情。这种心情体现了作者与友人之间的深厚情谊。

相 思

The Love Peas

王 维　Wang Wei

①红豆生南国，　On the southern land grow the love peas,
②春来发几枝？　Spring has come, the trees branch out how many new twigs?
③愿君多采撷，　Gather the love peas as many as you can, would you please,
④此物最相思。　For they most evoke lovesickness.

详注：题．相思：又作"相思子"，是红豆的别名。相传古代有一女子得知夫君死在外乡，就在红豆树下痛哭而死，因此，人们把红豆称"相思子"。

句①红豆〈主〉生〈谓〉南国〈宾〉。生：生长。南国：在南国，指岭南一带。这句与下句是主谓关系。

句②春〈主〉来〈谓〉红豆树〈主·省〉发〈谓〉几枝〈宾〉。这句由两个句子构成。"春来"是一句。"红豆树发几枝"是一句。前句是后句的时间状语。发：长出。几枝：多少新枝。

句③我〈主·省〉愿君多采撷〈兼语短语·谓〉。我：指作者。君：你，指作者的朋友。采撷(xié)：采摘。兼语短语的结构是：愿＋君＋多采撷。这句与下句是果因关系。

句④此物〈主〉最〈状〉相思〈谓〉。此物：指红豆。相思：寄托相思。

浅析：这首诗借写红豆抒发了作者思念友人、珍惜友情的情怀。第一、二句表达了作者对南方红豆在春天生长情况的关切，寄托了作者对南方友人的思念之情。第三、四句是作者劝说友人多采撷红豆。这样，友人可以睹物而思念作者，其言外之意是：希望友人不忘作者，常常思念作者，使友情之树常青。流露了作者对友情的珍惜。

杂 诗

Asking a Townsman about Homeland

王 维　Wang Wei

①君自故乡来，　You come from our hometown, my dear fellow,
②应知故乡事。　So about the happenings there you must know a lot.
③来日绮窗前，　On the day you come here, before my gorgeous window,
④寒梅著花未？　The plum tree come into bloom or not?

详注：**题**.杂诗:随感而写的诗。

句①君〈主·省〉自故乡〈介词短语·状〉来〈谓〉。君:你,指作者的家乡人。自:从。介词短语的结构是:自+故乡("自"是介词)。这句与下句是因果关系。

句②君〈主·省〉应知〈谓〉故乡〈定〉事〈宾〉。君:同上句注。应:应该。知:知道。

句③来日〈作下句状语〉绮窗前〈方位短语·作下句"寒梅"的定语〉。来日:动身的那天。绮(qǐ)窗:雕刻着花纹的窗子。这里的方位短语的结构是:绮窗+前("前"是方位词)。这句与下句是主谓关系。

句④寒梅〈主〉著花未〈谓〉。寒梅:寒冷季节的梅花。著花未:开花了没有。

浅析：这首诗表达了作者的思乡之情,彰显了作者的高尚的精神境界。第一、二句表达了作者的思乡之情。因为他思乡心切,所以,一遇到来自故乡的人,就急切地问起故乡的事。第三、四句是作者询问的具体内容。有关故乡的事很多,为什么作者只问寒梅呢?或许作者有意把寒梅作为故乡诸多事的代表。"松、竹、梅"是"岁寒三友",是高尚人格的象征。他只问寒梅,不问别的俗事,这就彰显了他的高尚的精神境界。

送崔九

Seeing Off Cui the Ninth

裴 迪　Pei Di

①归山深浅去，　You should go to live in seclusion in the hills whether they're big or small,
②须尽丘壑美。　And you should enjoy their beauty to the full.
③莫学武陵人，　The Wuling fisherman you should never imitate,
④暂游桃花里。　Only for a few days in Shangrila he stayed.

详注：**题**.送:送别。崔九:崔宗兴,排行老九。裴迪:是王维的好友,曾住终南山,曾任官职。

句①山〈主〉深浅〈谓〉君〈主·省〉归〈倒〉去〈谓〉。这句由两个句子构成。"山深浅"是一句。"君归去"是一句。前句是后句的条件状语。山深浅:不论山是深还是浅。君:你,指崔九,下文中的"君"同此。归去:归隐。这句与下句是递进关系。

句②君〈主·省〉须尽〈谓〉丘壑〈定〉美〈宾〉。须:应该。尽:尽量欣赏。丘:小山。壑(hè):山沟。美:美景。

句③君〈主·省〉莫学〈谓〉武陵人〈宾〉。莫学:不要学。武陵人:是陶渊明写的《桃花源记》中的渔翁。渔翁到了桃花源,那是一处十分美好的地方。可惜他在那里只住了几天就出来了。这句与下句是主谓关系。

句④他〈主·省〉暂游〈谓〉桃源里〈方位短语·宾〉。他:指武陵人。暂游:短暂地游览。方位短语的结构是:桃源+里("里"是方位词)。作者把《桃花源记》中的故事引用在第三、四句中,意在劝友人要永久隐居下去。

浅析:这首诗是给友人的临别赠言,直率地表达了作者劝友人真正隐居、永久隐居,绝不要仿效走"终南捷径"的假隐士。流露了作者对隐居生活的向往和对官场的厌弃。

终南望余雪

Gazing in the Distance at the Piled-Up Snow on Mount Zhongnan

祖　咏　Zu Yong

①终南阴岭秀,　The north side of Mount Zhongnan looks beautiful and bright,
②积雪浮云端。　The piled-up snow on it seems to float o'er the clouds white.
③林表明霁色,　On the tree tops the daylight just after the snowing glitters on and on,
④城中增暮寒。　At dusk the snow has added cold to Chang'an.

详注:题.终南:终南山,在今陕西西安市南。望:远看。余雪:积雪。终南望余雪:远看终南山上的积雪。

句①终南〈定〉阴岭〈主〉秀〈谓〉。阴岭:山的北面。阴:山之北。阳为山之南。秀:美丽。

句②积雪〈主〉浮〈谓〉云端〈补〉。浮:浮动。云端:在云中。端:头。这句补充说明上句。

句③林表〈主〉明〈谓〉霁色〈宾〉。林表:树林顶部。明:闪现着。霁(jì)色:雪后初晴的日光。这句与下句是并列关系。

句④城中〈方位短语·状〉暮〈状〉寒〈主〉增〈谓·倒〉。城中:指长安城里。暮:傍晚的时候。寒:寒气。增:增加。方位短语的结构是:城+中("中"是方位词)。

浅析:这首诗是作者参加进士考试时的命题作文。按要求应写十二句。作者只写了这四句就交卷了。别人问他为什么?他回答说:"意尽"。这首诗描写了终南山雪后初晴的景色。第一句描写了作者远看终南山所得印象。"阴岭"表明作者是在长安城里远望终南山的。终南山在长安南。在长安城里正好看到山北。第二、三句用具体细节描写了终南山的"秀"。"浮"表明了终南山高耸入云。同时也刻画了雪后寒光在阳光下闪烁的视觉感受。"林表明霁色"表明夕阳已西下,夕阳的余晖斜照到树梢上。第四句描写了作者远看终南山时所产生的感觉。作者看着积雪,感到傍晚时长安城里更冷了。似乎终南

卷七　五言绝句

377

山积雪的寒气侵袭了长安城。这是作者的心理感受,暗含了作者对长安城中百姓冷暖的关切。诗中既有"望余雪"视觉感受,又有"望余雪"的心理感受。短短四句确实把题意写全了。

宿建德江

Staying Overnight on the Jiande River

孟浩然　　Meng Haoran

① 移舟泊烟渚,　I pole and moor my boat by an islet mist-veiled,
② 日暮客愁新。　When night approaches, I become more worried,
③ 野旷天低树,　On the boundless plain the sky in the distance looks lower than the nearby trees appear,
④ 江清月近人。　The reflection of the moon in the clear river seems to me near.

详注:**题**.宿:过夜,住宿。建德江:新安江流经浙江建德县的一段江名。

句①我〈主·省〉移舟泊烟渚〈连动短语·谓〉。我:指作者。移舟:撑船。泊:停靠。烟渚(zhǔ):雾气迷漫的江中小块陆地。渚:水中小块陆地,小洲。连动短语的结构是:移舟+泊烟渚(动作先后关系)。这句与下句是并列关系。

句②日〈主〉暮〈谓〉客愁〈主〉新〈谓〉。这句由两个句子构成。"日暮"是一句。"客愁新"是一句。前句是后句的时间状语。日:白天。暮:将尽。客:指作者,身在他乡的人称"客"。愁:愁苦。新:增添。

句③野〈主〉旷〈谓〉天〈主〉低〈谓〉树〈宾〉。这句由两个句子构成。"野旷"是一句。"天低树"是一句。两句间是并列关系。野:原野。旷:空阔无边。低:比……低。远处的天比近处的树还低。

句④江〈主〉清〈谓〉月〈主〉近〈谓〉人〈宾〉。这句由两个句子构成。"江清"是一句。"月近人"是一句。两句间是因果关系。江:江水。清:清澈。月近人:月亮倒映在清澈的江水中,从船舱里看水中月,觉得离人很近。

浅析:这首诗描写了作者旅途中的愁苦。第一、二句交代了作者夜宿的地点和夜宿时的愁苦。"新"表明作者原来就有愁苦,现在又新增了愁苦。作者进京求官不得,心中抑郁苦闷,于是漫游浙江一带。这是旧愁。如今,身在他乡,天色已晚,顿生了新愁。第三、四句呼应了"客愁新",表明了"新愁"的内容——渺茫感和孤独感。"天低树"是视觉感受,衬托了作者因求官不得而产生的渺茫感。"月近人"是情感感受。作者觉得月亮好像在亲近他,给他做伴。这表明作者有这种情感上的需求,衬托了他内心的孤独感。

春 晓

A Spring Morning

孟浩然　Meng Haoran

①春眠不觉晓，　Fast asleep on a spring night I know not daybreak coming,
②处处闻啼鸟。　When I awake I hear birds everywhere happily chirping.
③夜来风雨声，　Last night there occurred the sound of wind and rain,
④花落知多少？　How many flowers do you know have fallen?

详注：题.春晓：春天的早晨。

句①我〈主·省〉春眠〈状中短语·状〉不觉〈谓〉晓〈宾〉。我：指作者，下文中的"我"同此。春：在春天夜里。眠：睡着了。不觉：不知不觉。晓：天亮。状中短语的结构是：春＋眠(状语＋动词)。这句与下句是并列关系。

句②我〈主·省〉闻〈谓〉[鸟〈主〉处处〈状·倒〉啼·倒〉]〈小句·宾〉。闻：听到。处处：到处。啼：鸣叫。

句③夜〈主〉来〈谓〉风雨声〈宾〉。夜：昨夜。来：发生了，出现了。风雨声：刮风下雨的声音。这句与下句是因果关系。

句④你〈主·省〉知〈谓〉多少花落〈主谓短语·宾〉。你：泛指人。知：知道。落：被风雨打落。主谓短语的结构是：多少花＋落(主语＋谓语)。

浅析：这首诗描写了雨后春天早晨作者所闻所想,表达了作者热爱春天、珍惜春天的美好情怀。第一句描写了作者春天早晨酣睡的情景。因为睡得很香,所以"不觉晓"。第二句是作者醒后所闻。描写了春天早晨生机勃勃的景象,其中饱含着作者对春天的热爱。第三、四句是作者所想,表达了作者对春天的珍惜。作者忽然想到昨夜在睡意蒙眬中听到了刮风下雨的声音,于是,担心起风雨打落了许多娇嫩的花朵,发出"花落知多少"的叹息。这一声叹息表达了作者对群芳摇落的惋惜,对大好春光的珍惜。

静 夜 思

Thoughts on a Quiet Night

李　白　Li Bai

①床前明月光，　In front of my bed there's a stream of moonlight,
②疑是地上霜。　Which is suspected by me to be autumn frost on the ground.
③举头望明月，　Raising my head I gaze at the moon bright,
④低头思故乡。　Bowing my head by homesickness my thought is bound.

详注：题.夜思:本诗题目又作《静夜思》,意即"在夜晚思念故乡"或"在寂静的夜晚思念故乡"。

句①床前〈方位短语·定〉明月〈定〉光〈中心词〉。这是一个名词句,作下句的主语。方位短语的结构是:床+前("前"是方位词)。这句与下句是主谓关系。

句②疑是〈谓〉地上〈定〉霜〈宾〉。疑是:被误认为是。霜:秋霜。

句③我〈主·省〉举头望明月〈连动短语·谓〉。我:指作者。举头:抬头。望:远看。连动短语的结构是:举头(方式)+望明月(动作)。这句与下句是并列关系。

句④我〈主·省〉低头思故乡〈连动短语·谓〉。我:指作者。思:思念。连动短语的结构是:低头(方式)+思故乡(动作)。

浅析：这首诗描写了作者望月思乡的情景。第一、二句描写了月光的皎洁。月光如此皎洁,居然引起了作者刹那间的错觉,把它当成了秋霜。第三、四句描写了作者对故乡的思念之情。作者在刹那间的错觉之后,醒悟到床前那洁白的东西不是"霜"而是透过窗户射进来的"月光"。于是,他抬头一看,皓月当空,勾起了作者的乡思。他低下头来,沉浸在无尽的思念中,他思念故乡的月,思念故乡的亲人……

本诗①②句是流水对,③④句是工对。

怨　情

A Beauty's Resentment

李　白　Li Bai

①美人卷珠帘,	After the beauty rolls up the pearl screen,
②深坐颦蛾眉。	Sitting there long with knit eyebrows she is seen.
③但见泪痕湿,	I only see the wet stains of tears on her face,
④不知心恨谁。	But I know not whom she hates.

详注：题.怨情:怨恨的情绪。

句①美人〈主〉卷〈谓〉珠帘〈宾〉。卷:卷起。珠帘:饰有珍珠的帘子。这句是下句的时间状语。

句②她〈主·省〉深坐颦蛾眉〈联合短语·谓〉。她:指美人。深坐:久坐。颦(pín):皱起。蛾眉:女子细长而弯的眉。联合短语的结构是:深坐+颦蛾眉(两者并列)。

句③我〈主·省〉但〈状〉见〈谓〉泪痕湿〈主谓短语·宾〉。我:指作者。但:只。见:看到。泪痕湿:泪迹没干。这句与下句是转折关系。

句④我〈主·省〉不知〈谓〉[心〈主〉恨〈谓〉谁〈宾〉]〈小句·宾〉。我:指作者。心:美人的心。

浅析：这首诗描写了一位美貌女子的怨恨。第一、二句描写了她的三个动作。"卷珠帘"表明她要远望。"深坐"表明她在等待。"颦蛾眉"表明她很痛苦。第三句描写了她痛苦得流下了泪。第四句点明了她痛苦的原因:心有怨恨。她因怨恨而痛苦。她怨恨谁?作者不知道,也不必知道。或许是怨恨心上人没来与她约会吧。

八 阵 图

The Eight Stone Battle Arrays

杜甫　Du Fu

①功盖三分国，	Zhuge Liang's peerless feats help to bring about tripod-like three kingdoms，
②名成八阵图。	The Eight Stone Battle Arrays make him famous．
③江流石不转，	The river flows but the stones do not move，
④遗恨失吞吴。	Yet he's regretful for the wrong decision by Liu Bei to wipe out Wu．

详注：题．八阵图：是古代作战时摆出的八种阵势（天、地、风、云、龙、虎、鸟、蛇）。本诗中的八阵图遗迹在今四川夔州永安宫前的长江边，水涨时被淹没，水退时又出现。

句①三分国〈定〉功〈主〉盖〈谓〉。三分国：诸葛亮辅助刘备，促成了魏、蜀、吴三国鼎立的局面。功：功绩。盖：盖世。这句与下句是并列关系。

句②名〈主〉成〈谓〉八阵图〈宾〉。 名：诸葛亮的名气。成：成于。

句③江〈主〉流〈谓〉石〈主〉不转〈谓〉。 这句由两个小句子构成。"江流"是一句。"石不转"是一句。两句间是转折关系。江：江水。流：流淌。石：八阵图用的石头。不转：不动。这句与下句是转折关系。

句④他〈主·省〉遗恨失吞吴〈连动短语·谓〉。 他：指诸葛亮。遗：留下。恨：憾恨。失：失策。吞吴：灭吴。刘备攻打吴国是失策的。诸葛亮未能制止刘备攻打吴国，所以遗恨。连动短语的结构是：遗恨（果）＋失吞吴（因）。

浅析：这首诗通过凭吊八阵图表达了作者对诸葛亮功业的赞美和对他未能制止刘备攻打吴国这一失策行为的惋惜。第一句盛赞了诸葛亮的盖世功业。第二句盛赞了诸葛亮的军事才能。第三句暗示诸葛亮的军事遗产将永世长存。第四句表达了对诸葛亮未能制止刘备失策行为的惋惜。刘备为报孙权杀关羽之仇，兴兵伐吴。诸葛亮劝谏不听，结果大败。刘备死在永安宫。蜀国最终被魏国消灭。这是诸葛亮的一大遗恨。

登鹳雀楼

Ascending the Stork Tower

王之涣　Wang Zhihuan

①白日依山尽，	The setting sun beyond Mt. Zhongtiao slowly goes down，
②黄河入海流。	The Yellow River to the sea flows on．

③欲穷千里目， If I want to enjoy the scene a thousand *li* away,
④更上一层楼。 I must ascend a higher floor and there stay.

详注：题．登：上，爬。鹳(guàn)雀楼：旧址在今山西永济县。有三层，前有中条山，在楼上可俯看黄河，是当时的游览胜地。王之涣：字季陵，曾任小官职。

句①白日〈主〉依山尽〈连动短语·谓〉。白日：夕阳。依山：靠着山。"山"指中条山。尽：落下。这句与下句是并列关系。

句②黄河〈主〉流〈倒〉入〈谓〉海〈宾〉。

句③我〈主·省〉欲目穷〈倒〉千里〈兼语短语·谓〉。我：指作者。欲：想。目：眼睛。穷：看到。千里：很远的地方。"千"表示虚数，不实指。兼语短语的结构是：欲＋目＋穷千里。这句是下句的条件状语。

句④我〈主·省〉更〈状〉上〈谓〉一层楼〈宾〉。我：指作者。更：再。上：登上。

浅析：这首诗描写了作者登鹳雀楼时所见所思，表现了其昂扬向上的精神风貌。第一、二句描写了作者登上一、二层楼时所见到的山衔落日、黄河奔流的壮观景象。第一句是远望仰视所见。第二句是近望俯看所见。"依山尽"表明作者注目落日很久，他看着太阳依依不舍地往下落，终于落到了山后。作者在楼上只看到黄河，却看不到大海。"入海"是作者的想象。第三、四句表达了作者登鹳雀楼时所思。他不满足于已看到的景象，还想看到更远、更多、更美的景色。所以，他激励自己再往上攀登。可见，他有一种昂扬向上的精神风貌。

本诗①②句是工对，③④句是流水对。

送 灵 澈

Seeing Off Monk Ling Che

刘长卿　　Liu Changqing

①苍苍竹林寺， The temple stands amid the bamboo forest dark green,
②杳杳钟声晚。 The temple bell rings far away in the evening.
③荷笠带斜阳， Wearing a bamboo hat and the afterglow of the setting sun on his back,
④青山独归远。 To the blue mountain in the distance he alone goes back.

详注：题．送：送别。灵澈：作者的好友，是当时的著名僧人。

句①竹林寺〈主〉在〈谓·省〉苍苍〈宾·倒〉。竹林寺：在今江苏镇江市。苍苍：苍翠的树林中。这句与下句是并列关系。

句②晚〈定〉钟声〈主〉杳杳〈谓·倒〉。晚钟声：傍晚的钟声。指寺院的钟声。杳杳(yǎo)：悠扬。

句③他〈主·省〉荷笠带斜阳〈联合短语·谓〉。他：指灵澈。荷：背着。笠(lì)：斗笠。带：背上有。斜阳：偏西的阳光。联合短语的结构是：荷笠＋带斜阳(两者并列)。这句是下句的方式状语。

句④他〈主·省〉独〈状〉归〈谓〉远〈定〉青山〈宾·倒〉。他：指灵澈。独：独自。归：回。远青山：远处的青山。

浅析:这首诗描写了作者送别灵澈归山的情景,表达了作者对友人的依依惜别之情。第一句交代了灵澈要去的地方——竹林掩映的山寺。"苍苍"给人以空远的感觉。第二句交代了作者送别友人的时间——黄昏。"钟声晚"表明黄昏。"杳杳"烘托了山寺的幽静环境。第三、四句描写了作者久久地站在告别的地方,目送灵澈归山的情景,表达了作者依依惜别之情,流露了作者对淡泊宁静生活的向往。

弹 琴

Playing the Zither

刘长卿　Liu Changqing

①泠泠七弦上,	From the seven-stringed zither comes the melodious sound clear and long,
②静听松风寒。	Listening attentively, I feel it seems to be *Wind into Pines*, an old song.
③古调虽自爱,	Though I love the ancient tunes like this one,
④今人多不弹。	Yet nowadays most people play none.

详注:句①七弦上〈方位短语·主〉生〈谓·省〉泠泠〈宾·倒〉。七弦上:七根弦的琴上。这里借七弦(部分)代古琴(整体),是借代修辞格。生:发出。泠泠(líng):清越的琴声。方位短语的结构是:七弦+上("上"是方位词)。

句②我〈主·省〉静听〈谓〉寒〈定〉松风〈宾·倒〉。我:指作者。静听:静静地听出。寒:凄清的。松风:古琴曲《风入松》。这句补充说明上句。

句③虽〈连词〉自〈主〉爱〈谓〉古调〈宾·倒〉。虽:虽然。自:指作者自己。古调:古琴曲,如《风入松》等。这句与下句是转折关系。

句④今人〈主〉多〈状〉不弹〈谓〉。今人:现在的人。多:大多。不弹:不弹古调。

浅析:这首诗借听琴声抒发了作者对知音稀少的感叹。第一句描写了琴声。第二句描写了作者听琴。"静听"表明作者听琴时聚精会神。"松风寒"表明作者辨别出了琴声似古琴曲。可见,他喜爱古调。这就为三、四句作了铺垫。第三、四句表明了作者的爱好不同于时俗,抒发了世无知音的感叹,流露了作者孤芳自赏的心气儿。

送 上 人

Seeing Off Monk Ling Che

刘长卿　Liu Changqing

① 孤云将野鹤，　You're a piece of solitary cloud or a wild crane,
② 岂向人间住？　How could you in this human world remain?
③ 莫买沃洲山，　Never buy Mt. Wozhou, please,
④ 时人已知处。　Because the people nowadays already know where it is.

详注：题. 送：送别。上人：是对僧人的尊称，这里指作者的好友灵澈。

句① 你〈主·省〉是〈谓·省〉孤云将野鹤〈联合短语·宾〉。你：指上人灵澈，下文中的"你"同此。孤云、野鹤是两种超凡脱俗的形象。这里，用这两种形象比喻灵澈，是暗喻修辞格。将：与，共。联合短语的结构是：孤云＋野鹤（两者并列）。

句② 你〈主·省〉岂〈状〉向人间〈介词短语·状〉住〈谓〉？岂：难道，怎能，表示反问。向人间：在人间。住：居住。介词短语的结构是：向＋人间（"向"是介词）。这句补充说明上句。

句③ 你〈主·省〉莫买〈谓〉沃洲山〈宾〉。莫买：不要买。沃洲：在今浙江新昌县东南，是道家第十二洞天福地。晋代名僧支遁曾在这里买山放鹤养马。作者把这个典故化用在第三、四句中，意在表明沃洲山不是隐居之地。这句与下句是果因关系。

句④ 时人〈主〉已知〈谓〉处〈宾〉。时人：现在的人。已知：已经知道。处：那个地方，指沃洲山。

浅析： 这首诗是作者送别友人时的临别赠言，劝友人要隐居就真正隐居，隐到世人不知道的地方去。第一、二句的言外之意是：你是不应该住在人间的哦。这句话带有戏谑的口吻，表明了作者与友人的亲密关系。第三、四句的言外之意是：沃洲山不适合你这个超凡脱俗的高僧住。现在的人都知道那个地方。你到那儿怎么算是隐居呢？你还是找个世人不知道的地方住下来，那才是真正的隐居啊！这既是作者对友人的劝告，也是作者自己的心愿，流露了作者对当时社会现实的失望。作者仕途坎坷、两度遭贬，岂能不失望？

秋夜寄丘员外

To Official Qiu on an Autumn Night

韦应物　Wei Yingwu

① 怀君属秋夜，　On this autumn night I miss you,
② 散步咏凉天。　In the cool open I'm walking while chanting a poem for you.

③空山松子落， While in the deserted mountains pine nuts are falling onto the ground,
④幽人应未眠。 You, a hermit, must be awake listening to the sound.

详注：题.寄：写赠。丘员外：丘丹，是作者的好友。当时隐居在临平山山道。员外：员外郎，是官职名。

句①我〈主·省〉属秋夜〈状〉怀〈谓·倒〉君〈宾·倒〉。我：指作者。属：适值。属秋夜：在秋夜里。怀：怀念。君：指丘员外。这句与下句是并列关系。

句②我〈主·省〉凉天〈状〉散步咏〈连动短语·谓·倒〉。我：指作者。凉天：天凉的时候。散步咏：边散步边咏写赠丘员外的诗。连动短语的结构是：散步（方式）+咏（动作）。

句③空山〈定〉松子〈主〉落〈谓〉。空山：空荡荡的山中。松子：松树果子。落：掉落。这句是下句的时间状语。

句④幽人〈主〉应未眠〈谓〉。幽人：隐士，指丘员外。应未眠：应该还没有入睡。

浅析：这首诗表达了作者对友人的思念。第一句直说作者秋夜怀友。第二句用细节描写作者秋夜吟诗怀友的情景。第三、四句是作者想象友人的境况。第三句想象了友人所处环境。作者由"属秋夜"联想到友人所在的山中的松子正在一个一个地掉落。第四句想象友人听着松子掉落的声音而没有入睡。作者的想象正是思念友人的一种表现。

听　筝

Listening to a Girl Playing the Zither

李　端　Li Duan

①鸣筝金粟柱， The zither with a golden-millet posts rings,
②素手玉房前。 Before her boudoir the player's fair-skinned fingers pluck its strings.
③欲得周郎顾， To attract her lover's attention,
④时时误拂弦。 She touches a wrong string time and again.

详注：题.筝：古筝。听筝：听人弹古筝。李端：字正己，唐朝进士，大历十才子之一，曾任官职。

句①金粟柱〈定〉筝〈主〉鸣〈谓·倒〉。金粟柱：用金粟装饰的弦柱。柱：固定弦的构件。鸣：响。

句②素手〈主〉玉房前〈方位短语·状〉弹〈谓·省〉。素手：洁白的手，指女主人公的手。玉房前：在玉房前。玉房：对女主人公的住房的美称。弹：弹筝。方位短语的结构是：玉房+前（"前"是方位词）。这句补充说明上句。

句③她〈主·省〉欲得〈谓〉周郎〈定〉顾〈宾〉。她：指女主人公。欲：想。得：得到。周郎：三国时吴国大将周瑜。他精通音律，别人弹错曲调，他定要回头看一下。这里借周瑜喻女主人公的心上人，是借喻修辞格。这句是下句的目的状语。

句④她〈主·省〉时时〈状〉误拂〈谓〉弦〈宾〉。她：指女主人公。时时：不时地。误拂：拨错。弦：古筝的弦。

浅析：这首诗生动地描写了一位弹古筝的女子的秀外慧中。第一、二句描写了她秀

385

美的外貌。"素手"表明弹筝者是女子。"玉房""金粟柱"衬托了她的秀美的外貌。第三、四句描写了她弹古筝时的微妙心理活动,凸显了她的慧中——机智、有才气。

新嫁娘 三首录一

A Newly-Wedded Bride

王　建　Wang Jian

① 三日入厨下，On the third day after her wedding, she goes into kitchen,
② 洗手作羹汤。And cooks foods after washing her hands clean.
③ 未谙姑食性，Not knowing her mother-in-law's taste,
④ 先遣小姑尝。She asks her sister-in-law to eat them first.

详注：题. 新嫁娘：新媳妇。王建：字仲初,唐朝进士,曾任官职。

句①她〈主·省〉三日〈状〉入〈谓〉厨下〈方位短语·宾〉。她：指新嫁娘,下文中的"她"同此。三日：第三天。入厨下：下厨房。古代婚俗,女子新婚的第三天,须下厨房亲手做饭菜侍奉公婆。这句与下句是顺承关系。

句②她〈主·省〉洗手作羹汤〈连动短语·谓〉。作：做。羹(gēng)汤：五味调和的浓汤,这里泛指饭菜。连动短语的结构是：洗手＋作羹汤(动作先后关系)。

句③她〈主·省〉未谙〈谓〉姑〈定〉食性〈宾〉。未：不。谙(ān)：熟悉。姑：婆婆。食性：口味。这句与下句是因果关系。

句④她〈主·省〉先〈状〉遣小姑尝〈兼语短语·谓〉。先：首先。遣：叫,让。小姑：丈夫的妹妹。尝：品尝。兼语短语的结构是：遣＋小姑＋尝。

浅析：这首诗通过一个生活细节描绘了一位谨慎心细、聪颖慧巧的新嫁娘形象。第一句交代了她的新嫁娘身份。第二句表明了她拘守婚俗。第三、四句表明她谨慎、心细、聪颖慧巧。

玉台体

A Wife's Expectation of Her Husband's Return

权德舆　Quan Deyu

① 昨夜裙带解，My skirt girdle became untied last night,
② 今朝蟢子飞。This morning I saw a spider in flight.
③ 铅华不可弃，I still can't give up make-up,
④ 莫是藁砧归？For do the good omens not mean my husband will come back to my side?

详注：题.玉台体:南朝陈徐陵选编南朝梁以前的艳情诗,定名为《玉台新咏》,后人把艳情诗称作玉台体。权德舆:字载之,唐朝博士,曾任多个官职。

句①昨夜〈状〉裙带〈主〉解〈谓〉。裙带解:裙带结散开,古人认为这是夫妻好合的预兆。这句与下句是并列关系。

句②今朝〈状〉蟢子〈主〉飞〈谓〉。今朝:今天早晨。蟢(xī)子:蜘蛛。古人认为,见到蟢子飞是有喜事的预兆。

句③我〈主·省〉不可弃〈谓〉铅华〈宾·倒〉。我:指女主人公。不可弃:不可放弃。铅华:妇女打扮时用的脂粉。这里,借铅华(用品)代打扮,是借代修辞格。这句与下句是果因关系。

句④吉兆〈主·省〉莫是〈谓〉藁砧归〈主谓短语·宾〉。吉兆:指第一、二句中说的事。莫是:莫非是,表示揣测。藁砧(gǎo zhēn):切稻草用的砧板。切稻草要用"铁","铁"与"夫"谐音。所以,藁砧成了隐语,指丈夫。归:回来。主谓短语的结构是:藁砧+归(主语+谓语)。

浅析:这首诗描写了一位切盼丈夫归来的少妇的内心活动。第一、二句描写了少妇对吉兆的敏感。由此可见她心里一直想着喜事的到来。对一个独守空房的少妇来说,最大的喜事就是丈夫的归来。第三、四句是少妇的内心独白,是她对"裙带解"和"蟢子飞"的心理反应。这表明她日夜切盼的是丈夫的归来。

本诗①②句是工对。

江 雪

Fishing on the Snow-Permeated River

柳宗元　Liu Zongyuan

①千山鸟飞绝，　O'er thousands of hills and mountains no birds are in flight,
②万径人踪灭。　On thousands of paths and roads no person's traces are in sight.
③孤舟蓑笠翁，　In a solitary boat an old man wearing a wide-rimmed bamboo hat and a straw cloak,
④独钓寒江雪。　Is fishing on the snow-permeated river icy-cold.

详注:题.江雪:在大雪迷漫的江上。

句①千山〈状〉鸟〈主〉飞〈谓〉绝〈补〉。千山:在所有的山上。"千"表示虚数,不实指。飞绝:飞没了。这句与下句是并列关系。

句②万径〈状〉人踪〈主〉灭〈谓〉。万径:在所有的道路上。"万"表示虚数,不实指。径:狭窄的道路。人踪:人的踪影。灭:灭绝。不见了。

句③孤舟〈定〉蓑笠翁〈中心词〉。这是一个名词句,作下句的主语。孤舟:一只船。蓑笠(suō lì)翁:穿着蓑衣、戴着斗笠的老翁。翁:男性老人。这句与下句是主谓关系。

句④独〈状〉钓〈谓〉寒〈定〉江雪〈补〉。独:独自。钓:钓鱼。寒:寒冷的。"寒江雪"是补语,省略了介词。

浅析:柳宗元被贬永州,内心十分苦闷,于是写了这首诗,抒发了他孤傲的、不屈不挠的抗争情怀。第一、二句描写了一幅寒天雪景图,渲染了严寒寂寥的氛围。第三、四句描写了老翁的活动。"孤"和"独"衬托了老翁的孤傲。"钓寒江雪"表明老翁敢于抗风雪、斗严寒,是个铁骨铮铮的硬汉子。老翁是谁?作者自己也。

本诗①②句是宽对,③④句是流水对。

行 宫

A Temporary Imperial Palace

元 稹　Yuan Zhen

①寥落古行宫,　In the old temporary imperial palace deserted, where,
②宫花寂寞红。　The flowers grow quiet and red.
③白头宫女在,　Still alive are the palace maids with white hair,
④闲坐说玄宗。　Sitting idle they're talking about the life Emperor Xuanzong led.

详注:题.行宫:皇帝在京城外建造的宫殿,供外巡时居住。

句①寥落〈定〉古行宫〈中心词〉。这是一个名词句,作下句的状语。寥(liáo)落:冷落的。

句②宫花〈主〉寂寞红〈联合短语·谓〉。宫花:古行宫中的花。寂寞:寂静地。联合短语的结构是:寂寞+红(两者并列)。

句③白头〈定〉宫女〈主〉在〈谓〉。白头:白头发的。宫女:指行宫里的宫女。在:仍活着。这句与下句是主谓关系。

句④她们〈主·省〉闲坐说玄宗〈连动短语·谓〉。她们:指宫女们。闲坐:无事坐着。说:谈论。玄宗:唐朝皇帝李隆基。连动短语的结构是:闲坐(方式)+说玄宗(动作)。

浅析:这首诗描写了行宫和宫女的冷落境况,表达了作者对人世沧桑的感慨。第一、二句描写了行宫的冷落境况。"古"表明行宫已是历史陈迹。"寥落"表明行宫已经衰败。"寂寞"表明宫花上没有蝴蝶采花粉,花旁没有人观赏。"红"表明正是春天,花儿正开着。"花寂寞红"映衬了行宫的衰败。第三、四句描写了宫女的冷落境况。"白头"表明宫女已老迈。"闲坐"表明宫女寂寞无聊。"说玄宗"并不是说玄宗的长短,而是说玄宗时期的往事。

问刘十九

An Invitation to Liu the 19th

白居易　Bai Juyi

①绿蚁新醅酒，	I have newly-brewed rice wine with green distiller's grains floating，
②红泥小火炉。	I have a red-clay stove that works fine.
③晚来天欲雪，	At dusk it looks like snowing，
④能饮一杯无？	Could you please come to drink a cup of rice wine?

详注：题．刘十九：是作者的好友，十九是他的排行。

句①我〈主·省〉有〈谓·省〉绿蚁〈定〉新醅〈定〉酒〈宾〉。我：指作者。绿蚁：米酒上浮着的米糟，呈绿色。新醅(pēi)：新酿出的未过滤的酒。这句与下句是并列关系。

句②我〈主·省〉有〈谓·省〉红泥〈定〉小火炉〈宾〉。我：指作者。红泥：红色泥土制成的。

句③晚来〈状〉天〈主〉欲雪〈谓〉。晚来：傍晚。欲：将要。雪：下雪。这句与下句是因果关系。

句④你〈主·省〉能饮〈谓〉一杯〈宾〉无〈语气词〉。你：指刘十九。能：能来我这里。饮：喝。一杯：一杯酒，指绿蚁新醅酒。无：是语气词，表示疑问，相当于"么"。

浅析：这首诗是作者邀请朋友饮酒的邀请函，体现了作者与友人间的亲密无间的真挚友谊。第一、二句表明了作者发出邀请的物质条件：有美酒，又有小火炉可以温酒热菜。第三句表明了邀请的缘由：天将下雪，正是朋友相聚饮酒的好时光，一则可以驱寒，二则可以排遣漫长寒夜的寂寞。第四句表明了邀请口吻是亲切的，不拘礼节的。这体现了作者与朋友间的友谊是真挚的。

何满子

The Song *He Man Zi*

张祜　Zhang Hu

①故国三千里，	She stays three thousand *li* away from her homeland，
②深宫二十年。	She has been in the deep palace for twenty years on end.
③一声何满子，	When she sings the first note of *He Man Zi*, the heart-breaking song，
④双泪落君前。	Before Emperor Wu Zong, on her cheeks two lines of tears run down.

卷七　五言绝句

详注：题.何满子：唐朝教坊曲名,声调悲凉。张祜(hù)：字承吉,未曾任官职。

句①她〈主·省〉离〈谓·省〉故国〈宾〉三千里〈补〉。她：指宫女孟才人,下文中的"她"同此。相传,唐朝武宗皇帝临死前,要求孟才人殉葬。孟就唱了一句《何满子》气绝身亡。离：远离。故国：故乡。这句与下句是并列关系。

句②她〈主·省〉在〈谓·省〉深宫〈宾〉二十年〈补〉。深宫：幽深的皇宫里。

句③她〈主·省〉唱〈谓·省〉一声何满子〈宾〉。这句是下句的时间状语。

句④双泪〈主〉落〈谓〉君前〈方位短语·宾〉。双泪：双眼流下的泪。落：落到。君：指武宗皇帝。方位短语的结构是：君+前("前"是方位词)。

浅析：这首诗描写了宫女孟才人的凄楚和悲伤,表达了作者对她的深切同情。第一、二句通过提供数字和事实描写了宫女孟才人凄楚辛酸的宫廷生活。她离家十分遥远,没有了回乡的可能,也见不到家乡亲人。她在深宫度过了漫长的岁月,青春已逝,红颜已老,没有了得到皇帝宠幸的希望。可见,她多么凄楚,多么悲伤。第三、四句通过一个细节描写了宫女孟才人积压在内心的悲伤的宣泄。她的悲伤随时都可能宣泄出来。《何满子》只是触发宣泄的外界因素之一,可见《何满子》曲调多么凄恻哀婉。作者描写她的凄楚悲伤,就是表达对她的深切同情。

本诗①②句是工对,③④句是流水对。

登乐游原

Ascending the Recreational Plain

李商隐　　Li Shangyin

①向晚意不适,　I'm in a bad mood toward the evening,
②驱车登古原。　So I drive my buggy onto the ancient plain.
③夕阳无限好,　The setting sun is infinitely beautiful,
④只是近黄昏。　But the pity is dusk is soon to fall.

详注：题.登：登上。乐游原：在今西安市城南。此处地势高,可眺望长安城。汉宣帝建乐游苑于此。

句①向晚〈状〉意〈主〉不适〈谓〉。向晚：天快晚的时候。意：心情,指作者的心情。不适：不舒畅。这句与下句是因果关系。

句②我〈主·省〉驱车登古原〈连动短语·谓〉。我：指作者。驱车：驾车。登：登上。古原：指乐游原。连动短语的结构是：驱车(方式)+登古原(动作)。

句③夕阳〈主〉无限〈状〉好〈谓〉。这句与下句是转折关系。

句④只是〈连词〉黄昏〈主〉近〈谓·倒〉。近：临近。

浅析：这首诗描写了作者登乐游原所见所感。第一、二句交代了登乐游原的时间和原因。第三、四句描写了夕阳的壮美,抒发了作者对好景不长的无比惆怅心情。

寻隐者不遇

Looking for the Recluse without Meeting Him

贾 岛　Jia Dao

①松下问童子，　I ask the recluse's boy under a pine tree,
②言师采药去。　"My master has gone to pick medical herbs," he tells me.
③只在此山中，　He also tells me, "He's just in this mountain and not elsewhere,
④云深不知处。　But I know not his exact location because the clouds are thick there."

详注：题. 寻:寻访。隐者:隐士。不遇:没见到。贾岛:字阆仙,法号无本。后还俗,曾多次应试不第。曾任小官职。

句①我〈主·省〉松下〈方位短语·状〉问〈谓〉童子〈宾〉。我:指作者。松下:在松树下。童子:男孩子,是隐者的徒弟。方位短语的结构是:松 + 下("下"是方位词)。这句与下面三句是问答关系。这句是问,下面三句是答。

句②他〈主·省〉言〈谓〉[师〈主〉采药去〈连动短语·谓〉]〈小句·宾〉。他:指童子。言:说。师:师父。指隐者。采药去:采摘药材去了。连动短语的结构是:采药(目的) + 去(动作)。

句③他〈主·省〉只在〈谓〉此山中〈方位短语·宾〉。他:指隐者,童子的师父。只在:就在。连动短语的结构是:此山 + 中("中"是方位词)。这句与下句是转折关系。

句④云〈主〉深〈谓〉我〈主·省〉不知〈谓〉处〈宾〉。这句由两个句子构成。"云深"是一句。"我不知处"是一句。两句间是因果关系。云深:云雾浓重。我:指童子。处:师父在山中的什么地方。

浅析：这首诗描写了作者寻访隐者不遇的情景,彰显了一位超凡脱俗的隐士形象。第一句是作者的询问。第二、三、四句是童子的回答。"寻"表明作者不知道隐者在什么地方。既然不知道,那就得"问"。作者问了三个问题:一、你师父呢? 二、去哪儿采药了? 三、在山里的什么地方? 作者只用了一个"问"字,省略了三个问题。童子对三个问题一一作了回答。从童子的回答中,我们得知:隐者采药济世救人,行踪飘忽在云雾中。可见他是一个超凡脱俗的世外高人。

渡汉江

Crossing the Han River

李 频　Li Pin

①岭外音书绝，　Staying south of the Five Ridges about my family I heard of nothing,
②经冬复立春。　From spring to winter and from winter to spring.
③近乡情更怯，　Now nearing my homeland, more mentally timid I grow,
④不敢问来人。　So that about my family I dare not ask any townsman what I want to know.

卷七　五言绝句

391

详注：题.渡：渡过。汉江：汉水，长江支流，源出陕西，在武汉市入长江。李频：字德新，唐朝进士，曾任官职。有人认为这首诗的作者是宋之问。宋之问谄附武则天的男宠张易之。张败，宋被贬为泷州参军。不久，宋从泷州逃归洛阳，途经汉江时写了这首诗。

句①我〈主·省〉在〈谓·省〉岭外〈宾〉音书〈主〉绝〈谓〉。这句由两个句子构成。"我在岭外"是一句。"音书绝"是一句。前句是后句的时间状语。岭外：岭南，五岭之南，指今广东、广西一带。唐朝时，官员有罪，常被贬到这里。音书：消息。绝：断绝。

句②经冬复立春。经过冬天又到春天。复：又。这句也作"音书绝"的时间状语。

句③我〈主·省〉近〈谓〉乡〈宾〉情〈主〉更怯〈谓〉。这句由两个句子构成。"我近乡"是一句。"情更怯"是一句。前句是后句的时间状语。我：指作者。近：走近。乡：家乡，指作者的故乡洛阳。情：心情。怯：害怕。

句④我〈主·省〉不敢问〈谓〉来人〈宾〉。我：指作者。来人：家乡来的人。这句是上句的结果状语。

浅析：作者被贬到岭南。他从贬所逃归途中写了这首诗。这首诗表达了他临近故乡时忐忑不安的心情。第一、二句描写了他在岭南的境况。"音书绝"表明作者与家人失去了联系。"复"表明作者在岭南已有一个年头而且度日如年。度日如年自然是痛苦的。第三、四句表达了他临近家乡时忐忑不安的心情。一来，他害怕潜逃回家被人发现。二来，他害怕家人因他受到牵连而遭不幸。所以，他"情更怯"。

春　怨

Resentment in Spring

金昌绪　Jin Changxu

①打起黄莺儿，　I drive away the oriole from the tree,
②莫教枝上啼。　So as to let it not sing in the tree.
③啼时惊妾梦，　Because its warbling breaks my dream, wherein,
④不得到辽西。　I could not reach Liaoxi where my husband has long been.

详注：题.春怨：春天的怨情。金昌绪：生平不详。

句①我〈主·省〉打起〈谓〉黄莺儿〈宾〉。我：指女主人公，下文中的"我"同此。打起：赶走。

句②我〈主·省〉莫教〈谓〉它〈省〉枝上〈方位短语·状〉啼〈兼语短语·谓〉。莫教：不让。它：指黄莺儿。枝上：在树枝上。啼：鸣叫。兼语短语的结构是：莫教 + 它 + 枝上啼。方位短语的结构是：枝 + 上（"上"是方位词）。这句是上句的目的状语。

句③它〈主·省〉啼时〈状〉惊〈谓〉妾〈定〉梦〈宾〉。它：指黄莺儿。啼时：鸣叫的时候。惊：惊醒。妾：古代女子对自己的谦称，这里是女主人公自称。这句与下句是因果关系。

句④我〈主·省〉不得到〈谓〉辽西〈宾〉。不得到：在梦里到不了。辽西：辽河以西，是女主人公的丈夫戍边的地方。

浅析：这首诗描写了女主人公对丈夫的深切思念。第一句描写了女主人公的一个动作。第二、三、四句交代了女主人公赶走黄莺儿的原因。女主人公本想在梦里到辽西与丈夫相见。黄莺的鸣叫打断了她的梦，使她做不成到辽西的梦。可见，女主人公多么思念丈夫。

哥舒歌

Song of General Geshu

西鄙人　　an anonymous author

①北斗七星高，　High up in the sky are the seven stars of the Big Dipper,
②哥舒夜带刀。　General Geshu patrols the frontier at night with a sabre.
③至今窥牧马，　By pasturing horses the Huns only spy on our military movements up to now,
④不敢过临洮。　But they never dare to cross Lintao.

详注：**题**.哥舒：唐朝大将哥舒翰。哥舒歌：歌颂哥舒翰的诗歌。西鄙人：西部地区的百姓。
句①北斗七星〈主〉高〈谓〉。北斗星：北斗星，由七颗星组成。高：高挂在天空。
句②哥舒〈主〉夜〈状〉带〈谓〉刀〈宾〉。夜：在夜里。带：佩戴着。刀：战刀。
句③胡人〈主·省〉至今〈状〉牧马窥〈倒〉〈连动短语·谓〉。胡人：指唐朝边境的少数民族。牧马窥：胡人常以牧马的方式窥探军情，伺机侵扰。窥（kuī）：刺探军情。连动短语的结构是：牧马（方式）+窥（动作）。
句④他们〈主·省〉不敢过〈谓〉临洮〈宾〉。他们：指胡人。过：越过。临洮（táo）：古县名。在今甘肃岷县，是秦朝长城的西起点。因近洮河而得名。

浅析：这首诗歌颂了哥舒翰将军守边的丰功伟绩，表达了人民对他的怀念。第一句用北斗星衬托了哥舒翰将军在人民心中的崇高地位。第二句描写了哥舒翰在夜间巡逻的雄姿。第三、四句用具事例赞颂了哥舒翰将军的赫赫威名，表达了人民对他的怀念。

乐府　Yuefu-Styled Verse

长干行二首

（一）

Song of Changgan(1)

崔　颢　Cui Hao

①君家何处住？　The young girl says, "Where do you live, young fellow?

②妾住在横塘。 I live at Hengtang.
③停船暂借问， To ask you this question I stop my boat for a mo,
④或恐是同乡。 Maybe we're from the same hometown."

详注：题．长干：地名，在今南京市长干里。行：古诗的一种体裁。长干行：又名长干曲，是乐府旧题，属乐府《杂曲歌辞》。

句①君家〈主〉何处〈状〉住〈谓〉。君家：指男子的家。何处：在什么地方。这句与下面三句是并列关系。

句②妾〈主〉住〈谓〉在横塘〈介词短语·补〉。妾：古代女子对自己的谦称。横塘：地名，离长干里不远。

句③我〈主·省〉暂〈状〉停船〈倒〉借问〈连动短语·谓〉。我：指女子。暂：暂且。借问：请问，相问。连动短语的结构是：停船（动作）+借问（目的）。

句④我们〈主·省〉或恐〈状〉是〈谓〉同乡〈宾〉。我们：指女子和男子。或恐：或许。

浅析：这首诗通过一个细小的生活片断生动地刻画出一位活泼、开朗、敏慧的船家少女形象。船家少女遇到一个男青年，停下船来，主动问了对方"你家住哪儿？"问完立即意识到有点冒失。于是，赶紧打个圆场说："我家住在横塘。"还觉得不够，又说出了"停船暂借问，或恐是同乡。"以此掩盖自己的羞怯。可见，那位少女多么活泼、开朗，又是多么敏慧。

（二）

Song of Changgan (2)

崔颢　Cui Hao

①家临九江水， The young man replies, "My home is by the Yangtze River,
②来去九江侧。 So I come and go on the river.
③同是长干人， Though both of us come from Changgan, the same neighbourhood,
④生小不相识。 Yet we haven't known each other since our childhood."

详注：句①家〈主〉临〈谓〉九江〈定〉水〈宾〉。家：我家，指男子的家。临：靠近。九江水：指长江下游一段。因支流众多，所以称"九江"。这句与下句是因果关系。

句②我〈主·省〉来去〈谓〉九江〈定〉侧〈补〉。我：指男子。侧：边。九江侧：在长江边。

句③我们〈主·省〉同是〈谓〉长干人〈宾〉。我们：指男子和女子。同是：都是。这句与下句是转折关系。

句④我们〈主·省〉生小〈状〉不相识〈谓〉。我们：指男子和女子。生小：从小。不相识：不认识。

浅析：这首诗是男青年对少女问话的回应，刻画了一个机灵的男青年形象。第一、二句表明了男青年也过着船家生活，与少女有相同的生活境遇。第三、四句流露了男青年对过去不认识少女的遗憾，有一种相见恨晚的意思。男青年觉察到少女"或恐是同乡"话外有音，而他对少女也颇有点意思。所以，他以一种不露痕迹的方式表达了这种意思，可见他十分机灵。

玉 阶 怨

A Palace Maid's Resentment

李 白 Li Bai

①玉阶生白露， On the jade steps appear dew drops white,
②夜久侵罗袜。 They wet her silk stocks deep into the night.
③却下水精帘， Back in her bedroom she lets down the crystal screen,
④玲珑望秋月。 And gazes through it at the autumn moon clear and clean.

详注：题．玉阶怨：宫女的怨恨。玉阶：宫殿前用玉石砌的台阶。这里借玉阶（标记）代宫殿，又借宫殿（宫女的住处）代宫女，是借代修辞格。《玉阶怨》属乐府《相和歌辞·楚调曲》。

句①玉阶〈主〉生〈谓〉白露〈宾〉。玉阶：玉阶上。生：出现。白露：白色的露水。

句②夜〈主〉久〈谓〉白露〈主·省〉侵〈谓〉罗袜〈宾〉。这句由两个句子构成。"夜久"是一句。"白露侵罗袜"是一句。前句是后句的时间状语。久：深。侵：打湿。罗袜：宫女穿的丝织袜子。这句补充说明上句。

句③她〈主·省〉却下〈连动短语·谓〉水精帘〈宾〉。她：指宫女。却：退回房间。下：放下。水精帘：水晶帘，一种晶莹透明的帘子。连动短语的结构是：却＋下（动作先后关系）。这句与下句是顺承关系。

句④她〈主·省〉望〈谓〉玲珑〈定·倒〉秋月〈宾〉。她：指宫女。望：远看。玲珑：皎洁的。秋月：秋天的月亮。

浅析：这首诗描写了女主人公的一个生活细节，表达了她内心的怨恨。第一、二句描写了女主人公秋夜在玉阶上久久站立的情景。"玉阶"表明了她的宫女身份。"夜深"表明她在玉阶上站立到后半夜。第三、四句描写了女主人公凝望的情景。"下水精帘"表明她从室外回到室内。"望"表明她心有不甘，仍未心死。前两句表明她盼望之久，后两句表明她盼望之切。一个宫女在秋夜不能寐，久久地站在玉阶上盼望皇帝的到来，可皇帝没有来。她回到室内，还要望。可惜她只能望着秋月，与秋月做伴。从这些细节我们不难想到：她的内心肯定很失望，很痛苦，因而充满了怨恨。作者描写她的怨恨就是表达对她的同情。

塞下曲四首

（一）

Song of Frontiers(1)

卢 纶 Lu Lun

①鹫翎金仆姑， His arrow named Jinpugu is tufted with the hawk's feather,

②燕尾绣蝥弧。His pennon named Maohu has a ribbon shaped like a swallow-tail.
③独立扬新令,Standing bolt upright the general issues a new order,
④千营共一呼。The warriors of all the battalions with one voice shout hail.

详注:题.塞下曲:是新乐府辞。

句①金仆姑〈主〉有〈谓·省〉鹫翎〈宾·倒〉。金仆姑:箭名。鹫翎(jiù líng):鹫的尾羽。鹫是一种猛禽。这句与下句是并列关系。

句②蝥弧〈主〉有〈谓·省〉绣〈定〉燕尾〈宾·倒〉。蝥(máo)弧:军旗名。绣:绣着图案的。燕尾:燕尾形飘带。

句③将军〈主·省〉独立扬新令〈连动短语·谓〉。独立:笔挺地站着。扬:发布。新令:新的命令。连动短语的结构是:独立(方式)+扬新令(动作)。这句与下句是顺承关系。

句④千营〈主〉共〈谓〉一呼〈宾〉。千营:各营的军士。"千"表示虚数,不实指。共:一起发出。一呼:一声呼喊。

浅析:这首诗描写了出征前誓师大会的雄壮场面。第一、二句描写了将军的装束,凸显了他的威严。第三句描写了将军的威武。第四句描写了高昂士气,彰显了军纪的严明。

(二)

Song of Frontiers(2)

卢 纶　Lu Lun

①林暗草惊风,In the dark woods the wind makes the grasses rustle with fright,
②将军夜引弓。The general shoots an arrow at night.
③平明寻白羽,He looks for the arrow the next morn,
④没在石棱中。Only to find it in a split rock amid the thorn.

详注:句①林〈主〉暗〈谓〉风〈主〉惊〈谓·倒〉草〈宾·倒〉。这句由两个句子构成。"林暗"是一句。"风惊草"是一句。两句间是并列关系。林:树林里。暗:一片昏暗。惊:使……震动,引申为"吹动"。"惊"是将军的心理活动。这里,把人的"惊"移到草上,是移就修辞格。古代有"风从虎"的说法。将军见草动而心惊疑有猛虎或敌情。这句与下句是因果关系。

句②将军〈主〉夜〈状〉引〈谓〉弓〈宾〉。夜:在夜里。引弓:拉弓放箭。引:拉。

句③他〈主·省〉平明〈状〉寻〈谓〉白羽〈宾〉。他:指将军。平明:拂晓时。寻:找。白羽:带有白色羽毛的箭。这里,借白羽(部分)代箭(整体),是借代修辞格。

句④它〈主·省〉没〈谓〉在石棱中〈介词短语·补〉。它:指箭。没:插入。石棱(léng):石头裂开的缝。介词短语的结构是:石棱+中("中"是方位词)。这句是上句的结果状语。

浅析:这首诗描写了守边将军夜间巡逻的情景,凸显了他的神勇威猛。第一、二句交代了将军巡逻的时间——夜间和地点——树林中。"夜"呼应了"暗"。"惊"表明将军有很高的警惕性。第三、四句描写了将军的神勇威猛。箭射中石头,表明他臂力过人,箭法高超。

（三）

Song of Frontiers(3)

卢 纶　Lu Lun

①月黑雁飞高，	The wild geese fly high on a moonless night,
②单于夜遁逃。	The Huns' chieftain seizes the dark night to have taken flight.
③欲将轻骑逐，	When the general is about to command the light cavalry to pursue him,
④大雪满弓刀。	Their bows, arrows and sabres are covered with thick snow white.

详注：句①月〈主〉黑〈谓〉雁〈主〉飞〈谓〉高〈补〉。这句由两个句子构成。"月黑"是一句。"雁飞高"是一句。两句间是因果关系。月黑：月亮被乌云遮住。飞：飞得很高。这句与下句是并列关系。

句②单于〈主〉夜〈状〉遁逃〈谓〉。单于：匈奴的首领。夜：在夜里。遁(dùn)逃：逃跑。

句③将军〈主·省〉欲将轻骑逐〈连动短语·谓〉。欲：要。将：率领。轻骑：轻骑兵。逐：追击。连动短语的结构是：欲将轻骑(动作)+逐(目的)。这句是下句的时间状语。

句④大雪〈主〉满〈谓〉弓刀〈联合短语·宾〉。满：盖满。弓：弓箭。刀：战刀。联合短语的结构是：弓+刀（两者并列）。

浅析：这首诗描写了在大雪纷飞的黑夜将士追击敌人的场面，凸显了戍边将士不畏严寒、艰苦卓绝的战斗精神。第一句交代了敌人逃跑的时间——黑夜。"月黑"表明乌云浓密而低垂，一场大雪即将来临。这情景惊飞了大雁。"雁飞高"表明听不到雁声划过天空，夜很寂静。第二句表明单于知道大势已去，只得趁黑夜逃跑，衬托了唐军将士的声威令敌人丧胆。第三、四句描写了唐军追击敌人的环境。"满"表明雪下得又大又急，烘托了唐军将士不畏严寒、艰苦卓绝的战斗精神。

（四）

Song of Frontiers(4)

卢 纶　Lu Lun

①野幕敞琼筵，	In the military camps on the wild a top-quality banquet is being given,
②羌戎贺劳旋。	With which the peoples of Qiang and Rong are celebrating the victors' return.
③醉和金甲舞，	After getting drunk, the warriors dance in iron mails,
④雷鼓动山川。	When they beat the drums the thunder-like sound shake the mountains and the vales.

详注：句①野幕〈主〉敞〈谓〉琼筵〈宾〉。野幕：旷野的营帐里。敞：摆出。琼筵(qióng yán)：丰盛的宴席。

句②羌戎〈联合短语·主〉贺劳〈联合短语·谓〉旋〈宾〉。羌(qiāng)：羌族，我国少数民族之一。戎：我国少数民族之一。贺:祝贺。劳:慰劳。旋:凯旋的将士。联合短语的结构是:羌+戎(两者并列)。贺+劳(两者并列)。这句补充说明上句。

句③将士〈主·省〉醉〈状〉和金甲舞〈连动短语·谓〉。醉:喝醉以后。和:穿着。金甲:盔甲。舞:跳舞。连动短语的结构是:和金甲(方式)+舞(动作)。这句与下句是并列关系。

句④将士〈主·省〉雷〈谓〉鼓〈宾〉山川〈联合短语·主〉动〈谓·倒〉。这句由两个句子构成。"将士雷鼓"是一句。"山川动"是一句。前句是后句的时间状语。雷:同"擂",意即"敲击"。山川:山河。动:震动。联合短语的结构是:山+川(两者并列)。

浅析: 这首诗描写了边疆少数民族群众祝贺慰劳凯旋的将士的热烈场面。第一句描写了筵席的规模之大。第二句描写了设宴的目的。第三、四句描写了凯旋的将士的欢快情景。

江南曲

Song of a Trader's Wife

李 益　Li Yi

①嫁得瞿塘贾,	I'm married to a Qutang businessman,
②朝朝误妾期。	Who delays his return again and again.
③早知潮有信,	If I had known earlier the tide is a faith-keeper,
④嫁与弄潮儿。	I would have married a tide-rider.

详注: 题.江南曲:是乐府《相和歌辞》旧题,多写男女情事。

句①我〈主·省〉嫁得〈谓〉瞿塘〈定〉贾〈宾〉。我:指女主人公,下文中的"我"同此。嫁得:嫁给了。瞿塘:瞿塘峡,长江三峡之一。贾(gǔ):商人。

句②他〈主·省〉朝朝〈状〉误〈谓〉妾〈定〉期〈宾〉。他:指瞿塘贾。朝朝:天天,引申为"一而再,再而三"。误:延误。妾:古代女子的谦称,指女主人公。期:答应过女主人公的归期。这句补充说明上句。

句③我〈主·省〉早〈状〉知〈谓〉[潮〈主〉有〈谓〉信〈宾〉]〈小句·宾〉。知:知道。潮有信:潮水涨落有固定的时间。这句是下句的虚拟条件状语。

句④我〈主·省〉嫁与〈谓〉弄潮儿〈宾〉。嫁与:嫁给。弄潮儿:涨潮的时候在潮水中冲浪的人。

浅析: 这首诗描写了商妇因丈夫外出经商长时间不归而产生的失望和怨恨。第一、二句表达了商妇的失望。商人久出不归,商妇天天盼望。商人一次次地延误归期,她能不失望吗?第三、四句表达了商妇的怨恨。细细想想,这怨恨中饱含着对丈夫的爱。如果没有爱,她何必怨恨呢?她高高兴兴地改嫁算了。

卷八　七言绝句
Volume Eight　Seven-Character Quatrain

回乡偶书
An Extempore Poem on Arriving at Homeland

贺知章　He Zhizhang

①少小离家老大回，Young I left home, old I come back,
②乡音无改鬓毛衰。My accent is unchanged but my temple hair is not thick nor black.
③儿童相见不相识，The children I meet don't know me for a while,
④笑问客从何处来。So they ask me "Where are you from?" with a smile.

详注：题. 偶书：随意写成。贺知章：字季真，唐朝进士，曾任多个官职，晚年休官回乡定居。

句①我〈主·省〉少小〈状〉离家老大〈状〉回〈连动短语·谓〉。我：指作者，下文中的"我"同此。少小：年轻的时候。作者三十七岁中进士。这之前就离开了家乡。老大：年老的时候。作者八十六岁告老还乡。回：回到故乡。连动短语的结构是：少小离家+老大回(动作先后关系)。这句与下句是并列关系。

句②乡音〈主〉无改〈谓〉鬓毛〈主〉衰〈谓〉。这句由两个句子构成。"乡音无改"是一句。"鬓毛衰"是一句。两句间是转折关系。乡音：作者家乡的口音。无：没有。改：改变。鬓(bìn)毛：鬓角的头发。衰(cuī)：变白。

句③儿童〈主〉相见我〈省〉不相识〈联合短语·谓〉。儿童：作者家乡的儿童。相见：见到。"相"是动词前缀，没有实义。相识：认识。联合短语的结构是：相见我+不相识(两者间是转折关系)。这句与下句是因果关系。

句④他们〈主·省〉笑问〈连动短语·谓〉[客〈主〉从何处〈介词短语·状〉来〈谓〉〈小句·宾〉。他们：指儿童们。笑问：笑着问。客：指作者。从何处：从什么地方。连动短语的结构是：笑(方式)+问(动作)。介词短语的结构是：从＋何处（"从"是介词）。

浅析：这首诗描写了作者告老回到家乡时的情景。第一句通过"少小离家"和"老大回"的对照交代了作者离家之久。第二句表达了作者对人生易老的感慨。"乡音未改"衬托了"鬓毛衰"，可见人生易老。第三、四句通过儿童的问话进一步衬托了作者的老迈。作者已老，被儿童当作外乡客人了。作者记录下这一问话，流露了作者对老迈的淡淡哀伤。

桃 花 溪

The Peach Flower Stream

张　旭　Zhang Xu

① 隐隐飞桥隔野烟，　The viaduct is dimly visible because it's veiled by the wild smoke,
② 石矶西畔问渔船。　By the west of a projecting rock I ask the fisherman in a fishing boat.
③ 桃花尽日随流水，　"The peach flowers drift by on the stream all day,
④ 洞在清溪何处边？　To the hillside hole near the clear stream, where is the way?"

详注：**题**. 桃花溪：溪流名，在今湖南桃源县西南。张旭：字伯高，唐朝大书法家，擅长草书，曾任官职。

句①飞桥〈主〉隐隐〈谓・倒〉野烟〈主〉隔〈谓・倒〉。这句由两个句子构成。"飞桥隐隐"是一句。"野烟隔"是一句。两句间是果因关系。飞桥：高架起的桥。隐隐：隐约可见。野烟：旷野中的烟雾。隔：阻隔，引申为"笼罩"。

句②我〈主・省〉石矶〈定〉西畔〈状〉问〈谓〉渔船〈宾〉。我：指作者。石矶(jī)：水边的高大石块。西畔：西边。渔船：渔夫。这里借渔船（地点）代渔船上的渔夫，是借代修辞格。

句③桃花〈主〉尽日〈状〉随〈谓〉流水〈宾〉。尽日：从早到晚。随流水：随流水飘走。

句④洞〈主〉在〈谓〉清溪〈定〉何处边〈宾〉。洞：指渔夫进入桃花源的山洞。清溪：指桃花溪。边：起凑韵作用，没有实义。

浅析：这首诗描写了桃花溪的美景，流露了作者对陶渊明笔下的"世外桃源"的向往之情。第一、二句描写了桃花溪的景色。这景色酷似陶渊明《桃花源记》中所写，使作者联想到进入桃花源的洞口。所以，他发出一问。第三、四句是问的内容，表明他很想找到那个桃花源，流露了作者对桃花源的向往。

九月九日忆山东兄弟

Thinking of My Brothers East of Mount Hua on the Ninth Day of the Ninth Moon

王 维　Wang Wei

①独在异乡为异客，　When I'm a lonely stranger in a strange land far away,
②每逢佳节倍思亲。　I miss my kinsfolk all the more on every festive day.
③遥知兄弟登高处，　I know from afar today my brothers are ascending heights, and,
④遍插茱萸少一人。　They find I'm not with them when they insert dogwoods everywhere by hand.

详注：题.九月九日：重阳节。民间有登高、插茱萸、饮菊花酒等习俗。忆：思念。山东：华山以东，指作者家乡。

句①我〈主·省〉独〈状〉在异乡〈介词短语·状〉为〈谓〉异客〈宾〉。我：指作者，下文中的"我"同此。独：独自。在异乡：在他乡。为：作。异客：外乡人。介词短语的结构是：在 + 异乡（"在"是介词）。这句是下句的时间状语。

句②我〈主·省〉每〈状〉逢佳节〈动宾短语·状〉倍〈状〉思〈谓〉亲〈宾〉。每：每次。逢：遇到。佳节：节日。每逢佳节：每到节日的时候。倍：更加。思：思念。亲：亲人。动宾短语的结构是：逢 + 佳节（动词 + 宾语）。

句③我〈主·省〉遥〈状〉知〈谓〉[兄弟〈主〉登〈谓〉高处〈宾〉]〈小句·宾〉。遥：在外地。知：想到。登：登上。高处：高的地方。这句与下句是并列关系。

句④他们〈主·省〉遍〈状〉插茱萸〈动宾短语·状〉少〈谓〉一人〈宾〉。他们：指作者的兄弟们。遍：到处。茱萸(zū yú)：是一种植物，有清香。古人在九月九日插茱萸，以求避灾。少：缺少。一人：指作者。动宾短语的结构是：插 + 茱萸（动词 + 宾语）。

浅析：这首诗表达了作者身在异乡的孤独感和浓浓的思亲之情。第一句表达了作者身在异乡的孤独感。"独"和两个"异"强调了孤独感的浓烈。第二句表达了作者对亲人的深切思念。"每逢"表明作者独在异乡遇到不止一个佳节，而是多个。"倍"表明作者平时就思亲，到佳节更思亲。第三、四句是作者想象中的情景，其实也是实景，描写了家乡亲人思念作者自己，进一步衬托出作者的浓浓的思亲之情。

卷八　七言绝句

芙蓉楼送辛渐 二首录一

Seeing Off Xin Jian at the Lotus Tower

王昌龄　Wang Changling

①寒雨连江夜入吴，A cold rain crossed the Yangtze River to Wu place last night,
②平明送客楚山孤。At dawn after I see you off, only the lonely Chu mountain stands in my sight.
③洛阳亲友如相问，If my relatives and friends in Luoyang ask about the demotion I got,
④一片冰心在玉壶。Please tell them my heart is a piece of crystal-clear ice in a jade pot.

详注：题．芙蓉楼：在今江苏镇江市。送：送别。辛渐：是作者的友人。

句①寒雨〈主〉夜〈状〉连江〈倒〉入吴〈连动短语·谓〉。寒雨：寒冷的雨。夜：昨夜。连江：越过江面。入：来到。吴：吴地，指作者所在地镇江。连动短语的结构是：连江＋入吴（动作先后关系）。这句与下句是顺承关系。

句②我〈主·省〉平明〈状〉送〈谓〉客〈宾〉楚山〈主〉孤〈谓〉。这句由两个句子构成。"我平明送客"是一句，"楚山孤"是一句。两句间是顺承关系。我：指作者。平明：拂晓。送：送别。客：指辛渐。楚山：楚地的山，指镇江附近的山，是辛渐去洛阳时途经之处。镇江在古时先属吴后属楚。所以，本诗中吴楚都指镇江。孤：孤单。这里，作者把自己的孤单感移到楚山上，是移就修辞格。

句③洛阳〈定〉亲友〈主〉如〈连词〉相问〈谓〉。洛阳：辛渐要去的地方，也是作者的故乡。如：如果。相问：问到我遭到贬谪的情况（指作者的情况）。"相"是动词前缀，没有实义。这句是下句的条件状语。

句④一片〈定〉冰心〈主〉在〈谓〉玉壶〈宾〉。一片：一颗。冰心：像冰一样清亮洁净的心，指作者的心。玉壶：玉做的壶。这里用冰心玉壶喻作者清白白的人格，是借喻修辞格。

浅析：这首诗描写了作者送别友人的孤寂心情并对自己的清白无辜作了坚定的表白。第一句描写了秋雨绵绵的景色，渲染了离别气氛，衬托了作者送别友人的黯然情绪。第二句描写了作者送别友人后的孤寂心情。第三、四句是作者对自己的清白无辜所作的表白。作者因遭诽议打击，几次被贬官。洛阳的亲友一定会向辛渐打听他的情况，所以，他拜托辛渐告诉洛阳的亲友：他虽遭诽议、打击、贬官，但他仍保持着冰清玉洁的人品，他是清白无辜的。

闺　怨

The Young Woman's Regret

王昌龄　Wang Changling

①闺中少妇不知愁，The young woman in her boudoir does not know sorrow anyway,

②春日凝妆上翠楼。	Gaily-dressed, she climbs up her greenish tower on a spring day.
③忽见陌头杨柳色,	Suddenly she sees the greenness of the willows at the roadside,
④悔教夫婿觅封侯。	She immediately regrets having sent her husband away to seek a high-ranking post bright.

详注：题. 闺：女子的卧室。这里借闺（地点）代闺中少妇（地点中的人），是借代修辞格。怨：怨悔。闺怨：少妇的怨悔。

句①闺中〈方位短语·定〉少妇〈主〉不知〈谓〉愁〈宾〉。知：知道。愁：忧愁。方位短语的结构是：闺＋中（"中"是方位词）。

句②她〈主·省〉春日〈状〉凝妆上翠楼〈连动短语·谓〉。她：指闺中少妇，下文中的"她"同此。春日：在春天里。凝妆：精心打扮后。上：登上。翠楼：华丽的楼。连动短语的结构是：凝妆＋上翠楼（动作先后关系）。这句说明了上句。

句③她〈主·省〉忽见〈谓〉陌头〈定〉杨柳色〈宾〉。忽见：忽然看到。陌（mò）头：路边。杨柳色：杨柳呈现的绿色。这句与下句是顺承关系。

句④她〈主·省〉悔〈谓〉教夫婿觅封侯〈兼语短语·宾〉。悔：后悔。教：叫，让。夫婿：自己的丈夫。觅封侯：外出求取功名，指从军获得封侯。兼语短语的结构是：教＋夫婿＋觅封侯。

浅析：这首诗描写了闺中少妇刹那间的心理变化。第一、二句直写了少妇"不知愁"。"翠楼"表明少妇生活在富贵人家，物质条件优裕，愁从何来！第三、四句描写了少妇从"不知愁"到"悔"的心理变化。"忽"衬托了她的心理变化之急剧。杨柳的春色撩拨了她的心，使她萌生了对夫妻相拥的渴望，可惜丈夫不在身边。她感到她正在虚度青春，因而后悔不迭，不该让丈夫外出求取功名。

春 宫 怨

The Empress' Hatred in Spring

王昌龄　Wang Changling

①昨夜风开露井桃,	The spring breeze blew the peach trees by the open well into bloom last night,
②未央前殿月轮高。	In front of the Weiyang Palace high up in the sky rose the moon bright.
③平阳歌舞新承宠,	The singing girl in the Pingyang Palace got Emperor Wu's favour of late,
④帘外春寒赐锦袍。	Outside of the screen the spring was cold and Emperor Wu bestowed on the girl a robe brocade.

详注：题.春宫怨:春天里皇后的怨恨。
句①昨夜〈状〉风〈主〉开〈谓〉露井〈定〉桃〈宾〉。风:春风。开:吹开。露井:没有加盖的水井边的。桃:桃花。
句②未央殿前〈倒〉〈方位短语·定〉月轮〈主〉高〈谓〉。未央殿:汉朝宫殿名,是陈皇后的住处。月轮:一轮明月。高:升到高空。方位短语的结构是:未央殿+前("前"是方位词)。
句③平阳〈定〉歌舞〈主〉新〈状〉承〈谓〉宠〈宾〉。平阳:平阳公主家的。平阳公主是汉武帝的姐姐。歌舞:歌女,指卫子夫。这里,借歌舞代表演歌舞的人,是借代修辞格。一次,汉武帝到平阳公主家饮酒,看到了卫子夫,喜欢上了她,把她带进宫里并把她立为皇后,废了陈皇后。新:新近。承宠:得到皇帝的宠幸。
句④帘外〈方位短语·状〉春〈主〉寒〈谓〉武帝〈主·省〉赐〈谓〉锦袍〈宾〉。这句由两个句子构成。"帘外春寒"是一句。"武帝赐锦袍"是一句。两句间是因果关系。帘外:屋外。赐:赐给卫子夫。锦袍:色泽鲜艳的袍子。方位短语的结构是:帘+外("外"是方位词)。

浅析：这首诗描写了汉武帝宠幸卫子夫、废弃陈皇后的历史故事,并借汉指唐,揭露了唐朝皇帝们荒淫无耻、喜新厌旧的恶劣品质。第一、二句描写了皇宫的仲春夜景,暗示陈皇后失宠,卫子夫得宠。"风开露井桃"表明已是仲春。"月轮高"表明已过午夜。陈皇后昨夜就在未央殿前切盼武帝的到来,但武帝没有到来。所以她久久地站在未央殿前亲眼看到了"风开露井桃"和"月轮高"。这些都暗示了陈皇后已失宠。"风开露井桃"又象征卫子夫得宠恰如露井边的桃花,迎着春风绽放。"月轮高"又象征卫子夫得宠如明月升到高空。第三、四句揭示了陈皇后的怨恨。"帘外"象征陈皇后被废弃,成了帘外之人。"春寒"衬托了陈皇后内心的凄凉和悲伤。"赐锦袍"又暗示卫子夫成了皇后。卫子夫成了皇后,陈皇后心里自然充满怨恨。作者意在表明汉武帝是这样,唐朝的皇帝们又何尝不是这样!

凉州词

Before Going to the Battle-Field

王 翰　Wang Han

①葡萄美酒夜光杯，The evening-radiant cups are filled with mellow grape wine,
②欲饮琵琶马上催。The warriors are incessantly drinking when the pipa on the horseback urges them to go up to the front-line.
③醉卧沙场君莫笑，You mustn't laugh at them when they get drunk and lie on the battle-ground,
④古来征战几人回？For since ancient times how many warriors have returned home safe and sound?

详注：题.凉州:在今甘肃武威县。凉州词:是凉州曲的歌词。唐开元年间,西凉都督郭知运选送此曲。王翰:字子羽,唐朝进士,曾任官职。

句①葡萄美酒〈主〉装满〈谓·省〉夜光杯〈宾〉。葡萄美酒:用葡萄酿成的好酒。夜光杯:用美玉制成的酒杯,光可照夜。这句与下句是并列关系。

句②士兵〈主·省〉欲饮〈谓〉美酒〈宾·省〉琵琶〈主〉马上〈状〉催〈谓〉。这句由两个句子构成。"士兵欲饮美酒"是一句。"琵琶马上催"是一句。前句是后句的时间状语。欲饮:喝了一杯还想再喝一杯,即一杯接一杯地喝。琵琶:一种弹奏乐器。马上:在马背上。催:催促出征。

句③他们〈主·省〉醉卧沙场〈连动短语·谓〉君〈主〉莫笑〈谓〉。"他们醉卧沙场"是一句。"君莫笑"是一句。两句间是转折关系。他们:指饮酒的士兵们。醉:喝醉酒。卧沙场:躺在战场上。君:泛指"醉卧沙场"的目击者。莫:不要。笑:耻笑。连动短语的结构是:醉(因)+卧沙场(果)。这句与下句是果因关系。

句④古来〈状〉士兵〈主·省〉征战〈谓〉几人〈主〉回〈谓〉。这句由两个句子构成。"古来士兵征战"是一句。"几人回"是一句。前句是后句的时间状语。古来:自古以来。征战:打仗。几人:有几个人。回:活着回来。

浅析:这首诗描写了士兵奔赴战场前摆酒送行的场面,表达了作者对他们的深切同情。第一、二句描写了悲壮的狂饮场面。"催"表明琵琶声不止一次响起。第一次响起的时候,士兵只顾狂饮,没有理睬。所以,才有第二次、第三次响起,表示"催"。第三、四句是作者的议论,表达了作者对士兵的深切同情。"醉卧"表明了士兵的绝望情绪,他们根本没想活着回来,所以他们狂饮,得乐且乐。这情景催人泪下,作者十分同情。

送孟浩然之广陵

Seeing Off Meng Haoran Going to Guangling

李 白　Li Bai

①故人西辞黄鹤楼,　My friend says good-bye to the west where stands Yellow crane Tower,
②烟花三月下扬州。　So as to sail down the Yangtze River to Yangzhou in the late spring with many a misty flower.
③孤帆远影碧空尽,　His solitary sail in the distance gradually disappears in the blue sky,
④惟见长江天际流。　So that I can only see the Yangtze River to the horizon running by.

详注:题.送:送别。孟浩然:作者的朋友。之:去。广陵:今江苏扬州市。

句①故人〈主〉西〈状〉辞〈谓〉黄鹤楼〈宾〉。故人:老朋友,指孟浩然。西:黄鹤楼在广陵西边。辞:辞别。黄鹤楼:在今湖北武汉市武昌城蛇山西端山巅。

句②他〈主·省〉烟花〈定〉三月〈状〉下〈谓〉扬州〈宾〉。他:指孟浩然。烟花三月:在雾气笼罩着花朵的三月。下扬州:顺长江而下去扬州。这句是上句的目的状语。

句③孤帆〈定〉远影〈主〉碧空〈状〉尽〈谓〉。孤帆:一条孤单的船,指孟浩然乘坐的船。这里借帆(部分)代船(整体),是借代修辞格。远影:远去的船影。碧空:在蓝色的天空中。尽:消失。

句④我〈主·省〉惟〈状〉见〈谓〉[长江〈主〉天际〈状〉流〈谓〉]〈小句·宾〉。我:指作者。惟:只。见:看到。天际:向天边。流:奔流。这句是上句的结果状语。

浅析:这首诗描写了作者送别老朋友孟浩然的情景,表达了作者对老友的依依惜别之情。第一句交代了送别老友的地点。第二句交代了送别老友的时间和老友要去的地方。第三、四句描写了作者目送行舟远去的情景。作者一直目送老友乘坐的船渐渐远去,直至消失。可见他久久地站在送别的地方没有离开,流露了作者的依依惜别之情。

下 江 陵

Sailing down the Yangtze River to Jiangling

李 白　Li Bai

①朝辞白帝彩云间,　At dawn I leave the White Emperor Town in rosy clouds,
②千里江陵一日还。　Within a day I return to Jiangling a thousand *li* away.
③两岸猿声啼不住,　While the apes are still wailing on both banks or thereabouts,
④轻舟已过万重山。　My light boat has left thousands of mountains behind on its way.

详注.题.下:顺长江而下。江陵:今湖北江陵县。本诗题又作《早发白帝城》。

句①我〈主·省〉朝〈状〉辞〈谓〉彩云间〈方位短语·定〉白帝〈宾·倒〉。我:指作者。朝:早晨。辞:辞别。彩云间:彩云里的,被彩云笼罩的。白帝:白帝城,在四川奉节县白帝山上。这句与下句是顺承关系。

句②我〈主·省〉一日〈状〉还〈谓〉千里〈定·倒〉江陵〈宾·倒〉。我:指作者。一日:一天之内。还:回到。千里江陵:千里之外的江陵。白帝城距江陵有一千二百里。

句③两岸〈定〉猿声〈主〉啼〈谓〉不住〈补〉。两岸:长江两岸。猿声:猿猴的叫声。长江两岸的群山中多猿。啼:叫。不住:不停。这句是下句的时间状语。

句④轻舟〈主〉已过〈谓〉万重〈定〉山〈宾〉。轻舟:轻快的小船。已:已经。过:通过。万重山:长江两岸连绵不断的山峦。"万"表示虚数,意即"无数",是夸张修辞格。

浅析:李白因参与永璘王事件而获罪,被流放夜郎。第二年,李白到达白帝城时,得到了被赦免的消息。于是,他迫不及待地乘船回江陵。这首诗描写了他早晨离开白帝城,傍晚回到千里之外的江陵的飞快的船行速度,衬托了作者遇赦后回到亲人和朋友中间的欢快心情。第一句交代了乘船的出发地和时间。第二句交代了所要到达的目的地和时间。两地相隔千余里,乘船只用了一天时间,可见船行之快。第三、四句用具体细节描写了船行的飞快速度。"轻"衬托了作者遇赦后的欢快心情。

逢入京使

Coming Across a Messenger Going to Chang'an

岑 参　Cen Shen

①故园东望路漫漫，	I look eastwards and my homeland lies far, far away,
②双袖龙钟泪不干。	My tears wet my sleeves but they don't stop running anyway.
③马上相逢无纸笔，	Meeting you on the horseback I have no paper nor brush to write,
④凭君传语报平安。	So I can but ask you to give my kinsfolk a message that I'm all right.

详注： 题.逢：遇见。入京使：到京城长安去的使者。

句①我〈主·省〉东望〈谓〉故园〈宾·倒〉路〈主〉漫漫〈谓〉。这句由两个句子构成。"我东望故园"是一句。"路漫漫"是一句。两句间是并列关系。我：指作者。东望：向东远看。故园：故乡，指京城长安。漫漫：遥远。这句与下句是并列关系。

句②双袖〈主〉龙钟〈谓〉泪〈主〉不干〈谓〉。这句由两个句子构成。"双袖龙钟"是一句。"泪不干"是一句。两句间是转折关系。双袖：作者的两只衣袖。龙钟：泪流的样子。这里借龙钟（原因）代湿透（结果），是借代修辞格。泪不干：流泪不止。

句③你我〈主·省〉马上相逢无纸笔〈连动短语·谓〉。你：指入京使。我：指作者。马上：在马背上。相逢：见面。无：没有。纸笔：纸和笔。连动短语的结构是：马上相逢（因）+无纸笔（果）。这句与下句是因果关系。

句④我〈主·省〉凭君传语报平安〈连动短语·谓〉。我：指作者。凭：拜托。君：你，指入京使。传语：捎个口信。连动短语的结构是：凭君传语（动作）+报平安（目的）。"凭君传语"是兼语短语，其结构是：凭+君+传语。

浅析： 作者去安西赴任，途中遇到入京使者，写了这首诗，表达了作者浓浓的思乡之情。第一句描写了作者在途中不断回望家乡。"路漫漫"表明作者望故乡而不见。第二句描写了作者因思念故乡而悲伤流泪。第三、四句描写了作者与入京使在路上相逢的情景。"马上"表明两人在行进中相遇。第四句表明作者不放过任何一个与家人联系的机会，可见他的思乡之情多么浓烈。

江南逢李龟年

Coming across Li Guinian in the South of the Yangtze River

杜　甫　Du Fu

①岐王宅里寻常见，　Very often I met you in Prince Qi's mansion,
②崔九堂前几度闻。　Many times in Cui the 9th's hall I heard you sing.
③正是江南好风景，　Though the scenery south of the Yangtze River is just the best of the year,
④落花时节又逢君。　Yet the flowers are falling when I meet you again here.

详注： 题．江南：在江南。逢：遇到。李龟年：唐朝歌唱家，安史之乱时流落到江南。

句①岐王〈定〉宅里〈方位短语·状〉我〈主·省〉寻常〈状〉见〈谓〉君〈宾·省〉。岐(qí)王：李范，是唐睿宗的儿子，封岐王。宅里：家里。我：指作者，下文中的"我"同此。寻常：经常。见：看到。君：你，指李龟年。方位短语的结构是：宅＋里（"里"是方位词）。这句与下句是并列关系。

句②崔九〈定〉堂前〈方位短语·状〉我〈主·省〉几度〈状〉闻〈谓〉君歌〈主谓短语·宾·省〉。崔九：崔涤，任殿中监官职。堂：古代宫室。前为堂，后为室。几度：多次。闻：听到。君歌：你唱歌，指李龟年唱歌。方位短语的结构是：堂＋前（"前"是方位词）。主谓短语的结构是：君＋歌（主语＋谓语）。

句③江南〈主〉正是〈谓·倒〉好〈定〉风景〈宾〉。正是：正值。这句与下句是转折关系。

句④落花〈定〉时节〈状〉我〈主·省〉又〈状〉逢〈谓〉君〈宾〉。落花时节：暮春时节。这里，借落花时节喻风烛残年，是借喻修辞格。又：再一次。逢：遇到。君：你，指李龟年。

浅析： 作者漂泊江南，遇到了四十多年前的老相识李龟年，写了这首诗，表达了作者对昔盛今衰的慨叹。第一、二句回忆了昔盛。四十多年前李龟年经常出入豪门为权贵歌唱。由此可见，达官权贵欢迎他，争相邀请他。他的歌唱事业如日中天，红极一时。才华横溢的作者是岐王宅里和崔九堂前的座上宾，也躬逢其盛了。第三、四句交代了两人再相逢的时间和地点，慨叹了今衰。作者是在江南与李龟年相遇的，而不是在京城。这表明两人已流落到江南，已没了昔日的辉煌。这是事业之衰。"落花时节"象征着两人已从盛年到了暮年，这是年华之衰。

本诗①②句是工对。

滁州西涧

The West Stream at Chuzhou

韦应物　Wei Yingwu

①独怜幽草涧边生，　I like the lush green grasses at the stream-side greatly.
②上有黄鹂深树鸣。　Above which some orioles in the dense woods are warbling merrily.
③春潮带雨晚来急，　Together with the rain hurriedly rises the spring tide at night,
④野渡无人舟自横。　The boat at the wild ferry floats by itself with no passenger in sight.

详注：题．滁州：今安徽滁州市。西涧：上马河，在滁州城西。

句①我〈主・省〉独怜〈谓〉涧边生〈定〉幽草〈宾・倒〉。我：指作者。独怜：特喜爱。涧边生：在涧边生长的。涧(jiàn)：两山间的水流，指西涧。幽草：又密又茂盛的草。这句是下句的地点状语。

句②上〈主〉有黄鹂深树〈状〉鸣〈兼语短语・谓〉。上：幽草的上方。深树：在茂密的树林中。鸣：鸣叫。兼语短语的结构是：有＋黄鹂＋深树鸣。

句③春潮〈主〉带雨晚来急〈连动短语・谓〉。春潮：春天的潮水。带雨：夹着雨。晚：傍晚。来急：涨得快。连动短语的结构是：带雨(方式)＋晚来急(动作)。这句与下句是并列关系。

句④野渡〈主〉无〈谓〉人〈宾〉舟〈主〉自〈状〉横〈谓〉。这句由两个句子构成。"野渡无人"是一句。"舟自横"是一句。两句间是因果关系。野渡：野外的渡口，指西涧的渡口。无：没有。人：要过河的人。自：独自。横：飘浮着。

浅析：这是一首山水诗，描写了滁州西涧清幽的暮春景色，衬托了作者恬静闲适的心境。第一句描绘了一幅幽静的画面，幽草远离尘世，自生自灭，与世无争。而作者"独怜"这些小草，衬托了作者淡泊名利的恬静心境。第二句描绘了一幅喧闹的画面，反衬出环境的清幽。第三句描绘的画面是喧闹的。第四句描绘的画面是幽静的。作者站在那里，把这一切尽收眼底，可见他的心境是闲适的。

卷八　七言绝句

枫桥夜泊

Mooring My Boat by the Maple Bridge at Night

张　继　Zhang Ji

①月落乌啼霜满天，　The moon has set, the crows caw and the frosty air fills the sky,
②江枫渔火对愁眠。　Facing the maples on the riverbanks and the lights on the fishing boats I sleeplessly lie.

③姑苏城外寒山寺， Outside of Gusu City stands the Hanshan Temple,
④夜半钟声到客船。 From which the sound of its bell reaches my boat at midnight still.

详注：题.枫桥夜泊：夜泊枫桥，即"晚上把船停靠在枫桥"。夜泊：晚上停船靠岸。枫桥：在今江苏苏州市西。张继：字懿(yì)孙，唐朝进士，曾任官职。

句①月〈主〉落〈谓〉乌〈主〉啼〈谓〉霜〈主〉满〈谓〉天〈宾〉。这句由三个句子构成。"月落"是一句。"乌啼"是一句。"霜满天"是一句。三句间是并列关系。月：月亮。落：落下。乌：乌鸦。啼：叫。霜满天：天空中充满着霜气。这句与下句是并列关系。

句②我〈主·省〉对〈倒〉江枫渔火〈介词短语·状〉愁〈谓〉眠〈宾〉。我：指作者。对：面对着。江枫：江边的枫树。渔火：渔船上的灯火。愁：为……发愁。眠：睡眠。介词短语的结构是：对 + 江枫渔火（"对"是介词）。"江枫渔火"是联合短语，其结构是：江枫 + 渔火（两者并列）。

句③姑苏城外〈方位短语·定〉寒山寺〈中心词〉。这是一个名词句，作下句"钟声"的定语。姑苏城：是苏州市的别称。寒山寺：在苏州西，是苏州的著名景点之一。方位短语的结构是：姑苏城 + 外（"外"是方位词）。这句与下句是主谓关系。

句④夜半〈状〉钟声〈主〉到〈谓〉客船〈宾〉。夜半：半夜里。钟声：寒山寺的钟声。当时，寺院有半夜敲钟的习惯。到：传到。客船：作者所在的船。

浅析：这首诗描写了枫桥的夜景，衬托了作者旅途中的孤寂心境。第一、二句描写了作者夜泊枫桥时所见所闻所感。"月落""江枫""渔火"是所见。"乌啼"是所闻。"霜满天"是所感。这些意象汇集在一起渲染了清冷沉寂的气氛，衬托了作者的孤寂心境。在孤寂的心境中，作者难以入眠。第三、四句用具体细节描写了作者夜不能寐的境况。他在船上能听到寺院的钟声在半夜里从远处传来，可见他没有入睡。

寒 食

Cold Food Day

韩 翃　Han Hong

①春城无处不飞花， Everywhere in the spring city Chang'an the flowers are seen flying down,
②寒食东风御柳斜。 On Cold Food Day, in the spring breeze, the willows in the palace courts sway on and on.
③日暮汉宫传蜡烛， At dusk the Han palace sends out candles bright,
④轻烟散入五侯家。 Into the five lords' mansions rises and scatters their smoke light.

详注：题.寒食：寒食节，中国古代节日，在清明节前一天。这一天禁火，只能吃冷食，晚上也禁止点蜡烛。

句①春城〈主〉无处不〈状〉飞花〈谓〉。春城：指长安城。无处不：是双重否定构成肯定，意即"处处"。飞花：花飘落。这句与下句是并列关系。

句②寒食〈状〉东风〈主〉吹〈谓·省〉御柳〈主〉斜〈谓〉。这句由两个句子构成。"寒食东风吹"是一句。

"御柳斜"是一句。两句间是顺承关系。寒食:在寒食节这一天。东风:春风。御柳:皇宫院内的杨柳。斜:飘扬。

句③日暮〈状〉汉宫〈主〉传〈谓〉蜡烛〈宾〉。日暮:傍晚的时候。汉宫:汉代的宫殿。这里借汉宫喻唐宫,是借喻修辞格。传:送出。

句④轻烟〈主〉散入〈谓〉五侯家〈宾〉。轻烟:蜡烛散发出的淡淡的烟。散入:飘进。五侯:指东汉桓帝同一天封的五个侯,这里借五侯喻唐朝上层统治者,是借喻修辞格。家:家里。这句补充说明上句。

浅析: 这首诗描写了寒食节这一天京城长安的景象,含蓄地讽刺并批判了上层统治者享受特权。第一、二句描写了寒食节这一天,京城长安的盎然春色。"东风"呼应了"飞花"。第三、四句描写了傍晚时长安城里特别的一景,流露了作者对唐朝上层统治者享受特权的讽刺和批判。"散入"呼应了"东风"。古代寒食节这一天,白天禁火,夜晚禁灯。皇宫也应该不例外,达官贵人家也应该不例外。而皇帝却批准向达官权贵家送蜡烛,不禁灯火。这不是享受特权吗?

月 夜

On a Moonlit Night

刘方平　Liu Fangping

①更深月色半人家,　Deep into the night half of my house is lit by the moon bright,
②北斗阑干南斗斜。　The Plough and the Southern Dipper cast their slanting light.
③今夜偏知春气暖,　Tonight out of the blue I feel the warmth of spring,
④虫声新透绿窗纱。　For through my green window screen first comes the insects' singing.

详注:题. 刘方平:洛阳人,擅长诗画,隐居,没做官。

句①更〈状〉月色〈主〉照〈谓〉·省半人家〈宾〉。更深:夜深时。古人把一夜分成五更。更深偏西指三更天或四更天。半人家:半个屋子。月亮将西,只能照到半边房屋。这句与下句是并列关系。

句②北斗〈主〉阑干〈谓〉南斗〈主〉斜〈谓〉。这句由两个句子构成。"北斗阑干"是一句。"南斗斜"是一句。两句间是并列关系。北斗:北斗星,由七颗星组成。阑干:横斜。南斗:南斗星,由六颗星组成。斜:偏西。

句③今夜〈状〉我〈主〉·省偏〈状〉知〈谓〉春气暖〈主谓短语·宾〉。我:指作者。偏:意外地。知:感到。春气:春天的气息。暖:变暖。主谓短语的结构是:春气+暖(主语+谓语)。这句与下句是果因关系。

句④虫声〈主〉新〈状〉透〈谓〉绿〈定〉窗纱〈宾〉。新:初。透:透过。绿:绿色的。

浅析: 这首诗描写了早春月夜景色,表达了作者感知春天到来的喜悦心情。第一句描写了地面景色。"照半人家"表明夜已深,月亮已偏西。房屋一半有月光,另一半没有月光。第二句描写了夜空景色。第三、四句描写了作者感到"春气暖"的喜悦心情。春气萌动,虫儿先知,发出鸣叫声。从这微弱的虫声里作者感到春天已到人间,所以惊喜不已。

春　怨 二首录一

A Palace Maid's Resentment on a Spring Day

刘方平　Liu Fangping

①纱窗日落渐黄昏，　The sunlight on the window is gone and dusk gradually nears,
②金屋无人见泪痕。　In her gilded room no one sees the stains of the maid's tears.
③寂寞空庭春欲晚，　The courtyard is deserted and spring is almost gone,
④梨花满地不开门。　The pear flowers have covered the ground but she has no heart to open the door to look on.

详注：题．春怨：春天里的怨恨。

句①纱窗〈定〉日〈主〉落〈谓〉天色〈主·省〉渐〈状〉黄昏〈谓〉。这句由两个句子构成。"纱窗日落"是一句。"天色渐黄昏"是一句。两句间是顺承关系。纱窗：照在纱窗上的。日：阳光。落：消失。渐：渐渐地。黄昏：到了黄昏。这句与下句是并列关系。

句②无人〈主〉见〈谓〉金屋〈定·倒〉泪痕〈宾〉。无人：没有人。见：看到。金屋：是一个典故。汉武帝的姑妈问年幼的汉武帝：把阿娇许配给你好不好？汉武帝回答说："若得阿娇，当以金屋贮之。"这里，借金屋喻女主人公的住处，是借喻修辞格。又借金屋（地点）代女主人公（地点中的人），是借代修辞格。泪痕：眼泪的痕迹。

句③空庭〈主〉寂寞〈谓·倒〉春〈主〉欲晚〈谓〉。这句由两个句子构成。"空庭寂寞"是一句。"春欲晚"是一句。两句间是并列关系。空庭：空荡荡的庭院。寂寞：冷清。春：春天。欲：快要。晚：完。这句与下句是并列关系。

句④梨花〈主〉满〈谓〉地〈宾〉她〈主·省〉不开〈谓〉门〈宾〉。这句由两个句子构成。"梨花满地"是一句。"她不开门"是一句。两句间是转折关系。她：指女主人公。

浅析：这首诗描写了一个失宠宫女的怨恨。第一句描写了傍晚的室内景色，渲染了寂静清冷气氛。第二句描写了女主人公以泪洗面的孤苦境况。"金屋"表明她原是受宠嫔妃，"泪痕"表明她现已失宠。第三句描写了暮春的室外景色。"寂寞空庭"衬托了她的孤独，"春欲晚"暗示她的青春将逝，年老色衰。第四句描写了女主人公孤苦绝望的心境。她连开门看一眼梨花满地的心情都没有。一个失宠宫女的内心肯定充满了怨恨。

征人怨

The Warriors' Resentment

柳中庸　Liu Zhongyong

①岁岁金河复玉关，　Year in and year out the Gold River or the Jade Gate Pass they garrison,

②朝朝马策与刀环。 Day in and day out they carry horsewhips thick and sabres dazzling.
③三春白雪归青冢， On Wang Zhaojun's grave the snow of late spring swirl down,
④万里黄河绕黑山。 Around the Black Mountain the ten-thousand-*li* Yellow River runs on and on.

详注：题. 征人：戍边将士的。怨：怨恨。柳中庸：名淡，曾任官职。

句①征人〈主·省〉岁岁〈状〉转战〈谓·省〉金河复玉关〈联合短语·补〉。岁岁：年年。金河：黑河，在今呼和浩特市南。复：和。玉关：玉门关。联合短语的结构是：金河+玉关（两者并列）。这句与下句是并列关系。

句②征人〈主·省〉朝朝〈状〉佩戴〈谓·省〉马策与刀环〈联合短语·宾〉。朝朝：天天。马策：马鞭。与：和。刀环：刀柄上的环。这里借刀环（部分）代战刀（整体），是借代修辞格。联合短语的结构是：马策+刀环（两者并列）。

句③三春〈定〉白雪〈主〉归〈谓〉青冢〈宾〉。三春：暮春三月的。归：飘向。青冢（zhǒng）：王昭君的墓。冢：坟墓。坟墓上有青草，所以称青冢。这句与下句是并列关系。

句④万里〈定〉黄河〈主〉绕〈谓〉黑山〈宾〉。绕：环绕。黑山：又名黑虎山，在今呼和浩特市东南。

浅析：这首诗通过描写戍边将士的边塞生活，揭示了他们心中的怨恨。第一、二句描写了他们的艰苦生活。"岁岁"和"朝朝"表明将士们日复一日、年复一年地征战。"金河复玉关"和"马策与刀环"表明他们的生活枯燥又单调。第三、四句描写了边地的恶劣环境。"三春白雪"表明环境的苦寒。"黄河绕黑山"表明环境的荒茫。他们在这样恶劣的环境中连年艰苦征战，心中充满怨恨是可想而知的。

本诗①②句和③④句是工对。

宫　词

A Palace Maid's Sorrow

顾　况　Gu Kuang

①玉楼天半起笙歌， In the very high and beautiful tower sound the music and singing,
②风送宫嫔笑语和。 Together with the laughter and cheers of the palace maids they float out in the wind that is blowing.
③月殿影开闻夜漏， The disfavoured palace maid looks at the movement of the shadow of the moonlit palace and listens to the drips of the water clock clear,
④水精帘卷近秋河。 And she rolls up the crystal screen and gazes at the autumn Milky Way that seems to be quite near.

详注：题. 宫词：写宫女愁怨的诗。顾况：字逋翁，唐朝进士，曾任官职。因写诗得罪权贵被贬，后隐居茅山。

句①天半〈定〉玉楼〈主〉起〈谓〉笙歌〈联合短语·宾〉。天半：高耸入云的。玉楼：华美的楼房。起：响着。

笙:簧管乐器的声音。歌:歌声。联合短语的结构是:笙+歌(两者并列)。这句与下句是并列关系。

句②风〈主〉送〈谓〉宫嫔〈定〉笑语和笙歌〈省〉〈联合短语·宾〉。送:吹送。宫嫔:宫女。笑语:欢声笑语。联合短语的结构是:笑语+笙歌(两者并列)。"和"是连词)。

句③她〈主·省〉见〈谓·省〉[月〈定〉殿〈定〉影〈主〉开〈谓〉]〈小句·宾〉她〈主·省〉闻〈谓〉夜漏〈宾·倒〉。这句由两个句子构成。"她见月殿影开"是一句。"她闻夜漏"是一句。月殿影:月光下宫殿的影子。开:移动。漏:古时计时用的漏壶。这里借漏(具体)代漏声(抽象),是借代修辞格。闻:听到。夜漏:夜间的漏滴声。

句④宫女〈主·省〉卷〈谓〉水精帘〈宾·倒〉秋河〈主〉近〈谓·倒〉。这句由两个句子构成。"宫女卷水精帘"是一句。"秋河近"是一句。两句间是顺承关系。卷:卷起。水精帘:水晶帘。秋河:秋天的银河。近:距离近了。这句与上句是并列关系。

浅析:这首诗描写了一位失宠宫女的孤寂凄凉。第一、二句描写了受宠宫女在宫中行乐的情景。第三、四句描写了失宠宫女的孤寂凄凉。她看月影移动,听着夜漏的滴答声,久久不能入睡,只得卷起帘子,凝视银河。第一、二句描写的是热闹欢乐的情景。第三、四句描写的是宫女的凄苦情景。两者形成强烈对照,凸显了失宠宫女的孤寂凄凉。

夜上受降城闻笛

Ascending the Wall of the Surrender-Accepting Town at Night and Hearing the Sound of a Reed Pipe

李 益 Li Yi

① 回乐峰前沙似雪, Before the Huile Beacon Tower the sands look like snow white,
② 受降城外月如霜。 Outside of the Surrender-Accepting Town the moonlight on the ground looks like frost white.
③ 不知何处吹芦管, I know not in what place a reed pipe is played on,
④ 一夜征人尽望乡。 Which makes all the warriors homesick all night long.

详注.**题**.夜:夜晚。上:登上。受降城:唐朝筑东、中、西三个受降城,以防御突厥侵扰。这里指西受降城,在今宁夏灵武市西南。闻:听到。笛:笛声。这里借笛(具体)代笛声(抽象),是借代修辞格。

句①回乐峰前〈方位短语·定〉沙〈主〉似〈谓〉雪〈宾〉。回乐峰:指回乐县的烽火台,在今宁夏灵武市西南。沙:沙地。似:像。"沙似雪"是明喻修辞格。方位短语的结构是:回乐峰+前("前"是方位词)。这句与下句是并列关系。

句②受降城外〈方位短语·定〉月〈主〉如〈谓〉霜〈宾〉。月:月光。如:像。"月如霜"是明喻修辞格。方位短语的结构是:受降城+外("外"是方位词)。

句③我〈主·省〉不知〈谓〉[何处〈主〉吹〈谓〉芦管〈宾〉]〈小句·宾〉。我:指作者。何处:哪里。吹:吹响。芦管:芦笛,笛声悲凉。

句④一夜〈状〉征人〈主〉尽〈状〉望〈谓〉乡〈宾〉。一夜:整夜。征人:戍边将士。尽:都。望:思念。乡:故乡。这句是上句的结果状语。

浅析：这首诗描写了戍边将士的思乡之情。第一、二句紧扣题目中的"夜上受降城"，描写了作者登上受降城后所见到的大漠景色。"沙似雪"表明大漠的荒凉，没有植被。"月如霜"表明大漠的寒冷。第三、四句紧扣题目中的"闻笛"，描写了戍边将士听到笛声后的反应。芦笛只是导火索，让积压在戍边将士心头的乡愁迸发了出来。"尽"表明人人思乡。"一夜"表明思乡之情无法抑制，持续了一整夜。

本诗①②句是工对。

乌衣巷

The Wuyi Alley

刘禹锡　Liu Yuxi

①朱雀桥边野草花，By the Zhuque Bridge wild grasses and flowers grow,
②乌衣巷口夕阳斜。Upon the mouth of the Wuyi alley shines the setting sun low.
③旧时王谢堂前燕，The swallows that nested in the halls of the nobles Wang and Xie in the olden days,
④飞入寻常百姓家。Are now flying into the common people's hallways.

详注：题．乌衣巷：在今南京市秦淮河南。三国时，东吴曾在这里设军营，士兵都穿乌衣，所以称乌衣巷。东晋时，许多豪门大族都住这里。王导、谢安就是其中的两家。

句①朱雀桥边〈方位短语·主〉有〈谓〉野草花〈联合短语·宾〉。朱雀桥：在今南京市秦淮河上，靠近乌衣巷。方位短语的结构是：朱雀桥＋边（"边"是方位词）。联合短语的结构是：野草＋花（两者并列）。这句与下句是并列关系。

句②乌衣巷口〈状〉夕阳〈主〉斜〈谓〉。乌衣巷口：在乌衣巷口。斜：斜照。

句③旧时〈定〉王谢〈定〉堂前〈方位短语·定〉燕〈中心词〉。这是一个名词句，作下句的主语。旧时：从前的。王谢：王导和谢安，是东晋时的豪门贵族。堂：古代居室，前为堂，后为室。燕：燕子。方位短语的结构是：旧时王谢堂＋前（"前"是方位词）。这句与下句是主谓关系。

句④飞入〈谓〉寻常〈定〉百姓家〈宾〉。寻常：普通。百姓家：普通的人家。指王谢两家的房子已易主，由普通百姓住着。

浅析：这首诗描写了乌衣巷、朱雀桥一带的风光，表达了作者对人世沧桑、物是人非的感慨。第一句描写的景色给人以荒凉感。"野草花"表明荒凉。第二句描写的景色给人以冷落感，表明从前的王谢门前冠盖如云，车水马龙的繁华已不复存在。这两句抒发了作者对人事沧桑的感慨。第三、四句进一步描写了朱雀桥、乌衣巷一带的风光。燕子飞入的仍是那座房子，但房子的主人换了。从前，该房子的主人有权有势、地位显赫。如今，该房子的主人无权无势、地位低微，是普通百姓一个。通过"王谢堂"和"百姓家"的对照，抒发了作者对物是人非的感慨。

本诗①②句是工对，③④句是流水对。

春 词

A Song of Spring

刘禹锡　　Liu Yuxi

① 新妆宜面下朱楼，　The young lady walks down the red tower after she makes herself up becoming her face,

② 深锁春光一院愁。　The spring scenery in the courtyard is tightly locked up and she feels sad in this place.

③ 行到中庭数花朵，　Walking to the middle of the courtyard she counts the flowers in her sight,

④ 蜻蜓飞上玉搔头。　On her jade hair-pin a dragonfly is about to alight.

详注：题．春词：写春天的诗。

句①新妆〈主〉宜〈谓〉面〈宾〉她〈主·省〉下〈谓〉朱楼〈宾〉。这句由两个句子构成。"新妆宜面"是一句。"她下朱楼"是一句。两句间是顺承关系。新妆：刚做完的梳妆打扮。宜面：与面容相适宜。她：指女主人公，下文中的"她"同此。下：走下。朱楼：红楼。这句与下句是并列关系。

句②一院〈定〉春光〈主〉深锁〈谓·倒〉她〈主·省〉愁〈谓〉。这句由两个句子构成。"一院春光深锁"是一句。"她愁"是一句。两句间是因果关系。一院：满院的。春光：春色，又指女主人公的青春美貌，是双关修辞格。深锁：被紧紧锁住。愁：发愁。

句③她〈主·省〉行到中庭数花朵〈连动短语·谓〉。行：走。中庭：庭院中央。数（shǔ）：点数。连动短语的结构是：行到中庭＋数花朵（动作先后关系）。这句是下句的时间状语。

句④蜻蜓〈主〉飞上〈谓〉玉搔头〈宾〉。飞上：飞到。玉：玉制的。搔（sāo）头：簪子，妇女用的首饰。

浅析：这首诗描写了女主人公的孤寂境况。"新妆宜面"表明她心灵手巧，很会打扮。"朱楼"表明她是富家女子。"一院春光"表明春意盎然，而且暗示她年轻貌美。"深锁"表明庭院的大门被锁上了。"愁"表明她的行动被限制在院内。"数花朵"表明她百无聊赖。最后一句表明她貌美如花，吸引了蜻蜓，却无人欣赏她，陪伴她。她孤寂的境况可想而知。

宫 词

A Palace Maid's Sorrow

白居易　　Bai Juyi

① 泪尽罗巾梦不成，　Her tears soak through her silk kerchief and she can't fall asleep,

②夜深前殿按歌声。 In the front palace some maids are singing according to the metre at night deep.
③红颜未老恩先断， She's still beautiful but the emperor's favour for her is gone,
④斜倚熏笼坐到明。 So leaning on the cage o'er the brazier she sits till dawn.

详注：题．宫词：写宫女怨愁的诗。

句①泪〈主〉尽〈谓〉罗巾〈宾〉梦〈主〉不成〈谓〉。这句由两个句子构成。"泪尽罗巾"是一句。"梦不成"是一句。两句间是并列关系。泪：宫女的眼泪。尽：湿透。罗巾：丝织手巾。梦不成：不能入眠。这句与下句是并列关系。

句②夜〈主〉深〈谓〉前殿〈主〉按〈谓〉歌声〈宾〉。这句由两个句子构成。"夜深"是一句。"前殿按歌声"是一句。前句是后句的时间状语。夜深：深夜时分。前殿：前面的宫殿。按：随着节拍唱歌。

句③红颜〈主〉未老〈谓〉恩〈主〉先断〈谓〉。这句由两个句子构成。"红颜未老"是一句。"恩先断"是一句。两句间是转折关系。红颜：美丽的容颜。未老：没有衰老。恩：皇恩。先断：已断。这句与下句是因果关系。

句④她〈主·省〉斜倚熏笼坐到明〈连动短语·谓〉。她：指女主人公。斜倚：斜靠着。熏笼：古代妇女用来熏衣服的竹笼。明：天亮。连动短语的结构是：斜倚熏笼（方式）+坐到明（动作）。

浅析：第一句描写了失宠宫女的悲苦境况。她盼望着皇帝的到来，而皇帝没有到来。她因此泪流不止、彻夜不眠。第二句描写了得宠宫女在深夜里与皇帝寻欢作乐的情景，衬托了失宠宫女的悲苦。第三句表明了失宠宫女悲苦的原因。第四句用具体的细节描写了失宠宫女的悲苦的境况。

赠内人

To a Palace Maid

张　祜　Zhang Hu

①禁门宫树月痕过， The moonlight moves past the palace door and then past the trees within the palace wall,
②媚眼惟看宿鹭窠。 Her beautiful eyes gaze at a couple of egrets in the nest and nothing more.
③斜拔玉钗灯影畔， By a candle shadow she draws slantwise her jade hair-pin,
④剔开红焰救飞蛾。 With which she picks the flaming wick and saves a flying moth wherein.

详注：题．内人：唐宫中宜春院的歌舞伎称内人。

句①月痕〈主〉过〈谓〉禁门宫树〈联合短语·宾·倒〉。月痕：月影。过：移过。禁门：宫门。宫树：皇宫内的树木。联合短语的结构是：禁门+宫树（两者并列）。这句与下句是并列关系。

句②媚眼〈主〉惟〈状〉看〈谓〉窠〈定〉宿鹭〈宾·倒〉。媚眼:宫女的漂亮眼睛。惟:只。看:盯着。窠(kē):鸟巢中的。宿鹭:双栖的白鹭。

句③灯影畔〈方位短语·状〉她〈主·省〉斜拔〈谓·倒〉玉钗〈宾·倒〉。灯影畔:在灯影旁。她:指宫女。斜拔:斜着拔出。玉钗(chāi):妇女用的玉制首饰。方位短语的结构是:灯影+畔("畔"是方位词)。这句与下句是顺承关系。

句④她〈主·省〉剔开红焰救飞蛾〈连动短语·谓〉。她:指宫女。剔(tī)开:拨开。红焰:火红的灯芯。救:救出。连动短语的结构是:剔开红焰+救飞蛾(动作先后关系)。

浅析:这首诗通过对内人生活细节的描写,揭示了内人的孤苦境况。第一句描写了内人看着月光的移动,表明她夜不能寐。第二句描写了内人盯着双栖的白鹭,暗示她羡慕并渴望夫妻共眠的心理。这两个动作衬托了内人内心的孤苦。第三、四句描写了三个动作:斜拔玉钗、剔开红焰和救出飞蛾。这三个动作表明了她百无聊赖的情状。她对飞蛾的哀怜流露了对自己的不幸的哀怜。她的入宫如同飞蛾扑火。虽然她救出了飞蛾,但她自己却无人能救。作者十分同情她的不幸遭遇,所以写了这首"赠内人"。

集灵台二首

(一)

The Longevity Palace(1)

张　祜　Zhang Hu

①日光斜照集灵台，On the Longevity Palace the sun casts its slanting light in the morn hours,

②红树花迎晓露开。On the trees with the morn dewdrops into full bloom come the red flowers.

③昨夜上皇新授箓，Super Emperor Tang Xuanzong coverted Yang Yuhuan into a Taoist priest with the name Taizhen only last night,

④太真含笑入帘来。So she walks into his sleeping palace with a smile bright.

详注:题.集灵台:长生殿,在华清宫内,是祭神的地方。

句①日光〈主〉斜照〈谓〉集灵台〈宾〉。日光:阳光。斜照:斜照着。太阳刚升起,所以斜照。这句与下句是并列关系。

句②红〈定〉树花〈主〉迎晓露开〈连动短语·谓〉。红树花:树上的红花。迎:迎着。晓露:早晨的露水。开:开放。连动短语的结构是:迎晓露(方式)+开(动作)。

句③昨夜〈状〉上皇〈主〉新〈状〉授〈谓〉箓〈宾〉。上皇:太上皇,指唐玄宗。新:刚。授箓(lù):指杨玉环入道教一事。"授箓"是入道教的程序之一。杨玉环原是唐玄宗的儿子李瑁的妃子,被唐玄宗看中,想把她收入后宫。但直接把她收入后宫不合体统。所以,先让她入道教,成为道士,并赐给她道号太真,然后再把她接入宫中。杨玉环入宫后,被封为贵妃。这句与下句是因果关系。

句④太真〈主〉含笑入帘来〈连动短语·谓〉。太真:是杨玉环的道号。含笑:含着笑。入帘:走进太上皇的住处。来:语助词,无实义。

浅析:这首诗讽刺了唐玄宗的荒淫无耻。第一、二句描写了集灵台的美丽景色,象征着杨玉环得到了唐玄宗的恩宠。"日光斜照"和"红树花迎晓露"暗示唐玄宗和杨玉环之间的色情关系。第三、四句描写了杨玉环成为太上皇的妃子的经过。原来唐玄宗采用了卑劣手段抢夺了儿媳。他先让她入道,再让她还俗,并把她接入宫中。这件事就发生在集灵台。集灵台是祭神的地方,是庄严肃穆之地。而唐玄宗却在这里干着抢夺儿媳的勾当,可见他荒淫无耻之极。

(二)

The Longevity Palace(2)

张 祜 Zhang Hu

①虢国夫人承主恩, Emperor Tang Xuanzong bestows favor on the Duchess of Guo State,
②平明骑马入宫门。 So at dawn riding a horse she enters the palace gate.
③却嫌脂粉污颜色, For fear that the rouge and powder might spoil her inborn beauty,
④淡扫蛾眉朝至尊。 She only lightly draws her eyebrows before going to see His Majesty.

详注:句①虢国夫人〈主〉承〈谓〉主〈定〉恩〈宾〉。虢(guó)国夫人:是杨玉环的三姐的封号。承:受到。主:皇帝,指唐玄宗。恩:恩宠。这句与下句是因果关系。

句②平明〈状〉她〈主·省〉骑马入宫门〈连动短语·谓〉。平明:天亮的时候。她:指虢国夫人,下文中的"她"同此。连动短语的结构是:骑马(方式)+入宫门(动作)。

句③她〈主·省〉却〈状〉嫌〈谓〉[脂粉〈主〉污〈谓〉颜色〈宾〉]〈小句·宾〉。却:反而。嫌:讨厌。脂粉:胭脂和粉,是女子打扮用品。污:损害。颜色:美丽的容貌。这句与下句是因果关系。

句④她〈主·省〉淡扫蛾眉朝至尊〈连动短语·谓〉。淡扫:淡淡地描画。蛾眉:细而弯的双眉。朝:朝拜,见。至尊:皇上,指唐玄宗。连动短语的结构是:淡扫蛾眉+朝至尊(动作先后关系)。

浅析:这首诗描写了虢国夫人的一个生活细节,并以此讽刺了唐玄宗荒淫好色。平明入宫和骑马入宫都是不允许的,而虢国却能做到。"承主恩"暗示她与唐玄宗的关系不寻常。同时也表明她的骄横。是她与唐玄宗的不寻常关系给她的骄横壮了胆。别人为了讨得皇上的欢心,都要浓妆艳抹去见皇帝,而她只是"淡扫蛾眉"。她觉得她已深得皇帝恩宠,不必再去求宠,因此不必浓妆艳抹。唐玄宗对杨玉环"三千宠爱在一身",又与虢国夫人有不寻常关系,可见他荒淫好色。

题金陵渡

A Poem Written at the Jinling Ferry

张　祜　　Zhang Hu

①金陵津渡小山楼，　Near the Jinling Ferry stands a little tower on the hillside,
②一宿行人自可愁。　I feel sad when I put up in it for one night.
③潮落夜江斜月里，　The moon casts slanting light o'er the ebbing tide in the river,
④两三星火是瓜洲。　In the Guazhou Town on the opposite bank two or three weak lights dimly flicker.

详注：题．题：写在。金陵渡：渡口名，在今镇江江边。

句①金陵〈定〉津渡〈主〉有〈谓·省〉小山楼〈宾〉。金陵：唐朝时，镇江也称金陵。津渡：渡口，与瓜洲隔江相对。小山楼：驿站楼。这句与下句是并列关系。

句②行人〈主〉一宿〈谓·倒〉自〈主〉可愁〈谓〉。这句由两个句子构成。"行人一宿"是一句。"自可愁"是一句。前句是后句的时间状语。行人：旅客，指作者自己。一宿：住一夜。自：我自己，指作者。可愁：发愁。

句③斜月里〈方位短语·状〉潮〈主〉落〈谓〉夜江〈补〉。斜月里：在偏西的月光下。潮：长江的潮水。落：落下。夜江：在夜间的长江里。方位短语的结构是：斜月 + 里（"里"是方位词）。这句与下句是并列关系。

句④两三〈定〉星火〈主〉是〈谓〉瓜洲〈宾〉。星火：微小的灯火。瓜洲：镇名，在镇江对岸，其形状如瓜。

浅析：这首诗描写了金陵渡口的夜色，衬托了作者旅途中淡淡的愁怀。第一、二句表明了作者夜宿的地点以及夜宿时的愁绪。作者由于愁绪满怀，夜不能寐，所以，见到三、四句描写的景色。第三句是近景。第四句是远景。"潮落""夜江""斜月""两三星火"等意象都带着些许哀色，衬托了作者的"自可愁"。

宫中词

The Palace Maids' Life

朱庆馀　　Zhu Qingyu

①寂寂花时闭院门，　The flowers are in bloom and the court is quiet because the gate is closed tight,
②美人相并立琼轩。　In the beautiful veranda two fair palace maids stand side by side.

③含情欲说宫中事，They want to talk about the happenings in the royal court,
④鹦鹉前头不敢言。Yet they dare not do so in the presence of a parrot.

详注：题.宫中词：又作《宫词》，描写宫女怨愁的诗。朱庆馀：字可久，唐朝进士，曾任官职。

句①花时〈主〉寂寂〈谓·倒〉院门〈主〉闭〈谓·倒〉。这句由两个句子构成。"花时寂寂"是一句。"院门闭"是一句。两句间是果因关系。花时：春暖花开的时候。寂寂：十分冷清，指院内十分冷清。院门：指宫苑的门。闭：紧闭着。这句与下句是并列关系。

句②美人〈主〉相并立琼轩〈连动短语·谓〉。美人：指两宫女。相并：并肩。立：站。琼(qióng)轩：在华美的走廊里。连动短语的结构是：相并(方式)＋立琼轩(动作)。

句③她们〈主·省〉含情欲说宫中事〈连动短语·谓〉。她们：指两宫女。含情：有心。欲：想。宫中事：宫里发生的事。连动短语的结构是：含情(条件)＋欲说宫中事(动作)。这句与下句是转折关系。

句④她们〈主·省〉鹦鹉前头〈方位短语·状〉不敢言〈谓〉。她们：指两宫女。言：说。方位短语的结构是：鹦鹉＋前头("前头"是方位词)。

浅析：这首诗通过描写宫禁森严，揭示了宫女的痛苦生活，表达了作者对她们的同情。第一句描写了冷落气氛，直接表明了宫禁森严。第二句通过描写两个宫女的举动，衬托了宫禁森严。"相并立"表明宫女无心赏花，无心说笑，心事重重，却只能默默无语。第三、四句通过描写宫女的心理活动，进一步衬托了宫禁森严。她们"不敢言"的原因是怕鹦鹉偷听，学着说出只字片语，招来祸患。

近试上张水部

To Minister Zhang of the Ministry of Water Resources on the Eve of the Highest Imperial Civil Service Exam

朱庆馀　Zhu Qingyu

①洞房昨夜停红烛，Last night red candles burned in the bridal's bedroom,
②待晓堂前拜舅姑。Because at dawn the bride'll kowtow to her parents-in-law in the main room.
③妆罢低声问夫婿，After her make-up is done, she whispers to her husband,
④画眉深浅入时无？"Have I painted my eyebrows new-fashioned?"

详注：题.近试：临近考试。上：呈给。张水部：张籍，当时任水部郎中。

句①洞房〈主〉昨夜〈状〉停〈谓〉红烛〈宾〉。洞房：新婚夫妇的房间。停：摆着。红烛：红蜡烛。这句与下句是果因关系。

句②新娘〈主·省〉待晓堂前拜舅姑〈连动短语·谓〉。新娘：这里借新娘喻作者自己，是借喻修辞格。待晓：等到天亮。堂前：到堂前。古人居室前为堂，后为室。"堂"相当于现代人住房的"厅"。拜舅姑：给公婆行礼。根据旧风俗，新婚第二天，儿媳要到堂前拜见公婆。古代，儿媳称公公婆婆为舅姑。这里借舅姑喻主考官，是借喻修辞格。连动短语的结构是：待晓＋堂前拜舅姑(动作先后关系)。

句③新娘〈主·省〉妆罢低声问夫婿〈连动短语·谓〉。新娘:同句②中注。妆罢:梳妆打扮完毕。夫婿:新娘的丈夫。这里借夫婿喻张水部,是借喻修辞格。连动短语的结构是:妆罢+低声问夫婿(动作先后关系)。

句④画眉〈定〉深浅〈主〉入时无〈谓〉。画眉:描画的双眉的。深浅:浓淡。入时:合时尚。无:是语气词,表示疑问,相当于"么"。这句是上句的宾语。

浅析: 参加科举考试是古代知识分子求得官职的重要途径,考生十分重视。为了考进士及第,一些考生在考前就把自己的作品呈给政要或文坛名人,希望得到他们的推荐,以便顺利及第。作者平时曾把自己的作品呈送给张水部。在临考前把这首诗呈给张水部张籍,意在探问自己的文章是否符合主考官的要求。第一、二句描写了新娘的紧张心理。在古代,新娘拜见公婆是件很庄重的事,难免有点紧张心理。所以,天不亮新娘就要点亮蜡烛,精心打扮后坐等天亮。作者借新娘的紧张心理指自己"近试"前的紧张心理。第三、四句的言外之意是:公婆会不会满意我的打扮?作者借此问张水部:我的文章合不合主考官的要求?"眉"是梳妆中的重要部位,所以,新娘以问眉代替问整个梳妆打扮。"低声问"表明新娘的娇羞。

将赴吴兴登乐游原

Ascending the Recreational Plain Before Leaving for Wuxing

杜 牧　Du Mu

①清时有味是无能,　In time of peace it's my incompetence to live a leisurely life,
②闲爱孤云静爱僧。　I love the solitary cloud that is leisurely floating and the calm-minded monk who leads a peaceful life.
③欲把一麾江海去,　With an official banner in my hand I'm leaving for Wuxing today,
④乐游原上望昭陵。　Yet I want to ascend the Recreational Plain to gaze afar at the Zhao Mausoleum before going my way.

详注:题.将:将要。**赴:**去。**吴兴:**地名,今浙江湖州。这首诗是作者离开长安去吴兴任刺史时写的。**登:**登上。**乐游原:**见五言绝句《登乐游原》注。

句①清时〈状〉有味〈主〉是〈谓〉无能〈宾〉。清时:清平盛世的时候。有味:有闲情逸致。

句②我〈主·省〉爱闲〈倒〉孤云爱静〈倒〉僧〈联合短语·谓〉。我:指作者,下文中的"我"同此。闲:悠闲的。孤云:一片云。静:心静的。僧:僧人。联合短语的结构是:爱闲孤云+爱静僧(两个动宾短语并列)。动宾短语的结构是:爱+闲孤云(动词+宾语);爱+静僧(动词+宾语)。这句补充说明上句。

句③我〈主·省〉欲〈状〉把一麾去江海〈连动短语·谓〉。欲:将要。把:拿,持。麾(huī):指挥军队用的旗帜,这里指表示吴兴刺史身份的旌旗。江海:指太湖。吴兴靠近太湖,所以借江海(吴兴所在地)代吴兴,是借代修辞格。连动短语的结构是:把一麾(方式)+去江海(动作)。这句是下句的时间状语。

句④乐游原上〈方位短语·状〉我〈主·省〉望〈谓〉昭陵〈宾〉。望:眺望。昭陵:唐太宗李世民的陵墓。

浅析: 作者在京城任职时被投闲置散,无法施展政治抱负,因此主动请求到外地任职。这首诗是他离开长安去吴兴任刺史时写的,表达了生不逢时的激愤和对太平盛世的向往。第一句表达了作者的激愤。"清时"是反语。作者所处时代不是清平盛世,而是宦官专权、朝政腐败的时代。"有味"是反语。作者并没有闲情逸致,而是被投闲置散,无法施展自己的才能。"无能"是反语。作者不是无能,而是有很大才能,只是在污浊的政治环境中无用武之地。从这些反语中,我们可以看出作者激愤的内心。第二句用具体事例说明了"有味"。第三、四句表达了作者对清平盛世的向往。唐太宗知人善任,任人惟贤,开创了唐朝的清平盛世。昭陵是唐太宗的陵墓。作者在去吴兴之前念念不忘去登乐游原眺望一下昭陵,这表明作者十分怀念唐太宗治下的清平盛世。

赤 壁

The Red Cliff

杜 牧 Du Mu

①折戟沉沙铁未销, A piece of broken halberd is not yet rotten though it is buried in the sand,
②自将磨洗认前朝。 Taking it out, rubbing and washing it. I identify it to be a relic of the Red Cliff War.
③东风不与周郎便, If the east wind hadn't given General Zhou Yu a helping hand,
④铜雀春深锁二乔。 The sisters Qiao would have been locked in the enchanting spring within the Copper Bird Terrace wall.

详注:题.赤壁:在今湖北省赤壁市西北长江南岸。三国时,曹操大军与孙(孙权)刘(刘备)联军在这里大战。周瑜和诸葛亮借东风火烧赤壁的曹营,大败曹军。赤壁有几处。

句①折戟〈主〉沉〈谓〉沙〈补〉铁〈主〉未销〈谓〉。这句由两个句子构成。"折戟沉沙"是一句。"铁未销"是一句。两句间是转折关系。折戟(jǐ):折断的戟。"戟"是一种古代兵器。沉:沉埋。沙:在沙里。未:没有。销:锈蚀掉。这句与下句是顺承关系。

句②自〈主〉将它〈省〉磨洗认前朝戟〈省〉〈连动短语·谓〉。自:我自己,指作者。将:取出。它:指折戟。磨洗:擦洗。认:认出。前朝:从前的朝代,指三国时期。连动短语的结构是:将它+磨洗+认前朝戟(动作先后关系)。

句③东风〈主〉不与〈谓〉周郎〈宾1〉便〈宾2〉。不与:不给。周郎:周瑜。便:帮助。这句是下句的条件状语。

句④春〈主〉深〈谓〉铜雀〈主·倒〉锁〈谓〉二乔〈宾〉。这句由两个句子构成。"春深"是一句。"铜雀锁二乔"是一句。前句是后句的时间状语。春深:在春暖花开的时候。铜雀:铜雀台,由曹操建造,在今河北临漳县三台村。楼顶有一铜雀,因而得名。锁:幽禁。二乔:大乔和小乔。大乔是孙策(孙权的哥哥)的妻子。小乔是周瑜的妻子。

浅析:这首诗评论了赤壁之战,表达了作者深知兵法、满腹韬略的自负情怀。第一、二句叙写了发现三国遗物的经过。第三、四句作者以调侃的口吻评论了赤壁之战。作者的意思是：如果周瑜没借到东风，就会大败，孙吴政权就会垮台，二乔就会被曹操掳去。换句话说，周瑜只侥幸得胜，并不意味着周瑜的军事才能胜过曹操，吴国的军事力量超过曹军。这样的评论不无道理，流露了作者深知兵法、满腹韬略的自负之情。

泊秦淮

Mooring My Boat on the Qinhuai River

杜　牧　Du Mu

①烟笼寒水月笼沙，　The cold water of the Qinhuai River is shrouded by mist and the sands on its banks are bathed in moonlight,
②夜泊秦淮近酒家。　I moor my boat on the Qinhuai River and near a tavern at night.
③商女不知亡国恨，　About the pain of a conquered nation, the singing girl knows nothing,
④隔江犹唱后庭花。　So on the river's other side the song *Blossom in the Backyard* she is still singing.

详注：题. 泊秦淮：把船停靠在秦淮河边。泊：停船靠岸。秦淮：秦淮河，流经今南京市，入长江。

句①烟〈主〉笼〈谓〉寒水〈宾〉月〈主〉笼〈谓〉沙〈宾〉。这句由两个句子构成。"烟笼寒水"是一句。"月笼沙"是一句。两句间是并列关系。烟：夜晚河面上烟雾。笼：笼罩。寒水：指秦淮河的水。月：月光。这里借月（具体）代月光（抽象），是借代修辞格。沙：岸边的沙地。这句与下句是并列关系。

句②我〈主·省〉夜〈状〉泊秦淮近酒家〈联合短语·谓〉。我：指作者。夜：在夜晚。近：靠近。酒家：酒店、酒楼。联合短语的结构是：泊秦淮＋近酒家（两者并列）。

句③商女〈主〉不知〈谓〉亡国〈定〉恨〈宾〉。商女：卖唱的歌女。知：知道。亡国恨：亡国的痛苦。这句与下句是因果关系。

句④她〈主·省〉隔江〈状〉犹〈状〉唱〈谓〉后庭花〈宾〉。她：指商女。隔江：在秦淮河对岸。江：指秦淮河。犹：还在。后庭花：是《玉树后庭花》的简称，由陈后主所作，被后人称为亡国之音。

浅析：这首诗描写了作者在秦淮河边所见所闻，表达了作者伤时忧国的情怀。第一句描写了秦淮河边的凄迷夜色，影射了唐帝国风雨飘摇的现状。第二句交代了泊船的时间和地点。"夜"呼应了第一句。"近酒家"起着启下的作用。第三、四句描写了作者所闻，叙事中含有议论，表达了作者伤时忧国的情怀。秦淮河一带是达官贵人寻欢作乐的场所，"不知亡国恨"的不仅是商女，更是选听《玉树后庭花》的达官贵人。他们不以天下国家为念，却用亡国之音取乐。作者指出这种现象，就是表达了他伤时忧国的情怀。

寄扬州韩绰判官

To Han Zhuo, an Official of Yangzhou

杜 牧　Du Mu

① 青山隐隐水迢迢，　The green mountains are dimly visible and the river runs far away,
② 秋尽江南草未凋。　Autumn is gone, yet the green grasses south of the Yangtze River still alive stay.
③ 二十四桥明月夜，　Tonight on the Twenty-Four Bridge under the moon bright,
④ 玉人何处教吹箫？　Where do you ask the beautiful singing girl to play the flute by your side?

详注：题. 寄：写赠。扬州：今江苏扬州市。韩绰(zhuò)：杜牧的友人和同僚。判官：节度使的下属官员。

句①青山〈主〉隐隐〈谓〉水〈主〉迢迢〈谓〉。这句由两个句子构成。"青山隐隐"是一句。"水迢迢"是一句。两句间是并列关系。青山：指江南的山。隐隐：隐隐约约。水：指长江。迢迢(tiáo)：绵延不断。这句与下句是并列关系。

句②秋〈主〉尽〈谓〉江南〈定〉草〈主〉未凋〈谓〉。这句由两个句子构成。"秋尽"是一句。"江南草未凋"是一句。两句间是转折关系。秋：秋天。尽：完。凋：凋落，枯萎。

句③二十四桥明月夜。这是一个名词句，由二十四桥、明月和夜组成，作下句的状语。二十四桥：桥名，在扬州瘦西湖风景区西部。

句④玉人〈主〉何处〈状〉教歌伎〈省〉吹箫〈兼语短语·谓〉。玉人：指韩绰。何处：在什么地方。教：叫，让。箫：是一种乐器。兼语短语的结构是：教＋歌伎＋吹箫。

浅析：这首诗是作者离开扬州到长安任监察御史后写给仍在扬州的友人韩绰的，表达了作者对扬州和友人的思念之情。第一、二句描写了扬州一带的秋景。这是作者在长安遥想扬州的景色，表明他在思念扬州。第三、四句是作者对友人的调侃，表达了作者对友人的关切和思念。作者曾在扬州住过。其间，常与韩绰一道出入青楼。作者不问别的，只问"玉人何处教吹箫"。这是一个开玩笑的问题，表明了两人亲密无间的深厚友谊。

遣 怀

Relieving Myself of Remorse

杜 牧　Du Mu

① 落魄江湖载酒行，　Being low in social status I wandered from place to place with wine,

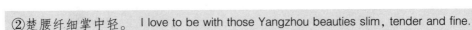

②楚腰纤细掌中轻，	I love to be with those Yangzhou beauties slim, tender and fine.
③十年一觉扬州梦，	The ten years I spent in Yangzhou are, I come to realize, like a nightmare,
④赢得青楼薄幸名。	Because I earned the name of a fickle lover in the brothels there.

详注：题．遣怀：排遣悔恨情怀。

句①我〈主·省〉落魄〈倒〉载酒行江湖〈倒〉〈连动短语·谓〉。我：指作者，下文中的"我"同此。落魄：官场失意。载酒：携酒。行江湖：在江湖上漂泊。连动短语的结构是：落魄（原因）＋载酒（方式）＋行江湖（动作）。这句与下句是并列关系。

句②我〈主·省〉爱〈谓·省〉纤细〈定〉楚腰〈倒〉掌中轻〈联合短语·宾〉。纤细：非常细的。楚腰：细腰。相传，楚灵王喜欢细腰美女，后来，人们就用楚腰代细腰。这里借楚腰喻扬州美女，是借喻修辞格。掌中轻：指赵飞燕。据传，汉成帝皇后赵飞燕身体轻盈，能在手掌上跳舞。这里借掌中轻喻扬州美女，是借喻修辞格。联合短语的结构是：纤细楚腰＋掌中轻（两者并列）。

句③我〈主·省〉觉〈谓〉[扬州〈定〉十年〈主·倒〉是〈谓·省〉一〈倒〉梦〈宾〉]〈小句·宾〉。觉：醒悟到。扬州十年：在扬州的十年。作者曾在扬州节度使的幕府任幕吏（相当于秘书之类的官），前后约十年。期间，由于抑郁不得志，常出入青楼。一梦：一场梦。这句与下句是果因关系。

句④我〈主·省〉赢得〈谓〉青楼〈定〉薄幸名〈宾〉。赢得：获得。青楼：妓院。薄幸：负心的，薄情的。名：名声。

浅析：这首诗追忆了作者在扬州的生活，表达了作者对放荡纵乐行为的追悔，其中隐含着对沉沦下僚的悲愤。第一句叙写了作者仕途不顺因而浪迹江湖。第二句描写了作者在扬州放荡纵乐的生活。第三、四句表达了作者对放荡生活的追悔。"赢得"是自我调侃，其中含着悔意。作者有才华，有抱负，而他沉沦下僚。他的才华和抱负得不到施展，心中愤愤不平。于是，他纵情酒色，借以自慰。他的放荡纵乐只是发泄心中不平的一种方式。

秋 夕

On an Autumn Night

杜 牧 Du Mu

①银烛秋光冷画屏，	The painted screen is made to look chill by the silvery candle with autumn light,
②轻罗小扇扑流萤。	The young palace maid uses a small gauze fan to beat the flying fireflies.
③天阶夜色凉如水，	Though the white marble steps of the palace are as cool as the water at night,
④卧看牵牛织女星。	Yet she lies down to look up at the Altair and the Vega in the skies.

详注:题.秋夕:七夕,相传是牛郎织女鹊桥相会之夜。

句①银烛〈定〉秋光〈主〉冷〈谓〉画屏〈宾〉。银烛:白蜡烛发出的。秋光:带有秋夜清冷的光。冷:使……看起来冷,是形容词的使动用法。画屏:带有绘画的屏风。

句②她〈主·省〉用〈省〉轻罗小扇扑流萤〈连动短语·谓〉。她:指女主人公。轻罗小扇:用轻薄的丝织品制成的团扇。扑:扑打。流萤:飞动的萤火虫。连动短语的结构是:用轻罗小扇(方式)+扑流萤(动作)。

句③天阶〈定〉夜色〈主〉凉〈谓〉如水〈介词短语·补〉。天阶:皇宫中的汉白玉台阶。如水:是明喻修辞格。介词短语的结构是:如+水("如"是介词)。这句与下句是转折关系。

句④她〈主·省〉卧看牵牛织女星〈连动短语·谓〉。她:指女主人公。卧:躺着。牵牛织女星:牵牛星和织女星,两颗星隔着银河相对。连动短语的结构是:卧(方式)+看牵牛织女星(动作)。

浅析:这首诗描写了一位年轻宫女的一个生活片断,表现了她的孤寂境况和对爱情的渴望。第一句描写了秋夜的清冷环境。"冷"衬托了她内心的凄冷。第二句描写了她孤寂的境况。她独自一人在清冷的环境中,用"轻罗小扇扑流萤"以排遣无聊。第三、四句含蓄地描写了她对爱情的渴望。"天阶"表明她是宫女。"凉如水"衬托了她内心的悲凉。"卧看牵牛织女星"衬托了她渴望与皇帝相会,渴望得到爱情。

本诗①②句是宽对。

赠 别二首

(一)

For the Singing Girl at Parting(1)

杜 牧　Du Mu

①娉娉袅袅十三余,　You're beautiful, graceful and a little more than thirteen,
②豆蔻梢头二月初。　You're just a cardamon at the top of a spray in early spring.
③春风十里扬州路,　The spring breeze blows upon the ten-*li* boulevard of Yangzhou, where I see,
④卷上珠帘总不如。　The girls who roll up the pearl screens are all outshone by thee.

详注:题.赠别:临别赠诗。

句①你〈主·省〉娉娉袅袅十三余〈联合短语·谓〉。你:作者赠诗的对象,诗中的女主人公,下文中的"你"同此。娉娉(pīng):容貌美好。袅袅(niǎo):体态轻盈。十三余:十三岁多。联合短语的结构是:娉娉袅袅+十三余(两者并列)。这句与下句是并列关系。

句②你〈主·省〉是〈谓·省〉二月初〈定〉梢头〈定〉豆蔻〈宾·倒〉。梢头:树枝的顶端。豆蔻(kòu):是一种植物,二月初正含苞初放。人们常用豆蔻比喻少女,称十三、四岁的少女为"豆蔻年华"。这里,作者把女主人公比作"二月初梢头豆蔻",是暗喻修辞格。

句③春风〈主〉吹〈谓·省〉十里〈定〉扬州路〈宾〉。吹:吹拂。十里:十里长的。扬州路:扬州街道。这句是下句的地点状语。

句④卷上珠帘〈动宾短语·主〉总不如〈谓〉你〈宾·省〉。卷上珠帘:卷起珠帘的地方的女子。这里借卷起珠帘(地点)代女子(地点中的人),是借代修辞格。总:都。动宾短语的结构是:卷上+珠帘(动词+宾语)。

浅析:作者离开扬州去长安任职时写了两首诗赠给他相识的扬州歌女。这第一首诗赞美了对方的姣美。第一、二句直接赞美了她的美貌。第三、四句通过比较,凸显了她的美貌。

(二)

For the Singing Girl at Parting(2)

杜 牧 Du Mu

①多情却似总无情,	We have deep love for each other but at parting we appear loveless,
②唯觉樽前笑不成。	So before wine cups we try to smile but only prove smileless.
③蜡烛有心还惜别,	Seeing our separation the candle with a wick seems affectionate,
④替人垂泪到天明。	It sheds its tears instead of us till daybreak.

详注:句①多情〈主〉却〈状〉总〈状·倒〉似〈谓〉无情〈宾〉。却:反而。总:都,彼此。似:好像,显得。这句与下句是因果关系。

句②我们〈主·省〉唯〈状〉觉〈谓〉樽前〈方位短语·状〉笑不成〈主谓短语·宾〉。我们:指作者与女主人公。唯:只。觉:觉得。樽前:在酒杯面前。笑不成:笑不起来。方位短语的结构是:樽+前("前"是方位词)。主谓短语的结构是:笑+不成(主语+谓语)。

句③蜡烛〈主〉还〈状〉有心〈倒〉惜别〈连动短语·谓〉。还:反而,倒。有心:有烛芯。惜别:珍惜离别。连动短语的结构是:有心(条件)+惜别(动作)。这句与下句是主谓关系。

句④它〈主·省〉替人〈介词短语·状〉垂泪〈谓〉到天明〈介词短语·补〉。它:蜡烛。替人:代替作者和女主人公。垂泪:流泪,指蜡烛燃烧时滴下的蜡烛油,是拟人修辞格。天明:天亮。介词短语的结构是:替+人("替"是介词),到+天明("到"是介词)。

浅析:这首诗描写了作者与女主人公离别时的痛苦。第一、二句描写了两人离别的痛苦心情。两人故意装出无情之态,以免加重对方离别时的伤感。然而强颜欢笑又笑不起来,可见两人都十分痛苦。第三、四句用蜡烛流泪衬托两人在内心里流泪,进一步描写了两人离别时的痛苦。

金谷园

The Jingu Garden

杜 牧 Du Mu

①繁华事散逐香尘,	The past splendors of the Jingu garden disperse together with the fragrant dust,

②流水无情草自春。 But the grasses themselves still grow well in spring and the unfeeling river still runs fast.
③日暮东风怨啼鸟， At dusk, in the spring breeze the birds sing songs of complaining,
④落花犹似坠楼人。 And the falling flowers are just like Lu Zhu jumping down the building.

详注：题.金谷园:西晋富豪石崇的豪华私家林园,在今洛阳市东北,因地处金谷得名。

句①繁华〈定〉事〈主〉逐香尘散〈倒〉〈连动短语·谓〉。繁华事:指石崇在金谷园的奢侈生活。逐:跟随。香尘:芳香的尘土。据传,石崇为了教舞女步法,把沉香木粉末撒在象牙床上,让女践踏,不留足迹者赐给珍珠。散:消失。连动短语的结构是:逐香尘(方式)+散(动作)。这句与下句是转折关系。

句②流水〈主〉无〈谓〉情〈宾〉草〈主〉自〈状〉春〈谓〉。这句由两个句子构成。"流水无情"是一句。"草自春"是一句。两句间是并列关系。流水:指流经金谷园的小溪。自:独自。春:呈现出春色,是名词用作动词。

句③日〈主〉暮〈谓〉东风〈主〉怨〈谓〉啼鸟〈宾〉。这句由两个句子构成。"日暮"是一句。"东风怨啼鸟"是一句。前句是后句的时间状语。日暮:傍晚的时候。东风:春风。怨:使……发出哀怨的叫声。啼鸟:鸣叫的鸟。这句与下句是并列关系。

句④落花〈主〉犹〈状〉似〈谓〉坠楼人〈宾〉。犹似:恰如。坠楼人:石崇的爱妾绿珠。孙秀想要绿珠,石崇不给。孙秀陷害他。石崇因此被捕下狱,绿珠跳楼身亡。这里作者把落花比作跳楼的绿珠,是明喻修辞格。

浅析：这首诗描写了作者游金谷园并吊古,表达了作者对绿珠的同情和悲悼。第一句抒发了作者对人事沧桑的慨叹。作者走进园里,见一片荒凉景象,于是发出"繁华事散"的慨叹。第二句表达了作者对江山依旧的慨叹。第三句渲染了一种悲凉气氛,衬托了作者客居他乡的伤感情绪。作者见金谷园昔盛今衰,不免产生伤感情绪。第四句是作者的吊古之思。作者见金谷园内有花飘落,不禁联想到那个跳楼身亡的绿珠,流露了作者对绿珠的同情和悲悼。

夜雨寄北

A Poem Written on a Rainy Night to a Friend in the North

李商隐　Li Shangyin

①君问归期未有期， You ask me when I can come back and I don't know,
②巴山夜雨涨秋池。 Tonight in the Ba mountains the rain makes the autumn ponds overflow.
③何当共剪西窗烛， When we clip the candle wick by your west window together,
④却话巴山夜雨时。 I'll talk to you again about how the night rain makes me sad hither.

详注：题.夜雨:雨夜,在下雨的夜晚。寄:写赠。北:北方的友人。

句①君〈主〉问〈谓〉归期〈宾〉我〈主·省〉未有〈谓〉期〈宾〉。这句由两个句子构成。"君问归期"是一句。"我未有期"是一句。两句间是顺承关系。君:指作者的友人。问:询问。归期:作者回家的日期。我:指作者。

未有:没有。期:确定的回家日期。这句与下句是并列关系。

句②巴山〈定〉夜雨〈主〉涨〈谓〉秋池〈宾〉。巴山:大巴山,在四川境内,是作者所在地。夜雨:夜晚的雨。涨:使……上涨,是使动用法。秋池:秋天的池塘。这里借池代池中水,是借代修辞格。

句③何当〈连词〉我们〈主·省〉共剪〈谓〉西窗〈定〉烛〈宾〉。何当:当……的时候。我们:指作者和友人。共剪:一起剪。西窗:西窗下的。烛:烛花。蜡烛燃得时间长了会生烛花,剪去烛花就更明亮。这里借剪烛(结果)代久坐长谈(原因),是借代修辞格。这句是下句的时间状语。

句④我〈主·省〉却〈状〉话〈谓〉巴山〈定〉夜雨〈宾〉时〈凑韵〉。我:指作者。却:再。话:细谈。巴山夜雨:巴山夜雨的情景。时:起凑韵作用,没有实义。古诗中,为了押韵或为了凑足字数,加上一字,叫做"凑韵"。

浅析:这首诗表达了作者对友人的思念之情。第一句描写了作者客居他乡的愁苦心情。"君问归期"表明友人牵挂作者,盼作者早归。"未有期"表明作者身不由己,无法确定归期。作者因"未有期"而愁苦。第二句描写了凄风苦雨的巴山夜景,衬托了作者的愁苦心情。作者的愁苦就像"巴山夜雨涨秋池"给客居他乡之人带来的愁苦一样,一言难尽。第三、四句描写了作者的期盼。他期盼与友人早日欢聚,期盼把今夜的愁苦作为两人相聚时的话题。这种热切期盼反衬出作者对友人的思念之深。

寄令狐郎中

To Official Linghu

李商隐　　Li Shangyin

①嵩云秦树久离居,　You, a tree in the Qin land and I, a piece of cloud o'er Mount Song, live long in two places far apart,

②双鲤迢迢一纸书。　Travelling a long distance your letter reaches me at last.

③休问梁园旧宾客,　Alas, you'd better not ask about me, your old guest of the Liang Garden,

④茂陵秋雨病相如。　I'm simply the sick Xiangru in the autumn rain in Maoling.

详注:题.寄:写赠。令狐:令狐楚的儿子令狐绹,曾任郎中一职。

句①嵩云秦树〈联合短语·主〉久〈状〉离居〈谓〉。嵩云:嵩山上的云,指作者自己。作者当时住在嵩山附近的洛阳,所以借嵩(作者所在地)代作者,是借代修辞格。云是飘浮不定的。这里借云喻作者无依无靠,是借喻修辞格。秦树:秦中的树,指令狐绹。长安在秦中,令狐绹住在长安。这里借秦(令狐绹所在地)代令狐绹,是借代修辞格。树是稳定的,这里借树喻令狐绹的地位稳固,是借喻修辞格。久:长久地。离居:在两地住。联合短语的结构是:嵩云+秦树(两者并列)。这句与下句是并列关系。

句②双鲤一纸书〈联合短语·主〉迢迢〈谓·倒〉。双鲤一纸书:指令狐绹写给作者的信。古乐府《饮马长城窟行》中有四句:"客从远方来,遗我双鲤鱼,呼儿烹鲤书,中有尺素书。"其中的"双鲤鱼"就是现代的信封。古人用刻成双鲤形的木匣子装信传递。迢迢:来自远方。联合短语的结构是:双鲤+一纸书(两者并列)。

句③你〈主·省〉休问〈谓〉梁园〈定〉旧〈定〉宾客〈宾〉。你:指令狐绹。休问:不要问。梁园:是汉朝梁孝王的林园。司马相如是梁孝王的宾客。这里作者把令狐楚的幕府比作梁园,把令狐绹比作梁孝王,自己比作

430

司马相如,都是借喻修辞格。作者早年才华横溢,曾得到令狐楚的赏识并在他幕府任职,后得令狐陶的推荐而中进士。作者与令狐陶之间建立了深厚友谊。旧:以前的。宾客:客人。

句④我〈主·省〉是〈谓·省〉茂陵〈定〉秋雨〈定〉病〈定〉相如〈宾〉。我:指作者。茂陵:地名。司马相如晚年因病住在茂陵。秋雨:秋雨中的。病:患病的。相如:司马相如,是西汉辞赋家,曾作《子虚赋》、《上林赋》等,被汉武帝看重。这里,作者把自己比作病中的司马相如,是暗喻修辞格。

浅析:这首诗以诗代信,回复了令狐陶的来信,倾诉了作者糟糕的近况,暗含了作者希望再得到令狐陶帮助的心愿。第一句表明了令狐陶对作者的思念之情。作者与令狐陶久住两地,令狐陶不忘旧情,写信问候,足见令狐陶对作者的思念之情。第二句表明了作者收到令狐陶的来信时的欣喜感激之情。作者闲居洛阳,落寞潦倒,心情抑郁。接到来信,自然倍感温暖和慰藉。"迢迢"衬托了作者的惊喜感激之情。第三句回忆了两人之间往日的友情。第四句倾诉了作者苦不堪言的近况,暗含了作者希望再一次得到令狐陶的帮助的心愿。

为 有

A Poem without a Title

李商隐　Li Shangyin

① 为有云屏无限娇,　As she has a mica screen she is all the more tender and charming,
② 凤城寒尽怕春宵。　So when the cold in Chang'an is gone she fears the short night of spring.
③ 无端嫁得金龟婿,　She marries herself to a high-ranking official for no reason,
④ 辜负香衾事早朝。　In order to go to court early he has to disappoint her deep affection.

详注:题.为有:本诗以第一句开头的二字为题,与内容无关。其实这是一首无题诗。

句①〈连词〉她〈主·省〉有〈谓〉云屏〈宾〉她〈主·省〉无限〈状〉娇〈谓〉。这句由两个句子构成。"为她有云屏"是一句。"她无限娇"是一句。前句是后句的原因状语。为:因为。她:指女主人公,下文中的"她"同此。云屏:云母制成的屏风,是富贵人家室内装饰。这里,借云屏(具体)代富贵(抽象),是借代修辞格。无限:十分,格外。娇:娇美。这句与下句是因果关系。

句②凤城〈定〉寒〈主〉尽〈谓〉她〈主·省〉怕〈谓〉春宵〈宾〉。这句由两个句子构成。"凤城寒尽"是一句。"她怕春宵"是一句。前句是后句的时间状语。凤城:指京城长安。寒:冬天的寒冷。尽:完。春宵:春夜。

句③她〈主·省〉无端〈状〉嫁得〈谓〉金龟婿〈宾〉。无端:没来由地。嫁得:嫁给。金龟婿:当高官的丈夫。唐朝三品以上官员要佩戴金饰的龟袋。

句④他〈主·省〉辜负香衾事早朝〈连动短语·谓〉。他:指男主人公。香衾(qīn):有香味的被子。这里借香衾代香衾里的娇妻,是借代修辞格。事早朝:上早朝。连动短语的结构是:辜负香衾(果)+事早朝(因)。这句补充说明上句。

浅析:这首诗描写了女主人公的怨情。第一句描写了她的家境和容貌。"云屏"表明她的家境富裕。"无限娇"表明她因富贵更显娇。第二句描写了她的烦心事——怕春宵。第三、四句解释了她"怕春宵"的原因,是:春宵本来就短,而丈夫却为了上早朝天不亮就离开家,撇下她独守空房。"无端"流露了她的嗔怪抱怨之情。她难耐寂寞,所以怨情满怀。当然,女主人公的怨情只能说明夫妻恩爱情深。

隋 宫

The Temporary Palace of the Sui Dynasty

李商隐　　Li Shangyin

①乘兴南游不戒严,	Emperor Yang of the Sui Dynasty tours the south at will and without protection,
②九重谁省谏书函?	So no one in the court dares to handle the memorial to the emperor to give up the dissipation.
③春风举国裁宫锦,	In spring the people throughout the country cut the palace brocade,
④半作障泥半作帆。	Of which, half into the saddle mats, half into the sails, is to be made.

详注:题.隋宫:隋炀帝的行宫,在今江苏扬州市。

句①炀帝〈主·省〉乘兴〈状〉南游不戒严〈联合短语·谓〉。乘兴:一高兴起来。南游:指隋炀帝游扬州。隋炀帝在位期间,曾几次南游,挥霍掉大量民脂民膏。有人上书劝阻都被杀了。不戒严:不作戒备。联合短语的结构是:南游+不戒严(两者是递进关系)。

句②九重〈状〉谁〈主〉省〈谓〉谏书函〈宾〉。九重:帝王所居之处,指宫中。省(xǐng):审读,认真读。谏书函:规劝皇帝的奏章。这是一个特指问反问句,肯定形式表示否定的意思。因此,"谁"意即"没有人"。

句③春风〈状〉举国〈主〉裁〈谓〉宫锦〈宾〉。春风:春天里。这里,借春风(特征)代春季,是借代修辞格。举国:全国人。这里借全国(地点)代全国人(地点中的人),是借代修辞格。裁:裁剪。宫锦:供皇帝用的贵重锦缎。

句④半〈主〉作〈谓〉障泥〈宾〉半〈主〉作〈谓〉帆〈宾〉。这句由两个句子构成。"半作障泥"是一句。"半作帆"是一句。两句间是并列关系。半:一半的宫锦。作:用作。障泥:马鞯(jiān),马鞍两侧的下垂物,用以挡泥土。帆:隋炀帝南游时乘坐的船上的帆。

浅析:这首诗揭露了隋炀帝专横昏暴,穷奢极欲。第一句描写了隋炀帝的专横昏暴。"乘兴南游"表明隋炀帝专横任性,一意孤行。"不戒严"表明隋炀帝昏暴。第二句描写了隋炀帝的昏顽拒谏。第三、四句描写了南游的一个细节,表明了南游时所耗费的巨大人力物力。

瑶 池

The Jasper Lake

李商隐　　Li Shangyin

①瑶池阿母绮窗开，	Mother of the West at the Jasper Lake opens the exquisite window, when,
②黄竹歌声动地哀。	She hears the Yellow Bamboo Song so sorrowful as to sadden the earth and heaven.
③八骏日行三万里，	Since Emperor Mu of the Zhou Dynasty has eight fine steeds that can run thirty thousand li a day,
④穆王何事不再来？	Why can't he come here again as three years ago to her he did say?

详注：题.瑶池：神话中西王母的住地。

句①瑶池〈定〉阿母〈主〉开〈谓〉绮窗〈宾·倒〉。阿母：西王母。开：打开。绮(qǐ)窗：雕饰华丽的窗子。这句是下句的时间状语。

句②黄竹歌声〈主〉动地〈状〉哀〈谓〉。黄竹歌声：据传，周穆王周游天下，在去黄竹的路上见到被风雪冻死的人，于是作《黄竹歌》表示哀悼。动地：惊天动地地。哀：悲哀。

句③八骏〈主〉日〈状〉行〈谓〉三万里〈宾〉。八骏(jùn)：八匹好马。据传，周穆王有八匹好马。日：一天。行：奔跑。这句与下句是因果关系。

句④穆王〈主·省〉何事〈状〉不重来〈谓〉。穆王：周穆王。据传，周穆王西游到昆仑山，见到了西王母。西王母在瑶池设宴招待了他并给他吃了仙丹。他们约定，周穆王三年后再来瑶池。何事：为什么。不重来：不再来瑶池。

浅析：在唐朝，不少帝王妄想长生不死，服食仙丹，而且执迷不悟。结果，他们不但不能长生，反而中毒身亡。周穆王就是服食仙丹中毒而身亡的。这首诗借周穆王与西王母的传说讽刺唐朝帝王们迷信仙丹的愚蠢行为。第一、二句想象了西王母等候周穆王到来的情景。周穆王没有如约再来。西王母等来的是悲哀的黄竹歌声。这歌声暗示周穆已服食仙丹中毒身亡，不会再来瑶池了。第三、四句既是西王母的内心独白，又是作者的诘问。这一内心独白表明西王母并不清楚周穆王没有再来瑶池的真实原因，可见其愚昧。作者的诘问极具幽默感，辛辣地讽刺了唐朝帝王们服食仙丹的愚蠢行为。

嫦 娥

Chang'e

李商隐　Li Shangyin

① 云母屏风烛影深，On the mica screen the shadow of the candle-light is dimming,
② 长河渐落晓星沉。The Milky Way is gradually setting and the morning stars are sinking.
③ 嫦娥应悔偷灵药，Chang'e should regret to have stolen elixir,
④ 碧海青天夜夜心。And night after night in the sea of the blue sky she regrets forever.

详注：题.嫦娥：神话中的月中仙女。据传，她本是后羿的妻子，因偷吃了他从西王母那里得到的仙丹就飞升到了月宫。

句①云母〈定〉屏风〈状〉烛影〈主〉深〈谓〉。云母屏风：在装有云母的屏风上。云母是一种透明的有光泽的矿石。烛影：蜡烛的光影。深：暗淡。这句与下句是并列关系。

句②长河〈主〉渐落〈谓〉晓星〈主〉沉〈谓〉。这句由两个句子构成，"长河渐落"是一句，"晓星沉"是一句。两句间是并列关系。长河：银河。渐落：慢慢地下。晓星：启明星。沉：落。

句③嫦娥〈主〉应悔〈谓〉偷灵药〈动宾短语·宾〉。应悔：应该后悔。灵药：指西王母给后羿的仙丹。动宾短语的结构是：偷＋灵药（动词＋宾语）。这句与下句是递进关系。

句④碧海〈定〉青天〈状〉她〈主·省〉夜夜〈状〉有〈谓·省〉此〈省〉心〈宾〉。碧海青天：在碧海一样的青天中。这里把青天比作碧海，是暗喻修辞格。此心：后悔的心情。

浅析：这首诗描写了女主人公凄冷孤寂的境况，寄寓着作者自己的凄冷孤寂的身世之感。第一句描写的是室内景象。第二句描写的是天空景象。"烛影深"、"长河渐落"、"晓星沉"都表明了时间的推移。女主人公目睹了这一切，表明她度过一个不眠之夜。第三、四句是作者把女主人公比作嫦娥，想象了她像嫦娥一样过着凄冷孤寂的日子而且后悔不已，寄寓着作者自己孤独凄凉的身世之感。嫦娥误食仙丹，飞升到月宫，过着孤独凄凉的日子。作者自己被卷入牛李朋党之争，遭到无情打击和排挤，新老朋友纷纷离他而去，致使他也过着凄冷孤寂的日子。

贾 生

Jia Yi

李商隐　Li Shangyin

① 宣室求贤访逐客，To get wise men of talent and virtue, Emperor Wen of the Han Dynasty calls in banished Jia Yi to his side,

②贾生才调更无伦。	Because he's peerless in talent and insight.
③可怜夜半虚前席，	What a pity it is for the emperor to remove in vain his mat nearer to Jia Yi at midnight,
④不问苍生问鬼神。	Because he only asks about the ghosts and gods but not about the people's plight.

详注：题. 贾生：贾谊，西汉著名的政论家。文帝召他为博士。他数次上疏议论时弊。后被贬为长沙王太傅。

句①宣室〈主〉求贤访逐客〈连动短语·谓〉。宣室：汉朝未央宫前殿正室。这里借宣室(地点)代汉文帝(地点中的人)，是借代修辞格。求贤：求德才兼备的人。访：主动召见。逐客：被逐出京城的人，指贾谊。连动短语的结构是：求贤(目的)＋访逐客(动作)。这句与下句是果因关系。

句②贾生〈定〉才调〈主〉更〈状〉无伦〈谓〉。才调：才华，才气。更：更加。无伦：没有人能比得上。

句③可怜〈状〉他〈主·省〉夜半〈状〉虚〈状〉前〈谓〉席〈宾〉。可怜：可惜。他：指汉文帝。夜半：半夜里。虚：徒劳地。前：把……前移。席：坐席。古人席地而坐，坐在席子上。据传，汉文帝向贾谊问及鬼神事。贾谊说得头头是道。汉文帝听得津津有味。于是他把坐席向前移动了一下，靠近贾谊。这句与下句是果因关系。

句④他〈主·省〉不问苍生问鬼神〈联合短语·谓〉。他：同上句注。苍生：老百姓。联合短语的结构是：不问苍生＋问鬼神(两者是转折关系)。

浅析：这首诗描写了汉文帝召见贾谊的情景，揭露了封建统治者迷信鬼神，不顾苍生的恶劣品质，寄寓着作者对自己怀才不遇的哀叹。第一句交代了汉文帝召见贾谊的目的。第二句交代召见贾谊的原因。第三句描写了汉文帝召见贾谊时全神贯注的神态。"虚"是作者的评价，指出了汉文帝倾听贾谊是徒劳无益的。第四句揭穿了汉文帝"求贤"的实质，揭露了汉文帝迷信鬼神，不顾苍生的恶劣品质。贾谊有治国安邦之才。他的治国见解不被采纳，反而成了"逐臣"。现在，又被召进官里当巫祝使用。这是极大的浪费人才，令人哀叹。其中寄寓着作者对自己怀才不遇的哀叹。

瑶 瑟 怨

The Resentment of a Maid Who Has a Jade-Inlaid Zither

温庭筠　Wen Tingyun

①冰簟银床梦不成，	On the icy mat in the beautiful bed she can't dream at night,
②碧天如水夜云轻。	The blue sky is like clean water and the night clouds are light.
③雁声远过潇湘去，	Crying, the wild geese fly afar across the Xiao and Xiang Rivers,
④十二楼中月自明。	The bright moon by itself shines on the twelve towers.

详注：题. 瑶(yáo)：美玉。瑶瑟：嵌有美玉的瑟。这里，借瑶瑟代瑶瑟女(瑶瑟所属)，是借代修辞格。瑶瑟怨：瑶瑟女的怨恨。

句①冰簟银床〈联合短语·状〉梦〈主〉不成〈谓〉。冰簟(diàn)：凉席。银床：精美的床。梦不成：做不成梦,指女主人公做不成梦。联合短语的结构是:冰簟+银床(两者并列)。这句与下面三句是因果关系。下面三句是并列关系。

句②碧天〈主〉如〈谓〉水〈宾〉夜云〈主〉轻〈谓〉。这句由两个句子构成。"碧天如水"是一句。"夜云轻"是一句。两句间是并列关系。碧天:蔚蓝的天。如水:像水一样清澈,是明喻修辞格。夜云:夜空中的云。轻:轻飘飘的。

句③雁声〈主〉过潇湘远〈倒〉去〈连动短语·谓〉。雁声:雁的叫声。过:划过。潇湘:潇水和湘水,流入洞庭湖,在今湖南境内。远去:飞往远方。连动短语的结构是:过潇湘+远去(动作先后关系)。

句④十二楼中〈方位短语·状〉月〈主〉自〈状〉明〈谓〉。十二楼:据传,是仙人的居所,见七律《宫词》注。这里,借十二楼喻瑶瑟女的居所,是借喻修辞格。自:独自。明:放光明。方位短语的结构是:十二楼+中("中"是方位词)。全句意思是:她在十二楼中看到月亮独自放光明。

浅析:这首诗描写了女主人公的生活细节,凸显了她的孤寂凄苦的境况,表明了她对丈夫久别的怨恨。第一句交代了时间、她的身份以及她的境况。"冰簟"表明已是秋天。"银床"表明她是富家少妇。"梦不成"表明了她的境况。她独守空房,寂寞难耐,想在梦中与丈夫相拥共眠。可是她彻夜不眠做不成这样的梦。既然"梦不成",那就起而弹瑟吧。第二、三、四句描写了她弹瑟时所见所闻。第二句描写了她仰望天空所见。这凄清的夜空景色衬托了她的孤寂。第三句描写了她静听所闻。大雁的哀鸣衬托了她内心的凄苦。第四句进一步描写了她的所见。"月自明"表明周围环境对她的境况不予理会,这更增加了她的孤寂凄苦。她如此孤寂凄苦,内心肯定充满了对丈夫久别的怨恨。

马嵬坡

The Mawei Hillside

郑畋　Zheng Tian

①玄宗回马杨妃死,	When Emperor Xuanzong rode back to Chang'an, Yang Guifei had died,
②云雨难忘日月新。	Though it was difficult for him to forget the love between them, yet Chang'an had a look bright.
③终是圣明天子事,	To have hanged Yang Guifei was a conduct by a wise emperor after all,
④景阳宫井又何人?	Or else who would be in the well inside the Jingyang Palace wall?

详注:**题**.马嵬(wéi)坡:在今陕西省兴平县西马嵬镇,是杨贵妃吊死处。安史之乱时,唐玄宗逃往四川,途经马嵬坡时,将士哗变。唐玄宗被迫赐死杨贵妃。郑畋(tián):字台文,唐朝进士,曾任多个官职,官至宰相。

句①玄宗〈主〉回〈谓〉马〈宾〉杨妃〈主〉死〈谓〉。这句由两个句子构成。"玄宗回马"是一句。"杨妃死"是一句。前句是后句的时间状语。玄宗:唐玄宗李隆基。回马:指唐玄宗从四川返回京城长安。安史之乱时,唐玄宗逃往四川。安史之乱平息后,唐玄宗从四川返回了京城长安。杨妃:杨贵妃。死:被赐死。这句与下句并列关系。

句②他〈主·省〉难忘〈谓〉云雨〈宾·倒〉日月〈主〉新〈谓〉。这句由两个句子构成。"他难忘云雨"是一句。"日月新"是一句。两句间是转折关系。他：指唐玄宗。云雨：指唐玄宗和杨贵妃的爱情生活。日月新：指安史之乱被平定，京城被光复。

句③这〈主·省〉终是〈谓〉圣明〈定〉天子〈定〉事〈宾〉。这：指唐玄宗赐死杨贵妃的事。终是：终究是。事：举动。这句是下句的条件状语。

句④景阳宫〈定〉井〈主〉又〈状〉有〈谓·省〉何人〈宾〉。景阳宫井：在今南京市玄武湖边。隋兵攻入台城（今南京）后，南朝的陈后主和宠妃张丽华、孔贵妃跳入景阳宫井避难。最后，还是被隋兵俘获。何人：什么人。全句意思是：否则，景阳宫井里又会有什么人呢？

浅析：这首诗评价了唐玄宗从众请赐死杨贵妃的历史事件。第一、二句回顾了唐玄宗在马嵬坡赐死杨贵妃的历史事件。"杨妃死"换来了"日月新"。第三、四句是作者的议论。作者的言外之意是：如果唐玄宗不赐死杨贵妃，唐朝就会消亡。唐玄宗等人也会像陈后主那样投井避难了。与陈后主相比，唐玄宗自然要"圣明"许多。因为他赐死杨贵妃，使唐王朝免于灭亡了。这样的议论表面上表达了作者对唐玄宗为国割爱的赞美之意。实际上暗含着作者对唐玄宗荒淫误国的讽刺。

已　凉

It's Cool Already

韩　偓　　Han Wo

①碧阑干外绣帘垂，	Outside of the green balustrade an embroidered cloth curtain hangs down,
②猩色屏风画折枝。	On the scarlet screen is painted a twig with flowers on.
③八尺龙须方锦褥，	On the eight feet long Chinese alpine rush mat is spread a brocade quilt square and tidy,
④已凉天气未寒时。	It's not yet cold though it's cool already.

详注：题. 已凉：用第四句头二字为题。意即"天气已凉"。韩偓（wò）：字致尧，唐朝进士，曾任官职。

句①碧〈定〉阑干外〈方位短语·状〉绣帘〈主〉垂〈谓〉。碧：青绿色的。阑干：栏杆。绣帘：精美的布帘。垂：垂下。方位短语的结构是：碧阑干+外（"外"是方位词）。这句与下面两句是并列关系。

句②猩色〈定〉屏风〈主〉画〈谓〉折枝〈宾〉。猩色：红色。画：画着。折枝：带花的树枝。

句③八尺〈定〉龙须〈主〉有〈谓·省〉方〈定〉锦褥〈宾〉。龙须：龙须草编织的席子。这里借龙须（原料）代席子（成品），是借代修辞格。八尺龙须：在八尺龙须席子上。方：方方正正的。锦褥：锦缎褥垫。

句④天气〈主〉已凉未寒〈联合短语·谓〉时〈凑韵〉。已凉未寒：已经变凉爽但还没有寒冷。联合短语的结构是：已凉+未寒（两者是转折关系）。上面三句与这句是因果关系。

浅析：这首诗描写了室内外陈设，传递了凉凉秋意。第一句描写了室外陈设。第二、三句描写了室内陈设。"绣帘","猩色屏风"和"锦褥"表明这是一个富贵之家。第四句是对以上三句所作的结论,表明了卧室主人对气温变化的敏感。其中或许寄寓着作者对唐帝国"已凉未寒"的敏感。

金 陵 图

The Landscape of Jingling

韦 庄　Wei Zhuang

① 江雨霏霏江草齐, The drizzle is falling on the Yangtze River and the thick and green grasses on its banks lie,
② 六朝如梦鸟空啼。 The six dynasties have vanished like dreams and in vain the birds cry.
③ 无情最是台城柳, The most unfeeling of all are the willows on the Terrace City,
④ 依旧烟笼十里堤。 Because they still shroud the ten-*li* dike and make it look misty.

详注:**题**.金陵:今江苏南京市。图:图景。本诗题又作《台城》。

句①江雨〈主〉霏霏〈谓〉江草〈主〉齐〈谓〉。这句由两个句子构成。"江雨霏霏"是一句。"江草齐"是一句。两句间是并列关系。江雨:长江江面上的雨。霏霏:细而密。江草:江边的草。齐:茂盛。这句与下句是并列关系。

句②六朝〈主〉如〈谓〉梦〈宾〉鸟〈主〉空〈状〉啼〈谓〉。这句由两个句子构成。"六朝如梦"是一句。"鸟空啼"是一句。两句间是并列关系。六朝:吴、东晋、宋、齐、梁、陈,相继在南京建都,史称六朝。如梦:像梦一样过去了,是明喻修辞格。空:徒劳地。啼:鸣叫。

句③台城〈定〉柳〈主〉是〈谓·倒〉最无情〈宾·倒〉。台城:六朝宫城,在今南京玄武湖边。无情:这里,作者赋予台城柳以情意,是把人的情移到柳树上,是移就修辞格。这句与下句是果因关系。

句④依旧〈状〉烟〈主〉笼〈谓〉十里〈定〉堤〈宾〉。依旧:仍然。烟:柳树上的烟雾。笼:笼罩。十里堤:十里长堤。

浅析:这首诗描写了作者在台城所见所闻,表达了作者吊古伤今的悲痛心情。台城是六朝兴衰的见证。身在台城,自然要想到六朝兴亡。"六朝如梦"表明曾一度繁华的六个朝代像梦一样一个一个消失了。这表明人世沧桑。然而,江雨照样下,江草照样生长,鸟儿照样鸣叫。这表明江山依旧。"江雨","江草"和"鸟"对六朝的兴亡毫无反应。它们是无情的。最无情的是台城柳,因为它们不仅没有反应,而且依然含烟锁雾,显得生机勃勃,春意盎然。当时的唐朝已现败亡之势,所以作者责怪台城柳"无情"表明了他吊古伤今的悲痛心情。

陇 西 行

Song of the Frontiers

陈　陶　　Chen Tao

①誓扫匈奴不顾身，	The warriors vowed to wipe out the Huns so that they disregarded their own bodies,
②五千貂锦丧胡尘。	Hence five thousand of them were killed in the battles.
③可怜无定河边骨，	Near the banks of the Wuding River those pitiful bones on the battle-ground,
④犹是春闺梦里人。	In the dreams of their wives are still fighting around.

详注：题．陇西：今甘肃、宁夏一带。陇西行：乐府旧题，属《相和歌·瑟调曲》，多写边塞之事。陈陶：字嵩伯，曾多次参加进士考试落第，后学道求仙，隐居洪州(今江西南昌)西山。

句①将士〈主·省〉誓扫匈奴不顾身〈连动短语·谓〉。将士：指戍边将士。誓扫：发誓消灭。匈奴：指侵扰唐朝边境的少数民族。不顾身：不顾生死，置生死于度外。连动短语的结构是：誓扫匈奴(因) + 不顾身(果)。这句与下句是因果关系。

句②五千〈定〉貂锦〈主〉丧〈谓〉胡尘〈补〉。貂锦：汉朝羽林军穿貂裘锦衣。这里借貂锦(标记)代羽林军将士，是借代修辞格。又借羽林军将士喻唐军将士，是借喻修辞格。丧：牺牲。胡尘：在与胡人的战斗中。

句③可怜〈定〉无定河边〈方位短语·定〉骨〈中心词〉。这是一个名词句，作下句主语。可怜：可怜的，让人怜悯的。无定河：是黄河中游支流，流经内蒙古南端，是戍边将士的转战之地。骨：尸骨，指战死在沙场上的将士的尸骨。方位短语的结构是：无定河 + 边("边"是方位词)。这句与下句是主谓关系。

句④犹〈状〉是〈谓〉春闺〈定〉梦里〈定〉人〈宾〉。犹：仍。春闺：戍边将士的妻子。这里借春闺(妻子的住所)代妻子，是借代修辞格。

浅析：这首诗描写了战争给人民带来的苦难，表达了作者对战争的谴责。第一句赞扬了将士们英勇无畏的战斗精神。第二句描写了战争的残酷和牺牲的惨重。第三、四句描写了妻子们对出征丈夫们的思念，将士们已战死在沙场，但妻子们仍以为他们还活着，仍在梦里与他们相见。这两句催人泪下。

本诗③④句是流水对。

寄 人

To My Sweetheart

张 泌　Zhang Bi

①别梦依依到谢家，　I was reluctant to leave you, then I dreamed of coming to your home, where,
②小廊回合曲栏斜。　I saw the enclosed corridor with zig-zag balustrade around.
③多情只有春庭月，　Only the affectionate moon o'er the spring courtyard there,
④犹为离人照落花。　Still shone for me on the fallen flowers on the ground.

详注：题．寄：写赠。人：作者的恋人。张泌(bì)：字子澄，曾任官职。

句①我〈主·省〉依依别梦〈倒〉到谢家〈连动短语·谓〉。我：指作者。依依：依恋不舍地。别：离别，指与作者恋人离别。梦到：在梦里到了。谢家：谢娘家。这里借谢娘家喻作者恋人的家，是借喻修辞格。作者的恋人不一定姓谢。连动短语的结构是：依依别 + 梦到谢家（动作先后关系）。这句与下句是并列关系。

句②小廊〈主〉回合〈谓〉曲栏〈主〉斜〈谓〉。这句由两个句子构成。"小廊回合"是一句。"曲栏斜"是一句。两句间是并列关系。小廊：屋檐下的过道或独立有顶的过道。回合：四面环绕。曲栏：曲折的栏杆。斜：横。

句③只有〈状〉多情〈定·倒〉春庭〈定〉月〈中心词〉。这是一个名词句，作下句主语。春庭月：春天庭院上空的月亮。这句与下句是主谓关系。

句④犹〈状〉为离人〈介词短语·状〉照〈谓〉落花〈宾〉。犹：仍。为离人：为离别之人，指作者。照：照着。落花：落下的花。介词短语的结构是：为 + 离人（"为"是介词）。

　　浅析：这首诗追忆了一段爱情经历，表达了作者的相思和失望惆怅之情。第一句表达了作者的相思之情。作者与恋人离别时难舍难分，所以，别后相思成梦，在梦中到了恋人的家。第二、三、四句描写了梦境，用细节说明了第一句中的"梦"，表达了作者失望惆怅的心情。作者梦中所到的地方是两人约会处，那地方"小廊回合曲栏斜"。"犹"字表明"春庭月"之前照过作者，现在仍在照。只不过之前照的是作者与恋人在花前约会，现在照的只是作者和落花，恋人不在场。作者没见到恋人，其失望和惆怅可以想见。

杂 诗

Homesickness

无名氏　an anonymous author

①近寒食雨草萋萋，　In the rain near Cold Food Day, the lush and green grasses grow,

②著麦苗风柳映堤。 In the wind lightly stirs the wheat seedlings and on the river embankment sway many a willow.
③等是有家归未得， I can't go back though I, too, have a home,
④杜鹃休向耳边啼。 So, cuckoo, you'd better not cry to my ears "Better go home".

详注：题.杂诗:不合常例,随感而写的诗。

句①雨〈主〉近〈谓·倒〉寒食〈宾·倒〉草〈主〉萋萋〈谓〉。这句由两个句子构成。"雨近寒食"是一句。"草萋萋"是一句。前句是后句的时间状语。近:临近。寒食:寒食节,在清明节前一两日。萋萋:茂盛。这句与下句是并列关系。

句②风〈主〉著〈谓·倒〉麦苗〈宾·倒〉柳〈主〉映〈谓〉堤〈宾〉。这句由两个句子构成。"风著麦苗"是一句。"柳映堤"是一句。两句间是并列关系。著:是"着(zhuó)"的本字,意即"接触到",引申为"轻轻吹拂"。映:掩映。堤:河堤。

句③我〈主·省〉等是〈状〉有家归未得〈联合短语·谓〉。我:指作者自己。等是:也是。归未得:不能回。联合短语的结构是:有家+归未得(两者是转折关系)。这句与下句是因果关系。

句④杜鹃〈主〉休〈状〉向耳边〈介词短语·状〉啼〈谓〉。杜鹃:子规鸟,啼声悲切,好像是说"不如归去"。休:不要。向耳边:对着耳边。啼:鸣叫。介词短语的结构是:向+耳边("向"是介词)。

浅析：这首诗表达了作者的思乡愁怀。第一、二句描写了寒食节时的田野风光。通过风光描写交代时间已是春天。只有在春天,杜鹃才啼叫。另外,到了寒食节就等于到了清明。清明节是人们踏青扫墓的日子。而作者却在他乡,不能与家人一起踏青扫墓。这自然要勾起作者的思乡之愁。所以说,这两句为后两句作了铺垫。第三、四句描写了作者思乡的愁苦。作者本就有思乡之愁。听到杜鹃"不如归去"的鸣叫声,就更痛苦了。所以,作者说"休向耳边啼"。

乐府　Yuefu-Styled Verse

渭　城　曲

Bidding Farewell to a Friend at Wei Town

王　维　Wang Wei

①渭城朝雨浥轻尘， The tiny dust in Wei Town is wet with the morning rain,
②客舍青青柳色新。 By the tavern the willows look all the more fresh and green.
③劝君更尽一杯酒， "Please drink up another cup of wine," I say,
④西出阳关无故人。 "For west of the Sun Pass you'll see no friends on your way."

详注：题.渭城曲:这首诗的题目又作《送元二使安西》,属唐乐府《近代曲辞》。渭城:是秦朝咸阳县,在今陕西咸阳市东北。

句①渭城〈定〉朝雨〈主〉浥〈谓〉轻尘〈宾〉。朝雨：早晨下的雨。浥(yì)：沾湿。轻尘：细微的尘土。这句与下句是并列关系。

句②客舍〈状〉青青〈定〉柳色〈主〉新〈谓〉。客舍：在驿站的旅舍旁边。青青：青翠。柳色：杨柳的色泽。新：焕然一新。

句③我〈主·省〉劝君更尽一杯酒〈兼语短语·谓〉。我：指作者。君：你，指作者的友人。更尽：再喝完。兼语短语的结构是：劝＋君＋更尽一杯酒。这句与下句是果因关系。

句④君〈主·省〉西出阳关〈状〉无〈谓〉故人〈宾〉。君：同上句注。西出阳关：西行走出阳关以后。阳关：古关口名，在今甘肃敦煌西南，是通往西域的大道。因在玉门关南，所以称"阳关"。无：没有。故人：老朋友。

浅析：这是一首送别诗，描写了作者送别友人的情景。第一、二句描写了渭城早晨的清丽景色。通过这景色的描写交代出送别的时间、地点。"朝"表明送别的时间在早晨。"朝雨"表明是短暂的阵雨，所以，仅仅"浥轻尘"。"渭城"和"客舍"表明了送别的地点。在唐代，人们送别时常折柳枝相送，以表示惜别挽留之情。"柳"与"留"谐音。"柳色新"暗示出"留意增"，衬托了作者对友人的依依惜别之情。第三、四句渲染了难舍难分的气氛。他们因舍不得离别已喝了不止一杯酒。作者又劝友人再喝一杯酒，而且给出了一个有说服力的理由（西出阳关无故人）。这气氛凸显了作者与友人之间的深厚情谊。

秋夜曲

Song of an Autumn Night

王 维　Wang Wei

①桂魄初生秋露微， The moon is just rising and light autumn dew can be seen,
②轻罗已薄未更衣。 She hasn't changed her silk dress though it is already thin.
③银筝夜久殷勤弄， Deep into the night, she's still playing the silver-inlaid zither again and again,
④心怯空房不忍归。 Because afraid of the bedroom without her husband she can't bear to walk back in.

详注．题．秋夜曲：是乐府《杂曲歌辞》。有人认为这首诗作者是王涯。

句①桂魄〈主〉初生〈谓〉秋露〈主〉微〈谓〉。这句由两个句子构成。"桂魄初生"是一句。"秋露微"是一句。两句间是并列关系。桂魄：月亮的别称。传说月亮中有桂花树，所以把月亮称作桂魄。初生：刚升起来。秋露：秋天的露水。微：极少。

句②轻罗〈主〉已薄〈谓〉她〈主·省〉未更〈谓〉衣〈宾〉。这句由两个句子构成。"轻罗已薄"是一句。"她未更衣"是一句。两句间是转折关系。轻罗：轻而薄的丝织品。这里借轻罗（衣料）代轻罗做成的衣服，是借代修辞格。她：指女主人公，下文中的"她"同此。未：没有。更：更换。

句③夜〈主〉久〈谓〉她〈主·省〉殷勤〈状〉弄〈谓〉银筝〈宾·倒〉。这句由两个句子构成。"夜久"是一句。"她殷勤弄银筝"是一句。前句是后句的时间状语。久：深。殷勤：认真反复地。弄：弹拨。银筝：装有银饰品的古筝。这句与下句是果因关系。

句④心〈主〉怯空房不忍归〈连动短语·谓〉。心:女主人公的心。怯:害怕。空房:没有丈夫的卧室。不忍归:不忍心回到卧室。连动短语的结构是:心怯空房(因) + 不忍归(果)。

浅析:这首诗通过女主人公一个生活细节的描写,表现了她独守空房时的孤独寂寞的心境。第一、二句描写了初秋夜晚景色。"秋露"表明秋天已到。"轻罗已薄"表明室外有点轻寒。"未更衣"是什么原因呢? 第三、四句说明了原因。因为丈夫不在家,她独守空房,不忍回房换衣。因为"不忍归",所以"银筝夜久殷勤弄",以排遣孤独寂寞。"空房"表明丈夫不在家。"不忍归"表明女主人公一直在室外。

长 信 怨

Ban Jieyu's Resentment

王昌龄　Wang Changling

①奉帚平明金殿开，　At daybreak when the golden palace door opens, she begins to sweep with a broom,

②暂将团扇共徘徊。　Then with a moon-shaped fan in her hand, she paces up and down in deep gloom.

③玉颜不及寒鸦色，　Alas, her beautiful face is even inferior to the color of a crow,

④犹带昭阳日影来。　Because flying from the Zhaoyang Palace in the east, it carries the emperor's favour in a glow.

详注:题.长信:长信宫。长信怨:班婕妤(jié yú)的怨恨。长信怨是乐府旧题,属《相和歌·楚调曲》。这里,借长信宫(地点)代班婕妤(地点中的人),是借代修辞格。汉朝的班婕妤既美貌又有文采,深得汉成帝的宠爱。后来,汉成帝又宠爱起赵飞燕、赵合德姐妹。班婕妤为避开赵飞燕姐妹的妒害,要求到长信宫侍奉太后。

句①平明〈状〉金殿〈主〉开〈谓〉她〈主·省〉奉〈谓·倒〉帚〈宾·倒〉。这句由两个句子构成。"平明金殿开"是一句。"她奉帚"是一句。前句是后句的时间状语。平明:天刚亮。金殿:指长信宫。开:开门。她:指班婕妤,下文中的"她"同此。奉:拿起。帚:扫帚。这句与下句是顺承关系。

句②她〈主·省〉暂〈状〉将团扇共徘徊〈连动短语·谓〉。暂:姑且。将:拿,取。团扇:圆形的扇子。团扇到秋天就被搁置不用了,常被用来象征女子被抛弃。共:一起。徘徊:来回走动。将团扇(方式)+共徘徊(动作)。

句③玉颜〈主〉不及〈谓〉寒鸦色〈宾〉。玉颜:美貌,指班婕妤的美貌。不及:不如。寒鸦:寒冬的乌鸦。色:颜色。这句与下句是果因关系。

句④寒鸦〈主·省〉犹〈状〉带昭阳〈定〉日影来〈连动短语·谓〉。犹:还。带:带着。昭阳:宫殿名,是赵飞燕姐妹得宠时的住所,在长信宫的东面。日影:太阳的光影。封建社会把帝王比太阳,所以,日影又指皇帝的恩光。来:飞来。连动短语的结构是:带昭阳日影(方式) + 来(动作)。

浅析:这首诗描写了班婕妤的凄苦生活和悲愤心情。第一、二句描写了她的一个生活片断,凸显了她的孤苦。她天亮即起,独自打扫宫殿,可见她孤寂。"团扇"表明她是失宠嫔妃。"徘徊"表明她心神不定,苦熬分秒,可见她凄苦。第三、四句通过刻画她的心理活动,表达了失宠嫔妃不如乌鸦的悲愤心情。班婕妤的境况是所有失宠宫女境况的缩影。

出 塞

Song of the Frontiers

王昌龄　Wang Changling

①秦时明月汉时关,	The bright moon that shone during the Qin Dynasty now shines on the pass of the Han,
②万里长征人未还。	Of the warriors who're on the ten-thousand-*li* expedition have returned none.
③但使龙城飞将在,	If Wei Qing and Li Guang were alive today,
④不教胡马度阴山。	They wouldn't allow the Hunnish horses to trespass the Yinshan Mountains anyway.

详注:题.出塞:是乐府《横吹曲辞》旧题,多写军旅生活。

句①秦时〈定〉明月〈主〉照〈谓·省〉汉时〈定〉关〈宾〉。秦时:秦朝时的。照:照耀着。汉时:汉朝时的。关:边关。这句与下句是并列关系。

句②万里〈定〉长征〈定〉人〈主〉未还〈谓〉。万里长征人:到万里之外守边防的将士。未:没有。还:回家。

句③但使〈连词〉龙城飞将〈联合短语·主〉在〈谓〉。但使:如果。龙城:是匈奴祭先祖,祭天地和鬼神的地方。西汉名将卫青抗击匈奴,曾攻到龙城,斩首七百余级。这里借龙城(地点)代卫青(地点中的人)是借代修辞格。飞将:指西汉名将李广。他英勇善战,威名赫赫,被匈奴称作"汉之飞将军"。在:还活着。联合短语的结构是:龙城+飞将(两者并列)。这句是下句的条件状语。

句④他们〈主·省〉不教胡马度阴山〈兼语短语·谓〉。他们:指卫青和李广。教:让。胡:匈奴。马:军马。度:越过。阴山:阴山山脉,是古代北方的天然屏障。兼语短语的结构是:不教+胡马+度阴山。

浅析:这首诗表达了作者爱国爱民的情怀。第一、二句交代了边关现状。秦汉时的明月是同一个明月。秦汉时的边关是同一个边关。作者把秦汉错开使用,造成了一种悠远感。在漫长的时间内,边关一直战事不断,导致无数将士牺牲在战场上。第三、四句是作者的议论。其言外之意是:如果朝廷能任用卫青和李广那样的良将守卫边关,敌人就不敢侵犯,边关就会安然无事,守边将士就会没有伤亡。其中,流露了作者对将非其人的遗憾,体现了他爱国爱民的情怀。

清平调 三首

（一）

Song of Yang Guifei (1)

李　白　Li Bai

①云想衣裳花想容，	Seeing colourful clouds I think of her dress and a beautiful flower her face,
②春风拂槛露华浓。	The spring breeze blows on the balustrade and the dewy peonies are rich and gaudy near the place.
③若非群玉山头见，	If on Jade Hills she does not come into my sight,
④会向瑶台月下逢。	I should see her on the Jasper Terrace under the moon bright.

详注：题．清平调：乐府《近代辞曲》，是李白首创。唐玄宗把红、紫、浅红、纯白四株牡丹花移植到沉香亭。花开时，唐玄宗携杨贵妃共赏牡丹。当时，众乐工和歌唱家李龟年都在场。唐玄宗说："赏名花，对妃子。新花哪能用旧曲？"于是，立召李白，命他作词。李白当时酒醉未全醒，即奉诏写出了《清平调》三首。

句①我〈主·省〉见〈省〉云想衣裳〈连动短语·谓〉我〈主·省〉见〈省〉花想容〈连动短语·谓〉。这句由两个句子构成。"我见云想衣裳"是一句。"我见花想容"是一句。两句间是并列关系。我：指作者，下文中的"我"同此。见：看到。云：云彩。想：想到。衣裳：杨贵妃穿的衣服。容：杨贵妃的容貌。这里，作者把杨贵妃穿的衣服比作云彩，把杨贵妃的容貌比作花，是暗喻修辞格。连动短语的结构是：见云＋想衣裳（动作先后关系）；见花＋想容（动作先后关系）。这句与下句是并列关系。

句②春风〈主〉拂〈谓〉槛〈宾〉露华〈主〉浓〈谓〉。这句由两个句子构成。"春风拂槛"是一句。"露华浓"是一句。两句间是并列关系。拂：吹拂。槛（jiàn）：栏杆。露华：带露水的牡丹花。华：花。浓：浓艳。这里，作者借带露水迎春风的牡丹喻杨贵妃，是借喻修辞格。

句③我〈主·省〉若非〈连词〉群玉山头〈状〉见〈谓〉她〈宾·省〉。若非：如果不。群玉山头：在群玉山头。群玉山：神话中西王母住的仙山。见：看到。她：指杨贵妃。这句与下句是选择关系。

句④我〈主·省〉会〈状〉向月下〈定〉瑶台〈介词短语·状·倒〉逢〈谓〉她〈宾·省〉。会：应当。向：在。瑶台：神话中西王母住的宫殿。逢：见到。介词短语的结构是：向＋月下瑶台（"向"是介词）。

浅析：这首诗赞扬了杨贵妃的美丽。第一句通过描写杨贵妃的服饰和面容赞扬了杨贵妃的美丽。第二句是把杨贵妃比作带露水迎春风的牡丹花。第三、四句是作者的议论，其言外之意是：杨贵妃美若天仙。她不是群玉山的仙女，就是瑶台上的仙女。

（二）

Song of Yang Guifei (2)

李 白　Li Bai

①一枝红艳露凝香，　She's a spray of red peony that congeals delicate scent because of getting dew and rain,

②云雨巫山枉断肠。　In comparison with her the fairy maid on Mt. Wu is grief-ridden in vain.

③借问汉宫谁得似？　I'd like to ask, "Who in the Han Palace could match her then?"

④可怜飞燕倚新妆。　Zhao Feiyan could, but she must make herself up once again.

详注：句①一枝〈定〉红艳〈主〉露凝香〈连动短语·谓〉。红艳：红艳的牡丹花。这里，借红艳喻杨贵妃，是借喻修辞格。露：承受雨露。这里借承受雨露喻得到皇帝的恩宠，是借喻修辞格。凝：凝聚着。香：芳香。连动短语的结构是：露（因）+凝香（果）。这句与下句是并列关系。

句②云雨巫山〈主〉枉〈状〉断肠〈谓〉。云雨巫山：指巫山神女。宋玉在《高唐赋》中写到楚王与神女相欢会。神女对楚王说："妾在巫山之阳，高丘之阻，旦为朝云，暮为行雨，朝朝暮暮，阳台之下。"这里借巫山神女说的话代巫山神女，是借代修辞格。枉：徒劳。断肠：极度悲伤。

句③我〈主·省〉借问〈谓〉汉宫〈定〉谁〈主〉得似〈谓〉（小句·宾）。我：指作者。借问：请问。汉宫：汉宫里的。得似：能与杨贵妃相似。这句与下句是问答关系。这句是问，下句是答。

句④可怜〈定〉飞燕〈主〉倚〈谓〉新妆〈宾〉。可怜：可爱的。飞燕：赵飞燕，汉成帝的皇后。倚：依靠。新妆：重新装扮。

浅析：这首诗仍赞扬了杨贵妃的美丽。第一句把受到皇帝恩宠的杨贵妃比作承受雨露的红牡丹。第二句把杨贵妃与巫山神女比，而且巫山神女根本比不上杨贵妃，神女只能"枉断肠"。第三、四句是作者的议论，其言外之意是：赵飞燕必须"倚新妆"才能与杨贵妃比。可见，赵飞燕也比不上杨贵妃。通过相比，凸显了杨贵妃的貌美。

（三）

Song of Yang Guifei (3)

李 白　Li Bai

①名花倾国两相欢，　The famous peony and the matchless beauty enjoy each other,

②常得君王带笑看。　Which time and again makes the emperor with a smile look at them together.

③解释春风无限恨，　His infinite sorrows in the spring breeze disappear clear and clean,

④沉香亭北倚栏杆。　When he leans against the balustrade north of the Chenxiang Pavilion.

详注：句①名花倾国〈联合短语〉两〈同位短语·主〉相欢〈谓〉。名花：指牡丹。倾国：指杨贵妃。"倾城、倾国"是夸张美色迷人，后来用作美女代称。两：两个。相欢：相互欣赏。联合短语的结构是：名花+倾国（两者并列）。同位短语的结构是：名花倾国+两（名词+数词）。

句②这〈主·省〉常〈状〉得〈谓〉君王〈主〉带笑看〈连动短语·谓〉〈小句·宾〉。这：指第一句中的情景。常：不时地。得：得到。君王：指唐玄宗。带笑：带着笑。看：欣赏。连动短语的结构是：带笑（方式）+看（动作）。这句补充说明上句。

句③春风〈主〉解释〈谓·倒〉无限〈定〉恨〈宾〉。解释：消除。无限：无穷的。恨：烦愁，指唐玄宗的烦愁。

句④沉香亭北〈方位短语·状〉他〈主·省〉倚〈谓〉栏杆〈宾〉。沉香亭北：在沉香亭北面，是唐玄宗和杨贵妃赏牡丹的地方。沉香亭：用沉香木建造的亭子。他：指唐玄宗。倚：靠。方位短语的结构是：沉香亭+北（"北"是方位词）。这句是上句的时间状语。

浅析：第一句描写了杨贵妃欣赏牡丹的情景。第二句描写了唐玄宗欣赏牡丹和杨贵妃的情景。第三句描写了牡丹和美人杨贵妃的无穷魅力，使唐玄宗心中的一切烦愁消失殆尽。第四句描写了唐玄宗赏名花和美人的场面。"倚"生动地刻画了唐玄宗心旷神怡的情状。

出　塞

Out of the Frontiers

王之涣　Wang Zhihuan

①黄河远上白云间，The Yellow River runs far up into the clouds white,
②一片孤城万仞山。The Yumen Pass, a solitary town, stands by the mountains ten-thousand feet in height.
③羌笛何须怨杨柳，There is no need for the Qiang flute to turn the song *Willow Tree* into the resentful sound,
④春风不度玉门关。For at the Yumen Pass no spring breeze is ever found.

详注：题. 出塞：又作《凉州词》，是乐府《横吹曲辞》旧题。

句①黄河〈主〉远上〈谓〉白云间〈方位短语·宾〉。远上：向远处延伸到。白云间：白云里。方位短语的结构是：白云+间（"间"是方位词）。这句与下句是并列关系。

句②一片〈定〉孤城〈主〉依〈谓·省〉万仞〈定〉山〈宾〉。一片：很小的一座。孤城：孤零零的城堡，指玉门关。依：依傍着。万仞山：极高的山。这里用"万"是夸张修辞格。仞（rèn）：古代一仞是八尺（或七尺）。

句③羌笛〈主〉何须〈状〉怨〈谓〉杨柳〈宾〉。羌（qiāng）笛：一种管乐器，出自羌族。何须：何必。怨：使……发出怨恨的声音，是动词的使动用法。杨柳：《杨柳曲》，乐府《横吹曲》，抒发离别之情，声音凄婉。这句与下句是果因关系。

句④春风〈主〉不度〈谓〉玉门关〈宾〉。春风：这里，借春风喻朝廷的恩泽，是借喻修辞格。不度：吹不到。玉门关：关塞名，在今甘肃敦煌市西北戈壁滩上，是古代通往西域的要道。

浅析：这首诗表达了把守玉门关的将士对朝廷的怨恨之情。第一、二句描写了把守

447

玉门关的将士的生活环境。第一句描写了黄河由近向远处奔流的苍茫辽阔的背景。第二句描写了高峻险拔的背景。在这样的两种背景衬托下，玉门关显得十分孤独、荒僻。第三、四句言外之意是：皇恩不到边关。这两句表达了把守玉门关的将士对朝廷的怨恨之情。他们怨恨朝廷让他们长期把守玉门关，与家人分离，不能回家团聚。

金缕衣

Clothes Sewn with Gold Threads

杜秋娘　　Du Qiuniang

①劝君莫惜金缕衣，Treasure not your clothes sewn with gold threads, I say,
②劝君惜取少年时。But treasure your precious youthful hours.
③花开堪折直须折，When the flowers can be plucked, pluck them as early as you may,
④莫待无花空折枝。Never wait to pluck the twigs without flowers.

详注：题．金缕衣：是唐代新创的乐府诗，属乐府《近代辞曲》。杜秋娘：是金陵女子，十五岁时就成了镇海节度使李锜的侍妾。因其善唱《金缕衣》，所以被认为是本诗的作者。

句①我〈主・省〉劝君莫惜金缕衣〈兼语短语・谓〉。我：指作者。君：泛指人。莫：不要。惜：珍惜。金缕衣：华丽贵重的衣服。兼语短语的结构是：劝＋君＋莫惜金缕衣。这句与下句是并列关系。

句②我〈主・省〉劝君惜取少年时〈兼语短语・谓〉。我：指作者。惜取：珍惜。"取"是语助词，表示动作的进行。少年时：少年的时光。兼语短语的结构是：劝＋君＋惜取少年时。

句③花开〈主谓短语・主〉堪折〈谓〉君〈主・省〉直须〈状〉折〈谓〉。这句由两个句子构成。"花开堪折"是一句。"君直须折"是一句。前句是后句的时间状语。堪：能，可。君：指各位年轻人。直须：只管，就赶快。主谓短语的结构是：花＋开(主语＋谓语)。这句与下句是并列关系。

句④君〈主・省〉莫待无花〈动宾短语・状〉折〈谓〉空〈定・倒〉枝〈宾〉。君：同上句注。莫待无花：不要等到无花的时候。莫：不要。待：等到。动宾短语的结构是：莫待＋无花(动词＋宾语)。

浅析：这首诗规劝人要珍惜光阴，不要虚度年华。第一、二句的言外之意是：光阴比华贵的衣服更值得珍惜。第三、四句的言外之意是：趁着青春年华奋发努力，干一番事业，不要等到年老力衰，一事无成，空自悲伤。